Über dieses Buch   »Als Marco Polo im Sterben lag«, berichtete der Zeitgenosse und erste Biograph des Reisenden, Fra Jacopo d'Acqui, »bedrängten ihn sein Priester, seine Freunde und seine Verwandten, endlich den unzähligen Lügen abzuschwören, die er als seine wahren Abenteuer ausgegeben; denn nur dann werde seine Seele geläutert in den Himmel kommen. Der alte Mann bäumte sich auf, verfluchte sie alle miteinander und erklärte: ›Ich habe nicht die *Hälfte* von dem berichtet, was ich gesehen und getan habe.‹«

Jene andere Hälfte, und noch einiges mehr, erzählt jetzt Gary Jennings – ebenso phantasie- wie kenntnisreich: Er verfolgt den Weg des Marco Polo von den Palästen, Gassen und Kanälen im mittelalterlichen Venedig bis zum prächtigen Hof des Kubilai Khan in Khanbalik, dem alten Peking, schildert dessen Erlebnisse im Dunstkreis der parfümierten Sexualität der Levante bis zu den Gefahren einer Reise auf der Seidenstraße, beschreibt die Menschen, denen Marco Polo begegnet ist, und wie er, von unersättlicher Neugier geradezu besessen, ein leidenschaftlicher Sammler von Sitten, Sprachen und – immer wieder – Frauen wird. In den zwei Jahrzehnten seiner Reise war Marco Polo Händler, Krieger, Liebhaber, Spion und Steuereinnehmer – aber immer war er ein Reisender, unermüdlich in seinem Hunger nach neuen Erfahrungen.

Dieses Leben wird von Gary Jennings eindrucksvoll nachempfunden in all seinem Glanz, der Liebe zum Abenteuer und zu den Frauen, dem Verlangen nach dem Seltenen und Einmaligen. Das amerikanische Magazin ›Newsweek‹ urteilte: »Ein Klassiker. Das seltene Beispiel eines Buches, das Lesbarkeit mit historischer Genauigkeit vereint.«

Die deutsche Übersetzung von Werner Peterich, die 1985 unter dem Titel ›Der Besessene‹ in einem Band erschienen ist, wurde für die Taschenbuchausgabe in zwei Bände geteilt:
Band 1: Marco Polo. Der Besessene. Von Venedig zum Dach der Welt (Bd. 8201)
Band 2: Marco Polo. Der Besessene. Im Land des Kubilai Khan (Bd. 8202)

Gary Jennings, amerikanischer Autor, Verfasser zahlreicher Sach- und Jugendbücher. ›Der Azteke‹ (1980) war sein erster großer historischer Roman. Die Recherchen für seinen Roman über Marco Polo wurden für Gary Jennings zu einem gefährlichen Unternehmen: Auf den Spuren seines Helden ritt er auf Pferde- und Kamelrücken, vertraute sich dem schwankenden Korb auf dem Rücken eines Elefanten an, überquerte auf dem Floß und auf Booten die Flüsse Asiens und befuhr auf einer Dschunke das Südchinesische Meer; so durchmaß er Tausende von Meilen – von der Levante bis in den Fernen Osten.

Im Fischer Taschenbuch Verlag erschien außerdem sein Roman: ›Der Azteke‹ (Bd. 8089).

Gary Jennings

Marco Polo
Der Besessene

Roman

I: Von Venedig zum Dach der Welt

Aus dem Amerikanischen
von Werner Peterich

Fischer Taschenbuch Verlag

FÜR GLENDA

11.– 15. Tausend: Juni 1987

Ungekürzte Ausgabe
Veröffentlicht im Fischer Taschenbuch Verlag GmbH,
Frankfurt am Main, Februar 1987

Lizenzausgabe mit freundlicher Genehmigung
des Meyster Verlags GmbH, München
Die Originalausgabe erschien 1984 unter dem Titel
›The Journeyer‹ im Verlag Atheneum Publishers, New York
Copyright © Gary Jennings 1984
Copyright der deutschen Ausgabe:
© Meyster Verlag GmbH, München 1985
Umschlaggestaltung: Rambow, Lienemeyer, van de Sand
unter Verwendung einer zeitgenössischen Illustration,
Archiv für Kunst und Geschichte, Berlin
Druck und Bindung: Clausen & Bosse, Leck
Printed in Germany
980-ISBN-3-596-28201-2

Als Marco Polo im Sterben lag, bedrängten ihn sein Priester, seine Freunde und seine Verwandten, endlich den unzähligen Lügen abzuschwören, die er als seine wahren Abenteuer ausgegeben; denn nur dann werde seine Seele geläutert in den Himmel kommen. Der alte Mann bäumte sich auf, verfluchte sie alle miteinander und erklärte: »Ich habe nicht die *Hälfte* von dem berichtet, was ich gesehen und getan habe.«

NACH FRA JACOPO D'ACQUI,
ZEITGENOSSE UND ERSTER BIOGRAPH MARCO POLOS

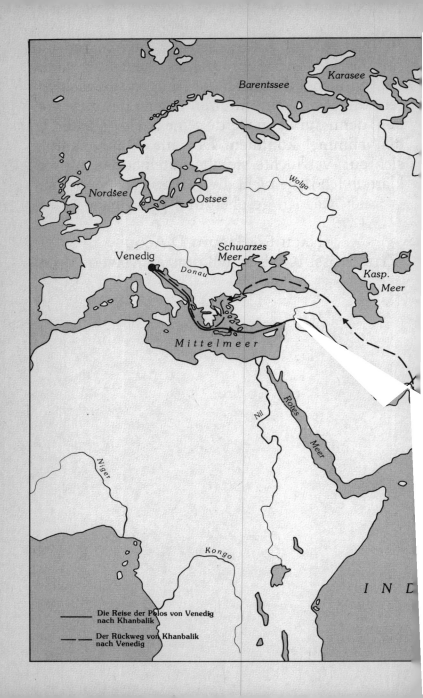

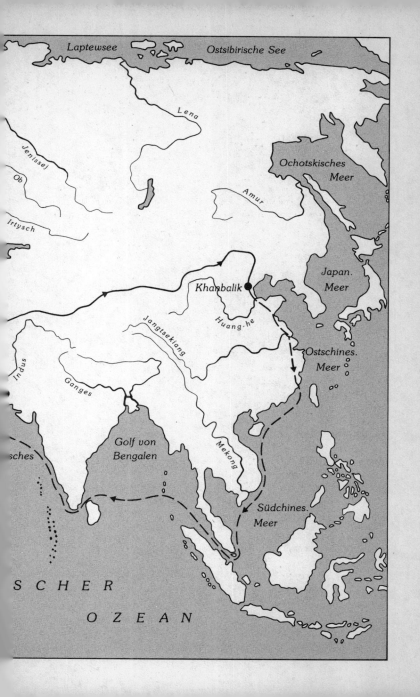

CY APRES COMMENCE
LE LIURE DE
MESSIRE MARC PAULE
DES DIUERSES
ET GRANDISMES
MERUEILLES DU MONDE

Nur herzu, große Fürsten. Nur herzu,
Kaiser und Könige, Herzöge und Grafen,
Ritter und Bürgersleut! Nur herzu, Leute jeglichen Stands,
die es Euch gelüstet, die vielen Gesichter der Menschheit
zu sehen und zu erfahren, wie höchst unterschiedlich die Welt
beschaffen ist! Nehmt dies Buch und lest es oder
laßt es Euch vorlesen. Denn finden werdet Ihr darin
die größten Wunder und Absonderlichkeiten ohnegleichen ...

Luigi, Luigi! In den schwülstigen Worten dieser zerlesenen und zerfledderten Seiten höre ich deine Stimme wieder.

Viele Jahre waren vergangen, seit ich das letztemal in unser Buch hineingeschaut, doch als dein Brief kam, holte ich es noch einmal hervor. Immer noch entlockt es mir Lächeln und Bewunderung zugleich. Bewunderung, weil es mich berühmt gemacht hat, sowenig ich diesen Ruhm auch verdienen mag, und Lächeln, weil es mich berüchtigt gemacht hat. Jetzt erklärst du, du wollest noch ein Buch schreiben, einen epischen Bericht diesmal, darin eingebettet – so ich dir dies gestatte – abermals die Abenteuer Marco Polos; nur, daß du sie diesmal einem erfundenen Helden in den Mund legen willst.

In der Erinnerung kehre ich zurück zu unserer ersten Begegnung in den Gewölben jenes Genueser Palazzos, in dem wir Gefangene untergebracht waren. Ich weiß noch wie heute, mit welcher Schüchternheit du an mich herantratest und mit welcher Zurückhaltung du sprachst.

»Messer Marco, ich bin Luigi Rustichello, ehedem Pisa, und war ein Gefangener hier, längst ehe Ihr hergebracht wurdet. Ich habe zugehört, wie Ihr die herrlich saftige Geschichte von jenem Hindu erzähltet, der sich mit seinem *ahem* in dem heiligen Felsloch verklemmt hatte. Ich habe sie Euch jetzt dreimal erzählen hören: einmal Euren Mitgefangenen, dann dem Aufseher und schließlich dem Almonesier der Bruderschaft der Gerechtigkeit.«

Woraufhin ich nachfragte: »Seid Ihr es überdrüssig, sie zu hören, Messere?«

Und Ihr sagtet: »Keineswegs, Messere, nur werdet Ihr es bald leid sein, sie zu erzählen. Noch viele Menschen werden sie hören wollen, genauso wie alle anderen Geschichten, die Ihr erzählt habt oder vielleicht auch noch nicht erzählt habt. Bevor Ihr des Erzählens oder vielleicht auch der Geschichten selbst müde werdet – warum erzählt Ihr nicht einfach *mir*, was Ihr von Euren Reisen und Abenteuern noch nicht vergessen habt? Erzählt es mir nur einmal und laßt es mich zu Papier bringen. Das Schreiben geht mir mühelos von der Hand, und Erfahrung darin habe ich auch. Eure Erzählungen könnten ein stattliches Buch ergeben, Messer Marco, und dann könnten viele, viele Menschen mit eigenen Augen lesen, was Ihr alles erlebt habt.«

Welchselbiges ich tat. Und du tatest, wie versprochen; woraufhin viele, viele Menschen diese Dinge haben lesen können. Wiewohl eine ganze Reihe von Reisenden vor mir über ihre Erlebnisse geschrieben hatten – keines ihrer Werke hat sich je einer so unmittelbaren und anhaltenden Beliebtheit erfreut wie unsere *Weltbeschreibung*. Vielleicht, Luigi, hat das daran gelegen, daß es dir gefallen hat, meine Worte auf französisch wiederzugeben, der verbreitetsten Sprache im Abendlande. Vielleicht aber hast du die Geschichten auch besser niedergeschrieben, als ich sie habe erzählen können? Auf jeden Fall wurde unser Buch zu meiner nicht geringen Überraschung viel gelesen; es wurde viel darüber geredet und war sehr gesucht. Es wurde abgeschrieben und abermals abgeschrieben und ist nunmehr in jede andere Sprache übersetzt worden, die man in der Christenheit spricht. Auch von diesen Ausgaben sind zahllose Abschriften angefertigt und in Umlauf gebracht worden.

Doch in keiner von ihnen steht die einzigartige Geschichte von dem unseligen Hindu, der sich an einem Felsen vergeht.

Als ich in dem modrigen Gefängnis in Genua saß, abermals meine Erlebnisse erzählte und du sie in wohlgesetzten Worten niederschriebst, kamen wir überein, sie *nur* in hochanständiger Rede wiederzugeben. Du warst der Rustichello aus Pisa und ich ein Polo aus Venedig. Du warst der *romancier courtois* und genossest bereits einen gewissen Ruf als jemand, der die klassischen Ritterepen von Tristan und Isolde, Lancelot und Ginevra sowie Amys und Amyllion neu erzählt hatte. Ich war, wie du mich in dem Buch auch beschrieben hast, repräsentativ für die »sajes et nobles citaiens de Venece«, die ›weisen und edlen Bürger Venedigs‹. Infolgedessen kamen wir überein, daß die Seiten nur jene meiner Abenteuer und Beobachtungen enthalten sollten, die wir ihnen ohne zu erröten und ohne etwelche andere Bedenken anvertrauen konnten, die man also lesen konnte, ohne die christlichen Gefühle der Leser zu verletzen, und seien dies auch unverehelichte Damen oder Nonnen.

Des weiteren beschlossen wir, alles aus dem Buch herauszulassen, was die Gutgläubigkeit des Lesers, der nie aus seiner Heimat herausgekommen ist, über Gebühr auf die Probe stelle. Ich entsinne mich noch, wie wir darüber stritten, ob man meine Begegnung mit dem Stein, der brennt, und dem Gewebe, das nicht brennt, mit hereinnehmen solle oder nicht. So blieben viele der wunderlichsten Zwischenfälle auf meinen Fahrten gleichsam auf der Strecke. Wir ließen alles Unglaubwürdige, alles Unzüchtige und Skandalöse heraußen. Jetzt jedoch teilst du mir mit, du würdest diese Lücken gern schließen – ohne indessen meinen guten Namen in Verruf zu bringen.

Dein neuer Held soll also Monsieur Bauduin heißen und nicht Messer Marco; außerdem soll er aus Cherbourg grüßen und nicht aus Venedig. In allem anderen soll er sein wie ich. Er soll alles durchmachen, genießen und erleiden, was ich durchgemacht, genossen und durchlitten habe – und überdies auch noch all das, was ich bisher nicht erzählt habe –, sofern ich deine Erinnerungen dadurch auffrische, daß ich all die vielen Geschichten noch einmal erzähle.

Die Versuchung ist wahrhaftig groß. Es wäre, als würde ich diese Tage – und diese Nächte – noch einmal durchleben, und das zu tun, habe ich mich seit langem gesehnt. Du weißt ja, ich habe immer vorgehabt, noch einmal in den Fernen Osten zu reisen. Doch nein, das kannst du nicht wissen. Davon habe ich nicht einmal im engsten Kreis der Familie gesprochen. Das war ein Traum, der mir zuviel bedeutete, als daß ich ihn mit anderen hätte teilen mögen ...

Jawohl, ich hatte vor, irgendwann noch einmal aufzubrechen. Doch als ich aus Genua befreit wurde und nach Venedig zurückkehrte, erforderte das Familienunternehmen meine Aufmerksamkeit, und so zögerte ich abzufahren. Dann lernte ich Donata kennen, und sie wurde meine Frau. Infolgedessen zögerte ich abermals eine Zeitlang, und dann kam eine Tochter. Das selbstverständlich war Grund genug, neuerlich zu zögern, und so wurde eine zweite Tochter geboren; bald waren es drei. So schob ich es immer wieder hinaus, und ehe ich's mich versah, war ich alt.

Alt! Es ist unfaßlich! Werfe ich einen Blick in unser Buch, Luigi, sehe ich mich als Knaben, dann als Jüngling und später als Mann; selbst am Ende des Buches bin ich immer noch ein strammes Mannsbild. Schaue ich jedoch in den Spiegel, erblicke ich einen betagten Fremden, gebeutelt und gebeugt, ausgelaugt und geschwächt vom Rostfraß meiner fünfundsechzig Jahre. Leise murmele ich: »Dieser alte Mann kann nicht noch mal in die Ferne ziehen«, und dann wird mir klar: Dieser alte Mann ist Marco Polo.

Dein Brief hat mich also in einem verwundbaren Augenblick erreicht. So bietet dein Vorschlag, zu einem neuen Buche beizutragen, eine Gelegenheit, die ich mir nicht entgehen lassen will. So ich schon nicht die Dinge wiederholen kann, die ich einst getan, kann ich mich ihrer zumindest erinnern und mich in ihnen sonnen, zumal das in der Larve deines Bauduin ungestraft geschehen kann. Vielleicht verwundert es dich, daß ich diese Verkleidung so begrüße, so wie dich meine Bemerkung weiter oben erstaunt hat, das frühere Buch habe mir sowohl unverdiente Bekanntheit und nicht minder unverdiente Berüchtigtheit eingetragen. Laß mich das erklären.

Ich habe nie behauptet, der erste Mensch gewesen zu sein, der aus dem Westen in den Fernen Osten gereist ist; du hast auch derlei ruhmsüchtige Behauptungen in unserem Buch nicht aufgestellt. Gleichwohl scheint das der Eindruck zu sein, der bei den meisten Lesern entstand – zumindest bei jenen Lesern, die nicht in Venedig leben, wo man solchem Wahn nicht frönt. Schließlich waren mein eigener venezianischer Vater und Onkel gen Osten gereist und von dorther zurückgekehrt, bevor sie die Reise wiederholten und mich bei dieser Gelegenheit mitnahmen. Überdies bin ich im Osten selbst manch anderem Abendländer begegnet, und zwar Angehörigen aller möglichen Nationen, von Engländern bis Ungarn, welchselbige vor mir dorthin gekommen waren und von denen etliche länger dort blieben als ich.

Doch schon lange vor ihnen waren viele andere Europäer über dieselbe Seidenstraße gezogen, der ich folgte. Da war der spanische Rabbi Benjamin aus Tudela, der Franziskanerbruder Zuàne von Carpini und der flämische Mönch Wilhelm van Ruysbroeck; gleich mir haben alle diese Männer Berichte über ihre Reisen veröffentlicht. Bereits vor sieben- oder achthundert Jahren sind Missionare der Nestorianischen Christlichen Kirche bis nach Kithai vorgedrungen, wo noch heute viele ihr mühseliges Werk verrichten. Selbst in vorchristlicher Zeit muß es Händler aus dem Abendland gegeben haben, die zwischen dem Osten und dem Westen hin- und herzogen. Es ist bekannt, daß die Pharaonen des Alten Ägypten Seide aus dem Osten trugen, und auch im Alten Testament wird die Seide an drei Stellen erwähnt.

Zahlreiche andere Dinge sowie die Wörter, mit denen sie bezeichnet werden, haben lange vor meiner Geburt Eingang in unsere venezianische Sprache gefunden. Eine Reihe öffentlicher Bauten in unserer Stadt sind innen wie außen mit jener Art von filigranartigem Rankenwerk geschmückt, das wir von den Arabern übernommen und von alters her Arabesken genannt haben. Der mörderische *sassin* leitet seinen Namen von den persischen Haschishyin her, Männern, die in religiösem Rausch töten, der durch die Droge Haschisch hervorgerufen wird. Die Herstellung jenes billigen, glänzenden Gewebes, das wir *indiana* nennen, haben wir aus Indien, wo diese Stoffart *Chintz* genannt wird und deren Bewohner zu unserem venezianischen Ausdruck *far l'Indiàn* anregten, ›sich unfaßlich dumm anstellen‹.

Nein, ich bin nicht der erste, der gen Osten zog und von dorther zurückkehrte. Insoweit mein Ruhm auf der irrtümlichen Annahme beruht, ich sei das gewesen, habe ich ihn in der Tat nicht verdient. Noch weniger freilich mein Berüchtigtsein, denn das beruht auf der weitverbreiteten Annahme, ich sei unaufrichtig und hätte nicht wahrheitsgetreu berichtet. Du und ich, Luigi, wir haben nur jene Beobachtungen und Erlebnisse in dem Buche festgehalten, von denen wir meinten, daß sie glaubhaft seien; trotzdem glaubt man mir nicht. Hier in Venedig schimpft man mich höhnisch Marco Milioni – ein Beiname, der nicht auf großen Reichtum an Dukaten hinweisen soll, sondern auf meinen, dem Vernehmen nach unerschöpflichen Schatz an Lügen und Übertreibungen. Das amüsiert mich eher, als daß es mich ärgert; meine Frau jedoch und die Töchter kränkt es sehr, daß man sie Dona und Damine Milioni ruft.

Daher meine Bereitwilligkeit, die Larve deines erfundenen Bauduin anzulegen, wenn ich diesmal alles erzähle, was bis dahin nicht erzählt worden ist. Mag die Welt, so es ihr gefällt, getrost alles für erfunden halten. Es ist besser, wenn einem in derlei Dingen nicht geglaubt wird, als daß man für alle Ewigkeit darüber schweigt.

Doch zuerst, Luigi:

Dem Manuskript-Muster, das du mir mit deinem Brief hast zukommen lassen, um mir zu zeigen, wie du vorhast, Bauduins Geschichte zu beginnen, entnehme ich, daß dein Französisch seit deiner Niederschrift unserer *Weltbeschreibung* wesentlich besser geworden ist. Das ermuntert mich, mir die Freiheit herauszunehmen, noch eine kleine Bemerkung zu diesem früheren Buch zu machen. Der Leser jener Seiten könnte meinen, Parco Polo sei zeit seines Reiselebens ein Mann gereiften Alters und nüchternen Urteils gewesen – und sei irgendwie in so großer Höhe durch die Luft geflogen, daß er den gesamten Umfang unserer Erde auf einen Blick von einem Ende bis zum anderen habe erfassen können, um hier auf ein Land zu zeigen und dort auf ein anderes, und mit Gewißheit habe sagen können: »In diesem Punkte unterscheidet dieses sich von jenem.« Es stimmt, ich war vierzig, als ich von meinen Reisen heimkehrte. Auch hoffe ich, ein bißchen weiser und verständiger nach Hause zurückgekehrt zu sein, als ich es war, da ich zu diesen Reisen aufbrach, denn damals war ich nur ein staunend die Augen aufreißender Jüngling: unwissend, unerfahren und töricht. Auch mußte ich wie jeder andere Reisende alle Länder und was darinnen war nicht mit der Überlegenheit betrachten, über die ich einige fünfundzwanzig Jahre später gebot, sondern in der Reihenfolge, in der ich auf meinen Reisen auf sie stieß. Es war freundlich und schmeichelhaft von dir, Luigi, mich in jenem früheren Buch so darzustellen, als wäre ich immer ein alles sehender und allwissender Mann gewesen; deinem neuen Werk könnte es nur guttun, wenn du den Erzähler ein wenig lebensechter darstelltest.

Des weiteren würde ich vorschlagen, Luigi – jedenfalls sofern du vorhast, deinen Monsieur Bauduin nach dem Muster des Marco Polo zu gestalten –, daß du ihn seine Laufbahn nach einer unreifen Jugend beginnen läßt, in der er sich unerhörtem Leichtsinn und bedenkenloser Zügellosigkeit in die Arme geworfen hatte. Was ich jetzt sage, bekenne ich hier zum ersten Mal. Ich habe Venedig damals nicht nur den Rükken gekehrt, weil ich begierig war, neue Horizonte zu sehen. Ich verließ Venedig, weil ich mußte – oder zumindest, weil Venedig bestimmte, daß ich die Stadt zu verlassen hätte.

Selbstverständlich kann ich nicht wissen, *wie* eng du dich mit der Geschichte deines Bauduin an die meine halten willst. Aber du hast gesagt: »Erzähle alles«, und so will ich damit noch vor dem richtigen Anfang einen Anfang machen.

VENEDIG

1 Wiewohl die Polos seit nunmehr dreihundert Jahren stolze Venezianer sind, stammen sie nicht von dieser italienischen Halbinsel, sondern von der anderen Seite des Adriatischen Meeres. Ja, ursprünglich kommt die Familie aus Dalmatien und muß der Name etwa Pavlo gelautet haben. Der erste meiner Ahnen, der nach Venedig hinübersegelte und dort hängenblieb, tat dies kurz nach dem Jahre 1000. Er und seine Nachkommen müssen es in Venedig ziemlich rasch zu etwas gebracht haben, denn bereits im Jahre 1094 gehörte ein Domènico Polo genauso zum Großen Rat der Republik wie im folgenden Jahrhundert ein Piero Polo.

Der älteste meiner Vorfahren, an den ich sogar noch eine verschwommene Erinnerung bewahrt habe, war mein Großvater Andrea. Zu seiner Zeit war bereits jedem Manne des Geschlechtes der Polo offiziell das *Ene Aca* verliehen worden, so die Anfangsbuchstaben von *Nobilis Homo* oder Edelmann, und hatte damit ein Anrecht auf die Anrede *Messere*; außerdem besaßen wir ein Familienwappen: ein silbernes Feld mit drei schwarzen rotschnäbligen Vögeln darin; es wird im Wappen also durch Bilder mit Worten gespielt, denn bei unserem Wappenvogel handelt es sich um die ebenso dreiste wie fleißige Dohle, auf venezianisch *pola*.

Nono Andrea hatte drei Söhne: meinen Onkel Marco, nach dem ich benannt wurde, meinen Vater Nicolò und meinen Onkel Mafìo. Was sie als Knaben machten, weiß ich nicht, doch nachdem sie herangewachsen waren, wurde der älteste Sohn, Marco, der Vertreter der Polo-Handelsgesellschaft im Konstantinopel des (von uns Venezianern begründeten) Lateinischen Kaiserreiches, während sein Bruder in Venedig zurückblieb, um hier dem Hauptsitz des Unternehmens vorzustehen und für den Unterhalt des Familienpalazzo zu sorgen. Erst nach Nono Andreas Tod juckte es Nicolò und Mafìo, selbst auf Reisen zu gehen; als sie dann jedoch wirklich aufbrachen, führte diese Reise sie weiter in die Fremde als je einen Polo zuvor.

Als sie im Jahre 1259 von Venedig aus in See stachen, war ich fünf Jahre alt. Mein Vater hatte meiner Mutter gesagt, sie wollten nur bis Konstantinopel segeln, um ihren lange in der Ferne weilenden Bruder zu besuchen. Doch wie eben dieser Bruder meiner Mutter schließlich berichtete, nachdem sie für einige Zeit bei ihm gewesen waren, setzten sie es sich in den Kopf, weiter gen Osten vorzudringen. Sie hörte nichts weiter von ihnen, und nachdem zwölf Monate vergangen waren, kam sie zu dem Schluß, sie müßten den Tod gefunden haben. Dabei handelte es sich nun nicht nur um das Gerede einer verlassenen und gramgebeugten Frau, sondern um eine höchst naheliegende Mutmaßung. Denn gerade im Jahre 1259 trugen die barbarischen Mongolen, nachdem sie den Rest der östlichen Welt erobert hatten, ihren unaufhaltbaren Vormarsch bis vor die Tore Konstantinopels. Während jeder andere weiße Europäer vor der ›Goldenen Horde‹ zitterte oder floh, hatten Mafio und Nicolò die Torheit besessen, geradenwegs auf ihre vorderste Linie zuzugehen – oder, wenn man bedenkt, in welchem Ruf die Mongolen damals standen, sollte man vielleicht besser sagen: in ihre geifernden und alles zermalmenden Kiefer.

Wir hatten allen Grund, die Mongolen als Ungeheuer zu betrachten, oder etwa nicht? Diese Mongolen waren etwas mehr als menschlich und etwas weniger als menschlich, oder? Mehr als menschlich, was ihre Kampfkraft und ihre körperliche Ausdauer betrifft. Und weniger als menschlich in bezug auf ihr ungebärdiges und blutrünstiges Wesen. Selbst ihre tägliche Nahrung sollte aus übelriechendem rohen Fleisch und ekelerregender Stutenmilch bestehen. Außerdem wußte man, daß in einer berittenen mongolischen Armee, wenn ihr die Nahrung ausging, ungesäumt gelost und jeder zehnte gemeine Reitersmann abgeschlachtet wurde, auf daß er dem Rest zur Nahrung diene. Auch war bekannt, daß die mongolischen Krieger nur die Brust mittels Lederkoller schützten, niemals jedoch den Rücken; damit sie, falls sie also doch einmal Feigheit überkam, nicht Reißaus nehmen und dem Gegner den Rücken kehren konnten. Bekannt war auch noch, daß die Mongolen ihre Lederkoller mit Fett einrieben, welchselbiges Fett sie dadurch gewannen, daß sie ihre menschlichen Opfer so lange kochten, bis das Fett abzuschöpfen war. All dies wußte man in Venedig und wurde erzählt und mit schreckensleisen Stimmen abermals erzählt; und manches von dem, was erzählt wurde, stimmte sogar.

Ich war zwar, wie schon gesagt, gerade erst fünf Jahre alt, als mein Vater fortging, jedoch schon imstande, die allgemeine Furcht vor den Wilden aus dem Osten nachzuempfinden, kannte ich doch bereits die sprichwörtliche Drohung: »Wenn du nicht brav bist, holen dich die Mongolen!« oder: »Dann holt dich die *orda*!« Diese Worte hatte ich meine ganze Kindheit hindurch genauso zu hören bekommen wie jeder andere kleine Junge, wenn er ermahnt werden mußte. »Wenn du dein Essen nicht aufißt, holt dich die *orda*! Wenn du nicht augenblicklich ins Bett gehst ...! Wenn du nicht aufhörst, solchen Lärm zu machen ...!« Mütter und Kindermädchen dieser Zeit drohten mit der *orda,* wie sie ihren ungezogenen Kindern früher mit dem: »Dann holt dich der Orkus!« gedroht hatten.

Der Orkus ist jener schwarze Mann, mit dem Mütter wie Ammen zu allen Zeiten auf gutem Fuß gestanden haben, und so fiel es ihnen in Venedig nicht schwer, Orkus durch *orda* – Horde – zu ersetzen, zumal die Mongolenhorde als Ungeheuer viel wirklicher und furchteinflößender war als der Herr der Unterwelt; drohten sie mit dieser, brauchten die Frauen nicht so zu tun, als zitterten sie vor Angst. Allein der Umstand, daß sie das Wort kannten, beweist, daß sie allen Grund hatten, die *orda* genau so sehr zu fürchten wie die Kinder. Denn schließlich handelte es sich um das eigene Wort der Mongolen – *Jurtu* oder Jurte –, was ursprünglich soviel bedeutete wie das pavillonhafte Zelt des Anführers in einem mongolischen Zeltlager, in leicht abgewandelter Form in alle europäischen Sprachen Eingang fand und das ausdrückte, woran die Europäer bei dem Begriff Mongolen dachten, nämlich an eine ungeordnet vorrückende Reiterschar, eine durcheinanderwurlende Menschenmenge, einen Schwarm, dem man nichts entgegensetzen konnte, eine Horde.

Ich jedoch sollte diese Drohung von meiner Mutter nicht mehr lange zu hören bekommen. Sobald sie sich zu der Überzeugung durchgerungen hatte, daß mein Vater tot sei und nicht wiederkommen werde, fing sie an zu kränkeln, dahinzusiechen und immer schwächer zu werden. Als ich sieben war, starb sie. Mir ist nur eine Erinnerung an sie geblieben, und diese stammt von einem Tag wenige Monate vor ihrem Tod. Daß sie es das letztemal wagte, den Fuß vor die Casa Polo zu setzen, ehe sie dann nur mehr das Bett hütete, um sich nie wieder daraus zu erheben, geschah an dem Tag, da sie mich begleitete, um mich zum ersten Mal in die Schule zu bringen. Ja, wahrhaftig, obgleich dieses Ereignis noch in das vorige Jahrhundert fällt und nahezu sechzig Jahre her ist, steht es mir sehr deutlich in der Erinnerung.

Unsere Casa Polo war damals ein kleiner Palazzo am Stadtrand von Venedig, und zwar im Viertel San Felice. Im hellen Licht der Morgenstunde *mezza-terza* traten meine Mutter und ich hinaus auf die katzenkopfgepflasterte, neben dem Kanal verlaufende Straße. Unser alter Ruderer, der schwarze nubische Sklave Michièl, wartete bereits mit unserem *batèlo,* das er an dem rotgeringelten Pfosten vertäut hatte; das Boot war zur Feier meiner Einschulung frisch gewachst worden und blitzte in allen Farben. Meine Mutter und ich stiegen ein und nahmen unter dem Baldachin Platz. Auch ich selbst war für die Gelegenheit fein herausgeputzt worden und trug, wie ich mich sehr wohl erinnere, einen neuen Rock aus brauner Lucca-Seide sowie eine Kniehose mit ledernem Gesäßteil. Weshalb sich der alte Michièl die ganze Zeit über, da er uns den schmalen Rio San Felice hinunterruderte, nicht halten konnte vor Bewunderung und immer wieder ausrief: »*Che zentilomo!*« und »*Dassèno, xestu,* Messer Marco?« – was soviel bedeutete wie: »So ein feiner Herr!« und »Wahrlich, seid Ihr das, Messer Marco?« Diese ungewohnte Bewunderung erfüllte mich zugleich mit Stolz wie mit Unbehagen. Auch ließ er sich nicht davon abbringen, bis er schließlich das *batèlo* in den Canale Grande hineinlenkte, wo der starke Bootsverkehr seine ganze Aufmerksamkeit erforderte.

Es war ein Tag, wie er schöner in Venedig nicht sein kann. Die Sonne schien, doch lag das Licht in einer Weise über der Stadt, daß alle Umrisse aufgelöst wurden und verschwammen. Dabei lag kein Nebel überm Meer und über der Stadt kein Dunst; die Kraft des Sonnenlichtes wurde also in keiner Weise beeinträchtigt. Vielmehr schien die Sonne nicht gerade Strahlen zu versenden, sondern auf durchsichtigere Art zu schimmern, so wie Kerzen schimmern, wenn sie auf einem Leuchter mit vielen geschliffenen Kristallen entzündet werden. Jeder,

der einmal in Venedig gewesen ist, kennt dieses besondere Licht: Als ob Perlen zerstoßen und zu Pulver geworden wären – perlenfarbene Perlen vor allem, aber auch rosafarbene und bläulich überhauchte –, und dieses Pulver dermaßen fein zermahlen, daß die Staubteilchen zwar in der Luft schwebten, gleichwohl jedoch das Licht nicht beeinträchtigten, sondern es womöglich noch leuchtender und gleichzeitig noch weicher machten. Auch kam das Licht nicht vom Himmel allein her. Es wurde von den Kanälen zurückgeworfen und tanzte auf den Wellen, so daß die perlenfarbenen Sonnenkringel und -tupfer überall auf Mauern und Wänden aus altem Holz, Ziegeln und Bruchsteinen hüpften und Haschen spielten und diese rauhen Oberflächen gleichfalls weicher machten.

Diesem Tag eignete ein besänftigendes rosiges Erglühen wie einer Pfirsichblüte.

Unser Boot glitt unter der einzigen Brücke des Canale Grande dahin, dem Ponte Rialto – der alten, niedrigen Pontonbrücke, deren Mittelteil seitlich schwenkbar war; sie war noch nicht als die hochgewölbte Brücke wieder erbaut worden, die sie heute ist. Sodann kamen wir an der Erbaria vorüber, dem Markt, den junge Männer nach durchzechter Nacht in aller Herrgottsfrühe aufsuchen, um dort durch den Duft von Blumen, Kräutern und Früchten wieder einen klaren Kopf zu bekommen. Gleich darauf verließen wir den großen Kanal wieder und bogen in einen schmaleren ein, wo meine Mutter und ich beim Campo San Todaro ausstiegen. Um diesen Platz herum waren sämtliche Abc-Schulen der Stadt gelegen, und um diese Stunde herrschte dort ein lustiges Treiben von Knaben aller Altersgruppen, die hier spielten, liefen, durcheinanderplapperten und rauften, während sie darauf warteten, daß der Schultag begann.

Mutter stellte mich dem Maistro der Schule vor und überreichte ihm sämtliche mit meiner Geburt sowie der Eintragung meines Namens in das *Libro d'Oro* in Zusammenhang stehenden Dokumente. *Libro d'Oro* oder ›Goldenes Buch‹ ist der volkstümliche Name für jenes Protokollbuch, in dem die Republik Urkunden über sämtliche *Ene-Aca*-Familien der Stadt aufbewahrt. Fra Varisto, ein sehr gedrungener und abschreckend aussehender Mann in wallenden Gewändern, schien alles andere als beeindruckt von den Dokumenten. Er warf einen Blick hinein und schnaubte nur verächtlich: »*Brate!*«, eine nicht besonders höfliche Bezeichnung für einen Slawen oder Dalmatiner. Meine Mutter setzte dem ein sehr damenhaftes Naserümpfen entgegen und murmelte: »*Veneziàn nato e spuà.*«

»In Venedig gezeugt und geboren, vielleicht«, brummte der Mönch. »Doch in Venedig erzogen noch nicht. Das kann man erst von ihm behaupten, wenn er die rechte Schulung durchstanden und harte Zucht ihm den Rücken gestärkt hat.«

Fra Varisto griff nach einem Federkiel und rieb mit seinem angespitzten Ende über die glänzende Kopfhaut seiner Tonsur – wie ich vermute, um die Spitze ein wenig einzufetten; erst dann tauchte er sie in ein Tintenfaß und schlug ein gewaltiges Buch auf. »Tag der Firmung?« fragte er, »der ersten Kommunion?«

Meine Mutter gab ihm Bescheid und fügte mit einigem Hochmut hinzu, mir sei es nicht, wie den meisten Kindern, erlaubt worden, meinen Katechismus nach der Firmung zu vergessen; vielmehr könne ich ihn auch heute noch auf Verlangen ebenso hersagen wie das Glaubensbekenntnis und die Zehn Gebote und das Vaterunser. Der Maistro stieß einen Grunzlaut aus, nahm jedoch keine weitere Eintragung in dem großen Buch vor. Daraufhin stellte meine Mutter ein paar Fragen: über den Stundenplan, die Prüfungen und Belohnungen für gute Leistungen sowie über Strafen bei Versagen und . . .

Alle Mütter, die ihren Sohn zum ersten Mal in die Schule bringen, erfüllt vermutlich ein nicht geringer Stolz, gleichzeitig jedoch auch ein gewisses Maß an Argwohn und sogar Trauer, überantworten sie doch ihre Sprößlinge einer geheimnisvollen Institution, zu der sie niemals Zutritt haben. Mit Ausnahme von künftigen Nonnen erhält fast keine einzige Frau irgendeine schulische Ausbildung. Infolgedessen begibt sich ihr Sohn, kaum daß er seinen Namen schreiben kann, gleichsam mit einem Satz in einen Bereich, wo er ihrem Zugriff für immer entzogen ist.

Fra Varisto erklärte meiner Mutter geduldig, ich würde im richtigen Gebrauch meiner Muttersprache ebenso unterrichtet wie in Handelsfranzösisch, außerdem würde ich Lesen und Schreiben und Rechnen lernen; die Grundzüge des Lateinischen würden mir mit Hilfe des *Timen* des Donadello beigebracht, die Grundbegriffe von Geschichte und Kosmographie nach dem *Alexanderbuch* des Callisthenes, sowie Religion aufgrund von biblischen Geschichten. Meine Mutter stellte jedoch eine solche Menge ängstlicher anderer Fragen, daß der Mönch schließlich in einem Ton zwischen Mitleid und Verzweiflung erklärte: »*Dona e Madona*, der Junge wird schließlich nur in die Schule aufgenommen und soll nicht den Schleier nehmen. Eingemauert wird er ja nur tagsüber. Den Rest der Zeit soll er Euch nicht genommen werden.«

Sie behielt mich für den Rest ihres Lebens, doch der dauerte nicht mehr lange. Infolgedessen bekam ich die Drohung »Dann holen dich die Mongolen« nur in der Schule von Fra Varisto und daheim von der alten Zulìa zu hören. Diese Frau war nun wirklich eine Slawin und stammte aus irgendeinem Nest im hintersten Winkel Böhmens; sie war offensichtlich bäuerlicher Herkunft, denn sie ging stets wie eine Waschfrau, die mit einem Eimer Wasser in jeder Hand dahergewatschelt kam. Seit meiner Geburt war sie die Zofe meiner Mutter gewesen. Nach dem Tod meiner Mutter übernahm Zulìa ihre Stelle als Kindermädchen und Aufseherin und wurde fortan mit dem Ehrentitel *Zia* – Tante – angeredet. Bei der Aufgabe, mich zu einem anständigen und verantwortungsbewußten jungen Mann heranzuziehen, ließ Zia Zulìa – abgesehen von der häufigen Anrufung der *orda* – nicht sonderlich viel Strenge walten, hatte aber, wie ich gestehen muß, bei ihren Bemühungen auch nicht viel Erfolg.

Zum Teil lag das daran, daß mein Namensvetter, Onkel Marco, nach dem Verschwinden seiner beiden Brüder nicht nach Venedig zurückgekehrt war. Er hatte zu lange in Konstantinopel gelebt und fühlte sich dort zu wohl, obgleich das Lateinische Kaiserreich inzwischen vom Byzantinischen Reich abgelöst worden war. Da jedoch mein anderer Onkel und mein Vater das Familienunternehmen in den Händen äußerst fähiger und vertrauenswürdiger Angestellter gelassen hatten und der Familienpalazzo von gleichermaßen tüchtigen Domestiken geführt wurde, ließ *Zio* Marco alles beim alten. Nur die wichtigsten und am wenigsten dringenden Angelegenheiten wurden per Kurierschiff an ihn weitergeleitet, damit er sich mit ihnen befasse und die nötigen Entscheidungen fälle. Auf diese Weise geleitet, ging es mit der *Compagnia Polo* und der Ca' Polo genauso gut weiter wie eh und je.

Das einzige, was zu den Polo gehörte und nicht funktionierte, war ich. Als letzter und einziger männlicher Sproß vom Stamm der Polo – zumindest in Venedig –, mußte ich gehütet werden wie ein Augapfel, und dessen war ich mir vollauf bewußt. Wenn ich auch noch in einem Alter stand, da ich mit der Leitung des Geschäfts wie des Hauses (und da muß ich von Glück sagen) noch nichts zu schaffen hatte, war ich, was mein eigenes Tun und Lassen betraf, gleichfalls keinem Erwachsenen verantwortlich. Daheim tat ich, was ich wollte, und wußte mich auch durchzusetzen. Weder Zia Zulià noch unser Maggiordomo, der alte Attilio, noch irgendeiner der kleineren Dienstboten wagte es, die Hand gegen mich zu erheben, und daß jemand die Stimme gegen mich erhob, kam gleichfalls nur selten vor. Meinen Katechismus sagte ich nie wieder auf, und bald vergaß ich sämtliche Antworten. In der Schule fing ich an zu schwänzen. Als Fra Varisto es resignierend aufgab, mir mit den Mongolen zu kommen, und statt dessen zur Rute griff, blieb ich dem Unterricht einfach fern.

Es ist ein kleines Wunder, daß ich überhaupt etwas lernte. Immerhin blieb ich lange genug in der Schule, um Lesen und Schreiben zu lernen, rechnen zu können und das Handelsfranzösisch einigermaßen zu beherrschen; das jedoch lag hauptsächlich daran, daß ich wußte, diese Fertigkeiten würde ich brauchen, wenn ich alt genug wäre, um das Familienunternehmen zu übernehmen. Von der Weltgeschichte und -beschreibung bekam ich immerhin so viel mit, wie im *Alexanderbuch* steht. All dies verleibte ich mir hauptsächlich deshalb ein, weil die Eroberungszüge des großen Alexander ihn gen Osten geführt hatten und ich mir ausmalen konnte, daß mein Vater und mein Onkel einigen seiner Spuren gefolgt wären. Freilich sah ich es als höchst unwahrscheinlich an, daß ich jemals des Lateins mächtig sein müsse, und so kam es, daß, als meine Klasse die Nase gemeinsam in die langweiligen Regeln und Vorschriften des *Timen* steckte, ich die meine auf etwas anderes richtete.

Wiewohl die Erwachsenen im Hause laut lamentierten und mir ein böses Ende voraussagten, glaubte ich persönlich nicht wirklich, daß mein Eigensinn darauf schließen ließ, ich sei ein schlechtes Kind.

Meine Hauptsünde war schließlich die Neugierde, die nach unseren abendländischen Wertmaßstäben freilich in der Tat eine Sünde ist. Sitte und Herkommen heischen ja wirklich, daß wir uns fügsam und angepaßt an unsere Nächsten und an unseresgleichen verhalten. Die heilige Kirche verlangt, daß wir glauben und alle Fragen und Ansichten unterdrücken, zu denen unser Verstand uns bringt. Die merkantile Philosophie der Venezianer läßt nur jene greifbaren Wahrheiten gelten, die auf der untersten Zeile des Hauptbuches stehen, in dem Soll und Haben gegeneinander aufgerechnet werden.

Irgend etwas in meinem Wesen rebellierte jedoch gegen die Einengungen, die alle anderen meines Alters, meiner Schicht und in meiner Lage akzeptierten. Ich wollte ein Leben jenseits der Regeln und Linien im Hauptbuch und der Zeilen im Meßbuch führen. Ich brannte vor Ungeduld und war wohl auch mißtrauisch gegenüber der überkommenen Weisheit jener Brocken von Informationen und Ermahnungen, die so säuberlich ausgewählt und zugerichtet und zum Verzehr und zur Einverleibung dargereicht werden wie die Gänge bei einer Mahlzeit. Ich zog es vor, mir auf eigene Faust Wissen anzueignen, selbst wenn es mir roh und ungenießbar vorkam und es mir Ekel erregte, es zu schlucken, was ziemlich oft der Fall war. Meine Vormünder und Schulmeister warfen mir vor, aus Faulheit der harten Arbeit aus dem Weg zu gehen, der es bedurfte, um sich Bildung anzueignen. Nie wäre es ihnen in den Sinn gekommen, daß ich beschlossen hatte, einem weit schwierigeren Pfad zu folgen, und bereit war, diesem zu folgen, wohin immer er mich führte, von dieser Kindheitszeit all die Jahre meines ganzen Erwachsenendaseins hindurch.

An den Tagen, da ich der Schule fernblieb und nicht nach Hause gehen konnte, mußte ich irgendwie irgendwo die Zeit totschlagen, und so trieb ich mich manchmal im Hof und in den Gebäuden der Compagnia Polo herum. Das Anwesen lag damals wie heute an der Riva Ca' de Dio, jene Hafenesplanade, die unmittelbar auf die Lagune hinausgeht. Auf der Wasserseite wird diese Esplanade von hölzernen Landungsstegen gesäumt, zwischen denen Bug an Heck und auch Seite an Seite Schiffe und Boote vertäut sind. Da gibt es größere und kleinere Fahrzeuge: die flachbodigen *batèli* und *gondole* privater Häuser, die *bragozi* genannten Fischerboote und die schwimmenden Salons, die *burchielli* heißen. Außerdem lagen dort die wesentlich größeren seegängigen Galeeren und Galeassen Venedigs, darunter ab und zu englische und flämische Koggen, slawische *Trabacoli* und levantinische *Kaike*. Viele von diesen Seefahrzeugen sind so groß, daß ihre Vordersteven und Bugsprits über die Straße hinausragen, fast bis hinan an die vielfältigen Hausfronten, welche die Landseite der Esplanade bilden und dort ein Schattengewirr auf ihr Katzenkopfpflaster werfen. Eines dieser Gebäude war (und ist) unseres: ein gähnend-weitläufiges Lagerhaus, in dem ein kleiner Raum als Kontor abgetrennt ist.

Mir gefiel das Lagerhaus. Es war erfüllt von den Wohlgerüchen aller Länder der Erde, denn es war voll gestapelt mit Säcken und Kisten und

Ballen und Fässern, die alles enthielten, was die Erde zu bieten hatte – von Wachs aus der Berberei und englischer Wolle bis zu Zucker aus Alexandria und Sardinen aus Marseille. Bei den Lagerhausarbeitern handelte es sich um muskulöse Männer, die Hämmer und Stauhaken, aufgeschossene Seile und anderes Werkzeug mit sich herumtrugen. Diese Leute hatten immer zu tun: da war wohl einer dabei, Zinnwaren aus Cornwall in Rupfen zu verpacken, während ein anderer den Deckel auf ein Faß mit Olivenöl aus Katalonien hämmerte und noch ein anderer eine Kiste mit Seife aus Valencia hinaustrug auf den Quai und alle allen immerzu Befehle wie »*Logo*!« oder »*A cornado*!« zuriefen.

Doch im Kontor gefiel es mir nicht minder. In diesem vollgestopften Verschlag saß der Mann, dem die Leitung all dieser Geschäfte und Geschäftigkeit oblag, der alte Schreiber Isidoro Priuli. Anscheinend ohne auch nur einen Muskel zu betätigen, ohne herumzurennen und zu brüllen und ohne jedes Gerät bis auf seine kügelchenbestückte Rechenmaschine, seine Schreibfedern und Kontobücher beherrschte Maistro Doro diesen Schnittpunkt aller Handelsstraßen der Welt. Es bedurfte nur eines leisen Klickens der farbigen Kügelchen seiner Rechenmaschine und einer mit kratzendem Federkiel vorgenommenen Eintragung ins Hauptbuch, und schon schickte er eine Amphore korsischen Rotweins nach Brüssel und im Austausch dafür eine Docke flandrischer Spitze nach Korsika – und, während diese beiden Dinge in unserem Lagerhaus aneinander vorübergingen, ein Metadella-Maß vom Wein zu nehmen und eine Elle Spitze abzuschneiden, auf daß der Gewinn der Polo an dieser Transaktion gesichert sei.

Da ein großer Teil der gelagerten Waren leicht in Flammen aufgehen konnte, gestattete Isidoro sich nicht einmal den Luxus, seinen kleinen Arbeitsplatz mit Hilfe einer Lampe oder auch nur einer einzelnen Kerze zu erhellen. Dafür hatte er an der Wand hinter ihm und ihm zu Häupten einen großen, aus echtem Glas gebauten konkaven Spiegel anbringen lassen, der so viel Helligkeit vom Tag draußen einfing wie möglich und sie auf sein hochbeiniges Pult richtete.

Wenn er dort bei seinen Büchern hockte, sah Maistro Doro aus wie ein sehr kleiner, in sich zusammengeschrumpfter Heiliger mit übergroßem Heiligenschein. Da stand ich dann wohl, spähte über den Rand seines Pultes hinweg und konnte es nicht fassen, daß der Maistro mit einem einzigen kleinen Fingerschnippen eine solche Befehlsgewalt ausüben konnte, während er mir von seiner Arbeit erzählte, die ihn mit so großem Stolz erfüllte.

»Die heidnischen Araber waren es, mein Junge, die der Welt diese Schnörkel schenkten, welche Zahlen darstellen – und diese Rechenmaschine, sie zusammenzuzählen. Venedig jedoch war es, das der Welt das System der doppelten Buchführung gab – die Bücher mit den beiden einander gegenüberliegenden Seiten, auf denen Soll und Haben eingetragen werden. Links Soll und rechts Haben.«

Ich zeigte auf eine Eintragung auf der Linken: »Zur Gutschrift für Messer Domeneddio« und fragte nur so, wer denn dieser Messere sei.

»*Mefé* – meiner Treu!« entfuhr es dem Maistro. »Du erkennst den Namen nicht, unter dem unser Herrgott Seine Geschäfte tätigt?«

Er ließ die Seiten dieses Hauptbuchs über den Daumen gleiten, um mir das Vorsatzblatt zu zeigen, auf dem schön mit Tinte geschrieben stand: »Im Namen Gottes und des Gewinns.«

»Wir kleinen Sterblichen kommen schon mit unseren eigenen Waren zurecht, wenn sie hier in dieser Halle lagern«, erklärte er. »Gehen sie jedoch auf dünnwandigen Schiffen hinaus aufs gefahrvolle Meer, sind sie ganz auf die Gnade Gottes angewiesen – wessen sonst? Infolgedessen betrachten wir Ihn bei einem jeden unserer Unternehmungen als Geschäftspartner. In unseren Büchern werden Ihm bei einer jeden Transaktion, die mit dem Weitertransport der Waren übers Meer verbunden ist, zwei volle Gewinnanteile ausgewiesen. Ist das Unternehmen ein Erfolg, erreicht die Fracht sicher ihren Bestimmungsort und wirft den erwarteten Gewinn ab, werden die beiden Gewinnanteile eben *al conto di Messer Domeneddio* gutgeschrieben und Ihm am Ende eines jeden Jahres, wenn die Dividenden zugeteilt werden, ausgezahlt. Oder vielmehr Seinem Geschäftsführer und Bevollmächtigten in der Person unserer heiligen Mutter, der Kirche. So verfährt jeder christliche Kaufmann.«

Hätte ich all die Tage, die ich die Schule schwänzte, mit so erbaulichen Gesprächen verbracht, würde kein Mensch sich beschwert haben. Ich hätte dann vermutlich eine bessere Erziehung genossen, als Fra Varisto sie mir jemals hätte können zuteil werden lassen. Nur brachten meine Streifzüge durch das Hafengebiet mich unweigerlich mit Menschen in Berührung, die weniger bewunderungswürdig waren als der Schreiber Isidoro.

Womit ich nicht behaupten will, daß die Riva eine Straße der untersten Gesellschaftsschichten gewesen wäre. Zwar wimmelt es dort zu jeder Tagesstunde von Handwerkern, Seeleuten und Fischern, doch ebensosehr sah man dort wohlgekleidete Kaufleute, Makler und andere Handeltreibende, oft in Begleitung ihrer vornehmen Gattinnen. Die Riva ist außerdem auch noch eine Promenade, an schönen Tagen sogar noch nach Einbruch der Dunkelheit, auf der sich elegante Herren und Damen einfach ergehen, um die linde Brise zu genießen, die von der Lagune herüberweht. Gleichwohl mischen sich unter diese Leute tags wie nachts dreiste Burschen und Beutelschneider, Dirnen und andere Angehörige jenes Abschaums, den wir den *popolàzo* nennen. Da waren zum Beispiel jene Rangen, denen ich eines Nachmittags auf dem Rivaer Quai begegnete und von denen einer sich damit vorstellte, daß er mit einem Fisch nach mir warf.

2 Es war kein besonders großer Fisch, und es handelte sich auch nicht um einen besonders großen Jungen. Er war etwa so groß wie ich und stand im selben Alter; außerdem wurde ich nicht verletzt, als der Fisch mich zwischen die Schulterblätter traf. Er hinterließ nur einen scheußlich modrigen Geruch auf meinem Rock aus Luccaer Seide, und ganz offensichtlich war es auch das, was der Junge beabsichtigt hatte, denn er selbst war in Lumpen gekleidet, die bereits nach Fisch stanken. Schadenfroh tanzte er um mich herum und sang einen Spottvers:

> *Un ducato un ducatòn!*
> *Bùtelo. bùtelo. zo per el cavròn!*

Das ist nur der Bruchteil eines Kinderliedes, das bei einem Wurfspiel gesungen wird, doch hatte er das letzte Wort gegen eines ausgetauscht, von dem ich – obwohl ich euch damals noch nicht hätte sagen können, was genau es bedeutete – wußte, daß es das schlimmste Schimpfwort ist, das ein Mann einem anderen an den Kopf werfen kann. Ich war noch kein Mann und er auch nicht; gleichwohl stand offensichtlich meine Ehre auf dem Spiel. Ich unterbrach ihn in seinem spöttischen Herumgehopse, indem ich beherzt auf ihn zutrat und ihm einen Faustschlag ins Gesicht versetzte. Leuchtendrotes Blut schoß ihm aus der Nase.

Ehe ich mich's versah, wurde ich unter dem Gewicht von vier anderen Burschen plattgedrückt. Mein Angreifer war nicht allein auf dem Quai umhergestrolcht und auch nicht der einzige, den die feinen Kleider erbosten, die Zia Zulìa mich an Schultagen tragen ließ. Eine Zeitlang knackten die Planken des Landestegs unter unserem Geraufe. Etliche Vorübergehende blieben stehen, um uns zuzusehen, und einige von den Rauhbeinigeren riefen etwa: »Gib's ihm!« oder »Hau dem Bettelpack die Hucke voll!« Ich kämpfte tapfer, konnte jedoch immer nur gegen einen Jungen auf einmal zurückschlagen, während sie zu fünft auf mich eindroschen. So dauerte es nicht lange, und ich keuchte mir die Lunge aus dem Leib, während sie mir die Arme auf den Boden drückten. Ich lag einfach da und wurde durchgewalkt und geknetet wie Nudelteig.

»Laßt ihn los!« ließ eine Stimme sich hinter dem Haufen meiner Widersacher vernehmen.

Bei der Stimme handelte es sich bloß um ein piepsendes Falsett; gleichwohl war sie laut und offenbar befehlsgewohnt. Die fünf Jungen hörten auf, mich zu bearbeiten, und – wenn auch widerwillig – einer nach dem anderen ließ von mir ab. Selbst als mich nichts mehr behinderte, mußte ich noch einen Moment liegenbleiben und sehen, daß ich wieder zu Atem kam, ehe ich aufstehen konnte.

Die anderen Jungen traten von einem bloßen Fuß auf den anderen und richteten mißmutig die Blicke auf die Besitzerin der Stimme. Was mich verwunderte, war, daß sie einem Mädchen gehorchten. Sie war abgerissen wie die anderen und stank nicht minder als sie, war aber kleiner und jünger. Sie trug das kurze, enge, röhrenförmige Kleid, das alle venezianischen Mädchen im Alter von zwölf Jahren tragen – vielleicht sollte ich jedoch sagen: Sie trug die Überreste eines solchen Kleides. Dieses war dermaßen zerfetzt, daß sie geradezu unanständig nackt gewirkt hätte, nur daß dasjenige, was von ihrem Leib zu sehen war, die gleiche schmutziggraue Farbe aufwies wie ihr Kleid. Vielleicht zog sie ein gewisses Maß an Autorität aus der Tatsache, daß sie – und zwar sie allein – die pantoffelähnlichen hölzernen *tofi* der Armen anhatte.

Das Mädchen trat nahe an mich heran und strich mütterlich über meine Kleidung dahin, die sich jetzt nicht sonderlich von ihrer eigenen unterschied. Dabei erklärte sie mir, sie sei die Schwester des Jungen, dem ich die Nase blutig geschlagen hätte.

»Mama hat Boldo eingebleut, nie zu raufen«, sagte sie, um dann hinzuzusetzen: »Und Papa hat ihm eingeschärft, seine Raufereien immer ohne Hilfe anderer auszufechten.«

Schwer atmend sagte ich: »Hätte er doch nur auf sie gehört!«

»Meine Schwester lügt! Wir haben gar keine Mama und keinen Papa.«

»Wenn wir aber Eltern hätten, wäre das genau das, was sie dir sagen würden. Und jetzt heb den Fisch auf, Boldo! Es war schwierig genug, ihn zu stehlen.« Zu mir gewandt sagte sie: »Wie heißt du? Er ist Ubaldo Tagiabue, und ich bin Doris.«

Tagiabue heißt soviel wie »Gebaut wie ein Ochse«, und in der Schule hatte ich gelernt, Doris sei die Tochter des heidnischen Gottes Oceanus. Diese Doris hier war so erbarmungswürdig mager, daß sie diesen Vornamen nicht verdiente, und außerdem so schmutzig, daß sie nie einer Wassergottheit hätte ähneln können. Gleichwohl wirkte sie standhaft wie ein Ochse und gebieterisch wie die Göttin, als wir dastanden und zusahen, wie ihr Bruder gehorsam hinging und den Fisch aufhob. Das heißt, aufheben konnte er ihn nicht so ohne weiteres, denn im Laufe unserer Rauferei war mehrmals auf ihn getreten worden, so daß er ihn mehr oder minder zusammenklauben mußte.

»Du mußt etwas sehr Schlimmes getan haben«, sagte Doris zu mir, »wo du ihn dazu gebracht hast, mit unserem Abendessen nach dir zu werfen.«

»Ich habe überhaupt nichts getan«, erklärte ich wahrheitsgemäß. »Bis ich ihn schlug. Und das habe ich nur deshalb getan, weil er mich *cavròn* schimpfte.«

Sie setzte ein belustigtes Gesicht auf und fragte: »Weißt du, was das heißt?«

»Ja, es heißt, daß man kämpfen muß.«

In ihren Augen blitzte es noch belustigter auf, und sie sagte: »Ein *cavròn* ist jemand, der seine Frau anderen Männern überläßt.«

Ich überlegte, warum das Wort dann, wenn das alles war, was es bedeutete, eine so tödliche Beleidigung sein sollte. Schließlich kannte ich etliche Männer, deren Frauen Waschfrauen und Näherinnen waren, deren Dienste von vielen anderen Männern in Anspruch genommen wurden, ohne daß das irgendwelchen öffentlichen Aufruhr erregte oder gar eine private *vendèta* zur Folge hatte. Als ich einige entsprechende Bemerkungen in dieser Hinsicht fallenließ, brach Doris in Lachen aus.

»Marcolfo!« rief sie höhnisch aus. »Es bedeutet, daß die Männer ihre

Kerze in die Scheide der Frau stecken und sie zusammen den Veitstanz tanzen.«

Zweifellos durchschaut jeder, was wiederum mit diesen Ausdrücken gemeint ist, und so werde ich mich nicht entblöden, Euch das wunderliche Bild auszumalen, das bei ihren Worten in meinem ahnungslosen Kopf entstand. Nur schlenderten just in diesem Augenblick ein paar biedere, wie Kaufleute aussehende Männer in der Nähe vorüber, die entsetzt einen Schritt vor Doris zurückwichen und deren Bartstoppeln sich sträubten wie Igelstacheln, als sie hörten, wie ein so kleines Kind, noch dazu ein kleines Mädchen, laut solche unanständigen Wörter von sich gab.

Ubaldo trug den nunmehr zusammengeklaubten Fisch mit beiden schmutzigen Händen haltend herzu und sagte zu mir: »Willst du mit uns zu Abend essen?« Dazu sollte es zwar nicht kommen, doch vergaßen er und ich im Laufe des Nachmittags unseren Streit und wurden Freunde.

Er wie ich waren damals vielleicht elf oder zwölf Jahre alt – und Doris zwei Jahre jünger. In den folgenden paar Jahren verbrachte ich den Großteil meiner Tage mit ihnen und dem Haufen von ständig wechselnden anderen Hafenrangen, die gleichsam ihr Gefolge bildeten. Dabei hätte ich in jenen Jahren ohne weiteres mit den wohlgenährten und adrett gekleideten Sprößlingen der *lustrìsimi* Familien der Stadt verkehren können, wie den Balbi und den Cornari – und Zia Zulìa scheute keine Mühe und keine Überredungskraft, mich dazu zu bewegen –, doch ich zog meine stinkenden, dafür aber um so lebhafteren Freunde vor. Ich bewunderte ihre schlagfertige und sarkastische Ausdrucksweise und eignete sie mir an. Ich bewunderte ihre Unabhängigkeit und ihre *fichèvole* Einstellung dem Leben gegenüber und setzte alles daran, es ihnen darin gleichzutun. Da ich diese Haltung auch nicht ablegte, wenn ich nach Hause oder sonstwohin ging, trug das nicht gerade dazu bei, mich bei den anderen Menschen in meinem Leben beliebt zu machen; doch das stand ja auch nicht zu erwarten.

Bei meinen nicht gerade häufigen Gastspielen in der Schule belegte ich Fra Varisto mit ein paar Spitznamen, die ich von Boldo gelernt hatte – »*il bel di Roma*« und »*il Culiseo*«, –, die begeistert von den anderen Schülern übernommen wurden. Der gute Mönch und Lehrer hatte anfangs nichts gegen diese Formlosigkeit einzuwenden, ja, machte sogar einen eher geschmeichelten Eindruck, bis ihm nachgerade aufging, daß wir ihn nicht mit der grandiosen alten Schönheit Roms – dem *coliseo* oder Kolosseum – verglichen, sondern unser Spiel mit dem Worte *culo*, Hintern, trieben und ihn praktisch ›Riesenarsch‹ nannten. Die Dienstboten daheim packte fast täglich das schiere Entsetzen. Einmal – ich hatte gerade etwas ausgefressen – belauschte ich ein Gespräch zwischen Zia Zulìa und Maistro Attilio, dem Maggiordomo unseres Haushalts.

»Crispo!« hörte ich den alten Mann ausrufen. Das war seine etwas penible Art, einen Fluch auszustoßen, ohne die Wörter »per Cristo« tatsächlich auszusprechen; gleichwohl brachte er es immer fertig, damit zum Ausdruck zu bringen, wie sehr außer sich vor Empörung er war und wie entsetzt. »Weißt du, was das Luderchen jetzt wieder angestellt hat? Es hat den Ruderer einen schwarzen Haufen *merda* – Scheiße – genannt, und jetzt ist der arme Michièl in Tränen aufgelöst. Es zeugt von unverzeihlicher Grausamkeit, einem Sklaven gegenüber so zu sprechen und ihm unter die Nase zu reiben, daß er ein Sklave ist.«

»Ach, was soll ich nur machen, Attilio«, rief Zulìa in klagendem Ton. »Ich kann den Jungen doch nicht prügeln, sonst verletz ich womöglich noch sein kostbares Selbst!«

Streng ließ der Oberste der Domestiken sich vernehmen: »Besser, er bezieht die Prügel jetzt und hier zu Hause, wo sonst kein Mensch es mitbekommt, als daß er als Erwachsener öffentlich am Schandpfahl ausgepeitscht wird.«

»Wenn ich ihn nur immer unter den Augen hätte . . .«, erklärte meine *nena* schniefend. »Ich kann schließlich nicht durch die ganze Stadt hinter ihm herjagen. Und seit er sich mit diesem *popolàzo* von Hafengesindel herumtreibt . . .«

»Es wird nicht lange dauern, und er wird es mit den *bravi* halten«, knurrte Attilio. »Ich warne dich, Weib: du läßt zu, daß aus diesem Jungen ein richtiger *bimbo viziato* wird.«

Ein *bimbo viziato* ist ein verwöhntes Herrensöhnchen, und genau das war ich. Die Beförderung vom *bimbo* zum *bravo* hätte mir sehr gefallen. Naiv, wie ich war, ging ich davon aus, daß *bravi* das wären, was ihr Name eigentlich erwarten läßt, brave Männer, doch genau das Gegenteil war gemeint.

Die lauernden *bravi* sind die modernen Vandalen Venedigs. Es handelt sich um junge Männer, zumeist aus guter Familie, die weder Moral besitzen noch irgendeiner nützlichen Beschäftigung nachgehen, nichts anderes kennen als Betrügereien und Degenstechereien und keinen anderen Ehrgeiz haben, als sich hier und da einen Dukaten zu verdienen, indem sie einen heimlichen Mord begehen. Manchmal werden sie von Politikern dazu gedungen, die auf einen bestimmten Posten nicht erst lange warten wollen, oder aber von Kaufleuten, die auf die leichteste Weise einen Konkurrenten aus dem Weg schaffen möchten. Häufiger werden die Dienste der *bravi* ironischerweise von irgendwelchen Liebhabern in Anspruch genommen – denen daran gelegen ist, irgendwelche Hindernisse auf dem Weg zu der Geliebten, wie etwa einen unbequemen Ehemann oder eine eifersüchtige Gattin, beiseite zu räumen. Sieht man tagsüber einen jungen Mann einherstolzieren und so tun, als wäre er ein *cavaliere errante* oder Fahrender Ritter, handelt es sich entweder um einen *bravo* oder um jemand, der gern für einen solchen gelten möchte. Begegnet man einem *bravo* jedoch bei Nacht, trägt er eine Maske vorm Gesicht und einen wallenden Mantel um die Schulter und darunter einen modernen Kettenpanzer, drückt sich außerhalb des Lampenlichts im Dunkeln herum und wird sein Opfer mit Degen oder Stilett stets von hinten anfallen.

Nicht, daß man meint, bei diesen Betrachtungen handelte es sich um eine Abschweifung; denn ich wurde in der Tat zu einem *bravo* – oder zumindest zu einer Art *bravo*.

Immerhin habe ich von einer Zeit erzählt, da ich noch ein *bimbo viziato* war und Zia Zulìa sich darüber beschwerte, daß ich zu oft in der Gesellschaft der Hafenrangen gesehen wurde. In Anbetracht des Schandmauls, das ich mir angewöhnte, und der unmöglichen Manieren, die ich von ihnen übernahm, hatte sie allen Grund, dies zu mißbilligen. Doch nur eine Slawin und nie und nimmer eine geborene Venezianerin konnte es als unnatürlich betrachten, daß ich mich auf den Quais herumtrieb. Ich war Venezianer, und so hatte ich das Salz der See im Blut, und es trieb mich meerwärts. Da ich überdies auch noch ein Knabe war, setzte ich diesem Drang keinen Widerstand entgegen, und mit den Hafenrangen Umgang zu pflegen, bedeutete für mich die größtmögliche Annäherung an das Meer.

Ich habe seither viele am Meer gelegene Städte kennengelernt – keine jedoch, die so sehr gleichsam Teil des Meeres ist wie mein Venedig. Für uns ist das Meer nicht nur ein Mittel, um unseren Lebensunterhalt zu verdienen – das trifft auch auf Genua und Konstantinopel zu und auf Cherbourg genauso wie das legendäre Bauduin –, es ist untrennbar Teil unseres Lebens. Es umspült das Gestade einer jeden Insel und eines jeden Inselchens, die insgesamt und zusammen Venedig bilden, es fließt durch die Kanäle der Stadt und manchmal – wenn Wind und Gezeiten aus derselben Richtung kommen – schwappt es sogar die Treppenstufen zur Basilica San Marco hinauf und kann ein Gondoliere sein Boot zwischen den Portalbögen der großen Piazza San Marco hindurchrudern.

Nur Venedig, von allen Hafenstädten der Welt, betrachtet die See als seine Braut und bestätigt dieses Verlöbnis in feierlicher Zeremonie und durch Priester Jahr für Jahr aufs neue. Erst vorigen Donnerstag bin ich der Feier das letztemal gefolgt. Das war an Christi Himmelfahrt, und ich war einer der Ehrengäste an Bord der dick vergoldeten Staatsgondel unseres Dogen Zuane Soranzo. Sein prächtiger *buzino d'oro* wurde zwar von vierzig Ruderern gerudert, war jedoch nur eines von den vielen Schiffen und Booten, die – eine große Flotte – mit Seeleuten und Fischern, Priestern, Spielleuten und *lustrìsimi* Bürgern bemannt in prächtiger Prozession auf die Lagune hinausfuhren. Am Lido, der am weitesten ins Meer hinausgeschobenen unserer Inseln, sprach der Doge die altehrwürdigen Worte: »*Ti sposiamo, O mare nostro, in cigno di vero e perpetuo dominio*« und warf den goldenen Ehereif ins Wasser, während die Priester für unsere schwimmende Gemeinde die Vorbeter machten und flehten, das Meer möge sich in den kommenden zwölf Monaten als genau so großmütig und willfährig erweisen wie eine menschliche Braut. Wenn die Tradition stimmt – daß nämlich seit dem Jahre tausend am Himmelfahrtstag die gleiche Zeremonie stattgefunden hat –, liegt in Form von über dreihundert goldenen Ringen vor dem Lido ein beträchtliches Vermögen am Meeresgrunde.

Die See umringt und durchdringt Venedig nicht nur, sie ist in jedem Venezianer; sie salzt den Schweiß seiner tätigen Arme und die aus Gram oder vor Freude vergossenen Tränen seiner Augen, ja sogar seine Sprache. Nirgends in der Welt habe ich es erlebt, daß Männer einander begegnen und sich mit dem frohen Ruf »*Che bon vento?*« begrüßen, was soviel bedeutet wie: »Welch guter Wind?« und für einen Venezianer soviel heißt wie: »Welch guter Wind hat Euch über das Meer ins glückliche Venedig geführt?«

Ubaldo Tagiabue und seine Schwester Doris sowie die anderen Hafenrangen kannten eine weit bündigere und knappere Begrüßung, doch Salz enthielt auch diese. Sie sagten einfach: »*Sana capàna*«, die Kurzform einer Begrüßung »auf die Gesundheit unserer Gesellschaft«, wobei wie selbstverständlich die Gesellschaft von Hafenrangen gemeint ist. Nachdem wir uns einige Zeitlang kannten, fingen sie an, mich mit diesen Worten zu begrüßen; da wußte ich, daß ich dazugehörte, und darauf war ich stolz.

Diese Kinder lebten wie eine Schar Quairatten im modernden Rumpf eines Treidelkahns, der im seichten Schlamm vor jener Seite der Stadt vertäut lag, die auf die Tote Lagune und weiter in der Ferne auf San Michièl, die Toteninsel, hinausgeht. Im Inneren dieses dunklen und feuchten Schiffsleibs hielten sie sich freilich nur dann auf, wenn sie schliefen, denn wenn sie das nicht taten, waren sie gezwungen, sich auf die Suche nach Nahrung und nach Kleidung zu begeben. Sie lebten fast ausschließlich von Fisch; denn wenn es ihnen auch nicht gelang, anderes Eßbares zu stehlen, so konnten sie doch am Ende eines jeden Tages zum Fischmarkt eilen, da nach venezianischem Gesetz die Fischhändler zu einer bestimmten Stunde alle ihre Waren auf den Boden werfen mußten; auf diese Weise sollte verhindert werden, daß jemals andere als wirklich frische Ware verkauft wurde. Deshalb gab es dort immer eine Schar armer Leute, die sich um diese Reste und Überbleibsel balgten, unter denen freilich selten schmackhaftere Fische zu finden waren.

Ich brachte meinen neuen Freunden alles, was ich daheim an Resten von der Tafel ergattern oder aus der Küche stehlen konnte. Auf diese Weise bekamen die Kinder jedenfalls immer dann etwas Gemüse, wenn es mir gelang, so etwas wie kohlgefüllte Ravioli oder Rübensirup zu entwenden, Eier und Käse, wenn ich ihnen einen *maccherone* brachte, sowie sogar gutes Fleisch, wenn es mir gelang, ein bißchen Mortadella oder Schweinssülze mitgehen zu lassen. Ab und zu brachte ich ihnen einen Leckerbissen, über den sie sich gar nicht genugtun konnten. Ich war immer überzeugt gewesen, daß der *Baba Natale* oder Weihnachtsmann allen venezianischen Kindern die traditionelle *Torta di Lasagna* brachte. Doch als ich Ubaldo und Doris einmal zum Christfest davon brachte, gingen ihnen fast die Augen über, und sie brachen bei jeder Rosine und jedem Pinienkern, jeder eingemachten Zwiebel und kandierter Orangenschale in helle Rufe des Entzückens aus.

Auch an Kleidern brachte ich ihnen, was ich konnte – Abgetragenes oder Dinge, aus denen ich herausgewachsen war, für die Jungen und für die Mädchen Sachen, die meiner verstorbenen Mutter gehört hatten. Nicht alles paßte jedem, doch das machte ihnen nichts aus. Doris und die anderen drei oder vier Mädchen stolzierten in Umschlagtüchern und Gewändern einher, die so groß waren, daß sie mit den Hakken auf die Säume traten. Für meinen eigenen Gebrauch, wenn ich mit den Hafenrangen zusammen war, brachte ich ein paar von meinen alten Röcken und Hosen, die so abgewetzt waren, daß Zia Zulìa sie in jenen Abfalleimer geworfen hatte, in dem sie die Putzlumpen für den Haushalt verwahrte. Ich zog also aus, was ich an feinen Kleidern angehabt hatte, als ich das Haus verließ, zwängte sie zwischen die Spanten des alten Kahns, zog die zerrissenen Lumpen an und war so lange nicht von den anderen zu unterscheiden, bis es Zeit wurde, sich abermals umzuziehen und nach Hause zu gehen.

Vielleicht fragt sich der Leser, warum ich den Kindern an Stelle meiner mageren Geschenke kein Geld gab. Dabei gilt es zu bedenken, daß ich genauso sehr ein Waisenkind war wie sie und unter strenger Vormundschaft stand; um mich aus den Truhen der Familie Polo zu bedienen, war ich noch viel zu jung. Das Haushaltsgeld wurde uns vom Geschäft zugeteilt, das heißt, von dem Schreiber Isidoro Priuli. Wann immer Zulìa oder der Maggiordomo oder irgendein anderer Bediensteter irgendwelche Vorräte oder sonstwas für die Ca' Polo kaufen mußte, war er oder sie gezwungen, in Begleitung eines Pagen vom Geschäft auf den Markt zu gehen. Dieser Pagenjunge trug die Börse bei sich, zählte die benötigten Dukaten, Zechinen oder Soldi ab und machte sich für jeden einzelnen Posten eine Notiz. Gab es etwas, das ich persönlich brauchte oder haben wollte und ich vor allem gute Gründe dafür anführte, warum ich es haben wollte, wurde es für gewöhnlich gekauft. Aber außer ein paar Kupfer-Bagatini besaß ich in meiner Kindheit zu keiner Zeit irgendwelches Klimpergeld.

Immerhin brachte ich es fertig, die Verhältnisse der Hafenrangen insoweit etwas zu verbessern, als sie das Feld ihrer Diebereien etwas ausweiten konnten. Sie hatten von jeher von den Krämern und Hökern ihres eigenen elendigen Viertels das eine oder andere gestohlen, von den kleinen Händlern also, die kaum besser dran waren als sie selbst und deren Waren das Stehlen kaum lohnten. Ich jedoch führte die Kinder nunmehr in das feinere Viertel, in dem ich lebte, und wo Waren von wesentlich besserer Qualität feilgeboten wurden. Und darüber hinaus dachten wir uns eine Methode des Stehlens aus, die weit besser war als das An-sich-Reißen und Sich-aus-dem-Staub-Machen.

Die Merceria ist die breiteste, geradeste und längste Straße Venedigs, was auf nichts anderes hinausläuft, als daß sie praktisch die einzige Straße überhaupt ist, die man breit und gerade oder lang nennen kann. Zu beiden Seiten reihen sich Läden mit offenen Fronten aneinander, und zwischen ihnen werden an langen Reihen von Ständen und Karren womöglich noch lebhaftere Geschäfte getätigt; hier wurde alles verkauft, von Seiden und Tuchen bis zu Stundengläsern und von gewöhnlichen Lebensmitteln des täglichen Bedarfs bis zu den feinsten Delikatessen.

Mal angenommen, wir erblickten auf dem Karren eines Fleischers eine Platte mit Kalbsschnitzeln, bei deren Anblick den Kindern das Wasser im Mund zusammenlief. Ein Junge namens Daniele war unser schnellster Läufer. Folglich war er es, der sich bis zum Karren durchdrängelte, eine Handvoll Schnitzel packte und machte, daß er davonkam, wobei er ums Haar ein kleines Mädchen umgerannt hätte, die ihm in den Weg gelaufen war. So dumm es schien – aber Daniele lief weiter die breite, gerade und offene Merceria hinunter, wo man ihn nicht aus den Augen verlor und leicht verfolgen konnte. Folglich liefen der Helfer des Fleischers sowie ein paar empörte Kunden hinter ihm her und riefen in einem fort: »*Alto!*« und »*Salva!*« und »*Ladro!*«

Doch bei dem Mädchen, das Daniele umgerannt hatte, handelte es sich um unsere Doris, der dieser in diesem Augenblick, da alles drunter und drüber ging, unbemerkt seine Beute zugesteckt hatte, mit der Doris, auf die niemand weiter achtete, in einer der gewundenen, schmalen Seitengassen verschwand. Da seine Flucht von den vielen Menschen auf der Merceria etwas behindert wurde, lief Daniele Gefahr, geschnappt zu werden. Seine Verfolger kamen näher, andere Vorübergehende griffen nach ihm, und alle zusammen riefen nach einem *Sbiro*. Die *Sbiri* sind Venedigs affengleiche Polizisten, und einer von ihnen, der den Ruf vernommen hatte, schob sich jetzt durch die gaffende Menge, um dem Dieb den Weg abzuschneiden. Nur stand ich in der Nähe – das schaffte ich jedesmal bei diesen Gelegenheiten. Daniele hörte auf zu laufen, woraufhin ich es war, der die Beine in die Hand nahm, so daß es aussah, als wäre ich der Gesuchte. Ich lief dem *Sbiro* also absichtlich in die ausgebreiteten Affenarme.

Nachdem man mir ein paar tüchtige Maulschellen verabreicht hatte, wurde ich unweigerlich erkannt. Darauf verließ ich mich jedesmal. Der *Sbiro* und die aufgebrachten Bürger schleiften mich zu meinem nicht weit von der Merceria entfernten Elternhaus. Wurde gegen die auf die Straße hinausführende Tür des Palazzo gehämmert, machte der unglückliche Maggiordomo Attilio auf, hörte sich die durcheinandergehenden Anschuldigungen und Verwünschungen an und setzte dann mißmutig seinen Daumenabdruck unter ein *pagherò*, ein Stück Papier, mit dem man verspricht zu bezahlen; auf diese Weise wurde die Compagnia Polo verpflichtet, den Fleischer für seinen Verlust zu entschädigen.

Nachdem der Hüter des Gesetzes mir ernstlich ins Gewissen geredet und mich noch einmal tüchtig durchgeschüttelt hatte, ließ er meinen Kragen los und entfernte sich mit der Menge.

Wenngleich ich auch nicht jedesmal einspringen mußte, wenn die Hafenrangen etwas stahlen – denn meistens schafften sie es, daß Räuber und Entgegennehmer ungeschoren davonkamen –, so wurde ich doch häufiger zur Ca' Polo geschleift, als ich mich erinnern kann, was selbstverständlich nicht gerade dazu beitrug, Maistro Attilio von seiner

33

Meinung abzubringen, daß Zia Zulìa es fertiggebracht habe, das erste schwarze Schaf in der Familie Polo heranzuziehen.

Man könnte meinen, daß die Hafenrangen etwas dawider gehabt hätten, einen »reichen Jungen« an ihren Streichen teilnehmen zu lassen, und auch die »Herablassung« verübelt hätten, die sich in meinen Gaben an sie ausdrückte. Das war jedoch nicht der Fall. Die *popolàzo* mag die *lustrìsimi* bewundern oder beneiden oder gar beschimpfen; ihr wirklich empfundener Groll und Haß jedoch gilt denen, die genauso arm sind wie sie, denn die sind schließlich ihre Hauptkonkurrenten in dieser Welt. Nicht die Reichen sind es, die sich mit den Armen um die Reste auf dem Fischmarkt balgen. Als ich daherkam und gab, was ich geben konnte, ohne etwas zu nehmen, duldeten die Hafenrangen meine Gegenwart sehr viel gutwilliger, als wenn ich nur ein weiterer hungriger Betteljunge gewesen wäre.

3 Einfach um mich daran zu erinnern, daß ich nicht zum *popolàzo* gehöre, stattete ich der Compagnia Polo ab und zu einen Besuch ab und schwelgte in den dort herrschenden betörenden Gerüchen sowie der Geschäftigkeit und der allgemeinen Atmosphäre von Wohlstand. Bei einem dieser Besuche fand ich auf Schreiber Isidoros Pult einen Gegenstand, der aussah wie ein Ziegelstein, jedoch eine stärker schimmernde rote Färbung aufwies und auch leichter war als ein solcher, dazu weich und irgendwie feucht, wenn man ihn anfaßte. Ich fragte, was das denn sei.

Wieder rief er sein »Meiner Treu!«, schüttelte das graue Haupt und sagte: »Ja, erkennst du denn nicht mal, worauf der Reichtum deiner Familie sich gründet. Der wurde nämlich auf diese Safranziegel aufgebaut.«

»Oh!« sagte ich voller Hochachtung und ließ den Blick auf dem Ziegel ruhen. »Und was ist Safran?«

»*Mefè!* Da hast du es dein Leben lang gegessen und gerochen und getragen! Safran ist dasjenige, was dem Reis und der Pasta ihren charakteristischen Geschmack und ihre gelbe Farbe verleiht. Was Stoffe so einzigartig gelb färbt. Und den Salben und Pomaden der Frauen ihren besonderen weiblichen Duft gibt. Auch der *mèdego* verwendet es bei der Herstellung seiner Arzneien, doch was es darin bewirkt, weiß ich nicht.«

»Oh!« wiederholte ich, und meine Hochachtung vor einem solchen Allerweltsartikel war nicht mehr ganz so hoch. »Ist das alles?«

»Alles!« entfuhr es ihm geradezu prustend. »Hör mir mal gut zu, Marcolfo!« Marcolfo ist nicht gerade eine Koseform meines Namens; man meint damit einen ganz besonders dummen und beschränkten Jungen. »Der Safran hat eine Geschichte, älter und edler selbst als die Venedigs. Längst ehe es Venedig gab, haben Griechen und Römer den Safran benutzt, um ihre Bäder zu parfümieren. Sie verstreuten es überall auf dem Fußboden, um ganze Räume mit Wohlgeruch zu erfüllen.

Als Kaiser Nero seinen Einzug in Rom hielt, waren die Straßen der gesamten Stadt mit Safran bestreut, damit es überall gut roch.«

»Nun«, sagte ich, »wenn es denn immer und überall so leicht erhältlich war...«

»Es mag damals, als selbst Sklaven zahlreich waren und nichts kosteten, nichts Besonderes gewesen sein«, sagte Isidoro. »Aber heute ist Safran alles andere als etwas Gewöhnliches. Safran ist selten und deshalb überaus wertvoll. Dieser eine Ziegel, den du hier siehst, ist einen Goldbarren von fast gleicher Größe wert.«

»Wirklich?« sagte ich, und das klang vielleicht nicht recht überzeugt. »Aber warum denn?«

»Weil dieser Ziegel das Ergebnis von Arbeit und Mühe vieler Hände sowie unendlich vieler *zonte* Land und ungezählter Millionen von Blüten ist.«

»Blüten!«

Maistro Doro seufzte tief auf und sagte ungeduldig: »Es gibt eine violette Blume namens Krokus. Öffnet sich ihre Blüte, recken sich die oberen Teile von drei zarten und orangeroten Fruchtknoten in die Höhe.

Eben diese Narben, wie sie auch heißen, werden behutsam von Menschenhand entfernt. Hat man Millionen solcher Narben zusammen, die so zart sind, daß man sie kaum zu fassen bekommt, werden sie entweder getrocknet und es wird loser oder sogenannter Heusafran daraus, oder sie werden, wie man es nennt, ›zum Schwitzen‹ gebracht und zusammengepreßt, und es wird ein Safranziegel daraus wie dieser. Das zur Verfügung stehende Ackerland darf zu nichts anderem als zum Krokusanbau verwendet werden, und Krokus blüht auch nur ein einziges Mal im Jahr. Da auch noch die Blütezeit äußerst kurz ist, müssen viele Pflücker auf einmal arbeiten und sehr fleißig sein. Ich weiß nicht, wie vieler *zonte* Land und wie vieler Hände es bedarf, um auch nur einen Safranziegel pro Jahr hervorzubringen - aber du verstehst jetzt wohl, warum Safran so unendlich kostbar ist.«

Davon war ich inzwischen überzeugt. »Und wo kaufen wir den Safran?«

»Kaufen tun wir überhaupt keinen. Wir bauen ihn an.« Er legte noch etwas anderes neben den Ziegel; ich hätte gesagt, daß es sich um eine ganz gewöhnliche Knoblauchzwiebel handelte. »Das hier ist die Krokuszwiebel. Die Compagnia Polo baut sie an und gewinnt aus ihren Blüten den Safran.«

Ich war verwirrt. »Doch aber gewiß nicht hier in Venedig!«

»Selbstverständlich nicht. Aber auf der *teraferma,* dem Festland südwestlich von hier. Ich habe dir ja gesagt, man braucht dazu viele, viele *zonte* Land.«

»Das habe ich nicht gewußt«, sagte ich.

Er lachte. »Vermutlich weiß nicht mal die Hälfte der Bewohner Venedigs, daß die Milch und die Eier, die sie trinken und essen, von Tieren stammen, und daß diese Tiere auf trockenes Land angewiesen sind, um zu gedeihen. Wir Venezianer neigen dazu, außer unserer Lagune, der See und dem Ozean nichts recht Aufmerksamkeit zu schenken.«

»Seit wann machen wir das denn schon, Doro? Krokus anbauen und Safran gewinnen, meine ich?«

Er zuckte mich den Achseln. »Seit wann gibt es die Polo in Venedig? Jedenfalls hat einer deiner Vorfahren schon vor sehr langer Zeit eine geradezu geniale Nase bewiesen. Nach dem Niedergang Roms wurde Safran zu einem solchen Luxusartikel, daß man einfach nicht mehr daran dachte, ihn anzubauen. Kein Bauer konnte es sich leisten, genug Krokus zu kultivieren, damit es sich lohnte. Nicht einmal die Großgrundbesitzer konnten es sich leisten, all die Arbeiter zu bezahlen, die man brauchte, um die Safranernte einzubringen. Infolgedessen geriet Safran praktisch in Vergessenheit. Bis irgendein früher Polo sich daran erinnerte und sich sagte, daß das moderne Venedig wohl umsonst über fast genauso viele Sklaven verfügte wie das alte Rom. Selbstverständlich müssen wir unsere Sklaven heutzutage kaufen und können sie nicht einfach so einfangen. Aber das Einsammeln der Safrannarben ist keine sonderlich anstrengende Arbeit. Dazu braucht man nicht unbedingt die teuren kräftigen männlichen Sklaven. Dazu genügen schon Frauen und Kinder; Schwächlinge und sogar Krüppel können diese Arbeit verrichten. Folglich haben deine Ahnen sich mit diesen billigen Sklaven eingedeckt, und dabei ist die Compagnia Polo seither geblieben. Diese Sklaven sind ein bunt zusammmengewürfelter Haufe; sie kommen aus aller Herren Länder und tragen jede nur denkbare Hautfarbe: Mohren, Nubier, Zirkassen, Russniaken und Armenier, doch ihre Hautfarben verschmelzen gleichsam zu diesem rotgelben Safran.«

»Der Grundlage unseres Reichtums«, wiederholte ich.

»Jedenfalls läßt sich alles andere damit bezahlen, was wir verkaufen«, sagte Isidoro. »Ja, gewiß, wir verkaufen auch Safran – sofern der Preis stimmt – als Gewürz, als Färbemittel, Parfüm und Arznei. Doch im wesentlichen bildet Safran das Kapital unserer Compagnia, gegen das wir alle anderen Waren eintauschen, von Salz aus Ibiza bis zu Leder aus Cordoba und Weizen aus Sardinien. Genauso, wie das Haus Spinola in Genua das Monopol auf den Rosinenhandel besitzt, so besitzt das venezianische Haus Polo das auf den Handel mit Safran.«

Der einzige Sohn des venezianischen Hauses Polo dankte dem alten Schreiber für diese erbauliche Unterweisung in hohem Handel und kühnem Unternehmertum – und zog wie üblich danach ab, um sich wieder der angenehmen Lässigkeit der Hafenrangen in die Arme zu werfen.

Wie ich bereits gesagt habe, neigten diese Kinder dazu, zu kommen und zu gehen; nur selten kam es vor, daß von einer Woche zur anderen ein und dieselbe Bande in dem alten, aufgelassenen Schleppkahn lebte. Genauso wie der erwachsene *popolàzo,* träumten auch die Kinder von einem Schlaraffenland, wo sie der Arbeit in Luxus statt im Elend aus dem Wege gehen konnten. So konnte es sehr wohl sein, daß sie irgendwo von einem Ort hörten, der ihnen bessere Aussichten bieten sollte als der Hafen von Venedig, und sie sich daraufhin in irgendeinem Schiff versteckten, um als blinde Passagiere dorthin zu gelangen. Einige von ihnen kehrten manchmal nach einer Weile zurück, entweder, weil sie ihr Ziel nicht erreichen konnten, oder aber, weil sie enttäuscht worden waren. Andere jedoch kehrten nie zurück, entweder, weil das Schiff – soweit wir wußten – gesunken und sie ertrunken waren, oder aber, weil man sie faßte und in irgendein Waisenhaus steckte, oder aber vielleicht auch deshalb, weil sie *il paese di Cuccagna* – eben ihr Schlaraffenland – gefunden hatten und dort geblieben waren.

Doch Ubaldo und Doris Tagiabue blieben immer dabei, und sie waren es, von denen ich am meisten Lebensweise und Sprache der Unterschicht erlernte. Was ich hier lernte, wurde mir nicht gewaltsam eingetrichtert, so wie Fra Varisto seinen Schuljungen lateinische Konjugationen beibrachte; vielmehr fütterten Bruder und Schwester mich gleichsam stückchenweise damit, so, wie ich sie verdauen konnte und wie ich ihrer bedurfte. Wann immer Ubaldo hohnlachte über irgendeine Rückständigkeit oder verblüffte Reaktion meinerseits, ging mir auf, daß mir irgendein Stück Wissen fehlte, das Doris mir dann unweigerlich zur Verfügung stellte.

So erinnere ich mich, daß Ubaldo eines Tages sagte, er wolle auf die Westseite der Stadt hinüber, und zwar mit der Hundefähre. Davon hatte ich noch nie gehört, und so ging ich mit, um zu sehen, was für eine merkwürdige Art Boot er meinte. Dabei überquerten wir den Canale Grande auf ganz alltägliche Weise, nämlich über die Rialto-Brücke, und ich muß wohl ein enttäuschtes Gesicht gemacht oder ziemlich verdutzt ausgesehen haben, denn er spottete: »Du bist wirklich dumm wie ein Eckstein!«, woraufhin Doris erklärte:

»Es gibt nur eine Möglichkeit, vom Ostteil in den Westteil der Stadt zu gelangen, *no?* Man muß einfach über den Canale Grande rüber. Katzen dürfen mit dem Boot hinüber, weil sie Ratten fangen, aber Hunde dürfen das nicht. Folglich können Hunde nur auf der Ponte Rialto über den Canale Grande rüber, und so nennt man den die Hundefähre, *no xe vero?*«

Manches von ihrem Gassenjargon konnte ich ohne fremde Hilfe übersetzen. So nannten sie jeden Priester und Mönch unweigerlich *le rigioso,* was soviel heißt wie ›der Steife‹, doch dauerte es nicht lange, bis ich merkte, daß sie im Grunde nichts weiter taten, als das Wort *religioso* – frommer Bruder oder Mönch – ein wenig zu verdrehen und ihm dadurch zusätzlich noch eine leicht veränderte Bedeutung zu geben. Verkündeten sie bei schönem Sommerwetter, sie zögen von dem Lastkahn um in *La Locanda de la Stela,* wußte ich, daß sie im sternenerhellten Gasthaus abzusteigen gedachten oder, mit anderen Worten, vorhatten, die Nacht im Freien zu verbringen. Sprachen sie von einer Frauensperson per *largazza,* war das ein Wortspiel mit dem richtigen Ausdruck für Mädchen – *ragazza* –, ließen aber roh durchblicken, daß sie mit großem, wo nicht gar mächtigem Geschlechtsteil ausgestattet sei. Wahr ist übrigens, daß die Sprache der Hafenbewohner – und damit auch weitgehend ihr Gesprächsstoff überhaupt – von derlei indelikaten Themen beherrscht wurde. Ich nahm eine Menge von Informationen in mich auf, was jedoch manchmal mehr dazu beitrug, mich zu verwirren, als mich aufzuklären.

Zia Zulìa und Fra Varisto hatten mich angehalten, das Ding zwischen meinen Beinen – falls es unbedingt sein mußte, daß ich davon sprach – als *le vergogne* – die Schamteile – zu bezeichnen. Im Hafen lernte ich andere Bezeichnungen dafür kennen. Der Ausdruck *bagaglio* – Gepäck – für die Geschlechtswerkzeuge des Mannes sprach für sich selbst, und *candeloto* – von *candela*, Kerze – war eine passende Bezeichnung für sein Organ in aufgerichtetem Zustand; desgleichen *fava* für das knollige Ende dieses Glieds, das ja in der Tat von ferne aussieht wie eine große Bohne, und *capèla* für Vorhaut, welche ja die *fava* einhüllt wie ein kleiner Mantel oder eine kleine Kapelle. Unerfindlich blieb mir, warum man das Geschlechtsorgan der Frau manchmal als *lumaghèta* bezeichnete. Soviel ich wußte, hatten Frauen dort unten nichts weiter als eine Öffnung; das Wort *lumaghèta* kann entweder eine kleine Schnecke bedeuten oder aber jenen winzigen Pflock, mit dem Spielleute die einzelnen Saiten ihrer Laute zupfen.

Ubaldo, Doris und ich waren eines Tages gerade dabei, auf dem Landesteg zu spielen, als ein Gemüsehändler seinen Karren die Esplanade entlangschob, woraufhin die Frauen der Hafenbewohner herzuwatschelten, um prüfend seine Waren in die Hand zu nehmen und abzutasten. Eine der Frauen fingerte an einer dicken gelben Gurke herum, grinste und sagte: »*Il mescoloto*«, worauf alle anderen Frauen in ein geiles Lachen ausbrachen. »Der Rührlöffel« – was das bedeuten sollte, konnte ich mir schon denken. Doch dann kamen mit federndem Schritt und Arm in Arm zwei schlanke und ranke junge Männer die Esplanade entlanggeschlendert, woraufhin eine von den Hafenweibern schnarrte: »Don Meta und Sior Mona.« Eine andere Frau warf einen verächtlichen Blick auf den zarteren der beiden jungen Männer und murmelte: »Der da trägt einen gespaltenen Sitz in seiner Hose.« Ich hatte keine Ahnung, wovon die beiden redeten, und auch Doris' Erklärung half mir nicht sonderlich weiter:

»Die beiden gehören zu den Männern, die miteinander treiben, was ein richtiges Mannsbild nur mit einer Frau macht.«

Nun, mein Verständnis war in der Tat mit einem Hauptmangel behaftet: Ich hatte nur eine unklare Vorstellung davon, was ein Mann mit einer Frau machte.

Wohlgemerkt, ich war nicht vollkommen umnachtet in dieser Angelegenheit, jedenfalls nicht mehr als jedes andere venezianische Oberklassenkind – oder, wie ich meine, die Oberschichtenkinder jedes anderen europäischen Volkes. Auch wenn wir uns nicht mehr daran erinnern können – wir alle sind schließlich schon sehr früh in die Geschlechtlichkeit des Menschen eingeweiht worden, entweder durch unsere Mutter oder durch unser Kindermädchen oder durch beide.

Offenbar ist es so, daß Mütter und Kindermädchen von alters her gewußt haben, daß die beste Art, ein unruhiges Baby zu beruhigen oder zum Schlafen zu bringen, darin besteht, den Akt der *manustupraziòn* an ihnen vorzunehmen. Ich habe so manche Mutter ihrem Söhnchen diesen Dienst erweisen sehen, dessen *bimbin* so winzig war, daß sie es nur mit Daumen und Zeigefinger bearbeiten konnte. Trotzdem reckte das winzige Organ sich in die Höhe und wuchs, wenn auch nicht in dem Maß wie das eines erwachsenen Mannes, versteht sich. Während die Frau dies tat, erschauerte das Baby, dann lächelte es und räkelte sich schließlich wollüstig. Irgendein *spruzzo* schoß dabei nicht hervor, doch bestand nicht der geringste Zweifel, daß es den entspannenden Höhepunkt genoß. Sein kleines *bimbin* schrumpfte wieder auf sein allergeringstes Ausmaß zusammen, es lag ruhig da, und bald darauf war es eingeschlafen.

Gewiß ist, daß meine Mutter mir diesen Liebesdienst erwiesen hat, und ich meine, es ist gut, daß Mütter das tun. Diese frühe Behandlung ist schließlich nicht nur ein vorzügliches Beruhigungsmittel für das Kleinkind, sondern regt offensichtlich auch die Entwicklung des betreffenden Körperteils nachhaltig an. Die Mütter im Fernen Osten halten anscheinend nichts von dieser Praxis, denn sie üben sie nicht aus, was traurig zutage tritt, wenn ihre Kleinen heranwachsen. Ich habe so manchen Orientalen unbekleidet gesehen; sie waren fast ausnahmslos mit Organen ausgestattet, die – mit dem meinen verglichen – jämmerlich klein waren.

Wenn unsere Mütter und Kindermädchen auch nach und nach aufhören, es zu tun, sobald die Kinder um die zwei Jahre alt sind – das heißt, in jenem Alter, da sie der Mutterbrust entwöhnt und ihnen das Weintrinken angewöhnt wird –, bewahrt doch jedes Kind eine undeutliche Erinnerung daran. Aus diesem Grunde bringt es einen Jungen auch nicht durcheinander und bekommt er es auch nicht mit der Angst, wenn er erwachsen wird und dieses Organ von sich aus nach Zuwendung verlangt. Wenn ein Junge in der Nacht aufwacht und spürt, wie es sich unter seiner Hand aufrichtet, weiß er, was es will.

»Kalt baden und das Wasser aus dem Schwamm über sich ausdrücken«, pflegte Fra Varisto uns Jungen in der Schule zu raten. »Das erstickt das Sichaufrichten und enthebt euch der Gefahr, euch wegen eines mitternächtlichen Flecks schämen zu müssen.«

Wir lauschten ihm voller Hochachtung, doch auf dem Heimweg lachten wir über ihn. Mönche und Priester leiden vielleicht unter ungewollten und überraschenden *spruzzi*, und möglicherweise ist ihnen das peinlich oder fühlen sie sich dieserhalb schuldig. Doch kenne ich keinen gesunden Jungen, bei dem das jemals der Fall gewesen wäre. Keiner von ihnen würde jemals eine kalte Dusche dem warmen Vergnügen vorziehen, seinem *candeloto* angedeihen lassen, was seine Mutter ihm schon hat zuteil werden lassen, als es nur ein *bimbin* gewesen war. Ubaldo jedoch war voll von Verachtung, als er erfuhr, daß meine sexuellen Erfahrungen über diese nächtlichen Spielereien bislang nicht hinausgewachsen waren.

»Was? Du führst immer noch den Krieg der Priester?« höhnte er. »Du hast noch nie ein Mädchen gehabt?«

Wieder begriffsstutzig, fragte ich zurück: »Den Krieg der Priester?«

»Fünf gegen einen«, sagte Doris, ohne zu erröten. Und fügte noch hinzu: »Du mußt dir eine *smanza* anschaffen. Eine willfährige Freundin.«

Ich dachte darüber nach und sagte: »Ich kenne aber keine Mädchen, die ich darum bitten könnte. Bis auf dich, und du bist noch zu jung.«

Woraufhin sie die Beleidigte spielte und wütend sagte: »Meine Artischocke ist bis jetzt vielleicht noch unbehaart, aber ich bin zwölf, und das heißt, längst heiratsfähig.«

»Ich will aber niemand heiraten«, verwahrte ich mich. »Ich will doch nur ...«

»Kommt nicht in Frage!« fiel Ubaldo mir ins Wort. »Meine Schwester ist ein braves Mädchen.«

Der Leser mag lächeln bei der Behauptung, ein Mädchen, das sich einer Sprache befleißigte wie sie, könne ein »braves« Mädchen sein. Doch sieht man hier den Beweis dafür, daß Ober- und Unterschicht zumindest eines gemeinsam haben: die Hochachtung, die beide der Jungfräulichkeit eines Mädchens entgegenbringen. Bei den *lustrìsimi* wie beim *popolàzo* zählt sie weit mehr als alle anderen weiblichen Qualitäten wie Schönheit, Zauber, Liebreiz, Zurückhaltung oder was sonst. Ihre Frauen mögen unschön und boshaft sein, sich nicht ausdrücken können und schlampig sein – Hauptsache ist, jenes kleine Stück Haut, das Jungfernhäutchen, ist unangetastet. Darin zumindest sind selbst die primitivsten und barbarischsten Wilden des Fernen Ostens uns überlegen: Sie schätzen Frauen anderer Attribute wegen als jenes Pfropfens, mit dem sie verschlossen sind.

Bei unserer Oberschicht hat die Jungfräulichkeit weniger mit Tugend als mit einem guten Geschäft zu tun; dort betrachtet man eine Tochter mit der gleichen kühlen Berechnung wie ein Sklavenmädchen auf dem Markt. Eine Tochter oder eine Sklavin erbringt – darin einem Faß Wein gleich – einen besseren Preis, wenn sie versiegelt und nachweislich unberührt sind. So verschachern sie ihre Töchter um geschäftlicher Vorteile oder gesellschaftlichen Aufstiegs willen. In der Unterschicht hingegen ist man so töricht zu glauben, daß die über ihnen Stehenden der Jungfräulichkeit einen hohen moralischen Wert zuerkennen, und so versucht man, es ihnen darin gleichzutun. Auch läßt man sich dort leichter durch das Donnergrollen der Kirche ins Bockshorn jagen, und die Kirche verlangt die Bewahrung der Jungfräulichkeit gleichsam als Negativbeweis für Tugendhaftigkeit, etwa so, wie gute Christen sich auch dadurch als tugendhaft beweisen, daß sie während der Fastenzeit vom Fleischgenuß Abstand nehmen.

Doch selbst damals schon, da ich noch ein Knabe war, habe ich mich immer wieder gefragt, wie viele Mädchen – egal, welcher Schicht sie angehören – wirklich aufgrund der herrschenden gesellschaftlichen Normen und Einstellungen bewogen werden, »brav« zu bleiben. Von dem Alter an, da mir der erste Flaum »auf meiner Artischocke« sproß, hatte ich mir von Fra Varisto wie von Zia Zulìa Predigten darüber anhören müssen, welche moralischen und körperlichen Gefahren mir drohten, wenn ich mit schlechten Mädchen verkehrte. Ich lauschte ihren Beschreibungen solch abscheulicher Geschöpfe mit gespannter Aufmerksamkeit und hörte mir ihre Warnungen und Ermahnungen ebenso an wie die Verteufelungen, mit denen sie sie überhäuften. Mir war sehr daran gelegen, ein solches schlechtes Mädchen auf den ersten Blick zu erkennen, weil ich inständig hoffte, möglichst bald einem solchen zu begegnen. Die Wahrscheinlichkeit dazu schien groß, denn dem allgemeinen Eindruck nach, den diese Predigten bei mir hinterließen, mußte es weitaus mehr schlechte als brave Mädchen geben.

Dieser Eindruck wird noch durch anderes bestärkt. Venedig ist keine sonderlich saubere Stadt, einfach deshalb, weil es das nicht zu sein braucht. Was immer die Stadt absondert, verschwindet sofort in den Kanälen. Straßenschmutz, Küchenabfälle, der Inhalt von Nachtgeschirren und Aborten – alles wird in den nächstgelegenen Kanal geworfen oder eingeleitet und alsbald fortgespült. Die Flut kommt zweimal täglich, rauscht auch noch durch den geringsten Wasserweg, wühlt auf, was immer sich auf seiner Sohle abgelagert hat oder an den Wänden der Kanäle festsetzen will. Geht die Tide zurück, nimmt sie alle diese Substanzen mit und trägt sie durch die Lagune und am Lido vorüber hinaus aufs Meer. Dieser Umstand sorgt dafür, daß die Stadt stets sauber ist und gut riecht, beschert den Fischern aber bisweilen auch unliebsame Fänge. Es gibt nicht einen unter ihnen, der nicht schon viele Male den bläulich und violett schimmernden Leichnam eines neugeborenen Kindes in seinen Netzen gefunden oder an seinem Haken gehabt hätte. Zugegeben, Venedig ist eine der drei einwohnerreichsten Städte Europas. Gleichwohl setzt sich nur die Hälfte seiner Bevölkerung aus Frauen zusammen, von denen wiederum nur die Hälfte im gebärfähigen Alter steht; infolgedessen scheint die große Anzahl der unliebsamen Fänge der Fischer darauf hinzuweisen, daß es eigentlich kaum ein »braves« Mädchen in Venedig geben kann.

»Schließlich gibt es immer noch Danieles Schwester Malgarita«, sagte Ubaldo. Er zählte nicht die braven Mädchen auf, sondern tat genau das Gegenteil. Er nannte jene weiblichen Personen unter unseren Bekannten, die angetan sein könnten, mich des Krieges der Priester zu entwöhnen und einem männlicheren Zeitvertreib zuzuführen. »Die macht es mit jedem, der ihr einen *bagatìn* gibt.«

»Malgarita ist ein fettes Schwein«, protestierte ich.

»Wer bildest du dir ein zu sein, daß du die Nase über Schweine rümpfen könntest?« erklärte Ubaldo. »Schweine haben einen Schutzpatron. San Tonio mochte Schweine sehr gern.«

»Aber Malgarita hätte er bestimmt nicht gemocht«, erklärte Doris mit Entschiedenheit.

»Außerdem ist da noch Danieles Mutter«, fuhr Ubaldo fort. »Die macht's und verlangt nicht mal einen *bagatìn* dafür.«

Doris und ich stießen angewiderte Laute aus. Dann sagte sie: »Da unten winkt uns jemand zu.«

Wir drei vertrieben uns die Nachmittagszeit auf einem Hausdach. Die Unterschicht in Venedig hat eine Lieblingsbeschäftigung. Da sämtliche einfachen Häuser Venedigs einstöckig sind und durch die Bank ein flaches Dach aufweisen, lieben die Leute es, sich dort oben zu ergehen oder auch nur herumzusitzen und den Anblick zu genießen. Von dort oben können sie Straßen wie Kanäle unten überschauen, hinüberblicken bis zur Lagune mit ihren Schiffen und auch die eleganteren Bauwerke Venedigs betrachten, die sich über die Masse der anderen erheben: die Kuppeln und Türme der Kirchen, die Glockentürme und die mit Steinmetzarbeiten geschmückten Fassaden der Palazzi.

»Er winkt mir«, sagte ich. »Das ist unser Ruderer, der unser *batèlo* von irgendwo heimrudert. Warum fahre ich eigentlich nicht gleich mit?«

Es bestand für mich keine Notwendigkeit, nach Hause zurückzukehren, ehe nicht das abendliche *coprifuoco*-Geläut einsetzte, wo alle rechtschaffenen Bürger, die sich nicht ins Haus zurückziehen, gehalten sind, eine brennende Laterne mit sich zu führen, um zu bekunden, daß sie nichts Böses im Schilde führen. Doch um der Wahrheit die Ehre zu geben, muß ich einräumen, daß ich ein wenig befürchtete, Ubaldo würde darauf bestehen, daß ich mich auf der Stelle mit irgendeinem Hafenweib oder -mädchen paarte. Es war nicht eigentlich das Abenteuer als solches, das ich fürchtete, selbst nicht mit einer Schlampe wie Danieles Mutter; wovor ich Angst hatte, war, mich lächerlich zu machen, weil ich nicht wußte, was ich eigentlich mit ihr anstellen sollte.

Von Zeit zu Zeit bemühte ich mich, Reue dafür zu zeigen, daß ich mich dem armen alten Michièl gegenüber so unverschämt aufgeführt hatte; deshalb nahm ich ihm an diesem Tag die beiden Ruder ab und ruderte uns nach Hause, während er es sich unter dem Sonnensegel des Bootes bequem machte. Auf der Fahrt unterhielten wir uns, und er erzählte mir, er wolle sich eine Zwiebel kochen, sobald wir daheim wären.

»Was?« fragte ich, unsicher, ihn auch richtig verstanden zu haben.

Der schwarze Sklave erklärte, er leide unter der Berufskrankheit der Ruderer. Da seine Aufgabe es erfordere, die meiste Zeit mit dem Hinterteil auf der harten und feuchten Ducht des Bootes zu sitzen, habe er häufig unter blutenden Hämorrhoiden zu leiden. Unser Familien-*mèdego*, sagte er, habe ihm ein einfaches Heilmittel für diese Krankheit verschrieben. »Koche eine Zwiebel, bis sie weich ist, steck sie dir dort tief rein und schlinge dir ein Lendentuch zwischen die Beine, damit sie nicht rausrutscht. Und wahrhaftig, das hilft. Wenn Ihr jemals Hämorrhoiden habt, Messer Marco, probiert das mal aus!«

Ich sagte, das wolle ich gern tun, und vergaß es. Beim Nachhausekommen wandte Zia Zulìa sich an mich und sagte:

»Der gute Fra Varisto war heute hier und so fuchsteufelswild, daß er einen leuchtendroten Kopf hatte, bis an seine Tonsur.«

Ich sagte, daran sei schließlich nichts Ungewöhnliches.

Warnend meinte sie: »Ein Marcolfo, der nichts lernt, täte gut daran, das Maul nicht so weit aufzureißen. Fra Varisto sagt, du hast die Schule wieder geschwänzt. Seit über einer Woche, diesmal. Und morgen muß deine Klasse vor dem *censori di scole* etwas aufsagen, was immer das sein mag und wer immer sie sein mögen. Es ist unbedingt erforderlich, daß du daran teilnimmst. Der gute Fratre hat mir gesagt – und das gebe ich jetzt an dich weiter, junger Mann –, daß du morgen in der Schule zu erscheinen hast.«

Ich sagte ein Wort, daß sie fassungslos den Mund aufriß; dann schob ich in mein Zimmer ab und schmollte. Ich weigerte mich selbst dann herauszukommen, als sie zum Abendessen rief. Doch als das *coprifuoco* geläutet wurde, hatten meine besseren Instinkte die Oberhand über die schlechteren gewonnen, und ich dachte bei mir: Als ich mich heute Michièl gegenüber freundlich bezeigte, hat ihn das erfreut und für mich eingenommen; ich sollte mich mit einem freundlichen Wort bei der alten Zulìa entschuldigen. (Mir geht auf, daß ich fast alle Leute, die ich in meiner Jugend kannte, als »alt« charakterisiert habe. Das kommt daher, daß sie meinen jungen Augen eben alt erschienen, wenngleich nur wenige es wirklich waren. Der Schreiber der Compagnia, Isidoro, und unser oberster Dienstbote, Attilio, waren damals vielleicht so alt, wie ich es heute bin. Doch der Mönch Varisto und unser schwarzer Sklave, Michièl, standen höchstens in mittleren Jahren. Zulìa kam mir selbstverständlich alt vor, weil sie etwa so alt war wie meine Mutter es gewesen wäre, und meine Mutter war tot; ich nehme jedoch an, daß Zulìa ein oder zwei Jahre jünger war als Michièl.)

Nachdem ich mich an diesem Abend entschlossen hatte, mich zu entschuldigen und Besserung zu geloben, wartete ich nicht, bis Zia Zulìa vorm Zubettgehen ihren üblichen Rundgang durchs Haus machte, sondern ging zu ihrer kleinen Kammer, klopfte an die Tür und öffnete sie, ohne ihr *avanti* abzuwarten. Wahrscheinlich bin ich immer davon ausgegangen, daß Dienstboten nachts nichts anderes täten als schlafen, um sich für den Dienst am nächsten Tag Kraft zu holen. Was jedoch an diesem Abend in dieser Kammer geschah, hatte mit Schlafen nichts zu tun. Das war vielmehr etwas Erschreckendes, zum Lachen Reizendes und Verblüffendes – und höchst Aufschlußreiches.

Direkt vor mir auf dem Bett hüpften zwei gewaltige Hinterbacken auf und ab. Es handelte sich ganz eindeutig um Hinterbacken, die schwarzviolett waren wie Auberginen und als solche um so deutlicher für mich zu erkennen, als zwischen ihnen ein Stoffstrang hindurchführte, mit dem eine hellgelbe Zwiebel daran gehindert wurde, aus der Spalte herauszurutschen. Bei meinem unverhofften Eintreten gab es einen Bestürzungsschrei, und die beiden Hinterbacken verschwanden aus dem Kerzenlicht in eine dunklere Ecke der Kammer. Woraufhin auf dem Bett ein entschieden fischweißer Leib sichtbar wurde – nämlich die nackte Zulìa, die hingegossen und mit weit auseinanderklaffenden Beinen auf dem Rücken lag. Da sie die Augen geschlossen hatte, war ihr mein Eintritt völlig entgangen.

Da die Hinterbacken sich so unvermittelt zurückzogen, gab sie ob dieses Verlusts einen Klagelaut von sich, fuhr aber gleichzeitig fort zu zucken, als ob noch auf ihr herumgetanzt würde. Ich hatte meine *nena* nie anders als mit vielerlei Lagen bodenlanger Kleider bedeckt gesehen; dabei hatte sie stets ihre abscheulich krasse slawische Gesichtsfarbe gehabt. Auch war das breite slawische Gesicht der Frau so gewöhnlich, daß es mir nicht im Traum eingefallen wäre, mir auszumalen, wie ihr gleichermaßen in die Breite gehender Leib in unbekleidetem Zustand wohl aussehen mochte. Jetzt jedoch nahm ich begierig alles in mich auf, was so verschwenderisch vor mir ausgebreitet wurde, wobei eine Einzelheit so überaus bemerkenswert war, daß ich mich nicht enthalten konnte, einen Kommentar dazu herauszuprusten:

»Zia Zulìa«, sagte ich baß erstaunt, »du hast dort unten einen leuchtendroten Leberfleck auf deiner . . .«

Mit einem schmatzenden Laut schlossen sich ihre fleischigen Schenkel, und als ihre Augen sich öffneten, war auch das nahezu zu hören. Sie griff nach der Zudecke, die freilich Michièl gleichsam im Fluge hatte mitgehen heißen, und so grapschte sie denn nach den Bettvorhängen. Es folgte ein Augenblick der Verblüffung und der Körperverrenkung, als sie und der Sklave sich mühten, sich etwas überzuziehen. Dem wiederum folgte ein womöglich noch ausgedehnteres verlegenes Schweigen, in dessen Verlauf mich vier Augäpfel anstarrten, die fast so groß und schimmernd waren, wie die Zwiebel es gewesen war. Ich beglückwünschte mich dazu, daß ich der erste war, der die Fassung wiedergewann, lächelte meine *nena* süß an und sprach – nicht die Worte der Entschuldigung, die ich eigentlich hatte vorbringen wollen, sondern die Worte eines schändlich durchtriebenen Erpressers.

Selbstgefällig und siegessicher sagte ich: »Ich werde morgen nicht in die Schule gehen, Zia Zulìa«, ging rückwärts hinaus und schloß die Tür.

4 Da ich genau wußte, was ich am nächsten Tag vorhatte, war ich voller Erwartung und viel zu unruhig, um gut zu schlafen. So war ich auch schon wach, ehe einer von den Dienstboten auf den Beinen war, nahm mir auf dem Weg durch die Küche und hinaus in den perlgrauen Morgen zum Frühstück ein Korinthenbrötchen und trank einen Schluck Wein. Ich durcheilte die leeren Gassen und lief über zahllose Brücken zu jenem Schlammareal an der Nordseite, wo einige von den Hafenrangen gerade aus ihren Unterkünften hervorkrochen. Wenn man bedenkt, worum ich bitten wollte, hätte ich wohl zuerst Daniele aufsuchen sollen, ging jedoch statt dessen zu Ubaldo und trug ihm mein Anliegen vor. »Um diese Zeit?« sagte er leicht entsetzt. »Malgarita, das Schwein, schläft vermutlich noch. Aber mal sehen.«

Er tauchte wieder im Inneren des ausrangierten Lastkahns unter, und Doris, die unser Gespräch mitangehört hatte, sagte zu mir: »Ich finde, du solltest es nicht tun, Marco.«

Ich war es gewohnt, daß sie zu allem und jedem, was man sagte oder tat, ihren Kommentar abgab, und wußte ihn für gewöhnlich auch durchaus zu schätzen, doch diesmal fragte ich: »Wieso sollte ich nicht?«

»Ich möchte es nicht.«

»Das ist kein Grund.«

»Malgarita ist ein fettes Schwein.« Das konnte ich nicht leugnen und tat es auch nicht, woraufhin sie hinzusetzte: »Sogar ich sehe besser aus als Malgarita.«

Ich lachte unhöflich, trieb die Unhöflichkeit jedoch nicht so weit, auch noch zu sagen, daß die Qual der Wahl zwischen einem fetten Schwein und einem räudigen Kätzchen nicht groß sei.

Verstimmt stampfte Doris mitten im Schlamm mit dem Fuß auf, um dann mit sich überstürzenden Worten zu sagen: »Malgarita macht es mit dir, weil es ihr gleichgültig ist, mit welchem Jungen oder Mann sie es tut. Ich aber würde es mit dir tun, weil ich dich gern habe.«

Belustigt und verwundert zugleich betrachtete ich sie, und vielleicht sah ich sie auch zum erstenmal abschätzend an. Ihr jungfräuliches Erröten war sogar unter der Schmutzschicht auf ihrem Gesicht zu bemerken, desgleichen ihr Ernst und ein unbestimmtes Versprechen späterer Hübschheit. Jedenfalls waren ihre Augen, die ja kein Schmutz verdeckte, von einem reizvollen Blau und schienen außergewöhnlich groß, wenngleich das vielleicht daran lag, daß ihr Gesicht von dem ständigen Hunger, der bisher ihr Leben bestimmt hatte, ganz klein und in sich zusammengezogen war.

»Du wirst bestimmt einmal eine ansehnliche Frau, Doris«, sagte ich, weil ich wollte, daß keine schlechten Gefühle sie erfüllten. »Falls du jemals gewaschen wirst – oder jemand dir wenigstens den Dreck abkratzt. Und wenn du nicht mehr ganz so dürr bist wie ein Besenstiel. Malgarita ist schon so füllig und ausladend wie ihre Mutter.«

Schneidend sagte Doris: »Eigentlich sieht sie mehr aus wie ihr Vater; sie hat sich sogar einen Bart wachsen lassen.«

Ein Wuschelkopf mit verklebten Augen tauchte aus einem splitterigen Loch in der Kahnwand auf, und Malgarita rief: »Na, dann komm schon, eh' ich mir den Rock anzieh'; dann brauch' ich ihn nicht erst wieder auszuziehen.«

Ich wandte mich zum Gehen, und Doris sagte: »Marco!«, doch als ich mich ungeduldig umdrehte, sagte sie: »Ach, nichts. Geh nur und tummle dich mit dem Schwein.«

Ich kletterte in das dunkle Innere des feucht riechenden Kahns hinein und kroch über die modernden Planken, bis ich an ein Schott stieß, vor dem Malgarita auf einem Lager aus Schilf und Lumpen hockte. Meine tastenden Hände stießen eher auf sie, als daß ich sie gesehen hätte, und ihr nackter Leib fühlte sich verschwitzt und schwammig an wie das Holz, aus dem der Kahn gebaut war. Sofort sagte sie: »Nicht fummeln – erst den *bagatìn*.«

Ich gab ihr die Kupfermünze, woraufhin sie sich auf dem Lager ausstreckte. Ich schob mich in der Stellung über sie, die ich Michièl hatte einnehmen sehen. Dann zuckte ich zusammen, denn von der Außenseite der Bordwand, unmittelbar neben meinem Ohr, ertönte ein dumpfes *Wham*. Die Hafenjungen waren mit einem ihrer Lieblingsspiele beschäftigt. Einer von ihnen hatte eine Katze gefangen – was gar nicht so einfach ist, obwohl es in Venedig von Katzen nur so wimmelt – und ließen sie an einer Schnur an der Bordwand hinunterhängen. Jetzt wechselten die Jungen einander ab, liefen am Kahn entlang und stießen mit dem Kopf gegen das herunterhängende Tier; es ging darum, wer es fertigbrachte, dem Tier einen solchen Stoß zu versetzen, daß es verendete.

Meine Augen gewöhnten sich an das Dunkel, und so bemerkte ich, daß Malgarita in der Tat behaart war. Ihre bleich schimmernden Brüste schienen die einzige unbehaarte Stelle an ihr zu sein. Zusätzlich zu dem Wuschelkopf und dem Flaum auf der Oberlippe waren ihre Arme und Beine mit Stoppeln bedeckt, und ihren Achselhöhlen entquoll ein dichtes Haarbüschel. Der Dunkelheit im Laderaum und des veritablen Gestrüpps auf ihrer Artischocke wegen konnte ich von ihren weiblichen Attributen weit weniger erkennen, als ich bei Zia Zulìa zu sehen bekommen hatte. (Riechen allerdings konnte ich sie, denn Malgarita hielt vom Waschen so wenig wie andere Hafenrangen auch.) Ich wußte, daß von mir erwartet wurde, ich müßte ihn irgendwo da unten hineinstekken, nur...

Wham! an der Bordwand, ein Fauchen von der Katze – beides verwirrte mich womöglich noch weiter. Einigermaßen durcheinander, fing ich an, Malgaritas untere Regionen abzutasten.

»Was spielst du denn mit meiner *pota*?« wollte sie wissen und gebrauchte die wirklich vulgärste Bezeichnung für ihre Öffnung.

Ich lachte – zitterig zweifellos – und sagte: »Ich versuche, deine – ähm – *lumaghèta* zu finden.«

»Wozu das? Die brauchst du nicht. Was du brauchst, ist dies.« Damit langte sie hinunter, hielt sich auseinander und führte mich mit der anderen Hand ein. Das war leicht getan, denn sie war ziemlich ausgeweitet.

»*Wham!*« Gefauch.

»Tólpatsch, jetzt hast du ihn wieder rausgerissen!« fuhr sie mich mürrisch an und brachte die Sache dann aber rasch wieder in Ordnung.

Einen Moment lag ich da und bemühte mich, ihre Ferkelhaftigkeit, ihren Gestank und die elende Umgebung zu vergessen und die unvertraute, warme und feuchte Höhlung zu genießen, von der ich locker umfangen wurde.

»Ja, nun mach schon!« sagte sie quengelig. »Ich hab' heut morgen noch nicht gepiet.«

Ich fing an, auf und ab zu hüpfen, wie ich es bei Michièl gesehen hatte, doch ehe ich richtig in Fahrt kam, schien der Stauraum des Kahns vor meinen Augen womöglich noch dunkler zu werden. Wiewohl ich mich bemühte, es zurückzuhalten und auszukosten, schoß mir der *spruzzo* ungebeten und ohne jedes Lustgefühl heraus.

»*Wham! Yee-oww!*«

»Oh, *che brage*! Soviel!« rief Malgarita voller Abscheu. »Da werden mir die Beine den ganzen Tag zusammenkleben. Na, schön, mach, daß du runterkommst, du Trottel. Ich muß springen!«

»Www-aas?« sagte ich noch wie benommen.

Sich windend, schob sie sich unter mir hervor, stand auf und machte einen Satz rückwärts, sprang vor, wieder zurück, vor und zurück, daß der ganze Kahn schaukelte. »Bring mich zum Lachen!« befahl sie zwischen ihren Hüpfern.

»Was?« sagte ich.

»Erzähl mir 'ne komische Geschichte. So, das waren jetzt sieben Hüpfer. Ich hab' gesagt, du sollst mich zum Lachen bringen, Marcolfo! Oder willst du mir vielleicht ein Baby machen?«

»Was?«

»Ach, laß schon! Da werd' ich wohl besser niesen.« Sie packte eine Haarsträhne, streckte sich das wuschelige Ende ins Nasenloch und nieste explosionsartig.

»*Wham! Rowr-rr-rrr* . . .« Die Klageschreie der Katze erstarben; offensichtlich war auch sie gestorben. Ich hörte die Jungen darüber beratschlagen, was sie mit dem Kadaver anfangen sollten. Ubaldo wollte ihn auf mich und Malgarita schleudern. Daniele wollte ihn in den Laden irgendeines Juden hineinwerfen.

»Hoffentlich ist jetzt alles draußen«, sagte Malgarita und wischte sich die Schenkel mit einem ihrer Bettlumpen ab. Diesen ließ sie wieder auf das Lager fallen, ging in die gegenüberliegende Seite des Laderaums hinüber, hockte sich hin und urinierte reichlich. Ich wartete und fand, einer von uns müßte irgend etwas sagen, doch schließlich fand ich, ihre morgendliche Blasenentleerung werde wohl nie ein Ende nehmen, und kletterte genauso aus dem Kahn wieder hinaus, wie ich hereingekommen war.

»*Sana capàna*«, rief Ubaldo, als wäre ich eben erst in die Gesellschaft eingetreten. »Na, wie war's?«

Ich bedachte ihn mit dem erschöpften Lächeln des Mannes von Welt. Alle Jungen feixten und machten ihre gutmütigen Bemerkungen, und Daniele rief: »Meine Schwester ist gut, aber meine Mutter ist besser!«

Von Doris war nirgends etwas zu sehen, und ich war froh, daß ich mich ihrem Blick nicht stellen mußte. Ich hatte meine erste Entdeckungsreise gemacht – einen kurzen Vorstoß in Richtung Mannsein –, hatte aber keine Lust, mir darauf sonderlich viel einzubilden. Ich war schmutzig und überzeugt, nach Malgarita zu riechen. Hätte ich doch nur auf Doris gehört und es nicht getan! Wenn das alles war, was es brauchte, um ein Mann zu sein und es mit einer Frau zu machen, nun, dann hatte ich es getan. Von Stund' an hatte ich genauso sehr ein Recht darauf, großspurig daherzureden wie jeder andere Junge, und würde das auch tun. Doch insgeheim nahm ich mir wieder einmal vor, nett zu

Zia Zulìa zu sein. Ich beschloß, sie nicht mit dem aufzuziehen, was ich in ihrer Kammer entdeckt hatte, und sie auch weder zu verachten noch zu verraten oder ihr mit der Drohung, sie anzuschwärzen, Zugeständnisse abzuringen. Sie tat mir leid. Kam ich mir nach meiner Erfahrung mit einem Hafenmädchen beschmutzt vor und fühlte mich elend – um wieviel mehr mußte meiner *nena* das so ergehen, wo sie doch offenbar niemand hatte, es mit ihr zu machen, als einen verachtenswerten Schwarzen.

Freilich sollte ich keine Gelegenheit haben, meine edle Gesinnung unter Beweis zu stellen. Als ich heimkam, waren alle Dienstboten in heller Aufregung, denn Zulìa und Michièl waren in der Nacht verschwunden.

Maistro Attilio hatte bereits die *sbiri* gerufen, und diese Polizeiaffen hatten nichts Besseres zu tun, als Mutmaßungen anzustellen, die typisch waren für sie: Michièl habe Zulìa mit Gewalt in seinem *batèlo* entführt; oder aber die beiden seien aus irgendeinem Grunde nächtens hinausgerudert, hätten das Boot zum Kentern gebracht und wären ertrunken. Folglich wollten die *sbiri* die Fischer an der Seeseite von Venedig bitten, besonders darauf aufzupassen, was sie in ihren Netzen oder an ihrer Angel hätten, die Bauern auf dem venezianischen Festland jedoch, nach einem schwarzen Ruderer Ausschau zu halten, der eine weiße Gefangene irgendwohin brachte. Als sie dann jedoch auf den Gedanken kamen, einmal einen Blick auf den Kanal vor der Ca' Polo zu werfen, fanden sie das *batèlo* unschuldig an seinem Pfahl vertäut, woraufhin die *sbiri* sich den Kopf kratzten, um auf diese Weise irgendwelche neuen Ideen herbeizulocken. Doch wie dem auch sei – hätten sie Michièl gefaßt, auch ohne die Frau, wäre ihnen das Vergnügen zuteil geworden, ihn hinzurichten. Ein entlaufener Sklave ist *ipso facto* insofern ein Dieb, als er das Eigentum seines Herrn gestohlen hat: nämlich sich selbst.

Ich verriet nichts von dem, was ich wußte. Ich war überzeugt, daß Michièl und Zulìa, erschrocken darüber, daß ich hinter ihr unerquickliches Verhältnis gekommen war, geflohen waren. Sie wurden aber auch nie gefaßt, und ich sollte nie wieder etwas von ihnen hören. Sie müssen es also geschafft haben, sich in irgendeinem abgelegenen Winkel zu verkriechen, etwa in seiner Heimat Nubien oder ihrer Heimat Böhmen, wo sie fürderhin ihr elendes Dasein führen konnten.

5 Ich war aus den verschiedensten Gründen dermaßen von Schuldgefühlen geplagt, daß ich etwas tat, was ich bisher noch nie getan hatte. Ich begab mich aus freien Stücken und nicht von irgendeiner Autorität getrieben in die Kirche, um zu beichten. Freilich suchte ich nicht unsere Pfarrkirche, San Felice, auf, denn der alte Pare Nunziata, unser Pfarrer, kannte mich genauso gut wie die *sbiri*; außerdem verlangte es mich nach jemand, der mir sein Ohr objektiver lieh. Aus diesem Grunde machte ich den langen Weg nach der Basilica San Marco. Dort kannte mich keiner der Priester, doch lagen dort die Gebeine jenes Heiligen, dessen Namen ich trug, und ich hoffte, sie würden Verständnis für mich aufbringen.

In dem großen gewölbten Schiff kam ich mir winzig vor wie ein Käfer; das viele schimmernde Gold und der Marmor sowie die erlauchten heiligen Gestalten hoch oben in den Deckenmosaiken machten mich ganz klein. Alles in diesem unübertrefflich schönen Bauwerk übersteigt das Gewohnt-Alltägliche, nicht zuletzt auch die volltönende Musik, die wiehernd und blökend einem *rigabèlo* entweicht, das einem viel zu klein vorkommt, als daß es soviel Klänge enthalten könnte. San Marco ist immer voll von Menschen, und so mußte ich vor einem der Beichtstühle Schlange stehen. Schließlich war ich an der Reihe und begann, mir alles von der Seele zu reden, indem ich sagte: »Vater, ich bin meiner Neugier ungebührlich gefolgt, und sie hat mich vom Pfad der Tugend abgebracht...« In dieser Tonart ging es eine Weile weiter, bis der Priester ungeduldig erklärte, er wolle nicht alle Begleitumstände hören, die zu meinen Missetaten geführt hätten. Infolgedessen griff ich, wenn auch widerstrebend, auf die alte Formel zurück – »... habe gesündigt in Gedanken, Worten und Taten« –, woraufhin er mir gebot, ein paar Paternoster und Avemarias zu beten. Ich verließ den Beichtstuhl, um damit zu beginnen, und da traf es mich wie ein Blitz.

Das meine ich fast wörtlich, so sehr durchfuhr es mich, als ich das erste Mal Dona Ilaria erblickte. Selbstverständlich wußte ich damals nicht, wie sie hieß; das einzige, was ich wußte, war, daß ich die schönste Frau vor mir hatte, die ich je gesehen – und daß mein Herz ihr gehörte. Sie kam gerade selbst aus einem Beichtstuhl, und so hatte sie den Schleier hochgenommen. Ich konnte nicht glauben, daß eine so bezaubernd strahlende Frau anderes als Belanglosigkeiten zu beichten hätte, doch bemerkte ich, ehe sie den Schleier herunterzog, daß Tränen in ihren herrlichen Augen blinkten. Ich vernahm das schabende Geräusch, als der Priester die Schiebevorrichtung vor dem Sprechgitter des Beichtstuhls zuschob, den sie gerade verlassen hatte; dann trat auch er heraus. Er sagte ein paar Worte zu den Reuigen, die davor Schlange standen, woraufhin diese alle mißmutig vor sich hin murmelten und sich auf die anderen Beichtstühle verteilten. Er gesellte sich zu Dona Ilaria, und gemeinsam knieten sie nieder.

In einer Art Trance schob ich mich näher heran und glitt dann in die Bank auf der anderen Seite des Ganges; aus den Augenwinkeln heraus beobachtete ich sie. Wiewohl beide das Haupt gesenkt hielten, erkannte ich, daß es sich bei dem Priester um einen jungen Mann von herber Schönheit handelte. Man mag es unglaubwürdig finden, doch war ich augenblicklich eifersüchtig darauf, daß meine Dame – *meine* Dame – sich keinen ausgetrockneten alten Knorz ausgesucht hatte, ihm ihr Herz auszuschütten. Beide bewegten sie die Lippen wie im Gebet, das konnte ich sogar sehen, obwohl sie einen Schleier trug; doch taten sie selbiges abwechselnd, und so nahm ich an, daß er eine Art Litanei aufsagte und sie die Responsorien sprach. Zwar hätte die Neugier mich

49

verzehren können zu erfahren, was sie ihm im Beichtstuhl alles anvertraut haben mochte, um der vertrauten Aufmerksamkeit ihres Beichtvaters teilhaftig zu werden, doch war ich viel zu sehr damit beschäftigt, ihre Schönheit zu verschlingen.

Wie nur sie beschreiben? Betrachten wir ein Standbild oder ein Bauwerk, überhaupt ein Werk der bildenden Kunst oder der Architektur, pflegen wir auf diese oder jene Einzelheit hinzuweisen. Entweder macht die Zusammenfügung ebendieser Einzelheiten es schön, oder ein besonderes Detail ist so bemerkenswert, daß man mit allem anderen Mittelmaß versöhnt ist. Das Antlitz eines Menschen jedoch betrachtet niemand als eine Zusammenfügung von Einzelheiten. Entweder wir finden es insgesamt schön oder nicht. Sagen wir von einer Frau, sie habe »schön geschwungene Augenbrauen«, haben wir zweifellos genau hinsehen müssen, um das zu bemerken, und es gibt über den Rest ihrer Züge wohl kaum besonderes zu bemerken.

Ich kann zwar sagen, daß Ilaria eine schöne helle Haut und nußbraunes Haar hatte, doch das trifft auch auf viele andere Venezianerinnen zu. Ich kann sagen, ihre Augen waren so lebendig, daß es schien, als würden sie von innen heraus erleuchtet, statt daß das Licht von außen sich darin brach. Daß sie ein Kinn aufwies, das einen in Versuchung brachte, es mit der Hand zu umfassen. Daß sie das hatte, was ich für mich immer die »Veroneser Nase« genannt habe, weil man sie in Verona häufig zu sehen bekommt – schmal und vorspringend, doch fein gemeißelt, wie der schlanke Bug eines Schiffes, und zu beiden Seiten tiefsitzende Augen.

Besonders preisen könnte ich auch ihren Mund. Er war wunderbar geschwungen und barg das Versprechen, ganz sanft zu sein, sollten jemals andere Lippen sich ihm nähern. Doch nicht nur das alles. Als Ilaria und der Priester nach ihren Gebeten noch einmal niederknieten, machte sie hinterher einen Knicks vor ihm und sagte mit sanfter Stimme ein paar Worte. Ich weiß nicht mehr welche, aber nehmen wir einmal an, es seien folgende gewesen: »Ich werde nach der Komplet hinter der Votivkapelle auf Euch warten, Pater.« Wohl aber erinnerte ich mich daran, daß sie zum Schluß *Ciao* sagte, weil das die schlaff-verkürzte venezianische Aussprache des Wortes *schiavo* ›Euer Sklave‹ ist und mir diese Art des Abschieds merkwürdig vertraut erschien, wo es sich doch um einen Priester handelte. Wichtig freilich war damals nur die Art und Weise, wie sie sprach. »Ich werde nach der Komplet hinter der V-Votivkapelle auf Euch warten, Pater. Ci-ciao.« Jedesmal, wenn sie die Lippen schürzte, um Laute wie *V* oder *C* zu bilden, stotterte sie kaum merklich, was das wie Schmollen wirkende Lippenschürzen ein wenig verlängerte und bewirkte, als seien diese Lippen bereit zum Küssen, und warteten nur darauf. Köstlich war das.

Ich hatte augenblicklich vergessen, daß ich ja eigentlich um der Lossprechung von anderen Missetaten willen Buße tun sollte, und folgte ihr, als sie die Kirche verließ. Sie kann von meinem Vorhandensein unmöglich gewußt haben; gleichwohl verließ sie San Marco auf eine Art und Weise, die fast darauf hindeutete, als wolle sie jedem Versuch wehren, ihr zu folgen. Sich flinker und behender bewegend, als es mir möglich gewesen wäre, selbst wenn ein *sbiro* hinter mir her gewesen wäre, huschte sie im Zickzack durch die Menge in der Vorhalle und entschwand meinen Blicken. Völlig fassungslos machte ich draußen einmal die volle Runde um die Basilika und ging dann in den Arkaden, welche die weite Piazza säumten, auf und ab. Da ich es immer noch nicht fassen konnte, überquerte ich ein paarmal durch Wolken von Tauben die Piazza selbst – danach die kleinere Piazzetta, die sich vom Glokkenturm bis zu den beiden Säulen am Wasser unten hinzieht. Schließlich kehrte ich in meiner Verzweiflung noch einmal in die weitläufige Kirche zurück und suchte auch noch in der kleinsten Kapelle, im Altarraum und in der Taufkapelle nach. Verzagt stieg ich schließlich die Stufen zu der Loggia hinauf, wo die goldenen Pferde stehen, doch zuletzt kehrte ich gebrochenen Herzens nach Hause zurück.

Nach einer qualvollen Nacht ging ich am nächsten Tag noch einmal hin, um die Kirche und die Umgebung abzusuchen, und muß dabei ausgesehen haben wie eine ruhelos wandernde Seele auf der Suche nach Trost, während die Frau ein umherziehender Engel hätte sein können, der nur einmal auf die Erde herniedergestiegen war – finden tat ich sie jedenfalls nicht. So kam es, daß ich traurig wieder die Gesellschaft der Hafenrangen aufsuchte. Die Jungen begrüßten mich freudig, wohingegen Doris mich nur mit einem geringschätzigen Blick bedachte. Als ich mit einem verlorenen Aufseufzen reagierte, zeigte Ubaldo sich sofort besorgt und fragte, was mir denn fehle. Ich vertraute es ihm an – daß ich mein Herz an eine Dame verloren und meinerseits dann diese Dame verloren hätte – und alle Kinder lachten, bis auf Doris, die plötzlich wie vor den Kopf geschlagen schien.

»Du hast neuerdings nichts weiter als *largazze* im Kopf«, sagte Ubaldo. »Willst du denn der Hahn aller Hennen in der Welt sein?«

»Das hier war eine erwachsene Frau, kein Mädchen«, sagte ich. »Und sie ist viel zu erhaben, als daß man überhaupt daran denken könnte, daß sie...«

»... daß sie eine *pota* hat«, riefen etliche Jungen wie aus einem Mund.

»Unsinn«, sagte ich und zog das Wort gelangweilt in die Länge. »Was die *pota* betrifft, so sind sich alle Frauen gleich.« Mann von Welt, der ich war, hatte ich bislang zwei ganze Frauen in unbekleidetem Zustand gesehen.

»Darüber weiß ich nicht so Bescheid«, sagte ein Junge sinnend. »Ich habe nur einmal einen weitgereisten Matrosen erzählen hören, wie man eine Frau erkennt, die das höchste an Bettwürdigkeit darstellt.«

»Erzähle! Erzähle!« kam der Chor.

»Steht sie mit zusammengepreßten Beinen aufrecht da, sollte zwischen ihren Schenkeln und ihrer Artischocke ein kleines, wirklich winzig kleines Dreieck Tageshelligkeit zu sehen sein.«

»Ist bei deiner Dame das Tageslicht zu sehen?« fragte jemand mich.

»Ich hab' sie doch nur ein einziges Mal gesehen, und dazu noch in der Kirche. Glaubt ihr etwa, sie wäre in der Kirche nackt rumgelaufen?«

»Nun, ist es denn bei Malgarita zu sehen?«

Woraufhin ich – ebenso wie eine Reihe von anderen Jungen – sagte: »Ich hab' nicht darauf geachtet.«

Malgarita kicherte und kicherte noch einmal, als ihr Bruder sagte: »Das hättet ihr sowieso nicht sehen können. Dazu hängt ihr hinten der Arsch und vorn der Bauch viel zu weit runter.«

»Sehn wir uns doch mal Doris an!« rief jemand. »Olà, Doris! Preß die Beine zusammen und heb den Rock hoch!«

»Fragt lieber eine richtige Frau!« sagte Malgarita schnippisch. »Doris weiß doch noch nicht, ob sie Eier legen oder Milch geben soll.«

Statt mit irgendeiner schneidenden Bemerkung zurückzuschlagen, wie ich angenommen hatte, brach Doris in ein Schluchzen aus und rannte fort.

Das ganze Geschwätz war ja durchaus erheiternd und vielleicht sogar aufklärerisch, doch ich war mit meinen Gedanken ganz woanders. Ich sagte: »Wenn es mir gelingt, meine Dame wiederzufinden, und wenn ich sie euch dann zeige, vielleicht schafft ihr es besser als ich, ihr zu folgen und mir zu sagen, wo sie wohnt.«

»*No, grazie*«, sagte Ubaldo mit Entschiedenheit. »Eine hochwohlgeborene Dame zu belästigen, hieße zwischen den Pfeilern Glücksspiele zu spielen.«

Daniele schnippte mit den Fingern: »Da fällt mir was ein. Ich hab' gehört, heute nachmittag soll jemand bei den Pfeilern die *frusta* zu schmecken bekommen. Irgend so ein armer Teufel, der gespielt hat und verlor. Laßt uns hingehen und zusehen.«

Was wir denn alle taten. Eine *frusta* ist eine Peitsche oder öffentliche Auspeitschung, und bei den Pfeilern handelt es sich um eben jene beiden, von mir bereits erwähnten Säulen auf der Piazzetta, ganz nahe am Wasser. Die eine der Säulen ist meinem Namenspatron geweiht, die andere Venedigs früherem Schutzpatron, dem heiligen Teodoro, heute Todaro geheißen. Alle öffentlichen Bestrafungen und Hinrichtungen irgendwelcher Missetäter werden dort vorgenommen – »zwischen Marco und Todaro«, wie wir sagen.

Im Mittelpunkt des Geschehens stand an diesem Tag ein Mann, den wir Jungen alle kannten, wiewohl wir nicht wußten, wie er hieß. Er wurde ganz allgemein *Il Zudio* genannt, womit man im allgemeinen einen Juden oder einen Wucherer bezeichnet, für gewöhnlich jedoch beides. Dieser Zudio wohnte zwar im *burghèto*, dem für seine Glaubensbrüder bestimmten Viertel, doch der enge Laden, in dem er Geld wechselte und Geld auslieh, lag an der Merceria, wo wir Jungen in letzter Zeit den größten Teil unserer Diebereien ausgeübt hatten, und so hatten wir ihn häufig hinter seinem Ladentisch kauern sehen. Haupt- und Barthaar waren bei ihm gleichermaßen wie eine Art geringelter roter Flechte, die allmählich ergraute; auf seinem langen Mantel trug er den runden gelben Punkt, der ihn als Juden auswies, und dazu den roten Hut, der erkennen ließ, daß es sich um einen sephardischen Juden handelte.

Es gab unter der Menge an diesem Nachmittag zahlreiche andere Angehörige seines Glaubens, und die meisten von ihnen trugen rote Hüte; einige jedoch trugen auch die gelben Kopftücher, die ihre levantinische Herkunft verriet. Aus eigenem Antrieb wären sie vermutlich nicht hergekommen, um zuzusehen, wie einer ihrer Glaubensbrüder ausgepeitscht und gedemütigt wurde; aus diesem Grund macht das venezianische Recht es allen erwachsenen männlichen Juden zur Pflicht, solchen Bestrafungen beizuwohnen. Bei der überwiegenden Anzahl derer, die zusahen, handelte es sich jedoch um Nicht-Juden, die einfach hergekommen waren, um ihren Spaß zu haben; ein erstaunlicher Anteil der Zuschauer waren übrigens Frauen.

Verurteilt worden war der *zudio* wegen eines ziemlich gewöhnlichen Vergehens – er sollte bei irgendeinem Darlehen Wucherzinsen gefordert haben –, doch hinter vorgehaltener Hand erzählte man sich von weit reizvolleren Missetaten. Es hielt sich nämlich hartnäckig das Gerücht, daß er – im Gegensatz zu jedem vernünftigen christlichen Pfandleiher, der nur gegen Geschmeide, Silbergeschirr und anderes wertvolle Gerät mit Geld herausrückte – auch Briefe als Pfand nahm, die auf ganz gewöhnlichem Papier geschrieben waren; allerdings mußte es sich schon um Briefe indiskreter oder kompromittierender Art handeln. Da so viele Venezianerinnen sich eines Schreibers bedienten, Briefe ebendieser Art für sie zu verfassen – oder aber sie ihnen vorzulesen, wenn sie welche erhalten hatten –, war vielleicht das der Grund, warum so viele Frauen sich diesen *zudio* ansehen wollten und wohl Mutmaßungen darüber anstellten, ob er verräterische Briefe von ihnen in der Hand hatte. Vielleicht war es aber auch nur so, daß die Frauen die Gelegenheit wahrnahmen, einmal zuzusehen, wie ein Mann ausgepeitscht wurde, was sich wohl nur wenige gern entgehen lassen.

Der Wucherer wurde von etlichen uniformierten *gastaldi*-Wachen sowie dem ihm zugeteilten geistlichen Beistand, einem Mitglied der Laienbruderschaft der Gerechtigkeit, an den Schandpfahl geführt. Um in der erniedrigenden Eigenschaft als geistlicher Beistand für einen Juden unerkannt zu bleiben, trug der Bruder einen langen Rock und eine Kapuze mit Augenlöchern auf dem Kopf. Ein *preco* von der *Quarantia* stand dort, wo tags zuvor ich gestanden hatte – hoch über der Menge in der Loggia von San Marco mit den vier Pferden – und verlas dort mit weithin hallender Stimme:

»Insofern sich der überführte Mordecai Cartafilo auf sehr grausame Weise gegen den Staatsfrieden seiner Bürger vergangen hat ... wird er zu vierzehn kräftigen Peitschenschlägen verurteilt und soll hinterher in einem *pozzo* des Palastkerkers eingeschlossen werden; die *Signori della Notte* sollen weitere Einzelheiten über seine Verbrechen aus ihm herausholen ...«

Als der *zudio* wie üblich bei solchen Gelegenheiten gefragt wurde, ob er gegen das Urteil etwas einzuwenden habe, knurrte er nur gleichmütig: »*Nè tibi nè catabi.*« Mochte der Unglückliche noch so kühl mit der Schulter gezuckt haben, ehe er die Peitsche zu spüren bekam, so tat er während der nächsten Minuten etwas anderes. Zuerst grunzte er, doch dann schrie er, und schließlich heulte er laut. Ich sah mich in der Menge um – alle Christen nickten beifällig, während die Juden versuchten, woanders hinzusehen – und plötzlich blieben meine Augen an einem gewissen Gesicht haften, wollten nicht davon weichen, und so begann ich mich durch die dichtstehenden Leute hindurchzuschieben, um näher an meine verlorene und jetzt wiedergefundene Dame heranzukommen.

Hinter mir ertönte ein schriller Schrei, und Ubaldos Stimme rief: »Olà, Marco, du hast ja gar kein Ohr für die Synagogenmusik.« Ich jedoch drehte mich nicht um. Diesmal wollte ich nicht Gefahr laufen, daß mir die Dame wieder entwischte. Sie hatte den Schleier wieder abgenommen, wohl um die Peitscher besser beobachten zu können, und abermals ergötzten sich meine Augen an ihrer Schönheit. Als ich näher herankam, sah ich, daß sie neben einem hochgewachsenen Mann stand, der einen Umhang trug und sich eine Kapuze so tief übers Gesicht gezogen hatte, daß er fast genauso anonym war wie der Bruder der Gerechtigkeit neben dem Schandpfahl. Und als ich ganz nahe herangekommen war, hörte ich diesen Mann meiner Dame zuflüstern: »Dann bist du es gewesen, der zum Schnüffler gegangen ist.«

»Der J-Jude hat es verdient«, sagte sie, und für einen flüchtigen Moment verweilte der gespitzte Mund kußbereit.

Er murmelte: »Ein wehrloses Huhn vor einem Tribunal von Füchsen!«

Sie lachte leichtfertig, doch humorlos auf. »Wäre es Euch lieber, ich hätte das Huhn beichten gehen lassen, Pater?«

Ich überlegte, ob die Dame womöglich jünger sei, als sie aussah, wo sie doch offenbar jeden Mann mit Vater anredete. Als ich ihm dann jedoch, da ich kleiner war als er, von unten unter die Kapuze schaute, erkannte ich, daß es sich um eben jenen Priester von San Marco handelte, den ich auch gestern gesehen hatte. Da ich mich wunderte, warum er wohl sein Priestergewand verbarg, lauschte ich noch etwas länger, doch gab mir ihr aus dem Zusammenhang gerissenes Gespräch keinerlei Aufschluß darüber.

Immer noch mit halblauter Stimme sagte er: »Du starrst auf das falsche Opfer. Es geht um den, der reden könnte, nicht den, der vielleicht lauscht.«

Wieder lachte sie und sagte keck: »Den Namen dessen nennt Ihr nie.«

»Dann sagt Ihr ihn«, murmelte er. »Dem Schnüffler. Liefert den Füchsen eine Ziege und kein Huhn.«

Sie schüttelte den Kopf. »Der, um den es geht – der alte Ziegenbock –, hat Freunde unter den Füchsen. Ich bedarf der Dienste von jemand, der noch verschwiegener vorgeht als selbst der Schnüffler.«

Er schwieg eine Weile. Dann flüsterte er: »*Bravo.*«

Ich nahm an, daß er murmelnd der Auspeitschung seinen Beifall bekundete, die gerade in diesem Augenblick mit einem langgezogenen Pfeifton ein Ende nahm. Die Menge wurlte durcheinander und schickte sich an, nach Hause zu gehen.

Meine Dame sagte: »Ja, nach der Möglichkeit will ich mich auch erkundigen. Aber jetzt« – und mit diesen Worten berührte sie den Arm des Vermummten – »kommt der, um den es geht.«

Er zog sich die Kapuze noch tiefer ins Gesicht und entfernte sich mit der Menge von ihr. Zu ihr trat ein anderer Mann, ein grauhaariger, rotgesichtiger Herr in ebenso feiner Kleidung wie sie – vielleicht ihr wirklicher Vater, dachte ich –, der sagte: »Ah, hier bist du, Ilaria. Wie haben wir getrennt werden können?«

Es war das erste Mal, daß ich ihren Namen hörte. Gemeinsam mit dem älteren Mann ging sie schlendernd davon, wobei sie angeregt davon redete, »wie fabelhaft die Auspeitschung war, und was für ein schöner Tag dafür«, und machte andere ähnliche typisch weibliche Bemerkungen. Ich blieb weit genug hinter ihnen zurück, daß ich nicht auffiel, folgte ihnen aber gleichwohl so unbeirrt, als würde ich an einem Strick von ihnen hinterhergezogen. Ich fürchtete, daß sie nur bis zum Wasser hinunter gehen und dort in das *batèlo* des Mannes oder eine *gondola* steigen würden. Wäre das geschehen, wäre es mir schwergefallen, ihr auch weiterhin zu folgen. Jeder in der Menge, dem kein solches Fahrzeug gehörte, stritt mit den anderen, eines zu mieten. Doch Ilaria und ihr Begleiter wandten sich in die entgegengesetzte Richtung, das heißt, sie gingen über die Piazzetta hinweg zur Hauptpiazza, wobei sie der Menge möglichst aus dem Wege gingen, indem sie sich dicht an der Wand des Dogenpalastes hielten.

Ilarias prächtiges Gewand streifte die Schnauzen der löwenähnlichen Marmormasken, die in Hüfthöhe aus der Palastwand hervortreten. Dabei handelt es sich um das, was wir Venezianer die *musi da denonzie secrete* nennen, wobei es für jede Art von Verbrechen eine besondere ›Schnauze‹ gibt: für Schmuggelei, Steuerhinterziehung, Wucher, Verschwörung gegen den Staat und so weiter. Die Schnauzen weisen als Maul Schlitze auf, und auf der anderen Seite – im Palastinneren – hokken die Agenten der *Quarantia* wie die Spinnen, die nur darauf warten, daß ein Spinnwebfaden zuckt. Sie brauchen von einem Alarm bis zum anderen nicht lange zu warten. Diese Schlitze im Marmor sind im Laufe der Jahre immer weiter und glatter geworden, dazu haben ungezählte Hände namenlose Botschaften hineingesteckt, auf denen Feinden, Gläubigern, Liebhabern, Nachbarn, Blutsverwandten und sogar Wildfremden irgendwelche Verbrechen angehängt wurden. Da die Beschuldiger anonym bleiben und Vorwürfe auch ohne Beweise vorbringen können, und da das Gesetz nur wenig Zugeständnisse in Hinblick auf Bosheit, Verleumdung, Ärger und Böswilligkeit macht, ist es am Beschuldigten, die Beschuldigungen als grundlos zu entlarven. Das ist nicht leicht und gelingt auch nur selten.

Der Mann und die Frau umrundeten zwei Seiten des arkadengesäumten Platzes, wobei ich ihnen immer dicht auf den Fersen blieb, um ihrer ziemlich zusammenhanglosen Unterhaltung zu folgen. Dann betraten sie eines der Häuser, die unmittelbar an der Piazza standen, und dem Gebaren des Dienstboten nach zu urteilen, der ihnen aufmachte, waren sie dort zu Hause. Diese Häuser im Herzen der Stadt tragen außen keineswegs irgendwelchen reichen Schmuck und werden auch nicht Palazzi genannt. Sie heißen vielmehr ihrer äußeren Schönheit wegen, die nichts über den Reichtum ihrer Bewohner – die zu den ältesten und vornehmsten Familien Venedigs gehören – verraten, ›stumme Häuser‹. Aus diesem Grunde will auch ich stumm bleiben in bezug darüber, bis zu welchem Haus ich Ilaria folgte, um nicht Gefahr zu laufen, den Namen dieser Familie mit Schande zu bedecken.

Im Laufe dieser kurzen Beschattung erfuhr ich noch zwei Dinge. Aus den Fetzen ihrer Unterhaltung ging selbst für mein einfältiges Gemüt hervor, daß es sich bei dem grauhaarigen Mann nicht um Ilarias Vater, sondern um ihren Ehemann handelte.

Das versetzte mir einen gewissen Stich, doch tröstete ich mich mit der Überlegung, daß eine junge Frau mit einem alten Gatten den Aufmerksamkeiten eines jüngeren Mannes, wie ich es einer bin, gegenüber eigentlich empfänglich sein sollte.

Was ich sonst noch mitbekam, war dasjenige, was sie über die *festa* redeten, die nächste Woche gefeiert werden sollte, das Fest von Samarco dei Bocoli. (Ich sollte vielleicht noch erwähnen, daß wir April hatten, auf dessen fünfundzwanzigsten Tag das Fest des heiligen Markus fällt, und daß dieser Tag in Venedig ein Fest der Blumen, der Ausgelassenheit und der Maskerade ist, das dem »San Marco der Knospen« geweiht ist. Diese Stadt liebt die Feste und freut sich Jahr für Jahr insbesondere auf diesen Tag, da dann seit dem Karneval, der unter Umständen bereits zwei Monate zurückliegt, keine einzige *festa* mehr gefeiert worden ist.)

Der Mann und die Frau sprachen von den Kostümen, die sie machen lassen wollte und von den verschiedenen Bällen, zu denen man sie eingeladen hatte. Und abermals versetzte es mir einen Stich, denn diese Feste würden hinter Türen stattfinden, die mir verschlossen waren. Doch dann erklärte Ilaria, sie werde auch zu der am Abend dieses Tages bei Fackellicht stattfindenden Promenade im Freien gehen. Ihr Gatte machte ihr einige Vorhaltungen und brummte etwas von den vielen Menschen und der Gefahr, daß man von »der gewöhnlichen Herde« eingekeilt werden könnte, doch Ilaria bestand lachend darauf, mein Herz machte einen Satz, und ich faßte wieder einen Entschluß.

Unmittelbar nachdem sie in ihrer *casa muta* verschwunden waren, lief ich zu einem Laden in der Nähe des Rialto, den ich kannte. Die Vorderseite dieses Ladens hing voll von Masken aus Stoff und aus Tuch und *cartapesta* in Rot und Schwarz und Weiß sowie fleischfarbenen, grotesken, komischen, dämonischen und lebensechten Masken. Ich platzte in den Laden hinein und rief dem Maskenmacher zu: »Macht mir eine

Maske für die *festa* von Samarco! Es soll eine Maske sein, in der ich hübsch, aber alt aussehe! Macht, daß ich älter aussehe als zwanzig. Aber gut erhalten und männlich und draufgängerisch muß ich aussehen!«

6 So kam es, daß ich mich – ohne von einem der Dienstboten dazu aufgefordert worden zu sein – am Morgen dieses Festtages Ende April in meinen Sonntagsstaat warf: in ein kirschrotes Samtwams, lavendelfarbene seidene Beinkleider, meine selten getragenen roten Schuhe aus Cordoba und darüber einen schweren wollenen Mantel, der dazu dienen sollte, die Schlankheit meiner Gestalt zu verbergen. Die Maske versteckte ich unter dem Mantel. Dann verließ ich das Haus und probierte aus, ob meine Maskerade bei den Hafenrangen verfing. Als ich dem Kahn nahe gekommen war, holte ich die Maske heraus und legte sie an. Sie wies Augenbrauen und einen schneidigen Lippenbart auf, die aus echtem Haar gemacht waren; das Gesicht war das eines rauhen Seemanns, dessen Haut von den Winden ferner Meere gegerbt und von der Sonne gebräunt war.

»*Olà*, Marco«, sagten die Jungen. »*Sana capàna!*«

»Ihr erkennt mich? Ich sehe aus wie Marco?«

»Hm. Jetzt, wo du es sagst ...«, meinte Daniele. »Nein, nicht eigentlich wie der Marco, den wir kennen. Wie, meinst du, sieht er aus, Boldo?«

Ungeduldig sagte ich: »Dann sehe ich nicht wie ein über zwanzigjähriger Seefahrer aus?«

»Nun, ja ...«, druckste Ubaldo herum. »Wie ein etwas zu kurz geratener Seefahrer ...«

»Die Verpflegung an Bord ist ja manchmal etwas karg«, meinte Daniele mir zu Hilfe kommen zu müssen. »Vielleicht hat die dein Wachstum beeinträchtigt.«

Ich war überaus verärgert. Als Doris vom Kahn herunterkam und sofort grüßte: »*Olà, Marco*«, fuhr ich herum und wollte sie wütend anfauchen, doch was ich sah, ließ mich innehalten.

Auch sie hatte sich zu Ehren des Tages kostümiert. Sie hatte ihr zuvor nichtssagendes Haar gewaschen, das sich jetzt als reizvoll strohblond erwies. Des weiteren hatte sie sich das Gesicht gewaschen und es anziehend bleich gepudert, wie erwachsene Venezianerinnen es zu tun pflegen. Auch trug sie das Gewand einer erwachsenen Frau: einen für ihre Größe zurechtgemachten Brokatrock, der einst meiner Mutter gehört hatte. Doris wirbelte herum, um die Unterröcke fliegen zu lassen, und sagte schüchtern: »Bin ich nicht so vornehm und schön wie deine angebetete *lustrìsima*, Marco?«

Ubaldo brummte etwas von wegen: »... all diese zwergenhaften Damen und Herren«, doch ich starrte nur durch die Augenlöcher meiner Maske hindurch.

Doris blieb ihrem Vorsatz treu und sagte: »Willst du an diesem festlichen Tag nicht mein Kavalier sein, Marco? ... Worüber lachst du?«

»Über deine Schuhe.«
»Was?« flüsterte sie und machte ein langes Gesicht.
»Ich lache, weil keine Dame jemals diese schrecklichen hölzernen *tofi* getragen hat.«

Sie sah unsäglich gekränkt aus und zog sich augenblicklich in das Innere des Kahns zurück. Ich blieb noch ein Weilchen, um den Jungen Gelegenheit zu geben, mir zu versichern – was ich ihnen schließlich halbwegs glaubte –, daß kein Mensch mich für einen Jungen halten würde, höchstens jene, die mich bereits kannten. Dann verließ ich sie und begab mich auf die Piazza San Marco. Es war noch viel zu früh für die gewöhnlichen Müßiggänger, doch hatte Dona Ilaria nicht gesagt, was für ein Kostüm sie tragen würde, als ich sie belauscht hatte. Vielleicht war sie genauso schwer vermummt wie ich; deshalb mußte ich mich, um sie erkennen zu können, vor ihrer Haustür herumdrücken, um sie zu sehen, wenn sie ausging, den ersten Ball aufzusuchen.

Ich hätte unliebsame Aufmerksamkeit erregen können, wie ich an diesem einen Ende der Arkade auf und ab ging gleich einem, der das Handwerk des Beutelschneidens erlernen will und sich dabei unglaublich dumm anstellt. Glücklicherweise war ich jedoch nicht der einzige auffällig Gekleidete auf der Piazza. Fast unter jedem Bogen war ein kostümierter *matacìn* oder *montimbanco* dabei, sein Podest aufzuschlagen, und bald ergingen sich auch genügend Schaulustige, denen man etwas vorspielen konnte, und so ließen sie ihre Talente leuchten. Darüber war ich von Herzen froh, gaben sie mir doch etwas zu sehen außer dem Hauseingang der *casa muta*.

Die *montimbanchi* – gekleidet wie Ärzte oder Astrologen, nur daß ihre Gewänder auffällig mit Sternen, Monden und Sonnen geschmückt waren – vollführten Zauberkunststücke oder entlockten einer *ordegnogorgia* Klänge, um Aufmerksamkeit zu erregen; war es ihnen gelungen, den Blick eines Vorübergehenden auf sich zu lenken, fingen sie lautstark und raschzüngig an, ihre Heilmittel anzupreisen – getrocknete Kräuter, farbige Wässer, Mondmilch-Pilze und dergleichen. Die womöglich noch auffälliger in quadratisch oder rautenförmig karierten und mit Flicken besetzten Kostümen herausgeputzten *matacìni* mit ihren leuchtenden Gesichtsfarben hingegen hatten nichts weiter anzubieten als ihre Geschicklichkeit. Infolgedessen hüpften und sprangen sie auf ihren Podesten, herunter von ihnen und wieder hinauf, vollführten akrobatische Kunststücke und Schwerttänze und Verrenkungen, jonglierten mit Bällen, ja, sogar einer mit dem anderen und ließen dann, wenn sie eine Pause einlegten, um wieder zu Atem zu kommen, den Hut unter den Zuschauern herumgehen.

Je weiter der Tag voranschritt, desto mehr Gaukler bauten ihren Stand auf der Piazza auf, desgleichen die Verkäufer von *confèti*, Naschwerk und Erfrischungsgetränken; auch mehr gewöhnliche Bürger ließen sich blicken, wiewohl sie ihr Festtagsgewand noch nicht angelegt hatten. Letztere versammelten sich wohl um ein Podest, um den Taschenspielereien eines *montimbanco* zuzusehen, oder einem *castròn* zuzuhören, wie er zur Lautenbegleitung eine *barcarole* sang; doch kaum ließ der Künstler seinen Hut herumgehen oder bot er seine Waren feil, begaben sie sich zur winzigen Bühne eines anderen. Viele dieser Leute pendelten zwischen einem Artisten und dem anderen, bis sie dorthin kamen, wo sie mich dann dumm anglotzten und offensichtlich erwarteten, daß ich irgend etwas Unterhaltsames tue. Das war einigermaßen peinlich, da ich nichts weiter tun konnte als vor ihren Augen in Schweiß ausbrechen – der Frühlingstag war ganz ungewöhnlich warm geworden – und zu versuchen, so auszusehen, als wäre ich ein Diener, dem aufgetragen worden war, geduldig an einem Fleck auf seinen Herrn zu warten.

Der Tag rückte weiter vor, wollte jedoch kein Ende nehmen, und ich wünschte inbrünstig, ich hätte einen leichteren Mantel angezogen, hätte am liebsten jeder einzelnen von den Millionen widerwärtigen Tauben auf der Piazza den Hals umgedreht, und war dankbar für jede Abwechslung. Die ersten Bürger, die nicht in Alltagsgewändern erschienen, waren die Vertreter der Zünfte, die in ihren Zeremonialgewändern kamen. Die Angehörigen der Ärzte, Balbierer, Chirurgen und Apotheker trugen hohe, spitz zulaufende Hüte und wallende Gewänder. Die Angehörigen der Gilde der Maler und Illuminatoren waren in Gewänder gehüllt, die aussahen, als wären sie nichts weiter als Segeltuch; dabei waren sie auf sehr kunstvolle Weise mit Blattgold und Farben geschmückt. Die Zunft der Färber, Walker und Lederarbeiter trug Lederschürzen mit dekorativen Mustern darauf, die weder draufgemalt noch aufgenäht, sondern eingebrannt waren ...

Nachdem sämtliche Zünfte auf der Piazza versammelt waren, trat der Doge Ranieri Zeno aus seinem Palast; wiewohl seine Amtstracht mir wie jedem anderen vertraut war, war sie doch so prächtig, daß er auf jedem Fest Ehre damit eingelegt hätte. Auf dem Kopf trug er die weiße *scufieta*, und über dem goldenen Rock, dessen Schleppe von drei in die herzogliche Livree gekleideten Dienern getragen wurde, das Hermelincape. Das Gefolge, das hinter ihm aus dem Palast hervorkam, bestand aus den Angehörigen des Rats und der *Quarantia* und anderer Edelleute und Würdenträger, die gleichfalls sämtlich auf das prächtigste gekleidet waren. Ihnen wiederum folgte eine Kapelle von Spielleuten, die jedoch ihren Lauten und Flöten und dreisaitigen *Rebecs* keinerlei Töne entlockten, als sie gemessenen Schritts zum Wasser hinuntergingen. Der vierzigruderige *buzino* des Dogen glitt gerade an die Mole heran, und die Prozession begab sich an Bord. Erst als die schimmernde Barke schon ziemlich weit draußen auf dem Wasser war, hoben die Spielleute an zu spielen. Damit warten sie immer so lange, weil sie wissen, daß die Musik eine besonders liebliche Tönung annimmt, wenn sie über die flachen Wellen hinweg zu uns Lauschenden an Land herübergeweht kommt.

Etwa um die Stunde der *compieta* senkte sich die Dämmerung hernieder, und auf der Piazza traten die *lampaderi* in Aktion, das heißt, sie steckten die Eisenkörbe mit den Fackeln, die über den Arkadenbögen angebracht sind, in Brand; ich jedoch verweilte immer noch vor Dona Ilarias Tür. Mir war, als wartete ich schon eine Ewigkeit, und nachgerade verspürte ich nagenden Hunger. Ich hatte es nicht einmal gewagt, mich soweit zu entfernen wie bis zu den Ständen der Obsthändler; gleichwohl war ich bereit, den Rest meines Lebens zu warten, sollte sich das als notwendig erweisen. Zumindest fiel ich um diese späte Stunde nicht mehr so auf, denn mittlerweile war die Piazza gesteckt voll, und nahezu alle Flanierer trugen irgendeine Art von Kostüm.

Manche tanzten nach der fernen Musik der Kapelle des Dogen, andere sangen zur Begleitung der schmetternden *castròni,* doch die meisten stolzierten nur im Schmuck ihrer eigenen Prachtgewänder auf und ab, um sie zu zeigen und die von anderen zu bestaunen. Die jungen Leute bewarfen einander mit *confèti,* den Brosamen von Süßigkeiten sowie den mit Duftwasser gefüllten Eierschalen. Die älteren Mädchen trugen Orangen und warteten, den Blick irgendeines Galans zu erhaschen, dem sie sie zuwerfen konnten. Diese Sitte soll an die Orange erinnern, die Jupiter und Juno als Hochzeitsgeschenk verehrt wurde; und ein junger Mann darf sich rühmen, ein besonders begehrter Jupiter zu sein, falls seine Juno die Orange mit solcher Kraft wirft, daß er ein blaues Auge davonträgt oder gar einen Zahn dabei verliert.

Dann, als das Zwielicht sich verdichtete, rollte von See her der *caligo,* der salzhaltige Nebeldunst heran, der Venedig des Nachts so oft einhüllt, und ich war nachgerade froh über meinen wollenen Mantel. In diesem Nebel wandelten sich die Fackeln aus flackernd-glosenden Körben aus Eisengeflecht in weichrandige Lichtkugeln, die wunderbarerweise in der Luft zu schweben scheinen. Die Menschen auf der Piazza wurden nun dunkler und zu zusammenhängenden Nebelbatzen, die durch feineres Nebelgespinst hindurchziehen, es sei denn, sie gingen zwischen mir und einer der verschwommen glimmenden Fackeln hindurch. Dann nämlich gingen unverhofft Schattenspeichen und Schattenkeile von ihnen aus, die gleich schwarzen Schwertklingen aufblinkten, die den grauen Nebel zerteilten. Nur wenn ein Müßiggänger nahe an mir vorüberkam, verdichtete er sich wieder zu etwas Handfestem, um sich im nächsten Augenblick wieder zu Ungreifbarem aufzulösen. Wie etwas aus einem Traum nahm dann wohl ein Engel Fleisch und Blut an: ein Mädchen, ganz in Gaze und Flitter und mit lachenden Augen, das sich unversehens wieder in etwas Alptraumhaftes verwandelte: in einen Satan mit lackrotem Gesicht und Hörnern.

Plötzlich ging die Tür hinter mir auf, und der graue Nebel wurde von hellem Lampenlicht zerteilt. Ich drehte mich um und erblickte zwei Schatten vor dem Strahlen, aus denen dann meine Dame und ihr Gatte hervorgingen. Wahrhaftig, hätte ich nicht an ihrer Tür Aufstellung genommen, ich würde weder ihn noch sie erkannt haben. Er war von Kopf bis Fuß in eine der Standardfiguren der Maskerade verwandelt, in den komischen Arzt, Dotòr Balanzòn. Ilaria jedoch war so verändert, daß ich mir im ersten Augenblick gar nicht darüber klarwerden konnte, was sie denn nun eigentlich plötzlich war. Eine weißgoldene Mitra verbarg ihr bronzefarbenes Haar, die Augen waren hinter einer knappsitzenden Dominomaske verborgen, und viele Schichten aus Chorhemd, Meßgewand, Rauchmantel und Stola machten eine unförmige Kuppel aus ihrer reizvollen Figur. Dann ging mir auf, daß sie als die Päpstin Zuàna aus längstvergangener Zeit zurechtgemacht war. Ihr Kostüm mußte ein Vermögen gekostet haben, und ich fürchtete, daß es ihr eine schwere Buße eintragen würde, falls ein echter Klerikus sie in der Aufmachung der legendären Päpstin erwischte.

Sie überquerten die Piazza durch einen Brei von Menschen und ließen sich allsogleich von dem Festgeist anstecken, der überall herrschte: sie verstreute *confèti*, so wie ein Priester Weihwasser verspritzt, während er sie hinwarf, wie ein *mèdego* seine Arzneien austeilen mag. Ihre Gondel wartete auf der Lagunenseite auf sie, sie stiegen ein, und diese legte sogleich ab und lief in den Canale Grande ein. Nachdem ich einen Moment überlegt hatte, machte ich mir nicht die Mühe, ein Boot heranzuwinken, das ihnen folgen sollte. Der *caligo* war mittlerweile so dick geworden, daß sämtliche Fahrzeuge auf dem Wasser sich nur mit äußerster Vorsicht bewegten und sich möglichst nahe am Ufer hielten. Für mich war es leichter, meine Beute im Auge zu behalten und ihr zu folgen, indem ich über die Gassen seitlich vom Kanal dahintrabte, und mich gelegentlich auf eine Brücke zu stellen und abzuwarten, welchen Weg sie einschlug, wenn sich zwei Wasserwege gabelten. An diesem Tag mußte ich beträchtliche Strecken zurücklegen, denn Ilaria und ihr Gatte gingen von einem vornehmen Palazzo und einer *casa muta* zur anderen. Warten freilich mußte ich draußen vor diesen Häusern noch länger, und dabei leisteten mir nur streunende Katzen Gesellschaft, während die Dame meines Herzens sich drinnen vergnügte.

Ich lauerte in dem nach Salz riechenden Nebel, der inzwischen so schwer geworden war, daß er von den Dachsparren und Arkadenbögen und der Nasenspitze meiner Maske herniedertropfte, und lauschte den gedämpften Klängen der Musik, die von drinnen herausdrangen, und stellte mir vor, daß Ilaria die *furlàna* tanzte. Ich lehnte mich an schlüpfrige Steinwände, von denen das Wasser herunterrann, und starrte neiderfüllt auf die Fenster, durch die sanft das Kerzenlicht hindurchschimmerte. Ich saß auf kalten und nassen Brückengeländern, hörte meinen Magen knurren und sah vor meinem geistigen Auge, wie Ilaria niedlich an *scalete*-Gebäck und *bignè*-Küchelchen knabberte. Ich stand da und stampfte mit den Füßen, in denen sich nachgerade Fühllosigkeit ausbreitete, und verfluchte neuerlich meinen Wollmantel, da dieser sich mit Feuchtigkeit vollsog und schwerer und immer schwerer wurde und mir um die Knöchel schleppte. Doch trotz meines feuchtkalten Elends richtete ich mich jedesmal zu voller Größe auf und bemühte mich, wie ein harmloser Spaßvogel auszusehen, wann immer andere Maskierte aus dem *caligo* auftauchten und mich mit beschwingten Zurufen bedachten – ein keckernder *bufòn*, ein stolzgeschwellter *corsàro* und drei Halbwüchsige, die gemeinsam als die drei Ms – mèdego, Musikus und matto, Verrückter – einhergetollt kamen.

Fest- und feiertags wird in Venedig das *coprifuoco* nicht geläutet, doch als wir an diesem Abend am dritten oder vierten Palazzo angelangt waren und ich völlig durchnäßt draußen wartete, hörte ich die Kirchenglocken die Komplet läuten. Gleichsam als wäre das ein verabredetes Zeichen, schlüpfte Ilaria aus dem Ballsaal heraus, kam nach draußen und ging geradenwegs auf die Stelle zu, wo ich mich mit tief heruntergezogener Kapuze und fest um mich gezogenem Mantel in eine Hausnische gedrückt hatte. Sie trug immer noch ihr päpstliches Gewand; nur den *domino* hatte sie abgenommen.

Leise sagte sie: »*Caro là*«, den Gruß, den nur Liebende füreinander haben, woraufhin ich gleichsam zur Salzsäule erstarrte. Ihr Atem duftete leicht nach *bevarìn,* dem Haselnußlikör, als sie in die Falten meiner Kapuze hineinflüsterte: »Der Alte ist endlich betrunken und wird uns j-jetzt nicht v-verf... *Dio me varda!* Wer seid Ihr?« Mit diesen Worten wich sie vor mir zurück.

»Ich heiße Marco Polo«, sagte ich. »Ich bin Euch gefolgt, seit ...«

»Ich bin entdeckt!« rief sie so schrill, daß ich fürchtete, ein *sbiro* könnte sie hören. »Seid Ihr sein *bravo*?«

»Nein, nein, Signora!« Ich richtete mich auf und schob die Kapuze zurück. Und da meine Seemannsmaske sie so erschreckt hatte, nahm ich auch die ab. »Ich gehöre niemand als Euch allein.«

Die Augen ungläubig geweitet, wich sie noch einen Schritt zurück. »Ihr seid ja ein Knabe!«

Das konnte ich zwar nicht leugnen, doch ließ es sich genauer bestimmen: »Mit der Erfahrung eines Mannes«, erklärte ich daher rasch. »Ich liebe Euch und suche nach Euch, seit ich Euch das erste Mal gesehen.«

Ihre Augen verengten sich, um mich genauer zu betrachten. »Was macht Ihr hier?«

»Ich habe gewartet«, entfuhr es mir, »um Euch mein Herz zu Füßen zu legen, meinen Arm zu Diensten anzutragen und mein Schicksal in Eure Hand zu legen.«

Nervös blickte sie um sich. »Ich habe Pagen genug, ich möchte keinen neuen in meinen Dienst nehmen...«

»Nicht so in Dienst nehmen!« erklärte ich. »Aus Liebe zu meiner Dame werde ich Ihr in alle Ewigkeit dienen!«

Vielleicht hatte ich auf einen Blick gehofft, der mir bewiesen hätte, daß sie dahinschmolz. Doch der Blick, mit dem sie mich bedachte, verriet womöglich noch größere Verzweiflung. »Aber die Komplet ist geläutet worden«, sagte sie. »Wo ist...? Ich meine, habt Ihr niemand sonst hier gesehen? Seid Ihr allein?«

»Nein, das ist er nicht«, sagte eine andere, eine sehr leise und gelassene Stimme.

Ich fuhr herum und begriff, daß eine Degenspitze fast meinen Nakken berührte. Just in diesem Augenblick zog sie sich in den Nebel zurück und ließ einen Schimmer von kaltem, taubeperltem Stahl erahnen, als sie unter dem Mantel dessen verschwand, der die Klinge geführt. Ich hatte gemeint, die Stimme sei die von Ilarias Priester, doch Priester tragen keine Degen. Ehe sie oder ich noch ein Wort sagen konnten, murmelte die kapuzenbewehrte Gestalt:

»Wie ich an Eurem Aufzug heute abend erkenne, meine Dame, seid Ihr eine Betrügerin. Sei's drum. Jetzt wird der Betrüger betrogen. Dieser junge Störenfried ersehnt sich, der *bravo* einer Dame zu sein, und ist bereit, für keinen Lohn denn Liebe zu arbeiten. Gewährt ihm seine Bitte und laßt dies die Buße für Euren Spott sein.«

Ilaria schnappte nach Luft und stand im Begriff zu sagen: »Wollt Ihr damit andeuten...«

»Ich spreche Euch frei. Euch ist bereits vergeben, was getan werden muß. Und sobald das größere Hindernis beseitigt ist, wird man mit einem kleineren leichter fertig.«

Mit diesen Worten zog sich die nebelumwallte Gestalt tiefer in den Nebel zurück, verschmolz mit ihm und war verschwunden. Ich hatte keine Ahnung, was die Worte des Fremden bedeutet haben mochten, und begriff nur, daß er für mich gesprochen hatte; dafür war ich dankbar. Wieder wandte ich mich Ilaria zu, die mich mit einer Art reumütiger Anerkennung musterte. Sie steckte eine schlanke Hand in ihr Gewand, zog den *dòmino* hervor und hob ihn sich vor die Augen, als gälte es, darin etwas zu verbergen.

»Ihr heißt... Marco?« Ich neigte zustimmend den Kopf und murmelte, ja, das stimme. »Ihr sagt, Ihr wäret mir gefolgt? Ihr kennt mein Haus?« Ich bekundete Zustimmung. »Kommt morgen dorthin, Marco. An den Dienstboteneingang. Um die Stunde *mezza-vespro*. Daß ich mich auf Euch verlassen kann!«

7 Ich sollte sie nicht enttäuschen, zumindest nicht, was die Pünktlichkeit betraf. Wie befohlen, präsentierte ich mich am nächsten Nachmittag am Dienstboteneingang; aufgemacht wurde mir von einem alten Weib, das mißtrauische Augen hatte, als wüßte sie über jegliches schändliche Treiben in Venedig Bescheid, und eintreten ließ sie mich ins Haus mit einem Abscheu, dem ich entnehmen konnte, daß sie mich für der schlimmsten Bösewichter einer hielt. Sie führte mich einen Gang entlang nach oben, zeigte mit gichtigem Finger auf eine Tür und ließ mich stehen. Ich klopfte, und Dona Ilaria tat mir auf. Ich trat ein, und sie schob hinter mir den Riegel vor.

Sie hieß mich Platz nehmen, wanderte dann vor meinem Stuhl auf und ab und bedachte mich mit fragenden und abschätzenden Blicken. Das Kleid, das sie anhatte, war mit goldfarbenen Pailletten bedeckt, die schimmerten wie die Schuppen einer Schlange. Es handelte sich um ein engsitzendes Kleid, und ihr Gang hatte etwas höchst Geschmeidiges. Hätte sie nicht ständig die Hände gerungen und damit verraten, welches Unbehagen über unser Alleinsein sie erfüllte, sie würde einen recht reptilienhaften und gefährlichen Eindruck gemacht haben.

»Ich habe seit gestern nacht ständig an Euch denken müssen«, sagte sie. Zwar wollte ich ihr aus ganzem Herzen bestätigen, daß es mir genauso ergangen sei, doch versagte die Stimme mir den Dienst, und so fuhr sie fort: »Ihr sagt, Ihr hättet Euch entschlossen, mir z-zu Diensten zu sein, und es gibt wirklich einen Dienst, den Ihr mir erweisen könntet. Ihr sagt, Ihr würdet es aus Liebe tun, und ich gestehe, daß dieser Gedanke mich erregt ... meine Neugier erregt, wollte ich sagen. Ihr seid Euch doch aber hoffentlich darüber im klaren, daß ich einen Gatten habe.«

Ich schluckte vernehmlich und erklärte, ja, dessen sei ich mir bewußt.

»Er ist weit älter als ich, und das Alter hat ihn bitter gemacht. Er ist eifersüchtig auf meine J-Jugend, j-ja, eifersüchtig auf alles, was j-jung ist. Außerdem ist er von höchst aufbrausendem Wesen. Ihr seht, daß ich unmöglich einen jungen Mann in Dienst nehmen kann – ganz zu schweigen davon, die Liebe eines solchen zu genießen. Ihr versteht? Ich könnte das wollen, ja, es mir sogar ersehnen, doch als verheirateter Frau ist mir das unmöglich.«

Darüber dachte ich eine Weile nach, dann räusperte ich mich und sagte, was mir das Nächstliegende zu sein schien: »Ein alter Ehemann wird sterben, und Ihr werdet dann noch jung sein.«

»Dann versteht Ihr also wirklich?« Sie hörte auf, die Hände zu ringen, schlug sie zusammen und klatschte Beifall. »Ihr besitzt eine rasche Auffassungsgabe für einen – einen so jungen Mann.« Sie legte den Kopf auf die Seite, um mich recht bewundernd anzusehen. »Dann muß er also sterben? Ja?«

Niedergeschlagen erhob ich mich in der Annahme, daß jede ersehnte Verbindung zwischen uns ganz einfach so lange warten müsse, bis ihr Gatte mit dem unangenehmen Wesen das Zeitliche gesegnet hätte. Ich war über diese Verschiebung auf später nicht glücklich, doch, wie Ilaria sagte, waren wir schließlich beide jung. Wir könnten uns gewiß eine Weile beherrschen.

Bevor ich mich zur Tür wenden konnte, trat sie jedoch herzu und stellte sich ganz nahe vor mich hin. Sie schmiegte sich an mich, ja, schaute mir tief in die Augen und fragte mit sehr leiser Stimme: »Wie wollt Ihr es tun?«

Ich schluckte und sagte mit krächzender Stimme: »Wie soll ich was tun, meine Dame?«

Sie stieß ein verschwörerisches Lachen aus. »Und verschwiegen seid Ihr auch noch! Ich aber meine, ich sollte es schon wissen, denn es wird zuvor einiger Vorkehrungen bedürfen, um sicherzugehen, daß ich nicht ... Aber das kann wirklich warten. Im Augenblick – tut so, als hätte ich Euch gefragt, wie Ihr – mich lieben werdet.«

»Mit ganzem Herzen!« erklärte ich rauhstimmig.

»Ach, damit hoffentlich auch. Aber zweifellos – erschrecke ich Euch, Marco? – doch wohl auch mit noch etwas anderem, oder?« Als sie den Ausdruck auf meinem Gesicht sah, ließ sie ein belustigtes Lachen vernehmen.

Ich stieß einen erstickten Laut aus, hüstelte und sagte: »Ich bin von einer erfahrenen Lehrerin unterwiesen worden. Wenn Ihr frei seid und wir der Liebe frönen können, werde ich schon wissen, was zu tun ist. Ich kann Euch versichern, meine Dame, daß ich keinen Narren aus mir machen werde.«

Sie schob die Brauen in die Höhe und sagte: »Nun! Man hat mich mit Versprechen der verschiedensten Wonnen umworben, damit jedoch eigentlich noch nie.« Sie faßte mich nochmals genau ins Auge, und zwar durch Wimpern hindurch, die wie Klauen waren, welche nach meinem Herzen griffen. »Dann zeigt mir, wie Ihr keinen Narren aus Euch macht. Ich schulde Euch wohl zumindest eine ernste Anzahlung für Euren Dienst.«

Ilaria hob die Hände zu den Schultern und knöpfte irgendwie das Oberteil ihres goldfarbenen Schlangengewands auf. Es fiel ihr bis zur Hüfte herunter, sie nestelte die *bustenca* darunter auf und ließ diese zu Boden gleiten. Ich starrte auf ihre Brüste aus Milch und Rosen. Wahrscheinlich muß ich versucht haben, gleich danach zu greifen und mich meiner eigenen Kleider zu entledigen, denn sie stieß einen kleinen Schrei aus.

»Wer war deine Lehrmeisterin, Junge? Eine Geiß? Komm zum Bett.«

Ich versuchte, meinen jungenhaften Übereifer zu bezähmen und mich männlich gelassen zu geben, was jedoch noch schwieriger war, als wir beide völlig unbekleidet auf dem Bett lagen. Ilarias Körper gehörte mir, und ich durfte ihn in jeder verlockenden Einzelheit erforschen; selbst ein stärkerer Mann als ich hätte wohl liebend gern jede Zurückhaltung fahrenlassen. Von Milch und Rosen überhaucht, nach Milch und Rosen duftend und weich wie Milch und Rosen war ihr Fleisch wunderbar anders als das handfest-derbe Gewoge Malgaritas oder Zulias, als wäre sie die Frau einer neuen und überlegenen Menschenart. Es kostete mich unendlich viel, sie nicht anzuknabbern und mich davon zu überzeugen, ob sie so köstlich schmeckte, wie sie aussah und roch und sich anfühlte.

Als ich ihr das sagte, lächelte sie, streckte sich genießerisch, schloß die Augen und meinte: »Dann knabbere, nur s-sanft. Und erzähl mir all die interessanten Dinge, die du gelernt hast.«

Bebend ließ ich einen Finger über ihre ganze Länge dahinstreichen – vom Saum der niedergeschlagenen Wimpern und über ihre wohlgeformte Veroneser Nase, die Schmollippen, das Kinn und ihren seidigen Hals, hinweg über den Hügel einer ihrer festen Brüste mit ihrer keck aufgerichteten Brustwarze, hinunter über ihren glattgewölbten Bauch bis zum feinen Flaum herunter – und sie wand sich wohlig und maunzte vor Vergnügen. Da fiel mir etwas ein, was meinen suchenden Finger innehalten ließ. Um zu beweisen, sehr wohl zu wissen, was ich zu tun hätte, sagte ich freundlich und zuvorkommend: »Ich werde nicht mit Eurer *pota* spielen, falls Ihr pinkeln müßt.«

Ihr ganzer Körper verkrümmte sich, sie riß die Augen auf und explodierte: »*Amoredèi!*«, schnellte wütend unter mir heraus und entzog sich meinem Zugriff.

Sie kniete am äußersten Ende des Bettes und starrte mich an, als wäre ich etwas, das gerade einem Spalt im Boden entstiegen wäre. Nachdem sie mich eine Weile angefunkelt hatte, verlangte sie zu wissen: »Wer ist es wirklich gewesen, der dich gelehrt hat, *asenazzo*?«

Ich – der ›dumme Esel‹ – murmelte: »Ein Mädchen aus dem Hafen.«

»*Dio v'aguita* – Gott steh Euch bei«, erklärte sie und seufzte auf: »Eine Geiß wäre besser gewesen.«

Sie streckte sich wieder aus, doch diesmal auf der Seite und die Hand unter den Kopf geschoben, um mich weiterhin anzustarren. »Jetzt bin ich aber wirklich neugierig«, sagte sie. »Da ich aber nicht – Verzeihung: mich erleichtern – muß, was hast du jetzt zu tun?«

»Nun«, sagte ich verwirrt, »ich stecke mein, Ihr wißt schon, meine ... Kerze, in Euer ... uh. Und beweg' es. Hin und her. Na ja, und das ist es.« Dem folgte ein ebenso fragendes wie unbehagliches Schweigen, bis sie schließlich sagte: »Oder etwa nicht?«

»Glaubst du wirklich, das ist es? Eine Melodie auf einer einzigen Saite gespielt?« Fassungslos schüttelte sie den Kopf, woraufhin ich mich betreten anschickte, mich davonzuschleichen. »Nein, geh nicht fort. Beweg dich nicht. Bleib, wo du bist, und ich werde es dir beibringen, wie es sich gehört. Also, zunächst einmal ...«

Ich war überrascht, allerdings angenehm überrascht, zu erfahren, daß das Miteinanderschlafen so etwas Ähnliches sein sollte wie Musikmachen, und daß – ›zunächst einmal‹ – beide Spieler das Spiel möglichst weit von ihren Hauptinstrumenten entfernt beginnen sollten – mit Lippen und Lidern und Ohrläppchen also – und daß die Musik selbst beim *pianissimo* etwas höchst Genußreiches sein könne. Aus dem *pianissimo* wurde ein *vivace,* als Ilaria ihre schwellenden Brüste samt den sanft aufgerichteten Brustwarzen als Instrumente ins Spiel brachte und mich schmeichelnd bewog, meine Zunge statt der Finger einzusetzen, ihnen Klänge zu entlocken. Diesem *pizzicato* lieh sie buchstäblich ihre Stimme und sang zu meiner Begleitung. In einer kurzen Pause zwischen den Gesängen teilte sie mir mit einer Stimme, die nur mehr ein Wispern war, folgendes mit: »Jetzt hast du den Chor des Klosters gehört.«

Jetzt erfuhr ich auch, daß Frauen wirklich so etwas wie die *lumaghèta* besäßen, von der ich gehört hatte, und daß das Wort in beiden Bedeutungen durchaus zutreffend ist. Die *lumaghèta* hat ja in der Tat etwas von einer kleinen Schnecke, wenn sie auch ihrem Zweck entsprechend mehr einem Hörnchen oder Plektron ähnelt, mit dem der Lautenschläger sein Instrument zupft. Nachdem Ilaria mir vorgemacht hatte, wie geschickt und behutsam die *lumaghèta* zu behandeln sei, gelang es mir in der Tat, sie einer Laute gleich köstlich summend und klirrend und nachschwingend zum Klingen zu bringen. Sie lehrte mich auch noch andere Dinge zu tun, die sie selbst nicht bewerkstelligen konnte und auf die ich im Traum nicht verfallen wäre. So drehte ich denn mit den Fingern gleichsam die Kurbel einer *viella* oder Drehleier, während ich gleich darauf die Lippen benutzte, als gälte es, ein *Dulzian* zu blasen, um im nächsten schon den Zungenstoß zu üben wie ein Flötist.

Erst als unser nachmittägliches *divertimento* weit fortgeschritten war, gab Ilaria das Zeichen für den Einsatz unserer beider Hauptinstrumente; wir spielten *all' unisono,* und die Musik schwoll zu einem unglaublichen Höhepunkt *di tuti fortìsimi* an. Danach führten wir sie im Laufe des Nachmittags immer und immer wieder auf diesen Gipfel hinauf. Hinterher spielten wir etliche *code,* eine jede ein wenig mehr *diminuendo,* bis wir schließlich beide keinen Ton mehr hervorbrachten. Seite an Seite lagen wir da und genossen die abschwellenden *tremoli* des Nachhalls ... *dolce* ... *dolce* ... *dolce* ...

Nach einer Weile wollte ich mich zuvorkommend zeigen und fragte: »Ist Euch nicht danach, umherzuhopsen und zu niesen?«

Wieder fuhr sie leicht zusammen, blickte mich von der Seite an und murmelte etwas, das ich nicht verstehen konnte. Dann sagte sie: *»No, grazie,* das ist mir nicht, Marco. Wonach mir jetzt der Sinn steht, ist, von meinem Gatten zu sprechen.«

»Warum den Tag verdunkeln?« wandte ich ein. »Laßt uns noch ein wenig ruhen und dann sehen, ob wir nicht noch eine Weise spielen können.«

»Oh, nein! Solange ich eine verheiratete Frau bin, will ich keusch bleiben. Wir werden dies nicht wiederholen, ehe mein Gatte tot ist.«

Ich hatte eingewilligt, als sie zuvor diese Bedingung gestellt. Jetzt jedoch kannte ich die Ekstase, die mich erwartete, und der Gedanke, warten zu müssen, war mir unerträglich. So sagte ich: »Selbst wenn er alt ist – es könnte noch Jahre dauern.«

Sie bedachte mich mit einem durchdringenden Blick und sagte scharf: »Warum sollte es das? Zu welchem Mittel wollt Ihr greifen?«

Ganz verdattert sagte ich: »Ich?«

»Hattet Ihr nur vor, ihm zu f-folgen, so wie gestern abend und nacht? Bis er vielleicht vor Ärger darüber tot umfällt?«

Endlich dämmerte mir die Wahrheit. Erschrocken sagte ich: »Meint Ihr ernstlich, er sollte umgebracht werden?«

»Ich meine ernstlich, daß er umgebracht werden sollte«, sagte sie sarkastisch, aber mit allergrößtem Nachdruck. »Worüber, meint Ihr, haben wir sonst gesprochen, *asenazzo,* als es darum ging, daß Ihr mir einen Dienst erweisen solltet?«

»Ich dachte, Ihr meintet ... dies«, sagte ich und berührte sie schüchtern eben dort.

»Damit ist jetzt Schluß.« Sagte es und rückte ein wenig von mir ab. »Und übrigens – falls Ihr Euch unbedingt dieser unflätigen Ausdrucksweise bedienen müßt, nennt dies zumindest meine *mona.* Das klingt ein wenig weniger scheußlich als das andere Wort.«

»Ja, darf ich Eure *mona* denn nie wieder berühren?« sagte ich verzagt. »Nicht, ehe ich Euch nicht jenen anderen Dienst erweise?«

»Dem Sieger gehört die Beute. Ich habe es genossen, Euer *stilèto* zu wetzen, aber ein anderer *bravo* könnte mir ja seinen Degen antragen.«

»Ein *bravo.«* Ich dachte nach. »Jawohl, eine solche Tat würde mich zu einem richtigen *bravo* machen, nicht wahr?«

Woraufhin sie sich girrend vernehmen ließ: »Und ich würde viel lieber einen schneidigen *bravo* lieben als jemand, der sich an die Ehefrauen anderer Männer heranmacht.«

»Im Schrank daheim steht ein Degen«, murmelte ich. »Der muß meinem Vater oder einem seiner Brüder gehört haben. Er ist alt, aber gut gepflegt und scharf.«

»Ihr werdet nie beschuldigt werden oder auch nur in Verdacht geraten. Mein Gatte muß viele Feinde haben – welcher bedeutende Mann hätte das nicht? Und zwar Feinde seines Alters und auch seines Standes. Kein Mensch würde auf den Gedanken kommen, einen solchen Grünschn . . . ich meine einen so jungen Mann zu v-verdächtigen, der kein erkennbares Motiv hat, ihm nach dem Leben zu trachten. Ihr braucht Euch nur im Schutz der Dunkelheit an ihn heranzumachen, wenn er allein ist, und dafür zu sorgen, daß er auf der Stelle hinüber ist und nicht noch so lange am Leben bleibt, eine Beschreibung von Euch abgeben zu können . . .«

»Nein«, fiel ich ihr ins Wort. »Es wäre besser, ich könnte ihn bei einer Versammlung von seinesgleichen finden, an der auch seine wirklichen Feinde teilnehmen. Könnte ich es unter solchen Umständen unbemerkt tun . . . Aber nein.« Plötzlich ging mir auf, daß das, womit ich in Gedanken spielte, Mord war, und so schloß ich lahm: »Das wäre wohl unmöglich.«

»Nicht f-für einen richtigen *bravo*«, erklärte Ilaria sanft wie ein Täubchen. »Nicht für jemand, dem hinterher so reicher Lohn winkt.«

Sie rückte mir wieder näher und fuhr fort, sich zu bewegen und mich mit dem Versprechen dieser Belohnung zu quälen. Das aber weckte mehrere widerstreitende Gefühle in mir; mein Körper jedoch richtete sich nur nach einem und hob seinen Taktstock, um den Einsatz für einen Fanfarenstoß zu geben.

»Nein«, sagte Ilaria, wehrte mich ab und wurde sehr sachlich. »Ein Musiklehrer kann die erste Lektion ohne Honorar geben, bloß um zu zeigen, was man alles lernen kann. Wenn Ihr jedoch weiteren Unterricht wollt, und das auch noch für Fortgeschrittene, dann müßt Ihr ihn Euch verdienen.«

Es war sehr klug von ihr, mich fortzuschicken, solange mein Appetit nicht ganz gestillt war. So, wie die Dinge standen, verließ ich das Haus – wieder durch den Dienstboteneingang –, bebend und gierend, so, als hätte ich überhaupt keine Befriedigung gefunden. Geführt und dirigiert wurde ich gleichsam durch meinen Taktstock, und der kannte kein anderes Ziel, als mich zu Ilarias Nest zurückzuführen, gleichgültig, was mich das kostete. Es gab auch noch andere Ereignisse, die sich offenbar verschworen hatten, eben dieses Ziel zu erreichen. Als ich um den Häuserblock herumkam, stellte ich fest, daß es auf der Piazza San Marco von aufgeregt durcheinanderredenden Menschen wimmelte; und ein uniformierter Ausrufer verkündete die große Neuigkeit.

Den Dogen Ranieri Zeno hatte an diesem Tage in seinen Palastgemächern der Schlag getroffen. Der Doge war tot. Der Rat sollte zusammentreten, um seinen Nachfolger zu wählen. Ganz Venedig sollte drei Tage lang Trauer tragen, danach der Doge Zeno bestattet werden.

Nun, dachte ich beim Gehen, wenn ein großer Doge sterben kann, warum dann nicht ein weniger hochgestellter Edelmann? Und dann ging mir auf, daß die Bestattungsfeierlichkeiten gewiß mehr als eine Versammlung von weniger hochgestellten Adligen nach sich zog. Unter ihnen würde sich bestimmt der Gatte meiner Herzensdame befinden, und – wie sie angedeutet hatte – zweifellos auch etliche von seinen Neidern und Feinden.

8 In den nächsten drei Tagen lag der Doge Zeno feierlich in seinem Palast aufgebahrt. Respektvoll erwiesen ihm tagsüber die Bürger die letzte Ehre, und bei Nacht hielt die berufsmäßige Totenwache Wache an der Bahre. Ich verbrachte den größten Teil dieser Zeit in meinem Zimmer und übte mit dem alten, aber immer noch hiebfesten Degen, bis ich eine große Fertigkeit gewann, hochmögende Ehegatten niederzuschlagen und zu erstechen. Am meisten Schwierigkeiten bereitete es mir, den Degen überhaupt zu tragen, denn er war fast so lang wie meine Beine. Auch konnte ich ihn nicht einfach mit blanker Klinge in den Gürtel oder sonstwohin stecken; schließlich hätte ich mir den eigenen Fuß durchstechen können. Um die Waffe überhaupt herumzutragen, mußte ich sie in eine Scheide hineinstecken, die sie womöglich noch ungefüger machte. Außerdem war ich, um sie zu verbergen, gezwungen, meinen alles umhüllenden Umhang umzunehmen, der es mir wiederum unmöglich machte, rasch zu ziehen und blitzschnelle Ausfälle zu machen.

Inzwischen schmiedete ich listige Pläne. Am zweiten Tag der Totenwache schrieb ich eine Nachricht und bemühte mich, die Buchstaben in meiner Schuljungenhandschrift besonders sorgfältig zu schreiben: »Wird er sowohl bei der Bestattung als auch bei der Amtseinführung zugegen sein?« Dann betrachtete ich das Geschriebene kritisch und unterstrich das *er*, damit auch ja kein Zweifel herrsche, wer gemeint sei. Sodann unterschrieb ich, so daß auch nicht der geringste Zweifel aufkommen könne, von wem dies Billett stammte. Auch vertraute ich die Botschaft keinem Dienstboten an, sondern trug sie selbst zur *casa muta* und wartete wiederum unendlich lange, bis ich ihn in dunkle Trauerkleidung gehüllt das Haus verlassen sah. Daraufhin lief ich ums Haus herum zum Dienstboteneingang, übergab das Billett an die alte Hexe von Türhüterin und sagte ihr, ich würde auf die Antwort warten.

Nach einer Weile kehrte sie zurück, brachte jedoch keine Antwort, sondern winkte mir mit ihrem gichtigen Finger. Wieder folgte ich ihr bis in Ilarias Gemächer und sah dort meine Dame das Geschriebene studieren. Irgendwie schien sie erregt und versäumte es, mich in irgendeiner Weise liebevoll zu begrüßen, sondern sagte nur: »Selbstverständlich kann ich lesen, aber aus Eurer erbärmlichen Handschrift werde ich nicht schlau. Lest es mir vor.«

Ich tat, wie mir geheißen, und sie sagte, jawohl, wie jedes andere Mitglied des Großen Venezianischen Rates werde ihr Gatte sowohl an den Bestattungsfeierlichkeiten für den verstorbenen Dogen als auch an der Inthronisation des neuen teilnehmen, sobald dieser gewählt worden sei. »Warum fragt Ihr?«

»Das gibt mir zwei Möglichkeiten«, erklärte ich. »Ich werde versuchen, Euch meine Ergebenheit am Tag der Bestattung zu beweisen. Sollte sich das als unmöglich erweisen, werde ich zumindest eine bessere Vorstellung haben, wie ich bei der nächsten Versammlung der Edelleute vorzugehen habe.«

Sie nahm mir das Billett ab und sah mich an. »Ich sehe meinen Namen nicht auf dem Papier.«

»Selbstverständlich nicht«, sagte ich, der erfahrene Verschwörer. »Ich würde doch nie eine *lustrisima* kompromittieren.«

»Und steht Euer Name darauf?«

»Jawohl.« Voller Stolz zeigte ich darauf. »Hier. Das ist mein Name, meine Dame.«

»Ich habe gelernt, daß es nicht immer klug ist, Dinge dem Papier zu überantworten.« Sie faltete den Bogen zusammen und steckte ihn sich ins Mieder. »Ich werde dies sicher verwahren.« Schon wollte ich ihr sagen, sie solle den Zettel doch zerreißen, doch fuhr sie – weiterhin ungehalten – fort und sagte: »Ich hoffe, Ihr seid Euch darüber im klaren, wie töricht es von Euch war, ungerufen hierherzukommen.«

»Ich habe so lange gewartet, bis er das Haus verließ.«

»Aber wenn sonst jemand – einer von den Verwandten oder Freunden – dagewesen wäre? Jetzt hört mir mal gut zu! Ihr werdet nicht wieder hierherkommen, es sei denn, ich ließe Euch rufen.«

Ich lächelte. »Bis wir frei sind...«

»*Bis ich Euch rufen lasse.* Und jetzt geht, und zwar rasch. Ich erwarte – ich meine, er kann jeden Augenblick wieder hier sein.«

So ging ich heim und übte weiter. Als am nächsten Abend die *pompe funebri* begannen, war ich unter den Gaffern zu finden. In Venedig wird selbst der Beerdigung auch des einfachsten Bürgersmanns dadurch Würde verliehen, daß die Familie sich soviel Prunk wie nur irgend möglich leistet; kein Wunder daher, daß die Bestattung eines Dogen überaus glanzvoll verlief. Der Tote lag nicht in einem Sarg, sondern – angetan mit seinen schönsten Staatsgewändern – auf einer offenen Bahre; seine steifen Hände umklammerten den Amtsstab; das Gesicht hatten die Zeremonienmeister gleichsam mit dem Ausdruck höchster Frömmigkeit erstarren lassen. Seine Witwe, die Dogaressa, wich nicht von seiner Seite und war dermaßen dicht verschleiert, daß nur ihre weiße Hand, die sie auf die Schulter ihres verstorbenen Gatten gelegt hatte, zu sehen war.

Zunächst wurde die Bahre auf das Dach des großen herzoglichen *buzino d'oro* niedergelegt, an dessen Bugspriet das goldviolette Banner des Dogen auf halbmast wehte. Die Barke wurde feierlich-gemessen – so daß die vierzig Ruder sich kaum zu bewegen schienen – die Hauptkanäle der Stadt entlanggerudert. Um sie herum und vor allem hinter ihr drängten sich schwarze Trauergondeln, mit Trauerflor ausgeschmückte *batèli* und *burchielli* mit den Ratsmitgliedern, der Signoria und der Quarantia sowie der vornehmsten Priester und den Angehörigen der Zünfte an Bord, wobei das gesamte Gefolge abwechselnd sang und betete.

Nachdem der Tote genügend auf den Wasserwegen auf und ab gefahren worden war, wurde seine Bahre von der Barke herunter auf die Schultern von acht seiner Edelleute gehoben. Da der *corteggio* sich durch alle Hauptstraßen der Stadt zu winden hatte und da so viele von den Bahrenträgern betagte Herren waren, wechselten sie sich oft mit anderen Männern ab. Auch hier folgten der Bahre die Dogaressa und alle anderen Trauernden vom Herzogshof, jetzt jedoch zu Fuß. Die Musikanten spielten klagend-gemessene Weisen, und Abordnungen von den Brüderschaften der Flagellanten taten schlaff, als geißelten sie sich; zum Schluß kamen alle anderen Venezianer, die nicht gerade verkrüppelt oder zu jung waren.

Während der Wasserprozession konnte ich nichts anderes tun, als zusammen mit den anderen Bürgern vom Ufer aus zuzusehen. Als sie an Land fortgesetzt wurde, fand ich, daß das Glück mir in meinem Plan zu Hilfe kam. Denn jetzt wälzte sich von See her auch der abendliche *caligo* heran, und eingehüllt vom Nebel wurden die Trauerfeierlichkeiten womöglich noch schwermütiger, klangen die Musik gedämpfter und die Gesänge womöglich noch unheimlicher.

Fackeln wurden entlang des Trauerweges angezündet, und die meisten der Mitziehenden zogen Kerzen hervor und steckten sie an. Eine Weile marschierte ich unter der gewöhnlichen Herde einher – oder humpelte vielmehr, da der Degen an meinem linken Bein mich zwang, dieses steif zu schwingen – und schob mich allmählich bis in die vorderste Reihe der Menge vor. Dort erkannte ich, daß nahezu alle offiziellen Trauergäste bis auf die Priester Umhang und Kapuze trugen. Damit war gewährleistet, daß ich nicht auffiel; im Nebel konnte man mich durchaus für einen der Künstler oder Handwerker halten. Nicht einmal meine geringe Größe fiel auf; denn zur Prozession gehörten zahlreiche verschleierte Frauen, die auch nicht größer waren als ich, sowie ein paar kapuzenbewehrte Zwerge und Bucklige, die sogar noch kleiner waren als ich. Infolgedessen gelang es mir, mich unmerklich und unbehindert unter die Trauernden vom Hofstaat des Dogen und sogar noch weiter vorzuschieben, bis ich von Bahre und Bahrenträgern nur mehr durch das Glied der Priester getrennt war, die ihr rituelles *pimpirimpara* herunterleierten, ihre Weihrauchgefäße schwenkten und den Nebel durch den Weihrauch noch verdichteten.

Ich war nicht der einzige unverdächtige Mitmarschierer. Da alle anderen gleichfalls in wallende Gewänder und in dichten Nebel eingehüllt waren, fiel es mir schwer, mein Opfer zu erkennen. Doch der Marsch durch die Straßen dauerte lange genug, daß ich Gelegenheit hatte, mich vorsichtig von einer Seite zur anderen zu schieben und dabei eines jeden Mannes unter der Kapuze hervorschauendes Profil genau ins Auge zu fassen; auf diese Weise entdeckte ich schließlich Ilarias Gatten und ließ ihn fortan keinen Moment mehr aus dem Auge.

Die günstige Gelegenheit für mich ergab sich, als der *corteggio* aus einer engen Gasse auf die gepflasterte Uferböschung des Nordufers hinauskam – als er auf die Tote Lagune zustieß, nicht weit von der Stelle entfernt, wo der Treidelkahn der Kinder vertäut war, wiewohl dieser im Nebel und der sich immer mehr verdichtenden Dunkelheit unsichtbar blieb. Am Ufer hatte die Barke des Dogen festgemacht, denn diese hatte die Stadt umrundet, um vor uns dort zu sein und auf ihn zu warten und von dort aus die letzte Fahrt mit ihm anzutreten – zur Toteninsel, die so weit vom Ufer aus gleichfalls unsichtbar war. Die Trauernden wurlten durcheinander, als alle, die der Bahre zunächst gingen, den Trägern halfen, sie an Bord der Barke zu heben, und das gab mir die Gelegenheit, mich unter sie zu mischen. Ich drängelte mich vor, bis ich unmittelbar neben meinem Opfer stand, und bei dem ganzen Geschiebe und Gedränge merkte niemand etwas von der Mühe, die ich damit hatte, meinen Degen aus der Scheide zu ziehen. Glücklicherweise gelang es Ilarias Gatten nicht, seine Schulter unter die Bahre zu schieben – sonst hätte ich nicht nur ihn erstochen, sondern auch noch dafür gesorgt, daß der Doge in die Tote Lagune gefallen wäre.

Was freilich zu Boden fiel, war die schwere Scheide; irgendwie war sie beim Blankziehen aus dem Gehänge an meinem Gürtel herausgerutscht. Klirrend fiel sie auf das Kopfsteinpflaster und verriet auch weiterhin geräuschvoll ihr Vorhandensein, da viele sich bewegende Füße auf ihr herumtrampelten und sie umherstießen. Das Herz klopfte mir bis zum Hals hinauf und wäre mir ums Haar aus dem Mund gesprungen, als ausgerechnet Ilarias Gatte sich bückte und die Scheide aufhob. Aber er stieß keinen Schrei aus, sondern reichte sie mir mit den überaus freundlichen Worten zurück: »Hier, junger Mann, das habt Ihr fallen lassen.« Ich stand immer noch unmittelbar neben ihm, und beide wurden wir immer noch von der Menge um uns herum geschoben und gestoßen; ich hatte den Degen unter dem Umhang in der Hand, und dies wäre genau der richtige Augenblick gewesen zuzustoßen – doch wie sollte ich? Er hatte mich vor dem unmittelbaren Entdecktwerden gerettet; konnte ich ihn als Dank dafür niederstechen?

Doch dann ließ sich leise zischend eine andere Stimme neben mir vernehmen: »Du dummer *asenazzo*!«, jemand anders stieß einen röchelnden Laut aus, und etwas Metallisches blinkte im Licht der Fackeln aus. All das vollzog sich am Rande meines Gesichtsfeldes, und so blieben meine Eindrücke bruchstückhaft und verworren. Allerdings schien es derjenige von den Priestern zu sein, der ein goldenes Weihrauchgefäß geschwenkt und dann unversehens statt dessen etwas Silbriges geschwungen hatte. Sodann sank langsam Ilarias Gatte in mein Blickfeld, machte den Mund auf und würgte etwas hervor, das bei diesem Licht schwarz aussah. Ich hatte ihm nichts getan, wohl aber war ihm etwas geschehen. Er wankte und fiel gegen die anderen Männer in der gedrängt stehenden Gruppe, und er und zwei andere fielen zu Boden.

Dann legte sich mir eine harte Hand auf die Schulter, von der ich mich freilich losriß; der Schwung dieser Bewegung trug mich heraus aus dem Mittelpunkt des Tumultes. Während ich mich durch die Reihen der Außenstehenden drängte und ein paar von ihnen dabei anrempelte, daß sie mir Platz machten, ließ ich meine Degenscheide ein zweites Mal fallen, blieb jedoch keinen Moment stehen. Ich war von Panik ergriffen und konnte an nichts anderes denken als daran, die Beine in die Hand zu nehmen. Hinter mir hörte ich erstaunte und empörte Rufe, doch hatte ich mich mittlerweile ein ganzes Stück von den vielen Fackeln und Kerzen entfernt und war eingehüllt von Nebel und Dunkel.

Ich lief weiter die Uferböschung entlang, bis ich zwei neue Gestalten vor mir im nebligen Dunkel auftauchen sah. Ich hätte ausweichen können, doch erkannte ich, daß es sich um die Gestalten von Kindern handelte, die sich nach wenigen Augenblicken als Ubaldo und Doris Tagiabue entpuppten. Mir fiel ein Stein von der Seele, endlich jemand vor mir zu haben, den ich kannte – und noch nicht erwachsen war. Ich versuchte, ein frohes Gesicht aufzusetzen, zog dabei jedoch vermutlich eine Grimasse; trotzdem begrüßte ich sie äußerst fröhlich:

»Doris, du bist immer noch sauber geschrubbt.«

»Was man von dir nicht behaupten kann«, sagte sie und zeigte auf mich.

Ich sah an mir herunter. Die Vorderseite meines Umhangs war vollgesogen mit mehr als *caligo*-Nebel. Sie war mit leuchtendrotem Blut bespritzt.

»Und im Gesicht bist du bleich wie ein Grabstein«, sagte Ubaldo. »Was ist geschehen, Marco?«

»Ich bin ... ums Haar wäre ich zu einem *bravo* geworden«, sagte ich, und fast hätte mir die Stimme versagt. Sie starrten mich an, und ich erklärte es. Es tat gut, es jemand zu erzählen, der mit der ganzen Sache nichts zu tun hatte. »Meine Dame hat mich ausgeschickt, einen Mann zu erschlagen. Aber ich meine, er ist gestorben, ehe ich es habe tun können. Ein anderer Feind muß mir zuvorgekommen sein – oder aber einen *bravo* in Dienst genommen haben.«

»Du glaubst, er ist tot?« rief Ubaldo aus.

»Es geschah ja alles auf einmal. Ich mußte fliehen. Wahrscheinlich werde ich nicht erfahren, was wirklich geschehen ist, bis die Ausrufer von der Nachtwache es verkünden.«

»Und wo war das?«

»Dahinten, wo der tote Doge gerade auf seine Barke gehoben wird. Oder vielleicht ist es noch nicht geschehen. Es ist ja ein Riesendurcheinander.«

»Ich könnte hinlaufen und nachsehen. Ich kann es dir schneller sagen als ein Ausrufer.«

»Ja«, sagte ich. »Aber sieh dich vor, Boldo. Sie werden jeden Fremden verdächtigen.«

Er lief in die Richtung, aus der ich gekommen war, und Doris und ich nahmen auf einem Poller am Wasser Platz. Ernst blickte sie mich an, und dann sagte sie: »Der Mann war der Gatte der Dame.« Zwar hatte sie es nicht als Frage formuliert, doch ich nickte stumm. »Und du hoffst, seinen Platz einzunehmen.«

»Das habe ich bereits«, erklärte ich so prahlerisch, wie ich es in diesem Augenblick fertigbrachte. Doris schien zusammenzufahren, und so fügte ich wahrheitsgemäß hinzu: »Einmal jedenfalls.«

Dieser Nachmittag schien jetzt in weiter Ferne zu liegen, und im Moment verspürte ich nicht das geringste Verlangen, ihn zu wiederholen. Sonderbar, dachte ich bei mir, wie Angst die Glut eines Mannes ersticken kann. Denn selbst wenn ich jetzt in Ilarias Gemach wäre, und sie wäre nackt und lächelte einladend, ich könnte einfach nicht...

»Kann sein, daß du in Teufels Küche kommst«, ließ Doris sich vernehmen, woraufhin bei mir auch noch der Rest der Glut erlosch.

»Das glaube ich nicht«, sagte ich, mehr in dem Bemühen, mich selbst zu überzeugen als das Mädchen. »Ich habe weiter nichts Schlimmes getan, als zu sein, wo ich nicht hingehörte. Außerdem bin ich entschlüpft, ohne erwischt oder erkannt worden zu sein. Nicht einmal das weiß man also. Bis auf dich, jetzt.«

»Und was geschieht als nächstes?«

»Wenn der Mann tot ist, wird meine Dame mich bald zu sich rufen, um mich dankbar in die Arme zu schließen. Nun werde ich einigermaßen beschämt zu diesem Treffen gehen, denn schließlich hatte ich gehofft, ihr als kühner *bravo* gegenüberzutreten, als derjenige, der ihren Unterdrücker erschlagen hat.« Mir kam ein Gedanke. »Aber jetzt kann ich jedenfalls reinen Gewissens zu ihr gehen.« Der Gedanke heiterte mich ein wenig auf.

»Und wenn er nicht tot ist?«

Das bißchen Freude verflüchtigte sich. An diese Möglichkeit hatte ich noch nicht einmal gedacht. Ich schwieg, saß einfach da und versuchte, mir darüber klarzuwerden, was ich dann tun – oder zu tun gezwungen sein könnte.

»Vielleicht«, wagte Doris daraufhin sehr leise zu sagen, »könntest du dann mich an ihrer Stelle zu deiner *smanza* nehmen.«

Ich knirschte mit den Zähnen. »Warum kommst du mir immer wieder mit diesem lächerlichen Vorschlag? Vor allem jetzt, wo ich so viele andere Probleme am Hals habe?«

»Wärest du einverstanden gewesen, als ich es dir zum ersten Mal antrug, hättest du jetzt nicht so viele Probleme.«

Das war entweder weibliche oder jugendliche Unlogik und spürbar absurd. Gleichwohl enthielt dieser Satz genug Wahrheit, um mich grausam antworten zu lassen. »Die Dona Ilaria ist schön; du bist das nicht. Sie ist eine Frau; du bist ein Kind. Sie verdient das Dona vor ihrem Namen, und auch ich gehöre zu den *Ene Aca*. Nie hätte ich eine Frau meines Herzens zur Dame machen können, die nicht hochwohlgeboren ist, und...«

»Edel gehandelt hat sie aber nicht; und du auch nicht.«

Ich jedoch ließ mich nicht beirren. »Sie ist immer sauber und wohlduftend; du jedoch hast gerade erst entdeckt, daß man sich überhaupt waschen kann. Sie versteht sich himmlisch darauf, einen Mann zu lieben; du jedoch wirst nie mehr können als das Schwein Malgarita ...«

»Wenn deine Dame sich so gut auf das *fottere* versteht, wirst du es ja wohl von ihr gelernt haben und könntest wiederum du mich lehren ...«

»Da hast du es! Eine Dame würde nie ein Wort wie *fottere* in den Mund nehmen! Ilaria nennt das *musicare*.«

»Dann bringe mir bei, wie eine Dame zu reden. Und lehre mich, wie eine Dame zu *musicare*.«

»Das ganze ist unerträglich! Wo ich doch über soviel anderes nachzudenken habe – warum sitze ich da hier und streite mit einem Schwachkopf wie dir?« Ich stand auf und erklärte streng: »Doris, du giltst doch als anständiges Mädchen. Warum erbietest du dich immer wieder, es nicht zu sein?«

»Weil ...« Sie senkte den Kopf, so daß ihr helles Haar wie ein Wasserfall nach vorn fiel und ihren Gesichtsausdruck verbarg. »Weil das alles ist, was ich zu bieten habe.«

»*Olà*, Marco!« rief Ubaldo, der immer klarere Gestalt annahm, als er aus dem Nebel herauskam und schließlich schwer atmend vor uns stand.

»Was hast du herausgefunden?«

»Eines laß mich dir gleich sagen! Sei froh, daß du nicht der *bravo* bist, auf dessen Kappe dies geht.«

»Auf dessen Kappe was genau geht?« fragte ich plötzlich voller Angst.

»Den Mann umgebracht zu haben. Den, von dem du gesprochen hast. Ja, er ist tot. Sie haben den Degen, mit dem er erstochen worden ist.«

»Den haben sie nicht!« verwahrte ich mich. »Der Degen, den sie haben, das muß meiner sein, und daran ist kein Blut.«

Ubaldo zuckte mit den Achseln. »Jedenfalls haben sie die Waffe gefunden, und so werden sie zweifellos auch einen *sassìn* finden. Sie werden jemand finden müssen, dem sie die Schuld in die Schuhe schieben können – an der Ermordung dieses Mannes.«

»Das war nur Ilarias Gatte.«

»Aber der nächste Doge.«

»*Was?*«

»Eben der. Wäre dies nicht gekommen, hätten die Ausrufer morgen verkündet, daß er der neue Doge von Venedig sei. *Sacro!* Jedenfalls habe ich das gehört, und zwar nicht einmal, sondern mehrere Male. Der Rat hatte ihn erwählt, Seiner *Serenità* Zeno nachzufolgen. Sie haben nur das Ende der *pompe funebri* abgewartet, um es verkünden zu lassen.«

»Oh, *Dio mio*!« Ich hätte es gesagt, doch Doris sagte es an meiner Stelle.

»Jetzt muß die Wahl noch einmal wiederholt werden. Aber nicht, ehe sie nicht den *bravo* gefunden haben, der es getan hat. Hier handelt es sich nicht um eine einfache Hinterhof-Messerstecherei, bei der einer erdolcht wurde. Nach dem, was ich gehört habe, hat es so was in der Geschichte der Republik noch nie gegeben.«

»*Dio mio!*« hauchte Doris abermals, um mich dann zu fragen: »Und was willst du jetzt tun?«

Nach einigem Nachdenken – sofern man das, was ich in dem aufgewühlten Gemütszustand tat, Nachdenken nennen kann –, sagte ich: »Vielleicht gehe ich jetzt besser nicht nach Hause. Kann ich in einer Ecke eures Kahns schlafen?«

9 So also verbrachte ich die Nacht: auf einer Schütte aus stinkenden Lumpen, ohne ein Auge zuzumachen; vielmehr starrte ich an die Decke, funkelte diese an und war dabei hellwach. Als Doris irgendwann in den frühen Morgenstunden hörte, daß ich mich unruhig von einer Seite auf die andere wälzte, kam sie herbeigekrochen und fragte mich, ob sie mich in den Arm nehmen und einfach halten solle. Ich jedoch fauchte sie nur an, woraufhin sie sich wieder zurückschlich. Sie und Ubaldo und all die anderen Hafenrangen schliefen noch, als die Dämmerung heraufkroch und die Sonne anfing, ihre Finger durch die vielen Risse in dem alten Kahn zu stecken. Da stand ich auf, ließ meinen blutverschmierten Umhang zurück und schlüpfte hinaus in den Morgen.

Die ganze Stadt war rosig und bernsteinfarben überhaucht, und jeder Stein funkelte vom Tau, den der *caligo* zurückgelassen hatte. Mir hingegen war alles andere als strahlend zumute, und mir war, als wäre ich nicht nur äußerlich von einem schmutzigen Braun, sondern auch in meinem Mund. Ziellos wanderte ich durch die erwachenden Straßen, wobei die Tatsache, daß ich immer wieder in irgendwelche Gassen abbog, dadurch bestimmt wurde, daß ich vor irgendwelchen Menschen zurückscheute, die zu so früher Stunde bereits auf den Beinen waren. Nach und nach jedoch füllten sich die Straßen, und es waren der Menschen zu viele, um einem jeden aus dem Weg zu gehen, und ich hörte die Glocken die *terza* läuten, womit der Arbeitstag begann. Infolgedessen ließ ich mich in Richtung Lagune zur Riva Ca' de Dio treiben und betrat das Lagerhaus der Compagnia Polo. Wahrscheinlich hatte ich irgendwie dumpf den Wunsch, den Schreiber Isidoro Priuli zu fragen, ob er mich rasch und unauffällig als Schiffsjungen auf einem bald auslaufenden Schiff unterbringen könne.

Ich schlurfte so niedergeschlagen in sein kleines Kontor hinein, daß es eine Weile dauerte, ehe mir klar wurde, daß der Raum im Gegensatz zu sonst gesteckt voll war und Maistro Doro zu einer Schar von Besuchern gerade sagte: »Ich kann Euch nur sagen, daß er schon seit über zwanzig Jahren keinen Fuß mehr nach Venedig hinein gesetzt hat. Ich wiederhole: Messer Marco Polo hat seit vielen Jahren in Konstantinopel gelebt und lebt noch immer dort. Wen Ihr mir nicht glauben wollt –

hier kommt sein Neffe, der übrigens denselben Namen trägt, und der bestätigen kann ...«

Ich fuhr stehenden Fußes herum, um wieder ins Freie zu gelangen; denn inzwischen war mir klargeworden, daß es sich bei der Menge um nicht mehr denn zwei Menschen handelte, freilich um zwei außerordentlich vierschrötige uniformierte *gastaldi* von der *Quarantia*. Ehe ich entkommen konnte, knurrte einer von ihnen: »Denselben Namen, eh? Und sieh dir an, was für ein schuldbewußtes Gesicht er macht!« Woraufhin der andere die Hand vorschnellen ließ und meinen Oberarm umklammerte.

Nun, ich wurde abgeführt, und dem Schreiber und den Lagerarbeitern fielen fast die Augen aus dem Kopf. Wir hatten nicht weit zu gehen; trotzdem kam mir der Weg länger vor als jede Reise, die ich bisher unternommen hatte. Schwächlich wehrte ich mich gegen den eisernen Griff der *gastaldi* und flehte mehr wie ein halbwüchsiger Junge denn ein *bravo* mit Tränen in den Augen zu erfahren, wessen man mich beschuldigte, doch die unerschütterlichen Büttel würdigten mich keines Wortes. Während wir die Riva entlang an dichtgedrängten Menschen vorüberkamen, denen gleichfalls die Augen aus dem Kopf fielen, jagten die Fragen sich in meinem Kopf: War eine Belohnung ausgesetzt worden? Wer war es, der mich verriet? Ob Doris oder Ubaldo geplaudert hatten? Wir gingen über die Strohbrücke hinüber, gingen aber nicht ganz bis zu jenem Eingang, der von der Piazzetta in den Dogenpalast hineinführte. Am Weizentor bogen wir in die Torresella ein, die neben dem Palast steht und die letzte Erinnerung daran war, daß in grauen Vorzeiten hier eine befestigte Burg gestanden hatte. Diese Torresella war jetzt das offizielle Staatsgefängnis von Venedig, doch nennen die Insassen den Turm ganz anders. Das Gefängnis wird so genannt, wie unsere Vorfahren die Flammengrube nannten, ehe das Christentum sie lehrte, diese Hölle zu nennen. Das Gefängnis heißt *vulcano*.

Mitten aus dem strahlend rosa- und bernsteinfarbenen Morgen wurde ich herausgerissen und in eine *orba* geworfen, was sich vielleicht nicht sonderlich schlimm anhört, es sei denn, es bedeutet »geblendet«. Eine *orba* ist eine Zelle, gerade groß genug, daß ein einzelner Mensch Platz darin hat, ein Steingeviert ohne Bank noch Stuhl und ohne auch nur die kleinste Öffnung, die Licht oder Luft hereingelassen hätte. Da stand ich in absoluter Finsternis auf so engem Raum, daß man das Gefühl hatte, ersticken zu müsseen; und es stank pestilenzialisch. Der Boden war fausthoch bedeckt mit einem klebrigen Brei, und meine Füße gaben schmatzende Laute von sich, sobald ich sie bewegte. Infolgedessen unternahm ich nicht einmal den Versuch, mich niederzusetzen. Die Mauern waren mit einem schwammigen Schleim bedeckt, der sich bei Berührung zusammenzuziehen schien. Folglich lehnte ich mich nicht einmal dagegen; und als ich des Stehens müde wurde, ging ich nur in die Hocke. Schmerz durchzuckte mich, als mir nach und nach aufging, wo ich war und was aus mir geworden war. Ich, Marco Polo, Sohn des *Ene-Aca*-Hauses Polo, ich, der ich einen Namen trug, der ins *Libro d'Oro* eingetragen war – bis vor kurzem ein freier Mann, ein sorgloser Jüngling, dem es freistand, durch die ganze Welt zu streifen, wenn ihm der Sinn danach gestanden hätte –, ich steckte im Kerker, entehrt, verachtet und in ein Loch gesperrt, das nicht einmal eine Ratte aus freien Stücken bewohnt hätte. Ach, wie ich weinte!

Ich weiß nicht, wie lange ich in dieser blinden Zelle saß. Mindestens jedoch den Rest dieses Tages, wenn es auch zwei oder drei Tage gewesen sein können, denn wiewohl ich mir größte Mühe gab, meine vor Angst rumorenden Eingeweide unter Kontrolle zu behalten, ich erhöhte mehrere Male den Brei auf dem Boden. Als schließlich eine Wache kam, mich hinauszulassen, nahm ich an, daß man mich als unschuldig freiließ, und so frohlockte ich innerlich. Selbst wenn man mich für schuldig befunden hätte, den designierten Dogen erdolcht zu haben, ich war überzeugt, genug dafür gebüßt zu haben, so groß war meine Zerknirschung, und so sehr hatte ich geschworen, alles zu bedauern. Freilich, mein Frohlocken wurde erstickt, als die Wache mir sagte, ich hätte erst die erste und vermutlich geringste der Bestrafungen hinter mir – daß die *orba* nur ein Ort des vorübergehenden Gewahrsams sei, in der ein Gefangener bis zu einer ersten Befragung festgehalten wird.

So wurde ich denn vor ein Tribunal gebracht, das *Signori della Notte*, ›Herren der Nacht‹, genannt wird. Irgendwo in einem der höher gelegenen Räume des *vulcano* mußte ich vor einem langen Tisch Aufstellung nehmen, hinter dem acht ernst dreinblickende ältere Männer in schwarzen Gewändern saßen. Ich wurde so hingestellt, daß ich ihrem Tisch nicht zu nahe kam, und die beiden Wachen links und rechts von mir kamen mir gleichfalls nicht zu nahe; ich muß genauso entsetzlich gestunken haben, wie ich mir vorkam. Und wenn ich auch noch so grauenhaft aussah, muß ich wahrhaftig ausgesehen haben wie der Inbegriff eines niedrigen und tierischen Verbrechers.

Die *Signori della Notte* wechselten einander ab, mir zunächst ein paar harmlose Fragen zu stellen: wie ich hieße und wie alt ich sei, wo ich wohnte, und dann Einzelheiten aus der Geschichte meiner Familie und dergleichen. Dann sagte einer von ihnen und bezog sich dabei auf ein vor ihm liegendes Stück Papier: »Es müssen noch viele andere Fragen gestellt werden, ehe wir zur Verurteilung kommen. Doch diese Befragung muß verschoben werden, bis ein Bruder der Gerechtigkeit beauftragt worden ist, als Euer Advokat zu fungieren; denn Ihr werdet eines Verbrechens beschuldigt, auf das die Todesstrafe steht...«

Beschuldigt! Ich war dermaßen vor den Kopf geschlagen, daß ich das meiste dessen, was der Mann hinterher noch sagte, nicht mitbekam. Nur Doris oder Ubaldo konnten mich beschuldigen, denn nur sie wußten, daß ich je in der Nähe des Ermordeten gewesen war. Doch wie sollte einer von ihnen das so rasch getan haben? Und wen hatten sie bewegen können, die Denunziation aufzuschreiben, damit sie sie in eine der Schnauzen hatten hineinstecken können?

Der ältere Herr schloß seine Rede an mich mit der Frage: »Habt Ihr noch irgendwelche Anmerkungen zu dieser überaus schwerwiegenden Beschuldigung zu machen?«

Ich räusperte mich und sagte zögernd: »Wer – wer beschuldigt mich dessen, Messere?« Es war wahnwitzig, das zu fragen, und ich konnte vernünftigerweise auch nicht erwarten, eine Antwort zu bekommen, doch war dies eben die Frage, die mich zumeist beschäftigte. Und zu meiner größten Verwunderung antwortete der *Signore della Notte*:

»Das habt Ihr selbst getan, junger Messere.« Ich muß ungläubig gezwinkert haben, denn er fügte noch hinzu: »Habt Ihr dies nicht geschrieben?« und las mir von dem Stück Papier vor: »Wird *er* bei der Bestattung als auch bei der Amtseinführung zugegen sein?« Ja, ich bin sicher, daß er ihn fassungslos angezwinkert habe, denn er fügte noch hinzu: »Und unterschrieben ist mit Marco Polo.«

Ich ging wie ein Schlafwandler, als die Wachen mich die Treppen hinunterbrachten an einen Ort, den sie Brunnenschacht nannten, das tiefste Verlies des *vulcano*. Doch selbst das sei noch nicht der richtige Kerker, erklärten sie mir; nach meiner rechtmäßigen Verurteilung müsse ich darauf gefaßt sein, in den Dunklen Garten verlegt zu werden, wohin man die Verurteilten vor der Urteilsvollstreckung bringe. Rauh auflachend, schlossen sie eine dicke, aber nur kniehohe Holzluke auf, stießen mich hindurch und ließen die Luke mit einem dumpfen Laut wieder zufallen, der sich anhörte wie ein Totengeläut.

Diese Zelle war wenigstens wesentlich größer als die *orba,* und in der niedrigen Luke gab es zumindest ein Loch. Dieses Loch war zu klein, als daß es mir erlaubt hätte, drohend die Faust hinter meinen sich entfernenden Kerkermeistern her zu schütteln. Immerhin gestattete es, genug Luft und Licht durchzulassen, so daß die Zelle nicht vollkommen dunkel war. Als meine Augen sich an das Dämmer gewöhnt hatten, erkannte ich, daß die Zelle mit einem Eimer samt Deckel ausgestattet war, der als *pissota* dienen sollte; außerdem wies er zwei nackte Bretter auf – Pritschen, auf deren einer ich schlafen sollte. Außer einem unordentlichen Haufen in der Ecke, der aussah, als handelte es sich um Bettzeug, konnte ich nichts erkennen, doch als ich mich ihm näherte, bewegte der Haufen sich, erhob sich und entpuppte sich als ein Mann.

»*Salamelèch!*« sagte er heiser. Die Begrüßung klang fremdländisch. Ich verengte die Augen und erkannte das rotgraue verfilzte Bart- und Haupthaar. Es gehörte dem *zudio,* dessen öffentlicher Auspeitschung ich an jenem Tag beigewohnt hatte, der so viel süßere Erinnerungen für mich barg.

10 »Mordecai«, stellte er sich vor. »Mordecai Cartafilo.« Und stellte mir dann die Frage, die alle Gefangenen einander bei der ersten Begegnung stellen: »Weshalb hat man Euch eingesperrt?«

»Wegen Mordes«, sagte ich und schniefte. »Und Verrat, wie ich meine, und *lesa-maestà*, und noch ein paar andere Dinge.«

»Mord reicht«, sagte er trocken. »Keine Bange, Bürschlein. Die anderen Kleinigkeiten werden sie einfach übersehen. Dafür könnt Ihr nicht bestraft werden, nachdem man Euch erst für Mord bestraft hat. So was wäre doppelte Bestrafung, und das ist per Gesetz verboten.«

Ich bedachte ihn mit einem säuerlichen Blick. »Ihr scherzt, alter Mann.«

Er zuckte mit den Achseln. »Man erhellt das Dunkel, so gut es geht.«

Düsteren Gedanken nachhängend, saßen wir eine Weile in der Finsternis. Dann sagte ich: »Ihr sitzt wegen Wuchers hier ein, nicht wahr?«

»Nein, das stimmt nicht. Ich bin nur hier, weil eine gewisse Dame mich des Wuchers beschuldigt hat.«

»Welch ein Zufall! Ich sitze auch – zumindest indirekt – einer Dame wegen hier.«

»Nun, ich habe ›Dame‹ nur gesagt, um das Geschlecht anzudeuten. In Wahrheit ist sie« – er spuckte auf den Boden – »eine *Shèquesa kàrove*.«

»Ich verstehe Eure fremden Wörter nicht.«

»Eine feine Hündin von einer Hure«, sagte er, als spuckte er noch immer aus. »Sie hat sich ein Darlehen von mir erbeten und als Pfand ein paar Liebesbriefe dagelassen. Als sie nicht bezahlen konnte und ich ihr die Briefe nicht zurückgeben wollte, sorgte sie dafür, daß ich sie niemand anders aushändigen konnte.«

Mitfühlend schüttelte ich den Kopf. »Euer Fall ist ein trauriger Fall, meiner jedoch ein ironischer. Meine Dame erbat sich einen Gefallen von mir und versprach sich selbst als Belohnung. Der Gefallen wurde erwiesen, aber nicht von mir. Trotzdem bin ich jetzt hier – eine Belohnung, wie ich sie mir nun nicht gerade erträumt habe. Aber davon weiß meine Dame vermutlich noch nicht einmal. Wenn das nicht Ironie ist?«

»*Che ilarità!*«

»Jawohl, Ilaria! Ihr kennt die Dame?«

»Was?« Er funkelte mich an. »Eure *kàrove* heißt auch Ilaria?«

Jetzt war es an mir, ihn anzufunkeln. »Wie könnt Ihr es wagen, meine Dame eine hündische Hure zu nennen?«

Und dann hörten wir auf, einander anzufunkeln, setzten uns auf die Pritsche und verglichen unsere Erfahrungen, doch wie wir es auch drehten und wendeten, es stellte sich heraus, daß wir beide dieselbe Dona Ilaria gekannt hatten. Ich vertraute Cartafilo mein ganzes Abenteuer an und schloß mit den Worten:

»Ihr jedoch habt Liebesbriefe erwähnt. Ich habe ihr nie welche geschickt.«

Er sagte: »Tut mir leid, es sagen zu müssen, aber die Briefe trugen auch nicht Eure Unterschrift.«

»Dann hat sie die ganze Zeit über jemand anders geliebt?«

»So sieht es aus.«

»Dann hat sie mich nur verführt, damit ich den *bravo* für sie spielte«, brummte ich. »Ich bin also nichts weiter gewesen als ein grünschnäbliger Gimpel! Ich muß wirklich frevelhaft dumm gewesen sein!«

»So sieht es aus.«

»Und die einzige Nachricht, die ich unterschrieben habe – diejenige, die die *Signori della Notte* jetzt haben –, die hat bestimmt sie in die Schnauze gesteckt. Aber warum mir so etwas antun?«

»Sie hat keinerlei Verwendung mehr für ihren *bravo*. Ihr Gatte ist tot, ihr Liebhaber steht ihr zur Verfügung – folglich seid Ihr nichts weiter als eine Belastung, die sie loswerden muß.«

»Aber ich habe ihren Gatten doch nicht umgebracht.«

»Ja, wer denn? Vermutlich der Liebhaber. Erwartet Ihr etwa, daß sie den verrät, wo sie Euch hat, den sie aufopfern kann, damit *er* ungeschoren davonkommt?« Darauf wußte ich keine Antwort. Nach einer Weile fragte er: »Habt Ihr jemals von der *lamia* gehört?«

»Von der *lamia*? Das heißt: Hexe.«

»Das trifft es nicht genau. Eine *lamia* kann die Gestalt einer sehr jungen und überaus schönen Hexe annehmen. Sie macht junge Männer verliebt in sich. Hat sie einen umgarnt, liebt sie ihn mit einer Wollust und einem Fleiß, daß er vollkommen ausgepumpt ist. Sobald er schlaff und hilflos ist, frißt sie ihn bei lebendigem Leibe. Das ist selbstverständlich nur eine Sage, allerdings eine sonderbar überzeugende Sage, die sich seit Urzeiten hält. Ich bin ihr noch in jedem Land begegnet, das ich rund ums Mittelländische Meer besucht habe. Und ich bin ein weitgereister Mann. Merkwürdig, wie viele unterschiedliche Völker an die Blutrünstigkeit der Schönheit glauben!«

Ich dachte darüber nach und sagte: »Sie hat gelächelt, als sie zusah, wie Ihr ausgepeitscht wurdet, alter Mann.«

»Das wundert mich kein bißchen. Wahrscheinlich erreicht sie einen Höhepunkt sinnlichen Genusses, wenn sie zusieht, wie Ihr dem Fleischmacher überantwortet werdet.«

»Dem was?«

»So nennen wir alten Gefängnisinsassen den Henker – den Fleischmacher.«

Verzweifelt schrie ich auf. »Aber man kann mich nicht henken! Ich bin unschuldig! Ich bin ein *Ene Aca*. Eigentlich dürfte man mich nicht mal mit einem Juden zusammensperren.«

»Ach, verzeiht, Hoher Gebieter. Das schlechte Licht hier drinnen hat meine Sehkraft beeinträchtigt. Ich hatte gemeint, es mit einem gemeinen Gefangenen des Vulkanschachts zu halten.«

»Ich bin kein gemeiner Bürgerlicher.«

»Dann verzeiht abermals!« sagte er und griff von seiner Pritsche zu der meinigen hinüber. Dann nahm er etwas von meinem Wams ab und hielt es sich nahe vor die Augen. »Auch nur ein Floh.« Sagte es und zerquetschte den Floh zwischen den Fingernägeln, daß es knackte. »Mir kommt er genauso gemein vor wie die meinigen.«

Ich knurrte: »Mit Eurem Augenlicht ist doch alles in Ordnung.«

»Wenn Ihr wirklich von Adel seid, junger Marco, müßt Ihr tun, was alle adligen jungen Gefangenen tun. Setzt Himmel und Hölle in Bewegung, damit Ihr eine bessere Zelle bekommt. Eine Einzelzelle mit einem Fenster, das auf die Gasse oder auf einen Kanal hinausgeht. Dann könnt Ihr einen Bindfaden hinunterlassen und Nachrichten hinausgehen lassen oder Euch leckeres Essen heraufholen. Das ist zwar nicht erlaubt, aber sobald es sich um einen Adligen handelt, drückt die Behörde ein Auge zu.«

»Wenn man Euch so hört, sollte man denken, daß Ihr meint, ich bliebe eine lange Zeit hier.«

»Nein.« Er seufzte. »Wahrscheinlich nicht lange.«

Was er mit dieser Antwort andeutete, ließ mir die Haare zu Berge stehen. »Und ich sage Euch nochmals, ich bin unschuldig, alter Narr.«

Woraufhin er nicht minder laut und verächtlich antwortete: »Warum mir das sagen, unglückseliger *mamzar*? Erzählt das doch den *Signori della Notte*! Auch ich bin unschuldig – und trotzdem sitze ich hier und verfaule bei lebendigem Leib.«

»Moment! Ich hab' eine Idee«, sagte ich. »Wir schmachten hier beide wegen der Lügen und Intrigen der Dame Ilaria. Wenn wir das beide zusammen den *Signori* erzählen, müßten sie doch mißtrauisch werden, was ihre Glaubwürdigkeit und ihre Wahrheitsliebe betrifft.«

Zweifelnd schüttelte Mordecai den Kopf. »Wem würden sie glauben? Sie ist die Witwe eines Mannes, der ums Haar Doge geworden wäre. Ihr seid jemand, der des Mordes angeklagt ist, und ich einer, der wegen Wucher verurteilt wurde.«

»Ihr mögt recht haben«, sagte ich, und aller Mut sank mir. »Ein Jammer, daß Ihr Jude seid.«

Er faßte mich scharf in sein keineswegs trübes Auge und erklärte: »Das sagt man mir immer wieder. Warum tut Ihr das?«

»Ach ... nur, daß man dem Zeugnis eines Juden von vornherein weniger glaubt.«

»Das habe ich schon oft erfahren müssen. Und ich frage mich, warum?«

»Nun ... weil ihr unseren Herrn Jesus umgebracht habt.«

Er schnaubte und sagte: »Ich – was Ihr nicht sagt!« Wie angewidert von mir, wandte er mir den Rücken zu, streckte sich auf seiner Pritsche aus und zog sein wallendes Gewand um sich. Dann murmelte er, an die Wand gerichtet: »Ich habe nur zwei Worte zu dem Mann gesagt... zwei Worte nur...«

Dann schlief er offenbar ein.

Nachdem eine lange und bedrückende Zeit vergangen und das Loch in der Tür dunkel geworden war, wurde diese schließlich geräuschvoll aufgeschlossen; zwei Wachen krochen hindurch und schleppten einen großen Kübel herein. Der alte Cartafilo hörte auf zu schnarchen und setzte sich erwartungsvoll auf. Die Wächter drückten ihm wie mir ein Holzbrett in die Hand und klatschten aus dem Kübel einen klebrigen, lauwarmen Brei darauf. Dann ließen sie ein schwaches Lämpchen zurück, ein Schälchen Fischtran, in dem blakend ein Lumpendocht glomm, gingen zurück und knallten die Tür hinter sich zu. Zweifelnd blickte ich unser Essen an.

»Grütze«, erklärte Mordecai mir gierig und stopfte sie sich mit zwei Fingern in den Mund. »Ist zwar ein *Holòsh*, aber Ihr tätet gut daran, sie zu essen. Es ist die einzige Mahlzeit am Tag, die wir bekommen. Sonst bekommt Ihr nichts.«

»Ich habe keinen Hunger«, sagte ich. »Ihr könnt meine haben.«

Fast hätte er sie mir entrissen, und schmatzend verzehrte er beide Portionen. Nachdem er das getan hatte, setzte er sich hin und saugte geräuschvoll an den Zähnen, als wolle er sich nicht das geringste entgehen lassen. Unter schorfigen Brauen hervor blickte er mich an und sagte schließlich:

»Was würdet Ihr für gewöhnlich zu Abend essen?«

»Nun ... vielleicht einen Teller *tagiadèle* mit *persuto* ... und zum Trinken einen *zabagiòn* ...«

»*Bongusto*«, sagte er sardonisch. »Mit so feinen Dingen kann ich zwar nicht aufwarten, aber vielleicht mögt Ihr einige von diesen.« Bei diesen Worten fuhr er suchend in seinem Gewand herum. »Die tolerante venezianische Gesetzgebung gestattet es mir, selbst im Gefängnis ein paar religiöse Dinge zu beachten.« Mir war unerfindlich, was das mit dem viereckigen weißen Gebäck zu tun hätte, das er zum Vorschein brachte und mir reichte. Gleichwohl aß ich es dankbar, obwohl es eigentlich nach nichts schmeckte, und ich dankte ihm.

Als am nächsten Abend Essenszeit war, hatte ich einen solchen Hunger, daß ich nicht mehr wählerisch war. Vermutlich hätte ich die Gefängnisgrütze auch gegessen, weil sie so etwas wie Abwechslung bedeutete, denn sonst gab es nichts zu tun als dazusitzen, auf einer Pritsche ohne jedes Bettzeug zu schlafen, die zwei oder drei Schritte zu machen, welche die Zelle zu machen erlaubte, und sich gelegentlich mit Cartafilo zu unterhalten. Aber genau so vergingen die Tage, einer nach dem anderen, unterbrochen nur durch das Hell- und Dunkelwerden des Türlochs, das täglich dreimalige Gebet des *zudio* und die Ankunft des abscheulichen Essens am Abend.

Vielleicht war das ganze für Mordecai keine so furchtbare Erfahrung, denn so gut ich es wußte, hatte er all seine Tage vorher in seinem zellenähnlichen Geldwechslerstübchen an der *merceria* hockend verbracht, was auch nicht wesentlich anders gewesen sein kann. Ich jedoch war frei und ungebunden gewesen und hatte viele Freunde gehabt; hier im *vulcano* eingesperrt zu sein, war gleichbedeutend mit Lebendig-begraben-Sein. Dabei dämmerte mir, daß ich noch dankbar sein mußte, wenigstens etwas Gesellschaft in meinem vorzeitigen Grab zu haben, selbst wenn es nur die eines Juden war, der sich nicht durch besondere Redseligkeit auszeichnete. Eines Tages erwähnte ich ihm gegenüber, ich hätte zwar schon mehrere Arten von Bestrafungen erlebt, die an den Säulen von Marco und Todaro verabreicht worden wären, jedoch noch nie eine Hinrichtung.

Er sagte; »Das liegt daran, daß diese meistens innerhalb dieser Mauern vorgenommen werden, so daß nicht einmal die Mitgefangenen etwas davon merken, bis sie vorüber sind. Der zum Tode Verurteilte wird in eine der sogenannten Zellen der *Giardini Foschi* gesteckt, und diese Zellen haben vergitterte Fenster. Der Fleischmacher wartet geduldig draußen vor der Zelle ab, bis dieser einmal vor das Fenster hintritt und ihm den Rücken zuwendet. Diesen Augenblick benutzt er, dem Unglücklichen durch das Fenster die Garotte um den Hals zu werfen, so daß diesem entweder die Nackenwirbel brechen oder er erwürgt wird. Die Dunklen Gärten liegen auf der Kanalseite dieses Gebäudes; dort befindet sich im Korridor eine Steinplatte, die man herausnehmen kann. Nachts wird dann der Leichnam durch dieses geheime Loch in ein wartendes Boot hinuntergelassen und von diesem zur *Sepoltùra Pùblica* geschafft. Erst wenn das geschehen ist, wird die Hinrichtung bekanntgegeben. Auf diese Weise wird alles ohne Aufheben erledigt. Venedig legt keinen Wert darauf, in aller Welt hinauszuposaunen, daß die alte römische *lege de tagiòn* hier noch so häufig Anwendung findet. Infolgedessen gibt es nur wenige öffentliche Hinrichtungen. Diese Hinrichtung wird nur bei wirklich ganz abscheulichen Verbrechen vorgenommen.«

»Verbrechen wie zum Beispiel?« fragte ich.

»Zu meiner Zeit wurde ein Mann öffentlich hingerichtet, weil er einer Nonne Gewalt angetan hatte; ein anderer, weil er einem Ausländer einige der Geheimnisse der Glasherstellung und -bläserei von Murano verraten hatte. Die Ermordung eines Mannes, der kurz davor stand, zum Dogen gewählt zu werden, wird wohl ähnlich bewertet werden, nehme ich an, falls es das ist, weshalb Ihr fragt.«

Ich schluckte. »Und ... und wie wird öffentlich ... hingerichtet?«

»Der Schuldige muß zwischen den beiden Säulen niederknien und wird vom Fleischmacher enthauptet. Doch zuvor trennt der Fleischmacher jenen Teil des Körpers ab, der das Verbrechen begangen hat. Der Nonnenschänder wurde selbstverständlich seines Glieds beraubt und dem Glasarbeiter die Zunge herausgeschnitten. Dem Verurteilten wird auf dem Gang zwischen den beiden Säulen das abgetrennte Körperteil an einer Schnur um den Hals gehängt. In Eurem Fall, nehme ich an, wird es wohl nur die rechte Hand sein.«

»Und nur mein Kopf«, sagte ich mit belegter Stimme.

»Versucht, nicht zu lachen«, sagte Mordecai.

»Lachen?« schrie ich entsetzt – um dann doch zu lachen, so absurd waren seine Worte. »Ihr beliebt wieder zu scherzen, alter Mann.«

Er zuckte mit den Achseln. »Man tut, was man kann.«

Eines Tages wurde das Einerlei meiner Gefangenschaft unterbrochen. Die Tür wurde entriegelt, und ein Fremder trat gebückt herein. Es handelte sich um einen ziemlich jungen Mann, der nicht eine Uniform trug, sondern die Kutte der Bruderschaft der Gerechtigkeit; er stellte sich mir als Fratello Ugo vor.

»Schon jetzt«, sagte er flott, »schuldet Ihr für Logis und Verpflegung in diesem Staatsgefängnis ein beträchtliches *casermagio*. Seid Ihr arm,

habt Ihr ein Anrecht auf Hilfe von der Bruderschaft. Sie wird das *casermagio* für die gesamte Dauer Eurer Einkerkerung zahlen. Ich bin lizenzierter Advokat und werde Euch nach bestem Vermögen vertreten. Außerdem bin ich bereit, Botschaften nach draußen zu tragen und solche zu Euch hereinbringen. Und Euch manchen kleinen Trost beschaffen – Salz für Euer Essen zum Beispiel, Öl für Eure Lampe, derlei Dinge.«
Und mit einem Blick auf den alten Cartafilo setzte er noch hinzu: »Außerdem kann ich dafür sorgen, daß Ihr eine Zelle für Euch allein bekommt.«
Ich erklärte: »Ich bezweifle, daß ich woanders weniger unglücklich wäre, Fra Ugo. Ich bleibe in dieser hier.«
»Wie Ihr wünscht«, sagte er. »Nun, ich habe mich mit dem Haus Polo in Verbindung gesetzt, denn offenbar seid Ihr ja, wenn auch noch minderjährig, nominell dessen Oberhaupt. Deshalb könnt Ihr es Euch ja durchaus leisten, das *casermagio* selber zu zahlen und Euch auch noch einen Advokaten Eurer Wahl zu nehmen. Ihr braucht nur die notwendigen *pagherì* auszustellen und die Firma zu beauftragen, sie einzulösen.«
Unsicher sagte ich: »Das würde für die Firma nur eine öffentliche Demütigung darstellen. Außerdem weiß ich nicht, ob ich ein Recht habe, die Mittel der Firma einfach so auszugeben ...«
»Und zwar für eine verlorene Sache«, ergänzte er noch und nickte zustimmend. »Das verstehe ich sehr gut.«
Erschrocken fing ich an, das Gegenteil zu beteuern: »Damit wollte ich keineswegs sagen ... das heißt, ich hoffe doch ...«
»Wenn Ihr das eine nicht wollt, müßtet Ihr die Hilfe der Bruderschaft der Gerechtigkeit in Anspruch nehmen. Damit die dafür aufgewendeten Gelder wieder hereinkommen, ist es der Bruderschaft gestattet, zwei Bettler auf die Straße zu schicken, die von den Bürgern der Stadt milde Gaben erbitten für den unglückseligen Marco P ...«
»*Amoredèi!*« rief ich aus. »Das wäre ja noch unendlich viel demütigender.«
»Ihr braucht Eure Wahl nicht auf der Stelle zu treffen. Unterhalten wir uns statt dessen lieber über Euren Fall. Wie wollt Ihr Euch verteidigen?«
»Mich verteidigen?« sagte ich entrüstet. »Nicht verteidigen, sondern protestieren, meine Unschuld beteuern!«
Bruder Ugo warf wieder einen Blick zu dem Juden hinüber, und zwar diesmal einen angewiderten, gleichsam als argwöhne er, daß man mir bereits Ratschläge erteilt hätte. Mordecai begnügte sich damit, ein belustigt-skeptisches Gesicht aufzusetzen.
Ich fuhr fort: »Als ersten Zeugen rufe ich Dona Ilaria auf. Wenn sie gezwungen ist, unser ...«
»Sie wird nicht vorgeladen werden«, fiel mir der Fratre ins Wort. »Das würden die *Signori della Notte* nicht erlauben. Diese Dame hat vor kurzem einen überaus schmerzlichen Verlust erlitten und ist noch tief gebeugt vor Gram.«

Höhnisch erklärte ich: »Wollt Ihr mir etwa weismachen, sie trauerte um ihren Gatten . . . ?«

»Nun«, sagte er mit Bedacht, »wenn auch vielleicht das nicht, so könnt Ihr doch sicher sein, daß sie zu erkennen gibt, tief bekümmert darüber zu sein, daß sie jetzt nicht die Dogaressa von Venedig ist.«

Cartafilo ließ einen Laut vernehmen, der sich anhörte wie ein unterdrücktes Kichern. Vielleicht habe auch ich einen Laut von mir gegeben – einen Laut des Entsetzens –, denn diese Möglichkeit war mir bisher noch nicht in den Sinn gekommen. Ilaria mußte ja vor Enttäuschung und Wut kochen. Als sie sich darum bemüht hatte, daß man ihr den Gatten vom Hals schaffte, war sie im Traum nicht darauf gekommen, welche Ehre ihm – und damit auch ihr – zuteil werden sollte. Folglich war sie jetzt bestimmt geneigt, ihren eigenen Anteil an dem ganzen Geschehen zu vergessen und zu verdrängen; wahrscheinlich verzehrte sie sich vor Verlangen, sich für den ihr entgangenen Titel zu rächen. Dabei spielte es gewiß keine Rolle, wem gegenüber sie ihrem Zorn Luft machte, und wer stellte schon ein leichteres Ziel dar als ich?

»Wenn Ihr unschuldig seid, Messer Marco«, sagte Ugo, »wer hat den Mann dann ermordet?«

Ich sagte: »Ich glaube, es war ein Priester.«

Lange ließ Bruder Ugo den Blick auf mir ruhen, ehe er schließlich gegen die Zellentür klopfte, um hinausgelassen zu werden. Als die Tür knarrend in Kniehöhe unter ihm aufging, sagte er zu mir: »Ich schlage vor, Ihr sucht Euch selbst einen Advokaten, der Euch vertritt. Wenn Ihr vorhabt, einen ehrwürdigen Priester zu beschuldigen und Euer wichtigster Zeuge eine auf *vendèta* bedachte Dame ist, braucht Ihr den besten Rechtsbeistand, den es in der gesamten Republik gibt. *Ciao.*«

Nachdem er gegangen war, sagte ich zu Mordecai: »Alle Welt geht davon aus, daß mein Schicksal besiegelt ist, gleichgültig, ob ich schuldig bin oder nicht. Es muß doch irgendein Gesetz geben, das die Unschuldigen davor bewahrt, widerrechtlich verurteilt zu werden.«

»Aber mit Sicherheit gibt es das. Doch gibt es auch eine alte Weisheit, die da lautet: Die Gesetze Venedigs sind von erhabener Gerechtigkeit und werden gewissenhaft beachtet . . . für die Dauer einer Woche. Gebt Euch keinen allzu hochfliegenden Hoffnungen hin!«

»Ich hätte größere Hoffnungen, wenn ich mehr Hilfe hätte«, erklärte ich. »Und Ihr könntet uns beiden helfen. Überlaßt Fra Ugo nur jene Briefe, die Ihr besitzt – soll er sie doch als Beweis vorbringen. Dann fiele zumindest ein Schatten des Verdachts auf die saubere Dame samt ihrem Geliebten.«

Er sah mich aus seinen dunklen Brombeeraugen an, kratzte sich nachdenklich den verfilzten Bart und sagte: »Ihr meint, das wäre gleichsam Christenpflicht?«

»Aber gewiß doch, ja. Um mir das Leben zu retten und Euch die Freiheit zu verschaffen. Jedenfalls sehe ich nichts Unchristliches darin.«

»Dann muß ich leider sagen, daß ich einer anderen Moral anhänge; denn mir ist das unmöglich. Ich habe das nicht getan, um mich vor der

Auspeitschung zu bewahren, und werde es auch für uns beide nicht tun.«

Ungläubig starrte ich ihn an: »Aber warum um alles in der Welt nicht?«

»Mein Gewerbe beruht auf Vertrauen. Nur darauf gründet es sich. Ich bin der einzige Geldverleiher, der derlei Dokumente als Pfand nimmt. Das kann ich nur deshalb tun, weil ich meinerseits darauf vertraue, daß meine Klienten das Darlehen samt aufgelaufener Zinsen auch wirklich zurückzahlen. Die Klienten ihrerseits verpfänden solche Papiere nur deshalb bei mir, weil sie sich darauf verlassen, daß ich den Inhalt nie preisgebe. Meint Ihr, Frauen würden sonst Liebesbriefe aus der Hand geben?«

»Aber wie ich Euch schon gesagt habe, alter Mann: Kein Mensch traut einem Juden. Bedenkt doch nur, wie die Dame Ilaria Euch Euer Vertrauen mit Verrat gedankt hat. Ist das nicht Beweis genug dafür, daß sie Euch nicht für vertrauenswürdig hielt?«

»Gewiß beweist das etwas«, sagte er mit schief verzogenem Mund. »Aber wenn ich das in mich gesetzte Vertrauen auch nur ein einziges Mal enttäusche – und sei es auch als Reaktion auf die schändlichste Provokation –, kann ich den von mir erwählten Beruf an den Nagel hängen. Nicht, weil andere mich für verachtenswert hielten, sondern weil ich es täte.«

»Welchen Beruf, alter Narr, der Ihr seid? Es ist doch möglich, daß Ihr für den Rest Eures Lebens hier eingekerkert bleibt. Das habt Ihr selbst gesagt! Ihr könnt Euch nicht an irgendwelche Grundsätze halten ...«

»Ich kann mich an mein Gewissen halten. Das mag ein geringer Trost sein, aber es ist der einzige, der mir geblieben ist: nämlich der, hier zu sitzen, meine Floh- und Wanzenstiche zu kratzen, zuzusehen, wie mein einst üppig im Fleisch stehender Körper nur mehr Haut und Knochen ist – und mich gegenüber der christlichen Moral überlegen zu fühlen, die mich hierhergebracht hat.«

»Flöhen könnt Ihr Euch draußen genauso gut wie hier«, fauchte ich ihn an.

»*Zito!* Genug! Narren zu Weisen machen zu wollen, ist ein töricht Unterfangen! Wir wollen nicht weiter darüber reden. Schaut, mein Junge, hier auf dem Boden sind zwei Spinnen, große fette Spinnen. Wollen wir ein Wettrennen mit ihnen veranstalten und unermeßliche Reichtümer dagegen verwetten, wessen Spinne gewinnt. Ihr könnt sie Euch aussuchen ...«

11 Weitere Zeit verging, und dann kam Bruder Ugo wieder, tauchte gewissermaßen durch die niedrige Türluke hindurch auf. Mit umdüsterter Stirn wartete ich, daß er etwas genauso Entmutigendes sagte wie voriges Mal, doch was er dann schließlich sagte, war überwältigend:

»Euer Vater und sein Bruder sind nach Venedig zurückgekehrt.«

»Was?« Ich rang nach Atem, konnte es einfach nicht fassen. »Ihr meint, ihre Leichen sind hierhergebracht worden, damit sie hier beigesetzt werden? Zur Bestattung in der Heimaterde?«

»Ich meine, sie sind hier. Heil und lebendig.«

»Lebendig? Nachdem sie fast zehn Jahre lang nichts von sich haben hören lassen?«

»Jawohl. Alle ihre Bekannten sind genauso wie vom Donner gerührt, wie Ihr es seid. Die ganze Zunft der Kaufleute redet von nichts anderem. Es heißt, sie trügen eine Botschaft aus der fernen Tatarei zum Papst in Rom. Doch zum Glück – zu Eurem Glück, junger Messer Marco – sind sie erst nach Venedig gekommen, um von hier aus nach Rom weiterzureisen.«

»Warum zu meinem Glück?« fragte ich, und mir zitterten die Knie.

»Hätten sie denn zu einem günstigeren Augenblick kommen können? In diesem Augenblick sind sie dabei, ein Bittgesuch an die *Quarantia* zu stellen – sie wollen Euch besuchen, und das wird für gewöhnlich nur dem Advokaten eines Gefangenen erlaubt. Wer weiß, vielleicht gelingt es Eurem Vater und Onkel, das Gericht milde zu stimmen. Und wenn sonst nichts, sollte allein ihre Anwesenheit beim Verfahren Euch moralisch eine Stütze sein. Und Euch etwas das Rückgrat stärken, wenn Ihr den Gang zu den Säulen antreten müßt.« Nach dieser fragwürdigen Ermunterung ließ er mich wieder allein. Mordecai und ich saßen da und ergingen uns bis tief in die Nacht in den phantastischsten Spekulationen. Wir waren immer noch dabei zu reden, als das *coprifuoco* verklungen war und ein Wächter uns durch das Loch in der Tür zugerufen hatte, wir sollten die schwache Tranfunzel auf dem Boden löschen.

Weitere vier oder fünf Tage mußten vergehen, Tage voller Unruhe für mich, doch dann ging die Tür wieder knarrend auf, und ein Mann kroch herein, ein Mann, so beleibt, daß er Mühe hatte, sich durch die Luke hindurchzuzwängen. Als er es endlich geschafft hatte, richtete er sich auf und schien sich immer weiter aufzurichten – so groß war er. Ich hatte nicht die geringste Ahnung, mit jemand verwandt zu sein, der so groß war wie er. Er war ebenso behaart wie beleibt, das Haupthaar zerzaust, der bläulichschwarze Bart starr und kratzig. Aus einschüchternder Höhe schaute er auf mich herab, und seine Stimme klang geringschätzig, als er dröhnend zu mir sagte:

»Ja, wenn das nicht die größte *merda* mit Brotkruste drauf ist!«

Verschüchtert sagte ich: »*Benvegnùo, caro pare.*«

»Ich bin nicht dein Vater, du Unglücksrabe! Ich bin dein Onkel Mafio.«

»*Benvegnùo, caro zio.* Kommt denn mein Vater nicht?«

»Nein. Es ist uns nur gelungen, die Besuchserlaubnis für einen zu erlangen, und er sollte ja aus Trauer um deine Mutter in Abgeschiedenheit verbleiben.«

»Oh, ja.«

»In Wahrheit ist es jedoch so, daß er vollauf damit beschäftigt ist, seiner nächsten Frau den Hof zu machen.«

Das versetzte mir einen mächtigen Stoß. »Wie bitte? Wie kann er nur?«

»Wer bist du, daß du es dir leisten kannst, so mißbilligend zu reden, du mißratener *scagaròn*? Da kommt der arme Mann aus der Fremde nach Hause, bloß um festzustellen, daß sein Weib längst unter der Erde ist, ihre Zofe auf Nimmerwiedersehen verschwunden, ein wertvoller Sklave verloren, sein Freund, der Doge, ist tot – und sein Sohn, die Hoffnung der Familie, im Kerker mit der Anklage des gemeinsten Meuchelmordes, den es in der Geschichte Venedigs je gegeben!« Um auf diesen Erguß noch so laut, daß jeder im *vulcano* es hören mußte, hinzuzusetzen: »Sag mir die Wahrheit! Hast du es getan?«

»Nein, Herr Onkel«, sagte ich verzagt. »Doch was hat das alles mit einer neuen Frau zu tun?«

Nicht mehr ganz so tönend, aber dafür in mißbilligendem Ton sagte er: »Dein Vater ist Frauen blind ergeben. Aus irgendeinem Grund liebt er es, verheiratet zu sein.«

»Dann hat er eine merkwürdige Art gewählt, meiner Mutter das zu zeigen«, sagte ich. »Einfach fortzureisen und sich nicht wieder blicken zu lassen.«

»Und er wird auch wieder fortreisen«, sagte Onkel Mafìo. »Das ist ja der Grund, warum er eine vernünftige Frau braucht, die das Familienvermögen zusammenhält. Er hat nicht die Zeit, erst auf noch einen Sohn zu warten. Da muß es eben eine andere Frau sein.«

»Warum denn überhaupt etwas anderes?« fragte ich. »Er hat schließlich einen Sohn.«

Mit Worten antwortete mein Onkel nicht auf diese Erklärung. Er musterte mich nur kalt von Kopf bis Fuß und blickte sich dann langsam in der kleinen, dämmrig erhellten und moderig riechenden Zelle um.

Kleinlaut sagte ich: »Ich hatte gehofft, Ihr könntet mich hier herausholen.«

»Nein, rauspauken mußt du dich selbst«, erklärte mein Onkel, und mir sank das Herz. Gleichwohl sah er sich weiter forschend im Raum um und sagte, gleichsam als denke er laut: »Von allen Schrecken, die eine Stadt befallen können, hat Venedig immer am meisten Angst vor einer Feuersbrunst gehabt. Ganz besonders bedrohlich wäre es, wenn eine solche auf den Dogenpalast und die darin enthaltenen stadteigenen Schätze übergriffe, oder auch auf die Basilika San Marco mit ihren womöglich noch unersetzlicheren Schätzen. Da aber der Palast neben diesem Kerker steht und die Kirche an die andere Seite angrenzt, haben die Wächter hier im *vulcano* immer besondere Vorsichtsmaßnahmen getroffen – und tun das vermutlich auch heute noch –, so daß selbst die kleinste Lampenflamme sorgfältig überwacht wird.«

»Aber ja doch, kein ...«

»Halt du den Mund! Das tun sie, denn wenn nächtens eine solche Lampe zum Beispiel diese Holzplanken in Brand setzte, gäbe das dringende Hilferufe und würde schrecklich viel mit Wassereimern hin- und hergelaufen werden. Ein solcher Gefangener müßte aus der brennenden Zelle herausgelassen werden, um das Feuer zu löschen. Und im Rauch, und überhaupt dem ganzen Durcheinander, könnte dieser Gefangene es bis zum Gang der *Giardini Foschi* auf der Kanalseite des Gefängnisses schaffen; er könnte dann die nicht festsitzende Steinplatte in der Wand dort herausheben, die nach draußen führt. Und wenn er das, sagen wir, morgen nacht schaffte, würde er höchstwahrscheinlich ein *batèlo* vorfinden, das unmittelbar darunter auf dem Wasser dümpelt.«

Endlich richtete Mafìo die Augen wieder auf mich. Ich war viel zu sehr damit beschäftigt, mir auszudenken, was ich sagen könnte, doch der alte Mordecai war es, der ungefragt das Wort ergriff:

»So was ist früher schon versucht und gemacht worden. Deshalb gibt es jetzt ein Gesetz, demzufolge jeder Gefangene, der versucht, einen Brand zu legen – gleichgültig, wie geringfügig sein ursprüngliches Vergehen auch sein mag –, selbst zum Tod durchs Feuer verurteilt wird. Ein solcher Urteilsspruch ist auch nicht anfechtbar.«

Woraufhin Onkel Mafìo sardonisch sagte: »Danke, Methusalem.« Und für mich bestimmt sagte er: »Da hast du noch einen guten Grund gehört, warum du es nicht nur versuchst, sondern auch wirklich schaffst.« Damit trat er gegen die Tür, um die Wache herbeizurufen.

»Bis morgen abend, Neffe«, sagte er.

Den größten Teil der Nacht über lag ich wach. Nicht, daß die Flucht eingehender Planung bedurfte; ich lag einfach wach da und freute mich auf die Aussicht, bald wieder frei zu sein. Der alte Cartafilo erhob sich unversehens wie aus tiefem Schlaf und sagte:

»Ich hoffe, Eure Familie weiß, was sie tut. Denn ein weiteres Gesetz sagt, daß der nächste Anverwandte für sein Verhalten haftet. Ein Vater für den Sohn – *khas vesholem* –, ein Gatte für eine weibliche Gefangene, der Herr für den Sklaven. Gelingt einem Eingekerkerten die Flucht mittels Brandlegung, wird statt seiner der für ihn Verantwortliche dem Feuertod überantwortet.«

»Um die Gesetze scheint mein Onkel sich nicht sonderlich große Sorgen zu machen«, sagte ich recht stolz. »Und Angst davor, verbrannt zu werden, hat er offenbar auch nicht. Aber ohne daß Ihr mitmacht, schaffe ich es nicht, Mordecai. Wir müssen versuchen, zusammen auszubrechen. Was sagt Ihr dazu?«

Er versank eine Weile in Schweigen, und dann murmelte er: »Ich möchte meinen, der Feuertod ist dem langen Sterben aufgrund der *pettechie,* der Gefängniskrankheit, vorzuziehen. Außerdem habe ich längst all meine Anverwandten überlebt.«

So geschah es, daß wir am nächsten Abend, als das *coprifuoco* geläutet und die Wache uns befohlen hatte, das Lämpchen zu löschen, nur den *pissòta*-Eimer darüberstülpten und das Flämmchen abschirmten. Nachdem die Wachen vorübergegangen waren, schüttete ich den größten Teil des Fischtrans auf die Planken unserer Pritschen aus. Mordecai opferte noch sein Übergewand – das von Mehltau und Schimmel ohnehin schon ganz spakig war und bestimmt die Rauchentwicklung förderte –, das wir unter meine Pritsche stopften und mit Hilfe des Lampendochts in Brand setzten. Binnen weniger Augenblicke war der gesamte Raum von Rauch erfüllt und fing das Holz knisternd an zu brennen. Mordecai und ich wedelten mit Händen und Armen, versuchten, Rauch zum Türloch hinauszutreiben, und riefen zeternd: »*Fuoco! Al fuoco!*« und hörten draußen auf dem Gang viel Füßegetrappel.

Genauso, wie mein Onkel es vorausgesagt, kam es zu Aufregung und Durcheinander, und Mordecai und mir wurde befohlen, die Zelle zu verlassen, damit die Männer mit den Wassereimern hineinkriechen konnten. Rauch wölkte sich zugleich mit uns ins Freie, und die Wachen schoben uns beiseite, damit wir ihnen nicht im Weg standen. Es stand eine ganze Menge auf dem Gang, doch gaben sie auf uns wenig acht. So schlichen wir uns im Schutz von Rauch und Dunkelheit immer weiter den Gang hinunter, bis wir an eine Biegung gelangten. »Jetzt hier entlang!« sagte Mordecai und jagte ihn mit einer für einen Mann seines Alters erstaunlichen Geschwindigkeit hinunter. Er war lange genug im Gefängnis gewesen, so daß er sich jetzt darin auskannte, und so führte er mich diesen Gang entlang und jenen, bis wir am Ende eines langgestreckten Raums Licht erblickten. An der Ecke blieb er stehen, spähte um sie herum und winkte mir, ihm weiter zu folgen. Wir bogen in einen kürzeren Gang ein, in dem zwar zwei oder drei Wandlampen brannten, der aber sonst leer war.

Mordecai kniete nieder, winkte mich heran, ihm zu helfen, und ich erkannte, daß ein großer Steinquader unten in der Mauer zwei eiserne Ringe zum Anfassen aufwies. Mordecai packte den einen, ich den anderen, und gemeinsam schoben wir die Steinplatte fort, die sich als dünner erwies als die anderen, die sie umgaben. Herrlich frische feuchte und nach Salz riechende Luft strömte durch die Öffnung herein. Ich richtete mich auf, um sie dankbar in die Lungen zu saugen, und gleich darauf wurde ich niedergeschlagen. Eine Wache war von irgendwoher herzugesprungen und schrie nach Hilfe.

Einen Moment gab es ein womöglich noch heilloseres Durcheinander. Die Wache warf sich auf mich, und wir wälzten uns auf dem Steinboden, während Mordecai neben dem Loch kauerte und uns mit großen Augen zusah. Für einen Moment saß ich oben auf dem Wächter, setzte ihm mein gesamtes Körpergewicht auf die Brust und hielt ihm die Arme mit beiden Knien auf dem Boden. Ich legte ihm beide Hände über den laut auf und zu gehenden Mund, wandte mich nach Mordecai um und keuchte: »Ich kann ihn nicht ... lange festhalten.«

»Komm, Bursche«, sagte er. »Laß mich das machen.«

»Nein. Einer kann entkommen. Geht Ihr!« Ich hörte irgendwo wieder Füßegetrappel. »Beeilt Euch!«

Mordecai steckte die Füße durchs Loch, drehte sich dann noch einmal nach mir um und fragte: »Warum ich?«

Während ich schlug und zupackte, stieß ich stoßweise noch ein paar letzte Worte aus: »Ihr habt mir – meine Wahl – Spinnen. Macht, daß Ihr rauskommt.«

Mordecai bedachte mich mit einem erstaunt-fragenden Blick und sagte dann langsam: »Der Lohn für eine *mitzva* ist noch eine *mitzva*.« Mit diesen Worten glitt er durch die Öffnung und verschwand. Ich hörte Wasser aufspritzen, dann wurde ich überwältigt.

Ich wurde von rohen Händen durch die Gänge gestoßen und buchstäblich in eine neue Zelle geworfen. Ich meine eine andere uralte Zelle, versteht sich – allerdings eine andere. Diese enthielt nur eine Pritsche, die Tür wies kein Loch auf, und es fand sich nicht einmal so etwas wie ein Kerzenstummel darin, sie zu erhellen. Dort saß ich mit schmerzenden Gliedmaßen in der Dunkelheit und überdachte meine neue Lage. Durch den Fluchtversuch hatte ich alle Hoffnung verwirkt, jemals meine Unschuld beweisen zu können. Durch die mißlungene Flucht hatte ich meinen Feuertod beschworen. Nur für eines konnte ich dankbar sein: dafür, jetzt eine Zelle ganz für mich allein zu haben. Damit hatte ich auch keinen Zellengenossen, der hätte sehen können, wie ich weinte.

Da die Wächter mich hinterher absichtlich beim Austeilen der abscheulichen Kerkergrütze übergingen und Dunkel und Eintönigkeit durch nichts unterbrochen wurden, weiß ich nicht, wie lange ich allein in der Zelle saß, ehe ein Besucher zu mir gelassen wurde. Bei diesem handelte es sich wieder um den Bruder der Gerechtigkeit.

Ich sagte: »Ich nehme an, meinem Onkel wurde die Besuchserlaubnis entzogen.«

»Und ich zweifle, daß er willens wäre zu kommen«, sagte Fra Ugo. »Er soll mörderisch geflucht haben, als er sah, daß der Neffe, den er da aus dem Wasser auffischte, sich als ältlicher Jude entpuppte.«

»Und da ich Eures Rechtsbeistands nun auch nicht mehr bedarf«, sagte ich resigniert, »darf ich annehmen, daß Ihr jetzt nur kommt, um den Gefangenen zu trösten.«

»Zumindest bringe ich Nachrichten, die Euch trösten könnten. Denn heute morgen hat der Rat einen neuen Dogen gewählt.«

»Ah, ja. Sie hatten die Wahl ja vertagt, bis sie den Mörder des Dogen Zeno hätten. Und jetzt haben sie mich. Warum, meint Ihr, sollte mich das trösten?«

»Vielleicht habt Ihr vergessen, daß Euer Vater und Onkel selbst Ratsmitglieder sind. Und seit ihrer wunderbaren Wiederkehr nach so langer Abwesenheit sind sie höchst beliebt im Kreis der Kaufleute. Infolgedessen konnten sie bei der Wahl merklich Einfluß auf sämtliche wahlberechtigten Kaufherren ausüben. Ein Mann namens Lorenzo Tiepolo wollte unbedingt Doge werden und war bereit, Eurem Vater und Eurem Onkel für die Stimmen der Kaufmannschaft gewisse Zugeständnisse zu machen.«

»Als da wären?« fragte ich und fühlte, wie Hoffnung in mir aufkeimte.

»Ein neugewählter Doge setzt bei seiner Amtsübernahme traditionellerweise stets gewisse Amnestien durch. Seine Serenità Tiepolo ist bereit, Euch Eure schändliche Brandstiftung zu vergeben, aufgrund derer ein gewisser Mordecai Cartafilo hat diesem Kerker entfliehen können.«

»Dann werde ich also nicht wegen Brandstiftung verbrannt, sondern verliere als Meuchelmörder nur meine Hand und meinen Kopf?«

»Nein, das tut Ihr nicht. Ihr habt recht, der *sassìn* ist gefaßt worden; aber Ihr irrt Euch, wenn Ihr meint, Ihr wäret das. Ein anderer hat bekannt, die *sassinàda* begangen zu haben.«

Zum Glück war die Zelle zu klein, sonst wäre ich zu Boden gesunken. So wich ich nur einen Schritt zurück und prallte mit dem Kopf gegen die Wand.

Mit einer Langsamkeit, die zum Wahnsinnigwerden war, fuhr der Bruder fort: »Ich habe Euch ja gesagt, ich bringe tröstliche Nachrichten. Ihr habt mehr Fürsprecher, als Ihr wißt, und alle haben sie Himmel und Hölle für Euch in Bewegung gesetzt. Dieser *zudio,* dem Ihr zur Freiheit verholfen habt, ist nicht einfach davongelaufen oder hat sich aufs nächstbeste Schiff begeben, das ihn in ein fernes Land bringen konnte. Ja, er hat sich nicht einmal in den überfüllten Gassen des jüdischen *burghèto* versteckt. Statt dessen ist er hingegangen, einen Priester aufzusuchen – keinen *rabìno,* sondern einen richtigen christlichen Priester –, keinen geringeren als einen der Unterpriester der Basilika von San Marco.«

»Ich habe ja versucht, Euch von diesem Priester zu erzählen.«

»Nun, es sieht aus, als wäre dieser Priester der heimliche Liebhaber der Dona Ilaria gewesen, doch hat sich diese wider ihn gekehrt und ihm ihre Gunst entzogen, als sie erkannte, daß sie so nahe daran war, Dogaressa von Venedig zu werden, und es dann doch nicht wurde – seinetwegen. Der Priester bereute nunmehr, so etwas Schändliches wie einen Mord begangen zu haben, und das noch, ohne etwas davon zu haben! Selbstverständlich hätte er auch weiterhin Schweigen bewahren und die Angelegenheit zwischen sich und dem Herrgott auf sich beruhen lassen können, doch dann suchte Mordecai Cartafilo ihn auf. Offenbar redete der Jude von irgendwelchen Briefen, die man bei ihm versetzt hat, was genügte, den Priester zu bewegen, sein Vergehen auch zu bekennen. Jedenfalls hat er alles gebeichtet, dabei freilich auf das Beichtgeheimnis gepocht, und steht jetzt unter Hausarrest in seinen kanonischen Gemächern. Auch Dona Ilaria darf als Mittäterin ihr Haus nicht verlassen.«

»Und was geschieht jetzt?«

»Jetzt muß abgewartet werden, bis der neue Doge sein Amt auch wirklich angetreten hat. Lorenzo Tiepolo wird gewiß nicht wollen, daß er ausgerechnet bei Antritt seines *Dogato* in ein schlechtes Licht gerät; denn jetzt geht es bei diesem Fall um auch recht hochstehende Persönlichkeiten und nicht nur um einen Jüngling, der versucht hat, den *bravo* zu spielen. Die Witwe eines Anwärters auf die Dogenwürde, einen Priester von San Marco ... jedenfalls wird Doge Tiepolo alles tun, um den Skandal so klein wie möglich zu halten. Vermutlich wird er einwilligen, daß dem Priester von einem kirchlichen Gericht der Prozeß gemacht wird und nicht von der *Quarantia.* Ich würde meinen, daß der Priester in irgendeine abgelegene Pfarrei auf dem venezianischen Festland verbannt wird. Auch wird der Doge wohl anordnen, daß die Dame Ilaria in irgendeinem abgelegenen Nonnenkloster den Schleier nimmt. Dazu gibt es einen Präzedenzfall. Vor etwa hundert Jahren hat es in Frankreich eine ähnliche Situation gegeben, bei der es auch um einen Priester und um eine hochstehende Dame ging.«

»Und was geschieht mit mir?«

»Sobald der Doge die weiße *scufieta* anlegt, wird er seine Amnestie verkünden, unter die auch Ihr fallen dürftet. Die Brandstiftung wird Euch verziehen, und von der *sassinàda* seid Ihr bereits freigesprochen. Ihr werdet aus dem Kerker entlassen werden.«

»Frei!«

»Nun, vielleicht ein bißchen freier, als Euch lieb sein wird.«

»Was?«

»Wie ich schon sagte, wird der Doge dafür sorgen, daß die ganze unerquickliche Angelegenheit möglichst bald vergessen wird ... Setzt er Euch nur auf freien Fuß, und bleibt Ihr in Venedig, würdet Ihr nichts weiter sein als eine allgegenwärtige Erinnerung daran. Freigelassen werdet Ihr nur unter der Bedingung, gleichzeitig aus Venedig zu verschwinden. Ihr seid ein Ausgestoßener. Ihr habt Venedig für immer zu verlassen.«

Während der nächsten Tage blieb ich in der Zelle. Ich dachte über alles nach, was geschehen war. Der Gedanke, Venedig, *la serenìsima, la clarìsima,* verlassen zu sollen, schmerzte. Doch war das immer noch besser, als auf der Piazzetta zu sterben oder im *vulcano* lebendig begraben zu sein. Ich war sogar imstande, Mitleid mit dem Priester zu haben, der an meiner Stelle den tödlichen Hieb des *bravo* ausgeführt hatte. Als junger Geistlicher an der Basilika hatte er gewiß auf eine glänzende Laufbahn in der Kirche gehofft; der jedoch mußte er im Exil auf dem Festland bestimmt entsagen. Ilaria drohte ein womöglich noch beklagenswerteres Exil, in dem ihr Schönheit und Begabung gewiß nichts mehr nützten. Aber vielleicht irrte ich mich da; immerhin hatte sie es fertiggebracht, sie als verheiratete Frau in reichem Maße zum Tragen zu bringen; vielleicht gelang es ihr auch als Braut Christi, das gleiche zu tun. Zumindest hatte sie reichlich Gelegenheit, die Lieder der Nonnen zu singen, wie sie es genannt hatte. Alles in allem waren wir drei im Vergleich zu dem unwiderruflichen Schicksal unseres Opfers durchaus glimpflich davongekommen.

Aus dem Gefängnis entlassen wurde ich womöglich noch formloser, als man mich dort eingeliefert hatte. Meine Wächter schlossen die Zellentür auf, führten mich Gänge entlang und Treppen hinunter, durch andere Türen, bis sie schließlich die letzte auftaten und mich hinausließen auf den Hof. Dort brauchte ich nur durchs Weizentor hinauszutreten auf die sonnenbeschienene Riva – dann war ich frei wie die kreisenden Möwen. Das war zwar ein gutes Gefühl, doch wäre mir noch wohler zumute gewesen, hätte ich mich waschen und mir etwas Sauberes überziehen können, ehe ich heraustrat. Ich war die ganze Zeit über ungewaschen geblieben und hatte auch dieselbe Kleidung angehabt und stank nach Fischtran, Rauch und dem Inhalt des *pissòta*-Eimers. Meine Kleidung hing seit dem Kampf nach der fehlgeschlagenen Flucht in Fetzen an mir, und diese Fetzen waren schmutzig und zerknautscht. Außerdem sproß mir damals gerade der erste Bartflaum; viel zu sehen war davon gewiß nicht, doch trug er für mich zu dem Gefühl des Abgerissenseins durchaus bei. Ich hätte mir bessere Umstände für die erste Begegnung mit meinem Vater vorstellen können. Er und mein Onkel Mafìo warteten an der Riva, beide waren sie in vornehme Gewänder gekleidet, wahrscheinlich dieselben, die sie im Rat und bei der Amtseinführung des Dogen getragen hatten.

»Siehe da, dein Sohn!« blökte mein Onkel. »Dein *arcistupendonazzìsimo* Sohn! Der Namensvetter unseres Bruders und unseres Schutzheiligen! Ist er nicht ein elendiger und winziger *meschìn,* daß er für soviel Aufregung gesorgt hat?«

»Vater?« sagte ich furchtsam zu dem anderen Mann.

»Mein Junge?« sagte er geradezu zögernd, breitete dann aber doch die Arme aus.

Ich hatte jemand noch Überwältigenderes als meinen Onkel erwartet, denn schließlich war mein Vater der ältere von beiden. In Wirklichkeit aber war er blaß neben seinem Bruder; bei weitem nicht so groß und beleibt und mit einer viel sanfteren Stimme. Gleich meinem Onkel trug er den Bart eines Reisenden, nur daß der seine fein gestutzt war. Auch waren Bart- und Haupthaar bei ihm nicht rabenschwarz wie bei meinem Onkel, sondern unscheinbar aschblond wie das meine auch.

»Mein Sohn. Mein armer, mutterloser Junge«, sagte mein Vater. Er schloß mich in die Arme, hielt mich dann jedoch auf Armeslänge von sich und sagte besorgt: »Riechst du immer so?«

»Nein, Vater. Nur bin ich eingeschlossen gewesen seit . . .«

»Du vergißt, Nico, daß du es mit einem *bravo, bonvivàn* und Spieler zwischen den Säulen zu tun hast«, erklärte mein Onkel mit dröhnender Stimme. »Einem, der unglücklich verheirateten älteren Frauen den Hof macht, einem, der sich nächtens im Dunkeln herumdrückt und anderen mit dem Degen auflauert, einem Judenbefreier.«

»Nun ja«, sagte mein Vater nachsichtig. »Ein Küken muß die Flügel weit ausstrecken, daß sie übers Nest hinausreichen. Kommt, gehen wir heim.«

12 Die Bediensteten im Haus bewegten sich mit einer Beflissenheit und Fröhlichkeit, wie ich sie seit dem Tod meiner Mutter nicht mehr erlebt hatte. Sie schienen sogar froh, mich wieder daheim zu sehen. Das Zimmermädchen beeilte sich, Wasser heiß zu machen, als ich sie darum bat, und Maistro Attilio lieh mir auf meine höfliche Bitte hin sein Rasiermesser. Ich badete mehrere Male, kratzte mir ohne großes Geschick und ungeübt den Flaum aus dem Gesicht, zog ein frisches

Wams und frische Beinkleider an und gesellte mich dann zu meinem Vater und Onkel im Hauptraum, in dem der Kachelofen stand.

»Und jetzt«, sagte ich, »möchte ich alles über Eure Reisen hören. Überhaupt alles über jeden Ort, den Ihr besucht habt.«

»Großer Gott, nicht noch einmal«, stöhnte Onkel Mafìo. »Man hat uns von nichts anderem reden lassen.«

»Dafür ist später immer noch Zeit, Marco«, sagte mein Vater. »Alles zu seiner Zeit. Sprechen wir jetzt erst einmal von deinen eigenen Abenteuern.«

»Damit ist es jetzt aus und vorbei«, sagte ich überstürzt. »Ich würde lieber von Dingen hören, von denen ich nichts weiß.«

Doch sie wollten nicht lockerlassen, und so berichtete ich freimütig von allem, was geschehen war, seit ich Ilaria zum ersten Mal flüchtig in San Marco erblickt hatte – auslassen tat ich nur den feurigen Nachmittag, den sie und ich zusammen verbracht hatten. Ich stellte es so dar, als hätte bloße jünglingshafte Schwärmerei mich dazu verleitet, etwas überaus Törichtes zu tun und den *bravo* zu spielen.

Als ich fertig war, seufzte mein Vater tief auf. »Ach, jede Frau hätte dir den Kopf verdrehen können. Nun, du hast getan, wovon du meintest, daß es das beste für dich wäre. Und wer alles tut, was in seinen Kräften steht, tut viel. Die Folgen allerdings waren tragisch, das muß man leider sagen. Ich habe dem Dogen versprechen müssen, daß du Venedig verläßt, mein Sohn. Nur – man muß bedenken, daß er auch wesentlich härter mit dir hätte umspringen können.«

»Ich weiß«, sagte ich zerknirscht. »Und wohin soll ich gehen, Vater? Soll ich mich aufmachen und das Schlaraffenland suchen?«

»Mafìo und ich haben in Rom zu tun, und du wirst uns begleiten.«

»Soll ich dann den Rest meines Lebens in Rom verbringen? Das Urteil lautete: Verbannung auf ewige Zeiten.«

Mein Onkel sagte, was auch der alte Mordecai schon gesagt hatte: »Den Gesetzen Venedigs wird gehorcht ... eine Woche lang. Ein Doge ist Doge, solange er lebt. Wenn Tiepolo stirbt, wird sein Nachfolger sich deiner Heimkehr kaum widersetzen. Aber das sollte noch lange Zeit haben.«

Mein Vater sagte: »Dein Onkel und ich überbringen ein Schreiben des Khakhans von Kithai an den Papst ...«

Nie zuvor hatte ich diese in meinen Ohren mißtönenden Wörter vernommen, und so unterbrach ich ihn, um ihm das zu sagen.

»Der Kahn aller Khane der Mongolen«, erklärte mein Vater. »Vielleicht hast du schon mal vom Großkhan von Kathai gehört, wie es fälschlicherweise oft genannt wird.«

Ich starrte ihn an. »Ihr seid bei den Mongolen gewesen und mit dem Leben davongekommen?«

»Bei ihnen gewesen und Freundschaft mit vielen von ihnen geschlossen. Freundschaft auch mit dem mächtigsten von allen – dem Khan Kubilai, der über das größte Reich auf Erden gebietet. Er hat uns gebeten, Papst Clemens ein Ersuchen zu überbringen ...«

Er fuhr fort, das näher zu erklären, doch ich hörte nicht zu. Ich starrte ihn nur in ehrfürchtigem Schrecken an und dachte: Das ist dein Vater, den du längst tot geglaubt hast, und dieser ganz gewöhnlich aussehende Mann behauptet, ein Vertrauter von Barbarenkhanen und heiligen Päpsten zu sein!

Er schloß: ». . . Und wenn der Papst uns die hundert Priester mitgibt, um die Kubilai bittet, werden wir sie gen Osten führen. Wir werden wieder nach Kithai ziehen.«

»Wann brechen wir nach Rom auf?«

Verlegen sagte mein Vater: »Nun ja . . .«

»Sobald dein Vater deine neue Mutter geehelicht hat«, sagte mein Onkel. »Und das muß warten, bis die *bandi* verkündet worden sind.«

»Ach, das glaube ich nicht, Mafìo«, sagte mein Vater. »Da Fiordelisa und ich kaum mehr die jüngsten sind und beide verwitwet, wird Pare Nunziata wohl auf das dreimalige Ausrufen der *bandi* verzichten.«

»Wer ist Fiordelisa?« fragte ich. »Und ist das nicht ein wenig übereilt, Vater?«

»Du kennst sie«, sagte er. »Fiordelisa Trevan, Herrin über das Haus drei Türen weiter den Kanal hinunter.«

»Ja. Eine nette Frau. Sie war Mutters beste Freundin unter all den Nachbarinnen.«

»Wenn du damit andeuten willst, was ich vermute, Marco, möchte ich dich daran erinnern, daß deine Mutter unter der Erde ruht, wo es weder Neid noch Eifersucht noch Vorwürfe gibt.«

»Ja«, sagte ich, um dann dreist noch hinzuzufügen: »Aber du trägst nicht den *luto vedovile.*«

»Deine Mutter ist nunmehr acht Jahre tot. Da sollte ich Trauer tragen, und das zwölf Monate hindurch? Ich bin nicht mehr jung genug, mich für ein ganzes Jahr lang in die Einsamkeit zurückzuziehen. Und Dona Lisa ist auch keine *bambina* mehr.«

»Hast du schon um ihre Hand angehalten, Vater?«

»Jawohl, und sie hat mir das Jawort gegeben. Morgen gehen wir zur Ehebesprechung mit Pare Nunziata.«

»Ist sie sich darüber im klaren, daß wir gleich nach der Hochzeit abreisen werden?«

»Was soll dieses Verhör, du *saputèlo*?« entfuhr es meinem Onkel.

Mein Vater jedoch erklärte mit einer Engelsgeduld: »Ich heirate sie ja gerade, weil ich abreise, Marco. Es bleibt mir doch gar nichts anderes übrig. Da komme ich nach Hause in der Hoffnung, deine Mutter am Leben und dem Hause Polo vorstehend vorzufinden. Dem ist nicht so. Und jetzt kann ich – was allein deine Schuld ist – dir nicht die Geschäfte anvertrauen. Der alte Doro ist ein guter Mann und braucht niemand, der ihm über die Schulter sieht. Trotzdem ziehe ich es vor, zumindest als Galionsfigur des Unternehmens jemand zu haben, der den Namen Polo trägt. Dona Fiordelisa wird diese Aufgabe übernehmen, und zwar bereitwilligst. Auch hat sie keine Kinder, die dir das Erbe streitig machen könnten, falls es das ist, was dich bekümmert.«

»Das tut es nicht«, sagte ich und wurde abermals dreist. »Was mich bekümmert, ist einzig der Anschein mangelnder Achtung meiner eigenen Mutter – und auch Dona Trevan – gegenüber, der sich darin ausdrückt, daß du aus schnödem Gewinnstreben so übereilt heiratest. Sie muß wissen, daß ganz Venedig tuscheln und sich vor Lachen biegen wird.«

Nachsichtig sagte mein Vater: »Ich bin Kaufmann, und sie ist die Witwe eines Kaufmanns, und Venedig ist eine Kaufmannsstadt, in der jeder weiß, daß es keinen besseren Grund für irgend etwas gibt als schnöden Gewinn. Für einen Venezianer ist Geld nur eine andere Art von Blut, und du bist Venezianer. Ich habe diese Einwände vernommen, Marco – und verworfen. Ich will davon nie wieder hören. Vergiß nicht, jemand, der den Mund hält, sagt nichts Falsches.«

So hielt ich also den Mund und äußerte mich zu der ganzen Angelegenheit nicht mehr, mochte ich sie nun für falsch oder für richtig halten; und so stand ich an dem Tag, da mein Vater Dona Lisa heiratete, zusammen mit meinem Onkel und allen Dienstboten beider Häuser, zahlreichen Nachbarn und Kaufleuten sowie deren Familien in der Pfarrkirche San Felice, während Pare Nunziata zitternd die Messe las und die Trauung vollzog. Nachdem jedoch die Trauung vorüber war, der Pare sie als *messere* und *madona* bezeichnete und es an der Zeit war, daß mein Vater seine Braut gemeinsam mit allen Gästen in ihre neue Wohnung führte, löste ich mich von dem glücklichen Zug und verdrückte mich.

Wiewohl in ein Festtagsgewand gekleidet, ließ ich mich von meinen Füßen in die Gegend führen, wo die Hafenrangen hausten. Seit meiner Entlassung aus dem Gefängnis hatte ich die Kinder nur selten und dann auch nur für kurze Zeit besucht. Jetzt, da ich ein ehemaliger Sträfling war, betrachteten die Jungen mich offenbar alle als Erwachsenen, ja, vielleicht sogar als eine Berühmtheit; jedenfalls gab es plötzlich eine Distanz zwischen uns, die zuvor nicht dagewesen war. An diesem Tag freilich fand ich niemand außer Doris auf dem Treidelkahn vor. Sie kniete auf den Planken im Rumpfinneren, trug nur ein knapp sitzendes Hemd und hob nasse Wäsche von einem Zuber in den anderen.

»Boldo und die anderen haben so lange gebettelt, bis der Kahn, der die Abfälle nach Torcello hinausschafft, sie mitgenommen hat«, sagte sie zu mir. »Sie werden den ganzen Tag über fort bleiben, und da habe ich die Gelegenheit wahrgenommen, alles zu waschen, was nicht gerade von jemand auf dem Leib getragen wird.«

»Darf ich dir Gesellschaft leisten?« bat ich. »Und heute nacht wieder hier im Kahn schlafen?«

»Wenn du das tust, werden auch deine Kleider gewaschen werden müssen«, sagte sie und betrachtete sie kritisch.

»Ich bin schon schlechter untergebracht gewesen«, sagte ich. »Und besitze auch noch andere Kleider.«

»Wovor läufst du denn diesmal davon, Marco?«

»Heute hat mein Vater Hochzeit. Er bringt eine *marègna* für mich nach Hause, und davon bin ich nicht gerade begeistert. Ich habe schon eine richtige Mutter gehabt.«

»Die muß auch ich gehabt haben, hätte aber trotzdem nichts gegen eine *marègna* einzuwenden.« Sagte es, seufzte auf wie eine erwachsene Frau und setzte dann noch hinzu: »Manchmal habe ich das Gefühl, als wäre ich eine – für die ganze Bande von Waisenkindern hier.«

»An Dona Fiordelisa ist eigentlich nichts auszusetzen«, sagte ich und hockte mich mit dem Rücken gegen die Bordwand. »Aber aus irgendeinem Grunde möchte ich in der Hochzeitsnacht meines Vaters nicht unter einem Dach mit ihr schlafen.«

Mit offenkundigem Mißtrauen sah Doris mich an, ließ fallen, was sie gerade in der Hand hatte, und trat zu mir, um sich neben mich zu setzen.

»Na gut«, flüsterte sie mir ins Ohr. »Bleib hier. Und tu so, als wäre es deine eigene Hochzeitsnacht.«

»Ach, Doris, fängst du schon wieder davon an?«

»Ich weiß nicht, warum du es immer wieder von dir weist. Ich bin es jetzt gewohnt, mich sauberzuhalten, wie es eine Dame deiner Meinung nach tun soll. Ich halte mich überall sauber. Schau nur!«

Ehe ich Einwände erheben konnte, streifte sie in einer einzigen geschmeidigen Bewegung ihr Hemd ab. Sie war wirklich sauber, kein Zweifel – so sauber sogar, daß nicht ein einziges Körperhaar an ihr zu sehen war. So glatt und schimmernd war die Dame Ilaria keineswegs gewesen. Selbstverständlich fehlte es Doris auch an weiblichen Kurven und Rundungen. Ihre Brüste waren gerade eben von der Brust eines Jungen zu unterscheiden und ihre Brustwarzen nur um ein Geringes rosiger als ihre Haut sonst; Schenkel und Gesäß waren nur ansatzweise weiblich gepolstert.

»Du bist immer noch eine *zuzzurullona*«, sagte ich und gab mir Mühe, gelangweilt und uninteressiert zu klingen. »Es wird noch lange dauern, bis du aussiehst wie eine richtige Frau.«

Das stimmte zwar, doch besaß gerade ihre Jugendlichkeit, ihre Kleinheit und Unreife einen Liebreiz eigener Art. Wenn auch alle Jungen geil sind, sind sie es doch für gewöhnlich auf richtige Frauen. Mädchen ihres eigenen Alters betrachten sie für gewöhnlich nur als Spielgefährten, als einen Wildfang unter Jungen, eine *zuzzurullona*. Ich jedoch war in dieser Beziehung etwas weiter als die meisten anderen Jungen; ich hatte bereits Erfahrung mit einer richtigen Frau gesammelt. Das hatte mir Appetit auf Gesangsduette gemacht – und ich hatte seit einiger Zeit ohne diese Musik auskommen müssen – und da war eine hübsche Novizin, die darum bat, in diese Art von Musik eingeführt zu werden.

»Es wäre ehrlos von mir«, sagte ich, »auch nur so zu tun, als verbrächte ich eine Hochzeitsnacht.« Dabei ging ich eigentlich mehr mit mir selbst zu Rate, als daß ich das Wort an sie richtete. »Ich habe dir doch gesagt, daß ich in ein paar Tagen nach Rom reisen werde.«

»Genauso wie dein Vater. Das hat ihn aber nicht daran gehindert, wirklich zu heiraten.«

»Richtig. Und darüber haben wir uns gestritten. Ich hielt es nicht für richtig. Doch seine neue Frau scheint durchaus einverstanden.«

»Das wäre ich auch. Ach, Marco, laß uns für den Augenblick doch so tun als ob; hinterher werde ich mich in Geduld fassen und abwarten – du kommst gewiß zurück. Das hast du doch selbst gesagt – sobald wieder ein neuer Doge gewählt wird.«

»Du siehst lächerlich aus, Doris. Nackt hier rumzusitzen und von Dogen und so zu reden.« Dabei sah sie keineswegs lächerlich aus, sondern eher wie eine von den kecken Nymphen aus der Legende. Ich bemühte mich wirklich, es ihr auszureden. »Und dein Bruder spricht dauernd davon, was für ein braves Mädchen seine Schwester ist...«

»Boldo ist vor heute abend nicht wieder da und wird keine Ahnung haben, was zwischen jetzt und heute abend geschieht.«

»Er würde fuchsteufelswild werden«, fuhr ich fort, als hätte sie mich nicht unterbrochen. »Wir würden wieder miteinander kämpfen müssen, wie damals, vor langer Zeit, als er mir den Fisch zwischen die Schulterblätter warf.«

Doris machte einen Schmollmund. »Du weißt meine Großzügigkeit einfach nicht zu schätzen. Bei dem, was ich dir anbiete, handelt es sich schließlich um ein Vergnügen für dich, für das ich mit Schmerzen bezahlen muß.«

»Mit Schmerzen? Wieso?«

»Für eine Jungfrau ist das erste Mal immer mit Schmerzen verbunden. Und unbefriedigend ist es auch noch für sie. Das weiß jedes Mädchen. Jede Frau sagt uns das.«

Nachdenklich sagte ich: »Ich weiß nicht, warum es schmerzvoll sein muß. Nicht, wenn es getan wird, wie ich es...« Es schien mir nicht der passende Moment, die Dame Ilaria ins Spiel zu bringen, und so sagte ich: »Ich meine, so wie ich es gelernt habe.«

»Wenn das stimmt«, sagte Doris, »könntest du im Laufe deines Lebens die Verehrung vieler Jungfrauen erringen. Bitte, zeig mir, wie du es gelernt hast.«

»Man fängt damit an, daß man – nun ja, gewisse vorbereitende Dinge tut. Wie zum Beispiel dies.« Damit berührte ich eine ihrer winzigen Brustwarzen.

»Die *zizza*? Das kitzelt doch nur.«

»Ich glaube, das Kitzeln wird sehr rasch von einer anderen Empfindung abgelöst werden.«

Und in der Tat sagte sie sehr rasch: »Ja. Du hast recht.«

»Die *zizza* mag das auch. Schau, sie reckt sich und will mehr davon.«

»Ja, ja, das tut sie.« Langsam legte sie sich nieder und streckte sich rücklings aufs Deck. Ich folgte ihrer Bewegung.

Ich sagte: »Noch lieber hat eine *zizza* es, wenn sie geküßt wird.«

»Ja.« Wie ein schnurrendes Kätzchen streckte sie genießerisch den ganzen Körper.

»Und dann gibt es noch dies«, sagte ich.

»Auch das kitzelt.«

»Auch dieses Kitzeln weicht einer anderen Empfindung.«
»Oh, ja. Das tut es wirklich. Ich fühle . . .«
»Doch wohl keine Schmerzen, oder?«
Energisch schüttelte sie den Kopf. Die Augen hatte sie mittlerweile geschlossen.
»Für diese Dinge braucht es nicht einmal einen Mann. Das nennt man Klostergesänge, weil Mädchen das selbst machen können.« Ich gab mich geradezu überwältigend gerecht – und ihr die Gelegenheit, mich fortzuschicken.
Doch sie sagte nur atemlos: »Ich hatte ja keine Ahnung . . . Ich weiß nicht einmal, wie ich da unten aussehe . . .«
»Mit Hilfe eines Spiegels könntest du deine *mona* ohne weiteres sehen.«
Woraufhin sie ganz leise sagte: »Ich kenne aber niemand, der einen Spiegel besitzt.«
»Dann sieh dir . . . aber nein, die ist dort unten so behaart. Deine ist noch ganz unbehaart und sichtbar und weich. Und allerliebst. Sie sieht aus wie . . .« Ich suchte nach einem poetischen Vergleich. »Du kennst doch die Art von Nudeln, die aussieht wie eine geschlossene kleine Muschel? Die Sorte, die Damenlippen genannt wird?«
»Jetzt fühlt es sich an, als wären es Lippen, die geküßt werden«, sagte sie, als redete sie im Schlaf. Die Augen hatte sie wieder geschlossen, und ihr kleiner Leib wand sich und rutschte hin und her.
»Geküßt, ja«, sagte ich.
Aus dem langsamen Sichwinden wurde vorübergehend ein Sichverkrampfen, dann entspannte sie sich und stieß einen winselnden Laut des Genießens aus. Während ich fortfuhr, wie auf einem Musikinstrument auf ihr zu spielen, verkrampfte sie sich wieder und immer wieder, was jedesmal ein wenig länger anhielt, gleichsam als lernte sie durch Übung, den darin liegenden Genuß in die Länge zu ziehen. Ohne von ihr abzulassen, sie jedoch gleichwohl nur mit meinem Mund beglückend, hatte ich die Hände frei, mich auszuziehen. Als ich mich nackt an sie drängte, schien sie die sanften Krampfzustände womöglich noch mehr zu genießen, und ihre Hände huschten verstohlen über meinen Körper. So ging es eine Zeitlang weiter, und ich spielte die Klostermusik, wie Ilaria sie mich gelehrt. Als Doris schließlich in fein schimmernden Schweiß gebadet dalag, hielt ich inne und ließ sie zur Ruhe kommen.
Ihr heftig gehender Atem beruhigte sich, sie schlug die Augen auf und sah wie benommen aus. Dann runzelte sie die Stirn, weil sie meine Härte an ihrem Leib spürte, woraufhin sie ohne jede Scham die Hand dorthin rutschen ließ, mich anfaßte und verwundert fragte: »Du hast all dies getan . . . oder mich dazu gebracht, all dies zu tun . . . und du selbst bist überhaupt nicht . . .«
»Nein, noch nicht.«
»Das habe ich nicht gewußt.« Sie stieß ein gutmütiges Lachen aus. »Woher hätte ich es auch wissen sollen. Ich war ganz weit weg. Ir-

gendwo in den Wolken.« Mich immer noch mit einer Hand haltend, tastete sie sich mit der anderen ab. »All dies ... und doch bin ich immer noch Jungfrau? Das ist wie ein Wunder. Was meinst du, Marco, ob das die Art und Weise ist, wie die Gebenedeite Heilige Jungfrau ...«

»Wir begehen bereits eine Sünde, Doris«, fiel ich ihr rasch ins Wort. »Laß uns nicht obendrein noch Gotteslästerung betreiben.«

»Nein. Laß uns lieber weiter sündigen.«

Was wir taten, und so hatte ich Doris bald wieder soweit, daß sie gurrte und bebte – daß sie irgendwo in den Wolken schwebte, wie sie es ausgedrückt hatte – und den Chor der Nonnen genoß. Und schließlich tat ich, was nun keine Nonne kann, und eben dies geschah weder roh noch mit Gewalt, sondern leicht und natürlich. Doris, die vom Schweiß ganz schlüpfrig war, bewegte sich in meinen Armen, ohne daß es einen Reibungswiderstand gab, und jener besondere Teil von ihr, um den es hier ging, war womöglich noch feuchter als ihr Leib sonst. So hatte sie nicht das Gefühl, daß ihr Gewalt angetan wurde, sondern nur eine tiefergehende Empfindung unter all den neuen, die sie gerade eben kennengelernt. Als dies geschah, schlug sie die Augen auf, und diese Augen strahlten vor Freude, und das wimmernde Stöhnen, das sie ausstieß, war nichts als ein Register, das anders war als diejenigen, die sie bereits gezogen.

Doch auch für mich war es eine neue Empfindung. In Doris' Inneren wurde ich gehalten wie von einer zarten Faust, weit kraftvoller jedoch, als von einer der beiden anderen Frauen, denen ich bisher beigewohnt. Noch im Augenblick höchster Erregung erkannte ich, daß ich nunmehr nicht mehr zu meiner einst unwissend erklärten Überzeugung stehen könne, daß alle Frauen an ihren geheimsten Stellen gleich seien.

Für die nächsten Augenblicke stießen Doris und ich eine Fülle der unterschiedlichsten Laute aus. Und beim Finale, als wir aufhörten, uns zu bewegen, um zu ruhen, seufzte sie nur beglückt und befriedigt zugleich: »Ach, wie herrlich!«

»Ich denke, das hat nicht weh getan«, sagte ich und lächelte sie an.

Sie schüttelte nachdrücklich den Kopf und erwiderte mein Lächeln. »Ich habe viele Male davon geträumt«, sagte sie. »Doch nie hätte ich mir träumen lassen, daß es so sein würde ... Und ich habe auch noch nie von einer Frau gehört, daß sie sich an ihr erstes Mal erinnert als etwas, das ... ich danke dir, Marco.«

»Ich danke dir, Doris«, sagte ich höflich. »Und jetzt weißt du, wie man ...«

»Psst. So etwas will ich mit keinem anderen je tun, außer mit dir.«

»Ich werde aber bald fort sein.«

»Ich weiß. Aber ich weiß auch, daß du wieder zurückkommen wirst. Und ich werde dies nie wieder tun, ehe du nicht aus Rom zurück bist.«

Doch ich kam nie bis nach Rom, bin bis heute nicht dort gewesen. Doris und ich fuhren fort, uns miteinander zu vergnügen, bis es Nacht wurde, und als Ubaldo und Daniele und Malgarita und die anderen von ihrem Tagesausflug zurückkehrten, waren wir wieder angezogen und benahmen uns höchst sittsam. Als wir uns zum Schlafen in den Kahn zurückzogen, schlief ich allein auf einem Lager aus irgendwelchen Lumpen, die ich früher einmal getragen hatte. Und geweckt wurden wir am nächsten Morgen von den Rufen eines *banditore*, der ungewöhnlich zeitig seine Runden machte, weil er Ungewöhnliches zu verkünden hatte. Papst Clemens IV. war in Viterbo gestorben. Der Doge von Venedig ordnete eine Zeit der Trauer und des Gebetes für die Seele des Heiligen Vaters an.

»*Dannazione!*« rief mein Onkel und hieb mit der flachen Hand auf den Tisch, daß die Bücher darauf hüpften. »Haben wir denn das Unglück mitgebracht, Nico?«

»Erst stirbt ein Doge und dann ein Papst«, sagte mein Vater traurig. »Ach, laß nur – alle Psalmen enden in himmlischer Herrlichkeit.«.

»Und aus Viterbo«, erklärte Schreiber Isidoro, in dessen Kontor wir uns versammelt hatten, »verlautet, daß das Konklave sich sehr in die Länge ziehen kann. Es sieht ganz danach aus, als juckte es viele in den Füßen, in die Schuhe des Fischers zu steigen.«

»Auf den Ausgang der Wahl können wir nicht warten, ob er nun bald kommt oder spät«, brummte mein Onkel und sah mich finster an. »Wir müssen diesen *galeotto* aus Venedig rausschaffen, sonst landen wir noch alle im Kerker.«

»Wir brauchen ja auch nicht zu warten«, erklärte mein Vater ungerührt. »Doro hat tüchtig wie immer sämtliche Dinge, die wir für die Reise brauchen, gekauft und zusammengetragen. Das einzige, was wir noch brauchten, wären die hundert Priester, und Kubilai wird es gleichgültig sein, ob sie von einem Papst ausgesucht wurden oder nicht. Jeder hochgestellte Prälat kann sie uns zur Verfügung stellen.«

»Und an welchen Prälaten wenden wir uns?« wollte Mafio wissen. »Wenn wir den Patriarchen von Venedig darum bäten, würde er uns – und zwar zu Recht – antworten, daß dann sämtliche Kirchen in der Stadt verwaist wären.«

»Außerdem müßten wir sie auch noch über eine zusätzliche Strecke transportieren«, sann mein Vater. »Besser, wir suchen sie uns näher am Ziel.«

»Verzeiht meine Unwissenheit«, mischte meine neue *marègna*, Fiordelisa, sich ein. »Doch wozu um alles in der Welt braucht ihr Priester – und noch dazu so viele Priester – für einen barbarischen mongolischen Kriegsherrn? Er wird doch nicht gar Christ sein, oder?«

Mein Vater sagte: »Er hängt keiner erkennbaren Religion an, Lisa.«

»Das hatte ich mir doch gedacht.«

»Gleichwohl besitzt er eine Tugend, wie sie besonders den Gottlosen zu eigen ist: Er ist, was den Glauben anderer Leute betrifft, höchst nachsichtig. Ja, er wünscht sogar, daß seine Untertanen sich ihren Glauben aus einem möglichst großen Vorrat aussuchen können. In seinem Reich gibt es viele Prediger vieler heidnischer Religionen; dem christlichen Glauben hängen dort jedoch nur die irregeführten und verruchten nestorianischen Priester an. Laut Kubilai sollen wir dafür sorgen, daß wir für eine angemessene Vertretung der Einen Wahren Christlichen Kirche sorgen, deren Oberhaupt der Papst in Rom ist. Selbstverständlich haben Mafìo und ich mit Freuden alles darangesetzt, ihm diesen Wunsch zu erfüllen – und das nicht nur um der Verbreitung des heiligen Glaubens willen. Gelingt es uns, diese Mission zu erfüllen, können wir den Khan um Erlaubnis bitten, uns einträglicheren Missionen zuzuwenden.«

»Was Nico sagen will, ist folgendes«, erklärte mein Onkel. »Wir hoffen, den Handel zwischen Venedig und den Ländern im Osten in Gang zu bringen, das heißt, den Fluß von Handelsgütern auf der Seidenstraße wieder zu beleben.«

Woraufhin Lisa erstaunt sagte: »Es gibt eine Straße, die ganz mit Seide gefüttert ist?«

»Ich wünschte, es wäre so!« sagte mein Vater mit rollenden Augen. »Leider ist sie gewundener und beschwerlicher und eine größere Strafe als jeder Weg in den Himmel. Allein, sie eine Straße zu nennen, ist eigentlich ungebührlich.«

Isidoro bat um Erlaubnis, es der Dame zu erklären: »Die Route von den Küsten der Levante durch Innerasien heißt von alters her Seidenstraße, weil die Seide aus Kathay das kostbarste war, das darauf transportiert wurde. Früher wurde Seide in Gold aufgewogen. Und vielleicht wurde die Straße damals auch besser instand gehalten als heute und war daher auch leichter zu bereisen – denn schließlich war sie überaus wichtig. In jüngerer Zeit kam sie ziemlich außer Gebrauch, zum Teil wohl, weil man Kathay das Geheimnis der Seidenherstellung entrissen hat; heute wird ja sogar auf Sizilien Seide hergestellt. Zum anderen aber auch deshalb, weil es unmöglich wurde, die Länder im Osten zu durchqueren; das lag an den Verheerungen, die die Hunnen, Tataren und Mongolen mit ihren Raubzügen kreuz und quer durch Asien angerichtet haben. Infolgedessen haben die Handelsherren aus dem Westen die Überlandroute zugunsten der Seewege aufgegeben, welche die arabischen Seefahrer ja immer gekannt haben.«

»Wenn ihr per Schiff dorthin kommen könnt«, sagte Lisa zu meinem Vater, »warum sich dann den Gefahren und Strapazen einer Reise über Land aussetzen?«

Der sagte: »Diese Seewege sind unseren Schiffen verboten. Die einst friedfertigen Araber, die sich lange damit begnügt haben, bescheiden im Frieden ihres Propheten zu leben, sind aufgestanden und zu kriegerischen Sarazenen geworden, die jetzt versuchen, der ganzen Welt ihre islamische Religion aufzuzwingen. So wachen sie eifersüchtig nicht nur über das Heilige Land, das augenblicklich in ihren Herrschaftsbereich fällt, sondern auch über ihre Seewege.«

Mafìo sagte: »Die Sarazenen sind bereit, mit uns Venezianern und überhaupt mit allen Christen jeden Handel zu treiben, der ihnen irgendwelchen Gewinn verspricht. Aber um gerade diesen Profit würden wir sie bringen, wenn wir Flotten unserer eigenen Schiffe in den Fernen Osten schickten. Deshalb sind die sarazenischen Korsaren ständig dabei, die dazwischenliegenden Meere zu bewachen – einfach, um sicherzugehen, daß wir das nicht tun.«

Lisa machte ein geziert-entrüstetes Gesicht und meinte: »Dann sind sie also unsere Feinde, und trotzdem treiben wir Handel mit ihnen?«

Isidoro zuckte die Achseln: »Geschäft ist Geschäft.«

»Nicht einmal die Päpste«, sagte Onkel Mafìo, »haben jemals Abstand davon genommen, mit den Heiden Handel zu treiben, sofern dies Gewinn versprach. Der Papst und überhaupt jeder andere geschäftstüchtige Herrscher täte gut daran, auch mit dem noch ferneren Osten Handel zu treiben. Dort kann so mancher ein Vermögen machen. Wir wissen das, denn wir haben mit eigenen Augen gesehen, wie unendlich reich diese Länder sind. Unsere erste Reise war gewissermaßen nur eine Erkundungsfahrt; diesmal jedoch werden wir etwas mitnehmen, womit wir handeln können. Die Seidenstraße ist überaus beschwerlich zu benutzen, aber unmöglich ist das nicht. Wir sind jetzt zweimal durch diese Länder gezogen, hin und zurück. Und können es wieder tun.«

»Wer immer der neue Papst sein wird«, erklärte mein Vater, »er sollte unserem Unternehmen seinen Segen geben. Rom ist die Angst in die Knochen gefahren, als es aussah, als ob die Mongolen Europa überrennen könnten. Doch die verschiedenen Mongolen-Khane scheinen ihre Khanate so weit nach Westen ausgedehnt zu haben, wie sie vorhatten. Das bedeutet, daß die Hauptbedrohung der Christenheit die Sarazenen sind. Deshalb sollte Rom die Gelegenheit begrüßen, mit den Mongolen ein Bündnis gegen den Islam zu schließen. Unsere Mission für den Khan Aller Khane könnte von allergrößter Bedeutung sein – für die Ziele unserer heiligen Mutter, der Kirche, genauso wie für den Wohlstand Venedigs.«

»Und den des Hauses Polo«, ergänzte Fiordelisa, die jetzt eben diesem Hause angehörte.

»Das vor allem«, erklärte Mafìo. »Laß uns daher jetzt mit dem Schnabelwetzen aufhören und uns lieber ins Zeug legen, Nico. Wollen wir wieder über Konstantinopel reisen und uns unsere Priester dort zusammensuchen?«

Mein Vater überlegte und sagte dann: »Nein. Die Priester dort sind zu verweichlicht – wie die Eunuchen. Eine Katze, die keine Krallen mehr hat, fängt keine Mäuse. Aber unter den Kreuzfahrern gibt es eine Menge junger Priester; das werden harte Männer sein, die an ein hartes Leben gewöhnt sind. Fahren wir ins Heilige Land, nach San Zuàne de Acre, wo die Kreuzfahrer im Augenblick ihr Lager aufgeschlagen haben. Doro, gibt es ein nach Osten fahrendes Schiff, das uns in Acre absetzen kann?«

Der Schreiber sah in seinen Registern nach, und ich verließ das Lagerhaus, um Doris zu sagen, wohin ich zunächst fahren würde – und um ihr und Venedig Lebewohl zu sagen.

Ein Vierteljahrhundert sollte vergehen, ehe ich beide wiedersah. Vieles sollte sich bis dahin verändert haben und wir älter geworden sein – nicht zuletzt selbstverständlich auch ich selbst. Aber Venedig sollte immer noch Venedig sein und – merkwürdig – auch Doris sollte irgendwie immer noch die Doris sein, die ich zurückgelassen hatte. Was sie gesagt hatte: daß sie keinem ihre Liebe schenken würde, ehe ich nicht zurückkäme – diese Worte können einen Zauber gewirkt haben, der dafür sorgte, daß sie sich in all den Jahren nicht veränderte. Denn sie sollte nach all den vielen Jahren immer noch die junge, hübsche und quicklebendige Doris sein, die ich verlassen hatte, so daß ich sie auf Anhieb wiedererkannte und mich auf der Stelle in sie verliebte. Zumindest sollte es mir so vorkommen.

Doch die Geschichte werde ich erzählen, wenn es soweit ist.

DIE LEVANTE

1 Zur Vesperstunde eines blaugoldenen Tages liefen wir als einzige zahlende Passagiere mit der großen Frachtgaleasse, der *Doge Anafesto,* aus dem Malamoco-Hafenbecken am Lido aus. Die Galeasse war mit Nachschub – Waffen und Vorräten – für die Kreuzfahrer beladen; sobald sie ihre Ladung in Acre gelöscht und uns an Land gesetzt hatte, sollte sie nach Alexandria weiterlaufen und dort eine für Venedig bestimmte Ladung Getreide übernehmen. Als das Schiff das Hafenbecken hinter sich hatte und auf die offene Adria hinauslief, nahmen die Ruderer die Riemen hoch, die Matrosen kletterten die beiden Masten empor und entrollten die anmutigen lateinischen Dreieckssegel. Das Segeltuch flatterte und knatterte, blähte sich dann in der Nachmittagsbrise und wogte so weiß und pausbäckig wie die Wolken über uns.

»Welch ein herrlicher Tag!« rief ich aus. »Und welch ein wunderbares Schiff!«

Mein Vater, der nie zum Schwärmen neigte, bedachte mich mit einem seiner erbaulichen Sprüche, die ihm so leicht über die Lippen kamen: »Man soll den Tag nicht vor dem Abend loben und die Herberge nicht vorm Erwachen.«

Doch auch am nächsten und übernächsten Tag sowie an den darauffolgenden Tagen ließ sich nicht leugnen, daß die Unterbringung auf dem Schiff mindestens so anständig war wie in einem Gasthaus an Land. In früheren Jahren wäre ein Schiff, welches das Heilige Land anlaufen sollte, randvoll mit Pilgern aus aller Herren Länder beladen gewesen, die wie die Sardinen im Faß in Reihen und übereinander im Laderaum und an Deck geschlafen hätten. Doch von der Zeit, da ich berichte, war San Zuàne de Acre der letzte und einzige offene und noch nicht von den Sarazenen eingenommene Hafen im Heiligen Land; infolgedessen blieben alle Christen mit Ausnahme der Kreuzfahrer daheim.

Wir drei Polo hatten unmittelbar unter der Kapitänskajüte auf dem Achterdecksaufbau eine Kammer ganz für uns allein. Die Schiffsküche versorgte sich aus mitgeführtem lebendigen Vieh, und so bekamen wir, wie auch die Mannschaft, anstelle des üblichen Pökelfleisches frisches Fleisch und Geflügel vorgesetzt. Es gab Teigwaren aller Art, Olivenöl und Zwiebeln und guten korsischen Wein, der in dem feuchten Sand aufgehoben wurde, den das Schiff im Laderaum unten am Kiel als Ballast mit sich führte. Das einzige, was wir entbehren mußten, war frischgebackenes Brot; statt dessen reichte man uns harte *agiàda*-Zwiebacke, die man weder beißen noch zerkauen kann, sondern an denen man lutschen und saugen mußte; doch das war auch das einzige, worüber wir uns hätten beklagen können. Es war ein *medegòto,* also ein Schiffsarzt, an Bord, der sich um Krankheiten und Wunden kümmerte, und außerdem ein Kaplan, der die heilige Messe las und bei dem man beichten konnte.

»Erzählt mir bitte von den fremden Ländern jenseits des Meeres«, wandte ich mich nach einer Messe an meinen Vater, denn in Venedig hatten er und ich kaum Zeit gehabt, uns zu unterhalten. Seine Antwort jedoch verriet mir mehr über ihn als über irgendein fernes Land hinterm Horizont.

»Ach, welch eine Fülle von Gelegenheiten sie für einen ehrgeizigen Kaufmann bergen!« rief er begeistert und rieb sich die Hände. »Seidenstoffe, Geschmeide, Gewürze – davon träumt selbstverständlich noch der beschränkteste Händler – doch für einen wahrhaft Klugen tun sich noch ganz andere Möglichkeiten auf. Jawohl, Marco. Selbst wenn du uns bloß bis in die Levante begleitest, kannst du, wenn du die Augen offenhältst und nicht den Verstand verlierst, bereits die Grundlagen für ein eigenes Vermögen legen. Jawohl, alle Länder jenseits des Meeres sind Länder der großen Möglichkeiten.«

»Ich freue mich schon darauf, sie kennenzulernen«, sagte ich pflichtschuldigst. »Doch den Handel hätte ich auch erlernen können, ohne Venedig zu verlassen. Ich dachte mehr an . . ., nun ja, an Abenteuer . . .«

»An Abenteuer? Ja, ist denn ein größeres Abenteuer denkbar als das Ausfindigmachen von Handelsmöglichkeiten, die andere noch nicht erkannt haben? Und sie sich zunutze zu machen? Und Gewinn daraus zu ziehen?«

»Gewiß, gewiß, höchst befriedigend, das alles«, sagte ich, bemüht, seiner Begeisterung keinen Dämpfer aufzusetzen. »Aber was ist mit dem aufregenden Reiz, Exotisches zu sehen und nie Getanes zu tun? Auf all Euren vielen Reisen hat es doch gewiß nicht an Gelegenheiten dazu gemangelt!«

»Ah, ja. Exotisches!« Nachdenklich kratzte er sich den Bart. »Jawohl, auf unserer Rückreise nach Venedig, in Kappadozien, sind wir mal auf so was gestoßen. Dort gedeiht eine Mohnblume, die sehr viel Ähnlichkeit aufweist mit dem gewöhnlichen Klatschmohn auf unseren Feldern, nur, daß die Blüte von eher silberblauer Farbe ist und man aus der Milch, die aus ihrer Samenhülse austritt, ein einschläferndes Öl gewinnt, das eine äußerst wirksame Medizin ist. Ich wußte, daß es eine nützliche Ergänzung der einfachen Heilmittel sein würde, die unsere abendländischen Ärzte benutzen, und erhoffte mir einen erklecklichen Gewinn für unsere *Compagnia*. So machte ich mich daran, einige Samenkapseln dieses Mohns einzusammeln, um sie unter den Krokussen auf unseren Feldern auf dem Festland auszusäen. Ja, und das ist doch wohl etwas höchst Exotisches, *no xe vero*? Eine großartige Gelegenheit dazu. Leider wurde in Kappadozien aber gerade Krieg geführt. Dabei wurden sämtliche Mohnfelder verwüstet und befand sich die Bevölkerung in einem derartig aufgelösten Zustand, daß es mir nicht gelang, jemand aufzutreiben, der mir diese Samen hätte verschaffen können. *Gramo de mi*, eine Gelegenheit, die mir entgangen ist.«

Gelinde erstaunt sagte ich: »Da bist du mitten in einem Krieg gewesen, und das einzige, was dich interessiert hat, waren Mohnsamen?«

»Ach, Krieg ist eine furchtbare Sache. Er unterbricht den Handel.«

»Aber Vater, habt Ihr darin denn keine Gelegenheit erblickt, ein Abenteuer zu erleben?«

»Was hast du nur dauernd mit deinen *Abenteuern*?« erklärte mein Vater streng. »Abenteuer sind nichts weiter als Belästigungen und Unbequemlichkeiten, die man in der Sicherheit der Erinnerung heraufbeschwört. Glaub mir, ein erfahrener Reisender macht Pläne und trifft Vorkehrungen, eben *keine* Abenteuer zu erleben. Am erfolgreichsten ist immer noch die Reise, die ohne jede Aufregung verlaufen.«

»Ach«, sagte ich, »und ich habe mich gefreut darauf – nun ja, Gefahren zu bestehen... Verborgenes zu entdecken... Feinden ein Schnippchen zu schlagen... Jungfrauen aus der Gefahr zu erretten...« – »Da spricht der *bravo* aus dir«, erklärte mit dröhnender Stimme mein Onkel Mafìo, der sich just in diesem Augenblick zu uns gesellte. »Ich hoffe, du treibst ihm derlei Flausen aus, Nico.«

»Das versuche ich ja«, sagte mein Vater. »Durch Abenteuer, Marco, hat noch nie jemand auch nur einen einzigen *bagatìn* verdient.«

»Aber ist denn die Börse das einzige, was es zu füllen gilt?« rief ich. »Sollte der Mensch nicht noch anderes im Leben suchen? Was ist denn mit seinem Appetit auf Herrlichkeiten und Wunder?«

»Dadurch, daß er sie gesucht hat, ist noch kein Mensch auf Herrlichkeiten gestoßen«, ließ mein Onkel sich grunzend vernehmen. »Mit denen ist es wie mit der wahren Liebe – oder dem Glück –, die ja, recht besehen, selber wunderbare Herrlichkeiten sind. Man kann einfach nicht sagen: Jetzt ziehe ich aus, um ein Abenteuer zu suchen. Das beste, was man tun kann, ist, sich an einen Ort zu begeben, wo sie einem widerfahren können.«

»Nun denn«, sagte ich. »Wir segeln nach Acre, der Stadt der Kreuzritter, berühmt wegen kühner Heldentaten und dunkler Geheimnisse, seiner Jungfrauen mit der seidigen Haut und seines schwelgerischen Lebens. Welcher Ort wäre besser geeignet?«

»Die Kreuzritter!« schnaubte Onkel Mafìo verächtlich. »Und hochgemute Heldentaten! Die Kreuzritter, die mit dem Leben davongekommen sind und deshalb nach Hause zurückkehren können, machen sich doch nur selbst vor, ihr vergebliches Unternehmen hätte sich gelohnt! Deshalb sprechen sie prahlerisch von den Wundern, die sie erblickt, von den Herrlichkeiten ferner Länder. Dabei war das einzige, was sie je zurückgebracht haben, ein Fall von so schmerzhaftem *scolamento*, daß sie sich kaum noch im Sattel halten konnten.«

Sehnsuchtsvoll sagte ich: »Dann ist Acre gar keine Stadt der Schönheit und der Versuchung, der Geheimnisse und des Luxus und...?«

Mein Vater sagte: »Kreuzritter und Sarazenen haben über anderthalb hundert Jahre um San Zuàne de Acre gekämpft. Überleg doch einmal selbst, wie es da aussehen muß. Aber nein, das brauchst du ja gar nicht. Du wirst es ja bald selbst sehen.«

Ich ließ sie stehen und kam mir in meinen Erwartungen zwar gedämpft, nicht aber völlig am Boden zerstört vor. Für meine eigene Person zog ich aus diesem Gespräch den Schluß, daß mein Vater die Seele eines liniierten Hauptbuches besitze und mein Onkel viel zu eckig und grob sei, um irgendwelcher edleren Regungen fähig zu sein. Sie würden ein Abenteuer nicht als solches erkennen, und wenn sie mit der Nase draufgestoßen wurden. Mir würde das anders ergehen. Ich trat aufs Vorschiff hinaus, damit mir ja nicht der Anblick von irgendwelchen Meerjungfrauen oder Meeresungeheuern entging, falls welche vorüberschwammen.

Ist die erste Aufregung erst mal vorbei, wird so eine Seereise nach ein paar Tagen ziemlich eintönig – es sei denn, ein Sturm erfüllt sie mit lebenden Schrecken; doch stürmisch ist das Mittelmeer nur im Winter – und so vertrieb ich mir die Zeit damit, genau kennenzulernen, wie so ein Schiff funktionierte, und trachtete danach, alles darüber in Erfahrung zu bringen. Da gutes Wetter herrschte, war die Mannschaft lediglich mit den üblichen Verrichtungen beschäftigt; infolgedessen war vom Kapitän bis zum Koch jeder bereit, meine Fragen zu beantworten und mich gelegentlich auch helfen zu lassen. Die Matrosen gehörten allen möglichen Volksstämmen an, sprachen jedoch alle die auf dem Provenzalischen beruhende Volkssprache, die sie *sabir* nannten – und so konnten wir uns verständigen.

»Hast du denn überhaupt keine Ahnung vom Segeln, Junge?« fragte einer der Seeleute mich. »Weißt du zum Beispiel, was an einem Schiff zum *lebenden Werk* gehört und was zum *toten Werk*?«

Ich überlegte, blickte zu den Segeln hinauf, die zu beiden Seiten über die Schiffswand hinausgingen wie die lebendigen Schwingen eines Vogels, und mutmaßte, dann müßte das wohl das lebende Werk sein.

»Falsch«, sagte der Seemann. »Das *lebende Werk* eines Schiffes ist derjenige Teil des Rumpfes, der unterhalb der Wasserlinie liegt, *totes Werk* hingegen alles *über* der Wasserlinie Befindliche.«

Darüber dachte ich nach und sagte dann: »Aber wenn das tote Werk mal untergeht, kann man es kaum noch ›lebend‹ nennen. Denn dann wären wir alle tot.«

Hastig sagte der Matrose: »Sag so was nicht!« und bekreuzigte sich.

Ein anderer sagte: »Wenn du Seemann werden willst, Junge, mußt du die siebzehn Namen aller siebzehn Winde lernen, die auf dem Mittelmeer wehen.« Damit sagte er sie auf und zählte sie an den Fingern her. »Gerade jetzt laufen wir vor der *etesia,* die aus dem Nordwesten kommt. Im Winter weht mächtig die *ostralada* aus dem Süden und ruft Stürme hervor. *Gregalada* nennt man den Wind, der aus Griechenland kommt und die See zum Kochen bringt. Aus dem Westen kommt der *maistràl.* Die *levante* kommt von Osten her, aus Armenien...«

Ein anderer Matrose fiel ihm ins Wort: »Wenn die *levante* weht, kann man die Zyklopen riechen.«

»Sind das Inseln?« fragte ich.

»Nein. Nur sonderbare Lebewesen, die in Armenien leben. Ein jeder von diesen Zyklopen hat nur einen Arm und ein Bein. Es braucht schon zwei von ihnen, wenn es gilt, einen Pfeil von einem Bogen abzuschießen. Da sie nicht gehen können, hüpfen sie auf einem Bein. Haben sie es aber eilig, drehen sie sich seitlich und schlagen mit Hand und Fuß Rad. Deshalb heißen sie auch *Cyclopedes,* die ›Radfüßer‹.«

Außer daß sie mir noch von vielen anderen Wundern erzählten, brachten die Seeleute mir auch das *venturina* genannte Ratespiel bei, das die Seeleute erfunden haben, um auf langweiligen Seereisen die Zeit totzuschlagen. Sie müssen viele solche Reisen erleiden, denn die *venturina* ist ein überaus langes und langweiliges Spiel, in dessen Verlauf kein Spieler mehr als ein paar *soldi* verlieren kann.

Als ich später meinen Onkel fragte, ob er auf seinen Reisen jemals Merkwürdigkeiten wie den radfüßigen Armeniern begegnet sei, lachte er und schnob verächtlich durch die Nase. »Pah! Kein Matrose wagt es je, weiter in einen ausländischen Hafen einzudringen als bis zur nächstgelegenen Hafenkneipe oder bis zum nächsten Hurenhaus. Deshalb muß er sich, wenn er gefragt wird, was er in der Fremde alles gesehen hat, so manches aus den Fingern saugen. Nur ein Marcolfo, der einer Frau Glauben schenkt, würde auch einem Seemann Glauben schenken.«

Folglich lauschte ich von nun an immer nur nachsichtig und mit halbem Ohr, sobald die Matrosen von irgendwelchen Wundern an Land erzählten. Ganz Ohr war ich aber immer noch, wenn sie von Dingen sprachen, die mit Meer und Seefahrt zu tun hatten. Ich lernte ihre besonderen Bezeichnungen für ganz gewöhnliche Dinge kennen – so wird zum Beispiel der kleine schwarzbraune Vogel, der in Venedig Sturmvogel heißt, *petrelo,* ›Kleiner Pietro oder Peter‹ genannt, weil er anscheinend wie Petrus übers Wasser gehen kann – und erlernte die gereimten Verse, welche die Seeleute benutzen, wenn sie vom Wetter reden –

Sera rosa e bianco matino:
Alegro il pelegrino

– was soviel bedeutet wie, daß ein rotglühender Abendhimmel oder ein weißer Morgenhimmel gutes Wetter verheißt, was den Pilger erfreut. Außerdem lernte ich die *scandàgio-*Leine auswerfen, die in bestimmten Abständen von roten und weißen Bändern umwunden ist und mit der man die Wassertiefe unterm Kiel mißt. Und lernte auch noch, mich mit anderen, vorüberfahrenden Schiffen verständigen; das wurde mir zwei-, dreimal erlaubt, denn im Mittelmeer verkehren viele Schiffe; jedenfalls rief ich dann auf *sabir* durch einen Schalltrichter:

»Gute Reise. Welches Schiff?«

Woraufhin hohl die Antwort ertönte: »Gute Reise. Die *Saint Sang* aus Brüssel, auf der Heimreise von Famagusta. Und Ihr, welches Schiff seid Ihr?«

»Die *Anafesto* aus Venedig auf dem Weg nach Acre und Alexandria. Gute Reise!«

Der Schiffssteuermann zeigte mir, wie er durch ein sinnreiches Zusammenwirken verschiedener Taue die beiden gewaltigen Steuerruder bewegte, die in Hecknähe achteraus ins Wasser hinuntergingen. »Bei schwerem Wetter jedoch«, erklärte er mir, »braucht jedes Ruder einen eigenen Steuermann, und diese beiden müssen ein meisterliches Geschick aufbringen, um die Ruder zwar unabhängig voneinander, jedoch stets in vollkommenem Gleichklang zu bedienen, wie der Kapitän es verlangt.« Der Trommelschläger des Schiffes ließ mich mit seinen Schlegeln üben, wenn keiner der Riemen bemannt war, doch das waren sie nur selten. Die *etesia* wehte mit einer so gleichbleibenden Beständigkeit, daß man nur selten darauf angewiesen war, das Schiff mit Hilfe der Ruder Fahrt machen zu lassen. Länger rudern mußten die Ruderer daher auf dieser Fahrt nur, als es darum ging, uns aus dem Malamoco-Becken aufs freie Meer hinaus und in den Hafen von Acre hineinzubringen. Dann jedoch nahmen sie alle ihren Platz ein – »in der *zenzile*-Art, wie es heißt«, erklärte der Trommler: das heißt, zu dritt auf jeder der zwanzig Bänke auf beiden Seiten des Fahrzeugs.

Jeder Ruderer bewegte einen Riemen, der eigenständig auf den Auslegern des Schiffes auflag, so daß die kürzesten Riemen nahe der Bordwand gerudert wurden, die längsten gleichsam außenbords und die mittleren dazwischen. Auch saßen die Männer nicht, wie etwa die Ruderer im *buzino d'oro* des Dogen. Sie standen vielmehr; ein jeder hatte den linken Fuß auf die vor ihm stehende Bank gesetzt und stieß dergestalt sein Ruder vorwärts. Dann wichen sie zurück auf die Bänke, führten auf diese Weise ihre machtvollen Ruderschläge aus und trieben das Schiff gleichsam mit einer Fülle rasch aufeinanderfolgender Sprünge voran. Das ganze richtete sich nach den Trommelschlägen, wie sie vom Trommler angegeben wurden: zunächst langsam, dann jedoch, in dem Maße, wie das Schiff Fahrt aufnahm, immer schneller, wobei die beiden Schlegel verschiedene Töne von sich gaben, so daß die Ruderer auf der einen Seite wußten, wann sie sich kräftiger in den Riemen legen mußten als die anderen.

Rudern freilich ließ man mich nie; denn diese Aufgabe erfordert so viel Können, daß Lehrlinge auf Modellen von Galeeren auf dem Lande üben müssen. Da das Wort *galeotto* in Venedig so oft im Sinne von Häftling gebraucht wird, war ich immer davon ausgegangen, daß Galeeren, Galeassen und Galeoten von festgenommenen und zum Galeerendienst verurteilten Verbrechern gerudert würden. Der Trommler jedoch machte mich darauf aufmerksam, daß Frachtschiffe durch die Geschwindigkeit miteinander wetteifern, und was das betrifft, könne man sich kaum auf widerwillige Zwangsarbeiter verlassen. »Aus diesem Grunde heuert die Handelsflotte nur erfahrene Berufsruderer an«, sagte er. »Und Kriegsschiffe werden von Bürgern gerudert, die diese Art von Dienst dem mit der Waffe in der Hand vorziehen.«

Der Schiffskoch erzählte mir, Brot backe er nicht. »Mehl bewahre ich in meiner Kombüse nicht auf«, sagte er. »Feingemahlenes Mehl läßt sich auf See nicht vor Verunreinigung bewahren. Entweder breiten Rüsselkäfer sich darin aus, oder es wird naß. Das ist ja gerade der Grund, warum die alten Römer darauf verfielen, das zu bereiten, was wir heute Teigwaren nennen, die ja praktisch unverwüstlich sind. Es heißt sogar, ein römischer Schiffskoch habe *volente o nolente* dieses Nährmittel erfunden, als sein Mehlvorrat von einer mutwilligen Welle überflutet wurde. Er knetete den Teig, um das Mehl zu retten, rollte ihn dünn aus und schnitt ihn in Streifen, damit er rascher trocknete. Von jener Anfangszeit an leiten sich sämtliche Formen und Größen von *vermicelli* und *maccheroni* ab. Für uns Schiffsköche war das ein wahres Gottesgeschenk – und für die Küchenmeister an Land nicht minder.«

Der Schiffskapitän zeigte mir, daß die Nadel seiner *bussola* unverwandt zum Polarstern wies, selbst dann, wenn dieser Stern gar nicht zu sehen ist. Damals fing man gerade erst an, diese *bussola* für genauso etwas Unverzichtbares zu halten wie die Christophorusmedaille des Schiffes; für mich jedoch war das Instrument etwas durchaus Neues. Desgleichen das *Periplus,* das der Kapitän mir ebenfalls zeigte, ein Stapel Karten, auf denen von der Levante bis zu den Säulen des Herkules sämtliche Küstenlinien des gesamten Mittelländischen Meeres sowie angrenzender Meere eingezeichnet waren: der Adria, der Ägäis und so fort. An diesen mit Tinte eingezeichneten Küstenlinien hatte der Kapitän – und nicht nur er, sondern auch Kapitäne aus seinem Bekanntenkreis – die von See aus erkennbaren Hauptmerkmale eingezeichnet: Leuchtfeuer, Landzungen, steile Felsen und andere Dinge, die dem Seemann erlauben festzustellen, wo er sich befindet. Auf den Wasserbereichen der Karte hatte der Kapitän Notizen hingekritzelt, die sich auf Tiefen, verborgene Riffe und Wasserströmungen bezogen. Er berichtete mir, diese Erkenntnisse verändere er je nachdem, was er feststelle oder von anderen Kapitänen erfahre – zum Beispiel diese Tiefen sich durch Ablagerungen veränderten, wie das vor der Küste Ägyptens des öfteren der Fall sei, oder durch die Tätigkeit von unterseeischen Vulkanen in griechischen Gewässern.

Als ich meinem Vater von dem *Periplus* erzählte, lächelte er und sagte: »Das ist besser als überhaupt nichts. Wir aber besitzen etwas, das viel besser ist als ein *Periplus*.« Damit holte er ein womöglich noch dickeres Bündel Papiere aus unserer Kammer und sagte: »Wir haben den *Kitab*.«

Mein Onkel sagte stolz: »Wenn der Kapitän im Besitz des *Kitab* wäre und sein Schiff auf dem Land segeln könnte, könnte er quer durch Asien bis ans Ostmeer von Kithai fahren.«

»Ich habe dies für sehr viel Geld anfertigen lassen«, sagte mein Vater und reichte ihn mir. »Er wurde für uns vom Original kopiert, das wiederum von dem arabischen Kartographen al-Idrisi für König Roger von Sizilien angefertigt wurde.«

Kitab, so sollte ich später erfahren, bedeutet auf arabisch nur soviel wie »ein Buch«, doch das trifft auf unser Wort Bibel auch zu. Und genauso wie die Bibel ist auch al-Idrisis *Kitab* wesentlich mehr als nur ein Buch. Auf der ersten Seite stand der volle Titel geschrieben, und den konnte ich sogar lesen, denn er war französisch und lautete: *Auszug eines neugierigen Mannes, die Bereiche des Erdballs, seiner Provinzen, Inseln, Städte sowie ihrer Ausmaße und Lage zu erforschen; zur Unterrichtung und Hilfe dessen, der wünscht, die Erde zu durchqueren.* All die vielen anderen Wörter auf den Seiten waren in der fluchwürdigen Krakelei der ungläubigen arabischen Länder ausgeführt. Nur hier und da hatten mein Vater oder mein Onkel eine leserliche Übersetzung dieses oder jenes Ortsnamens hingesetzt. Als ich die Seiten umblätterte, um diese Worte lesen zu können, fiel mir etwas auf, und ich mußte lachen.

»Jede Karte steht ja auf dem Kopf. Schaut, er hat es so gezeichnet, daß der Fuß des italienischen Stiefels Sizilien in Richtung Afrika *hochschießt*.«

»Im Osten steht alles auf dem Kopf, ist rückwärtsgerichtet oder gegenteilig«, erklärte mein Onkel. »Auf den arabischen Landkarten zeigt immer der Süden nach oben. Die Leute aus Kithai nennen die *bussola* die ›Nadel, die nach Süden weist‹. An derlei Denkweisen wirst du dich gewöhnen.«

»Abgesehen von dieser Besonderheit«, sagte mein Vater, »hat al-Idrisi bei der Wiedergabe der Länder der Levante und darüber hinaus bis Mittelasien eine erstaunliche Genauigkeit walten lassen. Wahrscheinlich hat er diese Gebiete selbst bereist.«

Der *Kitab* bestand aus dreiundsiebzig Einzelblättern, die – Seite an Seite nebeneinandergelegt (und auf den Kopf gestellt) – den gesamten Umfang der Erde von Westen bis zum Osten wiedergaben, dazu einen beträchtlichen Teil auch des Nordens und des Südens, und das ganze in Klimazonen unterteilt durch parallel verlaufende, geschwungene Linien. Das Salzwasser der Meere war blau mit wellenförmigen weißen Linien wiedergegeben, die Flüsse waren schnörkelige grüne Bänder. Das Land war rehbraun und wies Tupfer von Blattgold auf, um Städte und kleinere Ortschaften wiederzugeben. Wo das Land sich zu Hügeln und Bergen auftürmte, waren diese durch Formen angedeutet, die Ähnlichkeit mit Raupen aufwiesen, und diese wiederum waren violett, rosa und orangefarben gefärbt.

Ich fragte: »Sind die Hochlande des Ostens wirklich so lebhaft gefärbt? Violette Bergkuppen und ...?«

Gleichsam als Antwort auf diese Frage erscholl der Ruf des Ausgucks oben im Mastkorb: *»Terre là! Terre là!«*

»Schau und sieh selbst, Marco«, sagte mein Vater. »Die Küste ist in Sicht. Was du vor dir siehst, ist das Heilige Land.«

2 Selbstverständlich kam ich schließlich dahinter, daß die Farben auf al-Idrisis Karten die Höhe des Landes über dem Meeresspiegel andeuten sollten, wobei Violett die höchsten Berge bezeichnete, Rosa jene von mittlerer Höhe, Orange Berge, die eigentlich nur Hügel waren, und

Gelb das Land, das überhaupt keine besondere Erhebung aufwies. Freilich, in der Nähe von Acre gab es nichts, das mich diese Entdeckung hätte machen lassen, denn dieser Teil des Heiligen Landes ist ein nahezu farbloser Landstrich niedriger Sanddünen und womöglich noch tiefergelegener Sandniederungen. Sofern das Land überhaupt irgendeine Farbe aufwies, war dies ein schmutziges Graugelb; kein bißchen Grün deutete auf irgendwelches Wachstum hin; die Stadt selbst war von schmutzigem Graubraun.

Die Ruderer trieben die *Anafesto* um den Sockel des Leuchtfeuers herum in das bescheidene Hafenbecken hinein; auf dem Wasser trieben alle möglichen Abfälle, das Wasser selbst war fettig-schleimig und stank nach den verwesenden Innereien von Fisch. Hinter den Quaianlagen erhoben sich Gebäude, die aus getrocknetem Lehm zu bestehen schienen – samt und sonders Wirtshäuser und Herbergen, wie der Kapitän uns sagte, denn so etwas wie ein Privathaus sollte es in ganz Acre nicht geben – und diese niedrigen Gebäude überragend hier und da größere Steinbauten: Kirchen, Klöster, ein Hospital und die zur Stadt gehörige Burg. Weiter landeinwärts, hinter der Burg, dehnte sich eine hohe Steinmauer mit einem Dutzend Türme darauf. Für meine Begriffe sah diese Umwallung aus wie der spärlich mit Zähnen bewehrte Kiefer einer Leiche. Hinter dieser Mauer, so sagte der Kapitän, befinde sich das Lager der Kreuzritter, und dahinter eine weitere, womöglich noch robustere Mauer, welche die Landzunge von Acre von jenem Festland abschirmte, in dem die Sarazenen herrschten.

»Acre ist der letzte christliche Stützpunkt im Heiligen Land«, sagte der Schiffspriester bekümmert. »Aber auch er wird fallen, wann immer die Ungläubigen beschließen, ihn zu stürmen. Dieser nunmehr achte Kreuzzug ist so ergebnislos verlaufen, daß den Christen im Abendland ihre Kreuzzugsbegeisterung vergangen ist. Auch treffen immer weniger Kreuzritter hier ein. Ihr werdet bemerkt haben, daß mit unserem Schiff zum Beispiel kein einziger gekommen ist. Infolgedessen ist die Besatzung von Acre viel zu klein, um etwas anderes zu unternehmen als gelegentlich einen Ausfall vor die Stadtmauern.«

»Hmph!« ließ sich der Kapitän vernehmen. »Nicht einmal diese Mühe machen sich die Ritter mehr. Sie gehören alle zu verschiedenen Orden – den Templern und Johannitern, und das weiß ich – und deshalb ziehen sie es vor, sich untereinander zu befehden . . . sofern sie sich nicht ganz abscheulich mit den Karmeliterinnen und Clarissen vergnügen.« Der Kaplan zuckte ohne jeden besonderen Grund zusammen und sagte in klagendem Tonfall: »Herr, nehmt doch ein wenig Rücksicht auf mein geistliches Gewand!«

Der Kapitän zuckte nur die Achseln. »Beklagt es, wenn Ihr müßt, *pare*, aber von Euch weisen könnt Ihr es nicht.« Damit wandte er sich an meinen Vater und sagte: »Nicht nur die Truppen sind ein verkommener Haufe. Die Zivilbevölkerung oder das, was davon übriggeblieben ist, setzt sich ausschließlich aus Leuten zusamen, die den Rittern die Vorräte sichern und für Nachschub sorgen. Die alteingesessenen Araber sind viel zu korrupt, um den Christen feindlich gesonnen zu sein, liegen aber ständig im Streit mit den hier ansässigen Juden. Was noch an Europäern hier lebt, kommt aus Pisa, Genua und – wie Ihr – aus Venedig; richtig seßhaft wird hier keiner. So Ihr Eure Geschäfte hier in Ruhe abwickeln wollt, würde ich vorschlagen, daß Ihr Euch sogleich nach dem Ausschiffen ins Viertel der Venezianer begebt und dort Unterkunft nehmt. Ihr tätet gut daran, Euch nicht erst in die hier in Acre herrschenden Streitigkeiten hineinziehen zu lassen.«

So holten wir drei unsere Habseligkeiten aus der Kammer und schickten uns an, von Bord zu gehen. Auf dem Quai wimmelte es von abgerissenen, schmutzigen Männern, die sich um die Laufplanke des Schiffes drängten, sich gegenseitig anrempelten, mit den Armen in der Luft herumfuchtelten und ihre Dienste auf *sabir* und in allen möglichen anderen Sprachen anpriesen.

»Laßt mich Euer Gepäck tragen, Monsieur! Herr Kaufmann! Messre. Mirza! Sheik khaja...«

»Ich führe Euch zur *auberge*! Zum Gasthaus! Zur *locanda*! Der *karwansarai*! Dem *khane*!«

»Besorge Pferde für Euch! Esel! Kamele! Träger!«

»Eine Frau! Eine schöne fette Frau! Eine Nonne! Meine Schwester! Meinen kleinen Bruder!...«

Mein Onkel verlangte nur nach Trägern und wählte vier oder fünf von den am wenigsten verschorften Männern aus. Der Rest zog sich, mit der Faust drohend und Verwünschungen ausstoßend, zurück.

»Möge Allah Euch schief ansehen!«

»Möget Ihr ersticken an Eurem Schweinefleisch.«

»... den *zab* Eurer Geliebten fressen!«

»... die unteren Regionen Eurer Mutter!«

Die Seeleute entluden jenen Teil der Ladung, der uns gehörte, und unsere neuen Träger luden sich unsere Bündel auf Rücken oder Schulter oder balancierten sie auf dem Kopf. Onkel Mafio erteilte seine Befehle, zuerst auf französisch, dann in *farsi*, uns in jenen Teil der Stadt zu bringen, der den Venezianern vorbehalten ist, und dort zur besten Herberge; dann verließen wir alle den Quai.

Ich war von Acre – oder Akko, wie die Einheimischen es nennen – nicht sonderlich beeindruckt. Die Stadt selbst war auch nicht sauberer als der Hafen und bestand zur Hauptsache aus ziemlich verwahrlosten Häusern, wobei die breiteste Straße dazwischen auch nicht breiter war als die schmalsten Gassen Venedigs. Dort, wo Straßen und Plätze nicht von Mauern umringt waren, stank die Stadt nach Urin. Innerhalb der Stadtmauern jedoch stank es womöglich noch schlimmer, denn hier dienten die Gassen gleichzeitig auch noch als Abwassergraben und Abfallplatz; dazwischen balgten sich ausgemergelte Hunde bei hellem Tageslicht mit fetten Ratten um die größten Leckerbissen.

Noch überwältigender als der Gestank war in Acre freilich der Lärm. In jeder Gasse, die breit genug war, daß man einen Teppich zum Sitzen darauf ausbreiten konnte, drängten sich Schulter an Schulter die Händler, hockten hinter kleinen Tragebrettern mit irgendwelchen billigen Waren darauf: Bänder und Schals, überreife Feigen, Pilgermuscheln und Palmwedel, und ein jeder Händler versuchte den anderen mit seinen Rufen zu übertrumpfen. Bettler und blinde oder beinlose Leprakranke heulten und schnieften und zerrten uns beim Vorübergehen am Ärmel. Esel, Pferde und räudig aussehende Kamele – die ersten Kamele, die ich jemals sah – drängten uns an die Wand, wenn sie sich ihren Weg durch den Abfall in den engen Gassen bahnten. Wie elend und abgearbeitet sie unter ihren schweren Lasten alle aussahen! Trotzdem trieben ihre Treiber sie unbarmherzig mit Stöcken und drohenden Rufen voran. Gruppen von Männern aus aller Herren Länder standen beisammen und unterhielten sich, was sich freilich anhörte, als schrien sie sich aus Leibeskräften gegenseitig an. Vermutlich ging es bei dem, worüber sie redeten, um so weltliche Dinge wie Handel oder den Krieg, vielleicht aber auch nur ums Wetter; gleichwohl war ihre Unterhaltung derartig schrillstimmig und laut, daß man nicht sagen konnte, ob sie sich nun stritten oder nicht.

Als wir in eine Gasse einbogen, die breit genug war, uns das Nebeneinanderhergehen zu erlauben, sagte ich zu meinem Vater: »Ihr habt gesagt, Ihr hättet diesmal Handelsgüter mit auf Reisen genommen. Nur habe ich in Venedig nicht gesehen, daß irgendwelche Waren eingeladen worden wären, und jetzt sehe ich auch nichts dergleichen. Befinden die sich noch an Bord der *Anafesto*?«

Er schüttelte den Kopf. »Hätten wir Waren mitgenommen, die ganze Karawanen von Tragetieren erfordert hätten, wäre das gleichbedeutend damit gewesen, die unzähligen Diebe und Banditen zwischen uns und unserem Ziel in Versuchung zu bringen.« Mit diesen Worten lüftete er das kleine Bündel, das er in diesem Augenblick trug und keinem der Träger hatte anvertrauen mögen. »Wir haben statt dessen etwas Leichtes und Unauffälliges mitgenommen, das aber trotzdem von größtem Handelswert ist.«

»*Zafràn!*« rief ich aus.

»Eben das. Ein Teil in Ziegelform gepreßt, ein Teil lose in Heuform. Und ein paar Säckchen Samen.«

Ich lachte. »Ihr wollt doch gewiß nicht unterwegs anhalten und sie einpflanzen und dann ein ganzes Jahr bis zur Ernte warten.«

»Wenn die Umstände es erfordern – warum nicht? Man muß versuchen, gegen alle Widrigkeiten gewappnet zu sein, mein Junge. Wer das tut, dem hilft auch Gott. Es sind auch schon andere Reisende auf dem Drei-Bohnen-Marsch gewesen.«

»Wie bitte?«

Mein Onkel erklärte es mir: »Der hochberühmte und weithin gefürchtete Chinghiz Khan, der Großvater unseres Kubilai, hat auf diese besonders langsame Weise des Vorrückens die halbe Welt erobert. Seine Heere samt den Familien seiner Krieger mußten die gesamte riesige Weite Asiens durchqueren; sie waren zahlenmäßig viel zu stark, als daß sie von dem Land hätten leben können – entweder durch Plünderung oder durch Beschlagnahme von Nahrungsmitteln. Nein, sie führten Samen zum Aussäen mit und Tiere, die sich unterwegs vermehrten. Jedesmal, wenn sie so weit vorgedrungen waren, wie ihre Vorräte es ihnen erlaubten und der Nachschub sie nicht mehr erreichen konnte, machten sie einfach halt und siedelten. Sie säten ihr Getreide und ihre Bohnen aus, züchteten ihre Pferde und Rinder und warteten Ernte und Kalben ab. Waren sie dann wieder wohlgenährt und ausreichend mit Proviant versorgt, zogen sie weiter bis zum nächsten Ziel.«

»Und ich habe gehört, daß sie jeden zehnten ihrer Männer aufgegessen hätten!« sagte ich.

»Unsinn!« erklärte mein Onkel unwirsch. »Welcher Heerführer wäre denn so dumm, seine eigenen Heere zu dezimieren? Da wäre es doch genauso vernünftig gewesen, wenn er ihnen befohlen hätte, ihre Schwerter und Speere aufzuessen. Außerdem wären die Waffen kaum weniger genießbar gewesen. Ich hab' so meine Zweifel, daß selbst ein Mongole so gute Zähne hat, die es ihm erlauben, einen anderen zähen Mongolenkrieger zu zerbeißen. Nein, sie machten halt, säten und ernteten, setzten sich wieder in Bewegung und machten wieder halt.«

»Und das nannten sie den Drei-Bohnen-Marsch«, sagte mein Vater. »Woraus übrigens einer ihrer Kriegsschreie entstanden ist. Jedesmal, wenn Mongolenkrieger in eine feindliche Stadt eingedrungen sind, haben sie gerufen: ›Das Heu ist geschnitten! Gebt unseren Pferden Futter!‹ Das war das Signal für die Horde, jede Zucht fahrenzulassen und zu plündern, zu vergewaltigen, zu rauben und abzuschlachten. Auf diese Weise zerstörten sie Taschkent und Buchara und Kiew und so manche andere große Stadt. Als die Mongolen Herat im fernen Indien einnahmen, schlachteten sie bis auf den letzten Mann nahezu alle *zwei Millionen* Einwohner ab. Das sind zehnmal so viele Menschen, wie in Venedig leben! Allerdings – eine solche Verminderung von Bewohnern ist in Indien kaum erwähnenswert.«

»Der Drei-Bohnen-Marsch scheint sich zu lohnen«, räumte ich ein. »Nur geht er wohl unglaublich langsam vonstatten.«

»Wer durchhält, gewinnt«, erklärte mein Vater. »Immerhin hat dieses langsame Vorrücken die Mongolen bis an die Grenzen Polens und Rumäniens gebracht.«

»Und auch bis hierher«, fügte mein Onkel hinzu. Just in diesem Moment kamen wir an zwei Männern von recht dunkler Hautfarbe vorüber, deren Kleidung ganz aus Tierfellen zu bestehen schien und offensichtlich viel zu schwer und heiß für dieses Klima war. Onkel Mafio grüßte sie mit einem: »*Sain bina.*«

Beide machten ein leicht verdutztes Gesicht, doch einer von ihnen antwortete: »*Mendu, sain bina!*«

»Was für eine Sprache war denn das?« fragte ich.

»Mongolisch«, sagte mein Onkel. »Das sind Mongolen.«

Erst starrte ich ihn an, dann drehte ich mich um und starrte die beiden an. Auch sie gingen mit rückwärtsgewandtem Kopf weiter und sahen uns verwundert an. In den Straßen von Acre wimmelte es von so vielen Menschen mit fremdländischen Gesichtszügen, anderer Hautfarbe und exotischer Kleidung, daß ich bis jetzt keine Unterschiede zwischen ihnen machen konnte. Das jedoch waren *Mongolen*? Angehörige der *orda*, der *Horde* – das war der Schrecken meiner Kindheit? Das Verderben der Christenheit, die Erzbedrohung der abendländischen Zivilisation? Aber sie hätten ja genausogut venezianische Kaufleute sein können, die ein »*bon zorno*« mit uns wechselten, da wir uns alle miteinander gesellig auf der Riva Ca' de Dio ergingen! Selbstverständlich sahen sie nicht *aus* wie venezianische Kaufleute, denn die Augen dieser beiden Männer schauten aus schmalen Sehschlitzen aus Gesichtern heraus, deren Haut tiefbraun gegerbtem Leder glich . . .

»Das sind Mongolen«, sagte ich und dachte an die vielen Meilen und die Millionen Leichen, die sie auf ihrem Weg ins Heilige Land hinter sich gebracht haben mußten. »Was machen die denn hier?«

»Keine Ahnung«, erklärte mein Vater. »Aber ich meine, das werden wir bald erfahren.«

»Genauso wie in Konstantinopel«, sagte mein Onkel, »scheint es auch hier in Acre zumindest ein paar Angehörige eines jeden Volkes auf Erden zu geben. Dort drüben geht ein Schwarzer – entweder ein Nubier oder ein Äthiopier. Und die Frau da ist gewißlich eine Armenierin: eine jede ihrer Brüste ist genauso groß wie ihr Kopf. Bei dem Mann an ihrer Seite würde ich meinen, er ist Perser. Was die Juden und die Araber betrifft, so kann ich die nie auseinanderhalten – höchstens nach ihrer Kleidung. Der dort drüben trägt auf dem Kopf einen weißen Turban, wie ihn nach islamischem Gesetz weder Juden noch Christen tragen dürfen; folglich muß er ein Muslim sein . . .«

Er wurde in seinen Mutmaßungen unterbrochen, weil wir ums Haar von einem Streitroß umgerannt worden wären, das ungestüm und rücksichtslos durch die von Menschen wimmelnden Straßen geritten wurde. Das Kreuz aus den vier Schwalbenschwänzen auf seinem Mantel ließ den Reiter als einen Ritter des Ordens der Johanniter, Hospitaliter oder Rhodiser erkennen, wie sie auch genannt wurden. Mit viel Ketten- und Panzergeklirr und unter dem Geräusch knirschenden Leders ritt er an uns vorüber, ohne sich freilich für sein ungeschliffenes Auftreten zu entschuldigen oder uns, die wir immerhin Glaubensbrüder von ihm waren, durch ein Kopfnicken zur Kenntnis zu nehmen.

Wir gelangten in jenes Viertel, das für die Häuser der Venezianer vorgesehen war, und die Träger geleiteten uns zu einer von mehreren Herbergen dort. Der Wirt begrüßte uns an der Tür; er und mein Vater tauschten unter tiefen Verbeugungen eine Menge blumiger Begrüßungsworte. Obwohl es sich bei dem Wirt um einen Araber handelte, sprach er venezianisch: »Der Friede sei mit Euch, meine Herren.«

Und mein Vater erwiderte: »Und mit Euch – Frieden.«

»Möge Allah Euch Stärke verleihen.«

»Stark sind wir geworden.«

»Gesegnet sei der Tag, der Euch an meine Tür bringt, meine Herren. Aber Allah hat Euch klug wählen lassen. In meinem *khane* gibt es saubere Betten, ein *hamman* zu Eurer Erfrischung und das beste Essen in ganz Akko. Gerade in diesem Augenblick wird das Lamm, das es zum Abendessen geben soll, mit Pistazienkernen gefüllt. Es ist mir eine Ehre, Euch zu bedienen, und mein geringer Name lautet Ishaq – möget Ihr ihn nicht mit allzu viel Verachtung nennen!«

Wir stellten uns vor – und wurden fürderhin vom Wirt und der Dienerschaft mit Scheich Folo angeredet; denn die Araber kennen kein *P* in ihrer Sprache und haben Schwierigkeiten mit diesem Laut, wenn sie in einer anderen reden. Während wir Folo unsere Habseligkeiten in unserem Zimmer verteilten, fragte ich meinen Vater und meinen Onkel: »Warum erweist ein Sarazene uns, seinen Feinden, seine Gastfreundschaft?«

Mein Onkel sagte: »Nicht alle Araber sind in dieser *jihad* begriffen, wie sie den heiligen Krieg gegen die Christenheit nennen. Die hier in Acre profitieren zuviel davon, um Partei zu nehmen – nicht einmal die ihrer muslimischen Glaubensbrüder.«

»Es gibt gute Araber und böse«, sagte mein Vater. »Diejenigen, die im Augenblick damit beschäftigt sind, sämtliche Christen aus dem Heiligen Land – und dem gesamten östlichen Mittelmeerraum – zu vertreiben, sind eigentlich nur die ägyptischen Mamelucken, und das sind in der Tat böse Araber.«

Nachdem wir alles für unseren Aufenthalt in Acre Notwendige ausgepackt hatten, begaben wir uns in den *hamman* der Herberge. Der *hamman* gehört meiner Meinung nach in einem Atemzug mit jenen anderen großen arabischen Errungenschaften genannt: der Arithmetik nebst zugehörigen Zahlen und der perlenbesetzten Rechenmaschine. Im wesentlichen handelt es sich beim *hamman* um nichts weiter als um einen dampfgefüllten Raum; der Dampf entsteht dadurch, daß Wasser auf heiße Steine gegossen wird. Doch nachdem wir eine Weile auf den Bänken in diesem Raum gesessen und reichlich geschwitzt hatten, betraten ein Halbdutzend Diener ihn und sagten: »Den Herren Gesundheit und Behagen durch dieses Bad!« und wiesen uns an, uns bäuchlings auf einer Bank auszustrecken. Dann beschäftigten sich je zwei von ihnen mit einem von uns und bearbeiteten uns mit ihren in hanfenen Handschuhen steckenden Händen und rubbelten und rieben uns sehr ausgiebig. Dabei wurde der gesamte Schmutz und das Salz unserer Reise in grauen Streifen von der Haut geschabt. Für unsere Begriffe hätte das, was die Sauberkeit betrifft, gereicht; sie jedoch fuhren fort zu reiben, und so trat in Form dünner grauer Würmer weiterer Schmutz aus den Poren.

Als kein Grau sich mehr zeigte und wir durch den Dampf und das Reiben ganz rot geworden waren, erboten die Männer sich, uns von unserer Körperbehaarung zu befreien. Mein Vater lehnte diese Behandlung genauso ab wie ich. Ich hatte mir an diesem Tag bereits jenes flaumige Barthaar abrasiert, das ich damals noch hatte; alles andere Haar am Körper gedachte ich zu behalten. Onkel Mafìo hingegen überlegte einen Moment und sagte den Dienern dann, sie sollten ihn von dem

Haar auf seiner Artischocke befreien, Brust- und Barthaar jedoch ungeschoren lassen. Woraufhin zwei der Männer – und zwar die jüngsten und hübschesten – sich an diese Aufgabe machten. Sie salbten den Bereich seines Schrittes mit einem hellbraunen Salböl, woraufhin das dicke Haarbüschel dort sich auflöste und wie Rauch verschwand. Es dauerte nicht lange, und er war an dieser Stelle genauso kahl wie Doris Tagiabue.

»Dieses Salböl ist ein Zaubermittel«, sagte er bewundernd und blickte an sich herunter.

»Das ist es in der Tat, Scheich Folo«, sagte einer der jungen Männer lüstern lächelnd. »Dadurch, daß das Haar verschwunden ist, ist Euer *zab* viel besser zu sehen und sticht so deutlich und hübsch ab wie ein Kriegsspeer. Eine regelrechte Fackel, Eurer Geliebten in der Nacht den Weg zu Euch zu weisen. Ein Jammer, daß der Scheich nicht beschnitten ist, so daß die leuchtende Pflaume auf dem *zab* freiliegt zum Bewundern und zum . . .«

»Genug davon! Sag mir, kann man dieses Salböl kaufen?«

»Gewiß. Ihr braucht es mir nur zu befehlen, Scheich, und ich laufe zur Apotheke, um eine frische Dose *mumum* zu holen. Oder auch viele Dosen.«

Mein Vater sagte: »Siehst du etwas darin, womit man Handel treiben könnte, Mafìo? Ich meine nur, es gäbe in Venedig keinen großen Markt dafür. Einem Venezianer ist auch noch der letzte Flaum auf seinem Pfirsich kostbar.«

»Aber wir ziehen doch gen Osten, Nico. Vergiß nicht, viele von den Angehörigen der Völkerschaften im Osten betrachten Körperbehaarung als einen Makel – und zwar Männer wie Frauen. Sofern dieses *mumum* hier nicht allzuviel kostet, könnten wir es dort mit erklecklichem Gewinn verkaufen.« Woraufhin er sich seinem Einreiber zuwandte und sagte: »Bitte, hör auf mit dem Gefummele und mach weiter mit dem Baden.«

So wuschen die Männer uns von Kopf bis Fuß und verwendeten dabei eine kremige Seife, wuschen uns die Haare und den Bart mit duftendem Rosenwasser und trockneten uns mit großen flauschigen, nach Moschus riechenden Badetüchern. Nachdem wir wieder angezogen waren, reichten sie uns kühle Getränke aus gesüßtem Zitronensaft-Sorbet, damit unsere innere Feuchtigkeit wiederhergestellt würde, die uns durch die Hitze inzwischen völlig ausgetrieben worden war. Beim Verlassen des *hamman* fühlte ich mich sauber wie nie zuvor in meinem Leben und war den Arabern für die Erfindung dieser Einrichtung von Herzen dankbar. Ich sollte mich ihrer fürderhin häufig bedienen, und das einzige, worüber ich mich beschweren könnte, wäre, daß so viele Araber selbst Schmutz und Gestank der in einem solchen *hamman* zu erwerbenden Sauberkeit vorzogen.

Wirt Ishaq hatte, was das Essen des *khane* betrifft, durchaus nicht übertrieben; allerdings bezahlten wir, daß er uns mit Nektar und Ambrosia hätte laben können. Am ersten Abend gab es mit Pistazien gefülltes Lamm, dazu Reis und ein Gericht aus in Streifen geschnittenen und mit Zitronensaft beträufelten Gurken. Zum Nachtisch gab es Konfekt aus kandiertem, mit geraspelten Mandeln vermischtem und außerordentlich appetitlich duftendem Granatapfelbrei. Alles war überaus wohlmundend, doch am besten schmeckte mir das Getränk, das zu allem gereicht wurde. Ishaq erzählte mir, es handele sich um einen Aufguß aus roten Beeren, der *kawa* genannt wurde. Dieses arabische Wort bedeutet Wein, doch das ist *kawa* nicht, denn Weingenuß ist den Arabern von ihrer Religion her verboten. Nur in seiner Farbe hatte *kawa* Ähnlichkeit mit dem Wein: das Getränk war von tiefem Granatrot wie etwa ein schön gereifter Barolo aus Piemont; nur besitzt er nicht das kräftige Aroma eines Barolo und hat auch nicht die für diesen Wein typische veilchenhafte Blume. Auch ist *kawa* weder süß noch sauer wie manche andere Weine. Es berauscht auch nicht wie unser Wein und macht einem auch nach dem Genuß am nächsten Tag kein Kopfweh. Gleichwohl erfreut er das Herz und befeuert die Sinne; ein paar Glas *kawa*, so vertraute Ishaq mir an, setzen einen Reisenden oder einen Krieger instand, stundenlang zu marschieren oder zu kämpfen, ohne im geringsten zu ermüden.

Das Mahl wurde auf einem Tuch serviert, um welches herum wir uns auf den Boden hockten; auch wurde es uns ohne irgendwelches Eßgeschirr vorgesetzt. Infolgedessen benutzten wir unsere Messer, die wir am Gürtel trugen, zum Schneiden und Zerteilen, so wie wir daheim Tafelmesser benutzt hätten; die Messerspitzen benutzten wir, um Fleischbrocken aufzuspießen und zum Mund zu führen, statt wie daheim kleine Fleischspieße zu verwenden. Und da wir weder Spieße noch Löffel hatten, stopften wir uns die Füllung und den Reis sowie die Süßigkeiten mit den Fingern in den Mund.

»Nur den Daumen sowie Zeige- und Mittelfinger der rechten Hand benutzen«, riet mein Vater mir leise. »Die Linke gilt bei den Arabern als ungehörig und dient nur dazu, sich den Hintern abzuwischen. Desgleichen hock dich nur auf den linken Schenkel, nimm nur kleine Portionen und sieh deine Mitspeisenden beim Essen nicht an; sonst ist es ihnen womöglich peinlich, und es vergeht ihnen der Appetit.«

Aus der Art und Weise, wie Araber ihre Hände benutzen, ist eine Menge herauszulesen, wie ich nach und nach erfahren sollte. Streicht er sich zum Beispiel beim Sprechen über seinen kostbarsten Besitz, den Bart, schwört er bei seinem Barte, daß er die Wahrheit spricht. Legt er den Zeigefinger ans Auge, ist das ein Zeichen der Zustimmung zu dem, was du gesagt oder auch befohlen hast. Legt er die Hand an den Kopf, gelobt er damit, daß sein Kopf für jeden Ungehorsam geradestehen wird. Vollführt er jedoch eine einzige dieser Gesten mit der *Linken*, macht er sich nur lustig über dich; und berührt er dich gar mit dieser linken Hand, ist das wirklich eine schlimme Beleidigung.

3 Einige Tage später erkundigten wir uns, wann der Befehlshaber der Kreuzritter in der Burg weilte, und begaben uns zu ihm, um ihm einen Höflichkeitsbesuch abzustatten. Im Vorhof der Burg wimmelte es von Rittern der verschiedenen Orden: einige saßen nur herum, andere waren beim Würfelspiel, noch andere plauderten oder stritten miteinander. Wieder andere waren, obwohl es noch früh am Tag war, offenkundig betrunken. Keiner jedenfalls schien bereit, vors Tor zu stürmen und mit den Sarazenen zu kämpfen – oder darauf erpicht, es zu tun, oder es zu bedauern, es nicht zu tun. Nachdem mein Vater den beiden verschlafen dreinblickenden Rittern, die vor dem Burgtor Wache hielten, erklärt hatte, was wir wollten, sagten sie nichts, sondern gaben uns nur mit einem Kopfrucken zu verstehen, wir sollten eintreten. Innerhalb der Burg trug mein Vater unser Begehr einem Lakaien und Rittersmann nach dem anderen vor, bis wir schließlich in einen mit Schlachtbannern vollhängenden Raum gewiesen wurden, wo wir warten sollten. Nach einiger Zeit trat eine Dame ein. Sie mochte um die Dreißig sein und war nicht besonders hübsch, dafür jedoch von anmutigem Betragen. Sie trug ein Goldkrönchen auf dem Kopf und sagte in kastilisch gefärbtem Französisch: »Ich bin Prinzessin Eleanor.«

»Nicolò Polo«, stellte mein Vater sich vor und verneigte sich. »Und das hier mein Bruder Mafio und mein Sohn Marco.« Um dann zum sechsten- oder siebtenmal vorzutragen, warum wir um Audienz nachsuchten.

Voller Bewunderung und ein wenig bänglich sagte die Dame: »Ganz bis nach Kathay? Ach du liebe Güte, hoffentlich kommt mein Gatte nicht auf die Idee, sich Euch anzuschließen. Er reist gern und verabscheut das elendige Acre.« Die Tür ging auf und ließ einen Mann etwa ihres Alters eintreten. »Hier ist er. Prinz Edward. Mein Herz, dies hier ist . . .«

». . . die Familie Polo«, schnitt er ihr mit leicht angelsächsischem Akzent das Wort ab. »Ihr seid mit dem Nachschubschiff eingetroffen.« Auch er trug eine kleine Krone und außerdem einen Überwurf mit dem Georgskreuz darauf. »Was kann ich für *Euch* tun?« Das vorletzte Wort betonte er, als wären wir nur die letzten einer ganzen Reihe von Bittstellern.

Zum siebten- oder achtenmal erklärte mein Vater, worum es ging, und schloß mit den Worten: »Wir möchten Eure Königliche Hoheit nur bitten, uns dem höchsten geistlichen Würdenträger unter der Ritterschaft vorzustellen. Wir möchten ihn nämlich ersuchen, uns einige seiner Priester auszuleihen.«

»Was mich betrifft, könnt Ihr sie alle haben. Und sämtliche Kreuzritter dazu! Eleanor, meine Liebe, würdest du den Archidiakon bitten, sich zu uns zu gesellen?«

Als die Prinzessin den Raum verließ, sagte mein Onkel kühn: »Eure Königliche Hoheit scheinen weniger denn zufrieden mit diesem Kreuzzug.«

Edward verzog das Gesicht zu einer Grimasse. »Bis jetzt ist er eine

Katastrophe nach der anderen gewesen. Unsere letzte Hoffnung war, daß der fromme Ludwig aus Frankreich die Führung übernehmen würde, da er beim letzten Kreuzzug so erfolgreich gewesen war. Aber er wurde krank und starb auf dem Weg hierher. Sein Bruder hat seinen Platz eingenommen, aber Charles ist nur ein Politiker und vertut seine ganze Zeit mit Verhandlungen. Zu seinem eigenen Vorteil, wie ich hinzusetzen könnte. Jeder christliche Monarch, der irgendwie mit diesem ganzen Durcheinander zu tun hat, sucht nur seine eigenen Interessen zu mehren. Keinem geht es dabei um die Christenheit insgesamt. Was wunder, daß die Ritter enttäuscht sind und keinen Schwung mehr haben.«

Mein Vater meinte: »Die draußen sehen in der Tat nicht sonderlich unternehmungslustig aus.«

»Die wenigen, die noch nicht nach Hause gezogen sind, kann ich nur selten aus den Lotterbetten ihrer Liebchen herausholen, um einen Ausfall gegen den Feind zu machen. Selbst im Felde ziehen sie das Bett dem Kampf vor. Eines Nachts – das ist noch gar nicht lange her – schliefen sie alle, als ein sarazenischer *hashishi* durch die Wachen hindurchschlüpfte und sich in mein Zelt schlich. Könnt Ihr Euch das vorstellen? Und ich trage kein Schwert unter meinem Nachtgewand. Ich mußte einen dornbewehrten Kerzenhalter ergreifen und mich seiner damit erwehren.« Der Prinz stieß einen tiefen Seufzer aus. »So, wie die Dinge stehen, muß ich selbst meine Zuflucht zur Politik nehmen und verhandeln. Im Augenblick verhandle ich mit einer Gesandtschaft der Mongolen; ich hoffe nämlich, ein Bündnis gegen unseren gemeinsamen Feind, den Islam, mit ihnen zu schließen.«

»Daher also«, sagte mein Onkel. »Wir hatten uns schon gewundert, einige Mongolen in der Stadt zu sehen.«

Voller Hoffnung hob mein Vater an: »Dann paßt unser Vorhaben sehr gut zu dem Euren, Königliche Hoheit . . .«

Die Tür ging wieder auf, Prinzessin Eleanor kehrte zurück und brachte einen großgewachsenen, gleichwohl jedoch schon recht betagten Mann mit, der eine prachtvoll bestickte Dalmatika trug. Prinz Edward übernahm die Vorstellung:

»Der Hochehrenwerte Tebaldo Visconti, Archidiakon von Lüttich. Dieser redliche Herr geriet ob der Unfrömmigkeit seiner Amtsbrüder in Flandern in Verzweiflung und bewarb sich um das päpstliche Legat, mich hierher zu begleiten. Teo, die drei Herren hier sind fast Nachbarn Eures heimatlichen Piacenza. Die Polo stammen aus Venedig.«

»Wahrhaftig, *i Pantaleoni*«, sagte der alte Mann und nannte uns bei unserem hassenswerten Spitznamen, mit denen die Bürger rivalisierender Städte die Venezianer belegen. »Seid Ihr hier, um den Handel Eurer schändlichen Republik mit den Ungläubigen noch auszuweiten?«

»Aber, aber, Teo«, sagte die Prinzessin peinlich berührt. »Ich habe Euch doch gesagt, die Herren sind nicht hier, um Handel zu treiben, durchaus nicht.«

»Wenn nicht das, um welche Schändlichkeiten dann zu begehen?«

sagte der Archidiakon. »Ich glaube alles, nur nichts Gutes über Venedig. Lüttich war schon schlimm genug, aber Venedig ist überall berüchtigt als das Babel des Abendlandes. Eine Stadt voll habgieriger Männer und geiler Frauen.«

Bei diesen Worten war mir, als hätte er den Blick insbesondere auf mich gerichtet – gleichsam, als wüßte er von meinen Abenteuern in jenem Sündenpfuhl. Schon schickte ich mich an, zu meiner Rechtfertigung zu beteuern, ich sei nicht habgierig, doch kam mein Vater mir zuvor, indem er beschwichtigend sagte:

»Vielleicht ist unsere Stadt zu Recht als verrufen bekannt, Ehrwürden. *Tuti semo fati de carne*. Aber wir sind nicht im Auftrag Venedigs unterwegs. Wir überbringen nur eine Bitte des Khans Aller Khane der Mongolen, und das kann nur dem ganzen Abendland und unserer heiligen Mutter, der Kirche, zum Vorteil gereichen.« Sodann fuhr er fort, dem hohen geistlichen Herrn zu erklären, Kubilai habe um Missionare gebeten. Visconti hörte ihn an, fragte dann jedoch hoffärtig:

»Warum Euch an mich wenden, Polo? Ich bekleide nur das Amt eines Diakons, bin ein ernannter Administrator, nicht einmal ordinierter Priester.«

Ja, er war noch nicht einmal höflich, und ich hoffte, mein Vater würde ihm das sagen. Doch der meinte nur: »Ihr seid der höchste kirchliche Würdenträger im Heiligen Land. Der Legat des Papstes.«

»Es gibt keinen Papst«, erwiderte Visconti. »Und solange keine apostolische Autorität gewählt worden ist – wer bin da ich, hundert Priestern zu befehlen, ins ferne Unbekannte zu ziehen, bloß um der Laune eines heidnischen Barbaren zu willfahren?«

»Kommt, kommt, Teo«, ließ der Prinz sich abermals vernehmen. »Ich glaube, wir haben mehr Priester in unserem Gefolge als kämpfende Ritter. Für einen so guten Zweck können wir doch zweifellos einige von ihnen entbehren.«

»Falls es wirklich ein guter Zweck ist, Euer Gnaden«, sagte der Archidiakon und funkelte uns an. »Vergeßt nicht, der Vorschlag kommt von Venezianern. Auch handelt es sich nicht um den ersten Vorschlag dieser Art. Vor einigen zwanzig Jahren sind die Mongolen schon einmal mit einem ähnlichen Ansinnen an uns herangetreten, damals direkt in Rom. Einer ihrer Khane – Kuyuk hieß er, ein Vetter dieses Kubilai – hat einen Brief an Papst Innozenz geschickt und gebeten – nein: befohlen – Seine Heiligkeit und sämtliche Herrscher des Westens sollten geschlossen zu ihm kommen, sich ihm unterwerfen und ihm huldigen. Selbstverständlich hat man das ignoriert. Doch da seht Ihr, was für Einladungen die Mongolen aussprechen, und wenn so etwas über einen venezianischen Mittelsmann kommt...«

»Verachtet unser Herkommen, wenn es Euch beliebt«, fiel mein Vater ihm immer noch gleichmütig in die Rede. »Gäbe es kein Fehl in der Welt, könnte es kein Verzeihen geben. Aber bitte, Ehrwürden, vertut nicht diese Gelegenheit, bloß weil Ihr uns verachtet. Der Khakhan Kubilai verlangt nicht anderes, als daß Eure Priester kommen und ihre Religion verkündigen. Ich habe das schriftliche Ersuchen des Khans dabei, geschrieben nach dem Diktat des Khans von einem seiner Schreiber. Ehrwürden sind imstande, Farsi zu lesen?«

»Nein«, sagte Visconti und stieß noch ein verzweifeltes Schnauben aus. »Dazu bedarf es eines Dolmetschs.« Er zuckte mit den schmalen Schultern. »Sehr wohl. Ziehen wir uns in einen anderen Raum zurück; dort kann mir der Brief dann vorgelesen werden. Wir brauchen die Zeit von Euer Gnaden nicht zu verschwenden.«

So vertagten er und mein Vater ihre Besprechung. Prinz Edward und Prinzessin Eleanor blieben noch etwas, um sich mit mir und Onkel Mafìo zu unterhalten, und es war, als wollten sie uns damit für das schlechte Betragen des Archidiakons entschädigen. Die Prinzessin sagte: »Könnt *Ihr* Farsi lesen, junger Marco?«

»Nein, meine Dame – Eure Königliche Hoheit. Diese Sprache wird mit den Krakeln des arabischen Alphabets geschrieben, also in der Wurmschrift, und aus der werde ich nicht schlau.«

»Ob Ihr es lesen könnt oder nicht«, sagte der Prinz, »Ihr tätet gut daran, Farsi sprechen zu lernen, wenn Ihr gen Osten zieht. Farsi ist die Handelssprache, die man überall im Osten versteht. Genauso wie Sabir im Mittelmeerraum.«

Die Prinzessin fragte meinen Onkel: »Und wohin zieht Ihr von hier aus, Monsieur Polo?«

»Sofern wir die Priester bekommen, die wir haben möchten, Königliche Hoheit, werden wir sie an den Hof des Khakhan Kubilai bringen. Was bedeutet, daß wir irgendwie am sarazenischen Binnenland vorbeikommen müssen.«

»Ach, die Priester solltet Ihr bekommen«, meinte Prinz Edward. »Nonnen könntet Ihr wahrscheinlich auch haben, wenn Ihr wolltet, Teo wird nur allzu froh sein, sie allesamt loszusein, denn sie sind die Ursache seiner ganzen schlechten Laune. Laßt Euch nicht durch sein Benehmen ins Bockshorn jagen. Teo stammt aus Piacenza, folglich kann seine Haltung gegenüber Venedig Euch kaum erstaunen. Außerdem ist er aber ein gottesfürchtiger, frommer alter Herr und unbeugsam in seiner Mißbilligung der Sünde. Infolgedessen ist er, selbst gut gelaunt, immer noch eine Prüfung für uns gewöhnliche Sterbliche.«

Ich sagte voller Ungeduld: »Ich hatte gehofft, mein Vater würde ebenso schlechtgelaunte Widerworte geben.«

»Euer Vater ist vermutlich klüger, als Ihr es seid«, sagte Prinzessin Eleanor. »Es geht das Gerücht, daß Teobaldo der nächste Papst sein wird.«

»Was?« entfuhr es mir dermaßen überrascht, daß ich sogar vergaß, sie mit dem ihr gebührenden Titel anzureden. »Aber er hat doch gerade eben gesagt, er sei nicht einmal geweihter Priester!«

»Er ist aber auch ein sehr alter Mann«, sagte sie. »Und das scheint seine Hauptempfehlung für das höchste Amt zu sein. Im Konklave ist es zu einem Stillstand gekommen, weil wie üblich jede Gruppierung ihren Lieblingskandidaten hat. Die Laien erheben ihre Stimme und wollen einen Papst haben. Visconti wäre für sie zumindest akzeptabel – und den Kardinälen desgleichen. Sollte es innerhalb des Konklaves zu keiner Entwicklung kommen, wird erwartet, daß Teobaldo gewählt wird, eben *weil* er alt ist. Auf diese Weise gibt es dann in Rom einen Papst – nur nicht für lange. Nur eben so lange, wie es braucht, daß die einzelnen Gruppierungen ihre geheimen Manöver und Ränke durchführen, um sich darüber zu einigen, welcher Lieblingskandidat die Bienenkorb-Tiara tragen soll, wenn unser Visconti darunter stirbt.«

Boshaft sagte Prinz Edward: »Und soviel ist gewiß: Teo wird bald einen Schlaganfall bekommen und sterben, wenn er feststellt, daß Rom auch nur annähernd so ist wie Lüttich oder Acre – oder Venedig.«

Lächelnd sagte mein Onkel: »Also ein Sündenbabel, wollt Ihr damit sagen?«

»Ja. Und deshalb werdet Ihr meiner Meinung nach Eure Priester bekommen. Euch gegenüber mag Visconti den Polterer spielen, aber er wird nicht traurig sein, die Priester in weite Ferne ziehen zu sehen – sehr weit weg von ihm. Sämtliche Mönchsorden haben hier Niederlassungen, damit sie den Bedürfnissen der Kämpfer gerecht werden – allerdings legen sie ihre Pflichten recht großzügig aus. Neben ihren Aufgaben als Krankenpfleger, die Spitäler unterhalten, und ihren seelsorgerischen Pflichten, leisten sie einige Dienste, die ihren heiligen Ordensgründern bestimmt nicht gefallen würden. Ihr könnt Euch gewiß vorstellen, welche ihrer Bedürfnisse die Karmeliterinnen und Clarissen befriedigen – und zwar auf höchst einträgliche Art. Mönche und Brüder hingegen werden dadurch reich, daß sie – was gegen das Gesetz ist – Handel mit den Einheimischen treiben und sogar die Vorräte und Arzneien verhökern, die ihren Klöstern von den gutherzigen Christen daheim in Europa gespendet worden sind. Außerdem verkaufen die Priester Nachlaß und treiben Handel mit absurdem Aberglauben. Habt Ihr so etwas wie dies hier schon mal gesehen?«

Mit diesen Worten zog er ein Stück violettes Papier aus der Tasche und reichte es Onkel Mafio, der es auseinanderfaltete und laut vorlas:

»Weihe, ja, heilige dies Papier, o Gott, damit es die Arbeit des Teufels zunichte mache. Wer dies mit heiligen Worten beschriebene Papier mit sich herumträgt, soll befreit sein von den Heimsuchungen Satans.«

»Männer, die in den Kampf ziehen sollen, bilden für derlei Schmierereien einen aufnahmebereiten Markt«, sagte der Prinz trocken. »Und zwar die Männer auf beiden Seiten, denn für die Muslims ist Satan genauso sehr der Feind wie für uns Christen. Für einen englischen Silbergrot oder für einen arabischen Dinar sind alle Priester bereit, eine Wunde mit Weihwasser zu behandeln. Und zwar die Wunde eines jeden, gleichgültig, ob es sich bei der Wunde um eine Schwertwunde handelt oder um die Folge einer venerischen Krankheit. Letzteres ist übrigens häufiger der Fall.«

»Seid froh, daß Ihr bald aus Acre hinauskommt«, sagte die Prinzessin aufseufzend. »Wenn wir das nur könnten!«

Onkel Mafìo dankte ihnen für die Audienz; dann verabschiedeten wir uns. Er sagte, er kehre zurück in unseren *khane,* da ihm daran gelegen sei, Genaueres darüber zu erfahren, welche Mengen von dem *mumum*-Salböl zu haben seien. Ich für mein Teil machte mich auf, ein wenig durch die Stadt zu streifen. Ich hoffte, dabei die ersten paar Worte Farsi zu hören und sie mir einzuprägen, wie Prinz Edward mir empfohlen hatte. Wie der Zufall es wollte, lernte ich dabei einige kennen, die vielleicht nicht die Billigung des Prinzen gefunden hätten.

Ich schloß mich drei Jungen etwa meines Alters an, die Ibrahim, Daud und Naser hießen. Sie kannten zwar nur ein paar Brocken Sabir, doch konnten wir uns verständigen – das schaffen Jungen wohl immer –, in diesem Falle mit Hilfe von Gesten und Grimassen. Zusammen durchstreiften wir die Stadt, wobei ich bald auf dieses, bald auf jenes zeigte und die Bezeichnung nannte, die ich dafür kannte, entweder auf sabir oder auf venezianisch, um dann zu fragen: »Farsi?«, woraufhin sie mir die Bezeichnung in ebendieser Sprache nannten, wobei sie sich manchmal erst untereinander einig werden mußten. Auf diese Weise erfuhr ich, daß ein Händler, Kaufmann oder Verkäufer ein *khaja* ist und alle kleinen Jungen *ashbal* oder ›Löwenjunges‹ genannt werden, alle kleinen Mädchen *zaharat* oder ›Kleine Blume‹, ein Pistazienkern *fistuk,* ein Kamel *shutur* und so weiter: Farsiwörter, die mir überall auf meinen Reisen im Osten von Nutzen sein sollten. Die anderen lernte ich später kennen.

Wir kamen an einem Laden vorüber, in dem ein arabischer *khaja* Schreibgerät zum Kauf feilbot, darunter feines Pergament und womöglich noch feineres Velinpapier, aber auch andere Papiere unterschiedlichster Qualität, vom dünnen, aus Reis hergestellten Papier aus Indien über das flächserne Khorasan bis zum überaus teuren maurischen, das seiner Glätte und Eleganz wegen Pergamentpapier genannt wird. Ich wählte aus, was ich mir leisten konnte, eine mittlere Qualität von beträchtlicher Festigkeit, und ließ es vom *khaja* in kleine Stücke schneiden, die ich leicht tragen oder verpacken konnte. Außerdem erstand ich etwas Ölkreide, um etwas zum Schreiben zu haben, wenn ich keine Zeit hatte, Tinte zu bereiten und eine Feder zu spitzen. Dann setzte ich mich hin und begann mit meiner ersten Sammlung unbekannter Wörter. Später sollte ich anfangen, mir Notizen über die Namen von Orten zu machen, durch die ich hindurchkam, über Menschen, die ich kennenlernte, und überhaupt über Dinge, die passierten; mit der Zeit wurde aus meinen Papieren so etwas wie ein Logbuch all meiner Reisen und Abenteuer.

Inzwischen war Mittag vorüber, ich ging barhäuptig in der heißen Sonne und fing an zu schwitzen. Die Jungen bemerkten das und fingen an zu kichern und gaben mir durch Gesten zu verstehen, das liege nur daran, daß ich so seltsam angezogen sei. Was ihnen vor allem Grund zum Lachen zu sein schien, war der Umstand, daß meine spindeldürren Beine für jedermann sichtbar waren, gleichwohl jedoch eng umschlossen von meiner venezianischen Strumpfhose. Woraufhin ich ihnen zu verstehen gab, ihre bauschigen und stoffreichen Kleider seien für mich genauso lächerlich; eigentlich müßte es ihnen doch noch wärmer sein als mir. Woraufhin sie mir erklärten, ihre Kleidung sei die einzig praktische in diesem Klima. Um diese Behauptung auf die Probe zu stellen, begaben wir uns schließlich in eine abgelegene Sackgasse, wo Daud und ich unsere Kleider tauschten.

Selbstverständlich wurde, als wir uns bis auf die Haut ausgezogen hatten, noch ein Unterschied zwischen Christ und Muslim erkennbar, und es kam zu gegenseitiger Untersuchung und allerlei erstaunten Ausrufen in unseren verschiedenen Sprachen. Ich hatte bislang keine genaue Vorstellung gehabt, was für eine Verstümmelung mit der Beschneidung eigentlich verbunden war; sie hingegen hatten noch nie einen über dreizehn Jahre alten Jungen oder Mann gesehen, dessen *fava* immer noch von der *capèla* behütet wurde. Wir alle nahmen den Unterschied zwischen mir und Daud genau in Augenschein – stellten fest, daß seine *fava*, die ja immer freiliegt, trocken glänzte, fast schuppig wirkte und mit Fusseln und Flaum behaftet schien; wohingegen die meine, die ich je nach Lust und Laune bedecken oder freilegen konnte, sich sehr viel weicher und samtiger anfühlte, selbst dann noch, als mein Glied sich – der vielen Aufmerksamkeit wegen, die ihm zuteil wurde – versteifte und aufrichtete.

Die drei Araberjungen machten aufgeregte Bemerkungen, was sich für meine Ohren anhörte wie: »Laß uns dies neue Ding mal ausprobieren!«, worauf ich mir keinen Vers machen konnte. Deshalb bemühte der nackte Daud sich zu zeigen, was er meinte, griff hinter sich, um meinen *candeloto* in die Hand zu nehmen und dann auf sein mageres Hinterteil zu richten; dann beugte er sich vor, wackelte mit demselben und sagte mit verführerischer Stimme: »*Kus! Baghlah! Kus!*« Darüber lachten Ibrahim und Naser und vollführten zustoßende Bewegungen mit dem Zeigefinger und riefen: »*Ghunj! Ghunj!*« Ich begriff noch immer nicht, hatte aber etwas dagegen, daß sich Daud mir gegenüber Freiheiten herausnahm. Folglich lockerte ich den Griff seiner Hand, schob sie fort und beeilte mich dann, mich zu bedecken, indem ich in die Hüllen stieg, die er hatte fallen lassen. Die Jungen hatten für meine christliche Prüderie nur ein gutmütiges Schulterzucken übrig, und Daud zog meine Kleider über.

Das Unterteil der Araberkleidung ist – wie die Hose eines Venezianers – ein zweigeteiltes Beinkleid, welches von der Hüfte – wo es mit einer Schnur zusammengehalten wird – bis zu den Fesseln hinunterreicht, wo sie sich sehr verengen; dazwischen sitzen sie nicht stramm, sondern sind sehr weit geschnitten. Die Jungen erklärten mir, das Farsiwort für dieses Kleidungsstück sei *paj-jamah*; die größte Annäherung daran war für sie das französische *troussés*. Beim Oberteil handelt es sich um ein langärmeliges Hemd, das sich nicht sonderlich von den bei uns getragenen unterscheidet, höchstens, daß es locker sitzt wie eine Bluse. Darüber kommt ein *aba*, eine Art leichten Überwurfs mit Schlitzen für die Arme; alles andere hängt locker um den Körper und reicht fast bis auf den Boden. Die arabischen Schuhe sind wie die unseren, nur sind sie so gearbeitet, daß sie für jeden Fuß passen; denn sie sind von beträchtlicher Länge, und der Teil, der unausgefüllt bleibt, ringelt sich nach oben über den Fuß. Auf dem Kopf trägt man eine *kaffiyah,* ein viereckiges Kopftuch, das hinten und an den Seiten bis über die Schultern reicht und von einer locker um den Kopf gebundenen Schnur zusammengehalten wird.

Überrascht stellte ich fest, daß mir in diesem Aufzug kühler war als in dem meinen. Ich trug ihn eine Zeitlang, bis Daud und ich die Kleider wieder wechselten; und ich fühlte mich auch länger kühl darin als in meinem venezianischen Gewand. Die vielen Lagen Stoff hinderten die Haut nicht am Atmen, wie ich angenommen hatte, sondern sie scheinen vielmehr die kühle Luft, die vorhanden ist, einzuschließen und vor der Erwärmung durch die Sonne zu schützen. Da sie locker sitzen, sind diese Kleider sehr bequem und beengen durchaus nicht.

Da dies Gewand so locker sitzt und ohne weiteres noch weiter gelockert werden kann, konnte ich nicht begreifen, warum die arabischen Jungen – und alle Araber männlichen Geschlechts, gleich, welchen Alters – ihr Wasser so abschlagen, wie sie es tun. Dabei hocken sie sich nämlich auf den Boden wie die Frauen. Obendrein tun sie es aber, wo immer es ihnen beliebt, wobei irgendwelche Vorübergehende sich genausowenig um sie kümmern wie sie sich um die Vorübergehenden. Als ich Neugier und Mißbehagen zum Ausdruck brachte, wollten die Jungen wissen, wie denn ein Christ sein Wasser abschlage. Ich deutete an, daß wir dies im Stehen täten und möglichst ungesehen in einem abgeschlossenen Raum. Daraufhin gaben sie mir zu verstehen, daß diese aufrechte Haltung in ihrem heiligen Buch, dem *Koran,* unrein genannt wird – und daß ein Araber sich nur zwecks Verrichtung einer noch größeren Notdurft auf einen Abort oder *mustarah* begibt – und auch das nur ungern, weil Aborte Gefahren bergen. Als ich das erfuhr, wurde ich womöglich noch neugieriger, woraufhin die Jungen es mir erklärten. Wie die Christen, glauben auch die Muslims an Teufel und Dämonen, die aus der Unterwelt heraufsteigen – an Wesen also, die *jinn* oder *arafit* genannt werden; eben diese gelangten aber am mühelosesten durch die Gruben an die Erdoberfläche, die man unter der *mustarah* gegraben habe. Das klang einleuchtend. Die Folge dieser Erklärung war, daß ich mich lange hinterher nur voller Unbehagen über das Loch eines Abtritts hockte, weil ich Angst hatte, unten von irgendwelchen Klauen gepackt zu werden.

Die Straßenkleidung der Araber mag unserem Auge häßlich erscheinen, ist es jedoch wesentlich weniger als die Kleider der Araberinnen. Diese wirken nämlich deshalb so besonders häßlich, weil sie sich auf höchst unweibliche Weise nicht von den seinen unterscheiden. Sie trägt genauso bauschige *troussès* wie er, dazu Hemd und *aba*; nur, daß sie keinen *kaffiyah* trägt, sondern den *chador* oder Schleier, der ihr vom Scheitel vorn und hinten und von allen Seiten fast bis zu den Füßen reicht. Manche Frauen tragen einen so dünnen schwarzen *chador,* daß sie dämmerig hindurchschauen können, ohne selbst gesehen zu werden; andere tragen einen Schleier aus festerem Stoff mit einem schmalen Sehschlitz vor den Augen. Von all diesen verschiedenen Tüchern und Schleiern eingehüllt, ist die Gestalt einer Frau eigentlich nichts anderes als ein wandelnder Stoffhaufen. Ja, ein Nicht-Araber kann überhaupt nur dann vorn und hinten bei einer Frau unterscheiden, wenn sie geht.

Mit Hilfe von Grimassen und Gesten gelang es mir, meinen Gefährten eine Frage begreiflich zu machen. Angenommen, daß sie – darin den jungen Venezianern gleich – abends durch die Gassen flanierten, um sich am Anblick schöner junger Frauen zu ergötzen – woher wußten sie eigentlich, ob eine Frau wirklich schön war?

Sie gaben mir zu verstehen, daß die Schönheit einer Frau nicht am Schnitt ihres Gesichts, ihrer Augen oder ihrer Gestalt ganz allgemein gemessen werde, sondern daran, wie ausladend ihre Hüften und ihr Hinterteil wären. Dem erfahrenen Auge, so versicherten die Jungen mir, seien die enormen wackelnden Rundungen selbst noch unter der Straßenkleidung der Frauen erkennbar. Freilich warnten sie mich, ich sollte mich durch den äußeren Anschein nicht verleiten lassen; viele Frauen, so deuteten sie an, polsterten sich Hüften und Gesäß, um wahrhaft begehrenswerte Ausmaße vorzutäuschen.

Ich stellte noch eine Frage. Angenommen, Ibrahim und Daud und Naser wünschten genauso wie junge Venezianer die Bekanntschaft einer schönen Fremden zu machen – wie sie das anstellen würden?

Diese Frage schien sie in nicht gelinde Verlegenheit zu versetzen. Sie baten mich, das zu erläutern. Ob ich eine schöne unbekannte *Frau* meinte.

Ja, selbstverständlich. Was denn sonst?

Nicht doch einen schönen unbekannten Mann oder Jungen?

Mir war der Verdacht schon zuvor gekommen, und jetzt war ich mir sicher, daß ich einer Gruppe von angehenden Don Metas und Sior Monas zum Opfer gefallen war. Sonderlich erstaunt allerdings war ich nicht, wußte ich doch, daß die Stadt Sodom von ehedem nicht weit östlich von Acre gestanden hatte.

Wieder kicherten die Jungen über meine christliche Naivität. Ihren Gesten und ihren wenigen provenzalischen Brocken entnahm ich, daß – dem Islam und dem heiligen *Koran* zufolge – Frauen nur zu dem Zwecke geschaffen worden seien, daß Männer Söhne mit ihnen zeugen könnten. Bis auf den einen oder anderen reichen Herrscher, der es sich leisten konnte, einen ganzen Bienenschwarm von wirklich unberührten Jungfrauen zu sammeln und zu halten, um sich ihrer nur ein einziges Mal zu bedienen und sie hinterher abzustoßen, verschafften sich nur wenige fleischliche Lust mit Frauen. Warum sollten sie auch? Es gab so viele Männer und Jungen, pummeliger und schöner als jede Frau. Von allen anderen Überlegungen einmal abgesehen, sei ein männlicher Liebhaber einer weiblichen Liebhaberin schon deshalb vorzuziehen, weil er ein Mann war.

Dort drüben übrigens könne ich an einem Beispiel den besonderen

Wert eines männlichen Wesens erkennen – sie zeigten auf einen wandelnden Stoffhaufen, eine Frau also, die in einem besonderen Tuch ein kleines Kind bei sich trug – jedenfalls könnten sie erkennen, daß es sich nicht um ein Mädchen, sondern um einen Jungen handele, denn sein Gesicht sei über und über mit Fliegen bedeckt. Ob ich mich nicht wunderte, so fragten sie, warum die Mutter die Fliegen nicht verscheuchte? Die Mutter freue sich darüber, daß die Fliegen das Gesicht des Kindes bedeckten, gerade *weil* es sich um einen Jungen handelte. Jeder boshafte *jinn* oder *afarit*, der lauernd durch die Lüfte schwebe, könne leicht erkennen, daß es sich bei dem Kind um einen wertvollen Jungen handele und ihm daher mit weniger Wahrscheinlichkeit eine Krankheit oder einen Fluch oder irgendeine andere Mißlichkeit anhängen. Handelte es sich um ein Mädchen, würde es der Mutter nichts ausmachen, die Fliegen zu verscheuchen und es den Teufeln unverhüllt zu zeigen; denn kein Dämon reiße sich darum, ein weibliches Kind zu belästigen, und selbst wenn er es täte, würde das der Mutter nicht sonderlich viel ausmachen.

Nun, da ich zum Glück selbst ein Mann war, sollte ich mich – meinte ich – wohl der gängigen Meinung anschließen, daß Männer Frauen bei weitem vorzuziehen seien und gehütet werden müßten. Gleichwohl, ich verfügte über ein wenig einschlägige Erfahrung, die mich zu dem Schluß kommen ließ, daß eine Frau oder ein Mädchen in der Beziehung sehr wohl begehrenswert und zweckentsprechend eingerichtet sei. Wenn sie nichts anderes war oder sein konnte als ein *Gefäß,* dann war sie eben unvergleichlich, ja, notwendig und unersetzlich.

Aber doch keineswegs, bedeuteten mir die Jungen und lachten wieder über meine Einfalt. Selbst als Gefäß sei ein muslemischer Mann bei weitem reaktionsfähiger und köstlicher als jede muslimische Frau, deren Organ durch Beschneidung gebührend abgetötet worden sei.

»Augenblick mal«, gab ich den Jungen zu verstehen. »Soll das heißen, daß die Beschneidung beim Mann irgendwie dazu führt, daß . . .«

Nein, nein, nein. Sie schüttelten entschieden den Kopf. Wovon sie sprächen, das sei die Beschneidung der Frau. Jetzt war es an mir, den Kopf zu schütteln. Wie sollte man schon eine solche Operation bei einem Wesen durchführen, das weder einen christlichen *candelòto* noch einen muslimischen *zab* besitzt oder auch nur ein kindliches *bimbìn*? Jetzt wußte ich überhaupt nicht mehr aus noch ein und gab ihnen das zu verstehen.

Amüsiert und nachsichtig zugleich erklärten sie mir, die Entfernung der männlichen Vorhaut geschehe einzig zu dem Zweck, ihn als Muslim zu kennzeichnen – dabei zeigten sie auf ihr eigenes gestutztes Organ. Nur werde zwecks Wahrung des weiblichen Anstands in einer muslimischen Familie, die etwas auf sich halte, jedes weibliche Kind einer entsprechenden Operation unterzogen. Um das zu verdeutlichen: Es sei der Gipfel der Verunglimpfung, einen anderen Mann »Sohn einer unbeschnittenen Mutter« zu beschimpfen. Ich tappte immer noch im dunkeln.

»Toutes les bonnes femmes – *tabzir* de leurs *zamburs*«, wiederholten sie ein über das andere Mal. Und erklärten, *tabzir* – was immer das bedeuten mochte – werde jedes Mädchen, um es von seinem *zambur* zu befreien – was immer *das* wieder bedeuten mochte; infolgedessen sei sie, zu reifem Frauentum erblüht, frei von jedem unziemlichem Begehren und daher auch nicht geneigt, die Ehe zu brechen. So bleibe sie für immer keusch und über jeden Verdacht erhaben, wie es jede *bonne femme* im Islam sein sollte: ein passives Bündel ohne jeden anderen Daseinszweck, als in ihrer freudlosen Daseinsspanne so viel Kinder männlichen Geschlechts hervorzubringen wie möglich. Das war zweifellos ein empfehlenswertes Endergebnis, doch hatte ich immer noch nicht begriffen, was die Jungen mit ihrer Erklärung des *tabzir,* und was es bewirken sollte, meinten.

Ich wechselte daher das Thema und wandte mich einer anderen Frage zu. Angenommen, Ibrahim oder Daud oder Naser gelüste es nach Art junger Venezianer *doch* einmal nach einer Frau und nicht nach einem Mann oder einem Knaben – und zwar nach einer Frau, die nicht zu Empfindungs- und Fühllosigkeit verdammt sei –, wie sie es dann wohl anstellten, eine solche zu finden?

Naser und Daud kicherten voller Verachtung. Ibrahim hingegen schob verächtlich nachfragend die Augenbrauen in die Höhe, reckte gleichzeitig den Zeigefinger und schob ihn auf und nieder.

»Ja«, sagte ich und nickte. »So eine Frau, wenn das die einzige Art Frauen ist, in der noch so etwas wie Leben steckt.«

Wiewohl in ihren Verständigungsmöglichkeiten beschränkt, machten die Jungen es mir doch nur allzu deutlich, wenn ich eine solche schändliche Frau finden wolle, müsse ich unter den in Acre lebenden Christinnen danach suchen. Nicht, daß ich dabei besonders angestrengt suchen müßte – sie wiesen mit den Fingern quer über den Marktplatz, auf dem wir uns gerade befanden.

Ärgerlich sagte ich: »Aber das ist ein Kloster, ein Haus voll mit christlichen Nonnen.«

Achselzuckend strichen sie sich über ihren noch nicht vorhandenen Bart und versicherten mir, sie hätten die Wahrheit gesprochen. Just in diesem Augenblick öffnete sich die Klosterpforte, und ein Mann und eine Frau betraten den Platz. Bei dem Mann handelte es sich um einen Kreuzritter, der auf dem Umhang das Zeichen des Ordens von San Làzaro trug. Die Frau trug keinen Schleier, war also offenkundig keine Araberin, und trug den weißen Mantel und das braune Habit der Karmeliterinnen. Beide hatten gerötete Gesichter und waren offensichtlich vom Weingenuß erregt.

Da selbstverstädlich, aber auch da erst, fiel mir ein, schon einmal von den »skandalösen« Karmeliterinnen und Clarissen gehört zu haben. Damals hatte ich in meiner Unwissenheit angenommen, die Rede sei von Damen eben dieses Namens gewesen. Jetzt jedoch ging mir auf, daß die frommen Schwestern vom Berge Karmel und die Minoritinnen gemeint gewesen waren, die Angehörigen des weiblichen Zweigs der

Franziskaner, die nach der Schwester des heiligen Franz, Klara, Clarissen genannt wurden.

Ich hatte das Gefühl, in den Augen von drei ungläubigen Jungen mit Schande übergossen worden zu sein, und verabschiedete mich daher kurz angebunden von ihnen. Woraufhin sie ein großes Geschrei erhoben und mir durch eindringliche Gesten zu verstehen gaben, ich solle mich ihnen doch bald wieder anschließen – und *dann* würden sie mir etwas wirklich Staunenswertes zeige. Ich legte mich mit meiner Antwort in keiner Weise fest und suchte mir durch die Straßen und Gassen den Weg zurück zum *khane*.

4 Dort traf ich gleichzeitig mit meinem Vater ein, der von seiner Unterredung mit dem Archidiakon in der Burg zurückkam. Als wir auf unsere Kammer zugingen, trat ein junger Mann heraus, der *hamam*-Reiber, der bei unserer Ankunft im *khane* Onkel Mafio bearbeitet hatte. Strahlend lächelte er uns an und grüßte: »*Salaam aleikum*«, woraufhin mein Vater, wie es sich gehörte, mit: »*Wa aleikum es-salaam*« antwortete.

Onkel Mafio in der Kammer war offensichtlich gerade im Begriff, sich für die Abendmahlzeit in frische Kleider zu werfen. Lebhaft, wie er war, sprudelte er gleich los, als wir hereinkamen:

»Ich habe mir von dem Jungen noch eine Dose Enthaarungs-*mumum* besorgen lassen, um festzustellen, woraus es besteht. Aus Rauschgelb nämlich und Ätzkalk, die mit Olivenöl zu einer Paste vermengt werden; hinzu kommt noch eine Spur Moschus, damit es angenehmer duftet. Wir könnten es ohne weiteres selbst zusammenrühren, doch ist es hier so billig zu haben, daß sich das kaum lohnt. Ich habe dem Jungen den Auftrag gegeben, mir vier Dutzend von den kleinen Dosen zu beschaffen. Und wie steht es mit unseren Priestern, Nico?«

Mein Vater seufzte. »Visconti würde uns offenbar mit Freuden jeden Priester in Acre überlassen, nur um sie loszuwerden. Nur meint er, es wäre nur recht und billig, wenn sie selbst auch ein Wort in der Sache mitzureden hätten. Schließlich gehe es um eine lange und beschwerliche Reise. Infolgedessen setzt er sich jetzt nur dafür ein, Freiwillige zu werben. Er läßt uns wissen, wie viele oder wie wenige es sein werden.«

An einem der darauffolgenden Tage geschah es, daß wir zufällig die einzigen Gäste im *khane* waren, und so lud mein Vater den Wirt ein, uns die Ehre zu geben, sich mit uns zu Abend an das Essenstuch zu setzen.

»Eure Worte stehen mir vor Augen, Scheich Folo«, sagte Ishaq und zog an seinen pluderigen *troussés*, um die Beine im Schneidersitz unter sich zu kreuzen.

»Vielleicht würde die Scheika, Eure Gattin, sich gern zu uns gesellen?« fügte mein Onkel noch hinzu. »Das ist doch Eure Gattin draußen in der Küche, nicht wahr?«

»Das ist sie, in der Tat, Scheich Folo. Aber sie würde nie gegen den

Anstand verstoßen und sich herausnehmen, zusammen mit Männern zu essen.«

»Selbstverständlich nicht«, erklärte mein Onkel. »Verzeiht. Ich habe ganz vergessen, was der Anstand erheischt.«

»Wie der Prophet gesagt hat (Segen und Friede sei mit ihm!): ›Ich stand an der Pforte des Himmels und sah, daß die meisten seiner Bewohner Arme waren. Ich stand an der Pforte der Hölle und sah, daß die meisten ihrer Bewohner Frauen waren.‹«

»Hm. Ja. Nun ja, vielleicht haben dann Eure Kinder Lust, das Mahl mit uns zu teilen, unserem Marco hier zur Gesellschaft. So Ihr Kinder habt.«

»Allah sei's geklagt, aber ich habe keine«, erklärte Ishaq bedrückt. »Ich nenne nur drei Töchter mein eigen. Meine Frau ist eine *baghlah*, und unfruchtbar obendrein. Meine Herren, würdet Ihr mir gestatten, demütig das Gebet zu sprechen?« Woraufhin wir alle den Kopf senkten und er leise sprach: »*Allah ekber rakmet*«, um dann auf venezianisch hinzuzufügen: »Allah ist groß, wir danken Ihm.«

Wir nahmen uns von den Hammelstücken, die zusammen mit Gemüse und Perlzwiebeln gesotten worden waren. Außerdem gab es gebackene, mit Reis und Nüssen gefüllte Gurken. Wir langten zu, und ich sagte zum Wirt: »Verzeiht, Scheich Ishaq. Dürfte ich Euch etwas fragen?«

Er nickte bereitwillig. »Ich stehe ganz zu Eurer Verfügung, junger Scheich.«

»Dieser Ausdruck, den Ihr gebrauchtet, als Ihr von Eurer Gattin spracht: *Baghlah*. Das habe ich noch nie zuvor gehört. Was bedeutet es?«

Die Frage schien ihn mit leichtem Unbehagen zu erfüllen. »Eine *baghlah* ist ein weibliches Maultier. Man wendet es aber auch auf eine unfruchtbare Frau an. Ah, selbstverständlich meint Ihr, das sei ein grobes Wort, so von meiner Frau zu sprechen. Und recht habt Ihr! Denn sonst ist sie eine mustergültige Gattin. Die Herren haben vielleicht bemerkt, wie herrlich mondförmig ihr Gesäß geformt ist. Unvergleichlich ausladend und mächtig schwer. Was sie zwingt, sich zu setzen, wenn sie stehen würde, und aufrecht zu sitzen, wenn sie eigentlich liegen möchte. Jaja, eine ausgezeichnete Frau. Auch hat sie wunderschönes Haar, wiewohl Ihr das nicht gesehen haben könnt. Länger und üppiger als mein Bart. Zweifellos seid Ihr Euch bewußt, daß Allah einen Seiner Engel angewiesen hat, nichts anderes zu tun, als an Seinem Thron zu stehen und Ihn dieserhalb zu preisen. Eine andere Aufgabe hat dieser Engel nicht. Er steht einfach da und singt unausgesetzt das Lob Allahs dafür, daß er in Seiner Weisheit die Männer mit Bärten und die Frauen mit langen Flechten beschenkt hat.«

Als er einen Moment in seinem Geplapper innehielt, sagte ich: »Ich habe noch ein Wort gehört. *Kus.* Was ist das?«

Der Diener, der uns aufwartete, stieß einen erstickten Laut aus, und Ishaq schien von womöglich noch größerem Unbehagen erfüllt als zuvor. »Das ist eine sehr niedrige Bezeichnung für – aber das eignet sich kaum als Gesprächsthema bei der Mahlzeit. Ich werde das Wort nicht in den Mund nehmen, aber es ist eine niedrige Bezeichnung für die womöglich noch niedrigeren Teile der Frau.«

»Und *ghunj*?« fragte ich. »Was ist ein *ghunj*?«

Der Diener schluckte vernehmlich und verließ eilends den Raum; Ishaqs Unbehagen schien bis zur Verzweiflung gesteigert. »Wo habt Ihr Euch herumgetrieben, junger Scheich? Auch das ist ein niedriges Wort. Es bedeutet – es bedeutet die Bewegung, die eine Frau macht. Eine Frau oder ein – das heißt, der- oder diejenige, die nur stillhält. Das Wort bezieht sich auf die Bewegung, die beim – Allah verzeih mir! –, beim Akt der körperlichen Vereinigung gemacht wird.«

Vernehmlich stieß Onkel Mafio die Luft durch die Nase und sagte: »Mein *saputélo* Neffe ist begierig darauf, neue Wörter kennenzulernen, auf daß er uns ein nützlicherer Reisebegleiter ist, sobald es weitergeht in ferne Lande.«

Ishaq murmelte: »Wie der Prophet gesagt hat (Friede sei mit ihm!): ›Ein Gefährte ist das beste, was man auf eine Reise mitnehmen kann.‹«

»Da sind noch ein paar andere Wörter . . .«, hob ich nochmals an . . .

»Und, wie es weiter heißt«, knurrte Ishaq. »›Selbst schlechte ist gar keiner Gesellschaft vorzuziehen.‹ Aber wirklich, junger Scheich Folo, ich muß es von mir weisen, Euch weitere Neuerwerbungen zu erklären.«

Woraufhin mein Vater das Wort ergriff und auf etwas Harmloseres zu sprechen kam. Beim Essen gingen wir zum Nachtisch über, einem Konfekt aus kandierten Aprikosen, Datteln und Zitronenschale; parfümiert war dies Konfekt mit Ambra. Infolgedessen sollte ich erst sehr viel später dahinterkommen, was die geheimnisvollen Worte *tabzir* und *zambur* bedeuteten. Nach Beendigung der Mahlzeit – zum Schluß gab es noch *gahwah* und *sharbat* zu trinken – sprach Ishaq abermals das Gebet: »*Allah ekber rakmet*«, um uns dann aufseufzend zu verlassen. Im Gegensatz zu uns Christen sprechen die ungläubigen Araber nicht nur zu Beginn, sondern auch zum Abschluß einer Mahlzeit ein Gebet.

Als mein Vater, mein Onkel und ich uns einige Tage später auf die Aufforderung des Archidiakons in die Burg begaben, empfing er uns in Gegenwart des Prinzen und der Prinzessin sowie zweier Männer, die das weiße Habit und das schwarze Skapulier der Dominikanermönche trugen. Nachdem wir uns gegenseitig begrüßt hatten, stellte uns Archidiakon Visconti die Brüder vom Predigerorden vor.

»Fra Nicolò aus Vicenza und Fra Guglielmo aus Tripoli. Sie haben sich freiwillig gemeldet, Euch zu begleiten, Messeri Polo.«

Wie groß seine Enttäuschung auch gewesen sein mochte, mein Vater gab nichts dergleichen zu erkennen, sondern sagte nur: »Ich danke Euch, Brüder, und heiße Euch in unserer Gesellschaft willkommen. Dürfte ich jedoch fragen, warum Ihr Euch unserer Mission freiwillig anschließen wollt?«

Einer von ihnen sagte in ziemlich quengelndem Tonfall: »Weil wir entsetzt sind darüber, wie unsere christlichen Mitbrüder sich hier in Acre aufführen.«

Und der andere sagte nicht minder quengelig: »Wir freuen uns auf die sauberere und reinere Luft in der fernen Tatarei.«

»Vielen Dank, Fratri«, sagte mein Vater immer noch höflich. »Nur – würdet Ihr uns jetzt entschuldigen? Wir müssen nämlich unter vier Augen noch ein Wort mit Hochwürden und Ihren Königlichen Hoheiten reden.«

Die beiden Mönche rümpften gekränkt die Nase, zogen sich aber gleichwohl zurück. Woraufhin mein Vater dem Archidiakon gegenüber die Bibel zitierte: »›Die Ernte ist groß, aber wenig sind der Arbeiter.‹«

Visconti entgegnete: »›Denn wo zween oder drei versammelt sind in meinem Namen, da bin ich mitten unter ihnen.‹«

»Aber Hochwürden, ich habe um Priester gebeten.«

»Priester haben sich aber keine freiwillig gemeldet. Bei diesen beiden handelt es sich jedoch um Angehörige des Predigerordens. Als solche sind sie ermächtigt, fast sämtliche kirchlichen Amtshandlungen vorzunehmen – von der Gründung einer Kirche bis zur Schlichtung eines Ehestreits. Ihre Vollmachten der Sakramentsausteilung und Absolution sind zwar selbstverständlich etwas beschränkt, und natürlich können sie auch keine Priester weihen. Doch zu dem Zwecke müßtet Ihr ja einen Bischof mitnehmen. Es tut mir leid, daß sich nur so wenige gemeldet haben, aber ich kann nicht guten Gewissens andere zwingen oder per Befehl ausschicken. Habt Ihr sonst noch Klagen?«

Mein Vater zauderte, doch mein Onkel faßte allen Mut zusammen und sagte: »Ja, Hochwürden. Die Fratres geben zu, daß sie nicht aus Berufung mitwollen. Sie sollen nur fort aus dieser liederlichen Stadt.«

»Nicht anders als der heilige Paulus«, sagte der Archidiakon trocken. »Ich darf Euch auf die Apostelgeschichten verweisen. Damals hieß diese Stadt Ptolomais, und Paulus ist einmal hier gewesen; aber offensichtlich konnte auch er den Ort nicht länger als einen Tag ertragen.«

Was Prinzessin Eleanor mit einem aus vollem Herzen kommenden »Amen!« bekräftigte, während Prinz Edward verständnisvoll gluckste.

»Ihr habt die Wahl«, sagte Visconti zu uns. »Ihr könnt andernorts anfragen, oder Ihr könnt die Wahl des Papstes abwarten und Euch an ihn wenden. Oder aber Ihr nehmt die Dienste dieser beiden Dominikanerbrüder an. Sie haben erklärt, sie seien bereit und willens, gleich morgen aufzubrechen.«

»Selbstverständlich nehmen wir sie an, Hochwürden«, sagte mein Vater. »Und wir danken Euch für Euren Einsatz.«

»Nun ja«, sagte Prinz Edward, »Ihr müßt hinter das Sarazenenland, wenn Ihr nach Osten wollt. Und da gibt es eine Route, die ist die beste.«

»Wir wären Euch sehr verbunden, wenn Ihr sie uns verraten würdet«, sagte Onkel Mafio. Er hatte in weiser Voraussicht schon den *Kitab* des al-Idrisi mitgebracht und schlug diesen auf dem Blatt auf, auf dem Acre und Umgebung eingezeichnet waren.

»Eine gute Karte«, sagte der Prinz anerkennend. »Dann schaut her. Um von hier aus gen Westen zu ziehen, müßt Ihr Euch erst nach Norden wenden, um die Mamelucken im Landesinneren zu umgehen.« Wie jeder andere Christ hielt der Prinz die Blätter umgekehrt vor sich hin, damit der Norden nach oben weise. »Aber die Haupthäfen weiter nördlich: Beirut, Tripoli, Latakia . . .« – er tippte auf die vergoldeten Punkte auf der Karte, welche diese Seehäfen darstellten – »werden schwer belagert, falls sie nicht ohnehin schon in die Hände der Sarazenen gefallen sind. Ihr müßt – laßt mich nachrechnen – die Küste entlang über zweihundert englische Meilen nach Norden ziehen. Bis zu diesem Ort in Klein-Armenien.« Damit zeigte er auf einen Flecken auf der Karte, der offenbar nicht verdient hatte, vergoldet zu werden. »Dorthin, wo der Orontes sich ins Meer ergießt, liegt der alte Hafen Suvediye. Die Bewohner sind christliche Armenier und friedliebende Avedi-Araber. Bis jetzt sind die Mamelucken noch nicht bis dorthin vorgedrungen.«

»Suvediye war im römischen Reich ein bedeutender Hafen und hieß damals Selucia«, sagte der Archidiakon. »Seither hat er den Namen Ayas und Ajazzo und noch viele andere Namen mehr erhalten. Selbstverständlich werdet Ihr auf dem Seeweg nach Suvediye gelangen und nicht an Land die Küste hinauf ziehen.«

»Ja«, sagte der Prinz. »Morgen mit der Abendtide läuft ein englisches Schiff nach Zypern aus. Ich werde den Kapitän anweisen, unterwegs in Suvediye anzulegen und Euch und Eure Mönche mitzunehmen. Ich werde Euch ein Schreiben an den Ostikan, den Gouverneur von Suvediye, mitgeben; von dort gelangt Ihr durch den Flußeinschnitt – hier – nach Osten an den Euphrat. Auf dem Fluß weiterzukommen nach Baghdad sollte nicht schwierig sein. Und von Baghdad aus führen mehrere Wege weiter nach Osten.«

Mein Vater und mein Onkel blieben noch so lange in der Burg, bis der Prinz den Schutzbrief ausstellte. Mir jedoch gestatteten sie, mich von Hochwürden und von den Königlichen Hoheiten zu verabschieden, damit ich hinausgehen und den letzten Tag in Acre so verbringen konnte, wie ich wollte. Ich sah zwar weder den Archidiakon noch den Prinzen wieder, wohl aber hörte ich von ihnen. Mein Vater, mein Onkel und ich hatten die Levante noch nicht lange verlassen, da erfuhren wir, der Archidiakon Visconti sei zum Papst der Kirche in Rom gewählt worden und habe den Namen Gregor X. angenommen. Etwa um die gleiche Zeit gab Prinz Edward den Kreuzzug auf, da er ihn für eine verlorene Sache hielt, und segelte heim. Er war kaum bis Sizilien gekommen, da erreichte auch ihn eine Nachricht: daß sein Vater gestorben und er damit König von England sei. So hatte ich, ohne es zu ahnen, die Bekanntschaft von zwei der höchsten Würdenträger in ganz Europa gemacht. Freilich habe ich mich nie sonderlich in dieser kurzen Bekanntschaft gesonnt. Schließlich sollte ich später im Osten Männer kennenlernen, deren hohe Stellung Päpste und Könige zu Zwergen machte.

Als ich an jenem Tag die Burg verließ, geschah das gerade zu einer der fünf Stunden, an denen die Araber zu ihrem Gott Allah beten, und die Kirchendiener, die sie hier *muedhdhin* nennen, hockten auf jedem Turm und hohen Dach, wo sie laut, aber eintönig ihre Gesänge intonieren, mit denen sie die Gebetsstunden anzeigen. Überall – in den Geschäften und Haustüren und auf der staubigen Straße – breiteten Männer islamischen Glaubens ihren kleinen Teppich aus und knieten darauf nieder. Das Gesicht nach Südosten neigend, drückten sie es zwischen den aufgesetzten Händen auf den Boden und reckten das Hinterteil in die Luft. Zu dieser Zeit war jeder Mann, dem man ins Gesicht statt aufs Gesäß schauen konnte, entweder Christ oder Jude.

Sobald jedermann in Acre wieder aufrecht stand, entdeckte ich meine drei Bekannten von vor einer Woche. Ibrahim, Naser und Daud hatten mich die Burg betreten sehen und in der Nähe des Eingangs darauf gewartet, daß ich wieder zum Vorschein komme. Alle drei hatten sie leuchtende Augen, um mir das große Wunder zu zeigen, das sie mir versprochen hatten. Zuerst, so vermittelten sie mir, müsse ich etwas essen, das sie mitgebracht hätten. Naser trug einen kleinen Lederbeutel, der, wie sich herausstellte, ein paar in Sesamöl eingelegte Feigen enthielt. Zwar mochte ich Feigen durchaus gern, doch diese waren ölgetränkt und schleimig und weich und unangenehm im Mund. Die Jungen bestanden jedoch darauf, daß ich in Vorbereitung auf die Offenbarung davon koste, und so zwang ich mich, vier oder fünf von den scheußlichen Dingern hinunterzuwürgen.

Dann führten die Jungen mich durch viele Straßen und Gassen. Mir kam der Weg nachgerade recht lang vor, und ich spürte durchaus meine Knochen; außerdem war mir irgendwie mulmig zumute. Schon fragte ich mich, ob die heiße Sonne daran schuld sei oder die Feigen irgendwie schlecht gewesen wären. Mein Sehvermögen war beeinträchtigt, ich sah alles ein wenig verschoben; die Leute und die Gebäude um mich herum schienen zu schwanken und sonderbar in den Proportionen verschoben. In den Ohren sauste es mir, als würde ich von Tausenden von Fliegen umschwärmt. Meine Füße stolperten über jede Unebenheit, und so bat ich die Jungen, stehenzubleiben und eine Weile zu rasten. Doch sie, die immer noch ganz aufgeregt waren und mich nicht lassen wollten, faßten mich unter den Armen und halfen mir, mich vorwärtszuschleppen. Sie gaben mir zu verstehen, das Schwindelgefühl in meinem Kopf rühre in der Tat von den besonders eingelegten Feigen her; doch das sei notwendig für das, was jetzt kommen sollte.

Ich wurde in einen offenen, aber sehr dunklen Eingang geschoben, widersetzte mich dem Eintreten jedoch keineswegs. Die Jungen allerdings stießen zornige Schreie aus, was sich für mich so anhörte wie: »Du dummer Ungläubiger, erst mußt du die Schuhe ausziehen und darfst nur barfuß eintreten.« Dem entnahm ich, daß es sich bei dem Gebäude um eines der Gebetshäuser handelte, welche die Muslims eine *masjid* nennen. Da ich keine Schuhe trug, sondern ein eng anliegendes Beinkleid mit Sohlen daran, war ich gezwungen, mich von der Hüfte abwärts zu entblößen. Ich packte mein Wams und zog es so tief über mein entblößtes Gemächt, wie ich konnte und fragte mich dabei benommen, wieso es annehmbarer sein könne, eine *masjid* mit entblößtem Geschlechtsteil zu betreten als mit Schuhen an den Füßen. Doch wie dem auch sei – die Jungen zögerten nicht, sondern schoben mich durch die Tür ins Gebäudeinnere.

Da ich nie zuvor eine *masjid* betreten hatte, hatte ich keine Ahnung, was mich erwartete, sondern war nur leicht verwundert, daß sie überhaupt nicht erhellt war und keinerlei Gläubige sich darin aufhielten. Das einzige, was ich im Dämmerlicht erkennen konnte, war eine Reihe riesiger Steinkrüge, kaum kleiner als ich, die an einer Wand standen. Die Jungen führten mich zu dem Krug ganz am Ende und forderten mich auf hineinzusteigen.

Nun hatte ich die leise Befürchtung, daß es die jugendlichen Sodomiten – die mir, der ich auch noch nicht einmal ganz Herr meiner Sinne war, zahlenmäßig überlegen waren – auf meinen Körper abgesehen hatten, und war darauf vorbereitet, mich zu wehren. Was sie dann jedoch vorschlugen, kam mir eher komisch und zum Lachen reizend als ungeheuerlich vor. Als ich um eine Erklärung bat, gaben sie mir zu verstehen, ich solle in den riesigen Krug hineinsteigen, und ich war zu berauscht, um zu protestieren. Wiewohl ich über die Absurdität meines eigenen Tuns lachte, ließ ich zu, daß die Jungen mir hinaufhalfen, so daß ich schließlich auf dem Rand des Kruges zu sitzen kam. Dort schwang ich die Beine hinüber und ließ mich in den Krug hinein.

Erst als ich drinnen war, bemerkte ich, daß der Krug eine Flüssigkeit enthielt; ich hörte es nämlich nicht aufspritzen und verspürte auch keine plötzliche Kälte oder Nässe. Gleichwohl war der Krug mindestens bis zur Hälfte mit Öl gefüllt, welches nahezu Körpertemperatur aufwies, so daß ich vom Eintauchen kaum etwas merkte, bis mir das Öl am Hals stand. Es fühlte sich sogar recht angenehm an: erweichend und umhüllend, geschmeidig und beruhigend, besonders um die müden Beine herum und um das empfindlich freiliegende Geschlecht. Diese Erkenntnis erregte mich sogar ein wenig. Sollte es sich womöglich um ein Vorspiel zu irgendeinem sonderbaren und exotischen sexuellen Ritual handeln? Nun, bis jetzt empfand ich es jedenfalls eher als angenehm, und ich beklagte mich nicht.

Nur mein Kopf schaute über den Rand des Krugs hinaus, auf dem auch meine Finger noch ruhten. Lachend schoben die Jungen die Hände weg und brachten dann etwas zum Vorschein, das sie in der Nähe gefunden haben mußten: einen riesigen runden Deckel mit Scharnieren daran, ähnlich dem übergroßen Halskragen eines Schandpfahls. Ehe ich Einwände erheben oder mich wegducken konnte, hatten sie mir das Ding um den Hals gelegt und geschlossen. Jetzt bildete es gleichsam den Deckel für den Krug, in dem ich stand, und wenn dieser auch nicht sonderlich beengend war – die Jungen hatten ihn so gut auf dem Krug befestigt, daß ich ihn weder verschieben noch in die Höhe heben konnte.

»Was soll das?« wollte ich wissen, als ich im Kruginneren mit den

Armen herumfuhr und mich vergebens gegen den hölzernen Deckel stemmte. Dabei konnte ich meine Arme nur sehr verlangsamt im Krug bewegen, so wie es einem gelegentlich im Traum widerfährt; das lag selbstverständlich an der Dickflüssigkeit des warmen Öls. Schließlich erkannten meine verwirrten Sinne den Sesamgeruch dieses Öls. Genauso wie die Feigen, die man mir zuvor aufgenötigt hatte, sollte ich offenbar in Sesamöl eingelegt werden. »Was ist das?« rief ich wieder.

»*Va istadan! Attendez!*« befahlen die Jungen und gaben mir durch ihre Gesten zu verstehen, ich solle still in meinem Krug stehenbleiben und abwarten.

»Warten?« blökte ich. »Warten – worauf?«

»*Attendez le sorcier!*« sagte Naser kichernd. Dann liefen er und Daud durch das längliche Grau – die Tür – nach draußen.

»Auf den Zauberer warten?« wiederholte ich verständnislos. »Wie lange denn warten?«

Ibrahim verweilte noch lange genug, um ein paar Finger in die Höhe zu heben, damit ich sie zählen könne. Ich spähte durch das Dämmer und erkannte, daß er die Finger beider Hände gespreizt in die Höhe hielt.

»Zehn?« sagte ich. »Zehn was?« Auch er schob sich zurück zur Tür, schloß die Finger zur Faust und ließ sie dann wieder hochschnellen – viermal. »Vierzig?« sagte ich verzweifelt. »Vierzig was? *Quarante à propos de quoi?*«

»*Chihil ruz*«, sagte er. »*Quarante jours.*« Damit entschwand er durch die Tür.

»Vierzig *Tage* lang warten?« rief ich klagend, erhielt jedoch keine Antwort.

Alle drei Jungen blieben verschwunden – und zwar ganz offensichtlich nicht nur, um sich vorübergehend vor mir zu verstecken. Sie hatten mich allein in dem Einmachkrug im Dunkeln und mit dem Geruch von Sesamöl in der Nase zurückgelassen – den abscheulichen Geruch von Feigen und Sesam noch im Mund, ich selbst noch in einem Wirbel von Verwirrung. Ich bemühte mich angestrengt zu überlegen, was das alles zu bedeuten hätte. Auf den Zauberer warten? Zweifellos handelte es sich um einen Jungenstreich, um etwas, das mit arabischen Sitten und Gebräuchen zu tun hatte. Der Wirt vom *khane* würde es mir hinterher zweifellos erklären und sich ausschütten vor Lachen über meine Leichtgläubigkeit. Doch bei was für einem Jungenstreich konnte man mich schon vierzig Tage hindurch eingekrugt lassen? Da würde ich ja das Schiff morgen verpassen und säß dann in Acre fest; Ishaq hätte dann reichlich Zeit, mir in aller Ruhe arabische Sitten und Gebräuche zu erklären. Oder wäre ich dann längst in den Fängen eines Zauberers verschwunden? Erlaubte der muslimische Unglaube – im Gegensatz zu der aufrechten christlichen Religion – Zauberern einfach, ihre bösen Künste unbelästigt auszuüben? Ich versuchte mir vorzustellen, was ein muslimischer Zauberer wohl mit einem eingekrugten Christen anfangen könnte. Hoffentlich kam ich nie dahinter! Ob mein Vater und mein

Onkel wohl nach mir suchen würden, ehe sie davonsegelten? Ob sie mich wohl fänden, ehe der Zauberer es täte? Ob mich überhaupt irgendein Mensch fände?«

Genau dies passierte in just diesem Augenblick – daß mich jemand fand. Ein schattenhafter Umriß – größer als der eines der Jungen – tauchte in der Tür auf. Dort verweilte er, als wartete der Betreffende, daß seine Augen sich an die Dunkelheit gewöhnten, und dann kam er langsam auf den Krug zu, in dem ich steckte. Der Krug war groß und bauchig – und hatte etwas Unheilvolles. Mir war, als zöge ich mich im Krug zusammen oder als schrumpfte ich. Und wünschte, ich könnte mit dem Kopf einfach wegtauchen.

Als der Mann nahe genug herangekommen war, erkannte ich, daß er Kleider im arabischen Stil trug, nur daß er das Kopftuch nicht mit einer Schnur festgebunden hatte. Er hatte einen struppigen rötlichgrauen Bart, wie eine Art Pilzwuchs, und anstarren tat er mich aus Augen, die dunkel leuchteten wie Brombeeren. Als er den traditionellen Gruß, Friede sei mir dir, aussprach, merkte sogar ich in meinem benommenen Zustand, daß er ihn ein wenig anders aussprach, als ein Araber es getan hätte. »Shalom aleichem!«

»Seid Ihr der Zauberer?« flüsterte ich dermaßen verängstigt, daß ich es auf venezianisch sagte. Dann räusperte ich mich und wiederholte es auf *sabir*.

»Sehe ich etwa wie ein Zauberer aus?« fragte er mit krächzender Stimme.

»Nein«, flüsterte ich, obgleich ich keine Ahnung hatte, wie ein Zauberer aussehen müßte. »Ihr seht vielmehr aus wie jemand, den ich gekannt habe.«

»Und Ihr«, sagte er spöttisch, »Ihr scheint Euch kleinere und immer kleinere Gefängnisse auszusuchen.«

»Woher wißt Ihr...?«

»Ich sah die drei kleinen *mamzarim* Euch hier hereinschieben. Und dieses Haus hier ist weithin berüchtigt.«

»Ich wollte ja nur...«

»Und ich sah sie ohne Euch wieder herauskommen, nur die drei. Ihr wäret nicht der erste blondhaarige und blauäugige Junge, der hier hereingekommen und nie wieder zum Vorschein gekommen ist.«

»Gewiß gibt es hier nicht viele, deren Augen und Haar nicht schwarz sind.«

»Richtig. Ihr seid eine Seltenheit in diesen Landen. Und das Orakel muß durch eine Seltenheit sprechen.«

Mir schwirrte der Kopf schon genug. Ich glaube, ich habe ihn nur angeblinzelt. Er beugte sich zur Erde, so daß ich ihn eine Weile nicht sehen konnte, und als er dann wieder auftauchte, hielt er den Lederbeutel in der Hand, den Naser beim Fortgehen wohl hatte fallen lassen. Der Mann griff hinein und brachte eine öltriefende Feige zum Vorschein. Ums Haar hätte ich mich erbrochen, als ich sie sah.

»Sie finden einen solchen Jungen«, sagte er. »Sie bringen ihn hierher und tränken ihn mit Sesamöl und geben ihm diese ölgetränkten Feigen zu essen. Nach vierzig Tagen und vierzig Nächten ist er so aufgeweicht wie eine Feige. Dermaßen mürbe geworden, daß man seinen Kopf für gewöhnlich ohne Schwierigkeit vom Körper abnehmen kann.« Er machte es mir vor, indem er die Feige in seinen Fingern drehte, bis sie mit einem leisen, kaum wahrnehmbaren Schmatzlaut in zwei Teile auseinanderging.

»Aber wozu?« fragte ich atemlos. Mir war, als fühlte ich, wie mein Körper unter dem hölzernen Deckel immer mehr aufweichte und zu einer wachsweichen und knetbaren Masse wurde wie die Feige, daß er bereits tiefersackte und sich anschickte, sich mit einem schmatzenden Laut vom Hals mit dem Kopf darauf zu lösen und langsam in die Tiefe zu sinken, um auf dem Boden des Krugs zur Ruhe zu kommen. »Ich meine, warum einen Wildfremden töten – und noch dazu auf diese Weise?«

»Er stirbt nicht daran – zumindest behaupten sie das. Es handelt sich um eine Art schwarzer Magie.« Mit diesen Worten ließ er den Beutel und die beiden Teile der Feige fallen und wischte sich die Finger am Saum seines Gewandes ab. »Der Kopf jedenfalls soll weiterleben.«

»Was?«

»Der Zauberer stellt den abgetrennten Kopf in die Wandnische dort drüben auf ein schönes Bett aus Olivenholzasche. Er verbrennt Weihrauch davor und singt magische Beschwörungen – und nach einiger Zeit fängt der Kopf an zu sprechen. Auf Anfrage wird er Hungersnöte und große Ernten, Kriege und Friedenszeiten vorhersagen – alle möglichen Prophezeiungen dieser Art.«

Ich fing an zu lachen und meinte zu begreifen, daß er bei diesem Streich mitmachte, der mir gespielt worden war – und ihn jetzt noch in die Länge zog.

»Na, schön«, sagte ich zwischen zwei Lachanfällen. »Ihr habt mir jetzt eine solche Angst eingejagt, daß ich förmlich erstarrt bin, alter Zellengenosse. Jetzt kann ich mich nicht mehr beherrschen und leere meine Blase – dadurch wird dies schöne Öl verdorben. Aber jetzt reicht es doch wohl. Als ich Euch das letztemal sah, alter Mordecai, hatte ich keine Ahnung, daß Ihr so weit von Venedig fliehen würdet. Aber Ihr seid hier, und ich bin froh, Euch zu sehen, und Ihr habt Euren Spaß gehabt. Jetzt laßt mich hier raus, und dann laßt uns hingehen und ein Glas *qawah* miteinander trinken und über die Abenteuer reden, die wir erlebt haben, seit wir uns das letztemal gesehen haben.«

Er machte keinerlei Anstalten, sich zu bewegen, sondern stand einfach da und schaute mich betrübt an. »Es reicht, Mordecai, es reicht!«

»Ich heiße Levi«, sagte er. »Armer Bursche, Ihr seid schon so verhext, daß Ihr nahe daran seid, den Verstand zu verlieren.«

»Mordecai, Levi, wer immer Ihr seid!« schimpfte ich, und die kalte Hand des Entsetzens griff nach mir. »Nehmt diesen verfluchten Deckel ab und laßt mich raus!«

»Ich? Ich werde mich nicht mit diesem *terephah* Dreck besudeln!« erklärte er angewidert und machte vorsichtshalber einen Schritt rückwärts. »Ich bin doch kein dreckiger Araber! Ich bin ein Jude!«

Unruhe, Wut und Verzweiflung brachten endlich Klarheit in mein benebeltes Denken, verführten mich jedoch nicht dazu, sonderlich taktvoll zu sein. Ich sagte: »Seid Ihr dann nur hergekommen, um mich in meiner Gefangenschaft zu unterhalten? Wollt Ihr mich hier für die wahnsinnigen Araber zurücklassen? Sind denn Juden genauso von aberwitzigem Aberglauben erfüllt wie sie?«

Er knurrte: »*Al tidâg*« und verließ mich. Das heißt, er schlurfte durch den dämmerigen Raum zur grauen Tür hinaus. Erschrocken sah ich ihm nach. Ob *al tidâg* wohl so etwas Ähnliches wie ›du kannst mir gestohlen bleiben‹ bedeutete? Vermutlich stellte er meine einzige Hoffnung auf Rettung dar, und ich hatte nichts Besseres zu tun gehabt, als ihn zu beleidigen.

Aber fast im Handumdrehen war er wieder da. Diesmal trug er eine schwere Metallstange in der Hand. »*Al tidâg*«, sagte er noch einmal, doch diesmal dachte er auch daran, es zu übersetzen: »Keine Sorge. Ich werde Euch herausholen, wie Ihr mich gebeten habt, doch muß ich es tun, ohne mich mit dieser Unsauberkeit zu besudeln. Ihr habt Glück, denn ich bin Schmied, und meine Schmiede steht gerade auf der anderen Seite des Wegs. Diese Stange sollte es schaffen. Also, seid gefaßt, damit Ihr nicht fallt, wenn er zerbricht, junger Marco.«

Er holte aus und sprang im selben Augenblick, da die Stange den Krug traf, zur Seite, damit er sein Gewand nicht mit dem Schwall Öl beschmutze, der herausgeschossen kam. Der Krug ging unter großem Krach zu Bruch, und ich schwankte unsicher hin und her, als die Scherben und das Öl den Druck von mir nahmen und sich auf dem Boden ergossen. Plötzlich hing mir der Holzdeckel wie eine Zentnerlast um den Hals, doch da ich jetzt mit den Händen um ihn herumfassen konnte, fand ich rasch die Riegel und riß sie auf. Dann ließ ich die hölzerne Scheibe in die immer größer werdende Öllache auf dem Boden platschen.

»Werdet Ihr jetzt große Scherereien bekommen?« fragte ich und zeigte auf den Ölsee um uns. Levi zuckte höchst umständlich und ausdrucksvoll die Achseln, breitete die Hände aus und hob die schorfigen Brauen. Ich fuhr fort: »Ihr habt mich mit meinem Namen angeredet, und außerdem habt Ihr gesagt, man hätte Euch gebeten, mich aus dieser Gefahr zu erretten.«

»Nicht aus dieser besonderen Gefahr«, sagte er. »Es hieß bloß, ich sollte versuchen, Marco Polo aus Schwierigkeiten herauszuhalten. Außerdem war da eine kurze Beschreibung – daß man Euch leicht daran erkennen könne, daß Ihr stets im Begriff stündet, in den nächstmöglichen Schlamassel hineinzugeraten.«

»Das ist interessant. Und wer hat Euch das gesagt?«

»Keine Ahnung. Ich vermute, daß Ihr einst einem Juden aus einer schlimmen Klemme herausgeholfen habt. Und wie das Sprichwort sagt, ist die Belohnung für eine *mitzva* wieder eine *mitzva*.«

»Ach, wie ich vermutet hatte: der alte Mordecai Cartafilo.«

Fast mürrisch meinte Levi: »Das kann kein Jude sein. Mordecai ist ein Name aus dem alten Babylon. Und Cartafilo – so heißen nur *goyim*.«

»Er hat aber gesagt, daß er Jude sei, und vorgekommen ist er mir auch wie ein solcher; und das war der Name, den er benutzt hat.«

»Und gleich werdet Ihr noch sagen, er sei umhergewandert.«

Verwirrt sagte ich: »Nun, er hat mir durchaus gesagt, er hätte ausgedehnte Reisen unternommen.«

»*Khakma*«, sagte er mit krächzender Stimme, so daß ich das für ein Wort des Hohns und Spotts hielt. »Das ist eine Fabel, die die Fabulierer der *goyim* sich ausgedacht haben. So etwas wie einen unsterblichen wandernden Juden gibt es nicht! Die *Lamed-vav* sind sterblich; nur daß immer sechsunddreißig von ihnen unerkannt und helfend über die Erde wandern.«

Ich hatte keine Lust, noch länger in diesem Dämmer zu verweilen und mir anzuhören, wie Levi sich über irgendwelche Legenden erging. Ich sagte: »Ihr seid mir einer – sich über Fabulierer lustig zu machen und mir eine derartig lächerliche Geschichte wie die von den Zauberern und den sprechenden Köpfen aufzutischen!«

Lange sah er mich an und kratzte sich nachdenklich in seinem geringelten Bart. »Lächerlich?« Mit diesem Wort reichte er mir seine Metallstange. »Hier, ich möchte nicht in dieses Öl hineintreten. Zertrümmert nur den nächsten Krug der Reihe.«

Einen Moment zögerte ich. Auch wenn es sich bei diesem Gebäude um nichts weiter handelte als um ein *masjid*-Gotteshaus, hatten wir es doch schon hinreichend entweiht. Doch dann dachte ich: ein Krug, zwei Krüge – was spielt das für eine Rolle? Und schwang die Stange mit aller Macht, und mit sprödem Krachen zersprang der zweite Krug, ergoß sich ein Schwall von dickflüssigem Sesamöl auf den Boden – doch noch etwas anderes landete mit leise schmatzendem Laut auf dem Boden. Ich beugte mich darüber, um besser sehen zu können, doch dann fuhr ich zurück und sagte zu Levi: »Kommt, laßt uns machen, daß wir von hier fortkommen.«

Auf der Schwelle fand ich meine Hose. Sie lag immer noch dort, wo ich sie hingelegt hatte, und so zog ich sie dankbar wieder an. Es machte mir nichts aus, daß sie sich augenblicklich mit Öl vollsaugte und mir an der Haut klebte; meine übrige Kleidung war ohnehin klamm und ölgetränkt und troff. Ich dankte Levi, daß er mich errettet – und daß er mir die arabische Zauberei erklärt hatte. Er wünschte mir: »*Lechàim* und *bon voyage*«, und warnte mich, mich nicht immer darauf zu verlassen, daß das weitergegebene Wort eines nicht-existierenden Juden mich vor *jedem* Schlamassel bewahre. Dann kehrte er zurück an seine Esse, und ich eilte heim in die Herberge, wobei ich mich zu wiederholten Malen umblickte, um mich zu vergewissern, daß mir auch wirklich nicht die drei Araberjungen oder der Zauberer folgten, für den sie mich gefangen hatten. Ich glaubte längst nicht mehr, daß es sich bei diesem Abenteuer um einen Dummejungenstreich gehandelt hatte, und tat auch die Zauberei nicht mehr als Hirngespinst und Legende ab.

Als Levi mir zusah, wie ich den zweiten Krug zerschmetterte, hatte er mich nicht gefragt, zu was ich mich unter den Scherben niederbeugte; ich sagte es ihm nicht und vermag es auch jetzt nicht mit letzter Sicherheit zu sagen. Immerhin war es, wie ich schon sagte, ziemlich dunkel. Aber was mit diesem ekelerregenden Schmatzlaut auf den Boden fiel, war eine menschliche Leiche. Was ich sah, und was ich jetzt auch berichten kann, war, daß die Leiche nackt war, männlichen Geschlechts und noch nicht voll ausgewachsen. Auch lag sie merkwürdig hingegossen auf dem Boden, wie ein Ledersack, den man seines Inhalts entleert. Ich meine, sie sah mehr als weich aus, erschlafft gleichsam, als hätte man sie all ihrer Knochen beraubt oder als hätten diese sich aufgelöst. Das einzig andere, das ich wahrnahm, war, daß die Leiche keinen Kopf hatte. Seit diesem Erlebnis ist es mir unmöglich gewesen, jemals wieder Feigen oder etwas mit Sesamöl Gebackenes zu essen.

5 Am nächsten Nachmittag bezahlte mein Vater dem Wirte Ishaq die Zeche, und dieser nahm das Geld entgegen mit den Worten: »Möge Allah Euch mit Gaben überschütten, Scheich Folo, und möge er Euch jede Großmut hundertfach zurückzahlen.« Mein Onkel verteilte kleinere Münzen unter der Dienerschaft des *khane*, was man im Osten mit dem Farsiwort *bakhshish* bezeichnet. Die größte Summe überreichte er dem *hammam*-Reiber, der ihn mit dem *mumum*-Salböl bekannt gemacht hatte, und dieser junge Mann bedankte sich mit den Worten bei ihm: »Möge Allah Euch sicher durch alle Fährnisse geleiten und dafür sorgen, daß Euch das Lächeln nie vergeht.« Die gesamte Dienerschaft sowie Ishaq standen an der Herbergstür, um uns zu winken und uns zuzurufen:

»Möge Allah alle Hindernisse vor Euch aus dem Weg räumen!«
»Möget Ihr reisen wie auf seidenem Teppich!« und dergleichen.

So fuhren wir also die levantinische Küste hinauf, und ich beglückwünschte mich dazu, mit heiler Haut aus Acre herausgekommen zu sein. Auch ging ich davon aus, daß dies meine erste und letzte Begegnung mit der Zauberkunst bleiben werde.

Die kurze Seereise verlief ohne irgendwelche Zwischenfälle. Wir blieben die ganze Zeit über in Sichtweite der Küste, und diese Küste ist alles andere als abwechslungsreich: braungelbe Dünen mit braungelben Hügeln dahinter, so daß die gelegentliche braungelbe Lehmhütte oder das braungelbe Dorf aus Lehmhütten vor dem braungelben Hintergrund kaum auszumachen waren. Die Städte, an denen wir vorübersegelten, waren etwas besser zu erkennen, da eine jede eine Kreuzfahrerburg aufwies. Die bemerkenswerteste dieser Städte war Beirut, denn nicht nur war sie größer als andere, sondern lag auch noch auf einer vorspringenden Landnase; doch als Stadt, meine ich, war wohl selbst Acre noch vorzuziehen.

Mein Vater und mein Onkel beschäftigten sich an Bord des Seglers damit, Listen von Ausrüstungsgegenständen und Vorräten zusammenzustellen, die es in Suvediye zu beschaffen galt. Ich selbst vertrieb mir die Zeit hauptsächlich damit, daß ich mit der Mannschaft plauderte; wiewohl es sich in der Mehrzahl um Engländer handelte, waren sie selbstverständlich des *Sabirs* der Kaufleute und der Reisenden mächtig. Die Mönche, Guglielmo und Nicolò, redeten vornehmlich und unablässig miteinander – und zwar über die Schändlichkeiten Acres und darüber, wie dankbar sie Gott waren, daß er sie von dort habe fortkommen lassen. Von allen Klagen, die sie laut werden ließen, schien es ihnen vor allen das unkeusche und ausschweifende Verhalten der dort lebenden Clarissen und Karmeliterinnen angetan zu haben. Doch nach dem, was ich ihren Klagen entnehmen konnte, hörte es sich viel mehr an, als wären sie gekränkte Ehemänner oder abgewiesene Freier dieser Nonnen denn deren Brüder in Christo. Um mich einer edlen Berufung gegenüber nicht respektlos zu erweisen, werde ich nicht mehr von meinen Eindrücken der beiden Mönche preisgeben.

Suvediye war eine arme kleine Stadt. Den Ruinen und Überresten einer wesentlich größeren Stadt nach zu urteilen, die sie umringten, muß Suvediye geschrumpft sein und mächtig von jener Pracht eingebüßt haben, die sie zur römischen oder vielleicht noch früherer Zeit einmal gehabt hatte, als Alexander hier Station gemacht hatte. Nach dem Grund für dieses Versinken in Bedeutungslosigkeit brauchte man nicht weit zu suchen. Selbst unser Schiff, das nun wirklich nicht sonderlich groß war, mußte schon ziemlich weit draußen auf der Reede ankern; denn der Hafen selbst war dermaßen voll von Sickerschlamm, der vom Orontes-Fluß hier ins Meer geschwemmt wurde, daß wir Passagiere mit einem kleinen Boot an Land gebracht werden mußten. Ich weiß nicht, ob Suvediye immer noch ein funktionstüchtiger Seehafen ist, aber damals, als wir dort landeten, war bereits abzusehen, wann es damit endgültig vorbei sein würde.

Trotz der Bedeutungslosigkeit und aller schlechten Ausssichten schienen die armenischen Bewohner Suvediyes die Stadt gleichzusetzen mit Venedig oder Brügge. Obgleich bei unserem Eintreffen nur noch ein einziges anderes Schiff dort ankerte, benahmen die Hafenbehörden sich, als wimmelte es im Hafen von Fahrzeugen, die samt und sonders ihrer gründlichen Aufmerksamkeit bedürften. Geschäftig kam ein fetter und schmieriger armenischer Inspektor mit einem Stapel Papieren unterm Arm an Bord, als wir vier oder fünf Passagiere uns gerade ausschiffen wollten. Er bestand darauf, uns fünf genau zu zählen und sodann unsere Packen und Bündel in ein großes Buch einzutragen. Erst danach ließ er uns ziehen und fing an, den englischen Kapitän damit zu behelligen, zahllose andere Frachtlisten auszufüllen und Herkunft und Ziel dieser Waren genau zu notieren.

Eine Kreuzritterburg gab es in Suvediye nicht, und so bahnten wir fünf uns den Weg durch die Schwärme von Bettlern in der Stadt und begaben uns direkt zum Palast des Ostikan oder Gouverneurs, um ihm unsere Briefe von Prinz Edward vorzulegen. Einen Palast nenne ich die Residenz des Ostikan aus lauter Mitleid, denn in Wahrheit handelte es sich um ein ziemlich heruntergekommenes, wiewohl ziemlich weitläufiges zweistöckiges Gebäude. Nachdem zahlreiche Torwachen, Empfangsschreiber und andere kleinere Beamte ihre Wichtigkeit bewiesen hatten, wurden wir schließlich in den Thronsaal des Palastes geführt. Und Thronsaal nenne ich diesen Saal auch nur aus Mitleid, denn der Ostikan saß keineswegs auf einem Thron, sondern räkelte sich auf etwas, das man *daiwan* nannte, im Grunde aber nichts anderes war als ein Haufen Kissen. Trotz des heißen Tages fuhr er des öfteren mit der Hand über eine vor ihm stehende Glutpfanne. In der Nähe saß ein junger Mann auf dem Boden und benutzte ein großes Messer, um sich die Fußnägel zu schneiden. Diese Nägel müssen außerordentlich hart und spröde gewesen sein; ein jeder gab beim Abschneiden einen kleinen knackenden Laut von sich, flog dann *hui* durch die Luft und fiel irgendwo im Raum mit einem hörbaren *Klick* zu Boden.

Der Name des Ostikan lautete Hampig Bagratunian, doch war dieser Name das einzig Schöne an ihm. Er selbst war klein von Gestalt und verhutzelt, vor allem aber hatte er wie alle Armenier keinen Hinterkopf. Der Kopf war hinten so flach, als hätte man sein Gesicht dergestalt bearbeitet, um es an die Wand zu hängen. Er sah wirklich nicht aus wie der Gouverneur von irgend etwas und war mit seiner schnalzenden Geschäftigkeit genauso aufgeblasen wie jeder andere Schreiber auch. Im Gegensatz zu Arabern oder Juden, welche irgendein Gebot ihrer Religion verpflichtet, Fremden mit Anmut und Wohlwollen gegenüberzutreten, empfing dieser christliche Armenier uns unverhohlen gelangweilt.

Nach der Lektüre unseres Empfehlungsschreibens sagte er in *Sabir*: »Bloß weil auch ich ein Monarch bin«, und blähte seinen Rang dabei beiläufig zu dem eines Königs auf, »glaubt jeder andere Fürst sich einzubilden, sie könnten das, was sie plagt, dadurch loswerden, daß sie es uns aufhalsen.«

Wir besaßen die Höflichkeit, nichts dazu zu sagen. *Hui* flog ein Zehennagel, und *klick* landete er auf dem Boden.

Ostikan Hampig fuhr fort: »Ihr trefft ausgerechnet am Vorabend der Hochzeit meines Sohnes ein« – er zeigte auf den jungen Mann, der sich die Zehennägel schnitt –, »wo ich mich um zahllose andere Dinge kümmern muß, Gäste aus der ganzen Levante hier eintreffen in dem Bemühen, auf dem Weg hierher nicht von den Mamelucken abgeschlachtet zu werden, und ich die Festvorbereitungen treffen muß und ...« Damit zählte er die vielen Mühen auf, die durch unser Eintreffen jetzt um eine weitere vermehrt worden waren.

Sein Sohn ließ einen letzten Zehennagel durch die Luft schwirren, dann blickte er auf und sagte: »Wartet, Vater ...«

Der Ostikan hielt in seiner Aufzählung inne und sagte: »Ja, Kagig?«

Kagig erhob sich, jedoch nicht ganz zu aufrechter Haltung, und machte sich daran – vornübergebeugt, als gälte es, uns seinen flachen

Hinterkopf zur Begutachtung hinzuhalten –, durch den Raum zu gehen. Er hob etwas auf, und ich begriff, daß er aus irgendeinem Grunde die abgeschnittenen Teile seiner Fußnägel wieder einsammelte. Während er damit beschäftigt war, sagte er über die Schulter hinweg zum Ostikan: »Diese Fremden haben zwei Kirchenmänner mitgebracht.«

»Ja, das haben sie«, sagte mein Vater ungeduldig. »Und was ist damit?«

Einer der halbmondförmigen Zehennägel war vor meinen Füßen gelandet; ich hob ihn auf und reichte ihn Kagig. Dieser nickte, schien zufrieden, jetzt alles zu haben, und nahm neben seinem Vater auf dem *daiwan* Platz; sodann schob er die hornigen Schnipsel in die Glutpfanne.

»Da«, sagte er, »kein Zauberer wird diese nehmen, um mich zu verzaubern.« Seine Fußnägel schienen immer noch entschlossen, nicht lautlos zu sterben; es zischte und knackte in der Glut.

»Was soll mit diesen Kirchenmännern sein, mein Junge?« fragte Hampig wieder und strich seinem Sohn väterlich über den hinterkopflosen Kopf.

»Nun, wir haben den alten Dimirjian beauftragt, die Trauungsmesse zu lesen«, sagte Kagig schleppend. »Aber *einen* Priester hat jeder gewöhnliche Bauer, wenn er heiraten will. Wenn man sich vorstellt, daß ich drei hätte . . .«

»Hm«, machte sein Vater und wandte den Blick den Mönchen Nicolò und Guglielmo zu, die ihn ihrerseits hochmütig anstarrten. »Ja, das würde dem Ganzen zusätzlich Pracht verleihen.« Um sich dann an meinen Vater und meinen Onkel zu wenden und zu sagen: »Vielleicht seid Ihr doch nicht so unwillkommen. Sind diese Priester ermächtigt, das Sakrament der Trauung zu vollziehen?«

»Jawohl, Euer Exzellenz«, sagte mein Vater. »Die beiden gehören dem Predigerorden an.«

»Dann können sie dem Metropoliten Dimirjian als Suffraganakolythen assistieren. Und sie sollten sich geehrt fühlen, bei der Feier zugegen zu sein. Mein Sohn heiratet nämlich eine *pshi* – eine Prinzessin – der Adighei. Ihr nennt sie Tscherkessen.«

»Ein Volk, berühmt für die Schönheit seiner Menschen«, sagte Onkel Mafìo. »Aber . . . sind sie auch Christen?«

»Die Verlobte meines Sohnes ist vom Metropoliten Dimirjian höchstpersönlich in den Glauben eingeführt und konfirmiert worden und ist zur ersten Kommunion gegangen. Prinzessin Seosseres ist jetzt Christin.«

»Und eine wunderschöne Christin«, erklärte Kagig und gab mit seinen dunkelvioletten Lippen genießerisch einen Schmatzlaut von sich. »Die Leute bleiben auf der Gasse stehen, wenn sie sie sehen – sogar Muslims und andere Ungläubige –, dann neigen sie das Haupt und danken ihrem Schöpfer, die *pshi* Seosseres geschaffen zu haben.«

»Nun?« sagte Hampig. »Die Hochzeit findet morgen statt.«

Mein Vater sagte: »Ich bin überzeugt, die beiden Fratres betrachten es als eine Ehre teilzunehmen. Euer Exzellenz brauchen nur mir zu befehlen, und ich befehle ihnen, das Amt zu übernehmen.«

Die beiden Mönche verzogen ein wenig gekränkt das Gesicht, im Laufe der Unterhaltung nicht selbst gefragt worden zu sein, erhoben jedoch keinen Einwand.

»Gut«, sagte der Ostikan. »Wir werden also drei Geistliche bei den Hochzeitsfeierlichkeiten haben, zwei davon aus der Ferne. Jawohl, das wird Eindruck auf meine Gäste und auf meine Untertanen machen. Unter dieser Bedingung, *messieurs,* werdet Ihr . . .«

». . . für die königliche Hochzeit hier in Suvediye bleiben«, erklärte Onkel Mafìo glatt und flocht unaufdringlich das schmeichelhafte Beiwort ein. »Selbstverständlich haben wir den Wunsch, unsere Reise gleich anschließend fortzusetzen. Und bis dahin werden Eure Exzellenz gewiß geholfen haben, Reittiere und Ausrüstung zu beschaffen.«

»Hm . . . ja . . . natürlich«, sagte Hampig und schien verblüfft festzustellen, daß ihm im Gegenzug noch Bedingungen gestellt wurden. Er betätigte eine Klingel, die neben ihm lag, und einer der Unterbeamten trat ein. »Das hier ist mein Palastverwalter, *messieurs.* Arpad, du wirst den Herren Unterkünfte hier im Palast anweisen, die Mönche dann dem Metropoliten vorstellen und die Herren hinterher auf den Markt begleiten und ihnen in jeder Weise behilflich sein.« Mit diesen Worten wandte er sich wieder uns zu. »Nun wohl«, sagte er, »ich heiße Euch hier in Suvediye willkommen, *messieurs,* und lade Euch in aller Form zur königlichen Hochzeit und allen sich anschließenden Festlichkeiten ein.«

So kam es, daß Arpad uns zwei Kammern im Oberstock anwies, eine für uns und eine für die Mönche. Nachdem wir dasjenige ausgepackt hatten, was wir für einen kurzen Aufenthalt brauchen würden, begaben wir uns wieder nach unten und übergaben die beiden Fratres an den Metropoliten Dimirjian. Dieser war ein großgewachsener alter Mann, dessen Hinterkopflosigkeit weniger auffiel als das, was in seinem Gesicht zu sehen war, nämlich eine knollige Nase, ein wabbelndes Doppelkinn, wulstige Augenbrauen und lange fleischige Ohren. Nachdem er sich der beiden Fratres angenommen hatte, um mit ihnen das für den nächsten Tag vorgesehene Hochzeitsritual durchzugehen, suchten mein Vater, mein Onkel, Arpad und ich den Marktplatz von Suvediye auf.

»Ihr solltet Euch gleich angewöhnen, ihn *bazàr* zu nennen«, sagte Arpad hilfsbereit. »Das ist das Farsiwort, das von hier an im Osten gebräuchlich ist. Ihr kauft zu einem günstigen Zeitpunkt ein, denn die Hochzeit hat Verkäufer von weit her angezogen, die alles nur Erdenkliche feilbieten. Ihr werde also eine große Auswahl an Waren vorfinden. Gleichwohl bitte ich Euch, Euch beim Aushandeln des Preises für das Ausgesuchte behilflich sein zu dürfen. Gott weiß, die arabischen Händler sind schon trickreiche Schwindler; die Armenier aber sind noch so viel gerissener als sie, daß nur ein anderer Armenier es wagen kann, mit ihnen zu handeln. Araber würden Euch nur betrügen, daß Ihr hinterher nackt dastündet. Aber die Armenier ziehen Euch auch noch das Fell über die Ohren.«

»Dasjenige, was wir vor allem brauchen, sind Reittiere«, sagte mein Onkel. »Die können uns und unser Gepäck tragen.«

»Dann schlage ich Pferde vor«, sagte Arpad. »Kann sein, daß Ihr sie später gegen Kamele eintauschen wollt, wenn es gilt, die Wüste zu durchqueren. Da jedoch Euer nächstes Ziel Baghdad heißt und die Reise dorthin nicht sonderlich beschwerlich ist, sind Pferde schneller und überdies viel leichter zu behandeln als Kamele. Maultiere wären womöglich noch besser, aber ich bezweifle, daß Ihr bereit wäret, die Preise zu bezahlen, die für Maultiere gefordert werden.«

In einem großen Teil des Orients wie ja auch Europas ist das sanfte, umgängliche und kluge Maultier das bevorzugte Reittier von hochgestellten – das heißt: reichen – Herren und Damen; deshalb fordern die Maultierzüchter, ohne zu erröten, ungeheuerliche Beträge für ihre Tiere. Mein Vater und mein Onkel pflichteten Arpads Meinung bei, daß sie keine Lust hätten, solche Preise zu bezahlen; infolgedessen müßten wir uns mit Pferden begnügen.

Wir suchten daher etliche mit Seilen abgetrennte Pferche auf, die am Rande des *bazàr* aufgeschlagen worden waren und wo man alle möglichen Reit- und Packtiere erstehen konnte: Maulesel, Esel, Pferde aller Rassen, von den köstlichen Arabern bis zu den schwersten Zugpferden, und außerdem Kamele und ihre Vettern, die schlanken Dromedare zum Reiten. Nachdem wir uns viele Pferde angesehen hatten, einigten sich mein Vater, mein Onkel und der Palastverwalter auf fünf – zwei Wallache und drei Stuten –, die gut gewachsen waren und schön aussahen; nicht so schwer wie Zugtiere, aber auch bei weitem nicht so elegant wie die feingliedrigen Araber.

Fünf Pferde zu erstehen bedeutete, fünfmal um den Preis zu feilschen, und so wurde ich im *bazàr* von Suvediye zum ersten Mal Zeuge jenes Verfahrens, dessen ich später von Herzen überdrüssig wurde, da ich es in jedem orientalischen Basar über mich mußte ergehen lassen. Ich meine damit jene absonderliche orientalische Art, einen Handel abzuschließen. Wiewohl Palastverwalter Arpad sich diesmal freundlicherweise erboten hatte, es für uns zu tun, war es eine ausgedehnte, überaus langwierige Angelegenheit.

Arpad und der Pferdehändler streckten einer dem anderen die Hand entgegen und ließen diese Hände unter den weiten Ärmeln ihrer Gewänder verschwinden, damit keiner, der zuschaute, sie sah; denn in jedem Basar gibt es tausend müßige Gaffer, die nichts Besseres zu tun haben, als andere Leute beim Abschließen eines Handels zu beobachten. Dann wackelten Arpad und der Händler mit der Hand und schlugen sie gegeneinander; auf diese Weise gab der Händler Arpad zu verstehen, welchen Preis er haben wolle, und Arpad dem Händler, welchen Preis er zu zahlen bereit sei. Wiewohl ich die Zeichen erlernte und mich ihrer auch heute noch entsinne, möchte ich sie hier nicht in ihrer ganzen Kompliziertheit beschreiben. Möge es genügen zu sagen, daß einer der Männer erst die Hand des anderen berührt, um anzudeuten, daß es beim Handel grundsätzlich um Summen unter zehn Zahlungseinheiten geht oder um Zehner oder gar um Hunderter; berührt er die Hand dreimal, so bedeutet das entweder drei, dreißig oder dreihundert. Und so weiter. Dies System erlaubt sogar Bruchteile, ja sogar unterschiedliche Werte anzugeben, wenn Käufer und Händler in verschiedenen Währungen, sagen wir Dinaren und Dukaten, handeln müssen.

Durch Handberührungen gab der Pferdehändler zu verstehen, daß er nach und nach mit dem Preis heruntergehen, wohingegen Arpad das ursprüngliche Angebot erhöhte. Auf diese Weise arbeiteten sie sich mühselig durch sämtliche annehmbaren Preise und halsabschneiderischen Forderungen hindurch, die man sich vorstellen kann. Im Orient haben die verschiedenen Arten von Preisen sogar eigene Bezeichnungen. Da gibt es den großen Preis, den kleinen Preis, den Stadtpreis, den schönen Preis, den festen Preis, den guten Preis – und viele andere mehr. Nachdem die beiden für das erste Pferd zu einem beiderseitig annehmbaren Preis gekommen waren, mußten sie die Prozedur für jedes weitere der vier anderen Pferde wiederholen, und jedesmal mußte der Verwalter sich zwischendurch mit uns beraten, um weder seine Autorität noch unsere Börse überzubewerten.

Eine jede dieser Feilschereien hätte mit Worten binnen weniger Minuten beendet sein können, doch das wird nie gemacht, da sowohl Käufer als auch Verkäufer von der Hand-im-Ärmel-Methode ihr Gutes haben. Kein Mensch erfährt jemals den Preis, der ursprünglich gefordert wurde, und kein Mensch den, auf den man sich schließlich einigt. Auf diese Weise kann ein Käufer gelegentlich den Händler bis zu einer Summe drücken, die dieser laut zu nennen sich schämen würde; trotzdem kann er zu diesem Preis verkaufen, weil er genau weiß, daß kein möglicher Käufer ihn jemals erfahren und sich zunutze machen wird. Umgekehrt kann aber auch ein Käufer, der versessen darauf ist, eine bestimmte Ware zu kaufen, daß er nicht lange darüber handeln will, den eingangs geforderten Preis zahlen, ohne daß die Umstehenden ihn als Tor und Verschwender auslachen.

Unsere fünf Käufe waren erst abgeschlossen, als die Sonne fast schon untergegangen war, und so blieb uns an diesem Tag keine Zeit mehr, auch noch Sättel zu kaufen; von all den anderen Dingen, die als unbedingt notwendig auf unserer Liste standen, ganz zu schweigen. Wir mußten in den Palast zurück, um den *hammam* darin aufzusuchen und uns gründlich zu reinigen, ehe wir für die Abendmahlzeit unsere besten Kleider anlegten. Es handelte sich nämlich, wie Arpad uns erklärte, bei dem Festmahl um die traditionelle vorhochzeitliche Männerfeier. Während wir im *hammam* kräftig durchgewalkt und -geknetet wurden, meinte mein Vater besorgt zu meinem Onkel:

»Mafìo, wir müssen dem Ostikan zur Feier der Hochzeit seines Sohnes doch wohl ein Geschenk machen – oder dem Sohn selbst oder seiner Braut, falls nicht überhaupt allen dreien. Mir fällt bloß nichts Passendes ein, das wir uns leisten könnten. Durch den Kauf dieser Reittiere sind wir auch eine Menge Geld losgeworden – ganz abgesehen davon, daß wir noch vieles mehr erstehen müssen.«

»Keine Sorge, darüber habe ich auch schon nachgedacht«, sagte mein Onkel zuversichtlich wie immer. »Ich habe einen Blick in die Küche geworfen, in der das Festmahl zubereitet wird. Zum Färben und Aromatisieren der Speisen benutzen die Köche etwas, wovon sie mir sagten, es seien Saflorblüten. Ich habe gekostet und – ist das zu fassen? – es ist nichts anderes als gewöhnlicher *càrtamo,* also Safranersatz. Richtigen *zafràn* haben sie nicht. Deshalb werden wir dem Ostikan einen Ziegel von unserem guten goldenen *zafràn* geben, was ihn bestimmt mehr in Entzücken versetzt als der viele goldene Plunder, den alle Welt sonst schenken wird.«

Wenn auch reichlich verfallen und heruntergekommen, wies der Palast glücklicherweise doch einen großen Speisesaal auf, und das brauchte es auch an diesem Abend, denn schon allein die Männer der vielen Gäste des Ostikan bildeten eine überaus stattliche Schar. Die meisten von ihnen waren Armenier und Araber – wobei zu ersteren auch die ›königliche‹ Familie der Bagratunian samt allen nahen und weit entfernten Verwandten zählte; dazu kamen noch sämtliche Hof- und Regierungsbeamte sowie das, was meiner Meinung nach der Adel von Suvediye sein mußte; dazu noch Legionen von Besuchern aus anderen Gegenden von Klein-Armenien und der übrigen Levante. Die Araber schienen sämtlich dem Stamm der Avedi anzugehören, und das muß ein riesiger Stamm sein, denn die Araber behaupteten durch die Bank alle, Scheichs mehr oder weniger hohen Grades zu sein. Mein Vater, mein Onkel, die beiden Dominikaner und ich waren nicht die einzigen wirklich Fremden; denn die gesamte tscherkessische oder zirkassische Familie der Braut war zur Feier der Vermählung aus den Bergen südlich des Kaukasus herbeigeeilt. Ich behaupte nichts Falsches, wenn ich sage, daß es sich dabei um ausnehmend schöne Menschen handelte – und das wird ja von allen Tscherkessen behauptet; auf jeden Fall waren sie an diesem Abend die bestaussehenden Männer.

Das Festmahl bestand aus zwei verschiedenen Gerichten, die gleichzeitig gereicht wurden und aus zahllosen Gängen bestanden. Bei diesen Gängen, die uns und den armenischen Christen gereicht wurden, handelte es sich um höchst unterschiedliche Speisen – einfach deshalb, weil ihnen nicht durch abergläubische Speisevorschriften Grenzen gesetzt wurden. Die Gänge hingegen, die den muslimischen Gästen vorgesetzt wurden, durften keinerlei Speisen enthalten, die der *quran* ihnen verbietet – Schweinefleisch selbstverständlich und Schalentiere sowie das Fleisch aller möglichen Tiere, die in Löchern leben, wobei es gleichgültig ist, ob sich diese Löcher im Boden befinden oder in einem Baum, oder in irgendwelchem Schlamm unter Wasser.

Ich kümmere mich jedoch nicht sonderlich um das, was den arabischen Gästen gereicht wurde, sondern erinnere mich nur, daß der Hauptgang für uns Christen ein Jungkamel war, das mit einem Lamm gefüllt war, welches wiederum mit einer Gans gefüllt war, die ihrseits mit gehacktem Schweinefleisch, Pistazien, Rosinen, Pinienkernen und Gewürzen gefüllt war. Außerdem gab es gefüllte Auberginen, gefüllte Kürbisse und gefülltes Weinlaub. Zum Trinken gab es Sorbets, die aus immer noch gefrorenem *Schnee* bereitet waren, den man aus weiß der liebe Himmel was für Bergeshöhen und zu welchen Kosten heruntergeschafft hatte. Die Sorbets hatten vielerlei Geschmack – Zitrone, Rose, Quitte und Pfirsich – und waren sämtlich mit Narden und echtem Weihrauch aromatisiert. An Süßigkeiten gab es Butter- und Honiggebäck, knusprig wie Honigwaben, und eine *halwah* genannte Paste, die aus zerstoßenen Mandeln bestand, außerdem Limonentörtchen und kleine Plätzchen, die – was unglaublich klingt – aus Blütenblättern der Rose und Orangeblüten bestand; dazu ein Konfekt aus nelken- und mandelgefüllten Datteln. Außerdem gab es unvergleichlich wohlschmeckenden *qahwah*. Des weiteren gab es Wein aller möglichen Färbungen und andere berauschende Getränke.

Die Christen wurden durch diese Getränke rasch betrunken, doch standen Araber und Tscherkessen ihnen nicht viel darin nach. Es ist wohlbekannt, daß der muslimische *quran* ihnen berauschenden Weingenuß verbietet; weniger bekannt ist es, daß die Muslime diese Vorschrift buchstabengetreu befolgen. Ich möchte erklären, wie das geht. Da Wein zur Zeit, da der Prophet Muhammed den *quran* schrieb, das einzige trunken machende Getränk gewesen sein muß, kam es ihm gar nicht in den Sinn, den Genuß *aller* berauschenden Getränke zu untersagen, die später entdeckt oder erfunden werden sollten. Infolgedessen tun viele Muslime, selbst solche, die in anderer Hinsicht streng gläubig sind, sich – zumal an Festtagen – keinerlei Zwang an, wenn es darum geht, berauschende Getränke zu sich zu nehmen, die *nicht,* wie der Wein, aus Trauben hergestellt werden, und auch ein Kraut zu kauen, das sie mal *hashish,* mal *banj, bhang* oder *ghanja* nennen, welches den Geist weit stärker in Unordnung bringt als Wein.

Da es an diesem Abend viele erfrischende Getränke gab, von denen der Prophet sich nie etwas hätte träumen lassen: ein perlendes, urinfarbenes Getränk namens *abijau,* das aus Getreide gebraut wird, des weiteren *medhu,* ein vergorenes Honiggetränk, und gummiartige Häufchen *hashish* zum Kauen – was zur Folge hatte, daß sämtliche Araber und Tscherkessen alsbald genauso hohlköpfig und lustig, streitsüchtig und wehleidig wurden wie alle Christen. Nun, nicht *alle* Christen; mein Onkel wurde geistig merklich getrübt und gab sich ungewohnt sangesfreudig, doch mein Vater, die Mönche und ich enthielten uns dieser Genüsse.

Es gab eine Schar von Spielleuten – oder Akrobaten, es war schwierig zu entscheiden, was eigentlich, denn sie vollführten *beim Spielen* die erstaunlichsten Verrenkungen und Kunststücke. Bei den Instrumenten handelte es sich um Sackpfeifen und Trommeln sowie Lauten mit langem Hals; allerdings hätte ich ihre Musik ein schreckliches Gezeter und Gejaule genannt – nur muß ich zugeben, daß es an sich bewunderungswürdig war, daß sie beim Vollführen von Salti und beim Aufden-Händen-Laufen und Beim-sich-gegenseitig-auf-die-Schulter-Springen *überhaupt* spielen konnten.

Die Gäste knieten oder hockten oder lagen hingegossen auf *daiwan*-Kissen, um die Speisetücher herum, die jeden Quadratfuß Boden bedeckten, bis auf die schmalen Gänge, auf denen Diener und Dienerinnen in gebückter Haltung hin- und herhuschten. Die Gäste erhoben sich einer nach dem anderen, einzeln oder in Gruppen, um dem Ostikan und seinem Sohn, die auf erhöhter Plattform ein wenig über den anderen saßen, die Geschenke, die sie für die Hochzeit mitgebracht hatten, darzureichen. Sie knieten nieder und verneigten sich und hoben mit den Händen Krüge und Schüsseln aus Gold und Silber in die Höhe, oder edelsteinbesetzte Broschen und Stirnreifen und Anstecknadeln für den Turban oder silber- oder golddurchwirkte Stoffe und viele andere feine Dinge.

An diesem Abend kam ich dahinter, daß in den Ländern des Ostens der Empfänger eines Geschenks sich nicht nur mit einem Dankeschön begnügen kann, sondern als Gegengabe ein Geschenk überreichen muß, das im Wert mindestens soviel wiegt wie das empfangene. Ich sollte später wieder und immer wieder Zeuge dieses Austauschs von Dingen werden und so manch einen Geber mit etwas davonziehen sehen, das unvergleichlich viel kostbarer war als das, was er zuvor gegeben hatte.

An diesem bestimmten Abend war ich von diesem Brauch jedoch mehr belustigt als beeindruckt; denn Ostikan Hampig mit seiner kleinlichen Schreiberseele paßte sich dieser Gepflogenheit nur insoweit an, als er jedem neuen Schenker jeweils nur ein einziges Teil von dem Stapel von Geschenken zurückgab, die ihm zuvor überreicht worden waren. Das ganze war nichts weiter als ein rasches Hin- und Hergeschiebe von Gaben, so daß eigentlich jeder Gast mit demselben Geschenk hätte heimziehen können, das er hergebracht hatte – nur daß eben jeder mit dem Geschenk von jemand anders heimkehrte.

Nur einmal wich Hampig von dieser Übung ab – als wir an der Reihe waren aufzustehen und vor das Podest hinzutreten. Wie mein Onkel vorausgesehen hatte, war der Ostikan dermaßen erfreut darüber, unseren *zafràn*-Ziegel zu erhalten, daß er seinen Sohn Kagig aufforderte, aufzuspringen und etwas Außergewöhnliches zu holen, das wir als unser Geschenk erhalten sollten. Kagig kam mit drei Dingen zurück, die recht unscheinbar aussahen – genauso wie auf den ersten Blick ein Ziegel *zafràn*. Es sah so aus, als handelte es sich um nichts weiter denn drei kleine Lederbeutel. Als Kagig sie jedoch ehrfürchtig meinem Vater überreichte, sahen wir, daß es sich um die Hodensäcke von Moschushirschen handelte, die prall mit den krümeligen Körnern eben jenes Moschus gefüllt waren, welchen man eben den genannten Moschushirschen oder -tieren entnimmt. Die drei Hodensäcke oder Lederbeutel waren mit langen Lederriemen versehen, und zwar aus ganz bestimmten Gründen, wie Hampig uns erklärte:

»Wenn Ihr den Wert dieser Beutel kennt, *messieurs,* werdet Ihr sie

Euch hinter die eigenen Hoden binden und sie auf Eurer Reise aus Sicherheitsgründen dort versteckt mit Euch herumtragen.«

Mein Vater bedankte sich aufrichtig für das Gegengeschenk, und mein Onkel ließ in seiner Trunkenheit eine abscheulich übertriebene Dankestirade vom Stapel, die endlos so hätte weitergehen können, wäre er nicht plötzlich von einem unbezwinglichen Hustenreiz befallen worden. Ich selbst erkannte nicht, wie unvergleichlich kostbar dieses Geschenk war und wie untypisch für den Ostikan Hampig mit der Schreiberseele; das ging mir erst später auf, als mein Vater mir erklärte, daß die drei Beutel Moschus ohne weiteres soviel wert wären wie das, was wir an dem nämlichen Tag auf dem *bazàr* ausgegeben hatten.

Nachdem wir unsere letzten Verbeugungen vor dem Ostikan hinter uns gebracht hatten und uns wieder zurückzogen, kam sein Sohn hinter uns hergeschlurft und gesellte sich zu der Runde um unser Speisetuch. Dieses war selbstverständlich ziemlich weit von dem Ehrenpodest entfernt, weit hinten unter einer Reihe barbarisch aussehender weniger wichtiger Gäste, die vielleicht arme Verwandte vom Lande sein mochten. Kagig, der mittlerweile genauso betrunken war wie alle anderen im Speisesaal, sagte uns, er wolle eine Weile bei uns Platz nehmen, weil seine Braut uns mehr ähnelte als ihm oder irgendeinem Angehörigen seines Volkes. Als Tscherkessin sei Seossere von heller Hautfarbe, sagte er, und habe kastanienrotes Haar und Gesichtszüge von unvergleichlicher Schönheit. Weitschweifig erging er sich darüber, wie überaus schön sie sei: »Schöner als der Mond!« und über ihre Sanftheit: »Sanfter als der Westwind!« und ihren Liebreiz: »Süßer als Rosenduft!« und über ihre verschiedenen anderen Vorzüge:

»Sie ist vierzehn Jahre alt, was vielleicht ein wenig überreif sein mag für eine Heirat, aber sie ist noch Jungfrau und genausowenig durchbohrt wie eine unaufgefädelte Perle. Sie ist gebildet und kann sich über eine ganze Reihe von Themen unterhalten, von denen nicht einmal ich etwas weiß. Philosophie und Logik, die Lehrsätze des großen Arztes ibn Sina, die Gedichte von Majnun und Laila, über Gebiete der Mathematik, die Geometrie und *al-jebr* heißen . . .«

Ich meine, wir Zuhörer hatten zu Recht unsere Zweifel, daß die *pshi* Seosseres wirklich so wunderschön sein sollte. Denn wenn das so war – warum sollte sie dann bereit sein, einen ungehobelten Armenier mit wulstigen violetten Lippen und ohne Hinterkopf zu heiraten, der auf keinen Fall wollte, daß irgendwelche Zauberer seine Fußnägel in die Hände bekämen? Wahrscheinlich haben unsere Gesichter unsere Zweifel verraten, und vermutlich hat Kagig es gesehen, denn schließlich raffte er sich in die Höhe, wankte zum Speisesaal hinaus und stapfte nach oben, um die Prinzessin aus der Abgeschiedenheit ihrer Kammer herauszuholen.

Als er sie, am Handgelenk gepackt, hinter sich herschleifte, versuchte sie sich jungfräulich-züchtig zurückzuhalten, wollte aber gleichzeitig auch nicht den Eindruck erwecken, sich zu sträuben, wie es sich für eine gute Ehefrau nicht geziemt. Jedenfalls brachte er sie in den Saal herunter, stellte sie vor die versammelten Gäste und nahm ihr den *chador* ab, der ihr das Gesicht bedeckte.

Wären die Gäste nicht alle mit den vor ihnen stehenden Köstlichkeiten beschäftigt gewesen und die Mehrzahl überdies auch schon ziemlich angetrunken, so hätte bestimmt jemand Kagig daran gehindert, etwas derartig Ungehöriges zu tun. Selbstverständlich hatte das erzwungene Auftreten des Mädchens ein aufbegehrendes Murren zur Folge, am lautesten und wütendsten unter den männlichen Verwandten der Tscherkessin. Wir anderen mochten Kagigs Verstoß gegen die guten Sitten zwar bedauern, hatten jedoch unser helles Entzücken an dem, was dieser uns enthüllte. Denn die *psih* Seosseres war in der Tat ein hervorragendes Beispiel für die zu Recht gerühmte Schönheit ihres Volkes.

Sie hatte langes gewelltes Haar sowie eine atemberaubend gute Figur, und ihr Gesicht war so bezaubernd, daß der Hauch von *al-kohl* um die Augen und der rote Beerensaft auf ihren Lippen völlig überflüssig waren. Die helle Haut des Mädchens erglühte rot vor Verlegenheit, und sie ließ uns ihre *qahwah*-braunen Augen nur für einen flüchtigen Moment sehen, ehe sie sie verschämt senkte. Immerhin konnten wir uns an ihrer makellosen Stirn und den langen Wimpern, ihrer vollkommenen Nase, dem liebreizenden Mund und dem zarten Kinn satt sehen, denn Kagig zwang sie mindestens eine volle Minute hindurch, sich unseren Blicken preiszugeben, und vollführte dabei ulkige Verbeugungen und weitausholende Gesten, um sie uns vorzustellen. Kaum ließ er ihr Handgelenk los, entfloh sie dem Saal und entschwand unseren Blicken.

Die Armenier sollen einst gute und tapfere Männer gewesen sein und kühne Waffentaten vollbracht haben. In unseren Tagen bilden sie jedoch nur einen schwachen Abklatsch von richtigen Männern, die zu nichts anderem taugen als dazu, zu trinken und im *bazàr* andere übers Ohr zu hauen. So hatte ich es gehört, und so wurde es mir nun vom Sohn des Ostikan bewiesen. Dabei meine ich noch nicht einmal die Art und Weise, wie er vor den männlichen Zechern mit seiner Braut großgetan, sondern das, was danach geschah.

Nachdem Seosseres entflohen war, ließ Kagig sich an unserem Speisetuch zwischen meinem Vater und mir niederplumpsen, sah sich mit einem selbstgefälligen Grinsen in der Runde um und fragte mit lauter Stimme, so daß alle es hören konnten: »Nun, wie findet ihr sie?« Die männlichen Verwandten des Mädchens in der Nähe reagierten nur mit finsteren Blicken; andere Männer in der Nähe gaben halblaut gemurmelt respektvolles Lob von sich. Kagig zierte sich, als priesen sie *ihn*, und schickte sich an, sich noch mehr zu betrinken und noch vulgärer zu werden. Er fuhr fort, seine Prinzessin über alle Maßen zu lobpreisen, und ging dazu über, weniger bei der Schönheit ihres Gesichts zu verweilen als vielmehr bei den Reizen gewisser anderer Körperteile, aus seinem Gegrinse wurde unverhohlene Geilheit, und von seinen violetten Wulstlippen troff der Speichel. Es dauerte nicht lange, und er war von Wein und Lüsternheit dermaßen benebelt, daß er murmelte: »Warum warten? Warum soll ich warten, bis der alte Dimirjian irgendwelche Worte über uns krächzt? Ich bin ihr Ehemann, nur noch der Form halber nicht. Heute nacht, morgen nacht, was macht das schon für einen Unterschied...?«

Unversehens rappelte er sich von den Kissen hoch, wankte abermals zum Saal hinaus und stapfte schwerfüßig die Treppe hinauf. Wie ich schon gesagt habe, war der Palast ein ziemlich baufälliges Gebäude, und so konnte jeder, dem – wie mir – etwas daran lag, die Ohren spitzen und mitbekommen, was jetzt geschah. Doch keiner von den anderen Gästen, nicht einmal der Ostikan selbst oder der Tscherkessen, die ein besonderes Interesse daran hätten nehmen können, schienen Kagigs unvermitteltes Verschwinden zu bemerken und auch die Laute nicht zu hören, die hinterher heruntderdrangen. Mir freilich entging weder das eine noch das andere, genausowenig wie meinem nüchternen Vater und unseren beiden Mönchen. Aufmerksam horchend, vernahm ich in der Ferne dumpfes Gepolter und leise Schreie, Befehle, die man nicht ganz mitbekam, und eine eindringliche Abfolge von dumpfen Bumsern. Mein Vater und die Fratres erhoben sich vom Tuch, ich folgte ihrem Beispiel, und alle gemeinsam halfen wir Onkel Mafio in die Höhe. Dann machten wir fünf eine Anzahl von Bücklingen vor unserem Gastgeber Hampig – der völlig betrunken war und den es nicht im geringsten kümmerte, ob wir blieben oder gingen – und zogen uns in unser eigenes Quartier zurück.

Wir Polo verbrachten den nächsten Vormittag in Begleitung des Palastverwalters Arpad wieder im *bazàr*. Daß er das tat, war wirklich heldenhaft, denn er litt ganz offensichtlich unter den Nachwirkungen der feuchtfröhlichen Nacht. Doch ungeachtet seines Kopfwehs fungierte er bei einer ganzen Reihe schier endloser Transaktionen hervorragend als unser ›Hand-im-Ärmel‹-Feilscher. Mit seiner Hilfe erstanden wir Sättel und Satteltaschen, Zaumzeug und Woilachs und ließen all diese Dinge samt unseren Pferden von den *bazàr*-Burschen zu den Stallungen des Palastes bringen. Wir kauften Wassersäcke aus Leder und viele Beutel von Trockenobst und Rosinen und große Ziegenkäse, die durch einen Überzug aus duftendem Bienenwachs vor dem Verderben geschützt waren. Auf Arpads Vorschlag hin kauften wir ein Gerät, das *kamàl* genannt wurde, im Grunde nichts weiter als ein handtellergroßes Rechteck aus hölzernen Streben, ähnlich einem leeren kleinen Bilderrahmen, von dem eine lange Schnur herunterhing.

»Jeder Reisende«, sagte Arpad, »vermag nach der Sonne oder den Sternen Norden, Osten, Westen und Süden zu bestimmen. Ihr wollt gen Osten, und wie weit ihr nach Osten vorankommt, könnt ihr aufgrund eurer Reisegeschwindigkeit abschätzen. Nur hält es gelegentlich schwer, genau zu erkennen, wie weit nach Norden oder Süden ihr von der genauen Ostrichtung abgewichen seid. Und da kann das *kamàl* euch helfen.«

Mein Vater und mein Onkel stießen Laute der Überraschung aus und bekundeten ihr Interesse. Behutsam legte Arpad beide Hände an den Kopf; offensichtlich tat es ihm weh, wenn laute Geräusche ertönten.

»Die Araber sind Ungläubige«, sagte er, »und verdienen weder Achtung noch Bewunderung – dies nützliche Gerät jedoch haben sie erfunden. Hier, Ihr werdet den Nutzen davon haben, junger *monsieur* Marco – ich werde Euch zeigen, wie das geht. Heute abend, wenn die Sterne zum Vorschein kommen, wendet Ihr Euch gen Norden und haltet das *kamàl* auf Armeslänge von Euch. Haltet es nahe an Euer Gesicht heran und bewegt es dann davon fort, bis der untere Rand des Rahmens genau auf dem nördlichen Horizont aufliegt und der Nordstern genau den oberen Rand berührt. Dann schlingt einen Knoten in die Schnur an genau jener Stelle, die ihr zwischen den Zähnen habt, wenn der Rahmen diese Stellung einnimmt. Auf diese Weise könnt Ihr das Rechteck oder den Rahmen immer genau in derselben Entfernung von Eurem Auge vor Euch hinhalten.«

»Alles schön und gut, Arpad«, sagte ich folgsam. »Aber was dann?«

»Wenn ihr von hier aus gen Osten zieht, ist das Land fast überall flach wie ein Brett; damit habt Ihr mehr oder weniger immer einen ganz waagerechten Horizont vor Euch. Haltet nun jeden Abend das *kamàl* bis zum Knoten in der Schnur vor Euch hin, so daß der untere Rand des Gerätes auf dem nördlichen Horizont aufliegt. Befindet sich der Nordstern immer noch am oberen Rand, befindet Ihr Euch genau östlich von Suvediye. Funkelt der Stern jedoch merklich *oberhalb* des Rahmenrands, seid Ihr nach Nordost abgewichen. Sitzt er darunter, heißt das, Ihr seid nach Südosten abgewichen.«

»*Cazza beta!*« entfuhr es meinem Onkel voller Bewunderung.

»Das *kamàl* kann aber noch weit mehr«, sagte der Verwalter. »Befestigt ein Etikett mit der Aufschrift Suvediye am ersten Knoten, den Ihr macht, junger Marco. Erreicht Ihr Baghdad, justiert das Rähmchen aufs neue – je nachdem, weiter oder näher an Eurem Gesicht, aber jedenfalls so, daß es wieder genau zwischen Horizont und Nordstern paßt. Den Knoten, den Ihr dann schlingt, kennzeichnet mit Baghdad. Fahrt Ihr damit die ganze Reise über fort und macht Ihr bei jedem neuen Ziel einen neuen Knoten, werdet Ihr stets wissen – zumindest, solange Ihr gen Osten zieht –, ob Ihr Euch nördlich oder südlich von Eurem letzten Aufenthaltsort befindet – oder nördlich oder südlich irgendeines Eurer früheren Aufenthaltsorte.«

Da wir in dem *kamàl* eine höchst nützliche Bereicherung unserer Ausrüstung sahen, bezahlten wir mit Freuden dafür – selbstverständlich erst, nachdem Arpad und der Händler ihre langwierige Feilscherei beendet und den Preis bei wenigen lächerlichen Kupfer-Shahis gefunden hatten. Danach kauften wir noch zahllose andere Dinge, von denen wir annahmen, daß wir sie unterwegs brauchen würden – und dank der Auffüllung unserer Reisekasse durch die Moschusbeutel des Ostikan konnten wir uns auch den einen oder anderen kleinen Luxus leisten, auf den wir sonst wohl verzichtet hätten.

Erst am Nachmittag sollten wir welche von denen wiedersehen, die außer uns an dem Festmahl teilgenommen hatten, und zwar, als wir alle uns in der Kirche San Gregorio in Suvediye versammelten, um der Trauung beizuwohnen. Den verquollenen Gesichtern der Versammelten sowie dem gelegentlichen Aufstöhnen nach zu urteilen, litten die meisten Männer gleich Arpard immer noch unter den Nachwirkungen des Festes. Am schlimmsten sah der Bräutigam aus. Eigentlich hätte ich angenommen, daß er eher hochbefriedigt oder eingebildet oder schuldbewußt dreinblicke, doch machte er nur ein womöglich noch stumpfsinnigeres Gesicht als sonst. Die Braut war so dicht verschleiert, daß ich ihren Gesichtsausdruck nicht erkennen konnte, doch die hübsche Mutter und die verschiedenen anderen weiblichen Verwandten machten samt und sonders außerordentlich wütende Augen und funkelten erbost durch die Schlitze ihrer *chador* hindurch.

Die Trauung verlief ohne Zwischenfall, und unsere beiden Fratres, die unter den prunkvoll-grellen Gewändern der armenischen Kirche kaum wiederzuerkennen waren, halfen dem Metropoliten sehr umsichtig, die Trauungsmesse zu vollenden. Hinterher begab sich der Hochzeitszug und die gesamte Gemeinde abermals in den Palast, wo wieder ein Festmahl stattfinden sollte. Diesmal durften – mit Ausnahme der muslimischen – selbstverständlich auch die weiblichen Gäste dabeisein. Wieder wurde Unterhaltung geboten: die Purzelbaumschläger und Stehaufmännchen machten ihre Musik, und die Zauberkünstler, Sänger und Tänzer gaben Proben ihrer Kunst zum Besten. Der Abend war noch nicht weit fortgeschritten, da legte der Metropolit dem frischvermählten Paar – er mit schmerzverzerrtem Gesicht und sie trauriger, als selbst die Braut eines solchen Lümmels je aussehen dürfte – die Hände zusammen, und nachdem er ein armenisches Gebet darüber gesprochen hatte, zogen sie sich unter halbherzigen anzüglichen Späßen und Hochrufen von den Gästen in das oben gelegene Brautgemach zurück.

Diesmal herrschte soviel Lärm im Saal – denn Musiker wie Tänzer taten ihr möglichstes –, daß nicht einmal meine neugierig gespitzten Ohren irgendwelche Laute mitbekamen, die man als zum Vollzug der Ehe gehörig hätte ausmachen können. Nach einer Weile vernahm man jedoch eine Reihe dumpfer Schläge und etwas, das sich trotz des allgemeinen Lärms verdächtig wie ein ferner Schrei anhörte. Und plötzlich war Kagig wieder da, seine Kleidung völlig in Unordnung, so als wäre sie einmal abgelegt und dann hastig irgendwie wieder übergeworfen worden. Wütend kam er die Treppe heruntergestapft und betrat den Saal. Dort ging er schnurstracks auf den nächsten Weinkrug zu, sah sich nicht einmal lange nach einem Trinkgefäß um, sondern setzte ihn an und trank, bis der Krug kerzengerade in die Höhe stand.

Ich war nicht der einzige, der sein Eintreten bemerkt hatte. Nur meine ich, daß die anderen Gäste so überrascht waren zu erleben, einen jungen Ehemann seine Braut in der Hochzeitsnacht verlassen zu sehen, daß sie sich zuerst bemühten, so zu tun, als bemerkten sie ihn gar nicht. Er jedoch stieß laute Verwünschungen aus – zumindest kam mir sein

Armenisch so vor, als fluchte er ganz gotterbärmlich –, so daß alle sein Hiersein zur Kenntnis nehmen mußten. Unter den Tscherkessen erhob sich abermals ein Murren, und der Ostikan Hampig rief besorgt etwas, das sich so anhörte wie: »Was um alles auf der Welt ist los, Kagig?«

»Was los ist?« rief der junge Mann laut – zumindest berichtete man mir später, daß er das gesagt haben soll; er war viel zu sehr außer sich, daß er etwas anderes als Armenisch hätte sprechen können. »Meine neue Frau hat sich als Hure entpuppt, das ist es, was los ist!«

Etliche Leute verwahrten sich gegen so etwas und protestierten, und die Tscherkessen riefen ein Wort, das vermutlich »Lügner!« bedeutete, und dann: »Wie kannst du es nur wagen!«

»Bildet ihr euch ein, ich wüßte nicht Bescheid oder hätte keine Augen im Kopf?« wütete Kagig, wie man mir später sagte. »Sie hat die ganze Trauung über hinter ihrem Schleier Tränen vergossen, war sie sich doch darüber im klaren, was ich bald darauf entdecken sollte! Sie weinte, als wir gemeinsam unser Hochzeitsgemach betraten, denn der Augenblick war nahe, da die Wahrheit an den Tag kommen sollte. Sie weinte, als sie und ich uns entkleideten, denn die Enthüllung ihrer Schande stand unmittelbar bevor! Und als ich sie umarmte, weinte sie womöglich noch mehr. Und im entscheidenden Augenblick *stieß sie nicht den Schrei aus, der ausgestoßen werden muß*! Folglich untersuchte ich sie und konnte kein Jungfernhäutchen entdecken; auch sah ich keinen Blutfleck auf ihrem Bett, und . . .«

Einer von Seosseres' männlichen Verwandten fiel ihm ins Wort und rief laut: »Oh, unseliger Gassenköter von einem Armenier, *weißt du denn nicht mehr?*«

»Was ich weiß, ist, daß man mir eine Jungfrau versprochen hat! Und daran ändert weder ihr Geheul noch dein Geschrei etwas – daß nämlich ein Mann vor mir sie gehabt hat!«

»Verleumder, infamer! Du Nichts, du!« kam es speichelsprühend von den Tscherkessen. »Nie zuvor hat unsere Schwester Seosseres einem Mann beigewohnt!« Alle versuchten sie, an Kagig heranzukommen, doch andere Gäste hielten sie zurück.

»Dann muß sie sich mit einem Phallocrypt gepaart haben!« schrie Kagig außer sich. »Einem Zeltpflock, einer Gurke oder einer von diesen *haramlik*-Schnitzereien! Doch das ist das einzige, was sie je wieder lieben wird!«

»Oh, du Schandmaul! Oh, Auswurf, oh, Ausgeburt!« brüllten die Tscherkessen und kämpften mit denen, die sie zurückhielten. »Hast du unserer Schwester ein Leids getan?«

»Das hätte ich tun sollen!« rief er murrend. »Die lügnerische Zunge hätte ich ihr herausschneiden und ihr zwischen die Beine werfen sollen! Siedendes Öl hätte ich nehmen und ihn in das besudelte Loch schütten! Lebendig ans Tor des Palastes hätte ich sie nageln sollen!«

Bei diesen Worten wurde er von etlichen seiner eigenen Anverwandten gepackt und roh geschüttelt und gefragt: »Laß das jetzt! Was *hast* du ihr angetan?«

Er rang sich frei von ihnen, schob sich schulterzuckend und mutwillig die Kleidung wieder zurecht und erklärte: »Ich habe getan, worauf ein gehörnter Ehemann ein Recht hat zu tun – und werde auf Auflösung dieser Scheinehe bestehen.«

Nicht nur die Tscherkessen, sondern auch die Araber und Armenier belegten ihn schreiend mit allen möglichen Schimpfworten. Da wurde soviel geschimpft und sich die Haare gerauft und an Bärten gezerrt und Kleider zerrissen, daß es eine ganze Weile dauerte, ehe einer sich schließlich aufraffte und zusammenhängend sprach und dem verachtenswerten Ehemann sagte, was er in seiner Trunkenheit getan und dann vergessen hatte. Sein Vater, der Ostikan Hampig, war es, der ihm tränenerstickt sagte: »Ach, Kagig, du Unseliger, *du* warst es doch, der die Jungfrau ihrer Blüte beraubt habt! Gestern abend, am Vorabend deiner Hochzeit. Du hast es für wer weiß wie durchtrieben und amüsant gehalten, dir vor der Trauung zu holen, was dir erst als Ehemann zustand. Du bist nach oben gegangen und hast sie ins Bett gezwungen und hast hinterher hier in diesem selben Raum groß damit getan! Teuer ist es mich zu stehen gekommen, ihre Anverwandten hier davon abzuhalten, dich totzuschlagen und sie frühzeitig zur Witwe zu machen! Die Prinzessin ist frei von jedem Makel und über jeden Verdacht erhaben! Du bist es gewesen! Du selbst!«

Die Schreie im Saal schwollen an.

»Schwein!«

»Aas!«

»Fäulnis!«

Woraufhin Kagig erbleichte und seine dicken Lippen zuckten und er sich zum ersten Mal, seit ich ihn kannte, menschlich und wie ein Mann benahm und echten Gram zeigte und nach Wiedergutmachung verlangte, als ob er das ehrlich meinte, indem er schrie: »Mögen die glühenden Kohlen der Hölle auf mein Haupt gesammelt werden! Von ganzem Herzen habe ich die schöne Seosseres geliebt, und jetzt habe ich ihr Nase und Lippen abgeschnitten!«

6 Mein Vater zupfte mich am Ärmel, und unauffällig schlüpften er, mein Onkel und ich durch die erregte Menge zur Tür des Speisesaals hinaus.

»Das ist kein Brot für meine Zähne«, sagte mein Vater stirnrunzelnd. »Der Ostikan sitzt schlimm in der Klemme, und jeder Herrscher, der in der Klemme sitzt, kann das Leben für die um ihn herum dreifach zur Hölle machen.«

Ich sagte: »Aber er kann doch gewiß nicht uns die Schuld in die Schuhe schieben.«

»Wenn der Kopf schmerzt, kann der ganze Körper leiden. Ich halte es für das beste, wir lassen unsere Pferde beladen und ziehen bei Morgengrauen los. Gehen wir in unsere Kammer und fangen wir mit dem Packen an.«

Dort gesellten sich die beiden Dominikaner zu uns und jammerten laut darüber, wie sehr sie das, was Kagig getan, mit Abscheu und Ekel erfüllte; als ob sie die einzigen wären, deren Gefühle verletzt worden waren.

»Ho, ho«, sagte Onkel Mafìo völlig humorlos. »Bei diesen Leuten handelt es sich um Mitchristen. Wartet nur, bis ihr echte Barbaren kennenlernt.«

»Das ist es ja gerade, was uns am meisten beunruhigt«, sagte Bruder Guglielmo. »Wie wir gehört haben, sind derlei Grausamkeiten in der Äußeren Tatarei gang und gäbe.«

Mein Vater erklärte ungerührt, er habe auch im Abendland Ungeheuerlichkeiten erlebt.

»Trotzdem«, sagte Bruder Nicolò. »Wir fürchten, solchen Ungeheuern wie denen, zu denen Ihr uns bringen wollt, das Christentum nicht angemessen nahebringen zu können. Wir möchten, daß Ihr uns von dieser Predigermission befreit.«

»Ach, was Ihr nicht sagt!« erklärte mein Onkel, hustete krächzend und spuckte den Schleim aus. »Ihr wollt uns also im Stich lassen, wo wir noch gar nicht richtig aufgebrochen sind? Nun, wünschen könnt ihr, was ihr wollt. Wir haben uns verpflichtet und ihr habt euch verpflichtet.«

Frostig sagte Bruder Guglielmo: »Vielleicht hat Fra Nico es nicht deutlich genug ausgedrückt. Wir bitten Euch nicht um Erlaubnis, Messeri, sondern teilen Euch unseren Entschluß mit. Solche ungebärdigen Wilden zu bekehren – dazu gehörte schon jemand mit mehr Autorität, als wir sie haben. Und in der Heiligen Schrift steht geschrieben: ›Wende dich vom Bösen.‹ Und: ›Wer Pech angreift, der besudelt sich damit.‹ Wir lehnen es ab, weiter mit Euch zu ziehen.«

»Ihr könnt unmöglich gemeint haben, dies sei ein leichtes Werk«, sagte mein Vater. »Wie es in dem alten Sprichwort heißt: Niemand kommt auf einem Kissen in den Himmel«.

»Ein Kissen? *Fichèvole!*« dröhnte mein Onkel und spielte auf eine ganz besondere Verwendung für ein Kissen an. »Wir haben gutes Geld bezahlt, um Pferde für diese beiden *manfroditi* zu kaufen!«

»Wenn Ihr uns beschimpft, werdet Ihr uns nicht gerade bewegen, es uns noch einmal zu überlegen«, erklärte Bruder Nicolò hochmütig. »Gleich dem Apostel Paulus hüten wir uns vor profanem und unnützem Gerede. Das Schiff, das uns hierhergebracht, wird in Kürze nach Zypern auslaufen, und wir werden an Bord sein.«

Mein Onkel hätte vermutlich endlos weitergewütet und den beiden Fratres Dinge an den Kopf geworfen, die *sacerdoti* nur selten zu hören bekommen, doch mein Vater gebot ihm mit einer Handbewegung Schweigen und sagte: »Was wir wollten, waren Sendboten der Kirche, um Kubilai Khan Wert und Überlegenheit des Christentums über andere Religionen zu beweisen. Diese Hasenfüße in Priestergewändern wären kaum die besten Beispiele, sie ihm vorzuführen. Geht auf Euer Schiff, Brüder, und Gott gehe mit Euch!«

»Und möget Gott und ihr *rasch* gehen!« schnarrte mein Onkel. Nachdem sie ihre Habseligkeiten zusammengesucht hatten, verließen sie die Gemächer, und mein Vater brummelte: »Die beiden haben sich uns bloß angeschlossen, weil sie darin eine gute Entschuldigung sahen, von den verworfenen Frauen in Acre loszukommen. Und jetzt nehmen sie diesen häßlichen Zwischenfall zum Vorwand, um von uns loszukommen. Wir sind aufgefordert worden, hundert Priester zu bringen – was wir hatten, waren nicht mehr als zwei rückgratlose alte *zitelle*. Und jetzt haben wir nicht einmal die mehr.«

»Ich kann den Verlust verschmerzen«, sagte mein Onkel Mafìo. »Aber was jetzt? Ziehen *wir* weiter? Ohne einen einzigen Kleriker für den Khan?«

»Wir haben versprochen zurückzukehren«, sagte mein Vater. »Und wir sind schon sehr lange fortgeblieben. Wenn wir nicht zurückkehren, glaubt der Khan überhaupt keinem mehr aus dem Westen. Es könnte sein, daß er allen reisenden Kaufleuten den Zugang zu seinem Reich verwehrte. Reisende Kaufleute sind auch wir – Kaufleute vor allem. Zwar können wir keine Priester vorweisen, aber Kapital haben wir genug – *zafràn* und Moschus von Hampig –, und das läßt sich zu einem stattlichen Vermögen vermehren. Wir werden Kubilai einfach erklären, die Kirche sei während dieses papstlosen Interregnums völlig in Unordnung gewesen. Und das stimmt doch auch.«

»Einverstanden«, erklärte Onkel Mafìo. »Wir setzen die Reise fort. Aber was machen wir mit diesem jungen Spund?«

Beide sahen mich an.

»Nach Venedig kann er nicht zurück«, sann mein Vater. »Und das englische Schiff segelt nach England weiter. Allerdings könnte er auf Zypern umsteigen auf einen Segler, der nach Konstantinopel fährt . . .«

Hier hakte ich rasch ein: »Mit diesen beiden Dominikanermemmen werde ich nicht einmal bis Zypern auf einem Schiff fahren. Ich könnte in Versuchung geraten, Hand an sie zu legen, und das wäre ein Sakrileg. Damit wären alle meine Hoffnungen auf den Himmel flöten.«

Onkel Mafìo lachte und sagte: »Aber lassen wir ihn hier zurück und bricht offene Feindschaft aus zwischen Tscherkessen und Armeniern, könnte Marco früher gen Himmel fahren, als ihm lieb ist!«

Seufzend sagte mein Vater zu mir: »Gut, dann kommst du also bis Baghdad mit. Dort werden wir einen Handelszug ausfindig machen, der über Konstantinopel nach Westen will. Dann wirst du deinen Onkel Marco besuchen. Entweder bleibst du bei ihm, bis wir zurückkehren, oder aber, wenn du hörst, daß Doge Tiepolo das Zeitliche gesegnet und einen Nachfolger gefunden hat, kannst du auch zu Schiff zurück nach Venedig.«

Ich glaube, von all den vielen Menschen, die Hampigs Palast um diese Zeit bevölkerten, waren wir die einzigen, die auch nur den Versuch machten, in dieser Nacht Schlaf zu finden. Wir taten denn auch so gut wie kein Auge zu, denn das ganze Gebäude wackelte förmlich unter vielen schweren Schritten und dem Geschrei zorniger Stimmen. Die tscherkessischen Gäste hatten himmelblaue Kleider angelegt, trugen also Trauer; gleichwohl schienen sie jedoch höchst trauerwidrig um das Gebäude herumzustürmen und die Verstümmelung ihrer Seosseres rächen zu wollen, wohingegen die Armenier sich nicht minder lautstark bemühten, sie zu beschwichtigen oder sie zumindest niederzuschreien. Der ganze Aufruhr hatte sich noch keineswegs gelegt, als wir zu den Palaststallungen hinaus in östlicher Richtung in die Morgenfrühe hinausritten. Ich weiß nicht, was aus all den Menschen geworden ist, die wir zurückließen: ob es den beiden feigen Dominikanern gelang, mit heiler Haut Zypern zu erreichen, und ob die unseligen Bagratunians jemals von einem Vergeltungsschlag von seiten der Familie der Prinzessin getroffen wurden. Ich habe von jenem Tag an nie wieder weder von den einen noch von den anderen gehört. Und ehrlich gesagt sorgte ich mich an diesem Tag auch nicht um sie, sondern darum, wie ich im Sattel blieb.

Nie zuvor in meinem Leben hatte ich auf einem Reittier gesessen. Bisher war ich immer nur mit einem Boot oder Schiff gefahren. So sattelte mein Vater meine Stute, hieß mich, dabei zusehen, und erklärte mir, was ich zu tun hätte, um diese Aufgabe in Zukunft selbst zu übernehmen. Dann zeigte er mir, wie ich aufzusitzen hatte und von welcher Seite des Pferdes das am besten ging. Ich bemühte mich nachzumachen, was er mir vorgemacht hatte. So setzte ich den linken Fuß in den Steigbügel, hüpfte kurz auf dem rechten Fuß, schwang mich begeistert in die Höhe, schwenkte das rechte Bein über den Pferderücken und landete mit einem schmatzenden Laut rittlings im Sattel – und stieß ein wildes Schmerzensgeheul aus. Wie der Ostikan uns geraten, trug ein jeder von uns die Lederbeutel mit dem Moschus dergestalt zwischen dem Schritt, daß sie hinter unserem eigenen Gemächt herunterhingen; und genau auf diesen Beutel hatte ich mich mit Wucht gesetzt – und glaubte für einige schmerzliche Augenblicke des Hin- und Hergerutsches, mir meine eigenen empfindlichsten Teile zerquetscht zu haben.

Mein Vater und mein Onkel wandten sich wie auf Kommando ab, und ihre Schultern zuckten vor Lachen, als sie sich bemühten, ihre eigenen Reittiere zu besteigen. Allmählich erholte ich mich und schob die Beutel so zurecht, daß sie mein Kostbarstes nicht wieder in Gefahr bringen konnten. Als mir klar wurde, daß ich zum ersten Mal auf dem Rücken eines Pferdes saß, wünschte ich, ich hätte nicht mit einem ganz so großen Reittier angefangen – vielleicht lieber mit einem Esel; es kam mir nämlich vor, als schwankte ich sehr hoch über dem Boden unsicher hin und her. Gleichwohl blieb ich im Sattel sitzen. Mein Vater und mein Onkel saßen ebenfalls auf und ergriffen jeder die Führzügel der beiden anderen Pferde, die wir mit all unserem Gepäck und unserer Ausrüstung beladen hatten. So ritten wir zum Tor hinaus auf den Fluß zu, als es gerade anfing zu tagen.

Am Ufer wandten wir uns flußaufwärts in Richtung auf jenen Einschnitt in den Bergen, durch den der Orontes vom Inland kommend zu

Tal floß. Schon bald lag die von Hader und Streit gebeutelte Stadt Suvediye hinter uns, und es dauerte nicht lange, da war das auch mit den Ruinen der früheren Suvediyes der Fall. Wir ritten im Orontestal stromaufwärts. Es war ein wunderbarer warmer Morgen, und im Tal herrschte üppige Vegetation: grüne Obsthaine trennten ausgedehnte Felder mit Gerste, die im Frühjahr gesät worden war und jetzt mit goldenen Ähren auf die Ernte wartete. Auch schon zu dieser frühen Stunde waren die Schnitterinnen dabei, das Korn zu schneiden. Zwar konnten wir nur wenige von ihnen erkennen, denn alle waren sie über ihre Sicheln gebeugt, doch wußten wir aufgrund eines vielfältig klickenden Geräusches, daß viele dort bei der Arbeit waren. Da in Armenien alle Feldarbeit von den Frauen verrichtet wird und Gerstenhalme spröde und rauh sind, schneidet man sich leicht die Hände auf; daher haben die Frauen die Finger in hölzernen Schutzhülsen stecken. Und da die Frauen emsig und unablässig bei der Arbeit sind, machen die Finger ein allesbeherrschendes klapperndes Geräusch, das man leicht für prasselndes Feuer im Korn halten konnte.

Als wir das beackerte Land hinter uns hatten, war das Tal immer noch grün und farbenprächtig und voller Leben. Da waren die riesig sich ausbreitenden morgenländischen Platanen, die hierzulande Chinar-Bäume genannt werden und willkommenen Schatten spenden; die leuchtendgrünen Tigerdisteln; und die reichtragenden, dornenbewehrten, *Zizafun* genannten Brustbeerbäume mit dem silbrigen Laub und der pflaumenähnlichen *Jujube*-Frucht, die sowohl in frischem als auch getrocknetem Zustand besonders gut schmeckt. Ganze Ziegenherden kauten auf den Tigerdisteln, und auf den Lehmhütten der Ziegenhirten saß das aus sperrigem Geäst gebaute Storchennest; außerdem gab es ganze Schwärme von Tauben, ein jeder so groß wie alle Tauben in Venedig zusammen; und die Goldadler, die fast unablässig in der Luft kreisen, weil sie schwerfällig und plump und verwundbar sind, wenn sie einmal auf dem Boden landen; dort haben sie es schwer und müssen sich abmühen und lange laufen und mit den Schwungfedern schlagen, ehe sie wieder von der Luft getragen werden.

Eine über Land reisende Gesellschaft wird im Osten mit dem Farsiwort *karwan* bezeichnet. Wir drei folgten einer der hauptsächlichsten von Osten nach Westen oder umgekehrt verlaufenden *karwan*-Routen, so daß in bequemen Abständen, etwa nach jedem sechsten *farsakh* – also nach jeweils ungefähr fünfzehn Meilen – einer jener Rastplätze lag, die *karwansarai* genannt werden. Wiewohl wir in aller Gemächlichkeit vorwärtsritten und weder uns noch unsere Pferde sonderlich zur Eile antrieben, konnten wir uns stets darauf verlassen, etwa gegen Sonnenuntergang einen von diesen Rastplätzen am Ufer des Orontes zu finden.

An den ersten von ihnen erinnere ich mich nicht besonders gut, denn an diesem Abend war ich vor allem mit meinen eigenen Schmerzen und Beschwerden beschäftigt. An diesem ersten Tag hatten wir unsere Pferde mehr zur Eile angetrieben, als wir dies später zu tun pflegten;

dabei bildete ich mir ein, höchst behaglich dahinzureiten, und stieg unterwegs mehrere Male ab und wieder auf, ohne zu bemerken, daß mir das Reiten im geringsten etwas ausmachte. Als ich am Abend in der *karwansarai* endgültig aus dem Sattel stieg, um die Nacht hier zu verbringen, stellte ich fest, daß ich wundgeritten war und litt. Mein Gesäß schmerzte mich, als hätte man mich geprügelt, die Innenseiten meiner Schenkel waren wundgerieben und brannten, und Muskeln und Sehnen der Oberschenkel waren dermaßen gedehnt und schmerzten, daß ich das Gefühl hatte, für alle Zukunft auf Beinen herumlaufen zu müssen, die krumm waren wie Flitzbogen. Freilich, die Schmerzen und das Unbehagen legten sich, und nach ein paar Tagen konnte ich mein Pferd den ganzen Tag im Schritt, im Kanter, im Galopp, ja sogar im Trab – wohl die anstrengendste Gangart – reiten, ohne irgendwelche nachteiligen Wirkungen zu spüren. Das war eine erfreuliche Entwicklung – nur, daß ich jetzt, wo ich nicht mehr ständig mit meinem eigenen Unbehagen beschäftigt war, mehr Augen und Gefühl für die Mißlichkeiten hatte, die damit verbunden waren, jeden Abend in einer *karwansarai* abzusteigen.

Eine *karwansarai* ist eine Kombination zwischen Gasthaus für Reisende und Stall oder Pferch für ihre Tiere; nur, die Unterkunft für die Menschen unterscheidet sich – was Sauberkeit und Behaglichkeit betreffen – kaum von denen der Tiere. Was zweifellos daran liegt, daß ein solches Quartier so groß und ständig bereit sein muß, hundertmal mehr Menschen und Tiere aufzunehmen, als unsere kleine *karwan* umfaßte. So erlebten wir es auch mehrere Male, daß wir eine *karwansarai* mit einer ganzen Schar von – arabischen oder persischen – Kaufleuten teilten, die zu *karwans* gehörten, welche aus unzähligen Pferden, Maultieren, Eseln, Kamelen und Dromedaren bestand, die samt und sonders schwer beladen, hungrig, durstig und müde waren. Trotzdem würde ich lieber das Trockenfutter essen, das für die Tiere bereitgehalten wird, als die Gerichte, die den Menschen vorgesetzt werden, und lieber im Stroh schlafen, als in einem dieser mit geflochtenen Seilen bespannten Rahmen, die hier Bett genannt werden.

Die ersten zwei oder drei Absteigen dieser Art, auf die wir stießen, waren aufgrund von Schildern als ›Christliche Herberge‹ zu erkennen. Sie wurden von armenischen Mönchen betrieben, waren dreckig und verwanzt und rochen muffig – doch zumindest die Speisen waren abwechslungsreich und daher annehmbar. Weiter im Osten wurden die *karwansarais* von Arabern betrieben und trugen Schilder, die verkündeten: ›Hier, der einzig wahre und reine Glaube.‹ Diese Absteigen waren vielleicht um ein geringes reinlicher und besser instand gehalten, doch die muslimischen Speisen waren von unüberbietbarer Eintönigkeit: Hammelfleisch, Reis, Brot, in Größe, Form, Konsistenz und Geschmack genauso wie der Flechtsitz eines Korbstuhls, und dazu schwache, lauwarme, sehr wäßrige Sorbets.

Wenige Tage nach dem Verlassen Suvediyes erreichten wir die am Fluß gelegene Stadt Antakya. Ist man auf einer Überlandreise begriffen, bietet jede am Horizont auftauchende Siedlung einen willkommenen und – aus der Ferne – auch schönen Anblick. Doch die Schönheit aus der Ferne erweist sich beim Näherkommen nur allzu oft als Illusion. Antakya war wie so viele andere Städte in diesen Gegenden häßlich, schmutzig und langweilig – und es wimmelte dort von Bettlern. Gleichwohl zeichnete es sich dadurch aus, daß es dem umliegenden Land seinen Namen gegeben hatte; in der Bibel heißt es Antiochia. Zu anderen Zeiten, als diese Gegend zum Reich Alexanders gehörte, wurde es Syrien genannt. Als wir hindurchzogen, gehörte es zum Königreich Jerusalem oder dem, was von diesem Königreich übriggeblieben war, welches seither vollständig unter die Herrschaft der mameluckischen Sarazenen gefallen ist. Doch wie dem auch sei: Ich bemühte mich, Antakya und ganz Antiochien oder Syrien so zu betrachten, wie vielleicht auch Alexander es betrachtet hatte; ich war nämlich ausnehmend stolz darauf, daß wir mit unserer *karwan* den Spuren Alexander des Großen folgten.

Bei Antakya biegt der Orontes nach Süden ab. Wir ließen den Fluß hier also hinter uns und zogen weiter gen Osten, einer weit größeren, wenn auch nicht minder farblosen Stadt entgegen, die Haleb hieß oder Aleppo, wie die Abendländer sagen. Dort verbrachten wir die Nacht in einer *karwansarai,* und da die Besitzer nachdrücklich erklärten, daß wir weit unbeschwerter vorankommen würden, folgten wir ihrem Rat und erstanden für einen jeden von uns arabische Kleidung. So trugen wir ab Aleppo und noch eine lange Zeit hinterher das arabische Kostüm, vom *kaffiyah*-Kopftuch bis zu den pluderigen Beinkleidern. In dieser Tracht reitet man in der Tat bequemer und ungehinderter als in der engen venezianischen Strumpfhose und dem Rock aus schwerem Tuch. Zumindest aus der Ferne sahen wir aus wie drei jener arabischen Nomaden, die sich *Leer-Länder* oder *bedawin* nennen.

Da die meisten Betreiber von *karwansaraien* dortzulande Araber waren, lernte ich selbstverständlich viele arabische Worte. Diese Araber sprachen aber auch die überall in Asien bekannte Handelssprache, Farsi, und wir näherten uns von Tag zu Tag mehr dem Lande Persien, wo Farsi Landessprache ist. Um mir zu helfen, mir diese Sprache schneller zu eigen zu machen, taten mein Vater und mein Onkel ihr möglichstes, soweit das ging, ausschließlich in Farsi miteinander zu sprechen und nicht in unserem heimatlichen Venezianisch oder im Sabir des westlichen Mittelmeerraums. Und ich lernte schnell. Offen gestanden fand ich Farsi wesentlich weniger schwierig als irgendeine der anderen Sprachen, mit denen ich mich später herumschlagen mußte. Auch muß man wohl davon ausgehen, daß junge Leute Sprachen schneller lernen als ältere, denn es dauerte nicht lange, und ich sprach Farsi weit fließender als mein Vater oder mein Onkel.

Irgendwo östlich von Aleppo stießen wir auf den nächsten großen Fluß, den Furat, besser bekannt unter dem Namen Euphrat, im Ersten Buch Moses eines der vier Hauptwasser des Gartens Eden. Ich will zwar nichts gegen die Bibel sagen, aber etwas Gartenähnlichem begegnete ich die ganze Länge des Furat hinunter nicht. Dort, wo wir auf ihn stießen, um ihm in südöstlicher Richtung zu folgen, fließt dieser Strom nicht – wie der Orontes – durch ein angenehmes Tal hindurch, sondern windet sich recht willkürlich durch flaches Land, das nichts weiter ist als eine gewaltig ausgedehnte Weide für Schafe und Ziegen. Darin besteht zwar sehr häufig der Nutzen eines Landstrichs, macht diesen jedoch für den Reisenden außerordentlich uninteressant. Hocherfreut nimmt man das gelegentliche Auftauchen eines Oliven- oder Dattelpalmenhains zur Kenntnis, und man vermag einen einzeln stehenden Baum schon aus sehr weiter Entfernung zu erkennen, ehe man ihn endlich erreicht.

Von Osten her weht fast unablässig ein Wind über dies flache Land; da jedoch weit im Osten Wüsten sich erstrecken, trägt selbst die leiseste Brise für gewöhnlich feine graue Staubwolken heran. Da nur die weitauseinanderliegenden Bäume sowie selten einmal ein Reisender über das niedrige Gras hinausragen, sammelt der treibende Staub sich gerade auf ihnen. Unsere Pferde ließen Schnauzen und Ohren hängen, schlossen die Augen und bewegten sich dergestalt voran, daß die Brise ihnen beim Vorwärtsgehen über die linke Schulter strich. Wir Reiter wickelten unseren *aba* dicht um den Leib und zogen die *kaffiyah* vors Gesicht; trotzdem scheuerte der Staub uns unter den Lidern, juckte uns die Haut, verklebten sich uns die Nasenlöcher und knirschte uns der Staub zwischen den Zähnen. Mir ging auf, warum mein Vater, mein Onkel und überhaupt die meisten Reisenden sich den Bart wachsen ließen, denn sich unter solchen Bedingungen täglich zu rasieren, ist eine sehr schmerzreiche Prozedur. Mein eigener Bartwuchs war jedoch noch recht spärlich und ergab noch keinen stattlichen Bart. Deshalb probierte ich Onkel Mafios Enthaarungs-*mumum* aus, das prächtig funktionierte, und so fuhr ich fort, diese Salbe anstelle des Rasiermessers zu benutzen.

Was sich mir jedoch aus diesem staubbeladenen Garten Eden am nachhaltigsten in die Erinnerung eingegraben hat, war der Anblick einer Taube, die sich eines Tages auf einem dort wachsenden Baum niederließ; als der Vogel auf dem Zweig landete, wölkte Staub auf, als wäre sie in ein Faß Mehl hineingeraten.

Noch zwei andere Dinge möchte ich hier festhalten, die mir während unseres langen Rittes den Furat entlang in den Sinn kamen.

Ein Gedanke war der, daß die Welt groß ist. Das hört sich vielleicht nicht wie eine sonderlich originelle Feststellung an, ging mir damals jedoch zum ersten Mal auf wie eine plötzliche Offenbarung, die einem in die Glieder fährt. Bis dato hatte ich in der Stadt Venedig mit ihren natürlichen Grenzen gelebt, und Venedig hatte in seiner gesamten Geschichte nie versucht, das Wasser wirklich zu überspringen, was ja in der Tat auch unmöglich ist – dieser Umstand verleiht den Venezianern jedoch das Gefühl, in Sicherheit und Geborgenheit behütet zu sein – wenn man so will, auch in Behagen. Wiewohl Venedig die Adria vor sich hat, kommt einem der Horizont auf dem Meer nicht unmöglich weit entfernt vor. Selbst an Bord eines Schiffes hatte ich den Meereshorizont stets mehr oder weniger in der gleichen Entfernung liegen sehen; das Gefühl, darauf zuzufahren oder sich von ihm zu entfernen, hatte ich auf dem Segler nie gehabt. Reist man über Land, ist das etwas ganz anderes. Die Linie des Horizonts verändert sich ständig, und man bewegt sich entweder auf eine Landmarke zu oder entfernt sich von einer solchen. Allein in der ersten Woche, da wir unterwegs waren, näherten wir uns einer ganzen Reihe weit auseinanderliegender Städte oder Weiler, höchst unterschiedlichen Gegenden und mehreren Flüssen, erreichten sie, ritten hindurch und ließen sie wieder hinter uns zurück. Die Landmasse der Erde ist *sichtbarlich* größer als jeder leere Ozean. Sie ist riesig und höchst vielfältig im Charakter und enthält stets das Versprechen von noch größerer Weite und bunterer Vielfalt, läßt diese tatsächlich auftauchen und verspricht noch mehr davon. Der Reisende an Land erfährt die gleichen Empfindungen, die ein Mensch hat, wenn er ganz nackt ist – das Gefühl grenzenloser Freiheit, gleichzeitig jedoch auch das Gefühl, verwundbar und ungeschützt und – im Verhältnis zu der ihn umgebenden Welt – sehr klein zu sein.

Was ich noch sagen möchte, ist, daß die Karten lügen. Selbst die besten aller Landkarten, wie wir sie zum Beispiel im *kitab* des al-Idrisi mit uns führten, trügen – sie können gar nicht anders. Das liegt daran, daß auf Karten alles nach denselben Maßstäben angegeben wird, und das täuscht. Angenommen zum Beispiel, der Weg führt den Reisenden über einen Berg. Zwar vermag die Landkarte einen vor diesem Berg warnen, ehe man seiner gewahr geworden ist, und sogar anzugeben, wie hoch, breit und lang dieser Berg ungefähr ist – was die Karte jedoch nicht verrät, das ist die Beschaffenheit des Bodens und des Wetters, das herrscht, wenn man ihn erreicht, oder gar, in welch einem Zustande der Berg selbst sich befindet. Ein Berg, den ein jungen Mann in bester Gesundheit bei gutem Wetter vielleicht ziemlich mühelos bewältigen kann, kann einem Mann, den Alter oder Krankheit oder Ermüdung durch die vielen Länder, die er bereits durchmessen hat, bei Kälte oder gar bei Winterstürmen beträchtlich weniger einladend, abweisend oder sogar abschreckend vorkommen. Da die Darstellungsmöglichkeiten auf einer Landkarte beschränkt sind, sind diese trügerisch, kann ein Reisender länger brauchen, einen Fingerbreit auf der Landkarte voranzukommen als vorher ganze Handspannen.

Selbstverständlich begegneten wir auf unserer Reise nach Baghdad keinen solchen Schwierigkeiten, brauchten wir doch dem Fluß Furat auf seinem Lauf stromabwärts durch das Flachland nur zu folgen. Zwar holten wir in gewissen Abständen unseren *kitab* hervor, doch nur, um uns zu vergewissern, wie die Karte mit der uns umgebenden Wirklichkeit zusammenpasse – was mit lobenswerter Genauigkeit der Fall war –, und manchmal fügte mein Vater oder Onkel zu den bereits vorhandenen Eintragungen noch eine weitere hinzu, um nützliche Landmarken festzuhalten, welche die Karten unterschlugen: Flußbiegungen, Inseln darin, derlei Dinge. Und alle paar Nächte holte ich, wiewohl das nicht nötig gewesen wäre, das *kamàl* hervor, das wir gekauft hatten. Diesen in der durch den Knoten in der Schnur angegebenen Entfernung in Richtung auf den Nordstern vor mich hinhaltend und den unteren Rand des kleinen Rahmens auf den Horizont auflegend, sah ich jedesmal, daß der Stern sich immer weiter von dem oberen Rand des Rahmens entfernte. Das bestätigte uns, was wir bereits wußten: Wir bewegten uns in südöstlicher Richtung.

Überall in diesem Lande überschritten wir ständig die unsichtbaren Grenzen, die ein kleines Volk von dem andern trennt, wobei die Völker gleichfalls unsichtbar blieben und nur ihr Name vorhanden war. Das ist überall in der Levante das gleiche: die größeren Landstriche dort werden auf den Karten als Armenien, Antiochien, Heiliges Land und so weiter wiedergegeben, doch innerhalb dieser Gebiete erkennen die Einheimischen zahllose kleinere Gebiete an und belegen sie mit Namen und nennen diejenigen, die darin leben, Volk oder Völkerschaft, deren armselige Häuptlinge sie hochtrabend manchmal sogar König nennen. In den Bibelstunden in meiner Kindheit hatte ich von levantinischen Königreichen wie Samaria und Tyros und Israel gehört und mir vorgestellt, daß es mächtige Länder von überwältigender Größe wären. Ihre Könige Ahab und Hiram und Saul waren für mich Herren über große Völkerschaften gewesen. Jetzt erfuhr ich von den Einheimischen, denen wir begegneten, daß wir selbsternannte Reiche wie Nabaj und Bishri und Khubbaz durchquerten, die von allerlei Königen und Sultanen, Atabegs und Sheiks regiert wurden.

Doch ein jedes dieser Länder ließ sich in einem oder zwei Tagen durchreiten, und sie waren so eintönig und gesichtslos und arm und voll von Bettlern, sonst jedoch nur spärlich bevölkert, und der einzige ›König‹, den wir hier kennenlernten, war nichts weiter als der älteste Ziegenhirt eines von der Ziegenzucht lebenden *bedawi*-Stamms. Kein einziges dieser auf kleinem Raum zusammengedrängten Königreiche und Scheichtümer in diesem Teil der Welt ist größer als die Republik Venedig. Und obwohl Venedig ein blühendes und bedeutendes Gemeinwesen ist, nimmt es doch nur den Raum von einer Handvoll Inseln und einem schmalen Festlandstreifen an der adriatischen Küste ein. Mir wurde allmählich klar, daß all diese biblischen Könige – selbst die großen wie Salomo oder David – Gebiete beherrschten, die in der abendländischen Welt nur *confini*, Grafschaften oder Kirchspiel, genannt worden wären. Die großen Völkerwanderungen, die in der Bibel erwähnt werden, sind wohl in Wirklichkeit nichts weiter gewesen als die Wanderzüge der Nomadenstämme heute, die von der Ziegenzucht leben und denen ich begegnet bin. Und bei den großen Kriegen, von denen die Bibel berichtet, hat es sich wohl um nichts weiter als unbedeutende Überfälle zwischen winzigen Streitmächten gehandelt, um unbedeutende Streitigkeiten zwischen diesen kleinen ›Königen‹ zu regeln.

Diese Einsicht brachte mich zu der Überlegung, warum der Herrgott sich damals, in der alten Zeit, die Mühe gemacht haben mag, Feuersbrünste und Stürme, Propheten und Seuchen ausbrechen zu lassen, um das Schicksal dieser kleinen Völkerschaften in jenen abgelegenen Weltgegenden zu beeinflussen.

7 An zwei Nächten schlugen wir in diesem Lande absichtlich einen Bogen um die nächste *karwansarai* und schlugen unser Lager allein und unter freiem Himmel auf. Später, wenn wir in weniger bevölkerte Gegenden kämen, würden wir das ohnehin tun müssen, und so meinten mein Vater und mein Onkel, es wäre gut für mich, in einfachem Terrain und bei mildem Wetter erste Erfahrungen auf diesem Gebiet zu sammeln. Außerdem hatten wir drei den Schmutz und den Hammel satt bis dorthinaus. Deshalb bereiteten wir in diesen Nächten ein jeder eine Lagerstatt aus den Decken und benutzten den Sattel als Kopfkissen; auch zündeten wir ein Feuer zum Kochen an und ließen unsere Pferde frei zum Grasen, banden ihnen jedoch die Vorderbeine zusammen, damit sie nicht weit laufen konnten.

Einige Fertigkeiten und Besonderheiten des Reisens hatte ich von meinem weitgereisten Vater und seinem Bruder bereits gelernt. Zum Beispiel hatten sie mir beigebracht, mein Bettzeug stets in einer der beiden Satteltaschen unterzubringen und meine Kleidung in der anderen und jedenfalls darauf zu achten, beides immer getrennt zu halten. Da Reisende in jeder *karwansarai* ihr eigenes Bettzeug benutzen, ist dieses unweigerlich stets voll von Läusen, Flöhen und Wanzen. Dieses Ungeziefer ist selbst dann eine Qual, wenn man den tiefen Schlaf der Erschöpften schläft; vollends unerträglich wären sie, säße man einem in wachem Zustand auch noch in den Kleidern sitzen. Deshalb befreite ich mich jedesmal, wenn ich morgens nackt aus meinem Bettzeug kroch, von allen Quälgeistern; da ich meine Kleidung sorgsam allem anderen ferngehalten hatte, konnte ich dann entweder bereits benutzte oder frische Gewänder anziehen, die noch frei von allem Ungeziefer waren. Stiegen wir jedoch nicht in einer *karwansarai* ab, sondern schlugen unser eigenes Lager auf, lernte ich andere Dinge. So erinnere ich mich, daß ich mich an dem ersten Abend, da wir im Freien übernachteten, anschickte, den Wassersack hoch und schräg zu halten, um einen großen Schluck zu nehmen – doch mein Vater hielt mich davon ab.

»Warum nicht?« fragte ich. »Wir haben doch einen der gesegneten Flüsse des Paradieses, den Wassersack wieder darin zu füllen.«

»Erstens tust du gut daran, dich an den Durst zu gewöhnen, solange noch Wasser zum Trinken vorhanden ist«, sagte mein Vater. »Und zweitens warte einen Moment – ich will dir etwas zeigen.«

Er schichtete aus Zweigen, die er mit seinem Gurtmesser von einem nahe stehenden *zizafun*-Baum abhackte, ein Feuer auf. Das dornenbewehrte Holz dieses Baums brennt heiß und schnell, doch ließ er es nur so lange brennen, bis es zu Holzkohle geworden war, aber noch nicht ganz zu Asche. Dann schob er den größten Teil der Holzkohle beiseite und legte neues Holz auf die noch verbliebene Glut, um neuerlich ein

Feuer zu entfachen. Die Holzkohle ließ er abkühlen, zerdrückte sie dann zu einem Pulver und häufte dieses auf ein Tuch, welches er wie ein Sieb über eine der Steingutschalen legte, die wir mitgenommen hatten. Dann reichte er mir eine andere Schale und hieß mich, sie mit Wasser aus dem Fluß zu füllen.

»Koste dies Wasser«, sagte er, nachdem ich es geholt hatte.

Ich tat es und sagte: »Schlammig. Und ein paar Insekten. Aber kein schlechtes Wasser.«

»Paß auf. Ich werde es verbessern.« Langsam ließ er dann das Wasser durch die Holzkohle sickern, so daß es sich in der zweiten Schale sammelte. Nachdem er damit fertig war, kostete ich es nochmals. »Ja. Klar und gut. Und sogar kühler schmeckt es.«

»Vergiß dies nicht«, sagte er. »Es wird häufig vorkommen, daß deine einzige Wasserquelle faulig oder scheußlich salzig schmeckt und du sogar den Verdacht hast, es könnte giftig sein. Wenn du es auf diese Weise durchseihst, wird es zumindest trinkbar und harmlos, falls nicht sogar köstlich. Allerdings, in den Wüsten, wo es um das Wasser am schlechtesten bestellt ist, gibt es für gewöhnlich auch kein Holz, das du verbrennen könntest. Sei daher stets darauf bedacht, einen kleinen Vorrat Holzkohle bei dir zu tragen. Man kann sie viele, viele Male benutzen, ehe sie sich mit bösen Stoffen vollgesogen hat und unbrauchbar geworden ist.«

Auf dem Ritt den Furat hinunter schlugen wir unser Lager allerdings nur zweimal unter freiem Himmel auf, denn mein Vater konnte Wasser zwar von Insekten und Verunreinigungen befreien, nicht jedoch die Vögel aus dem Himmel verjagen, und ich habe bereits erwähnt, daß es in diesem Land viele Goldadler gibt.

An besagtem Tag hatte mein Onkel das Glück gehabt, im Gras auf einen großen Hasen zu stoßen, der sich in diesem Augenblick der Überraschung zitternd aufrichtete und verharrte. Mein Onkel hatte im Handumdrehen das Messer aus dem Gurt gezogen, damit nach dem Tier geworfen und es erlegt. Das war auch der Grund, warum wir beschlossen, im Freien zu lagern – denn ein Essen ohne Hammelfleisch war für uns sehr verlockend. Doch als Onkel Mafio noch den abgebalgten Hasen auf einem *zizafun*-Ast und zwei Astgabeln übers Feuer legte, der Hase zu brutzeln anfing und zusammen mit dem Rauch der Bratengeruch in die Luft stieg, wurden wir nicht minder Opfer einer Überraschung, als es zuvor der Hase geworden war.

Aus dem Nachthimmel über uns erhob sich unvermittelt ein raschelndes, sausendes Geräusch. Ehe wir auch nur Zeit hatten aufzublicken, fuhr in einem Bogen ein Gewirr von Braun unter uns durch das Feuer hindurch und wieder ins nächtliche Dunkel hinein. Im selben Augenblick gab es einen Laut, der sich anhörte wie ein dumpfes *klop,* das Feuer stiebte funken- und aschesprühend auseinander, und der Hase samt Stecken zum Drehen war verschwunden. Das einzige, was wir danach noch hörten, war ein triumphierender, gebellartiger Schrei: *kya!*

»*Malevolenza!*« entfuhr es meinem Onkel, der eine große Feder aus den Überresten des Feuers herausholte. »Ein verdammter diebischer Adler! *Acrimonia!*« An diesem Abend mußten wir uns mit hartem Pökelfleisch aus unseren Vorräten begnügen. Das gleiche oder etwas sehr Ähnliches wiederholte sich am zweiten Abend, als wir unser Lager unter freiem Himmel aufschlugen. Diesmal, weil wir von einer vorüberziehenden arabischen *bedawin*-Familie die Lende eines frischgeschlachteten Kamelkalbs erstanden hatten. Als wir diese am Spieß zu braten gedachten und die Adler sie erspähten, kam neuerlich einer von ihnen im Sturzflug heruntergerauscht. Kaum hörte mein Onkel auch nur ansatzweise das Rauschen der Schwungfedern in der Luft, warf er sich beschützend der Länge nach über das bratende Fleisch. Damit rettete er uns das Abendessen, doch ihn hätten wir ums Haar verloren.

Ein Gold- oder Steinadler kann seine Schwingen weiter ausspannen als ein ausgewachsener Mann die Arme und wiegt ungefähr soviel wie ein größerer Hund; kommt er also herniedergesaust – oder sturzfliegt er, wie der Falkner sagt –, stellt er ein mörderisches Geschoß dar. In diesem Fall traf er meinen Onkel am Hinterkopf – glücklicherweise nur mit einem seiner Flügel und nicht mit den Greifern –, doch war der Aufprall heftig genug, meinen Onkel über das Feuer stürzen zu lassen. Mein Vater und ich zogen ihn sofort heraus und klopften die Funken aus seiner bereits glimmenden *aba*, und mußten ihn eine Zeitlang schütteln, bis er wieder zu sich kam, doch dann kannte er in seinem Fluchen kein Halten mehr, bis ein Hustenanfall ihn darin unterbrach. Ich hatte inzwischen neben dem Spießbraten Aufstellung genommen und wirbelte auffällig mit einem derben Knüttel in der Luft herum, was die Adler fernhielt, so daß es uns gelang, das Fleisch zu garen und unser Mahl zu uns zu nehmen. Gleichwohl beschlossen wir, solange wir durch Adlergebiet zogen, unsere Abneigung gegen Hammel zu bezwingen und fürderhin jede Nacht in einer *karwansarai* zu verbringen.

»Ihr seid gut beraten, das zu tun«, erklärte uns der Wirt am nächsten Abend, als wir uns wiederum zu einem scheußlichen Hammel-und-Reis-Gericht niedergelassen hatten. Wir waren in dieser Nacht die einzigen Gäste, und so plauderte er mit uns, während er den Staub, der sich im Laufe des Tages in seiner Küche angesammelt hatte, zur Tür hinauskehrte. Sein Name war Hasan Badr-al-Din, was nun überhaupt nicht zu ihm paßte, denn übersetzt hieß das Schönheit des Glaubensmonds. Er war verhutzelt und knorrig wie ein alter Olivenbaum, hatte ein Gesicht, so ledrig und verrunt wie die Schürze eines Flickschusters, und einen schütteren Bart, der sich ausnahm wie ein Strahlenkranz aus Runzeln, die in seinem Gesicht keinen Platz mehr fanden. »Es ist nicht gut, nachts ungeschützt draußen zu sein im Land der *mulahidat*, der Irregeleiteten.«

»Was sind das, die Irregeleiteten?« erkundigte ich mich und nippte an einem Sorbet, so bitter, daß es aus unreifem Obst gemacht sein mußte.

Schönheit des Glaubensmonds versprengte jetzt Wasser im Raum, um den noch verbliebenen Staub zu binden. »Vielleicht habt Ihr unter dem Namen *hashishiyin* von ihnen gehört. Das sind die Töter, die für den Alten vom Berge töten.«

»Von welchem Berge?« fragte mein Onkel knurrend. »Dies Land hier ist flacher als die See bei Schönwetter.«

»So hat man ihn immer genannt – den Sheikh ul-Jibal; dabei weiß niemand, ob er wirklich lebt. Und ob er seine Burg wirklich auf einem Berg stehen hat oder nicht.«

»Es gibt ihn nicht«, sagte mein Vater. »Dieser alte Quälgeist wurde vom Ilkhan Hulagu erschlagen, als die Mongolen vor fünfzehn Jahren hier durchzogen.«

»Wahr«, sagte die gealterte Schönheit, »und doch nicht wahr. Das war der Alte Mann Rokn-ed-Din Kurshah. Nur gibt es immer einen neuen Alten, wißt Ihr.«

»Das habe ich nicht gewußt.«

»Aber ja doch. Und der Alte befehligt die *mulahidat* immer noch, obwohl einige von den Irregeleiteten jetzt selbst alte Männer sein müssen. Er vergibt ihre Dienste an die Gläubigen, die seiner Hilfe bedürfen. Wie ich gehört habe, haben die ägyptischen Mamelucken einen hohen Preis dafür gezahlt, daß ein *hashishin* jenen englischen Fürsten erschlägt, der die christlichen Kreuzfahrer anführt.«

»Dann haben sie ihr Geld zum Fenster hinausgeworfen«, erklärte Onkel Mafio. »Denn es ist vielmehr so, daß der Engländer den *sassìn* erschlagen hat.«

Achselzuckend sagte die Schönheit: »Dann wird ein anderer es versuchen und dann noch ein anderer, bis es getan ist. Der Alte wird befehlen, und sie werden gehorchen.«

»Warum?« fragte ich und biß in einen Klumpen schimmelig schmeckenden Reis. »Warum setzt jemand sein eigenes Leben aufs Spiel, um auf Verlangen eines anderen jemand umzubringen?«

»Ach, um das zu begreifen, junger Scheich, müßtet Ihr den heiligen Koran verstehen.« Er trat näher und setzte sich zu uns ans Speisetuch, so, als mache es ihm Freude, es zu erklären. »In diesem Buch macht der Prophet (Friede sei mit Ihm!) den Gläubigen ein Versprechen. Er verspricht jedem Mann – vorausgesetzt, er wird in seiner Frömmigkeit nie wankend –, einmal in seinem Leben werde er eine wundersame Nacht erleben, die Nacht des Möglichen, und in dieser Nacht werde ihm jeder Wunsch und jedes Verlangen erfüllt.« Der alte Mann verzog die Runzeln in seinem Gesicht zu einem Lächeln, einem Lächeln, das halb glücklich, halb schwermütig war. »Eine Nacht, erfüllt von Wohlbehagen und Luxus, herrlichen Speisen und Getränken und *banj* sowie mit schönen und willfährigen *haura*-Mädchen und Knaben, erneuerter Jugend und Manneskraft, sie zu genießen. Deshalb ergibt sich jeder Mann, der glaubt, einem Leben strenger Frömmigkeit und hofft auf ebendiese Nacht des Möglichen.«

Gedankenverloren hielt er inne. Nach einer Weile meinte Onkel Mafio: »Das ist gewiß ein verlockender Traum.«

Wie aus weiter Ferne sagte Schönheit: »Träume sind die gemalten Bilder im Buche des Schlafs.«

Wieder warteten wir, doch dann sagte ich: »Ich sehe aber nicht, was das mit . . .«

». . . dem Alten vom Berge zu tun hätte?« unterbrach er mich, als wache er unvermittelt wieder auf. »Der Alte *schenkt* diese Nacht des Möglichen. Und dann lockt er mit dem Versprechen weiterer solcher Nächte.«

Mein Vater, mein Onkel und ich tauschten belustigte Blicke.

»Ihr solltet das nicht anzweifeln«, sagte der Wirt eigensinnig. »Der Alte – oder einer von seinen *mulahidat* – wird einen geeigneten Mann finden – einen starken, kühnen Mann – und wird ihm einen mächtigen Brocken *banj* unter sein Essen oder sein Trinken mischen. Versinkt dieser Mann in Schlaf, wird er hinweggezaubert in die Burg ul-Jibal. Wacht er dort auf, findet er sich, umgeben von den schönsten jungen Männern und Damen, in dem schönsten Garten wieder, den man sich vorstellen kann. Diese *haura* reichen ihm herrliche Speisen und noch mehr von dem *hashish,* ja selbst von dem verbotenen Wein. Sie singen und tanzen bezaubernd, entblößen die Brüste mit den brennenden Brustwarzen, den glatten Bauch und das verlockende Gesäß. Damit verführen sie ihn zum hinreißendsten Liebesspiel, daß ihm zuletzt wieder die Sinne schwinden. Und wieder wird er hinweggezaubert – zurück dorthin, wo er bisher gelebt hat – und dieses frühere Leben ist bestenfalls fade zu nennen im Vergleich zu dem, was er gerade genossen hat, wahrscheinlich aber sogar elendiglich. So wie das Leben eines *karwansarai*-Wirts.«

Gähnend sagte mein Vater: »Ich fange an zu begreifen. Wie es so treffend heißt: Man hat ihm Zuckerbrot und Peitsche gegeben.«

»Jawohl. Er hat jetzt die Nacht des Möglichen erlebt und verzehrt sich danach, dies wieder zu tun. Er wünscht und bettelt und betet darum, und die Werber kommen und quälen ihn mit Versprechungen, bis er verspricht, *alles* zu tun, was man von ihm verlangt. Ihm wird eine Aufgabe gestellt – irgendeinen Glaubensfeind zu töten oder zu stehlen oder zu rauben, um mit dem Geraubten die Schatzkammern des Alten zu füllen, und Ungläubige, die in das Land des *mulahidat* eindringen, in den Hinterhalt zu locken. Bewältigt er die ihm gestellte Aufgabe mit Erfolg, wird er mit einer neuerlichen Nacht des Möglichen belohnt. Und nach jeder solchen frommen Tat wieder mit einer solchen Nacht und wieder einer solchen.«

»Von denen eine jede«, sagte mein skeptischer Onkel, »in Wahrheit nichts weiter ist als ein *hashish*-Traum. Irregeführt – wahrhaftig!«

»Oh, Ungläubiger!« schalt Schönheit ihn. »Sagt mir bei Eurem Barte, könnt *Ihr* in der Erinnerung zwischen einem köstlichen Traum und einem köstlichen Ereignis unterscheiden? Beides existiert nur in Eurer Erinnerung. Wenn Ihr einem anderen davon berichtet – wie könntet Ihr beweisen, was geschah, als Ihr wacht wart, und was, als Ihr schliefet?«

Leutselig sagte mein Onkel Mafìo: »Das werde ich Euch morgen sagen, denn jetzt bin ich müde.« Womit er aufstand, sich gewaltig reckte und herzhaft gähnte.

Eigentlich waren wir es gar nicht gewohnt, so früh bereits schlafen zu gehen, doch mein Vater und ich gähnten auch, und so folgten wir alle Schönheit des Glaubensmonds, der uns einen langen Gang entlangführte und uns – da wir die einzigen Gäste waren – jedem einen Raum für sich anwies, die alle recht sauber waren und Stroh auf dem Boden aufwiesen. »Räume, die absichtlich weit voneinander entfernt liegen«, sagte er, »damit Euer Schnarchen die anderen nicht stört und Ihr in Euren Träumen nicht gestört werdet.«

Gleichwohl war mein Traum ziemlich verworren. Ich schlief, und mir träumte, ich erwachte vom Schlaf, um mich – gleich einem der Auserwählten der Irregeleiteten – in einem traumhaften Garten wiederzufinden, denn dieser war voll von Blumen, wie ich sie in wachem Zustand noch nie gesehen hatte. Zwischen den besonnten Blumenbeeten tanzten Tänzer von so traumhafter Schönheit, daß man nicht sagen konnte – und es einem auch völlig gleichgültig war –, ob es sich um Mädchen oder um Knaben handelte. Träumerisch schmachtend schloß ich mich dem Tanz an und fand, wie das einem oft im Traum widerfährt, daß jede Bewegung, jeder Schritt und jedes Ausgreifen sich traumhaft langsam vollzog, als wäre die Luft Sesamöl.

Dieser Gedanke war mir so widerwärtig – selbst im Traum erinnerte ich mich an mein Erlebnis mit dem Sesamöl –, daß aus dem besonnten Garten unvermittelt ein lauschiger Gang in einem Palast wurde, in dem ich tanzend hinter einem gleichfalls tanzenden Mädchen her war, welches das Gesicht der Dame Ilaria trug. Doch als sie mit einer Drehung in einen Raum hineinwirbelte und ich ihr durch die einzige Tür folgte und sie einholte, wurde ihr Gesicht uralt und voller Warzen und ihr sproß ein rotgrauer Bart. Mit tiefer Männerstimme sagte sie: »*Salamelèch*«, und ich befand mich weder in einem Palastgemach, ja, noch nicht einmal in einer Schlafkammer in einer *karwansarai*, sondern in der engen finstern Zelle des *vulcano* in Venedig. Der alte Mordecai Cartafilo sagte: »Irregeleiteter, wirst du denn niemals lernen, wie blutrünstig Schönheit ist?« und reichte mir einen viereckigen weißen Zwieback, ihn zu essen.

Der war so trocken und schmeckte so widerwärtig, daß ich würgte. Ich erbrach mich unter derartigen Krämpfen, daß ich erwachte, das heißt, diesmal wirklich wach wurde – in dem Raum in der *karwansarai*, wo ich feststellte, daß die Übelkeit, die mich befallen, keineswegs nur geträumt war. Offenbar war mit dem Hammel oder etwas anderem an unserem Essen wirklich etwas nicht in Ordnung gewesen, denn mir war hundeelend zumute. Mit fahrigen Bewegungen befreite ich mich von meinen Decken und rannte nackend und barfüßig den Gang zu jenem kleinen Verschlag mit dem Loch im Boden hinunter. Darüber ließ ich den Kopf hängen, und mir war viel zu übel, um vor dem Gestank zurückzuweichen, der mir daraus entgegenschlug, oder um Angst davor zu haben, daß ein *jinni*-Dämon aus der Tiefe daraus nach mir greifen könnte. So still, wie es mir möglich war, erbrach ich einen abscheulichen grünlichen Brei, wischte mir die Tränen aus den Augen, schöpfte wieder Atem und patschte leise wieder zurück zu meiner Kammer. Als ich mich den Gang entlangschlich, kam ich an der Tür zur Kammer meines Onkels vorüber und hörte ihn dahinter etwas brummeln.

Da mir ohnehin noch schwindlig war, lehnte ich mich gegen die Wand und lauschte auf das, was er von sich gab. Was ich mit gespitzten Ohren hörte, war teils das Schnarchen meines Onkels, teils ein zischendes, leises Sprechen. Es verwunderte mich, daß er gleichzeitig schnarchen und sprechen können sollte, und so lauschte ich um so angestrengter. Die Worte waren Farsi, und so konnte ich sie nicht alle verstehen. Doch als die erstaunt klingende Stimme etwas lauter wurde, hörte ich deutlich:

»Knoblauch? Die Ungläubigen tun so, als wären sie Kaufleute – und dann tragen sie nur wertlosen *Knoblauch* bei sich?«

Ich faßte die Kammertür an. Sie war nicht verriegelt. Mühelos und lautlos ging sie auf. Drinnen bewegte sich ein kleines Licht hin und her, und als ich genauer hinblickte, erkannte ich, daß es eine Dochtlampe in der Hand von Schönheit des Glaubensmonds war, der sich über die Satteltaschen meines Onkels beugte, die in einer Ecke des Raums aufeinandergetürmt waren. Der Wirt war offenkundig dabei, uns zu bestehlen, hatte die Päckchen bereits geöffnet, hatte die kostbaren zafràn-Batzen gefunden und hielt sie irrtümlicherweise für Knoblauch.

»Bei den neunundneunzig Eigenschaften Allahs – dieser Ungläubige hat ja ein Gemächt wie ein Hengst!«

Obgleich mir immer noch übel war, hätte mich dieser Ausruf nahezu zum Kichern gebracht; mein Onkel lächelte beseligt im Schlaf, da er sich an entsprechender Stelle geliebkost fühlte.

»Nicht nur ein unbeschnittener langer *zab*«, fuhr der Dieb fort, sich zu wundern, »sondern – Allah sei gepriesen für die Großmut, mit der er selbst Ungläubige beschenkt – *zwei* Paar Hoden!«

Auch das hätte mich zum Kichern reizen können, doch im nächsten Augenblick hörte die Situation auf, lustig zu sein. Ich erkannte das Aufblitzen von Stahl im Lampenlicht, als der alte Schönheit seinen Dolch aus dem Gewand zog und ihn in die Höhe hob. Ich hatte keine Ahnung, ob er meinem Onkel den *zab* beschneiden oder von seinem überzähligen Hodensack befreien oder ihm die Gurgel durchschneiden wollte, aber ich wartete auch nicht erst ab, um das herauszufinden. Ich trat vor, ließ meine Faust herniedersausen und traf den Dieb mit einer solchen Wucht im Nacken, daß ich meinte, ihn kampfunfähig gemacht zu haben; doch so zerbrechlich der Alte aussah, er war keineswegs zart. Zwar fiel er auf die Seite, rollte sich jedoch wie ein Akrobat auf den Rücken und schnellte vom Boden hoch und ließ dabei seine Klinge in meine Richtung blitzen. Mehr durch Zufall denn durch gezieltes Zupacken bekam ich ihn am Handgelenk zu packen. Dieses drehte ich und riß an seiner Hand, bis ich schließlich den Dolch in meiner eigenen

Hand wiederfand und zustieß. Diesmal stürzte er zu Boden und blieb dort auch, stöhnend und mit blutigem Schaum vorm Mund.

Das Handgemenge war nur kurz gewesen, aber nicht lautlos verlaufen; trotzdem hatte mein Onkel weitergeschlafen und schlief immer noch und lächelte im Schlaf. Erschrocken darüber, was gerade eben getan worden war und ums Haar getan worden wäre, kam ich mir schrecklich verlassen in der Kammer vor und war sehr auf einen Bundesgenossen angewiesen. Wiewohl mir die Hände zitterten, schüttelte ich Onkel Mafìo und mußte ihn in der Tat heftig schütteln, bis er zu Bewußtsein kam. Jetzt endlich ging mir auf, daß unser alles andere als gewöhnliches Abendessen reichlich mit *banj* gewürzt worden war. Fast wäre es um uns alle drei geschehen gewesen, hätte ich nicht diesen Traum gehabt, der mich geweckt, mich die Gefahr erkennen und die Droge hatte herauswürgen lassen.

Schließlich kam mein Onkel widerwillig zu sich, lächelte und murmelte: »Die Blumen ... die Tänzerinnen ... die Finger und Lippen, die meine Flöte bliesen und spielten ...« Dann blinkerte er und rief: »*Dio me varda!* Marco, das warst doch nicht etwa *du*?«

»Nein, Zio Mafìo«, sagte ich und verfiel in meiner Erregtheit ins Venezianische. »Du bist in Gefahr gewesen. Wir sind immer noch in Gefahr. Bitte, wacht endlich auf!«

»*Adio de vu!*« sagte er ärgerlich. »Warum hast du mich aus diesem wundersamen Garten herausgerissen?«

»Ich glaub', das war der Garten der *hashishiyin*. Und der, den ich gerade erdolcht habe, war ein Irregeleiteter.«

»Unseren Wirt!« entfuhr es meinem Onkel, als er sich aufsetzte und die auf dem Boden zusammengebrochene Gestalt liegen sah. »Ach, *scagaròn*, was hast du getan? Spielst du etwa wieder den *bravo*?«

»Nein, Zio, schaut! Es ist sein eigener Dolch, der in ihm steckt. Er war im Begriff, Euch zu ermorden, um an Euren Beutel Moschus heranzukommen.« Als ich ihm die Umstände erläuterte, fing ich an zu weinen.

Onkel Mafìo beugte sich über den alten Mann und untersuchte ihn knurrend. »Mitten in den Bauch. Noch nicht tot, aber im Sterben.« Dann wandte er sich mir zu und sagte freundlich: »Aber, aber, Junge. Hör jetzt auf zu flennen. Geh und weck deinen Vater auf!«

Schönheit des Glaubensmonds war niemand, über den man heiße Tränen hätte vergießen müssen, gleichgültig, ob er tot war oder lebendig oder ob er im Sterben lag. Immerhin war er der erste Mensch, dem ich mit eigener Hand den Garaus gemacht hatte, und das Töten eines anderen Menschen ist kein alberner Meilenstein im Leben eines Mannes. Als ich ging, meinen Vater aus dem *hashish*-Garten herauszuholen, dachte ich darüber nach, wirklich von Glück sagen zu können, daß es daheim in Venedig eine andere Hand gewesen war, die meinem schuldlosen ersten Opfer die Klinge in den Leib gerammt hatte. Denn eines hatte ich, was das Umbringen oder zumindest das Umbringen eines anderen mit dem Dolch betrifft, soeben gelernt. Die Klinge dringt recht mühelos in den Bauch des Opfers ein; es kommt einem vor, als ginge es wie von selbst. Steckt sie jedoch erst einmal drin, wird sie augenblicklich von den versehrten Muskeln gepackt und genauso festgehalten, wie einst ein anderes Werkzeug meiner Person vom jungfräulichen Fleisch des Mädchens Doris festgehalten worden war. Es hatte mich überhaupt keine Mühe gekostet, Schönheit den Dolch in die Eingeweide zu stoßen; nur hinterher herausziehen konnte ich ihn nicht mehr. Und in diesem Augenblick war mir etwas erschreckend aufgegangen: daß eine so häßliche und so leicht von der Hand gegangene Tat nicht ungeschehen gemacht werden kann. Damit erschien mir das Töten weit weniger kühn als zuvor, weniger flott und weniger heldenhaft, als ich es mir vorgestellt hatte.

Nachdem ich unter Mühen meinen Vater geweckt hatte, brachte ich ihn zum Tatort. Onkel Mafio hatte den Wirt trotz des immer weiter fließenden Blutes auf sein eigenes Deckenlager gelegt und seine Gliedmaßen so angeordnet, wie sie im Tode liegen sollen; jetzt sah es so aus, als redeten die beiden ganz freundschaftlich miteinander. Der alte Mann war der einzige von uns, der Kleider trug. Er blickte zu mir, seinem Mörder, auf, und muß in meinem Gesicht die Spuren der Tränen gesehen haben, denn er sagte: »Laßt es Euch nicht betrüben, junger Ungläubiger. Ihr habt den Irregeleitetsten von allen erschlagen. Ich habe schreckliches Unrecht getan. Der Prophet (Friede sei mit Ihm!) hat uns strengstens aufgetragen, einem Gast mit größter Achtung und Fürsorge zu begegnen. Sei er auch der niedrigste aller Derwische oder gar ein Ungläubiger, und sei auch nur eine Brotkrume im Haus vorhanden, und wenn auch die Familie und die Kinder im Hause hungern müssen – ihm muß jede Gastfreundschaft und jede Sicherheit zuteil werden, solange er sich unter deinem Dache aufhält. Da ich gegen dieses heilige Gesetz verstoßen habe, hätte ich ohnehin jedes Recht auf eine Nacht des Möglichen verwirkt, auch dann, wenn ich am Leben geblieben wäre. In meiner Habgier habe ich übereilt gehandelt und habe gesündigt; für diese Sünde bitte ich jetzt um Verzeihung.«

Ich wollte zum Ausdruck bringen, daß ich ihm vergäbe, mußte jedoch dermaßen schniefen, daß ich nicht reden konnte, und darüber war ich gleich darauf froh, denn er fuhr fort:

»Ich hätte ohne weiteres Drogen unter Euer Frühstück mischen und Euch eine Weile weiterziehen lassen können, bis Ihr zusammengebrochen wäret. Dann hätte ich Euch ausrauben und unter freiem Himmel ins Jenseits befördern können, und es wäre eine gute Tat gewesen, die Allah wohlgefällig gewesen wäre. Aber das habe ich nicht getan. Wenngleich ich mein ganzes Leben bisher fromm und nach den Gesetzen unseres Glaubens verbracht und zur größeren Ehre der Religion eine Menge Ungläubiger erschlagen habe, wird dieser eine Vorstoß mich das ewige Leben im Paradies der *djennet* mit ihren *haura*-Schönheiten, der ewigen Glückseligkeit und dem Genuß ohne Reue kosten. Und diesen Verlust bedaure ich aufrichtig. Ich hätte Euch umbringen sollen, als ich noch im Zustand der Gnade lebte.«

Nun, diese Worte bewirkten zumindest, daß ich aufhörte zu weinen. Versteinert sahen wir alle den Wirt an, als dieser fortfuhr:

»Freilich könnt Ihr selbst Euch in der Tugend üben. Wenn ich gestorben bin, tut mir den Gefallen und wickelt mich in eine Stoffbahn ein. Tragt mich in den Hauptraum der *karwansarai* und legt mich dort auf die vorgeschriebene Weise nieder. Windet mir den Turban ums Haupt und um mein Gesicht und legt mich dergestalt nieder, daß meine Füße nach Süden weisen auf die heilige Kaaba in Mekka.«

Mein Vater und mein Onkel sahen einander an und zuckten mit den Achseln, doch waren wir alle drei froh, nichts versprochen zu haben, denn der alte Bösewicht sprach jetzt seine letzten Worte:

»Habt ihr das getan, ihr räudigen Hunde, werdet ihr tugendhaft sterben; denn wenn meine Brüder von der *mulahidat* kommen und mich tot und mit einem Dolch in den Eingeweiden finden und den Fährten eurer Pferde folgen und euch zur Strecke bringen, werden sie tun, was ich nicht geschafft habe zu tun. *Salaam alaikum.*«

Seine Stimme war in keiner Weise kraftlos geworden, doch nachdem er völlig widernatürlich Frieden auf uns herabgefleht, schloß Schönheit des Glaubensmonds die Augen und verschied. Und da dies das erste Totenbett war, neben dem ich stand, lernte ich jetzt, daß die meisten Tode genauso häßlich sind wie die meisten Morde. Denn beim Hinübergehen leerte Schönheit höchst unschön und reichlichst sowohl die Blase als auch die Eingeweide, beschmutzte seine Kleider und die Wolldecken und erfüllte die Luft mit einem pestilenzialischen Gestank.

Etwas abstoßend Würdeloses ist wirklich nichts, an was die Menschen sich beim Tod eines anderen Menschen vor allem erinnern sollten. Nur habe ich seither an so manchem Sterbelager gestanden und – mit Ausnahme jener Fälle, wo zuvor die Möglichkeit eines Klistiers gegeben gewesen war – jedesmal war es so, daß die Menschen auf diese Weise Abschied vom Leben genommen haben; auch die stärksten und kühnsten Männer und die schönsten und reinsten Frauen, gleichgültig, ob sie eines gewaltsamen Todes sterben oder heiter entschlafen.

Wir traten zur Kammer hinaus, um reine Luft einzuatmen, und mein Vater sagte aufseufzend:

»Und was nun?«

»Vor allem«, sagte mein Onkel und nestelte die Riemen los, mit dem er die Moschusbeutel festgebunden hatte, »befreien wir uns erst einmal von diesem unbequemen Gebaumel. Jetzt ist ja klar, daß die Beutel bei unserem anderen Gepäck genausogut aufgehoben sind – jedenfalls nicht weniger sicher, als wenn wir sie am Leib trügen. Außerdem muß ich sagen, daß ich lieber diesen Moschus verliere, als mein eigenes kostbares Gehänge in Gefahr zu bringen.«

Mein Vater brummte: »Sich um seine Eier Sorgen machen, wo es um unseren Kopf geht!«

Und ich sagte:

»Tut mir leid, Vater, Onkel. Wenn es uns beschieden sein sollte, von den überlebenden Irregeleiteten gejagt zu werden, war es falsch, diesen hier zu erstechen.«

»Unsinn«, sagte mein Vater. »Wärest du nicht aufgewacht und hättest du nicht schnellstens gehandelt, wären wir nicht einmal am Leben geblieben, so daß man überhaupt Jagd auf uns machen kann.«

»Es stimmt schon, daß du ungestüm bist, Marco«, sagte Onkel Mafìo. »Aber wenn jemand jedesmal erst lange alle Folgen seines Handelns überlegte, würde er nicht sonderlich alt werden und könnte kaum etwas im Leben vollbringen. Nico, ich meine, wir können diesen glücklicherweise ungestümen jungen Mann als unseren Gefährten behalten. Laden wir ihn nicht sicher in Konstantinopel oder Venedig ab, sondern laß ihn mitkommen bis nach Kithai. Freilich – du bist sein Vater. Es ist an dir, das zu entscheiden.«

»Ich bin geneigt, dir zuzustimmen«, sagte mein Vater. Und zu mir gewandt: »Wenn du denn mitkommen möchtest, Marco . . .« Breit grinste ich ihn an. »Dann komm mit! Du hast es dir verdient, daß wir dich mitnehmen. Du hast dich heute nacht wacker gehalten.«

»Vielleicht sogar besser als nur wacker«, sagte mein Onkel nachdenklich. »Dieser *bricòn vecchio* hat sich selbst den Allerirregeleitetsten genannt. Könnte er damit nicht auch haben andeuten wollen, daß er der Anführer von allen war? Der letzte und regierende Sheikh ul-Jibal? Ein alter Mann war er ganz gewiß.«

»Der Alte vom Berg?« entfuhr es mir. »*Den* soll ich erschlagen haben?«

»Wer will das wissen?« sagte mein Vater. »Das werden wir höchstens dann erfahren, wenn die anderen *hashishiyin* uns einholen und es uns sagen. Ich bin nicht allzusehr darauf erpicht, es zu erfahren.«

»Sie dürfen uns nicht einholen«, erklärte Onkel Mafìo. »Es ist schon sträflich nachlässig von uns gewesen, uns ohne Waffen außer unseren Arbeitsmessern so tief in fremdes Gebiet hineingewagt zu haben.«

Mein Vater sagte: »Sie werden uns nicht einholen, wenn sie keinen Grund haben, hinter uns herzusein. Wir brauchen nichts weiter zu tun, als den Grund dafür zu beseitigen. Sollen doch die nach uns Kommenden die *karwansarai* einfach verlassen vorfinden. Laßt sie annehmen, der Wirt sei unterwegs – um ein Schaf für die Vorräte zu schlachten. Wer weiß, vielleicht dauert es Tage, bis die nächsten Gäste eintreffen – und noch ein paar Tage, ehe sie anfangen, sich Gedanken darüber zu machen, wo der Wirt wohl sein könnte. Bis überhaupt welche von den Irregeleiteten sich auf die Suche nach ihm begeben, und bis sie die Suche aufgeben und anfangen zu argwöhnen, daß nicht alles mit rechten Dingen zugehen kann, werden wir längst fort sein – so weit fort, daß sie uns nicht mehr nachspüren können.«

»Sollen wir Schönheit etwa mitnehmen?« fragte mein Onkel.

»Und die Gefahr einer peinlichen Begegnung heraufbeschwören, ehe wir überhaupt ein wenig vorangekommen sind?« Mein Vater schüttelte den Kopf. »Aber wir können ihn auch nicht einfach den Brunnen hier hinunterwerfen oder ihn darin verstecken oder begraben. Jeder Gast, der hier eintrifft, wird als erstes nach dem Wasser sehen. Und jeder Araber hat eine Nase wie ein Spürhund, um ein Versteck oder frisch aufgebrochene Erde zu erschnüffeln.«

»Nicht an Land und nicht im Wasser«, sagte mein Onkel. »Es gibt nur eine einzige Möglichkeit. Und das bringe ich besser hinter mich, solange ich noch nichts am Leib habe.«

»Ja«, erklärte mein Vater und wandte sich mir zu. »Marco, such im ganzen Gebäude nach Wolldecken, um die zu ersetzen, die dein Onkel jetzt nicht mehr benutzen kann. Und wenn du schon dabei bist, sieh zu, ob du nicht irgendwelche Waffen findest, die wir mitnehmen können.«

Diesen Auftrag erteilte er mir offenbar nur, um mich aus dem Weg zu haben, während sie taten, was sie tun mußten. Und für mich dauerte es eine ganze Weile, ihm nachzukommen, denn die *karwansarai* war alt, muß schon eine ganze Reihe von Besitzern gehabt haben, von denen ein jeder neu angebaut hatte. Das Hauptgebäude war ein Fuchsbau von Gängen und Räumen und Kammern und Nischen; doch außerdem gab es noch Ställe und Unterstände, Schafpferche und andere Häuser draußen. Doch der alte Mann hatte sich mit seinen Drogen und seiner Verschlagenheit offensichtlich sicher gewähnt, denn er hatte sich keine große Mühe gemacht, seine Habseligkeiten zu verstecken. Und nach dem Waffenarsenal und den Vorräten zu urteilen, hätte er durchaus der Alte vom Berge sein können oder zumindest der Hauptlieferant für die *mulahidat*. Als erstes wählte ich zwei gute Decken aus einem beträchtlichen Stapel aus. Dann suchte ich unter den Waffen, und wiewohl ich keine geraden Säbel fand, wie wir Venezianer sie gewohnt waren, wählte ich die blinkendsten und schärfsten der hier gebräuchlichen Art. Diese wiesen eine breite geschwungene Klinge auf – und hatten mehr von einem Säbel, denn geschärft waren sie nur an der Krümmung; man nennt sie *shimshir*, was soviel heißt wie ›Schweigender Löwe‹. Deren nahm ich drei mit, einen für jeden von uns, und dazu Leibriemen mit Schlaufen, den *shimshir* darin aufzuhängen. Ich hätte uns noch weiter bereichern können, denn Schönheit hatte ein kleines Vermögen in Form von Beuteln mit getrocknetem *banj, banj* in Ziegelform und Flakons mit *banj*-Öl. Davon jedoch rührte ich nichts an.

Der Tag kroch herauf, als ich meine Funde in den Hauptraum trug, wo wir am Abend zuvor gespeist hatten. Mein Vater bereitete auf dem Kohlebecken das Frühstück und war äußerst heikel, was die Zutaten betraf. Gerade, als ich eintrat, hörte ich eine Reihe von Geräuschen draußen im Hof: einen langgezogenen raschelnden Pfeifton, ein lautes *klop*! und ein kreischendes *kya*! Dann trat mein Onkel vom Hof kommend herein, immer noch nackt und über und über mit Blut beschmiert. Sein Bart roch nach Rauch, als er voller Genugtuung sagte:

»Jetzt ist von dem alten Teufel nichts mehr übrig, und er ist dorthin gegangen, wohin er ohnehin wollte. Seine Kleidung habe ich verbrannt, die Wolldecken dazu, und die Asche verstreut. Sobald wir uns angezogen und gegessen haben, können wir losreiten.«

Mir ging selbstverständlich auf, daß mein Onkel Schönheit des Glaubensmonds nicht aufgebahrt, sondern ihm eine höchst unmuslimische Bestattung hatte zuteil werden lassen. Ich war daher neugierig, was er damit gemeint hatte, als er sagte: »Dorthin gegangen, wohin er ohnehin wollte.« Als ich ihn danach fragte, gluckste er vor Vergnügen und sagte:

»Das, was noch von ihm übrig war, ist jetzt gen Osten geflogen. In Richtung Mekka.«

BAGHDAD

1 Wir hielten uns weiterhin nach Süden und ritten flußabwärts den Furat entlang. Jetzt ging es durch ein wenig ansprechendes Gelände, in dem der Fluß sich Rinnen durch solides Basaltgestein gegraben hatte. Hier war der Boden freudlos schwarz, und es gab nicht einmal Gras, Tauben und Adler. Immerhin wurden wir weder von den Irregeleiteten noch von irgend jemand sonst verfolgt. Und allmählich – gleichsam zur Feier des Umstands, daß wir großer Gefahr entronnen waren – wurde das Land wieder freundlicher und weniger unwirtlicher. Das Gelände zu beiden Seiten des Stroms stieg merklich an, bis dieser sich durch ein breites begrüntes Tal hindurchschlängelte. Da waren Obsthaine und Wälder, Weiden und Ackerland und Bauernhütten, Blumen und Früchte. Nur waren diese genauso ungepflegt und verkommen wie die heimischen Wälder, die Äcker voller Unkraut, als wären sie nie bestellt worden. Die Landbesitzer waren alle fortgegangen, und die einzigen Menschen, die wir in diesem Tal antrafen, waren umherziehende *bedawin*-Familien, die land- und wurzellosen Viehzüchter, die jetzt durch dies Tal streiften, wie sie sonst durch die Steppen zogen. Nirgends waren seßhafte Menschen zu sehen, kein Mensch bemühte sich, das einst urbargemachte Land davon abzuhalten, wieder zur Wildnis zu werden.

»Das ist das Werk der Mongolen«, sagte mein Vater. »Als der Ilkhan Hulagu – das heißt, der Kleinere Khan Hulagu, Bruder unseres Freundes Kubilai – durch dieses Land fegte und das persische Reich vernichtete, ergriffen die meisten Perser die Flucht oder kamen um, und die Überlebenden sind noch nicht zurückgekehrt, um ihr Land wieder zu bearbeiten. Aber die arabischen und die kurdischen Nomaden sind wie das Gras, von dem sie leben und das sie für ihre Herden suchen. Die *bedawin* beugen sich ungerührt vor jedem Wind – gleichgültig, ob es sich dabei um ein lindes Lüftchen handelt oder um einen entfesselten *simùm*; läßt er nach, richten sie sich wieder auf wie das Gras. Den Nomaden ist es gleichgültig, wer das Land regiert, und es wird ihnen gleichgültig bleiben bis ans Ende der Tage – Hauptsache, das Land selbst bleibt bestehen.«

Ich drehte mich im Sattel um und nahm das Land in Augenschein: das reichste, fruchtbarste und vielversprechendste Land, durch das wir auf unserer Reise bisher gekommen waren. Ich fragte: »Und wer herrscht jetzt über Persien?«

»Als Hulagu starb, war sein Sohn Abagha sein Nachfolger als Ilkhan, und der hat sein Hauptquartier in der nördlichen Stadt Maragheh aufgeschlagen und nicht mehr in Baghdad. Obwohl das persische Reich jetzt zum mongolischen Khanat gehört, ist es immer noch in Shahnate aufgeteilt wie zuvor, und zwar aus Gründen der Verwaltung. Gleichwohl ist jeder Shah dem Ilkhan Abagha untertan, genauso wie Abagha wiederum dem Khakhan Kubilai untertan ist.«

Ich war beeindruckt. Ich wußte, daß wir noch viele Monate anstrengender Reise vor uns hatten, ehe wir die Stadt erreichen würden, in der dieser Khakhan Kubilai hofhielt. Doch bereits hier, am westlichen Rand Persiens, *bereits hier* bewegten wir uns innerhalb des Herrschaftsbereichs des fernen Khans. In der Schule hatte ich mich bewundernd und begeistert zugleich dem Studium des *Alexanderbuchs* hingegeben, und so wußte ich, daß Persien einst zum Reich des Eroberers gehört hatte, das so unendlich ausgedehnt gewesen war, daß man ihm den Beinamen ›der Große‹ gegeben hatte. Gleichwohl bildeten die Länder, die der Mazedonier erobert und seinem Reich einverleibt hatte, nur einen Bruchteil der Welt, verglichen mit den unermeßlichen Ländereien, die Chinghiz Khan erobert hatte, die von seinen Eroberersöhnen noch erweitert worden waren und immer noch von seinen Eroberernenkeln weiter ausgedehnt wurden – nämlich zu dem unvorstellbar großen Mongolischen Reich, über welches der Enkel Kubilai jetzt als Khan Aller Khane herrschte.

Ich glaube, nicht einmal die Pharaonen des Altertums, noch der ehrgeizige Alexander, noch die habgierigen Caesaren hätten sich träumen lassen, daß es soviel Welt überhaupt gab; folglich können sie kaum davon geträumt haben, sie sich zu unterwerfen. Und was alle späteren Herrscher im Abendland betrifft, so nehmen ihr Ehrgeiz und ihre Eroberungen sich noch armseliger daneben aus. Neben dem Mongolischen Reich nimmt der ganze Europa genannte Kontinent sich wie eine kleine dichtbevölkerte Halbinsel aus, und alle Länder darauf – darin denen der Levante ähnlich – sind nichts anderes als verstockt auf nicht vorhandene Bedeutung bedachte Provinzen. Von der erhabenen Höhe herab, auf welcher der Khakhan thront, muß sich meine Heimat, die Republik Venedig, mit ihrem ganzen Stolz auf die eigene Herrlichkeit und Größe bedeutungslos ausnehmen wie der Schlupfwinkel Suvediye des Ostikan Hampig. Sofern die Geschichtsschreiber fortfahren, Alexander den Großen zu feiern, sollten sie endlich Kubilai als den unvergleichlich viel Größeren anerkennen. Das freilich ist ihre Sache, nicht die meine. Ich kann nur sagen, daß ich beim Betreten persischen Bodens – ich, der kleine Marco Polo – den Fuß in das ausgedehnteste Reich setzte, das seit Anbeginn der Welt je von einem einzelnen Menschen beherrscht worden ist.

»Sobald wir nach Baghdad kommen«, fuhr mein Vater fort, »werden wir dem dort regierenden Shah, wer immer es auch sein mag, das Empfehlungsschreiben von Kubilai vorweisen. Dann muß der Shah uns als Gesandte seines Oberherrn willkommen heißen.«

So ritten wir also am Furat entlang hinunter nach Süden und stellten fest, daß allmählich wieder die Spuren der Zivilisation die Oberhand gewannen, denn dieser Landstrich wurde kreuz und quer von zahllosen Bewässerungskanälen durchzogen, die vom Fluß abgingen. Freilich, die hochragenden Holzräder in den Kanälen wurden weder von Mensch noch Tier, noch sonst was in Gang gehalten, sondern standen still. Die Tonkrüge, die an ihrem äußeren Rand befestigt waren, schöpften kein Wasser und gossen infolgedessen auch keines aus. Im breitesten und auch begrüntesten Teil des Tals nähert der Furat sich zugleich am weitesten jenem anderen großen, nach Süden fließenden Strom des Landes, dem Dijlah, manchmal auch Tigris genannt, von dem es heißt, auch er sei eines der vier Hauptwasser des Gartens Eden. Wenn das stimmt, müßte eigentlich das Land zwischen diesen beiden Strömen der Ort sein, wo das biblische Paradies gelegen hat. Und wenn wiederum das stimmt, dann war dieser Garten, als wir ihn erlebten, so menschenleer wie damals, nach der Vertreibung von Adam und Eva.

Irgendwo in dieser Gegend verließen wir das Gebiet des Furat und ritten in östlicher Richtung die restlichen zehn *farsakhs* bis zum Dijlah hinüber, überquerten diesen Fluß auf einer Brücke – sie bestand aus leeren Booten, über die man eine begehbare Straße gelegt hatte – und zogen in das auf dem Ostufer gelegene Baghdad ein.

Die Bevölkerung der Stadt hatte – wie die des umliegenden Landes – durch Hulagus Belagerung und Einnahme bedauerlich abgenommen. Doch in den fünfzehn Jahren, die seither vergangen waren, war ein Großteil der Einwohner zurückgekehrt und hatte den Schaden, der damals entstanden war, wieder bereinigt. In Städten lebende Kaufleute, so scheint es, sind wohl widerstandsfähiger als Bauern vom Lande. Wie die primitiven *bedawin,* scheinen sich auch die zivilisierten Händler rasch von den Mißlichkeiten zu erholen, die ein solches Unglück mit sich bringt. Im Falle Baghdads mag das auch noch an dem Umstand liegen, daß sie viele von den dort ansässigen Kaufleuten keine passiven und fatalistischen Muslime sind, sondern ununterdrückbar energiegeladene Juden und Christen – von denen einige ursprünglich sogar aus Venedig, ja, noch mehr sogar aus dem fernen Genua kamen.

Vielleicht aber erholt Baghdad sich auch deshalb, weil es einfach eine so *notwendige,* an einem wichtigen Schnittpunkt mehrerer Handelsstraßen gelegene Stadt ist. Denn abgesehen davon, daß Baghdad der westliche Endpunkt der über Land führenden Seidenstraße ist, bildet sie auch noch den nördlichen Endpunkt der Seeroute von Indien her. Selbstverständlich ist die Stadt kein Seehafen, doch ist der Dijlah bis hierher für große Flußkähne schiffbar, und es herrscht ein entsprechend reger Verkehr. Die Kähne laufen entweder flußabwärts, oder aber sie werden gegen den Strom flußaufwärts gestakt, und so geht es hin und her zwischen Baghdad und dem im Süden am Persischen Golf gelegenen Hafen Basra, wo die vielen seetüchtigen arabischen Segler anlegen. Doch aus welchem Grunde auch immer – bei unserer Ankunft war Baghdad wieder das, was es auch vor der Einnahme durch die Mongolen schon war: ein reicher, von Leben pulsierender und bedeutender Handelsmittelpunkt.

Dabei stand die Schönheit der Stadt ihrer Geschäftigkeit in nichts nach. Von allen Städten des Morgenlandes, die ich bisher kennengelernt hatte, erinnerte Baghdad am meisten an mein heimatliches Venedig. In dem am Dijlahufer gelegenen Hafenviertel ging es genauso lebhaft zu wie an der Riva Venedigs: es wimmelte dort genauso von Menschen und roch dort wie in meiner Heimatstadt, obwohl die Schiffe, die man dort sah – und die samt und sonders von Arabern gebaut und bemannt waren –, sich in keiner Weise mit den unsrigen vergleichen konnten. Es handelte sich um erschreckend schlecht gebaute Fahrzeuge, und man wunderte sich, daß sie überhaupt schwammen; dafür waren sie vollständig ohne Dübel, Nägel und Nieten gebaut, ja, ihre Rumpfplanken vielmehr mit Seilen einer bestimmten Faserart praktisch zusammen*genäht.* Und die Säume und Zwischenräume waren auch nicht mit Pech auskalfatert, sondern mit einer Art aus Fischtran hergestelltem Fett. Selbst die größten von ihnen wiesen nur ein einziges Steuerruder auf, und dieses war noch dazu nicht sonderlich auf Wendigkeit geeicht, denn es hing genau in der Mitte des Achterschiffs in seinen Angeln. Noch etwas war bedauerlich an diesen arabischen Kähnen: daß die Ladung so wenig fachgerecht gestaut wurde. Hatte man den Laderaum etwa mit einer Ladung Lebensmittel beladen, also mit Datteln und Früchten, Getreide und dergleichen, bringen die arabischen Schiffer es ohne weiteres fertig, auf dem Deck darüber eine Viehherde unterzubringen. Diese bestand nicht selten aus edlen arabischen Rassen, also wunderschönen Tieren – doch entleeren diese sich genauso oft und nicht minder reichlich wie jedes andere Pferd, und ihr Kot und ihre Jauche sickern ungehindert durch die Planken auf die darunter gelagerten, für den menschlichen Verzehr bestimmten Waren.

Baghdad ist nicht wie Venedig von Kanälen durchzogen, doch werden die Straßen und Gassen dieser Stadt dauernd mit Wasser besprengt, um den Staub zu binden; aus diesem Grund sind sie ständig von einem feuchten Duft erfüllt, der mich von ferne an den Geruch unserer Kanäle erinnerte. Außerdem gibt es in der Stadt viele offene Plätze, die es durchaus mit Venedigs Piazze aufnehmen können. Bei einigen davon handelt es sich um *bazàr*-Plätze mit Märkten darauf, doch in der Mehrzahl sind es öffentliche Gärten, denn die Perser lieben nichts leidenschaftlicher als Gärten. (Hier erfuhr ich, daß das Farsiwort für Garten, *pairi-daeza,* zu unserem Bibelwort Paradies wurde.) Diese öffentlichen Gärten weisen Bänke auf, sich darauf auszuruhen, sowie Bäche, die hindurchziehen, Vögel, die hier ihr Nest bauen, und Büsche und Bäume, duftende Pflanzen und leuchtende Blumen – zumal Rosen, denn die Perser lieben auch Rosen leidenschaftlich. (In ihrer Sprache wird zwar jede Blume *gul* genannt, doch bedeutet dies Farsiwort ganz besonders Rose.) Auch werden die Paläste adliger Familien sowie die größeren Häuser reicher Kaufleute um Gärten herum gebaut, die den öffentlichen Gärten an Größe in nichts nachstehen und gleichfalls von Rosen und Vögeln erfüllt sind, so daß sie in der Tat wie ein irdisches Paradies anmuten.

Irgendwie muß ich mir wohl eingebildet haben, daß die Worte Muslim und Araber austauschbar seien und daher jedes muslimische Gemeinwesen – was Schmutz, Ungeziefer, Bettler und Gestank betrifft – genauso wäre wie irgendeine der arabischen Städte, Dörfer und Weiler, durch die ich hindurchgekommen war. Jetzt stellte ich angenehm überrascht fest, daß die Perser, auch wenn sie der Religion nach Muslime sind, weit mehr als die Araber geneigt sind, ihre Häuser und Straßen sowie ihre Kleidung und ihre Person sauberzuhalten. Allein dieser Umstand sowie die Überfülle von Blumen und die vergleichsweise geringe Zahl der Bettler machte Baghdad zu einer überaus angenehmen und sogar angenehm *duftenden* Stadt – wobei der Hafen und die *bazàr*-Märkte naturgemäß eine Ausnahme bildeten.

Wiewohl der Großteil der Baghdader Architektur von besonderem morgenländischen Gepräge war, wirkte auch dies in meinen abendländischen Augen nicht völlig exotisch. Ich bekam sehr viel von jenen spitzenartig-filigranen Steinmetzarbeiten zu sehen, die man ›Arabesken‹ nennt und von denen Venedig gleichfalls eine Vielzahl an seinen Häuserfronten aufzuweisen hat. Da Baghdad immerhin auch nach seiner Eingliederung in das Khanat eine muslimische Stadt ist – denn anders als die meisten anderen Eroberer zwingen die Mongolen den Bewohnern der von ihnen besetzten Gebiete nicht ihre Religion auf –, gab es in der Stadt eine Fülle jener großen muslimischen, *masjid* genannten Stätten der Gottesverehrung. Nur unterscheiden sich ihre mächtigen Kuppeln nicht sonderlich von den Kuppeln von San Marco und denen der anderen Kirchen in Venedig. Auch kann ich keinen großen Unterschied sehen zwischen ihren schlanken, *manarat* genannten Türmen und den *campanili* Venedigs, höchstens, daß sie zumeist rund sind und nicht quadratisch im Grundriß und in luftiger Höhe einen Balkon aufweisen, von dem die *muedhdhin* genannten Kirchendiener zu gewissen Stunden zum Gebet rufen.

Bei diesen *muedhdhin* in Baghdad handelt es sich übrigens fast ausnahmslos um Blinde. Ich erkundigte mich, ob dies eine unabdingbare Voraussetzung für diesen Beruf sei, eine Vorschrift der Religion etwa, doch wurde mir gesagt, das sei nicht der Fall. Da jedoch Blinde für die meisten anderen Arbeiten ungeeignet sind, können sie für ihre Arbeit nicht viel Bezahlung verlangen, und außerdem könnten sie mit den Augen nicht jede anständige Frau begaffen, die auf das Dach ihres Hauses steigt, um den Schleier – oder noch mehr von ihrer Kleidung – abzulegen und unbeobachtet ein Sonnenbad zu nehmen.

Im Inneren freilich unterscheiden sich die *masjid*-Tempel merklich von unseren christlichen Kirchen. Keine einzige von ihnen weist irgendeine Statue oder ein Gemälde oder irgendein anderes erkennbares Bildnis auf. Obwohl im Islam, wie ich meine, genauso viele Engel und Heilige und Propheten verehrt werden wie im Christentum, gestattet diese Religion keine bildliche Darstellung – weder von ihnen noch von irgendeinem anderen lebendigen oder toten Wesen. Die Muslime glauben, ihr Allah habe – wie unser Herrgott – alles Lebendige geschaffen. Im Gegensatz zu uns Christen bestehen sie darauf, alle Schöpfung – und sei es auch nur eine Nachahmung des Lebens in Farbe, Holz oder

Stein – müsse Allah vorbehalten bleiben. In ihrem heiligen Buch, dem *Quran,* heißt es warnend, am Tag des Jüngsten Gerichts werde jedem, der ein solches Bildnis hergestellt habe, befohlen, dieses zum Leben zu erwecken; bringe sein Schöpfer das nicht fertig – was er selbstverständlich nicht kann –, werde er ob seiner Hoffärtigkeit, es jemals versucht zu haben, zur Hölle verdammt. Wiewohl eine muslimische *masjid* – oder Palast oder Haus – stets reichen Schmuck aufweist, wird man nie Bilder von irgendwas darin finden; der Schmuck besteht ausschließlich aus Mustern und Farben und kunstreich verschlungenen Arabesken. Bisweilen freilich sieht man diesen Mustern an, daß sie sich aus den wurmartigen Krakeln der arabischen Schrift zusammensetzen und irgendein Wort oder einen Vers aus dem *Quran* wiedergeben.

(All diese ungewöhnlich merkwürdigen Dinge über den Islam – und so manches andere Ungewöhnlich-Merkwürdige außerdem – erfuhr ich wohl nur deshalb, weil ich während meines Aufenthalts in Baghdad erst den einen und dann einen anderen ungewöhnlich merkwürdigen Lehrer bekam, doch davon später.)

Ganz besonders einnehmend fand ich eine Art von Verschönerung, der ich in allen Innenräumen eines jeden öffentlichen und privaten Gebäudes in Baghdad begegnete. Vielleicht sollte ich sagen, daß ich in dieser Stadt zum ersten Mal darauf stieß; später jedoch sah ich es in anderen Palästen, Häusern und Tempeln in ganz Persien und so ziemlich überall im Morgenland. Meiner Meinung nach würde es allen Menschen, die Gärten lieben, zum Vorteil gereichen, wenn sie diese Besonderheit übernähmen; und welche Menschen lieben Gärten nicht?

Es geht darum, den Garten *ins Haus hinein* zu bringen, ohne freilich Unkraut jäten oder die Pflanzen jemals gießen zu müssen. In Persien *qali* geheißen, handelt es sich um eine Art Teppich oder Gobelin, der an die Wand gehängt oder aber auf den Boden gelegt wird – nur, daß ein *qali* ganz anders ist als das, was wir im Abendland kennen. Ein *qali* erstrahlt in den Farben eines Gartens mit einer Fülle bunter Blumen darin, und die Figuren darin haben die Gestalt aller möglichen Blumen, Rankgewächse, Gitter- und Blattwerk – eben von allem, was sich in einem Garten findet – und zwar all dies gestaltet in gefälligen Mustern und Anordnungen. (Ganz im Einklang jedoch mit dem Verbot des *Quran,* die Bilder von Lebewesen wiederzugeben, ist ein persischer *qali* dergestalt gearbeitet, daß man in den Blumen nie eine ganz bestimmte existierende Blume wiedererkennen kann.) Als ich einen solchen *qali* zum erstenmal erblickte, dachte ich, der Garten müsse auf die Unterlage aufgemalt oder aufgestickt sein. Bei näherer Untersuchung stellte ich jedoch fest, daß dies ganze kunstvolle Gewirr *hineingewebt* war. Ich war voll des Staunens darüber, daß irgendein Teppichweber etwas so Phantasievolles jemals nur mit Hilfe von Schuß und Faden hatte fertigen können; und dies aus nichts weiter als gefärbten Garnen. Es dauerte eine ganze Weile, ehe ich die wunderbare Technik kennenlernen sollte, welche diese Arbeiten möglich macht.

Doch ich bin meiner Chronik weit vorausgeeilt.

Wir drei führten unsere fünf Pferde über die schwankende und leicht wogende Bootsbrücke, die den ganzen Dijlah-Fluß überspannte. Am Ufer angelangt, wo es von Menschen aller Hautfarben, Kleidung und Sprache wimmelte, sprachen wir den ersten an, den wir westliche Kleidung tragen sahen. Er war Genuese, doch sollte ich an dieser Stelle sagen, daß draußen im Osten alle Menschen aus dem Abendland freundschaftlich miteinander auskommen – selbst Genueser mit Venezianern, auch dann, wenn sie Rivalen im Handel sind, ja, selbst dann, wenn ihre Heimatstädte gerade einen ihrer häufigen Seekriege miteinander führen. Der Kaufmann aus Genua gab uns liebenswürdig Auskunft darüber, wie der Name des augenblicklich regierenden Shah lautete – »Shahinshah Zaman Mirza« – und führte uns zu seinem Palast »im Karkh-Viertel, dem ausschließlich dem Herrscher vorbehaltenen Wohngebiet«.

Wir ritten hin, stellten fest, daß der Palast in einem torbewehrten Garten lag, und stellten uns der Torwache vor. Diese Wachen trugen Helme, die aus lauterem Gold zu bestehen schienen – doch das kann nicht stimmen, denn sonst wäre ihr Gewicht unerträglich gewesen; doch selbst wenn sie nur aus goldüberzogenem Holz oder Leder bestanden haben, müssen sie sehr kostbar gewesen sein. Sie waren aber nicht nur wertvoll, sondern auch interessant, denn sie waren dergestalt gearbeitet, daß sie dem Träger zu einer Fülle goldener Locken und einem üppigen Backenbart verhalfen. Eine der Wachen begab sich durchs Tor in den Garten und durch den Garten in den Palast. Als er zurückkam und uns winkte, übernahm eine andere Wache unsere Reittiere, und wir traten ein.

Wir wurden in ein reich mit farbenprächtigen *qali* behängtes und ausgelegtes Gemach geführt, wo der Shahinshah, hingestreckt auf einen Haufen *daiwan*-Kissen von ebenso strahlenden Farben und Geweben, mehr lag als saß. Er selbst war farbenprächtig gekleidet: vom *tulband* bis zu den Pantoffeln war sein Gewand von durchgängig hellem Braun, der Farbe der Trauer um sein verlorenes Reich. Da es sich hier um einen muslimischen Hof handelte, waren wir nicht wenig erstaunt darüber, daß eine Frau neben ihm einen ähnlichen Haufen Kissen besetzt hielt und außerdem noch zwei weitere Frauen im Raum waren. Wir machten die angemessenen Verneigungen, sagten *salaam*, und – immer noch gebeugt – begrüßte mein Vater den Shahinshah auf Farsi und hob dann auf beiden Händen den Brief des Kubilai Khan in die Höhe. Der Shah nahm ihn in Empfang und las laut die Begrüßungsformel vor:

»Allererhabendste, mächtigste, hochedle, erlauchte und ehrenwerte, weise und kluge Kaiser, Ilkhani, Shahi, Könige, Fürsten, Prinzen, Herzöge, Grafen, Barone und Ritter und desgleichen Magistrate, Beamte, Rechtsgeber und Regenten aller guten Städte und Orte weltlicher wie kirchlicher Art, die Ihr diesen Freibrief lest oder vorgelesen bekommt . . .«

Nachdem er das ganze Schreiben durchgelesen, hieß der Shahinshah uns willkommen und redete einen jeden von uns mit »Mirza Polo« an. Das war ein wenig verwirrend, da ich angenommen hatte, Mirza laute einer *seiner* Namen. Nach und nach merkte ich jedoch, daß er dieses Wort als respektvolle Anrede vor den Namen setzte, so wie die Araber das Wort Scheich benutzen. Und schließlich ging mir auf, daß Mirza *vor* einem Namen nichts weiter bedeutete als das *Messere* in Venedig; es dann jedoch, wenn es an einen Namen *angehängt* wird, soviel wie ›von königlichem Geblüt‹ bedeutet. Der Shah hieß eigentlich schlicht nur Zaman, und sein vollständiger Titel Shahinshah bedeutete Shah Aller Shahi. Die Dame neben ihm stellte er als seine Erste Königliche Gemahlin oder Shahryar vor, die Zahd hieß.

Mehr sollte er an diesem Tag praktisch nicht sagen, denn nachdem sie erst einmal vorgestellt und damit zur Teilnahme an der Unterhaltung aufgefordert worden war, erwies die Shahryar Zahd sich als eine höchst redselige Plauderin, deren Redefluß kein Ende finden wollte. Nachdem sie ihrem Gemahl zunächst ins Wort gefallen war und ihn hinterher einfach nicht mehr zu Wort kommen ließ, ließ sie uns ihr eigenes Willkommen in Persien und Baghdad und im Palast zuteil werden. Die Wache, die uns begleitet hatte, schickte sie zurück ans Tor, schlug dann einen kleinen neben ihr stehenden Gong, um den Majordomus des Palasts herbeizurufen, der, wie sie uns erklärte, *wazir* genannt wurde, und beauftragte eben diesen *wazir,* Unterkünfte im Palast für uns vorzubereiten und uns Palastdiener zuzuweisen, um uns dann den anderen beiden Frauen im Raum vorzustellen: die eine sei ihre Mutter, die andere ihre und Shah Zamans älteste Tochter, wonach sie uns darüber ins Bild setzte, sie selbst, Zahd Mirza, sei eine direkte Nachkommin der legendären Balkis, Königin von Sabaea – ihre Mutter und ihre Tochter auch, wie es sich von selbst verstehe –, und sie wolle uns nur darauf hinweisen, daß das berühmte Treffen zwischen Königin Balkis mit dem Padshah Solaiman sowohl in den Annalen des Islam als auch in denen des mosaischen und christlichen Glaubens aufgezeichnet sei (eine Bemerkung, die mich instand setzte, in den Genannten die biblische Königin von Saba und König Salomo zu erkennen), um uns danach weiterhin darüber zu informieren, daß die Sabaeasche Königin Balkis selbst eine *jinniyeh* sei, die von einem Dämon namens Eblis abstamme, dem Ober*jinni* aller dämonischen *jinni,* und außerdem ...

»Bitte, Mirza Polo«, wandte sich der Shah geradezu verzweifelt an meinen Vater, »berichtet uns doch von Eurer bisherigen Reise.«

Wie gebeten, hob mein Vater zu einem Reisebericht an, war aber kaum aus der Lagune von Venedig herausgekommen, als die Shahryar Zahd mit einer schwelgerischen Beschreibung einiger erlesener Stücke der Muranoer Glaskunst aufwartete, die sie vor kurzem von einem reisenden venezianischen Kaufmann in ihrer Stadt erstanden habe, was sie aber an eine alte, jedoch wenig bekannte persische Geschichte von einem Glasbläser erinnere, der vor langer Zeit einmal ein Pferd aus Glas blies und einen *jinni* bewog, einen Zauber zu wirken, welcher das Pferd instand setzte zu fliegen wie ein Vogel, und ...

Das Märchen war durchaus interessant, aber unglaubwürdig, und so gestattete ich mir, meine Aufmerksamkeit den beiden anderen Frauen im Raum zuzuwenden.

Allein die Tatsache, daß Frauen überhaupt an einer Begegnung zwischen Männern teilnahmen – von der durch nichts zum Stocken zu bringenden Redseligkeit der Shahryar ganz zu schweigen –, bewies, daß die Perser ihre Frauen nicht abschirmen, für sich allein beanspruchen und unterdrücken wie die meisten anderen Muslime. Die Augen aller drei Frauen waren über einem Halb*chador* zu sehen, der überdies recht durchsichtig war und weder Nase, Mund noch Kinn vollständig verhüllte. Am Oberkörper trugen sie Bluse und Wams und am Unterkörper die pludrigen, *pai-jamah* genannten Beinkleider. Doch diese Gewänder waren nicht dick und bestanden auch nicht aus vielerlei Stofflagen wie die der arabischen Frauen, sondern waren spinnwebfein und durchscheinend, so daß man ihren Körper sehr wohl erkennen und bewundern konnte.

Der betagten Großmutter schenkte ich nur einen einzigen Blick: sie war knochig und voller Runzeln, hatte fast so etwas wie einen Buckel, kaute zahnlos auf ihren gesprungenen Lippen herum, hatte rote, triefende Augen, und ihre verhutzelten Brüste schlugen gegen die vorstehenden Rippen ihres Brustkorbs. Ihre Tochter hingegen, die Shahryar Zahd Mirza, war eine ungewöhnlich schöne Frau – zumindest dann, wenn sie *nicht* redete – und *ihre* Tochter wiederum war ein unvergleichlich schönes und wohlgestaltes Mädchen, das etwa in meinem Alter stehen mußte. Sie war die Kronprinzessin oder Shahzrad und hieß Magas, was soviel wie Falter heißt und dem der Titel Mirza selbstverständlich angehängt wurde. Ich habe vergessen anzumerken, daß die Perser, anders als die Araber, nicht von dunkler und rauchfarbiger Hautfarbe sind. Wiewohl sie alle blauschwarzes Haar haben und die Männer auch blauschwarze Bärte tragen wie Onkel Mafìo, war ihre Haut genauso hell wie die nur irgendeines Venezianers, und viele von ihnen haben Augen von einer Farbe, so hell, daß man sie kaum noch als braun bezeichnen kann. Die Shahzrad Magas Mirza musterte mich gerade in diesem Moment mit smaragdgrünen Augen.

»Da wir gerade von Pferden sprechen«, sagte der Shah und nahm die Gelegenheit wahr, sich an den Schweif des Märchens vom fliegenden Pferd anzuhängen, ehe seiner Frau noch eine andere Geschichte einfiel. »Die Herren sollten daran denken, ihre Pferde gegen Kamele einzutauschen, ehe Ihr Baghdad wieder verlaßt. Östlich von hier müßt Ihr ja die große und ausgedehnte Wüste Dasht-e-Kavir durchmessen. Pferde ertragen einfach nicht die . . .«

»Die Pferde der Mongolen haben das sehr wohl getan«, widersprach seine Frau ihm scharf. »Ein Mongole reitet überallhin, und ein Mongole würde niemals ein Kamel besteigen. Ich will Euch sagen, wie sehr sie Kamele verachten und mißhandeln. Als sie diese Stadt belagerten, beluden sie sie mit Ballen trockenen Heus, steckten dies Heu in Brand und trieben die armen Tiere in unsere Straßen hinein. Da nicht nur das

Heu, sondern auch das Fell der Kamele und ihre Fetthöcker lichterloh brannten, stürmten sie in ihrer Todesangst überallhin und ließen sich nicht einfangen. Deshalb galoppierten sie die Gassen auf und ab und steckten einen Großteil von Baghdad in Brand, ehe die Flammen sich ganz in sie hineinfraßen, ihre Eingeweide erreichten und die Tiere tot zu Boden fielen.«

»Oder aber«, wandte der Shah sich an uns, als die Shahryar innehielt, um Luft zu holen, »Ihr könntet Eure Reise beträchtlich abkürzen, wenn Ihr den Seeweg nähmet. Vielleicht begebt Ihr Euch von hier aus nach Südosten, nach Basra – oder noch weiter den Golf hinunter, bis nach Hormuz – und laßt Euch als Fahrgäste von einem nach Indien abgehenden Segler mitnehmen.«

»In Hormuz«, nahm die Shahryar Zahd die Gelegenheit wahr, das Wort wieder zu ergreifen, »hat jeder Mann nur einen Daumen und die beiden kleinsten Finger der rechten Hand. Ich will Euch sagen, warum. Diese Hafenstadt am Meer tut sich von alters her viel auf ihre Bedeutung und Unabhängigkeit zugute; deshalb wird dort jeder erwachsene Bürger als Bogenschütze ausgebildet, um sie zu verteidigen. Als die Mongolen unter dem Ilkhan Hulagu Hormuz belagerten, machte der Ilkhan den Stadtvätern einen Vorschlag. Er versprach, Hormuz stehenzulassen, es könne auch seine Selbständigkeit bewahren und seine städtischen Bogenschützen behalten, sofern die Stadtväter ihm diese solange leihweise zur Verfügung stellten, bis er Baghdad genommen habe. Dann, so versprach er, werde er die Männer heimziehen lassen nach Hormuz, um dort weiterhin zur Verteidigung der Stadt zur Verfügung zu stehen. Die Stadtväter erklärten sich mit diesem Vorschlag einverstanden, und alle Männer standen Hulagu – wenn auch mit größtem Widerstreben – bei, unsere Stadt zu belagern. Sie kämpften tapfer für ihn, und schließlich fiel unser geliebtes Baghdad.«

Sie und der Shah stießen beide einen tiefen Seufzer aus.

»Nun«, fuhr sie fort, »Hulagu war dermaßen beeindruckt von Tapferkeit und Heldenmut der Hormuzer Männer, daß er sie alle den jungen Mongolinnen beiwohnen ließ, welche die mongolischen Armeen begleiten. Hulagu wünschte, den mongolischen Blutlinien die Kraft der Hormuzer Samen hinzuzufügen, versteht Ihr? Nachdem einige Nächte dieser Zwangspaarung vergangen waren und Hulagu annahm, daß genügend von seinen Weibern geschwängert worden seien, hielt er sein Versprechen und ließ die Bogenschützen frei, damit sie heimziehen konnten nach Hormuz. Doch ehe er sie ziehen ließ, ließ er jedem Mann die Finger abschlagen, mit denen sie die Bogen spannten. Eigentlich ist es so, daß Hulagu die Früchte des Baums erntete und den Baum dann fällte. Diese verstümmelten Männer waren außerstande, Hormuz zu verteidigen, und so wurde auch diese Stadt genauso wie unser tapfer verteidigtes Baghdad dem Mongolischen Khanat einverleibt.«

»Meine Liebe«, sagte der Shah peinlich berührt. »Diese Herren sind Sendboten des Khanats. Bei dem Brief, den sie vorgewiesen haben, handelt es sich um einen *ferman* des Khakhan Kubilai höchstselbst. Ich bezweifle sehr, daß Berichte von dem – eh – schlechten Benehmen der Mongolen sie amüsieren.«

»Ach, Ihr könnt freimütig *Ungeheuerlichkeiten* sagen, Shah Zaman«, erklärte mein Onkel mit dröhnender Stimme. »Wir sind immer noch Venezianer und keine Adoptivmongolen und gehören auch nicht zu ihren Apologeten.«

»Dann sollte ich Euch erzählen«, sagte die Shahryar und lehnte sich wieder eifrig vor, »auf welche grauenhafte Weise Hulagu unseren *Qalif* al-Mustasim Billah, den heiligsten Mann des Islam, behandelt hat.« Der Shah stieß neuerlich einen Seufzer aus und richtete den Blick in eine ferne Ecke des Gemachs. »Wie Ihr vielleicht wißt, Mirza Polo, war Baghdad für die Muslims das, was Rom für die Christen ist, und der *Qalif* von Baghdad für die Muslime das was Euer Papst für die Christen. Als Hulagu die Stadt belagerte, war es der *Qalif* Mustasim, der über die Bedingungen der Übergabe entschied, und nicht Shah Zaman.« Sie bedachte ihren Gatten mit einem abschätzigen Blick. »Hulagu erbot sich, die Belagerung aufzuheben, falls der *Qalif* sich mit gewissen Bedingungen einverstanden erklärte – unter anderem der Herausgabe einer bestimmten Menge Goldes. Der *Qalif* weigerte sich und sagte: ›Unser Gold nährt den gesamten Heiligen Islam.‹ Und der regierende Shah setzte sich über diese Entscheidung nicht hinweg.«

»Wie sollte ich?« verwahrte der Shah sich schwach, als ob über dieses Thema schon oft gestritten worden wäre. »Der geistliche Führer steht über dem weltlichen.«

Unversöhnlich fuhr die Shahryar fort: »Den Mongolen und ihren Helfern aus Hormuz hätte Baghdad widerstehen können, aber gegen den Hunger, der durch die Belagerung hervorgerufen wurde, war es machtlos. Unsere Leute verzehrten alles, was eßbar war, selbst die Ratten in der Stadt; trotzdem wurden die Leute schwächer und immer schwächer, viele starben, und der Rest konnte einfach nicht mehr kämpfen. Als das Unvermeidliche kam und die Stadt fiel, setzte Hulagu den *Qalif* Mustasim in Einzelhaft und ließ ihn womöglich noch mehr hungern. Zuletzt mußte der heilige Mann um Nahrung betteln. Hulagu reichte ihm mit eigener Hand eine Schale voller Goldmünzen, und der *Qalif* wimmerte: ›Kein Mensch kann Gold essen!‹ Daraufhin sagte Hulagu: ›Ihr habt es Nahrung genannt, als ich es verlangte. Hat es Eure heilige Stadt ernährt? Dann betet, daß es jedenfalls Euch nährt.‹ Er ließ das Gold schmelzen, goß dem alten Mann das glühendheiße Metall in den Schlund und ließ ihn einen grauenhaften Tod sterben. Mustasim war der letzte des *Qalifats,* das über fünfhundert Jahre gedauert hat, und jetzt ist Bahgdad weder die Hauptstadt Persiens mehr noch des Islam.«

Pflichtschuldigst schüttelten wir mitleidig den Kopf, was die Shahryar ermunterte, noch hinzuzufügen:

»Nur um Euch bildlich klarzumachen, wie tief das Shanat gesunken ist: Mein Gatte, Shah Zaman, ein Shahinshah des gesamten Persischen Kaiserreiches, ist jetzt Taubenwart und Kirschpflücker.«

»Aber meine Liebe . . .«, sagte der Shah.

»Es stimmt doch. Einer von diesen kleineren Khans – irgendwo weiter im Osten; wir haben nicht einmal diesen Ilkhan jemals kennengelernt – liebt den Geschmack reifer Kirschen. Außerdem liebt er aber auch Tauben, und seine Tauben werden stets angelernt, von überallher zu ihm heimzufliegen, wohin man sie auch bringt. Infolgedessen beherbergt der Taubenschlag hinter den Stallungen des Palastes jetzt ein paar hundert von diesen gefiederten Ratten, und für eine jede von ihnen gibt es einen winzigen Seidenbeutel. Mein kaiserlicher Gemahl hat seine Anweisungen. Nächsten Sommer, sobald die Kirschen in unseren Kirschgärten reifen, haben wir die Früchte zu pflücken und jeweils zwei von ihnen in einen von diesen kleinen Seidenbeuteln zu stecken, diese an den Beinen der Tauben festzubinden und die Vögel freizulassen. Gleich dem Vogel Rock, der Menschen, Löwen und Prinzessinnen davonträgt, werden diese Tauben unsere Kirschen zum wartenden Ilkhan tragen. Zahlen wir diesen demütigenden Tribut nicht, wird er zweifellos aus seinem fernen Osten herangedonnert kommen und unsere Stadt wieder dem Erdboden gleichmachen.«

»Meine Liebe, ich bin sicher, die Herren sind es jetzt müde – ich meine, sie sind müde von ihrer Reise hierher«, sagte der Shah und klang selbst müde. Er ließ den Gong ertönen, der abermals den *wazir* herbeibrachte, und sagte zu uns: »Ihr werdet das Bedürfnis haben, Euch auszuruhen und Euch zu erfrischen. Wenn Ihr mir hinterher dann die Ehre erweisen wollt, Euch zum Abendmahl zu uns zu gesellen . . .«

Der *wazir,* ein in mittleren Jahren stehender Mann namens Jamshid, zeigte uns unsere Gemächer, eine Zimmerflucht von drei Räumen, die durch Türen miteinander verbunden waren. Sie waren auf dem Boden und an den Wänden reichlich mit schönen *qali* ausgestattet, die Fenster wiesen Steinrippen mit Glas dazwischen auf und außerdem weiche Lagerstätten samt Zudecken und Kopfkissen. Unser Gepäck war bereits heraufgeschafft worden.

»Und hier ist auch ein Diener für jeden von Euch«, sagte der *wazir* Jamshid und stellte uns drei ranke und schlanke, bartlose junge Männer vor. »Alle drei kennen sich trefflich in der indischen Kunst des *champna* aus, die sie an Euch ausüben werden, sobald Ihr aus dem *hammam* herauskommt.«

»Ah, ja«, sagte mein Onkel offenbar sehr angetan. »Wir haben schon lange kein Schaumbad mehr über uns ergehen lassen. Das letztemal war das, als wir durch Tazhikistan kamen, nicht wahr, Nico?«

Folglich genossen wir abermals die Reinigung und die Erfrischung eines *hammam,* das diesmal ein höchst elegant ausgestattetes Bad war, in dem unsere drei Männer uns als Reiber dienten. Hinterher lagen wir dann jeder in seinem Gemach auf seinem eigenen Lager und ließen das *champna* oder Schaumbad über uns ergehen. Ich hatte keine Ahnung, was mich erwartete; irgendwie hatte es sich für mich nach einer Art Tanzvorführung angehört. Jetzt erwies es sich, daß wir ausgiebigst am ganzen Körper durchgewalkt und geknetet wurden, wesentlich kräftiger freilich als im *hammam* und mit der Absicht diesmal, nicht irgendwelchen Schmutz aus der Haut herauszuholen, sondern jeden Körperteil und jeden Muskel dergestalt zu üben, daß man sich hinterher womöglich noch gesunder, kraftstrotzender und energiegeladener vorkam, als ein Bad in einem *hammam* es vermag.

Mein junger Diener, Karim, klopfte und zwickte und zwackte mich, daß es sich anfangs durchaus schmerzvoll anfühlte. Doch nach einiger Zeit fingen die Muskeln, Gelenke und Sehnen, die durch den langen Ritt ganz steif geworden waren, an, sich unter diesem Ansturm zu entkrampfen und zu entspannen; ich fing allmählich an, es zu genießen, und hatte nachgerade das Gefühl, vor Lebenskraft förmlich zu vibrieren. In der Tat war es so, daß ein vorwitziger Teil von mir geradezu aufdringlich lebendig wurde, was mir peinlich war. Dann jedoch erschrak ich, als Karim offensichtlich mit geübter Hand anfing, auch dieses Glied zu bearbeiten.

»Das kann ich selbst«, fuhr ich ihn an, »wenn ich es für notwendig halte.«

Er zuckte leicht mit den Achseln und sagte: »Wie der Mirza befiehlt. Wenn der Mirza befiehlt«, und ließ seine wohltuende Behandlung wieder anderen, weniger heiklen Körperteilen zuteil werden.

Endlich hörte er mit dem Durchwalken auf, ich lag da, halb von dem Wunsch erfüllt einzuschlafen, halb von dem, aufzuspringen und besondere Kraftleistungen zu vollbringen. Der junge Karim entschuldigte sich und zog sich zurück.

»Um mich dem Mirza, Eurem Onkel, zuzuwenden«, wie er erklärte. »Für einen so massigen Mann bedarf es der Kraft von uns allen dreien, ihn nach allen Regeln der Kunst zu bearbeiten.«

Leutselig ließ ich ihn ziehen und überließ mich meiner Schläfrigkeit. Ich glaube, mein Vater hat den Nachmittag gleichfalls verschlafen, doch Onkel Mafio muß sich gründlich haben durcharbeiten lassen, denn die drei jungen Männer verließen gerade erst seinen Raum, als Jamshid kam, um uns daran zu erinnern, daß wir uns fürs Abendessen ankleiden sollten. Er brachte uns neue, nach Myrrhe duftende Gewänder der persischen Art: den *pai-jamah* aus leichtem Gewebe, die lockeren Hemden mit den fest verschlossenen Manschetten sowie – darüber zu tragen – wunderschön bestickte kurze Wämser und *kamarbands,* die wir uns eng um die Hüften schlangen, und Seidenschuhe mit sich vorn ringelnder Spitze, sowie noch *tulbands,* die man in Persien anstelle der lang herunterhängenden *kaffiyah* trägt. Mein Vater und mein Onkel schlangen sich den *tulband* erfahren und geschickt um den Kopf, doch mir mußte Karim erst zeigen, wie man ihn sich umwindet und schließlich feststeckt. Als wir fertig angekleidet waren, sahen wir alle drei ungewohnt edel-mirzahaft und wie echte Perser aus.

2 *Wazir* Jamshid geleitete uns in einen großen, aber nicht überwältigenden Speisesaal, an dessen Wänden Fackeln brannten und an dessen Wänden Diener und Aufwärter standen. Diese waren ausnahmslos männlichen Geschlechts, und es war auch nur Shah Zaman, der sich an das üppig gedeckte Speisetuch zu uns setzte. Mir fiel ein Stein vom Herzen, als ich begriff, daß die Hofhaltung nicht in dem Maße unorthodox war, daß man Frauen gestattet hätte, gegen die Muslimsitte zu verstoßen und sich zur Mahlzeit mit den Männern niederzulassen. Wir und der Shah genossen das Essen, ohne ständig vom Redeschwall der Shahryar unterbrochen zu werden, und er erwähnte sie auch nur einmal.

»Da die Erste Gemahlin selbst von königlichem sabaeaischen Geblüt ist, hat sie sich niemals mit der Tatsache abgefunden, daß das Shanat von Baghdad früher dem *Qalif* und jetzt dem Khan untertan ist. Wie eine edle Araberstute keilt die Shahryar Zahd aus, wenn man ihr Zügel anlegen will. Doch sonst ist sie eine vorzügliche Gemahlin und zartfühlender als der Schwanz eines Fettschwanzschafs.«

Seine Vergleiche aus dem Bereich der Viehzucht mochten erklären, warum sie offenbar der Hahn im Hühnerhof war und er die Henne, auf der viel herumgehackt wurde, doch für mein Empfinden waren diese Vergleiche keine Entschuldigung. Trotzdem – der Shah war ein geselliger Bursche, becherte mit uns wie ein Christ und erwies sich, wenn seine Frau ihn nicht daran hinderte, als ein Plauderer, der sehr viel wußte. Auf meine Bemerkung hin, daß es mich fasziniere, den Spuren Alexanders zu folgen, sagte der Shah:

»Seine Spuren endeten übrigens nicht weit von hier, und zwar, nachdem Alexander von der Eroberung der indischen Provinzen Kaschmir und Sind zurückgekehrt war. Nur vierzehn *farsakhs* südlich von Baghdad stehen die Ruinen von Babylon, wo er starb. Und zwar an einem Fieber, das er sich, wie es heißt, durch den übermäßigen Genuß unseres Shiraz-Weins geholt haben soll.«

Ich dankte dem Shah für diese Information, fragte mich aber insgeheim, wie ein Mensch es fertigbringen könne, soviel von diesem klebrigen Getränk zu sich nehmen zu können, daß er daran starb. Selbst in Venedig, so erinnerte ich mich, hatte ich von Reisenden gehört, wie sie voll des Lobes für diesen Shiraz-Wein gewesen waren, der ja in Lied und Legende hoch gepriesen wird. Wir jedoch tranken ihn zu unserer Mahlzeit, und ich fand, daß sein Ruf weit übertrieben sei. Dieser Wein ist von einer wenig appetitanregenden gelblichroten Färbung, widerwärtig süß und dickflüssig wie Sirup. Man mußte sich schon vornehmen, sich zu betrinken, so fand ich, um sehr viel davon zu trinken.

Was jedoch sonst noch aufgetragen wurde, war unvergleichlich köstlich. Da gab es in Granatapfelsaft gegartes Huhn, gewürfeltes, mariniertes und gesottenes Hammelfleisch, Lamm-*kabab* genannt, schneegekühlten und nach Rosen schmeckenden Sorbet und ein *balseh* genanntes, steif geschlagenes Schaumkonfekt, das Ähnlichkeit aufwies mit schaumig gerührtem Nougat aus weißem Mehl, Sahne, Honig und köstlich mit Pistazienöl aromatisiert. Nach dem Essen räkelten wir uns auf unseren Kissen und nippten an einem ausgezeichneten, aus Rosenblütenblättern ausgedrückten Liqueur, und sahen zwei Hofringern zu, die – nackt und von Mandelöl schimmernd und schlüpfrig – versuchten, sich gegenseitig durchzubiegen oder die Knochen zu brechen. Nachdem sie die Vorführung unbeschadet überstanden, lauschten wir einem Hofsänger, der auf einem der Laute ähnlichen und *al-und* genannten Saiteninstrument spielte und dazu persische Poesie vortrug; von letzterer weiß ich nur, daß jeder Vers in einem mäuseähnlichen Pfeifton oder einem bekümmerten Schluchzer endete.

Nachdem wir diese Marter hatten über uns ergehen lassen, wurde mir von den älteren Männern gestattet, zu gehen und mich zu amüsieren, wie ich wollte. Ich ergriff diese Gelegenheit, mich zurückzuziehen, und überließ es meinem Vater und Onkel, sich mit dem Shah über Vor- und Nachteile der verschiedenen See- und Überlandrouten zu unterhalten, die wir von Baghdad aus einschlagen konnten. Ich verließ den Raum, ging einen langen Korridor hinunter, dessen sämtliche Türen – und es waren ihrer viele – von hünenhaften, mit Speeren oder *shimshir*-Säbeln bewaffneten Männern bewacht wurden. Sie alle trugen einen der Helme, die ich schon am Palasttor gesehen hatte, doch einige der Wachen hatten afrikanisch-schwarze oder arabisch-braune Gesichter, die so gar nicht zu den Goldschöpfen der Helme passen wollten.

Am Ende des Korridors führte ein unbewachter Bogengang auf den Garten hinaus, in den ich mich begab. Die ebenen Kieswege und üppigen Blumenbeete wurden sanft vom Vollmond erhellt, der einer riesigen Perle gleich vor dem schwarzen Samt des Nachthimmels erglühte. Müßig erging ich mich, bewunderte die mir unbekannten Blüten, die mir aufgrund des perlhellen Lichts, in das sie gebadet waren, womöglich noch exotischer vorkamen, als sie es vielleicht waren. Dann stieß ich auf etwas, das mir ebenso neu wie erstaunlich schien: ein Blumenbeet, das sichtbarlich und offensichtlich ganz *aus eigenem* etwas *tat*. Ich blieb stehen, um zuzusehen und über etwas nachzusinnen, das mir wie ein völlig unpflanzenhaftes, bewußtes Verhalten erscheinen wollte. Das ganze Beet bildete einen sehr großen Kreis und war, wie ein runder Kuchen, in zwölf gleiche Stücke aufgeteilt, wobei jedes Segment mit einer anderen Blumenart bepflanzt war. Alle standen sie voll in Blüte, doch bei zehn Arten hatten die Blüten sich geschlossen, wie das viele Blumen zur Nachtzeit tun. In einem Abschnitt freilich schlossen ein paar zartrosa Blumen gerade in diesem Augenblick ihre Blüten, während gleichzeitig in dem danebengelegenen Segment ein paar riesige weiße Blüten sich gerade entfalteten und einen betörenden Duft in die Nachtluft verströmten.

»Das ist ein *gulsa'at*«, ließ sich eine Stimme vernehmen, die etwas ähnlich Betörendes hatte. Ich drehte mich um und erblickte die anmutige junge Shahzrad sowie – ein paar Schritte im Hintergrund – ihre betagte Großmutter. Prinzessin Falter fuhr fort: »*Gulsa'at* bedeutet soviel wie Blumen-Zeitmesser. In Eurem Land habt Ihr Stundengläser, die mit

Hilfe von Sand oder Wasser die Zeit messen und angeben, wie spät es ist, nicht wahr?«

»Ja, Shahzrad Magas Mirza«, sagte ich und war bemüht, sie ihrem königlichen Rang entsprechend mit allen Titeln anzureden.

»Ihr dürft mich ruhig Falter nennen«, sagte sie mit einem lieblichen Lächeln, das durch ihren hauchdünnen *chador* hindurch zu erkennen war. »Und dieser Blumen-Zeitmesser gibt uns gleichfalls die Stunde an, ohne freilich jemals umgedreht oder neu gefüllt werden zu müssen. Jede Blumenart in dem Rund öffnet sich ihrer Natur entsprechend zu einer ganz bestimmten Stunde des Tages oder der Nacht und schließt sich zu einer anderen. Man hat sie nun eigens ihrer regelmäßigen Verhaltensweise wegen ausgewählt, hier in der richtigen Abfolge eingepflanzt und – schaut doch! Schweigend verkündet eine jede eine bestimmte Stunde, von Sonnenuntergang bis Sonnenuntergang.«

Woraufhin ich mich erkühnte zu sagen: »Das ganze ist ebenso schön, wie Ihr es seid, Prinzessin Falter.«

»Meinem Vater, dem Shah, bereitet es Vergnügen, die Zeit zu messen«, sagte sie. »Das dort drüben ist die Palast-*masjid,* in der wir beten – zugleich aber ist sie auch ein Kalender. In einer ihrer Mauern befinden sich Öffnungen, und so scheint die Sonne auf ihrer täglichen Rundreise durch ein Loch nach dem anderen herein und verrät, welchen Tag eines welchen Monats wir gerade haben.«

Nicht sonderlich anders als die Sonne umkreiste diesmal ich das Mädchen, damit sie zwischen mir und dem Mond zu stehen kam und dessen Schein durch ihre duftigen Gewänder hindurchschimmerte und die Umrisse ihres köstlichen Körpers erkennen ließ. Die alte Großmutter erriet offensichtlich meine Absicht und verzog grinsend den Mund, so daß mich ihre Kiefer und Gaumen böse anblinkten.

»Und noch weiter dahinten«, fuhr die Prinzessin fort, »liegt der *anderun,* wo all die anderen Frauen und Konkubinen meines Vaters leben. Er hat deren über dreihundert, und so kann er, wenn ihm der Sinn danach steht, fast jede Nacht des Jahres eine andere haben. Doch im allgemeinen zieht er meine Mutter, die Erste Gemahlin, vor, obwohl sie die ganze Nacht hindurch redet. Deswegen wohnt er nur dann einer anderen bei, wenn er einmal richtig schlafen will.«

Als ich so dastand und den mondenthüllten Leib der Shahzrad betrachtete, regte sich mein eigener Körper wieder so drängend, wie er es während der *champna* getan hatte. Da ich jedoch einen bauschigen *paijamah* anhatte, glaube ich nicht, daß man mir meine Erregung ansehen konnte. Gleichwohl muß Prinzessin Falter sie gespürt haben, denn zu meinem Entsetzen sagte sie: »Ihr würdet gern mit mir das Lager aufsuchen und *zina* machen, nicht wahr?«

Stammelnd und stotternd gelang es mir zu sagen: »So solltet Ihr gewiß nicht reden, Prinzessin – noch dazu in Gegenwart Eurer königlichen Großmutter! Ich nehme an, sie ist Eure« – ich kannte das entsprechende Farsiwort nicht, und sagte es daher auf französisch – »Eure *chaperonne?*«

Die Shahzrad machte eine wegwerfende Bewegung. »Die alte Frau ist genauso taub wie jener *gulsa'at*. Keine Angst also. Aber antwortet mir. Ihr würdet gern Euren *zab* in meine *mihrab* stecken, nicht?«

Ich schluckte. »Ich würde mir kaum herausnehmen ... ich meine, bei einer Königlichen Hoheit ...«

Nickend meinte sie munter: »Ich glaube, so was läßt sich einrichten. Nein, jetzt nicht nach mir greifen. Sehen kann Großmutter, nur hören nicht. Wir müssen diskret vorgehen. Ich werde meinen Vater bitten, während Eures Aufenthaltes hier Eure Führerin sein zu dürfen, um Euch die Herrlichkeiten Baghdads zu zeigen. Ich gebe eine sehr gute Führerin zu diesen Schönheiten ab. Ihr werdet schon sehen.«

Mit diesen Worten entschwand sie in dem mondbeschienenen Garten, und ich blieb zitternd und erschüttert zurück. Ich könnte auch sagen, daß ich am ganzen Leibe flog. Als ich wankend mein Gemach erreichte, wartete Karim schon darauf, mir aus den unvertrauten persischen Kleidungsstücken herauszuhelfen. Dabei lachte er, stieß leise Laute der Bewunderung aus und sagte:

»Jetzt werden der junge Mirza mir doch gewiß gestatten, die entspannende *champna* zu vollenden!« goß Mandelöl in seine Hand, arbeitete mit viel Sachverstand, und ich fiel erschöpft in tiefen Schlaf.

Ich schlief bis weit in den nächsten Tag hinein, genauso wie mein Vater und mein Onkel, deren Beratung mit dem Shah Zaman bis tief in die Nacht gedauert hatte. Beim Frühstück, das uns von den Dienern in unsere Gemächer gebracht worden war, sagten sie mir, sie überlegten, ob sie nicht dem Vorschlag des Shahs folgen sollten, mit dem Schiff bis nach Indien zu segeln. Freilich gelte es zuvor herauszufinden, ob dies überhaupt machbar sei. Ein jeder von ihnen werde daher zu einem der Häfen am Golf gehen – mein Vater nach Hormuz und mein Onkel nach Basra – und sich vergewissern, ob sich, wie der Shah meinte, tatsächlich ein arabischer Handelskapitän bewegen lasse, uns venezianische Kaufleute, die wir schließlich seine Rivalen wären, mitzunehmen.

»Sobald wir das festgestellt haben«, sagte mein Vater, »treffen wir uns wieder hier in Baghdad; denn der Shah wird den Wunsch haben, daß wir viele Geschenke von ihm an den Khakhan mitnehmen. Es steht dir, junger Marco, also frei, entweder einen von uns an den Golf zu begleiten, oder aber unsere Rückkehr hier abzuwarten.«

Zwar dachte ich an die Shahzrad Magas, war jedoch so vernünftig, sie nicht zu erwähnen; dann sagte ich, am liebsten würde ich hierbleiben und die Gelegenheit beim Schopfe packen, Baghdad besser kennenzulernen.

Onkel Mafìo schnob durch die Nase. »Auf die Art und Weise, wie du auch Venedig gut kennengelernt hast, als wir fort waren? Wahrhaftig, es dürfte nicht viele Venezianer geben, die das Innere des *vulcano* kennengelernt haben.« Und zu meinem Vater gewandt sagte er: »Ist es klug, Nico, diesen *malanòso* allein in einer fremden Stadt zurückzulassen?«

»Allein?!« verwahrte ich mich. »Aber ich habe doch den Diener Karim und ...« – abermals hütete ich mich, den Namen der Prinzessin zu nennen – »und die ganze Palastwache.«

»Die ist dem Shah verantwortlich, nicht dir oder uns«, erklärte mein Vater. »Wenn du wieder in Schwierigkeiten gerätst ...«

Verächtlich erinnerte ich ihn, daß die letzte »Schwierigkeit« sie davor bewahrt hatte, im Schlaf ermordet zu werden; dafür hätten sie mich gelobt, und deshalb befände ich mich auch noch in ihrer Gesellschaft, und ...

Streng unterbrach mein Vater mich mit einem Sprichwort: »Rückwärts sieht man besser als vorwärts. Wir werden keinen Vormund für dich einsetzen, mein Junge. Immerhin aber halte ich es für eine gute Idee, einen Leibsklaven für dich zu kaufen, der sich um dich kümmert und dafür sorgt, daß dir nichts zustößt. Laßt uns den *bazàr* aufsuchen.«

Der schwermütige *wazir* Jamshid begleitete uns, um den Dolmetsch für uns zu machen, falls unser Farsi nicht ausreiche. Unterwegs erklärte er mir eine ganze Reihe von merkwürdigen Dingen, die ich zum ersten Mal sah. So bemerkte ich zum Beispiel, als ich mir die Männer unterwegs genauer ansah, daß sie ihre blauschwarzen Bärte nicht ergrauen oder gar weiß werden ließen, wie das im Alter ganz natürlich ist. Jeder ältere Mann, den ich sah, hatte einen Bart von grellrosa bis rötlichgelber Farbe wie der Shiraz-Wein. Jamshid sagte mir, diese Färbung erreiche man mit den Blättern des *hinna*-Strauchs; außerdem erklärte er mir, *hinna* werde zu Zwecken der Schönheitspflege auch von den Frauen benutzt – und von den Kärrnern, die ihre Pferde damit verschönerten. Bei dieser Gelegenheit sollte ich vielleicht einfügen, daß die Pferde, die man in Baghdad vor Karren und Wagen spannt, nicht zu der edlen Araberrasse jener Rosse gehörten, die zum Reiten benutzt werden. Man nimmt dafür vielmehr sehr kleine Pferde, die nicht viel größer sind als Bullenbeißer-Hunde, doch sehen sie mit ihrer leuchtendgelblichrosa gefärbten, wehenden Mähne und dem Schweif sehr hübsch aus.

Auf den Straßen Baghdads begegneten einem beileibe nicht nur Perser, sondern Menschen aus aller Herren Länder. Manche trugen abendländische Kleidung und hatten Gesichter wie wir – die also weiß gewesen wären, hätte die sengende Sonne sie nicht gebräunt. Manche hatten schwarze, manche braune Gesichter; wieder andere hatten gerbsäuregelbe Gesichter, und bei vielen sah die Gesichtshaut in der Tat verwittert aus wie altes gegerbtes Leder. Das waren die Gesichter der Besatzer, der Mongolen, die hier ihre Garnison hatten – sie wiederum angetan mit Kollern aus Lackleder oder Kettenpanzern; hochmütig stolzierten sie durch die von Menschen wimmelnden Gassen und schoben jeden beiseite, der ihnen im Weg war. Aber auch Frauen der unterschiedlichsten Hautfarbe gab es auf den Straßen zu sehen, die Perserinnen unter ihnen nur leicht verschleiert, Angehörige anderer Völker überhaupt ohne *chador,* schon ein seltener Anblick in einer muslimischen Stadt. Doch selbst im freizügigen Baghdad ging keine Frau allein aus dem Haus; gleichgültig, welcher Rasse oder Nationalität, wurde sie stets von einer oder mehreren anderen Frauen oder einem männlichen Bediensteten von beträchtlichem Leibesumfang und ohne jeglichen Bartwuchs begleitet.

Der *bazàr* von Baghdad war so überwältigend, daß es kaum vorstellbar war, daß die Stadt von den Mongolen erobert, geplündert und tributpflichtig gemacht worden war. Er muß sich löblich rasch von den Drangsalen der jüngsten Vergangenheit erholt haben, denn er war das reichhaltigste und blühendste Handelszentrum, das ich bis jetzt erlebt hatte, und übertraf bei weitem – was Vielfalt, Fülle und Wert der zum Verkauf stehenden Waren betrifft – jeden Marktplatz in Venedig.

Die Tuchhändler standen stolz unter Garndocken und Ballen von Geweben aus Seide, Wolle, Ziegenhaar aus Angora, aus Baumwolle und Leinen, feinem Kamelhaar und rauhem Kamelott. Es gab auch exotischere Gewebe wie etwa Musselin aus der Stadt Mossul aus dem Zweistromland, Kattun aus Indien und Buckram aus Buchara und Damast aus Damaskus. Die Buchhändler boten Bände aus feinem Velin, Pergament und Papier feil, herrlich geschrieben und mit Blattgold verziert. Da es sich bei der Mehrzahl der Bücher um Abschriften der Werke persischer Autoren wie Firdausi und Saadi handelte, die in der wurmartig-verschlungenen arabischen Schrift wiedergegeben waren, konnte ich sie selbstverständlich nicht lesen. Eines jedoch, das den Titel *Iskendername* trug, erkannte ich aufgrund der Buchmalereien darin; offenbar handelte es sich um eine persische Fassung meiner Lieblingslektüre, des *Alexanderromans*.

In den Läden der Heilmittel- und Kräuterhändler gab es eine Fülle von Krügen, Tiegeln und Phiolen mit Heil- und Schönheitsmitteln für Frauen ebenso wie für Männer: schwarzen *al-kohl* und grünes Malachit, braunen Sumach und rotes *hinna* sowie Wässer, welche die Augen zum Strahlen bringen, Duftwässer aus Narden und Myrrhe, Weihrauch und Rosenwasser. Da gab es Beutelchen mit einem nahezu unfaßlich feinen Grus, von dem Jamshid sagte, es handele sich um Farnsamen, die nur jenen, die auch die dazugehörigen magischen Beschwörungsformeln beherrschten, halfen, sich unsichtbar zu machen. Außerdem gab es dort ein Theriak genanntes, aus Samen und Blütenblättern von Mohnblumen gewonnenes Öl, von dem Jamshid behauptete, Ärzte verschrieben es als krampf- und schmerzlösendes Mittel; jemand jedoch, der aus Alters- oder Elendsgründen des Lebens überdrüssig sei, könne es kaufen und trinken, um auf diese Weise einen leichten Ausweg aus einem unerträglichen Leben zu finden.

Im *bazàr* blitzte und blinkte es aber auch von kostbaren Metallen, geschnittenen Steinen und Juwelen. Doch von allen Schätzen, die hier zum Verkauf standen, stach mir einer ganz besonders ins Auge. Da gab es einen Kaufmann, der ausschließlich mit einer ganz bestimmten Art von Brettspielen handelte. In Venedig wird dieses Spiel phantasielos ›Felderspiel‹ genannt und mit billigen, aus gewöhnlichem Holz geschnitzten Figuren gespielt. In Persien hingegen heißt eben dasselbe Spiel ›Krieg der Shahi‹; Spielfeld und Figuren sind Kunstwerke, die sich nur ein echter Shah oder ein Mann von vergleichbarem Reichtum leisten kann. Ein typisches von jenem Kaufmann in Baghdad angebotenes Brett bestand aus Vierecken, abwechselnd aus weißem Elfenbein und schwarzem Ebenholz gefertigt, und das schon für sich allein genommen sehr teuer war. Die Figuren auf der einen Seite – der Shah und sein Feldherr, die beiden Elefanten, die beiden Ritter, die beiden *rhuki*-Krieger sowie die acht *peyadeh*-Fußsoldaten – bestanden aus edelsteinbesetztem Gold, die sechzehn Figuren auf der Gegenseite aus edelsteinbesetztem Silber. Der Preis, der für dieses Spiel gefordert wurde, ist mir nicht in der Erinnerung geblieben, war jedoch schwindelerregend hoch. Der Kaufmann hatte auch noch andere Shahi-Spiele feilzubieten, deren Figuren aus Porzellan, Jade, erlesenen Hölzern und reinen Kristallen gefertigt waren und von denen eine jede so kunstsinnig geformt, geschnitzt und geschnitten war, als wären es Miniatur-Standbilder lebendiger Monarchen, ihrer Feldherren und Reisigen.

Gehandelt wurde aber auch mit lebendigen Tieren – Pferden und Eseln und Kamelen, versteht sich, doch auch mit anderen Tieren. Von einigen hatte ich bis zu diesem Tag nur gehört, sie jedoch nie mit eigenen Augen gesehen, so zum Beispiel einen großen struppigen Bären, der, wie ich fand, meinem Onkel Mafio ähnlich sah; einem zartgliedrigen, rehähnlichen Tier namens *gazèl*, das gekauft wurde, Gärten damit zu verschönern; und einen gelben Hund namens *shaqàl*, der von einem Jäger gezähmt und dazu abgerichtet werden konnte, einen angriffslustigen Eber zum Abdrehen zu bewegen oder aber ihn zu töten. (Persische Jäger gehen ganz auf sich allein gestellt und nur mit einem Messer bewaffnet aus, um den wilden Löwen herauszufordern, haben aber Angst, einem Wildschwein entgegenzutreten. Da es einen Muslim anwidert, von Schweinefleisch auch nur zu sprechen, würde es ihn eine alle Vorstellungskraft an Schrecken übersteigende Todesart dünken, von den Hauern eines Wildebers durchbohrt zu werden.) Des weiteren gab es auf dem Tiermarkt ein *shuturmurq*, was soviel bedeutet wie ›Kamel-Vogel‹ und das auch wahrhaftig aussah wie eine unselige Mischung aus zwei so grundverschiedenen Geschöpfen. Der Kamelvogel weist den Leib, die Federn und den Schnabel eines Riesenganters auf, nur daß er einen Hals hat, der so unbefiedert kahl und lang ist wie der eines Kamels, seine beiden Beine häßlich lang sind wie die vier des Kamels, sein Spaltfuß so groß ist wie der eines Kamels und er genausowenig zu fliegen imstande ist wie eben ein Kamel. Jamshid sagte, dieses *shuturmurq* werde ausschließlich zu dem einen Zweck gehalten, das zu liefern, was es liefern kann: nämlich die flauschigen Federn, die er am Leib trägt. Es wurden auch Affen zum Kauf angeboten, sämtlich von der Art, wie Seeleute sie bisweilen mitbringen nach Venedig, wo man sie *simiazze* nennt – eben jene Affen, die so groß und häßlich sind wie äthiopische Kinder. Jamshid nannte dieses Tier *nedjis*, was soviel bedeutet wie ›unaussprechlich unsauber‹, doch konnte er mir weder erklären, warum es so hieß, noch warum selbst ein Seemann auf die Idee kommen konnte, ein solches Tier zu kaufen.

Auf dem *bazàr* gab es viele *fardarbab* oder ›Morgen-Sager‹, verhutzelte Männer mit rötlichgelben Bärten, die hinter Brettern mit sorgsam geglättetem Sand darauf hockten. Ein Kunde zahlte eine Münze, schüttelte das Brett dergestalt, daß sich der Sand zu welligen Mustern zusammenfügte, aus denen der alte Mann das Schicksal des Betreffenden heraus las. Außerdem gab es viele Derwische, heilige Bettler, die genauso abgerissen, schorfbedeckt und verfilzt aussahen wie in jeder anderen Stadt im Osten. Hier in Baghdad wiesen sie jedoch noch ein zusätzliches Attribut auf: Sie tanzten, vollführten Sprünge und heulten, wirbelten herum und verkrampften sich so heftig wie ein vom Veitstanz Gepackter bei einem Anfall. Das war, möchte ich meinen, zumindest unterhaltsam, eine Entschädigung für den *bakhshish,* nach dem sie heischten.

Noch ehe ich irgendwelche Waren auf dem *bazàr* genauer in Augenschein nehmen konnte, mußte ich mich von einem Marktbeamten ausfragen lassen, der Steuereinnehmer genannt wurde; erst mußte ich ihn davon überzeugen, daß ich im Besitz der Mittel war zu kaufen und außerdem auch noch die *jizya* zu bezahlen, eine Steuer, die nichtmuslimische Verkäufer wie Käufer gleichermaßen entrichten mußten. Obwohl *wazir* Jamshid selbst Hofbeamter war, vertraute er mir insgeheim an, daß alle diese kleinen Beamten und Bediensteten von den Leuten verachtet und *batlanim* genannt wurden, was soviel hieß wie ›Müßiggänger‹. Als mein Vater diesem Müßiggänger einen Beutel Moschus vorwies – wahrhaftig Reichtum genug, um zumindest ein Shahi-Spiel zu kaufen –, brummelte der Steuereinnehmer mißtrauisch:

»Von einem Armenier habt Ihr das, sagt Ihr? Dann enthält es wahrscheinlich nicht richtigen Moschus, sondern gehackte Leber. Das muß untersucht werden.«

Mit diesen Worten holte der Müßiggänger Nadel und Faden sowie eine Knoblauchzehe hervor. Er fädelte den Faden ein und führte beides mehrere Male durch die Knoblauchzehe, bis der Faden sich mit dem Knoblauchgeruch vollgesogen hatte. Dann nahm er den Moschusbeutel, führte Nadel und Faden nur ein einziges Mal hindurch, schnupperte daran und machte ein erstauntes Gesicht.

»Der ganze Geruch ist verschwunden, vollkommen aufgenommen. Wahrlich, was Ihr da habt, ist echter Moschus. Wo um alles auf der Welt seid Ihr einem ehrlichen Armenier begegnet?« Mit diesen Worten überreichte er uns einen *ferman,* einen Brief, mit dem wir ermächtigt wurden, im *bazàr* von Baghdad Handel zu treiben.

Jamshid brachte uns zum Sklavenpferch eines persischen Händlers, von dem er behauptete, er sei vertrauenswürdig. Dort standen wir in der Menge mit anderen mutmaßlichen Käufern und Leuten, die sich nur umsahen, während der Händler sich ausführlich über Herkunft, Geschichte, Eigenschaften und Verdienste eines jeden Sklaven ausließ, den seine kräftigen Helfer vorführten.

»Hier haben wir es mit einem Normal-Eunuchen zu tun«, sagte er und führte einen beleibten und fettglänzenden Schwarzen vor, der für einen Sklaven recht fröhlich dreinschaute. »Garantiert friedlich und folgsam; es ist nicht bekannt, daß er jemals mehr als das Erlaubte gestohlen hätte. Ausgezeichnet als Diener geeignet. Haltet Ihr jedoch Ausschau nach einem richtigen Beschließer – hier habt Ihr den vollkommenen Eunuchen.« Mit diesen Worten präsentierte er einen Weißen, blond und muskulös und durchaus hübsch anzusehen, aber vom Ausdruck her schwermütig, wie von einem Sklaven nicht anders zu erwarten. »Bitte, tretet näher und begutachtet die Ware.«

Mein Onkel sagte zum *wazir*: »Ich weiß selbstverständlich, was ein Eunuch ist. Schließlich haben wir bei uns daheim auch Verschnittene – Knaben mit glockenhellen Stimmen, aus denen man *castròni* gemacht hat, damit ihre Stimmen ihr Leben lang glockenhell bleiben. Aber wie kann man ein völlig geschlechtsloses Wesen als ›normal‹ oder ›vollkommen‹ einstufen? Liegt das daran, daß es sich bei dem einen um einen Äthiopier handelt und bei dem anderen um einen Russniaken?«

»Nein, Mirza Polo«, sagte Jamshid und erklärte es genauer auf *sabir*, damit uns die unvertrauten Farsiworte nicht verwirrten. »Der Normal-Eunuch wird noch als Kleinkind seiner Hoden beraubt, damit er fügsam und gelehrig aufwächst und nicht aufsässig wird. Das Verschneiden geht ganz einfach vor sich. Man bindet den Hodensack des Kindes mit einem Faden ab, woraufhin dieser im Laufe weniger Wochen verdorrt, sich schwarz verfärbt und schließlich abfällt. Das genügt, einen guten und vielseitig verwendbaren Diener aus ihm zu machen.«

»Was kann ein Herr denn noch mehr wünschen?« sagte Onkel Mafìo, und vielleicht war das ehrlich gemeint, vielleicht aber auch sarkastisch.

»Nun, als Beschließer zieht man für gewöhnlich etwas Besonderes vor, den *eunuque extraordinaire*. Denn ihm ist es bestimmt, den *anderun* zu bewachen und darin zu leben. Der *anderun* aber ist jener Teil eines Anwesens, in dem die Frauen und Konkubinen eines großen Herrn leben. Und diese Frauen können zumal dann, wenn ihnen die Gunst des Bettes ihres Herrn nicht häufig zuteil wird, recht unternehmenslustig und einfallsreich sein, auch noch mit schlaffem, nichterregbarem männlichem Fleisch. Ein solcher Sklave muß daher seines gesamten Apparats verlustig gehen – also nicht nur der Hoden, sondern auch des Glieds. Und beides zu entfernen, ist schon eine ernsthafte Operation, die gar nicht so einfach auszuführen ist. Seht nur da hinten und schaut: die Ware wird genau untersucht.«

Wir wandten unsere Blicke in die angegebene Richtung. Der Händler hatte die beiden Sklaven angewiesen, ihren *pai-jamah* fallen zu lassen, und so standen sie jetzt da, den unbestechlichen Blicken eines älteren persischen Juden preisgegeben. Der fette Schwarze war zwischen den Beinen unbehaart und wies keinerlei Hodensack auf, besaß jedoch ein Glied von nicht unbeträchtlicher Größe – nur abstoßend schwarz und violett sah es aus. Ich nahm an, falls eine Frau aus dem *anderun*, die verzweifelt nach einem Mann begehrte und so verworfen war, dieses schlaffe Ding in sich haben zu wollen, Mittel und Wege fand, es mit Hilfe irgendeiner Art von Schiene oder anderer Stütze zu versteifen. Der weit stattlichere Russniake besaß jedoch nicht einmal dies schlaffe Anhängsel. Er hatte nichts vorzuweisen als einen Busch bloßer Schamhaare und einer Art von kleinem weißen Stift, der grotesk aus dem Haarwuchs hervorschaute. Ansonsten war sein Schritt gesichtslos wie der einer Frau.

»*Bruto barabào!*« knurrte Onkel Mafìo. »Aber wie *wird* es denn nun gemacht, Jamshid?«

Bar jeden Ausdrucks, als lese er etwas aus einem medizinischen Lehrbuch vor, sagte der *wazir*: »Der Sklave wird in einen Raum gebracht, der erfüllt ist vom Rauch schwelender *banj*-Blätter. Dort setzt man ihn in ein heißes Bad und flößt ihm einen Theriak-Aufguß ein. All dies soll dazu dienen, sein Schmerzempfinden abzustumpfen. Der *hakim*, der die Operation durchführt, nimmt ein langes Band und wickelt es fest um ihn herum; er fängt bei der Spitze des Sklavenpenis an und windet es weiter nach unten bis zur Wurzel, wobei er Hodensack und Hoden mit einwickelt und ein griffiges Paket daraus macht. Mit einem besonders scharfen Messer entfernt der *hakim* mit einem einzigen Schnitt das ganze umwickelte Bündel. Die Wunde wird augenblicklich mit einem blutstillenden Mittel aus zermahlenen Rosinen, Bovist und Alaun behandelt. Ist die Blutung gestillt, führt er einen sauberen Federkiel ein, der dort bleibt, solange der Sklave lebt. Denn die Hauptgefahr bei der ganzen Operation besteht darin, daß der Urinkanal beim Verheilen der Wunde zuwächst. Hat der Sklave nach drei oder vier Tagen durch den Federkiel immer noch kein Wasser gelassen, muß er sterben. Und so traurig es ist, aber in etwa drei von fünf Fällen läuft es darauf hinaus.«

»*Capòn mal caponà!*« entfuhr es meinem Vater. »Das klingt ja grauenhaft. Seid Ihr wirklich jemals Zeuge einer solchen Prozedur gewesen?«

»Ja«, erklärte Jamshid. »Ich habe recht interessiert zugesehen, als sie bei mir vorgenommen wurde.«

Ich hätte längst begreifen müssen, daß dies der Grund für sein stets schwermütiges Dreinschauen sein müsse, und den Mund halten sollen. Statt dessen platzte ich jetzt damit heraus: »Aber Ihr seid nicht dick, *wazir*, und Ihr habt einen vollen Bart.«

Er ließ mich meine Unverschämtheit nicht vergelten, sondern entgegnete: »Diejenigen, welche die Kastration als Kind über sich ergehen lassen müssen, bekommen nie einen Bart, und ihre Körper entwickeln geradezu weibliche Rundungen – manchmal bekommen sie sogar schwere Brüste. Doch wenn ein Sklave die Operation nach der Reife über sich ergehen lassen muß, bleibt er zumindest dem Aussehen nach ein Mann. Ich war ein erwachsener Mann mit Frau und Sohn, als unsere Landwirtschaft von kurdischen Sklavenjägern überfallen wurde. Die Kurden suchten nur kräftige Arbeitssklaven, und so blieb meiner

Frau und meinem kleinen Sohn mein Los erspart. Es wurde ihnen beiden nur mehrere Male Gewalt angetan – dann hat man sie totgeschlagen.«

Erschrocken schweigen wir, und die Situation hätte vollends unbehaglich werden können, hätte Jamshid nicht geradezu beiläufig hinzugefügt: »Ach, was soll ich mich beklagen? Vielleicht wäre ich sonst bis heute ein armer Hirsebauer geblieben. Da man mich jedoch von den natürlichen Wünschen des Mannes befreit hat – dem Wunsch, zu säen, Land zu bebauen und eine Familie zu gründen –, wurde ich freigesetzt, statt dessen meinen Geist zu kultivieren. Jetzt bin ich aufgestiegen und *wazir* des Shahinshah von Persien geworden, und das ist nicht wenig.«

Nachdem er das Thema auf so freundliche Weise hatte fallenlassen, rief er den Sklavenhändler heran, damit dieser sich unser Begehr anhöre. Der Händler überließ es seinen Helfern, sich weiter um die angepriesene Ware zu kümmern, und kam lächelnd und sich die Hände reibend auf uns zu.

Mehr oder weniger hatte ich gehofft, mein Vater werde mir eine hübsche Sklavin kaufen, die mehr als nur Dienerin für mich wäre – oder zumindest einen jungen Mann meines Alters, der mir ein gleichgesinnter Gefährte sein könnte. Doch selbstverständlich erklärte er dem Händler nicht, was ich *mir,* sondern was er *sich für mich* wünschte.

»Einen reiseerfahrenen älteren Mann, der aber noch wendig genug ist, weitere Reisen zu unternehmen. Innig vertraut mit der Lebensweise des Ostens, damit er meinen Sohn sowohl beschützen als auch in dieses Leben einführen kann. Und ich meine, ein Verschnittener sollte es nicht sein.« Letzteres mit einem mitfühlenden Seitenblick auf den *wazir*. »Ich möchte von mir aus nicht gerade dazu beitragen, daß diese Praxis ewig fortgesetzt wird.«

»Da habe ich genau den richtigen Mann für Euch, *messieurs*«, erklärte der Sklavenhändler in flüssigem *Sabir*. »Reif, aber noch nicht alt, schlau, aber nicht eigensinnig, erfahren, aber nicht widerborstig, wenn ihm etwas zu tun aufgetragen wird. Ja, aber wo steckt er nur? Gerade eben war er doch noch hier...«

Wir folgten ihm durch seine Herde – oder vielmehr Herden, denn er hielt eine stattliche Anzahl von Sklaven in seinem Pferch – übrigens zusammen mit einer Reihe jener winzigen *hinna*-gefärbten kleinen persischen Pferde, die seine geschlossenen Wagen von Ort zu Ort zogen. Der Pferch als solcher wurde zum Teil von einem Lattenzaun, zum Teil von ebendiesen leinwandbespannten Wagen gebildet, die ihm und seinen Helfern sowie seiner Ware tagsüber als Reisegefährt und nächtens als Schlafgelegenheit dienten.

»Der ideale Sklave für Euch, *messieurs*«, fuhr der Händler fort, während er sich weiterhin suchend umblickte. »Er hat schon einer ganzen Reihe von Herren gehört, folglich ist er weit herumgekommen und kennt viele Länder. Er spricht mehrere Sprachen und verfügt überhaupt über eine Fülle von nützlichen Fertigkeiten. Aber wo mag er nur *stecken*?«

Wir gingen weiterhin unter seinen Sklaven und Sklavinnen herum, die mit Fußringen an einer langen Kette aneinandergefesselt waren. Die Zwergpferde durften frei herumlaufen. Der Sklavenhändler schien nachgerade peinlich berührt, ausgerechnet jenen Sklaven nicht zu finden, den er uns verkaufen wollte.

»Ich hatte ihn losgekettet«, murmelte er, »und mit einer meiner Stuten zusammengeschäkelt, die er für mich striegeln sollte ...«

Ein lautes, langgezogenes und durchdringendes Gewieher unterbrach ihn. Mit wehender gelbroter Mähne und ebensolchem Schweif kam ein kleines Pferd durch die vorn heruntergängenden Leinwandlappen eines der Planwagen hindurchgeschossen. Für einen Augenblick flog es buchstäblich durch die Luft wie jenes Zauberpferd aus Glas, von dem die Shahryar Zahd uns erzählt hatte, denn schließlich mußte es vom Boden des Wagens im Inneren hinwegsetzen über die Sitzbank des Wagenlenkers und das Schutzbrett vorn, um auf den Erdboden hinunterzuspringen. Während es im hohen Bogen durch die Luft segelte, kam eine an seiner Hinterhand befestigte Kette in nicht minder schön geschwungener Bahn hinterher, und am anderen Ende der Kette kam ein Mann mit den Füßen voran durch die Leinwandlappen hindurchgeschossen, als wäre er ein Kork, den man aus einem Flaschenhals herauszog. Der Mann flog über Sitzbank und Schutzbrett hinweg und landete mit dumpfem Aufprall in einer Wolke Staub auf dem Boden. Da das kleine Pferd jedoch versuchte, noch weiter zu fliehen, wurde der Mann über die Erde geschleift und wirbelte noch mehr Staub auf, ehe der Sklavenhändler das völlig verängstigte Tier am Zügel erwischte und der Vorführung ein Ende setzen konnte.

Die rötlichgelbe Mähne des Pferdchens war seidig gebürstet, doch sein ebenso auffällig gefärbter Schweif war völlig zerzaust und in Unordnung geraten – genauso wie die Bekleidung der unteren Regionen des Mannes, dem die Beinlinge seines *pai-jamah* um die Fußknöchel schlotterten. Einen Moment saß er da, viel zu sehr außer Atem, als daß er eine Flut von leisen Verwünschungen in mehreren Sprachen von sich gegeben hätte. Dann zog er hastig sein Beinkleid in die Höhe, während es jetzt am Sklavenhändler war, auf ihn zuzukommen, sich über ihn zu beugen und ihn mit einer Flut von Beschimpfungen zu überhäufen und so lange mit Fußtritten zu traktieren, bis er auf die Beine gekommen war. Der Sklave mochte etwa so alt sein wie mein Vater, doch sein struppiger Bart schien erst zwei Wochen alt und verbarg keineswegs sein auffallend fliehendes Kinn. Er besaß zwei glänzende und überaus bewegliche Schweinsäuglein und eine große fleischige Nase, die ihm buchstäblich über die fleischigen Lippen fiel. Zwar war er nicht größer als ich, doch dafür wesentlich dicker und wies einen Hängebauch auf, der die gleiche fallende Tendenz hatte wie seine Nase. Alles in allem hatte er eine gewisse Ähnlichkeit mit einem Kamelvogel.

»Meine neue Stute!« erboste sich der Händler in *Farsi* und fuhr fort, den Sklaven mit Tritten zu malträtieren. »Unsäglicher Lump, du!«

»Das tückische Biest ist rumgelaufen, Herr«, wimmerte der Lump

und hob dabei schutzsuchend und abwehrend die Arme über den Kopf.
»Ich mußte hinterher ...«

»Willst du mir weismachen, das Pferd wäre *hoch*gelaufen? Und in den Wagen *geklettert*? Du willst mir um den Bart gehen, wie du dem unschuldigen Pferdchen ums Hinterteil gehst, du fluchwürdiges widernatürliches Stück, du!«

»Aber das müßt Ihr mir doch zugute halten, Herr«, rief der Sodomit mit klagender Stimme. »Eure Stute hätte weiter weglaufen können und wäre für immer verloren gewesen. Oder ich hätte mit ihr fliehen und entkommen können!«

»*Bismillah*! Ich wünschte, es wäre so! Du stellst eine Beleidigung dar für die edle Einrichtung der Sklaverei!«

»Dann verkauft mich, Herr!« sagte die Beleidigung schniefend. »Dreht mich irgendeinem ahnungslosen Käufer an, damit Ihr mich für immer los seid!«

»*Estag farulla!*« wandte der Händler sich lautstark in inbrünstigem Gebet an den Himmel. »Allah vergib mir meine Sünden; denn gerade das meinte ich, endlich geschafft zu haben. Diese Herren hätten dich vielleicht gekauft, Abschaum – doch jetzt haben sie dich dabei erwischt, wie du ausgerechnet meine beste Stute bestiegen hast!«

»Oh, gegen diese Beschuldigung verwahre ich mich, Herr!« erklärte der Abschaum und wagte es, mit dem Brustton der Überzeugung weiterzusprechen. »Ich habe schon weit bessere Stuten gehabt!«

Der Sklavenhändler, dem es die Sprache verschlug, ballte die Fäuste, knirschte mit den Zähnen und machte laut: »*Arrrgh!*«

Jamshid unterbrach ihn bei diesem einzigartigen Ausbruch und sagte streng: »Mirza Händler, ich habe den *messieurs* versichert, Ihr wäret ein Mann, der gute Ware zu verkaufen hat und auf dessen Wort man sich verlassen kann!«

»Bei Allah, das bin ich auch, *wazir*! Nie würde ich ihnen diese wandelnde Pestbeule verkaufen – nicht einmal *schenken* würde ich sie ihnen! Nicht einmal Awwa, der alten Vettel von Ehefrau des Teufel *Shaitan* würde ich sie verkaufen, das schwöre ich – jedenfalls jetzt nicht mehr, wo ich um seine wahre Natur weiß! Ich bitte die *messieurs* aufrichtig um Verzeihung. Und auch dieses Miststück hier wird sich entschuldigen! Hörst du mich? Entschuldige dich dafür, wie abscheulich du dich aufgeführt hast! Erniedrige dich! Red schon, Nasenloch!«

»*Nasenloch?*« riefen wir wie aus einem Mund.

»Ja, so lautet mein Name, gütige Herren!« sagte der Sklave freilich in einem Ton, mit dem er wahrhaftig nicht um Verzeihung zu heischen schien. »Ich habe noch andere Namen, doch meistens ruft man mich Nasenloch, und das aus gutem Grund.«

Er hob einen schmutzstarrenden Finger an seine Hängenase und schob die Spitze in die Höhe, um sehen zu lassen, daß er anstelle zweier Nasenlöcher nur ein großes hatte. Dieser Anblick wäre schon an sich abstoßend genug gewesen, wurde es aber noch mehr dadurch, daß eine Menge verrotzter Haare daraus hervorsproß.

»Eine geringfügige Bestrafung für ein noch geringfügigeres Vergehen. Nur solltet Ihr deshalb mir gegenüber nicht voreingenommen sein, gütige Herren. Denn ich biete, abgesehen von diesen Dingen, auch zahllose Vorteile. Wie Ihr selbst seht, bin ich sonst ein durchaus annehmbarer Mann. Von Beruf war ich einst ein Seemann, ehe ich in die Sklaverei fiel, und ich bin *überall* gewesen, von meinem heimatlichen Sind in Indien bis zu den fernsten Gestaden des ...«

»*Gesù Marà Isèpo*«, erklärte mein Onkel Mafìo bewundernd. »Was die Flinkheit betrifft, so steht die Zunge dieses Mannes der seines Mittelbeins in nichts nach.«

Wie gebannt standen wir einfach da und ließen Nasenloch weiterplappern. »Ich würde ja immer noch reisen, wäre ich zu meinem Unglück nicht den Sklavenjägern in die Hände gefallen. Ich hatte mich gerade mit einem weiblichen *shaqàl* gepaart, als die Sklavenfänger angriffen, und Ihr Herren wißt ja wohl, wie fest die *mihrab* einer Hündin den liebenden *zab* umklammert und ihn nicht so ohne weiteres freiläßt. Da mir nun die *shaqàl*-Hündin vorn herunterbaumelte, hin und her geworfen wurde und quiekte, konnte ich nicht besonders schnell laufen. Infolgedessen fingen sie mich, meine Laufbahn als Seemann nahm ein Ende und meine Laufbahn als Sklave begann. Allerdings muß ich in aller Bescheidenheit sagen, daß ich bald zu einem unvergleichlichen Sklaven wurde. Ihr werdet bemerkt haben, daß ich jetzt auf *sabir* gesprochen habe, der Handelssprache des Westens – doch jetzt horcht auf, geneigte Herren, denn ich bin auch des *Farsi* mächtig, der Handelssprache des Ostens. Des weiteren spreche ich geläufig mein heimatliches Sindi, außerdem Pashtun, Hindi und Panjabi. Mein Arabisch ist annehmbar, ich kann mich in einer ganzen Reihe von Türk-Dialekten verständigen und ...«

»Hältst du eigentlich nie in irgendeiner von ihnen den Mund?« fragte mein Vater. Ohne weiter darauf einzugehen, fuhr Nasenloch fort: »Auch besitze ich etliche andere Eigenschaften und Gaben, von denen ich bis jetzt noch nichts erwähnt habe. Ich kann, wie Ihr bemerkt haben werdet, gut mit Pferden umgehen. Mit Pferden zusammen bin ich aufgewachsen und ...«

»Gerade eben hast du behauptet, du wärest Seemann gewesen«, bedeutete mein Onkel ihm.

»Das war aber erst, nachdem ich herangewachsen war, Herr. Außerdem verstehe ich mich vorzüglich auf den Umgang mit Kamelen. Ich kann das Horoskop stellen und es nicht nur auf die arabische, sondern auch noch auf die persische und indische Weise deuten. Ich habe Angebote der erlauchtesten *hammans* abgelehnt, sich meiner Dienste als unübertrefflicher Reiber zu versichern. Ich kann ergraute Bärte mit *hinna* färben und Runzeln durch Auftragen einer Quecksilbersalbe glätten. Mit meinem einzelnen Nasenloch kann ich die Flöte lieblicher blasen als manch ein Musikant mit dem Mund. Und diese Körperöffnung überdies auch noch auf eine gewisse andere Art und Weise nutzen ...«

Wie aus einem Mund riefen mein Vater, mein Onkel und der *wazir*: »*Dio me Varda!*« und:

»Der Mann würde selbst eine Made anekeln!« und:

»Schafft ihn uns aus den Augen, Mirza Händler! Er stellt eine Beschmutzung Baghdads dar. Bindet ihn hier irgendwo fest und überlaßt ihn den Geiern!«

»Euch hören und gehorchen, sind eins, oh, *wazir*«, sagte der Händler. »Aber vielleicht darf ich Euch zuvor noch andere Ware zeigen?«

»Es ist spät«, sagt Jamshid, um nicht Häßlicheres über den Sklavenhändler und seine Ware zu sagen. »Wir werden im Palast zurückerwartet. Kommt, *messieurs*. Morgen ist auch noch ein Tag.«

»Und dazu noch ein saubererer«, sagte der Händler und funkelte den Sklaven rachsüchtig an.

So verließen wir den Sklavenpferch und den *bazàr* und suchten uns den Weg durch Gassen und Gärten. Wir hatten den Palast schon fast wieder erreicht, ehe es Onkel Mafìo einfiel zu sagen: »Ist das Euch auch aufgefallen? Dieser abscheuliche Schurke Nasenloch hat es doch tatsächlich fertiggebracht, sich *nicht* zu entschuldigen!«

3 Und wieder ließen wir uns von unseren Dienern ankleiden und legten unsere besten Kleider an; wieder leisteten wir Shah Zaman bei seiner Abendmahlzeit Gesellschaft, die wieder etwas ganz besonders Köstliches war; und wieder erwarteten wir, den schweren Shiraz-Wein vorgesetzt zu bekommen. Ich erinnere mich noch, daß der letzte Gang aus *sheriye* bestand, einer Art Bandnudeln ähnlichen unseren *fetucine*, nur daß die *sheriye* zusammen mit Mandeln und Pistazien in Sahne gegart und mit winzigen Gold- und Silberflittern gekocht gereicht werden, die man mitißt.

Beim Essen erzählte der Shah, seine Erstgeborene, die Shahzrad Magas, habe ihn um Erlaubnis gebeten – und diese auch erhalten –, mir als Gefährtin und Führerin zur Seite zu stehen und mir, solange ich in Baghdad weilte, alles Sehenswerte in der Stadt und ihrer Umgebung zu zeigen; selbstverständlich gehöre dazu aber auch eine Anstandsdame. Mein Vater bedachte mich mit einem langen Seitenblick, dankte dem Shah jedoch für die Freundlichkeit der Prinzessin. Außerdem erklärte mein Vater, da ich ja offensichtlich in guten Händen wäre, erübrige es sich, noch einen Sklaven zu kaufen, der sich um mich kümmerte. Er werde also gleich am nächsten Morgen gen Süden aufbrechen und nach Hormuz reisen – und Mafìo nach Basra.

Bei Tagesanbruch nahm ich Abschied von ihnen, die beide in der Begleitung einer ihnen vom Shah zugeteilten Palstwache davonritten, damit diese sie während der Reise bediente und beschützte. Sodann begab ich mich in den Palastgarten, wobei die Shazrad Magas – die Großmutter schattengleich in der Nähe – auf mich wartete, um sich meiner anzunehmen und mir Baghdad zu zeigen. Ich begrüßte sie außerordentlich förmlich, ließ jedoch nichts von dem verlauten, was sie mir sonst noch versprochen hatte, und auch sie kam vorerst nicht wieder darauf zurück.

»Die Morgendämmerung ist eine gute Zeit, unsere Palast-*masjid* zu besichtigen«, sagte sie und führte mich zu der Stätte der Verehrung, wo sie mir ans Herz legte, schon einmal das Äußere zu bewundern, das in der Tat bewundernswert war. Die riesige Kuppel war mit einem Mosaik blauer und silberner Kacheln bedeckt und wurde von einem goldenen Knauf gekrönt – all das blitzte und blinkte im Licht der aufgehenden Sonne. Der *manaret*-Turm gemahnte an eine riesige, über und über mit schimmernden Edelsteinen geschmückte Kerze.

In diesem Augenblick kam mir ein Verdacht, von dem ich am liebsten an dieser Stelle berichten möchte.

Ich wußte bereits, daß muslimische Männer gehalten sind, ihre Frauen nutzlos, stumm und allen Augen verhüllt für sich leben zu lassen – in *pardah,* wie die Perser die lebenslange Unterdrückung ihrer Frauen nennen. Ich war mir darüber im klaren, daß eine Frau laut Gebot des Propheten Muhammad und des von ihm geschriebenen *Quran* nichts weiter ist als ein Stück Eigentum – nichts anderes als sein Schwert oder seine Ziegen oder seine Kleidung – und daß sie sich von seinem sonstigen Besitz nur dadurch unterscheidet, daß er sich gelegentlich mit ihr paart und auch das nur ausschließlich zum Zweck des Kinderzeugens, die allerdings nur dann geschätzt werden, wenn sie männlichen Geschlechts sind wie er selbst. Die Mehrheit der frommen Muslime – Männer wie Frauen – dürfen von den zwischen ihnen bestehenden Beziehungen nicht sprechen, ja, dürfen nicht einmal erwähnen, daß sie Umgang miteinander haben, wiewohl es einem Manne gestattet ist, sich lüstern über seine Beziehungen zu anderen Männern auszulassen.

Nun kam ich an jenem Morgen beim Betrachten der Palast-*masjid* zu dem Schluß, daß alle strengen Vorschriften des Islam gegen den normalen Ausdruck normaler Geschlechtlichkeit es nicht fertiggebracht haben, *jeden* Ausdruck desselben zu unterdrücken. Man sehe sich jede beliebige *masjid* an, und man wird feststellen, daß eine jede Kuppel einer Frauenbrust nachgebildet ist, deren erregte Warze sich gen Himmel reckt, und jedes *manaret* einem gleicherweise freudig aufgerichteten männlichen Glied. Selbstverständlich kann ich mich irren, wenn ich diese Vergleiche anstelle, doch glaube ich, es nicht zu tun. Der *Quran* erklärt, daß zwischen Männern und Frauen keine Gleichheit bestehe. Er hat die natürliche Beziehung zwischen Mann und Frau für anstößig erklärt, für etwas, worüber man nicht spricht – und hat sie auf diese Weise auf das schändlichste verzerrt. Dabei verkünden ausgerechnet die Tempel des Islam mutig, daß der Prophet sich geirrt habe und daß Allah Mann und Frau dazu gemacht habe, ein Fleisch und ein Blut zu sein.

Die Prinzessin und ich begaben uns ins Innere des herrlich hohen und weiträumigen Mittelraums, der auf das wunderbarste ausgeschmückt war, wenn auch nicht mit Bildern und Statuen, sondern ausschließlich mit Ornamenten. Die Wände waren mit Mosaiken aus blauem *lapis lazura* bedeckt, die mit weißem Marmor wechselten, so daß der ganze Raum zu einem beruhigend hellblauen Gemach wurde.

Ebensowenig, wie es in Muslim-Tempeln Bilder gibt, gibt es auch keine Altäre, keine Priester noch Musikanten oder Chorsänger und auch kein kultisches Gerät wie Weihrauchgefäße, Weihwasserbecken oder Leuchter. Es gibt weder Messen noch das heilige Sakrament des Abendmahls, und eine muslimische Gemeinde hat nur ein einziges rituelles Gebot zu beachten: sich beim Gebet in Richtung der heiligen Stadt Mekka auf dem Boden auszustrecken, dem Geburtsort ihres Propheten Muhammad. Da Mekka südwestlich von Baghdad gelegen ist, ging die Hinterwand dieser *masjid* nach Südwesten und wies in dieser Wand eine nicht eben besonders tiefe, etwas über mannshohe Nische auf, die gleichfalls blau-weiß ausgekachelt ist.

»Das ist die *mihrab*«, erklärte Prinzessin Falter. »Wenn der Islam auch keine Priester kennt, richtet doch bisweilen ein durchziehender Weiser das Wort an uns. Vielleicht ein *imam,* einer, dessen gründliches Studium des *Quran* ihn zu einer Autorität der darin niedergelegten Glaubenslehren macht. Oder ein *mufti,* ein Gesetzeskenner, der sich auskennt in den weltlichen Gesetzen, die der Prophet (Segen und Friede seien mit Ihm!) erlassen hat. Oder ein *hajji,* also einer, der die lange *hajji*-Pilgerreise ins heilige Mekka gemacht hat. Um unserer Versenkung und Verehrung eine bestimmte Richtung zu geben, nimmt ein solcher weiser Mann in der *mihrab* dort drüben Aufstellung.«

Ich sagte: »Und ich dachte, das Wort *mihrab* bedeutete...« Doch dann sprach ich nicht weiter, und die Prinzessin lächelte mich durchtrieben an.

Schon war ich drauf und dran zu sagen, meiner Meinung nach bedeute das Wort *mihrab* die Scham der Frau – dasjenige, was ein venezianisches Mädchen vulgär ihre *pota* genannt hatte, woraufhin ich mich von einer vornehmen venezianischen Dame hatte belehren lassen müssen, daß dies ihre *mona* genannt sei. Doch dann fiel mir die Form auf, welche die *mihrab*-Nische in der *masjid*-Wand auszeichnete. Diese war genauso geformt wie die entsprechende Körperöffnung einer Frau, leicht oval und oben spitz zulaufend. Ich bin schon in so mancher anderen *masjid* gewesen, und noch in jeder war die Nische in der nach Mekka weisenden Wand von dieser Gestalt. Ich halte das für eine zusätzliche Bestätigung meiner Theorie, daß menschliche Geschlechtlichkeit einen bestimmenden Einfluß auf die islamische Architektur ausgeübt hat. Selbstverständlich weiß ich nicht – und bezweifle auch, daß irgendein Muslim es weiß –, welche Bedeutung das Wort *mihrab* ursprünglich gehabt hat: die ekklesiastische oder die weltliche.

»Und hier«, sagte Prinzessin Falter und zeigte nach oben, »befinden sich die Fenster, welche die Sonne dazu bringen, den Gang des Tages zu verkünden.«

Und in der Tat: Sorgsam in der oberen Hälfte der Kuppel eingelassen, befanden sich Öffnungen, und die gerade eben aufgegangene

Sonne schickte einen Strahl durch die Weite der Kuppel hindurch auf die gegenüberliegende Kuppelwand, an der Tafeln angebracht waren, die in ihren Ornamenten arabische Schriftzüge enthielten. Laut las die Prinzessin vor, was dort stand, wo der Sonnenstrahl hinzeigte. Wollte man diesem Beweis trauen, handelte es sich bei dem heutigen Tag – nach muslimischer Zählung – um den dritten Tag des Monats Jumada, des zweiten also im 670. Jahr von Muhammads Hijra, oder nach dem persischen Kalender um das 199. Jahr des Jalali-Zeitalters. Sodann stellten Prinzessin Falter und ich gemeinsam unter umständlicher Zuhilfenahme unserer Finger die notwendigen Berechnungen an, um dieses Datum in die christliche Zeitrechnung umzurechnen.

»Dann ist heute der zwanzigste September!« rief ich aus. »Mein Geburtstag.«

Woraufhin sie mir gratulierte und sagte: »Ihr Christen erhaltet bisweilen Geschenke an eurem Geburtstag, nicht wahr? So wie wir, oder?«

»Manchmal ja.«

»Dann werde ich Euch heute nacht etwas schenken – sofern Ihr den Mut aufbringt, ein gewisses Risiko einzugehen, um es in Empfang zu nehmen. Ich werde Euch eine *zina*-Nacht schenken.«

»Und was ist eine *zina*?« fragte ich, wiewohl ich bereits ahnte, was es wohl wäre.

»*Zina* ist der unerlaubte Verkehr zwischen Mann und Frau. Der ist *haram*, was soviel bedeutet wie verboten. Wenn Ihr das Geschenk in Empfang nehmen wollt, müßt Ihr Euch im *anderun* des Palasts in mein Gemach stehlen, von dem Ihr ja wißt, daß es gleichfalls *haram* ist.«

»Da ist mir kein Risiko zu groß!« rief ich beherzt. Dann jedoch fiel mir etwas ein. »Nur ... verzeiht, daß ich frage, Prinzessin Falter. Nur ... man hat mir gesagt, muslimische Frauen seien ... seien ihrer Begeisterung für *zina* beraubt. Man hat mir, nun ja, gesagt, sie müßten eine Art Beschneidung über sich ergehen lassen; wenngleich ich mir nicht vorstellen kann, wieso eigentlich.«

»Ach so, *tabzir*«, sagte sie gleichmütig. »Das geschieht im allgemeinen mit den Frauen, solange sie noch Kinder sind. Nicht aber Kindern von königlichem Geblüt oder solchen, die später Frauen oder Konkubinen an einem Königshof werden sollen. Bei mir jedenfalls wurde das nicht gemacht.«

»Wie sehr mich das für Euch freut!« sagte ich, und nichts konnte aufrichtiger gemeint gewesen sein. »Nur ... sagt mir doch, was wird denn mit den anderen Frauen eigentlich gemacht? Was *ist tabzir*?«

»Ich will es Euch zeigen«, erklärte sie.

Erschrocken argwöhnte ich, sie wolle sich auf der Stelle vor mir entkleiden, und so machte ich eine zu Vorsicht mahnende Handbewegung in Richtung auf die im Hintergrund lauernde Großmutter. Doch Falter grinste mich nur an, trat an die Predigernische in der *masjid*-Wand und sagte: »Seid Ihr sehr vertraut mit der Anatomie des weiblichen Körpers? Dann wißt Ihr ja, daß Frauen hier« – und damit zeigte sie auf eine

Stelle ganz oben am Bogen – »ganz vorn an ihrer *mihrab*-Öffnung einen empfindsamen, knopfartigen Auswuchs haben, der *zambur* genannt wird.«

»Ah«, sagte ich, dem endlich etwas klarzuwerden begann. »In Venedig heißt dieser Auswuchs *lumaghèta*.« Ich bemühte mich beim Aussprechen dieses Wortes darum, so sachlich zu klingen wie ein Arzt, weiß jedoch, daß mir das Blut ins Gesicht schoß.

»Wo genau der *zambur* sitzt, das ist von Frau zu Frau verschieden«, fuhr Falter kühl fort, ohne im geringsten zu erröten. »Auch was seine Größe betrifft, unterscheiden sie sich. Mein eigener *zambur* ist leidlich groß und dehnt sich im Erregungszustand bis zur Größe des ersten Glieds meines kleinen Fingers aus.«

Allein der *Gedanke* daran bewirkte, daß sich in *mir* etwas regte und reckte. Eingedenk der Anwesenheit der Großmutter, war ich abermals dankbar für die faltenreichen Beinkleider, die ich anhatte.

Munter fuhr die Prinzessin fort: »Aus diesem Grunde besteht unter den anderen Frauen im *anderun* rege Nachfrage nach mir, denn mein *zambur* tut ihnen fast genauso gute Dienste wie der *zab* eines Mannes. Und das Spiel der Frauen untereinander ist *halal,* was soviel bedeutet wie erlaubt, nicht *haram*.«

War mein Gesicht bisher rosig überhaucht gewesen, mußte es jetzt feuerrot glühen. Doch wenn es der Prinzessin auch aufgefallen war, hielt es sie nicht davon ab fortzufahren.

»Auf jeden Fall ist dies die empfindsamste Körperstelle einer jeden Frau, Dreh- und Angelpunkt ihrer Erregbarkeit. Ohne Erregung ihres *zambur* bleibt sie der Annäherung von seiten eines Mannes gegenüber unempfänglich. Und da sie den Akt so gar nicht genießen kann, sehnt sie sich auch nicht danach. Das – versteht sich – ist der eigentliche Grund für das *tabzir* oder die Beschneidung, wie Ihr es genannt habt. Ist eine erwachsene Frau nicht sehr erregt, versteckt sich ihr *zambur* züchtig zwischen den geschlossenen Lippen ihrer *mihrab.* Doch bei einem Kind weiblichen Geschlechts ragt er über die kleinen Lippen hinaus, so daß er von einem damit beauftragten *hakim* mit einer Schere einfach abgeschnippelt werden kann.«

»Grundgütiger Gott!« rief ich, und meine eigene Erregtheit erschlaffte augenblicklich vor Entsetzen. »Das ist ja keine Beschneidung – auf diese Weise macht man aus dem Kind ja einen weiblichen Eunuchen!«

»Der Unterschied ist nicht groß«, stimmte sie zu, als wäre überhaupt nichts Schlimmes dabei. »Das Kind wächst zu einer Frau heran, die züchtig kalt ist und der es vollkommen an sexuellen Reaktionen fehlt, ja, sie verlangt nicht einmal danach. Sie ist die vollkommene muslimische Frau!«

»Vollkommen? Aber welcher Mann könnte sich eine solche Frau wünschen?«

»Ein muslimischer Gatte«, sagte sie schlicht. »Denn eine solche Frau wird niemals Ehebruch begehen und ihn zum Hahnrei machen. Sie ist außerstande, an einen Akt von *zina* oder was sonst noch *haram* ist auch nur zu denken. Sie wird den Zorn ihres Mannes nicht einmal dadurch erregen, daß sie mit einem anderen Mann auch nur kokettiert. Bewahrt sie die *pardah*, wie es sich geziemt, bekommt sie einen anderen Mann überhaupt nicht zu sehen – bis sie ein Kind männlichen Geschlechts zur Welt bringt. Ihr versteht – ihre Funktionen als Mutter werden durch das *tabzir* in keiner Weise beeinträchtigt. Sie kann durchaus Mutter werden, und damit ist sie einem Eunuchen überlegen, der nie Vater werden kann.«

»Trotzdem ist das ein schreckliches Los für eine Frau.«

»Das ist das Los, wie der Prophet (Segen und Friede seien mit Ihm!) es bestimmt hat. Trotzdem bin ich froh, daß uns Frauen der herrschenden Schicht derlei Ungelegenheiten, wie sie die Frauen aus dem Volk erleiden müssen, erspart bleiben. Was nun aber Euer Geburtstagsgeschenk betrifft, junger Marco ...«

»Ach, wäre es doch schon Abend!« sagte ich und warf einen Blick auf den langsam sich weiter vorschiebenden Sonnenstrahl. »Dies wird der längste Geburtstag meines Lebens sein – indessen ich auf den Einbruch der Nacht und die *zina* mit Euch warte.«

»Oh, nicht mit *mir*!«

»Wie bitte?«

Sie kicherte. »Nun, nicht eigentlich mit mir.«

Völlig verwirrt, wiederholte ich noch einmal: »Wie bitte?«

»Ihr habt mich abgelenkt, Marco, als Ihr mich nach dem *tabzir* fragtet. Folglich bin ich nicht dazu gekommen, Euch das Geschenk zu erläutern, das ich Euch machen werde. Bevor ich es erkläre, bitte ich Euch zu bedenken, daß ich eine Jungfrau bin.«

Ein wenig verdattert schickte ich mich an zu sagen: »Ihr habt aber nicht geredet wie eine ...« – doch sie legte mir den Finger über die Lippen.

»Es stimmt, ich bin nicht *tabzir* und auch nicht gefühlskalt. Vielleicht würdet Ihr mich nicht einmal wirklich tugendhaft nennen, da ich Euch auffordere, etwas *haram* zu tun. Auch stimmt es, daß ich einen ganz bezaubernden *zambur* besitze und ich nichts mehr liebe, als ihn sich betätigen zu lassen – das freilich nur auf Arten und Weisen, die *halal* sind und meiner Jungfräulichkeit keinerlei Abbruch tun. Denn wißt, ich besitze nicht nur meinen *zambur*, sondern auch noch meine *sangar*. Dieses Jungfernhäutchen ist intakt und darf nicht durchbohrt werden, bis ich einen Prinzen von königlichem Geblüt heirate. Denn sonst würde mich nie ein Prinz wollen, ja, ich könnte sogar noch von Glück sagen, wenn man mich nicht dafür enthauptete, daß ich mich habe besudeln lassen. Nein, Marco, Ihr solltet nicht einmal davon träumen, mit mir *zina* zu vollführen.«

»Ich bin verwirrt, Prinzessin Falter. Ihr habt doch eben ganz deutlich erklärt, Ihr würdet mich in Euer Gemach schmuggeln ...«

»Und das werde ich auch. Und werde dort bleiben und Euch helfen, *zina* mit meiner Schwester zu vollziehen.«

»Mit Eurer *Schwester*?«

»Pst! Die alte Großmutter ist zwar taub, versteht es aber, manch einfache Worte von den Lippen abzulesen. Jetzt schweigt und hört zu. Mein Vater besitzt viele Frauen, folglich habe ich viele Schwestern. Eine von ihnen ist für *zina* zu haben, ja, kann nie genug davon bekommen. Sie ist es, die Euer Geburtstagsgeschenk sein soll.«

»Aber wenn sie doch auch eine Prinzessin von königlichem Geblüt ist, warum gilt ihre Jungfräulichkeit dann nicht genausoviel wie ...?«

»Ich habe gesagt, Ihr solltet schweigen. Jawohl, sie ist von königlichem Geblüt, doch gibt es einen Grund, warum sie nicht so erpicht ist auf ihre Jungfräulichkeit, wie ich es bin ... Das werdet Ihr alles heute nacht erfahren. Doch bis heut abend werde ich nichts mehr sagen, und wenn Ihr mir mit Fragen zusetzt, nehme ich das Geschenk zurück. Jetzt laßt uns den Tag genießen, Marco. Laßt mich einen Kutscher rufen, daß er uns durch die Stadt fährt.«

Bei dem Wagen, der schließlich kam, handelte es sich in Wirklichkeit nur um einen hübschen Karren mit zwei hohen Rädern, der von einem persischen Zwergpferd gezogen wurde. Der Kutscher half mir, die gebrechliche Großmutter hochzuheben, damit sie neben ihm Platz nahm, während die Prinzessin und ich drinnen nebeneinander saßen. Als der Karren die breite Zufahrt durch den Garten hinabrollte und durch die Palasttore hinaus nach Baghdad, gestand Falter mir, sie habe bis jetzt noch nichts zum Frühstück gegessen, nestelte einen Beutel auf, holte ein paar grünlich aussehende Früchte hervor, biß in eine und bot mir die andere an.

»Das ist ein *banyan*«, sagte sie. »Eine Art Feige.«

Bei dem Wort Feige zuckte ich zusammen und lehnte höflich ab, machte mir jedoch nicht die Mühe, von meinem Abenteuer in Acre zu berichten, das einen solchen Widerwillen gegen Feigen in mir ausgelöst hatte. Falter machte einen Schmollmund, als ich dankte, und ich fragte sie, warum.

»Wißt Ihr«, flüsterte sie und lehnte sich so nahe an mich, daß der Kutscher es nicht hören konnte, »daß dies die verbotene Frucht ist, mit der Eva Adam verführte?«

»Ich ziehe die Verführung ohne die Frucht vor«, erwiderte ich im Flüsterton. »Und wo wir schon davon sprechen ...«

»Ich habe Euch gesagt, Ihr solltet nicht davon reden. Nicht vor heute abend.«

So versuchte ich im Laufe dieser vormittäglichen Spazierfahrt das Thema noch mehrere Male zur Sprache zu bringen, doch jedesmal ging sie darüber hinweg und sprach mich nur an, um mir dieses oder jenes von Intereesse zu zeigen und mir Aufschlußreiches darüber zu erzählen.

Sie sagte: »Hier sind wir im *bazàr*, in dem Ihr ja bereits gewesen seid. Doch vielleicht erkennt Ihr ihn jetzt, wo er so leer und verlassen und schweigend daliegt, gar nicht wieder. Das liegt daran, daß heute *jumè* ist – Freitag, wir ihr es nennt – und diesen Tag hat Allah zum Ruhetag erklärt. An diesem Tag werden keine Geschäfte gemacht und wird nicht gearbeitet.«

Und sie sagte: »Das grasbewachsene Feld dort drüben ist ein Friedhof, den wir ›Stadt der Schweigenden‹ nennen.«

Und sie sagte: »Das große Gebäude dahinten ist das Haus der Enttäuschung, eine Wohlfahrtseinrichtung, die mein Vater, der Shah, ins Leben gerufen hat. Darin werden alle diejenigen verwahrt und gepflegt, die den Verstand verloren haben, wie das vielen in der Sommerhitze ergeht. Sie werden regelmäßig von einem *hakim* untersucht, und wenn sie jemals wieder zu Verstand kommen, werden sie wieder freigelassen.«

In den Außenbezirken der Stadt rollten wir über eine Brücke, die über einen kleinen Bach hinwegführte, dessen Wasserfarbe mich betroffen machte – ein höchst ungewöhnliches Tiefblau. Dann kamen wir über einen anderen Bach hinüber, der von einem für Wasser höchst uncharakteristischen leuchtenden Grün war. Doch erst als wir über einen dritten hinwegfuhren, der von blutroter Farbe war, machte ich eine entsprechende Bemerkung.

»Die Gewässer sämtlicher Bäche hier draußen werden von den Farbstoffen getrübt, mit denen man die Wolle für die *qali*-Herstellung färbt. Ihr habt noch niemals gesehen, wie ein *qali* entsteht?« fragte die Prinzessin. »Das müßt Ihr sehen.« Mit diesen Worten gab sie dem Kutscher ein bestimmtes Ziel an.

Ich hätte erwartet, daß es zurückginge nach Baghdad und dort in irgendeine städtische Werkstätte, doch der Karren fuhr nur noch weiter ins Land hinaus und hielt bestimmt vor einem Hügel, der in halber Höhe einen Höhleneingang aufwies. Falter und ich kletterten von unserem Gefährt herunter, stiegen hügelan und bückten uns, um durch das Loch hereinzukommen.

In gebückter Haltung mußten wir durch einen kurzen dunklen Gang hindurch, doch dann traten wir im Hügelinneren in eine hochgewölbte Felshöhle voller Menschen, deren Boden mit Arbeitstischen und -bänken und Krügen mit Farblösungen bedeckt war. In der Höhle war es dunkel, bis meine Augen sich an das Dämmerlicht gewöhnt hatten, das von zahllosen Kerzen und Lampen und Fackeln verbreitet wurde. Die Lampen waren auf allen möglichen Einrichtungsgegenständen abgestellt, die Fackeln in gewissen Abständen in die Felswand hineingesteckt und die Kerzen mit Hilfe des von ihnen heruntertropfenden Wachses auf die Felsen geklebt. Andere Kerzen wurden von den vielen, vielen Arbeitern mit den Händen getragen.

Ich sagte zu der Prinzessin: »Ich dachte, dies sei ein Ruhetag.«

»Für die Muslime«, entgegnete sie. »Dies hier sind Sklaven – christliche Russniaken und dergleichen. Sie dürfen den ihnen zustehenden Ruhetag am Sonntag feiern.«

Nur bei wenigen der Sklaven handelte es sich um erwachsene Männer und Frauen. Diese waren mit bestimmten Aufgaben auf dem Boden beschäftigt, wie dem Umrühren von Färbemitteln in Töpfen. Alle anderen waren Kinder, die ihre Arbeit verrichteten, während sie gleichsam in der Luft schwebten. Das mag sich anhören wie eine der Geschichten der Shahryar Zahd, entsprach aber der Wahrheit. Von der hohen Kuppel der Höhle hing ein gewaltiger, aus Hunderten von parallel und dicht nebeneinander verlaufenden Schnüren bestehender Kamm herunter, ein vertikal verlaufendes Webnetz, das die gesamte Höhe und Breite der Höhle ausfüllte. Es lag für mich als Betrachter auf der Hand, daß es sich offensichtlich um die Kettenfäden für einen *qali* handelte, der – war er erst einmal fertiggestellt – ein riesiges Palastgemach oder einen ganzen Tanzsaal ausfüllen würde. Hoch oben vor dieser Wand aus Kettenfäden hing in Seilschlingen, die aus irgendeiner noch höheren dunklen Höhe herunterhingen, eine ganze Kinderschar.

Die kleinen Jungen und Mädchen waren allesamt nackt – der Hitze dort oben wegen, wie Prinzessin Falter mir erklärte –, und sie waren über die gesamte Breite der Kette, nur in unterschiedlicher Höhe davor aufgehängt, manche höher und manche niedriger. Hoch droben war der *qali* zum Teil bereits fertiggestellt. Vom oberen Rand bis hinunter zu jener Ebene, auf der die Kinder am Werk waren; selbst in diesem frühen Stadium konnte ich bereits erkennen, daß es sich um einen *qali* mit einem höchst verschlungenen bunten Gartenmuster handelte. Ein jedes der dort oben schwebenden Kinder trug auf dem Kopf festgeklebt einen Wachsstock. Alle waren sie emsig beschäftigt, doch womit, konnte ich nicht genau erkennen: Es sah so aus, als zupften sie am unteren Rand des *qali* herum.

Die Prinzessin sagte:

»Sie schlingen die Fäden der Kette um die Schußfäden herum und durch sie hindurch. Jeder Sklave hält ein Weberschiffchen sowie eine Docke Faden von einer einzigen Farbe in der Hand. Er oder sie webt es hindurch und zieht fest, und zwar in der Reihenfolge, wie das Muster es erfordert.«

»Aber wie um alles in der Welt«, fragte ich, »kann ein Kind wissen, wann und wo es sein Teil dazu beitragen muß – dazu sind es doch viel zu viele andere Sklaven und Fäden und handelt es sich um ein so verworrenes Muster?«

»Das gibt ihnen der *qali*-Meister mit seinem Gesang an«, sagte sie. »Unsere Ankunft hat ihn unterbrochen. Da, jetzt fängt er wieder an.«

Es war wundersam anzusehen. Der *qali*-Meister genannte Mann saß vor einem Tisch, auf dem ein gewaltiges Stück Papier ausgebreitet lag. Darauf waren in gerader Linie neben- und untereinander unzählige kleine Quadrate eingezeichnet, denen gleichsam eine Zeichnung des gesamten Musters übergestülpt war, den der Teppich haben sollte, und in den winzigen Quadraten war jeweils die Farbe angedeutet, die der betreffende Teil bekommen sollte. Von dieser Vorlage nun las der *qali*-Meister ab, was er dann in einem Singsang von sich gab, der etwa folgendermaßen ging:

»Eins, Rot! . . . Dreizehn, Blau! . . . Fünfundvierzig, Braun! . . .«

Nur, daß dieser Singsang weit vertrackter war, als es sich hier anhört.

Erstens mußte er oben dicht unterm Dach der Höhle noch zu hören sein und zweitens von jedem angerufenen Jungen und Mädchen genau verstanden werden – und mußte zudem noch in einem bestimmten Takt und mit einer Modulation der Stimme vorgetragen werden, daß sie alle in einem eigentümlichen Rhythmus zusammenwirkten. Während die *Wörter* sich an ein Sklavenkind nach dem anderen aus einer großen Vielzahl richteten und ihnen begreiflich machten, wann sie ihr Weberschiffchen einsetzen sollten, wurde ihnen durch Höhe oder Tiefe der *Stimmlage* – also das, was den eigentlichen *Gesang* ausmachte – bedeutet, wie weit sie den Schuß durch die Kettenfäden hindurchzuführen und wo sie einen Knoten zu schlingen hatten. Auf diese Weise wirklich wundersame Arbeitsweise sollten die kleinen Sklaven den *qali* Faden um Faden und Reihe um Reihe bis tief hinunter zum Höhlenboden fertigstellen, und wenn er fertig war, sollte er genauso vollkommen anzusehen sein, als hätte ein einziger Künstler ihn gemalt.

»Allein dieser eine *qali* kann viele Sklaven kosten«, sagte die Prinzessin, als wir uns anschickten, die Höhle wieder zu verlassen. »Die kleinen Knüpfer müssen möglichst jung sein, damit sie nicht viel wiegen und kleine flinke Finger haben. Aber es ist nicht einfach, so kleinen Kindern ein so verantwortungsvolles Arbeiten beizubringen. Auch schwinden ihnen in der Hitze dort oben häufig die Sinne, dann stürzen sie ab und brechen sich die Knochen oder sie sterben. Leben sie aber lange genug, kann man fast sicher sein, daß sie aufgrund der Arbeit und des schlechten Lichtes erblinden. Und für jedes Kind, das ausfällt, muß selbstverständlich ein anderes, bereits ausgebildetes zum Einspringen bereitstehen.«

»Jetzt kann ich verstehen«, sagte ich, »warum selbst der kleinste *qali* so kostbar ist.«

»Aber stellt Euch vor, was einer kosten würde«, sagte sie, als wir wieder ins Sonnenlicht hinaustraten, »wenn wir richtige Menschen benutzen müßten.«

4 Der Karren brachte uns zurück zur Stadt, die wir durchquerten, um die Palastgärten wieder zu erreichen. Noch ein- oder zweimal versuchte ich, der Prinzessin auf irgendeine Art zu entlocken, was nun heute abend geschehen werde, doch zeigte sie sich meiner Neugier gegenüber unzugänglich. Erst als wir ausstiegen und sie und die Großmutter sich anschickten, sich in den *anderun*-Frauentrakt zu begeben, spielte sie auf unser Stelldichein an.

»Bis zum Aufgang des Monds«, sagte sie. »Wieder beim *gulsa'at*.«

Ich mußte bis dahin einiges an Qualen durchstehen. Als ich mein Gemach erreichte, richtete Diener Karim mir aus, mir werde am Abend wieder die Ehre zuteil, zusammen mit Shah Zaman und seiner Shahryar Zahd zu speisen. Das war von ihrer Seite aus zweifellos ein Zeichen besonderer Wertschätzung – zumal ich noch so jung war und mein Vater und mein Onkel, die ja immerhin den Rang von Gesandten hatten, nicht mehr in Baghdad weilten. Gleichwohl gestehe ich, daß ich mir aus dieser Ehre nicht sonderlich viel machte und beim Essen nur dahockte und wünschte, es möge bald vorübergehen. Immerhin war mir einigermaßen unbehaglich zumute, ausgerechnet mit den Eltern jenes Mädchens zusammenzusitzen, das mich aufgefordert hatte, später am Abend *zina* zu begehen. (Von dem anderen Mädchen, das, soweit ich wußte, irgendwie an der *zina* beteiligt sein sollte, wußte ich nur, daß der Shah ihr Vater war; wer jedoch die Mutter war, konnte ich nicht einmal erraten.) Außerdem lief mir buchstäblich das Wasser im Mund zusammen bei der Aussicht auf das, was mich erwartete – wiewohl ich nicht wußte, *was genau* nun eigentlich. Obgleich meine Speicheldrüsen unentwegt arbeiteten, war es mir kaum möglich, die erlesenen Gerichte zu genießen – ganz zu schweigen davon, mich dabei auch noch angeregt zu unterhalten. Zum Glück schloß die Geschwätzigkeit der Shahryar es aus, daß ich mehr sagen mußte als gelegentlich: ›Jawohl, Hoheit‹ oder: ›Was Ihr nicht sagt!‹ und: ›Erzählt!‹ Und das tat sie mit Hingabe! Nichts hätte sie davon abhalten können; nur – viel Handfestes hat sie wohl nicht berichtet, denke ich.

»Soso, Ihr habt also heute die Teppichknüpfer besucht«, sagte sie.
»Jawohl, Hoheit.«
»Ach, wißt Ihr, früher hat es mal einen Zauber-*qali* ggegeben, mit dem man sich durch die Lüfte tragen lassen konnte.«
»Was Ihr nicht sagt!«
»Ja, man brauchte diesen *qali* nur zu betreten und ihm befehlen, einen in einen weit entfernten Teil der Erde zu bringen. Und, hui, flog er davon, über Berge, Meere und Wüsten – und brachte den Betreffenden im Handumdrehen dorthin.«
»Erzählt!«
»Gern. Ich werde Euch die Geschichte eines Prinzen erzählen. Seine Geliebte, gleichfalls von edlem Geblüt, wurde von einem riesigen Vogel Rock entführt, und das stürzte ihn in tiefste Verzweiflung. Deshalb erbat er sich von einem *jinni* einen Zauber-*qali* und...«

Endlich war die Geschichte aus und auch das Essen vorbei; damit hatte auch mein ungeduldiges Warten ein Ende, und so eilte ich wie der Prinz im Märchen zu meiner Prinzessin-Geliebten. Sie stand beim Blumenrund, das die Tageszeit anzeigte, und zum ersten Mal war sie allein, wurde sie nicht von ihrer alten Aufpasserin begleitet. Sie nahm mich bei der Hand, führte mich die Gartenwege entlang und um den Palast herum zu einem Flügel, von dem ich bislang noch nicht einmal gewußt hatte, daß es ihn gab. Die Zugänge zu diesem Gebäude wurden genauso bewacht wie alle anderen Palasttore, doch Prinzessin Falter und ich brauchten nur im Dunkel eines Blütenstrauchs zu warten, bis beide Wachen den Kopf wegdrehten. Das taten sie wie auf ein Stichwort hin beide zugleich, und ich fragte mich, ob Falter sie wohl bestochen haben mochte. Ungesehen oder zumindest ungerufen huschten sie und ich hinein, und sie führte mich durch eine Reihe von Gängen, in denen sich merkwürdigerweise keinerlei Wachen aufhielten, um etliche Ecken herum und schließlich durch eine gleichfalls unbewachte Tür.

Wir befanden uns in ihren Gemächern, in denen viele prachtvolle *qali* sowie duftige durchsichtige Vorhänge und Schleier in allen möglichen *sorbet*-Farben hingen oder in köstlich gewolltem Durcheinander gerafft oder hindrapiert waren – freilich stets so, daß die dazwischen ihren sanften Schein verströmenden Flämmchen der Lampen sie nicht erreichen konnten. Der Boden war von einer Wand bis zur anderen mit *sorbet*-farbenen Kissen gepolstert – und zwar so vielen, daß ich nicht sagen konnte, welche nun einen *daiwan* bildeten und welche das Nachtlager der Prinzessin.

»Willkommen in meinen Gemächern, Mirza Marco«, sagte sie. »Und zu diesem hier!«

Mit diesem Wort muß sie, indem sie nur einen Knoten öffnete oder eine einzige Spange, alle ihre Kleidungsstücke abgestreift haben, denn sie fielen ihr mit einem Mal zu Füßen. Da stand sie vor mir im warmen Lampenschein, nur in ihre Schönheit, ihr aufreizendes Lächeln, in den Anschein von Hingabe und einen einzigen Schmuck gehüllt, ein Diadem aus drei leuchtendroten Kirschen, das ihr in dem üppig frisierten schwarzen Haar auf dem Haupt saß.

Lebhaft hob die Prinzessin sich mit ihrem Rot und Schwarz und Grün und Weiß von den blassen *sorbet*-Farben ihres Gemaches ab: mit den rotleuchtenden Kirschen auf ihren schwarzen Flechten, ihren grünen Augen und den langen, schwarzbewimperten Lidern, den roten Lippen im elfenbeinfarbenen Antlitz, den roten Brustwarzen und dem Schwarz ihres Dreiecks zwischen den Beinen auf dem Elfenbein ihres Leibes. Ihr Lächeln verbreitete sich, als sie meinem Blick folgte, der ihren nackten Körper in die Höhe wanderte und dann wieder nach unten und abermals nach oben, um an den drei köstlich schmückenden Kirschen in ihrem Haar haftenzubleiben. Dabei murmelte sie:

»Leuchtend rot wie Rubine, nicht wahr? Und dennoch unendlich viel kostbarer als Rubine, denn Kirschen welken und vergehen. – Oder«, sagte sie verführerisch und fuhr sich dabei mit der Zunge über die rote Oberlippe, »oder sollte jemand daran naschen?« Sie lachte.

Der Atem ging mir heftig, als wäre ich den ganzen Weg durch Baghdad bis in dieses Zaubergemach gelaufen. Unbeholfen schob ich mich näher, und sie ließ mich bis auf Armeslänge herankommen; dort freilich hielt ihre ausgestreckte Hand mich auf, um dann hinunterzugreifen und den am weitesten vorstehenden Teil von mir zu berühren.

»Gut«, sagte sie, offenbar mit dem zufrieden, was sie gespürt hatte. »Willig und bereit zu *zina*. Legt die Kleider ab, Marco. Ich kümmere mich dieweil um die Lampen.«

Gehorsam zog ich mich aus, ließ aber dabei die brennenden Augen nicht einen Moment von ihr. Anmutig bewegte sie sich hin und her und löschte einen Docht nach dem anderen. Als Falter einen Augenblick vor einer der Lampen stehenblieb, hatte sie zwar die Beine ganz dicht zusammen, und dennoch sah ich, einem lockenden Leuchtfeuer gleich, zwischen ihrer Artischocke und den Oberschenkeln ein winziges Dreieck Lampenlicht hindurchschimmern. Da fiel mir ein, was vor langer Zeit einmal ein venezianischer Junge zu mir gesagt hatte, daß nämlich dies ein Zeichen sei für eine Frau von »höchst begehrenswerter Bettwürdigkeit«. Nachdem sie alle Lampen gelöscht hatte, kam sie durchs Dunkel wieder zu mir.

»Ich wünschte, Ihr hättet die Lampen angelassen«, sagte ich. »Ihr seid bezaubernd schön, Falter, und es versetzt mich in Entzücken, Euch anzusehen.«

»Aber Lampenlicht ist tödlich für Falter«, sagte sie lachend. »Es dringt doch genug Mondenschein durchs Fenster – so seht Ihr mich und sonst nichts. Und jetzt . . .«

»Und jetzt!« wiederholte ich in völligem und freudigem Einklang und stürzte vor, doch sie wich geschickt beiseite.

»Wartet, Marco! Ihr vergeßt, nicht *ich* bin das Geburtstagsgeschenk.«

»Ja«, murmelte ich. »Daran hatte ich im Moment nicht gedacht. Eure Schwester. Jetzt fällt es mir wieder ein. Aber warum habt Ihr Euch dann nackt ausgezogen, Falter, wenn es doch sie sein soll, die . . . ?«

»Ich habe gesagt, heute abend würde ich Euch alles erklären. Und das will ich auch gern tun, wenn Ihr solange die Hände von mir laßt. Hört mich also an. Diese meine Schwester, um die es hier geht und die gleichfalls von königlichem Geblüt ist, hat als Kind gleichfalls die Verstümmelung durch das *tabzir* nicht über sich ergehen lassen müssen, denn es wurde erwartet, daß sie eines Tages einen königlichen Prinzen ehelichen würde. So kommt es, daß sie vollständig Frau ist, unversehrt in allen ihren Organen und selbstverständlich mit allen Sehnsüchten und Begierden und Fähigkeiten einer Frau. Unseligerweise stellte sich für das Mädchen beim Heranwachsen heraus, daß sie häßlich ist. Ganz furchtbar häßlich. Ich kann Euch gar nicht sagen, wie häßlich.«

Verwundert sagte ich: »So jemand habe ich aber nirgends im Palast gesehen.«

»Selbstverständlich nicht. Sie würde nie zulassen, daß sie gesehen wird. Denn sie ist zwar bedrückend häßlich, besitzt aber ein empfindsames Herz. Deshalb hält sie sich stets in ihren Gemächern hier im *anderun* auf, um nicht Gefahr zu laufen, jemand zu begegnen, und sei es nur ein Kind oder ein Eunuch; sie könnten sich zu Tode erschrecken.«

»*Mare mia!*« murmelte ich. »Wie häßlich *ist* sie denn wirklich, Falter? Und ist es nur im Gesicht? Oder ist sie verwachsen? Hat sie einen Buckel? Was denn?«

»Pst! Sie wartet draußen vor der Tür und könnte uns hören.«

Ich senkte die Stimme. »Wie lautet denn der Name dieses . . . dieses Mädchens?«

»Prinzessin Shams – und auch das ist ein Jammer, denn das Wort bedeutet Sonnenlicht. Doch halten wir uns nicht mit dieser unseligen Häßlichkeit auf. Laßt es genug sein damit, daß ich Euch sage, diese meine bedauernswerte Schwester hat schon längst jede Hoffnung aufgegeben, irgendwen zu heiraten oder auch nur die Aufmerksamkeit eines Liebhabers für kurze Zeit auf sich zu lenken. Kein Mann könnte sie bei hellem Tageslicht anschauen oder sie im Dunkeln ertasten und seine Lanze zum *zina* gereckt halten.«

»*Che braga!*« murmelte ich und spürte, wie mich ein leiser Schauder überlief. Wäre Falter nicht noch immer sichtbar – und wenn auch nur schemenhaft verlockend –, wer weiß, ob nicht meine eigene Lanze sich gesenkt hätte.

»Wie dem auch sei, Marco – ich versichere Euch, daß ihre Weiblichkeit ganz normal ist. Sie sehnt sich ganz normal danach, gefüllt zu werden und Erfüllung zu finden. Aus diesem Grund haben sie und ich uns etwas ausgedacht; und da ich meine Schwester Shams liebe, mache ich dabei mit, diesen Plan zu verwirklichen. – Wann immer sie aus ihrem Versteck heraus einen Mann erblickt, der ihr Begehren weckt, lade ich ihn hierher ein und ...«

»Ihr habt dies schon zuvor getan?« entfuhr es mir unwillkürlich.

»Unverständiger Ungläubiger, selbstverständlich haben wir das. Und zwar schon viele, viele Male. Das ist doch gerade der Grund dafür, Euch versprechen zu können: Ihr werdet es genießen. Eben weil schon so viele andere Männer es genossen haben.«

»Ihr habt gesagt, es sei ein Geburtstagsgeschenk ...«

»Verschmäht Ihr ein Geschenk, weil es von jemand kommt, der großzügig schenkt? Seid still und hört zu! Was wir tun, ist folgendes: Ihr legt Euch hin, auf den Rücken. Ich lege mich auf Euch, in Hüfthöhe; Ihr könnt mich die ganze Zeit über sehen. Und während wir beide uns liebkosen und der Lustbarkeit hingeben – und dabei alles tun, nur das allerletzte nicht –, schleicht meine Schwester sich still herein und begnügt sich mit Eurer unteren Hälfte. Ihr seht Shams nicht und berührt sie nicht – nur mit Eurem *zab,* und der wiederum begegnet nichts Abstoßendem. Und die ganze Zeit über seht und fühlt Ihr nur mich. Ihr und ich, wir werden uns reizen und erregen wie toll, bis wir völlig außer uns sind. Und wenn das *zina* da unten sich vollzieht und vollendet, werdet Ihr nie merken, daß *nicht ich* es bin, mit der es geschieht.«

»Aber das ist grotesk!«

»Selbstverständlich könnt Ihr das Geschenk zurückweisen«, sagte sie kalt. Trat aber gleichzeitig so nahe an mich heran, daß ihre Brust mich berührte, und die war nun alles andere als kalt. »Oder aber Ihr schenkt mir und Euch etwas Köstliches – und tut gleichzeitig eine gute Tat an einem Geschöpf, dem für immer Dunkel und Unbedeutendheit beschieden sind. Nun ... weist Ihr zurück und lehnt ab?« Ihre Hand vergewisserte sich, wie die Antwort ausgefallen war. »Ah, dachte ich mir doch, daß Ihr es nicht tun würdet. Ich wußte, Ihr seid ein gütiger Mensch. Wohlauf dann, Marco – legen wir uns nieder.«

Was wir dann taten. Ich für mein Teil legte mich, wie angewiesen, auf den Rücken, und Falter ringelte sich dergestalt über meine Taille, daß ich meine untere Hälfte nicht sehen konnte. Dann begannen wir mit dem Vorspiel des *musicare* oder Musizierens. Flaumleicht strich sie mit den Fingerkuppen über mein Gesicht, fuhr mir durchs Haar und über die Brust, und ich tat das gleiche bei ihr, und jedesmal, wenn wir einander berührten und wo immer wir einander auch berührten, spürten wir jene Art von knisternder Spannung, die man erleben kann, wenn man einer Katze gegen den Strich heftig übers Fell fährt. Nur, daß es in der Art, wie sie mich – oder ich sie, wie ich bald erfuhr – liebkoste, kein ›gegen den Strich‹ gab. Ihre Brustwarzen schwollen an und reckten sich spitz unter meiner Berührung in die Höhe, und selbst im dämmerigen Licht konnte ich erkennen, wie ihre Augen sich weiteten, und kostete ich ihre Lippen, da wir uns ganz der Leidenschaft hingaben.

»Warum nennt Ihr dies *musicare*?« fragte sie an einer Stelle leise. »So köstlich wie dies kann Musik doch niemals sein.«

»Nun, ja«, sagte ich, nachdem ich eine Weile überlegt hatte. »Ich hatte die Art von Musik, die Ihr hier in Persien habt, ganz vergessen.«

Ab und zu griff sie mit der Hand hinter sich, um jenen Teil von mir zu streicheln, den sie meinem Blick entzog, und jedesmal durchfuhr mich dabei ein köstliches Drängen – und jedesmal lockerte sie wieder rechtzeitig ihren Griff, sonst hätte ich einen *spruzzo* in die Luft geschossen. Sie ließ zu, daß ich mit einer Hand ihre unteren Regionen erforschte, und flüsterte mir nur zitternd ins Ohr: »Vorsichtig mit den Fingern. Nur den *zambur*! Nicht eindringen, ja?!« Und sie dort zu streicheln, ließ sie mehrere Male in höchste Ekstase geraten. Später setzte sie sich rittlings auf mich, so daß die Spitzen ihrer Locken mir sanft übers Gesicht strichen und ihre *mihrab* sich in Reichweite meiner Zunge befand. »Eine Zunge kann das *sangar*-Häutchen nicht durchstoßen. Mit Eurer Zunge dürft Ihr also tun, was Euch beliebt, und so tief eindringen, wie Ihr wollt.« Wiewohl die Prinzessin kein Parfum trug, verbreitete dieser Körperteil von ihr einen kühlen Duft wie nach frischem Farn oder Lattich. Und, was sie von ihrem *zambur* gesagt hatte, war nicht übertrieben; es war, als begegnete meiner Zunge die Spitze einer anderen und lecke und fahre in Reaktion auf die meine herum und umher. Was wiederum Falter von einer Ekstase in die andere trieb, die sich nur leicht in Hinaufsteigern und Abklingen voneinander unterschieden – genauso wie der wortlose Gesang, mit dem sie dies begleitete.

Verzückung, hatte Falter gesagt, und Verzückung wurde es. Ich war, als ich das erste Mal *spruzzo* machte, fest überzeugt, dies irgendwo in ihr zu tun – und das, obwohl ihre *mihrab* sich immer noch warm und feucht vor meinem Mund befand. Erst als ich langsam wieder zu Sinnen kam und mir darüber klar wurde, daß eine andere Frau rittlings auf meinem Unterleib sitzen mußte, dämmerte mir, daß dies die sonst in ihrer Abgeschiedenheit lebende Schwester Shams sein müsse. Weder konnte ich sie sehen, noch versuchte ich es oder verlangte es mich danach, es zu tun; doch der Leichtigkeit des Gewichts nach zu urteilen, das ich auf mir spürte, konnte ich entnehmen, daß diese andere Prinzessin klein und überaus zart sein mußte. So wandte ich meinen Mund von Falters gierig zustoßendem Hügel und fragte: »Ist Eure Schwester viel jünger als Ihr?«

Als komme sie nur widerwillig aus weiter Ferne, hielt sie in ihrer Ekstase inne, um atemlos zu sagen: »Nicht... sehr viel...«

Um sich augenblicklich wieder in den weiten Fernen zu verlieren, während ich mein Bestes tat, um sie noch weiter und in noch schwindelndere Höhen zu schicken – freilich, um mich ihr etliche Male bei diesem hochfliegenden Frohlocken zuzugesellen – und entsprechend etliche Male *spruzzi* in diese fremde *mihrab* zu schießen; wobei es mir nicht wirklich wichtig war, wessen es war, ich jedoch soweit bei Bewußtsein blieb, um unbestimmt zu hoffen, daß die jüngere und häßliche Prinzessin Sonnenlicht es mit mir genauso genoß wie ich mit ihr.

Die *zina* zu dritt zog sich lange hin. Schließlich befanden Prinzessin Falter und ich uns im Frühling der Jugend und konnten uns viele Male immer aufs neue zum Erblühen bringen, und Prinzessin Shams (nahm ich an) war wohl überglücklich, immer neue Sträuße pflücken zu können. Doch zuletzt schien selbst die dem Anschein nach nimmersatte Prinzessin Falter befriedigt, ihr Zittern wurde flacher, und genauso schrumpfte auch mein *zab* immer mehr und legte sich ermattet auf die Seite, um zu ruhen. Mein Glied fühlte sich nachgerade roh und wund an, meine Zunge schmerzte an der Wurzel, und überhaupt kam ich mir völlig leer und ausgepumpt vor. Kraft- und atemschöpfend lagen Falter und ich eine Weile da, sie erschlafft auf meiner Brust, ihr Haar hingegossen über meinem Gesicht. Die drei zierenden Kirschen waren längst herausgeschüttelt worden und verloren. Und während wir still dalagen, war ich mir bewußt, daß mir ein schmatzender Kuß auf den Bauch gedrückt wurde, und schließlich vernahm ich noch ein kurzes Rascheln, als Shams sich ungesehen zur Tür hinausschlich.

Ich erhob mich und legte meine Kleider an, und Prinzessin Falter schlüpfte in einen knappen Umhang, der ihre Blöße kaum bedeckte. Und wieder führte sie mich durch die Gänge des *anderun* hinaus in den Garten. Von der Höhe eines nahe gelegenen *manarets* ließ der erste *muedhdhin* des Tages seinen langgezogenen Ruf erschallen, um in der Stunde vor Morgengrauen zum Gebet zu rufen. Ohne von irgendwelchen Wachen angehalten zu werden, fand ich den Rückweg durch die Gärten zu jenem Flügel des Palasts, in dem ich untergebracht war. Gewissenhaft war Diener Karim noch auf und wartete auf mich. Er half mir, mich zum Schlafen auszukleiden, und stieß einige höchst überwältigte Rufe des Erstaunens aus, als er sah, in welch außerordentlich ausgepumptem Zustand ich mich befand.

»Dann hat die Lanze des jungen Mirza ihr Ziel gefunden«, sagte er, stellte aber keine unverschämten Fragen. Er verzog nur den Mund ein wenig; offenbar bekümmerte es ihn, daß ich keinerlei weitere Verwendung für seine kleinen Dienste hatte, und begab sich selbst zu Bett.

Mein Vater und mein Onkel waren wohl über drei Wochen fern von Baghdad. In dieser Zeit verbrachte ich nahezu jeden Tag damit, in Begleitung der Shahzrad alles mögliche Interessante gezeigt zu bekommen, während ihre Großmutter uns wie ein Schatten folgte, und genoß es nahezu jede Nacht, mich der *zina* mit den beiden Prinzessinnen Falter und Sonnenlicht hinzugeben.

Tagsüber besichtigten die Prinzessin und ich zum Beispiel Einrichtungen wie das Haus der Enttäuschung, jenes Gebäude, in dem Hospital und Gefängnis vereint schienen. Dorthin gingen wir an einem Freitag, dem Ruhetag, da auch dieses Haus von vielen Leuten aufgesucht wurde, die sonst nichts zu tun hatten, doch auch von vielen auswärtigen Besuchern, gehörte doch ein Besuch dieser Einrichtung zu den Hauptvergnügungen, die Baghdad zu bieten hatte. Die Leute kamen in Gruppen und ganzen Familien und wurden von Führern hindurchgeleitet, und am Eingang erhielt jeder Besucher einen weiten Kittel gereicht, ihn über seine Kleider zu ziehen und sie zu schützen. Dann ging man gemächlich durch die Gänge, während die Führer die Besucher über die verschiedenen Arten des Wahnsinns aufklärten, welche die hier festgehaltenen Männer und Frauen befallen hatten, und alle, die wir da waren, lachten wir über die Possen, die sie darboten, und redeten darüber. Über manche dieser Dinge konnte man wirklich lachen, über andere hingegen höchstens weinen, noch andere hinwieder waren von unterhaltsamer Schlüpfrigkeit und noch andere nur schmutzig. So schien eine Anzahl der Schwachsinnigen etwas gegen uns Besucher zu haben und bewarfen uns mit allem, was ihnen in die Hände kam. Da alle Insassen vernünftigerweise unbekleidet gehalten wurden und die Hände frei hatten, bestanden die einzigen Wurfgeschosse, die sie hatten, aus dem eigenen Kot. Aus eben diesem Grund hatte der Pförtner uns ja die Kittel gereicht, und wir waren froh, sie anzuhaben.

Manchmal, des Nachts, wenn ich in den Gemächern der Prinzessin weilte, kam ich mir selbst wie ein solcher Insasse vor, der beaufsichtigt und beschworen wurde. Als dies das dritte oder vierte Mal geschah, noch ganz am Anfang unserer Spiele, da die Schwester sich noch nicht hereingeschlichen hatte und Falter und ich uns kaum entkleidet hatten und uns am Vorspiel ergötzten, hielt sie mit ihren forschenden Händen meine forschenden Hände fest und sagte:

»Meine Schwester Shams möchte Euch um etwas bitten, Marco.«

»Das hatte ich bereits befürchtet«, sagte ich. »Sie möchte gewiß, daß Ihr als Mittlerin zurückträtet, und die Stelle vorn einnehmen.«

»Nein, nein. Das würde sie niemals tun. Sie und ich – wir sind beide glücklich damit, wie wir es haben einrichten können. Bis auf eine Kleinigkeit.«

Ich war auf der Hut und knurrte nur.

»Ich habe Euch doch schon gesagt, Marco, daß Sonnenlicht die *zina* oft und ausgiebig genossen hat; infolgedessen ist die *mihrab* der Ärmsten stark ausgeweitet. Offen gestanden ist sie dort unten so weit wie eine Frau, die schon viele Kinder geboren hat. Ihr Vergnügen an unserer *zina* würde sich womöglich noch steigern, wenn es gelänge, Euren *zab* zu vergrößern durch...«

»Nein!« wehrte ich mit Entschiedenheit ab und versuchte, mich wie ein Krebs rückwärtsschiebend unter Falter herauszuwinden. »Ich habe den *zab* vieler Männer aus dem Osten gesehen; der meine ist dem ihren bereits überlegen. Ich weigere mich, irgendwelche ...«

»Still, habe ich gesagt! Ihr habt einen bewunderungswürdigen *zab*, Marco. Schließlich füllt er meine Hand voll aus, und ich bin sicher, was seine Länge und seinen Umfang betrifft, so ist Shams durchaus zufrieden damit. Was sie vorschlägt, ist nichts weiter als eine Verfeinerung des Ganzen.«

Das jedoch verärgerte mich. »Keine andere Frau hat sich jemals über die Art beklagt, wie ich sie liebte!« verwahrte ich mich. »Und wenn diese wirklich so häßlich ist, wie Ihr sagt, meine ich, ist sie wohl kaum in der Lage, das, was sie bekommt, auch noch zu bekritteln.«

»Hört, hört, wer krittelt denn nun an wem herum?« sagte Falter spöttisch. »Ahnt Ihr eigentlich, wie unendlich viele Männer davon träumen, einer königlichen Prinzessin beizuwohnen – und zwar vergeblich davon träumen? Oder jedenfalls einmal im Leben eine Prinzessin *unverschleierten Gesichts* zu sehen? Und da seid Ihr, habt zwei Prinzessinnen, die nackt bei Euch liegen und Euch Nacht für Nacht zu Willen sind! Und Ihr wagt es, einer von Ihnen zu versagen, eine kleine Grille zu befriedigen?«

»Nun«, sagte ich, nachdem sie mir diesen Dämpfer aufgesetzt hatte, »um was für eine Grille geht es denn?«

»Es gibt sehr wohl eine Möglichkeit, das Vergnügen einer Frau zu verstärken, die mit einer zu großen Öffnung geschlagen ist. Dabei wird nicht der *zab* an sich vergrößert, sondern – wie nennt Ihr doch den stumpfen Kopf desselben?«

»Im Venezianischen ist das die *fava,* die dicke Bohne. Und auf *farsi,* denke ich, heißt er *lubya.*«

»Sehr wohl. Selbstverständlich habe ich inzwischen bemerkt, daß Ihr nicht beschnitten seid, und das ist gut so, denn diese Verfeinerung läßt sich mit einem beschnittenen *zab* nicht erreichen. Ihr tut nichts weiter als dies hier.« Und sie tat es, verstärkte den Griff ihrer Hand und zog die *capèla*-Haut zurück, so weit es ging, und dann noch ein bißchen weiter. »Seht Ihr? Auf diese Weise wird die dicke Bohne noch praller als sonst.«

»Aber das ist unangenehm, fast schmerzhaft.«

»Doch nur vorübergehend, Marco, und es ist doch erträglich. Tut nur dies, sobald Ihr eindringt. Shams sagt, das verleihe ihren *mihrab*-Lippen das erlesen-köstliche Gefühl, ausgeweitet zu werden. Es handele sich um eine Art heißersehnter Vergewaltigung, sagt sie. Frauen genießen das, meine ich, wenn ich das selbstverständlich auch nicht genau wissen kann, da ich ja noch nicht verheiratet bin.«

»*Dio me varda!*« entfuhr es mir halb unterdrückt.

»Und selbstverständlich braucht nicht *Ihr* das zu tun und dabei Gefahr zu laufen, Shams' häßlichen Leib zu berühren. Sie ist bereit, dies kleine Bißchen an Strecken und Prallermachen eigenhändig für Euch zu tun. Sie bittet nur um Eure Erlaubnis.«

»Hat Shams vielleicht noch andere Wünsche?« fragte ich beißend.

»Für einen Ausbund an Häßlichkeit kommt sie mir ungewöhnlich wählerisch vor.«

»Hört, hört!« ließ Falter sich spöttisch abermals vernehmen. »Da seid Ihr in einer Gesellschaft, um die jeder andere Mann Euch beneiden würde. Da lehrt Euch ein Königskind etwas ganz Besonderes, das andere Männer nie lernen. Ihr werdet ihr noch dankbar sein, Marco; jawohl, Marco, eines Tages, wenn Ihr es mit einer Frau zu tun habt, deren *mihrab* ungewöhnlich groß ist, werdet Ihr es Shams danken, Euch dies beigebracht zu haben. Damit wiederum beweist sie ihre Dankbarkeit. Doch jetzt macht *mich* ein- oder zweimal auf andere Weise dankbar, bevor Sonnenlicht kommt . . .«

5 An manchen Tagen wohnten wir, das heißt, Falter und ich, zu unserer Unterhaltung wie zur Erbauung den Sitzungen des Königlichen Gerichtshofs bei. Dieser hieß schlicht *daiwan,* und zwar nach den Unmengen von *daiwan*-Kissen, auf denen Shah Zaman, *wazir* Jamshid und ein paar ältere *muftis* des muslimischen Gesetzes sowie bisweilen auf der Durchreise befindliche mongolische Gesandte des Ilkhan Abagha Platz nahmen. Es wurden Verbrecher vor sie gebracht, damit ihnen der Prozeß gemacht wurde, es kamen Bürger mit Beschwerden, die sie zur Anhörung brachten, oder mit Gnadenerweisen und Gesuchen, die sie vorbrachten; der Shah und sein *wazir* und die anderen Würdenträger hörten sich Beschuldigungen oder Rechtfertigungen oder Bitten an, besprachen sich dann untereinander und verkündeten dann Urteilsspruch, Verfügung oder Schuldspruch.

Ich fand den *daiwan* für jemand, der nur zuschaute und zuhörte, sehr lehrreich. Wäre ich jedoch ein Missetäter gewesen, hätte ich eine Heidenangst gehabt, vor ihn zitiert zu werden. Und wäre ich ein Bürger gewesen, der sich über etwas zu beschweren hatte, hätte es schon ein überwältigendes Unrecht sein müssen, ehe ich es gewagt haben würde, es dem *daiwan* vorzutragen. Denn auf der offenen Terrasse direkt außerhalb des Gerichtssaals stand ein gewaltiges Kohlebecken voller Glut, über welcher ein Riesenkessel Öl erhitzt und am Sieden gehalten wurde; daneben standen kräftige Palastwachen sowie der offizielle Scharfrichter des Shah bereit, dieses zur Anwendung zu bringen. Prinzessin Falter gestand mir insgeheim ein, diese Art der Bestrafung bleibe nicht nur verurteilten Missetätern vorbehalten, sondern sei auch für jene Bürger bestimmt, die falsche Anschuldigungen und boshafte Beschwerden vortrugen, und auch für diejenigen, die falsches Zeugnis ablegten. Die kraftvoll gebauten Wachen sahen bereits einschüchternd genug aus; der Scharfrichter jedoch sollte ganz offensichtlich Schrecken verbreiten. Er trug Kapuze und Maske und war sonst in ein Gewand gekleidet, das brandrot leuchtete wie das Feuer der Hölle.

Ich wurde nur ein einziges Mal Zeuge, wie ein Missetäter tatsächlich zum Eintauchen in den Kessel verurteilt wurde. Ich meinerseits hätte ihn nicht so streng verurteilt, aber schließlich bin ich kein Muslim. Es handelte sich um einen wohlhabenden persischen Kaufmann, dessen *anderun* aus den vier erlaubten Ehefrauen und der üblichen Anzahl von Konkubinen bestand. Die Verfehlung, die man ihm zur Last legte, wurde laut als *khalwat* verkündet, was soviel heißt wie »kompromittierende Nähe«; das Wort als solches sagt nicht viel aus, doch die Einzelheiten waren einigermaßen erhellend. Dem Kaufmann wurde vorgeworfen, mit zweien seiner Konkubinen gleichzeitig *zina* verübt zu haben, während seine vier Frauen und eine dritte Konkubine zusehen durften – alles Umstände, die zusammengenommen nach muslimischem Gesetz *haram* waren.

Als ich mir die Beschuldigungen anhörte, hatte ich zwar Mitgefühl mit dem Angeklagten, wurde jedoch gleichzeitig von höchstem Unbehagen erfüllt, was meine eigene Person betraf; denn schließlich beging ich fast jede Nacht *zina* mit zwei Frauen, die noch nicht einmal meine Gattinnen waren. Als ich verstohlen einen Blick auf meine Begleiterin, Prinzessin Falter, warf, erkannte ich in ihrem Gesicht weder Schuld noch Angst. Allmählich kam ich durch bloßes Zuhören dahinter, daß selbst das schlimmste *haram*-Vergehen nach muslimischem Gesetz nicht geahndet werden kann, wenn nicht zumindest vier Augenzeugen es bestätigen können. Der Kaufmann hatte mit Absicht, aus Stolz oder aus Dummheit fünf Frauen zusehen lassen, wie er sein überragendes Können unter Beweis stellte – von denen später die eine oder andere Teilnehmerin oder Zuschauerin aus Gehässigkeit oder Eifersucht oder aus irgendeinem anderen nur dem weiblichen Herzen bekannten Grunde die Anklage auf *khalwat* gegen ihn vorgebracht hatte. So kam es, daß die fünf Frauen, um die es ging, jetzt auch Zeuge werden mußten, wie er ergriffen wurde und – während er um sich trat und schrie – auf die Terrasse hinausgeschleift und bei lebendigem Leibe in das siedende Öl geworfen wurde. Bei dem, was sich daraufhin abspielte, möchte ich nicht verweilen.

Doch nicht alle vom *daiwan* erlassenen Urteile fielen so hart und ungewöhnlich aus. Manche standen auf bewunderungswürdige Weise in sehr engem Zusammenhang mit dem Verbrechen, das begangen worden war. Eines Tages wurde ein Bäcker vor Gericht gebracht und über ihn der Schuldspruch verhängt, er habe seinen Kunden Brot verkauft, welches nicht dem vorgeschriebenen Gewicht entsprach; jetzt wurde er verurteilt, in seinen eigenen Backofen gestoßen und darin zu Tode gebacken zu werden. In einem anderen Fall ging es um einen Mann, der des ganz besonderen Vergehens wegen angezeigt worden war, beim Durch-eine-Straße-Gehen auf ein Stück Papier getreten zu sein. Bei dem, der ihn beschuldigte, handelte es sich um einen Jungen, der hinter dem Mann hergegangen war, das Stück Papier aufgehoben und entdeckt hatte, daß unter anderem der Name Allahs darauf gestanden hatte. Der Beschuldigte brachte zu seiner Rechtfertigung vor, er habe diese Beleidigung des allmächtigen Allah ja nur unwissentlich und unabsichtlich begangen, doch brachten andere Zeugen vor, es handele sich um einen unverbesserlichen Gotteslästerer. Es wurde gesagt, er habe oft andere Bücher auf seine Ausgabe des *Quran* gelegt, ja, diesen einmal sogar *in der linken Hand gehalten*! Folglich wurde er dazu verurteilt, daß die Wachen und der Scharfrichter so lange auf ihm herumtrampeln sollten, wie er auf dem Stück Papier – bis zu seinem Tode!

Doch einen Ort heiligen Schreckens, der große Furcht weckte, konnte man den Palast des Shah nur dann nennen, wenn der *daiwan* darin tagte. Weit häufiger war der Palast – zumeist aus religiösem Anlaß – ein Ort der Festmähler und des Frohsinns. Die Perser anerkennen an die siebentausend Propheten des Islam aus alter Zeit; einem jeden von ihnen ist ein Festtag geweiht. An den Tagen, da die bedeutenderen Propheten geehrt werden, pflegte der Shah Feste zu geben, zu denen für gewöhnlich sämtliche Angehörige des Königshauses und des Baghdader Adels geladen wurden; bisweilen wurden die Tore der Palastgärten sogar für jedermann geöffnet.

Wenn ich auch weder zur königlichen Familie noch zum Adel gehörte und kein Muslim war, war ich doch Gast im Palast und nahm daher an etlichen solcher Feste teil. Insbesondere erinnere ich mich an die Feier für einen längst verblichenen Propheten, die draußen in den Palastgärten stattfand. Jeder Gast erhielt diesmal nicht die üblichen *daiwan*-Kissen, sich daraufzusetzen oder sich darauf zurückzulehnen, sondern einen Haufen frisch eingesammelter und wohlduftender Rosenblüten. Äste und Gezweig eines jeden Baums waren wegen der auf die Rinde aufgesetzten Kerzen überdeutlich zu erkennen; außerdem brachte der Schimmer dieser Kerzen jede Grünschattierung des Laubs wunderbar zur Geltung. In jedem Blumenbeet standen Kerzenleuchter, und der Schimmer, der davon ausging, ließ die Überfülle der verschiedensten Blumen in allen nur erdenklichen Farben erstrahlen. Diese vielen Kerzen genügten, den Garten nahezu taghell zu erleuchten, doch hatten die Diener des Shahs noch ein übriges getan und im *bazàr* und von Kindern sämtliche kleinen Schildkröten aufgekauft, die sie bekommen konnten, einem jeden dieser kleinen Tiere eine Kerze auf den Panzer geklebt und Tausende der kriechenden kleinen Geschöpfe als bewegliche Lichtpunkte sich durch die Gärten bewegen lassen.

Wie immer gab es an diesen Festtagen reichlicher und köstlicher zu essen, als ich es jemals bei einem Fest daheim erlebt hatte. Zur Unterhaltung spielten Musikanten auf Instrumenten, von denen ich viele nie zuvor weder gesehen noch gehört hatte, tanzten Tänzer und sangen Sänger. Die männlichen Tänzer ahmten mit Lanzen und Säbeln unter viel Fußgestampfe die Schlachten berühmter persischer Krieger aus der Vergangenheit, wie Rustam und Shorab, nach. Die Tänzerinnen bewegten ihre Füße kaum, sondern ließen Brüste und Bäuche auf eine Weise zucken, daß dem Zuschauer die Augen aus dem Kopf fielen. Die Sänger brachten keineswegs fromme Lieder zu Gehör – der Islam sieht so etwas nicht gern –, sondern ganz im Gegenteil. Ich meine damit außerordentlich schlüpfrige und derbe Lieder. Außerdem gab es Bärenbändiger, die ihre wendigen und kräftigen Bären Kunststücke vorführen ließen, sowie Schlangenbeschwörer, deren *najhaya* genannte Schlangen in ihren Körben tanzten, Wahrsager, die aus dem Sand auf ihren Tabletts die Zukunft weissagten, sowie *shaukran*-Spaßmacher, die komisch gekleidet ihre Possen rissen und frivole kleine Späße aufsagten oder in kleinen Spielen zum besten gaben.

Nachdem ich mir mit dem Dattelschnaps *araq* einigermaßen Mut angetrunken hatte, ließ ich alle christlichen Skrupel gegen das Wahrsagen fahren, trat an einen der *fardarbab* heran, einen alten Araber oder Juden mit verfilztem Bart, und fragte ihn, was die Zukunft in seinen Augen für mich bereithalte. Er jedoch muß in mir jemand erkannt haben, der seiner Zauberkunst auf gut christliche Weise ungläubig und zweifelnd gegenübertrat, denn er warf einen einzigen Blick auf den von mir durchgerüttelten Sand und knurrte empört: »Hütet Euch vor der Blutrünstigkeit der Schönheit«, was mir nicht das geringste über meine Zukunft verriet, wenn mir auch irgendwie dämmerte, ähnliches schon mal gehört zu haben. Folglich lachte ich höhnisch über den alten Gauner, erhob mich und entfernte mich, indem ich mich im Kreise drehte, hinfiel und von Karim in mein Schlafgemach gebracht wurde.

Das war eine der Nächte, da die Prinzessinnen Falter und Sonnenlicht und ich nicht zueinander kamen. Bei einer anderen Gelegenheit sagte Falter mir, für die nächsten paar Nächte solle ich mir etwas anderes vornehmen, denn sie erleide ihren Mondfluch.

»Euren Mondfluch?« wiederholte ich ungläubig und echogleich.

Ungeduldig sagte sie: »Das Frauenbluten.«

»Und was ist das?« fragte ich, der ich auf Ehre und Gewissen bis dato nie von so etwas gehört hatte.

Sie bedachte mich, amüsiert und verblüfft zugleich, mit einem langen Seitenblick aus ihren grünen Augen und sagte freundlich: »Ihr Tor! Wie alle jungen Männer haltet Ihr Frauen für etwas Reines und Vollkommenes – wie das Völkchen der kleinen geflügelten, *peri* genannten Wesen. Die zarten *peri* essen nicht einmal, sondern leben von dem Duft, den sie aus Blüten trinken; infolgedessen brauchen sie nie Wasser zu lassen oder irgendwelche Notdurft zu verrichten. Ihr bildet Euch ein, eine schöne Frau könne unmöglich mit den Unvollkommenheiten und Widerwärtigkeiten behaftet sein, wie sie dem Rest der Menschheit natürlich sind.«

Achselzuckend sagte ich: »Ist was Schlimmes daran, so zu denken?«

»Ach, das würde ich nicht sagen, denn schließlich nutzen wir schönen Frauen diesen männlichen Wahn weidlich aus. Trotzdem ist es eine Wahnvorstellung, Marco, und jetzt werde ich mein Geschlecht verraten und Euch die Augen darüber öffnen. Hört mich also an!«

Sie erklärte mir, was einem Mädchen mit etwa zehn Jahren geschieht, was es zur Frau macht und ihr fürderhin jeden Mond einmal widerfährt.

»Wirklich?« sagte ich. »Das habe ich nicht gewußt. Allen Frauen?«

»Jawohl, und sie müssen diesen Mondfluch ertragen, bis sie alt werden und in jeder Hinsicht vertrocknen. Diesen Fluch begleiten auch noch Krämpfe, Rückenschmerzen und Gereiztheit. In dieser Zeit ist

eine Frau griesgrämig und garstig, und eine kluge Frau hält sich während dieser Zeit von anderen Menschen fern oder nimmt bis zur Benommenheit *banj* oder Theriak zu sich, bis der Fluch vorbei ist.«
»Das klingt ja erschreckend!«
Falter lachte, doch heiter klang das nicht. »Weit erschreckender aber ist das, wenn ein Mond sich erfüllt und sie *nicht* mit dem Fluch belegt ist. Denn das bedeutet, daß sie schwanger ist. Und von der Niedergeschlagenheit, der Verzagtheit und der Peinlichkeit, die das mit sich bringt, will ich gar nicht erst anfangen zu reden. Ich komme mir kratzbürstig und garstig und hassenswert vor und werde mich daher zurückziehen. Ihr, Marco, geht fort, amüsiert Euch und genießt die Freiheit Eures Körpers wie alle verdammten, nicht von dieser Pest geplagten Männer, und überlaßt mich meinem Elend als Frau.«
Trotz der Beschreibung, die Prinzessin Falter von den Schwächen ihres Geschlechts gab, habe ich es weder damals noch seither jemals fertiggebracht, in einer schönen Frau ein notwendigerweise mit einem Makel oder einem Fehler behaftetes Wesen zu sehen – zumindest nicht, solange sie sich nicht als solches zu erkennen gegeben hatte wie einst die Dame Ilaria, die auf diese Weise aller meiner Hochachtung verlustig gegangen war. Dort draußen im Osten lernte ich schöne Frauen auf eine neue Weise schätzen – und mache in dieser Hinsicht auch heute noch immer neue Entdeckungen. Nichts hat mich je dazu bringen können, sie zu verachten und zu verschmähen.
Um das zu verdeutlichen: In sehr jungen Jahren glaubte ich, die Körperschönheit einer Frau wohne nur in Zügen wie Gesicht und Brüsten, Beinen und Hinterteil, die man ja ohne weiteres zu sehen bekommt, sowie in den weniger leicht zu ergründenden Dingen wie einer hübschen, einladenden (und zugänglichen) Artischocke oder Venushügel, dem Medaillon und der *mihrab*. Inzwischen hatte ich jedoch genug Frauen gehabt und wußte, daß es sehr viel feinere Regionen gibt, in denen körperliche Schönheit sich kundtut. Um nur eine zu erwähnen: Was ich bei Frauen ganz besonders liebe, sind die zarten Sehnen, die sich an der Innenseite der Oberschenkel von der Leiste hinunter bis zur Kniekehle immer dann spannen, wenn sie sie auseinandernimmt. Auch war mir aufgegangen, daß es selbst in jenen Zügen, die allen schönen Frauen gemeinsam sind, noch Unterschiede gibt, die eben deswegen reizvoll sind und reizen, weil es sie gibt. Jede schöne Frau besitzt schöne Brüste und Brustwarzen, doch gibt es darin unzählige Unterschiede in bezug auf Fülle und Form, Proportion und Färbung – und alle sind sie schön. Auch besitzt jede schöne Frau eine schöne *mihrab* – aber gleichviel: Wie köstlich unterscheidet sich eine von der anderen, je nachdem, wo sie sitzt, weiter vorn oder tiefer unten, je nach ihrer Farbe und nach der Seidigkeit der äußeren Lippen, im Hinblick darauf, wie gefältelt und wie fest geschlossen sich diese darbieten, in bezug auf Größe und Versteifbarkeit des *zambur* und wo genau dieser sitzt...
Vielleicht klingt all dies mehr lüstern und weniger galant. Dabei ist mir einzig daran gelegen klarzumachen, daß ich die schönen Frauen

dieser Welt nie geringgeschätzt habe und nie geringschätzen werde; dazu war ich nie imstande. Auch in Baghdad nicht, als Prinzessin Falter – wiewohl selbst eine von den Schönen – ihr Bestes tat, um mir das Schlimmste an ihnen zu zeigen. So richtete sie es zum Beispiel eines Tages ein, daß ich mich in den Palast-*anderun* einschleichen konnte, nicht, um – wie sonst – unserem abendlich-nächtlichen Vergnügen zu frönen, sondern am Nachmittag, und das bloß, weil ich zu ihr gesagt hatte:

»Falter, erinnert Ihr Euch an jenen Kaufmann, der wegen der *haram*-Methode hingerichtet wurde, mit der er *zina* beging? Gehört das eigentlich zu den üblichen Dingen, die sich in einem *anderun* abspielen?«

Sie bedachte mich mit einem ihrer unergründlichen Blicke aus den grünen Augen und sagte: »Kommt und seht es Euch selbst an.«

Bei dieser Gelegenheit hatte sie die Wachen und Eunuchen zweifellos bestochen, einfach beiseite zu blicken; denn diesmal schaffte sie es nicht nur, mich ungesehen in jenen Flügel des Palastes einzuschmuggeln, sondern auch, mich in einem der Wandschränke auf dem Korridor unterzubringen, in den zwei Gucklöcher hineingebohrt worden waren, die es uns gestatteten, heimlich einen Blick in zwei große und üppig ausgestattete Gemächer zu werfen. Ich spähte erst durch das eine Loch und dann durch das andere: Beide Räume waren in diesem Augenblick leer. Falter sagte: »Das hier sind Gemeinschaftsräume, in denen die Frauen zusammenkommen können, wenn sie es leid sind, allein in ihren Gemächern zu sein. Und dieser Wandschrank ist einer von den vielen Verstecken zum Beobachten im ganzen *anderun,* in denen ab und zu ein Eunuch Platz nimmt und nach Streitereien oder Raufereien unter den Frauen Ausschau hält oder nach irgendwelchen anderen Dingen, die sich nicht gehören. Alles, was er sieht, berichtet er der Königlichen Ersten Gemahlin, die dafür verantwortlich ist, daß alles hier seine Ordnung hat. Heute wird der Eunuch nicht hier sein, und auch ich werde jetzt gehen und das den Frauen sagen. Dann werden wir gemeinsam abwarten und beobachten, wie die Frauen die Abwesenheit des Wächters ausnutzen.«

Sie ging, kam wieder, und wir beide standen auf engem Raum nebeneinander, jeder ein Auge an eines der Löcher gedrückt. Sehr lange geschah überhaupt nichts. Dann betraten vier Frauen das Gemach, das ich beobachtete, und streckten sich hier und da auf den *daiwan*-Kissen aus. Alle vier standen ungefähr in dem Alter der Shahryar Zahd, und alle waren nicht minder hübsch als diese. Eine von ihnen war offensichtlich eine Perserin, denn sie hatte eine elfenbeinfarbene Haut und nachtschwarzes Haar, dabei jedoch Augen von einem Blau wie *lapis lazura*. Eine andere hielt ich für eine Armenierin, denn eine jede ihrer Brüste war genauso groß wie ihr Kopf. Bei noch einer anderen handelte es sich um eine Schwarze, offenbar eine Äthiopierin oder Nubierin; selbstverständlich hatte sie breit ausgetretene Füße und spindeldürre Enkel und ein Hinterteil, ausladend wie ein Balkon; sonst jedoch war sie von annehmbarer Gestalt und besaß ein hübsches Gesicht, die Lippen darin nicht allzu wulstig, einen wohlgeformten Busen und schöne schlanke Hände. Die vierte Frau besaß einen so rauchdunklen Teint und hatte so glutvolle dunkle Augen, daß sie Araberin sein mußte.

Da die Frauen sich unbeobachtet wähnten, hätten sie tun und lassen können, was sie wollten, nahmen sich jedoch nichts Ungebührliches heraus und ließen es weder an Scham noch Bescheidenheit mangeln. Abgesehen davon, daß keine einzige von ihnen den *chador* trug, waren sie alle vollständig bekleidet und blieben auch so; auch heimliche Liebhaber gesellten sich nicht zu ihnen. Die Schwarze und die Rauchdunkle hatten irgendwelche Nadelarbeit mitgebracht, die sie in Händen hielten; auf diese Weise vertrieben sie sich die Zeit. Die Perserin hockte zwischen Tiegeln und Bürsten und kleinen Gerätschaften und pflegte ausgiebig die Hand- und Fußnägel der Armenierin, und nachdem das geschehen war, färbten beide Frauen sich die Handflächen sowie die Fußsohlen mit *hinna*.

Dieser Anblick langweilte mich alsbald bis zum Überdruß; den vier Frauen erging es nicht anders – ich konnte sie gähnen sehen, hörte sie rülpsen und roch, daß sie Winde fahren ließen – und fragte mich nachgerade, wie ich dazu gekommen war, den prickelnden Argwohn zu nähren, ausgerechnet in einem Haus voller Frauen müsse es zu so etwas wie babylonischen Orgien kommen, bloß weil diese Frauen einem einzigen Mann gehörten. Es lag doch auf der Hand – wo so viele Frauen nichts weiter zu tun haben, als darauf zu warten, von ihrem Herrn und Gebieter gerufen zu werden, gab es buchstäblich nichts anderes für sie zu tun. Sie konnten nur müßig herumsitzen, besaßen keinerlei Unternehmungslust und waren nur dazu da, ihre tierischen Instinkte ab und zu bei ihrem Herrn auszuleben. Genausogut hätte ich eine Reihe von Kohlsamen dabei beobachten können, wie sie aufgingen, und drehte mich in dem Schrank um in der Absicht, etwas in diesem Sinne zu der Prinzessin zu sagen.

Doch die hatte ein lüsternes Grinsen aufgesetzt, hielt beschwichtigend einen Finger vor die Lippen und zeigte dann auf ihr Guckloch. Ich lehnte mich hinüber und schaute hindurch – und konnte kaum einen Ausruf der Überraschung unterdrücken. In diesem Gemach befanden sich zwei Lebewesen, das eine davon weiblichen Geschlechtes, ein Mädchen, weit jünger als eine der vier Frauen im anderen Gemach – aber auch viel hübscher, was vielleicht daran lag, daß von ihr viel mehr zu sehen war. Sie hatte nämlich ihren *pai-jamah* sowie alles, was sie noch darunter getragen hatte, ausgezogen und war von der Taille ab nackt. Es handelte sich wieder um eine rauchdunkle Araberin, deren Gesicht jetzt allerdings rosig erglühte, so sehr strengte sie das an, was sie tat. Bei dem männlichen Insassen des Gemachs handelte es sich um einen jener kindgroßen *simiazze*-Affen, der dermaßen behaart war, daß ich ihn niemals als männlich erkannt hätte, wäre das Mädchen nicht fieberhaft damit beschäftigt gewesen, der Männlichkeit des Tieres Mut zu machen. Was ihr zwar nach einigen Mühen gelang, den Affen jedoch nur veranlaßte, das aufgerichtete kleine Beweisstück stupide anzuglotzen; jedenfalls mußte das Mädchen sich weiterhin enorm anstrengen, um ihm begreiflich zu machen, was er wo damit zu tun hätte. Schließlich wurde jedoch auch das erreicht, und Falter und ich wechselten uns beim Spähen am Guckloch ab.

Nach Beendigung der lächerlichen Darbietung wischte das Arabermädchen sich mit einem Tuch ab und reinigte hinterher auch noch die paar Kratzwunden, die ihr Partner ihr beigebracht hatte. Dann zog sie den *pai-jamah* hoch und führte den watschelnden und hüpfenden Affen hinaus. Falter und ich kletterten aus unserem Versteck hinaus, in dem es inzwischen recht warm und feucht geworden war. Auf dem Korridor konnten wir uns schließlich unterhalten, ohne von den vier anderen Frauen in dem angrenzenden Raum gehört zu werden.

Ich sagte: »Kein Wunder, daß der *wazir* mir gesagt hat, dieses Tier werde als unsäglich unrein bezeichnet.«

»Ach, Jamshid ist doch nur neidisch«, erklärte Prinzessin Falter leichthin. »Das Tier kann tun, wozu er nicht mehr in der Lage ist.«

»Aber nicht besonders gut. Sein *zab* war ja noch kleiner als der eines Arabers. Doch wie dem auch sei, ich würde meinen, eine anständige Frau täte besser daran, sich des Fingers eines Eunuchen zu bedienen als eines Affen*zabs*!«

»Nun, manche tun das auch. Aber jetzt wißt Ihr wohl auch, warum mein *zambur* so begehrt ist. Es gibt viele Frauen im *anderun*, die lange sehnsüchtig darauf warten müssen, bis der Shah wieder einmal nach ihnen verlangt. Das ist ja gerade der Grund, warum der Prophet (Segen und Friede seien mit Ihm!) vor langer Zeit das *tabzir* eingeführt hat. Auf daß eine anständige Frau durch ihr heißes Verlangen nicht dazu verführt werde, auf Mittel und Wege zurückzugreifen, die einer Ehefrau nicht anstehen.«

»Ich glaube, mir wäre es – wäre ich Shah – lieber, wenn meine Frauen sich gegenseitig ihrer *zamburs* bedienten statt irgendeines beliebigen *zab.* Man stelle sich doch bloß einmal vor, die kleine Araberin würde von diesem Affen schwanger! Was für widerwärtige Nachkommen sie da bekäme!« Dieser schreckliche Gedanke ließ mich an etwas weit Schlimmeres denken. »*Per Christo,* was ist, wenn nun Eure abstoßend häßliche Schwester ein Kind von mir bekommt? Wäre ich dann gezwungen, Shams zu heiraten?«

»Keine Sorge, Marco. Jede Frau hier im *anderun*, gleichgültig, welchem Volk sie angehört, kennt die besondere, von ihrem Volk benutzte Methode, sich gegen dergleichen zu wappnen.«

Mit großen Augen starrte ich sie an. »Sie verstehen sich darauf, eine Empfängnis zu verhüten?«

»Mit unterschiedlichem Erfolg – doch alles ist besser, als es einfach dem Zufall zu überlassen. Eine Araberin, zum Beispiel, stopft vorm *zina* einen mit dem Saft der Trauerweide getränkten Wollbausch in sich hinein. Perserinnen füttern ihr Inneres gleichsam mit der zarten weißen Basthaut aus, die unter der Rinde des Granatapfelbaums wächst.«

»Wie abscheulich sündig!« entfuhr es mir, wie es einem Christen geziemte. »Und welche Methode ist besser?«

»Die persische ist selbstverständlich vorzuziehen, weil sie für beide Liebende angenehmer ist. Shams zum Beispiel benutzt diese Methode, und ich möchte wetten, Ihr habt das nie gespürt.«

»Nein.«

»Stellt Euch doch nur einmal vor, wie es wäre, wenn Ihr mit Eurer zarten *lubya* gegen ein dickes Wollknkäuel stießet. Ganz abgesehen davon, daß ich der Wirksamkeit dieser Methode stark mißtraue. Woher sollte eine Araberin schon etwas von Empfängnisverhütung verstehen? Wenn ein Araber nicht ausdrücklich ein Kind machen will, würde er mit seiner Frau niemals *zina* machen, höchstens durch ihren Hintereingang, so wie er es gewohnt ist, daß er andere Männer und Knaben benutzt und sie ihn!«

Ich war erleichtert, daß Prinzessin Shams dank des Granatapfelbasts nicht schwanger werden und ihre Häßlichkeit weitervererben könnte. Eigentlich jedoch hätte es mich beunruhigen müssen, denn schließlich beging ich dadurch eine der schlimmsten Todsünden, die ein Christ begehen kann. Sicherlich begegnete ich auf meinen Reisen, spätetens jedoch dann, wenn ich nach Venedig zurückkehrte, einem christlichen Priester, bei dem ich zu beichten verpflichtet gewesen wäre. Selbstverständlich würde der Priester mir eine Menge Bußen auferlegen dafür, daß ich es mit zwei unverheirateten Frauen gleichzeitig getrieben hatte; doch das war, verglichen mit der anderen, nur eine läßliche Sünde. Ich konnte mir sehr wohl vorstellen, wie entsetzt er wäre, wenn ich ihm beichtete, daß ich durch die bösen Künste des Orients instand gesetzt worden wäre, aus reiner Freude am Akt als solchem zu kopulieren, ohne dabei die christliche Absicht zu verfolgen oder auch nur zu erwarten, daß dabei Nachkommen entstehen könnten.

Überflüssig zu sagen, daß ich weiterhin freudig sündigte. Wenn es überhaupt etwas gab, meinen vollkommenen und umfassenden Genuß zu beeinträchtigen, so war es gewiß kein bohrendes Schuldgefühl. Das war vielmehr mein natürlicher Wunsch, daß jeder Vollzug von *zina* sich *in Prinzessin Falter* abspielen möchte, mit der ich mich liebte, und nicht in der ungeliebten und alles andere als lieblichen Prinzessin Shams. Doch als Falter streng alle tastenden Versuche in dieser Hinsicht zurückwies, war ich so vernünftig, davon abzulassen. Ich wollte einfach nicht einer glücklichen Situation verlustig gehen aus lauter Gier nach einer vielleicht noch glücklicheren. Statt dessen erfand ich für mich eine Geschichte von der Art, wie die märchenerzählende Shahryar Zahd sie hätte erfinden können.

In der Geschichte, die ich mir ausdachte, also vor meinem geistigen Auge, war Prinzessin Sonnenlicht nicht die häßlichste Frau Persiens, sondern die *wirklich wunderschönste.* Ich machte sie so *schön,* daß Allah in Seiner Weisheit gebot: »Es ist undenkbar, daß die göttliche Schönheit und gesegnete Liebe der Prinzessin Shams von dem Vergnügen eines einzigen Mannes vorbehalten sein soll.« *Das* war der Grund, warum Shams unverheiratet war und nie heiraten sollte. Ganz dem Willen des Allmächtigen Allah folgend, war sie gehalten, ihre Gunst allen guten und verdienstvollen Männern zu gewähren, die um sie warben; und im Augenblick war ich der Glückliche, dem sie zuteil wurde. Eine Zeitlang machte ich mir diese Geschichte nur dann zunutze, wenn es nötig war. Meistens bedurfte es während des nächtlichen *zina* nichts weiter als der höchst wirklichen Schönheit und greifbaren Nähe der Prinzessin Falter, um meine Glut zu entfachen und nicht zum Erlöschen zu bringen. Doch wenn unser Spiel den köstlichen Druck in mir so übermächtig werden ließ, daß ich ihm nicht länger widerstehen konnte und ihm nachgeben mußte, ließ ich die von mir erfundene, nur ausgedachte, unwirklich erhabene Prinzessin Sonnenlicht vor meinem geistigen Auge erstehen und machte sie zum Gefäß meines Überquellens und meiner Liebe.

Wie bereits gesagt: Das genügte mir eine Zeitlang. Doch nach einiger Zeit fiel ich einer Art milden Wahns zum Opfer; ich fing nämlich an, mich zu fragen, ob meine Geschichte nicht vielleicht doch der Wahrheit *ziemlich nahe komme*. Da diese Wahnvorstellung immer größer wurde, fing ich an, ein tiefes Geheimnis darin zu argwöhnen und der Vermutung nachzuhängen, daß ich kraft des Wirkens meines feinen Verstandes der erste wäre, der diesem Geheimnis auf die Spur gekommen wäre. Schließlich wurde der Wahn so groß, daß ich anfing, Falter gegenüber Andeutungen zu machen: daß ich ihre unsichtbare Schwester eigentlich doch gern einmal sehen würde. Falter schaute besorgt drein und wurde ganz aufgeregt, als ich das tat, was sich noch steigerte, als ich die Tollheit besaß, den Namen ihrer Schwester bei Gelegenheiten fallenzulassen, da wir uns nicht allein, sondern in Gesellschaft ihrer Eltern und ihrer Großmutter befanden.

»Ich habe die Ehre gehabt, fast jedes Mitglied Eurer Familie kennenzulernen, Hoheit«, sagte ich wohl zu Shah Zaman oder der Shahryar Zahd, um dann wie beiläufig fortzufahren: »Bis auf die geschätzte Prinzessin Shams, wie ich meine.«

»Shams?« sagten dann wohl mißtrauisch er oder sie und blickten sich unstet um, woraufhin Falter plötzlich ins Reden geriet, um uns alle abzulenken, während sie mich roh und praktisch buchstäblich aus dem Gemach hinausdrängte, in dem wir uns gerade befanden.

Gott allein weiß, wohin mein Verhalten mich schließlich geführt hätte – vielleicht hätte man mich in das Haus der Enttäuschung eingeliefert –, doch endlich kehrten mein Vater und mein Onkel nach Baghdad zurück, und es wurde Zeit, mich von allen dreien meiner *zina*-Gefährtinnen zu verabschieden, nämlich von Falter, Shams und der Shams, die es nur in meiner Phantasie gab.

6 Mein Vater und mein Onkel waren nördlich vom Golf wieder zusammengetroffen und kamen au diesem Grunde gemeinsam in Baghdad an. Kaum daß er mich erblickt und noch ehe wir Gelegenheit gehabt hatten, einander zu begrüßen, rief mein Onkel laut und herzlich aus:

»*Ecco, Marco!* Wie durch ein Wunder immer noch am Leben und immer noch auf zwei Beinen; nicht einmal festgenommen hat man ihn! Dann steckst du also im Moment nicht in irgendeinem Schlamassel, *scaragòn?*«

Ich erwiderte: »Bis jetzt wohl noch nicht«, und ging mich vergewissern, daß das auch so blieb. Ich suchte Prinzessin Falter auf und erklärte ihr, unsere Verbindung müsse leider enden. »Ich kann nachts unmöglich länger wegbleiben, ohne daß sie Verdacht schöpfen.«

»Wie schade!« sagte sie und machte einen Schmollmund. »Meine Schwester ist der *zina* mit Euch keineswegs überdrüssig.«

»Ich auch nicht, Shahzrad Magas Mirza. Nur hat sie, ehrlich gesagt, ziemlich an meinen Kräften gezehrt. Jetzt muß ich mich für den Rest unserer Reise erst einmal wieder erholen.«

»Jawohl, Ihr seht wirklich etwas angestrengt und eingefallen aus. Nun gut, ich gestatte Euch fernzubleiben. Vor Eurer Abreise werden wir uns noch in aller Form voneinander verabschieden.«

So kam es, daß mein Vater, mein Onkel und ich uns mit dem Shah zusammensetzten und ihm erklärten, wir hätten beschlossen, die Reise in den Osten nicht durch eine Seefahrt abzukürzen.

»Trotzdem danken wir Euch aufrichtig, Shah Zaman, uns diesen Vorschlag gemacht zu haben«, sagte mein Vater. »Aber es gibt ein altes venezianisches Sprichwort: *Loda el mar e tiente a la tera.*«

»Was soviel bedeutet wie?« fragte der Shah liebenswürdig.

»Preise das Meer, aber halte dich ans Land. In weiterem Sinne heißt es: Preise die Mächtigen und die Gefährlichen, aber klammere dich an das Kleine und Sichere. Nun sind Mafio und ich schon über mächtige Meere gesegelt, nie allerdings auf solchen Schiffen, denen die arabischen Händler sich anvertrauen. Keine Überlandroute könnte unsicherer oder gefahrvoller sein.«

»Die Araber«, sagte mein Onkel, »bauen ihre seegängigen Schiffe auf genausowenig vertrauenerweckende Weise wie ihre klapprigen Flußkähne, die Hoheit hier in Baghdad zu sehen bekommen. Sie werden einfach von Fischleim und Seilen zusammengehalten ohne auch nur das kleinste Stückchen Metall. Pferde und Ziegen lassen ihre *merda* in die Fahrgastkammern fallen. Mögen Araber auch so unwissend-ahnungslos sein, sich in derartig dreckigen und zerbrechlichen Nußschalen aufs offene Meer hinauszuwagen – wir sind es nicht.«

»Vielleicht seid ihr weise beraten, es nicht zu tun«, erklärte die Shahryar Zahd, die in diesem Augenblick hereinkam, obwohl es sich in unserem Kreis um eine reine Männerversammlung handelte. »Ich werde Euch eine Geschichte erzählen . . .«

Bei der einen blieb es nicht, und alle handelten sie von einem gewissen Sindbad dem Seefahrer, der eine ganze Reihe von unwahrscheinlichen Abenteuern bestanden hatte – mit einem riesigen Vogel Rock, mit einem Alten Sheik vom Meer, einem Fisch, so groß wie eine Insel, und was weiß ich sonst noch allem. Warum sie uns diese Geschichten jedoch erzählte, war, daß jedes einzelne der Abenteuer dieses Sindbad daherrührte, daß er auf arabischen Schiffen reiste, ein jedes dieser Schiffe auf See zugrunde ging, und sein Überleben daherrührte, daß er allein stets an ein unbekanntes Gestade gespült wurde.

»Vielen Dank, meine Liebe«, sagte der Shah, als sie mit der sechsten oder siebten Sindbad-Geschichte zu Ende gekommen war. Und ehe sie zu einer neuen anheben konnte, sagte der Shah zu meinem Vater und meinem Onkel: »Hat Euer Abstecher an den Golf sich denn überhaupt nicht gelohnt?«

»Oh, doch«, sagte mein Vater. »Es gab viel Interessantes zu sehen und kennenzulernen und zu erwerben. So habe ich zum Beispiel in Neyriz diesen schönen neuen und überaus scharfen *shimshir*-Säbel gekauft; der Mann, der die Klinge geschmiedet hat, sagte mir, sie bestehe aus Stahl aus den königlichen Eisenminen in der Nähe. Was er sagte, ließ mich aufhorchen, und so fragte ich ihn: ›Ihr meint gewiß die königlichen Stahlminen.‹ Doch er erklärte: ›Nein, wir nehmen das Eisen aus den Minen und stecken es in eine ganz besondere Art von Ofen, in dem das Eisen in Stahl verwandelt wird.‹ Woraufhin ich sagte: ›Was, Ihr wollt mir weismachen, wenn ich meinen Esel in einen Ofen stecke, käme er als Pferd wieder heraus?‹ Es kostete den Schwertschmied viel Überredung, mich zu überzeugen. Jetzt aber erkläre ich feierlich: Ich und das ganze Abendland, wir haben immer geglaubt, Stahl sei ein völlig anderes Metall als Eisen und diesem weit überlegen.«

»Nein«, sagte der Shah lächelnd. »Stahl ist durch ein besonderes Verfahren, von dem die Abendländer bis jetzt vielleicht nichts wissen, nichts weiter als umgewandeltes Eisen.«

»Dann habe ich mein Wissen in Neyriz erweitert«, sagte mein Vater. »Und selbstverständlich hat mich meine Reise auch nach Shiraz und seinen ausgedehnten Weingärten gebracht; dort habe ich Kostproben sämtlicher berühmten Weine in eben jenen Weingärten genommen, in denen sie hergestellt werden. Außerdem habe ich Kostproben . . .« Mit einem Seitenblick auf die Shahryar Zahd hielt er inne. »Außerdem gibt es in Shiraz mehr hübsche Frauen als in jeder anderen Stadt, die ich bisher besucht habe – viel mehr sogar.«

»Ja«, sagte die Dame. »Ich stamme selbst aus Shiraz. In Persien gibt es ein Sprichwort, das da lautet: Suchst du eine schöne Frau, such sie in Shiraz; suchst du einen schönen Knaben, such ihn in Kashan. Wenn Ihr Euch nach Osten wendet, werdet Ihr durch Kashan hindurchkommen.«

»Ah«, sagte mein Onkel Mafìo. »Und was mich betrifft, so habe ich in Basra etwas Neues kennengelernt. Das Naphta genannte Öl, das nicht aus Nüssen oder Oliven gewonnen wird und auch nicht aus Fischen oder Speck, sondern das geradenwegs aus der Erde heraussikkert. Es brennt viel heller und länger als alle anderen Trane oder Öle und riecht auch nicht schlecht. Ich habe mehrere Flaschen damit abfüllen lassen, damit wir es unterwegs nachts hell haben – vielleicht aber auch, um andere damit zu erstaunen, die nie zuvor einen solchen Stoff gesehen haben.«

»Noch einmal zu Eurer Reise«, sagte der Shah. »Jetzt, wo Ihr beschlossen habt, über Land weiterzureisen, denkt daran, daß ich Euch vor dem Dasht-e-Kavir, der Großen Salzwüste im Osten, gewarnt habe. Der Spätherbst ist zwar die beste Zeit, sie zu durchqueren, doch wenn man ehrlich ist, gibt es so etwas wie einen guten Zeitpunkt dafür nicht. Ich habe vorgeschlagen, daß Ihr für Eure *karwan* Kamele nehmt, und zwar fünf, würde ich sagen. Eines für einen jeden von Euch und Eure Satteltaschen mit dem ganz persönlichen Hab und Gut darin, eines für Euren Treiber und ein Lastkamel für Euer übriges Gepäck. Der *wazir* wird morgen mit Euch auf den *bazàr* gehen und Euch welche aussuchen; er wird sie auch bezahlen, und ich meinerseits bin bereit, Eure Pferde gegen sie einzutauschen.«

»Das ist sehr gütig von Euch, Hoheit«, sagte mein Vater. »Doch ehe ich's vergesse – wir haben keinen Kameltreiber.«

»Wenn Ihr nicht besonders geübt seid im Umgang mit diesen Tieren, werdet Ihr aber einen brauchen. Damit kann ich Euch vermutlich auch aushelfen. Doch zuerst kauft einmal die Kamele.«

So begaben wir drei uns am nächsten Morgen abermals in Jamshids Begleitung auf den *bazàr*. Der Kamelmarkt nahm ein großes, vom übrigen Markt abgetrenntes Areal ein und wurde von einem Zaun aus aneinandergereihten Felssteinen begrenzt. Die zum Verkauf stehenden Tiere standen sämtlich mit den Vorderfüßen auf diesem langgestreckten Steinpodest, damit es aussah, als wären sie größer und stolzer, als sie in Wahrheit waren. Auf diesem Markt ging es bei weitem schrillstimmiger und lauter zu als in irgendeinem anderen Teil des *bazàrs*, denn hier kam zu den üblichen lauten Rufen und dem Streit zwischen Käufer und Verkäufer das zornige Geschrei und das kummervolle Röhren der Kamele, die es sich gefallen lassen mußten, daß ihre Mäuler immer wieder gepackt, gezwickt und herumgedreht wurden, um zu demonstrieren, mit welcher Behendigkeit sie sich niederknien und aufrichten konnten. Diese Probe aufs Exempel sowie eine Menge anderer machte Jamshid. Er kniff den Kamelen in den Höcker, tastete ihnen die Beine von oben bis unten ab und spähte ihnen in die Nasenlöcher. Nachdem er nahezu jedes ausgewachsene Tier begutachtet hatte, das an diesem Tag zum Verkauf stand, ließ er fünf von ihnen, einen Hengst und vier Stuten, beiseite führen und sagte zu meinem Vater:

»Sagt, ob Ihr mit meiner Auswahl einverstanden seid, Mirza Polo. Ihr werdet bemerken, daß sie sämtlich größere Vorder- als Hinterfüße haben, was ein sicheres Zeichen für großes Stehvermögen ist. Außerdem sind sie alle frei von Nasenwürmern. Auf diese gefährliche Krankheit solltet Ihr stets achten; bemerkt Ihr irgendwelche Würmer, stäubt ihnen die Nasenlöcher mit Pfeffer ein.«

Da weder mein Vater noch mein Onkel von Kamelen und vom Kamelhandel das geringste verstanden, erklärten sie sich freudig mit der Auswahl des *wazir* einverstanden. Der Kamelhändler schickte einen Helfer, der die aneinandergebundenen Tiere in die Stallungen des Palasts brachte, und wir folgten ihnen in aller Gemächlichkeit.

Im Palast wurden wir bereits von Shah Zaman und der Shahryar Zahd in einem Raum erwartet, in welchem die Geschenke gestapelt waren, die wir ihrem Wunsch entsprechend dem Khakhan Kubilai mitbringen sollten. Da waren fest zusammengerollte *qali* von allerbester Qualität und Fäßchen voller Juwelen, Krüge und Schalen aus wunderbar gearbeitetem Gold, *shimshirs* aus Neyrizer Stahl in edelsteinbesetzten Scheiden und für die Frauen des Khakhans polierte Metallspiegel, gleichfalls aus Neyrizer Stahl, Schönheitsmittel wie *al-kohl* und *hinna,* Schläuche voller Shiraz-Wein und behutsam eingewickelte Stecklinge von den allerschönsten Rosen der Palastgärten, desgleichen Stecklinge von samenlosen *banj-*Pflanzen und Samenkapseln des Mohns, aus dem Theriak gemacht wird. Das beeindruckendste Geschenk jedoch war eine Holztafel, die irgendein Hofkünstler mit dem Porträt eines Mannes bemalt hatte – eines ingrimmig und asketisch dreinschauenden, doch blinden Mannes, denn seine Augen waren nichts weiter als weiße Löcher. Was ich vor mir sah, war die einzige Wiedergabe eines Lebewesens, der ich jemals in einem muslimischen Lande begegnet bin.

Der Shah sagte: »Es handelt sich um die Gestalt des Propheten Muhammad (Segen und Friede seien mit Ihm!). Es gibt viele Muslime in den Reichen des Khakhans, und viele haben keine Ahnung, wie der Prophet (Segen und Friede seien mit Ihm!) im Leben ausgesehen hat. Nehmt dies mit, um es ihnen zu zeigen.«

»Verzeiht, Hoheit«, sagte mein Onkel Mafìo zaudernd, wie das sonst so gar nicht seine Art war. »Ich dachte, lebensechte Abbilder wären im Islam verboten. Und noch dazu das Bildnis des Propheten...«

Die Shahryar Zahd erklärte: »Es ist ja nicht lebendig, solange die Augen nicht hineingemalt sind. Ihr werdet dies von irgendeinem Künstler nachholen lassen, kurz bevor Ihr das Bild dem Khan überreicht. Es brauchen ja nur die beiden braunen Punkte auf die weißen Augäpfel gemalt zu werden.«

Und der Shah fügte hinzu: »Das Bild selbst ist mit Zauberfarben gemalt, die in wenigen Monaten anfangen werden zu verblassen, bis das Bild vollständig verschwunden ist. Auf diese Weise kann es nie zu einem Gegenstand der Verehrung werden, wie Ihr Christen sie anbetet; denn solche sind verboten, weil sie in unserer vergeistigteren Religion überflüssig sind.«

»Dieses Porträt«, sagte mein Vater, »wird einzigartig sein unter den vielen Geschenken, die der Khan ständig von überallher erhält. Eure Hoheiten erweisen sich in Euren Tributen als überaus großzügig.«

»Gern hätte ich ihm auch ein paar Jungfrauen aus Shiraz und Knaben aus Kashan geschickt«, sann der Shah. »Nur habe ich das schon mehrere Male versucht, doch irgendwie kommen sie nie an seinem Hofe an. Es muß schwierig sein, Jungfrauen zu transportieren.«

»Ich hoffe nur, wir schaffen es, all dies hier hinzubringen«, sagte mein Onkel und vollführte eine allesumfassende Geste.

»Ach, das dürfte nicht weiter schwierig sein«, sagte *wazir* Jamshid. »Ein jedes von Euren neuen Kamelen ist imstande, diese ganze Last zu tragen, und das noch dazu bei einer Reisegeschwindigkeit von acht *farshaks* pro Tag; dazu brauchen sie notfalls nur jeden vierten Tag zu saufen. Vorausgesetzt, versteht sich, Ihr habt einen tüchtigen Kameltreiber.«

»Welchselbigen Ihr jetzt habt«, erklärte der Shah. »Noch ein Geschenk von mir, und zwar diesmal eines für Euch, meine Herren.« Er gab der Wache an der Tür einen Wink, woraufhin diese hinausging. »Ein Sklave, den ich selbst erst vor kurzem erworben habe; das heißt, einer meiner Hofeunuchen hat ihn für mich gekauft.«

Mein Vater murmelte:

»Die Großmut Eurer Hoheit ist weiterhin unerschöpflich und überwältigend.«

»Nun ja«, sagte der Shah bescheiden. »Was ist schon ein Sklave unter Freunden? Selbst ein Sklave, der mich fünfhundert Dinar gekostet hat.«

Die Wache kehrte mit diesem Sklaven zurück, der sich augenblicklich grüßend zu Boden warf und mit schriller Stimme rief: »Allah sei gepriesen! Da treffen wir uns wieder, gütige Herren!«

»*Sia budelà!*« entfuhr es Onkel Mafìo. »Das ist doch die Natter, die zu kaufen wir zurückgeschreckt sind!«

»Das Scheusal Nasenloch!« rief auch der *wazir*. »Wirklich, Euer Hoheit, wie seid Ihr dazu gekommen, diesen Auswurf zu kaufen?«

»Ich nehme an, der Eunuch hat sich in ihn verliebt und ist auf ihn hereingefallen«, erklärte der Shah säuerlich. »Ich aber nicht. Und deshalb gehört er jetzt Euch, meine Herren.«

»Nun...«, sagten mein Vater und mein Onkel voller Unbehagen, ohne ihn beleidigend werden zu wollen.

»Nie habe ich einen widerborstigeren und aufrührerischeren Sklaven kennengelernt«, sagte der Shah und verzichtete auf jeden Anschein, sein Geschenk lobend herausstreichen zu wollen. »Er flucht und erregt in einem halben Dutzend Sprachen, die ich nicht verstehe, meinen Abscheu. Ich weiß nur, daß in jeder Verwünschung das Wort ›Schwein‹ auftaucht.«

»Auch mir gegenüber ist er frech geworden«, sagte die Shahryar. »Man stelle sich vor – ein Sklave, der die Lieblichkeit der Stimme seiner Herrin bekrittelt!«

»Der Prophet (aller Segen und aller Friede seien mit Ihm!)« ließ sich nunmehr Nasenloch vernehmen, als grüble er laut vor sich hin. »Der Prophet hat gesagt, verflucht sei das Haus, in welchem die Stimme der Frau auch noch außerhalb seiner Türen zu hören ist.«

Giftig funkelte die Shahryar ihn an, und der Shah sagte: »Hört Ihr? Nun, der Eunuch, der ihn gekauft hat, ohne daß er irgendeinen Auftrag dazu hatte, ist von vier wilden Pferden in Stücke gerissen worden. Auf den Eunuchen ließe sich verzichten, denn schließlich war er unter meinem Dach von einer meiner anderen Sklavinnen geboren worden, hat also nichts gekostet. Aber dieser Sohn einer *shaqàl*-Hündin hat mich fünfhundert Dinar gekostet; infolgedessen muß er, selbst wenn wir uns seiner entledigen, noch einigen Nutzen bringen. Ihr, meine Herren, braucht einen Kameltreiber, und er behauptet, einer zu sein.«

»Und das ist die reine Wahrheit!« rief der Sohn einer *shaqàl*-Hündin. »Gütige Herren, ich bin mit Kamelen aufgewachsen und liebe sie wie meine Schwestern...«

»Das«, erklärte mein Onkel, »glaube ich dir.«

»Beantworte mir dies, Sklave!« donnerte Jamshid ihn an. »Ein Kamel kniet zum Beladen nieder. Es ächzt und stöhnt bei jeder neuen Last, die ihm aufgebürdet wird. Woher weißt du, wann es soweit ist, daß nichts mehr hinzugeladen werden darf?«

»Das ist leicht zu erkennen, *wazir* Mirza. Sobald es *aufhört* zu murren, ist ihm der letzte Strohhalm aufgeladen, den zu tragen es imstande ist.«

Jamshid zuckte die Achseln. »Er kennt sich mit Kamelen aus.«

»Nun...«, murmelten mein Vater und mein Onkel.

Und die Worte des Shahs ließen keine Widerrede mehr zu, als er sagte: »Entweder Ihr nehmt ihn mit, meine Herren, oder Ihr steht daneben und seht zu, wie er in den Krug gesteckt wird.«

»In den Krug?« fragte mein Vater nach, der nicht wußte, was das war.

»Nehmen wir ihn, Vater«, sagte ich, der ich das erste Mal den Mund aufmachte. Ich sagte es nicht mit Begeisterung, hätte aber nicht ein zweites Mal einer Hinrichtung durch siedendes Öl beiwohnen können – auch dann nicht, wenn es sich um diesen widerwärtigen Wurm gehandelt hätte.

»Allah wird es Euch vergelten, junger Mirza!« rief der Wurm. »Ach, die Zierde der Vollkommenheit – Ihr seid mitleidig wie der Derwisch Bayazid aus alter Zeit, der auf seinen Reisen in den Flusen seines Nabels eine Ameise fand und hundert *farsakhs* an seinen Ausgangspunkt zurückwanderte, um die entführte Ameise auf den Haufen zurückzutun, von dem sie stammte, und...«

»Schweig!« herrschte mein Onkel ihn an. »Wir nehmen dich, weil wir unseren Freund, Shah Zaman, von deiner stinkenden Gegenwart befreien wollen. Aber ich warne dich, Abschaum, du, Mitleid wirst du kaum von uns erfahren!«

»Ich bin es zufrieden!« rief der Abschaum. »Verunglimpfungen und Schläge von einem Weisen sind köstlicher denn Schmeicheleien und Blumen von einem Dummkopf. Außerdem...«

»*Gesù!*« sagte mein Onkel müde. »Man wird dich nicht auf das Hinterteil schlagen – man wird die Prügel deiner allzu hurtigen Zunge verabreichen. Hoheit, wir werden aufbrechen, sobald der Morgen tagt – und Euch von der Gegenwart dieser Pestbeule befreien, so rasch es geht.«

Früh am nächsten Morgen kleideten Karim und unsere anderen beiden Diener uns in gute, derbe Reisekleidung persischer Art, halfen uns, unsere persönlichen Habseligkeiten zu packen, und überreichten uns einen großen Korb feiner Speisen und Weine und anderer Leckerbissen, welche die Palastköche bereitet, auf daß diese Nahrung sich lange halte und uns unterwegs eine ganze Weile den Hunger stille. Dann gaben alle drei Diener sich einem Schauspiel tiefen Kummers hin, als wären wir ihr Leben lang ihre geliebten Herren gewesen, die sie nun für immer zurückließen. Sie warfen sich zum Abschied der Länge nach auf den Boden, rissen sich die *tulbands* vom Kopf, schlugen mit der Stirn auf den Boden und ließen von alledem nicht ab, bis mein Onkel reichlich *bakhshish* unter sie verteilt hatte, woraufhin sie uns zufrieden lächelnd und den Schutz Allahs auf uns herabbeschwörend verabschiedeten.

Bei den Palaststallungen stellten wir fest, daß Nasenloch, ohne daß irgend jemand es ihm befohlen hatte, ohne Schläge und ganz auf sich allein gestellt, unsere Reittiere gesattelt und das Lastkamel beladen hatte. Er hatte sogar all die Geschenke, die der Shah mitschicken wollte, sorgfältig verpackt und dergestalt verstaut, daß sie nicht herunterfallen, aneinanderstoßen und unterwegs auch nicht mit Schmutz in Berührung kommen konnten; und soweit wir sahen, hatte er auch nichts gestohlen.

Statt ihn dazu zu beglückwünschen, erklärte mein Onkel streng: »Du Schurke bildest dir ein, uns jetzt einzuseifen, um uns hinterher um so besser über den Löffel balbieren zu können; und denkst dir, daß es uns hinterher nichts ausmacht, wenn du in deine üblichen Schlampereien zurückfällst. Aber ich warne dich, Nasenloch, genau diese Art von Tüchtigkeit *erwarten* wir von dir, und . . .«

Unterwürfig unterbrach der Sklave ihn: »Ein guter Herr sorgt dafür, daß er einen guten Sklaven hat; was er an Dienstleistung und Gehorsam zu erwarten hat, steht in direktem Verhältnis zu der Achtung und dem Vertrauen, die ihm entgegengebracht werden.«

»Aber nach allem, was wir gehört haben«, erklärte mein Vater, »hast du deinen letzten Herren, dem Shah und dem Sklavenhändler, nicht gerade gut gedient . . .«

»Ach, gütiger Mirza Polo, viel zu lange hat man mich in Städten und Häusern eingesperrt, und Eingesperrtsein macht mich kratzbürstig und böse. Allah hat mich als jemand geschaffen, der immer unterwegs sein muß. Als ich erfuhr, daß Ihr Herren Reisende seid, habe ich alles darangesetzt, aus dem Haushalt des Palastes hinausgeworfen und Eurer *karwan* zugeteilt zu werden.«

»Hm«, meinten mein Vater und mein Onkel skeptisch.

»Indem ich das tat – dessen war ich mir wohl bewußt –, lief ich selbstverständlich Gefahr, ein noch schlimmeres Schicksal zu erleiden – wie etwa in den Ölkrug getaucht zu werden. Doch davor hat mich der junge Mirza Polo bewahrt, und das wird er nie bedauern. Für Euch ältere Herren werde ich der gehorsame Diener sein – ihm gegenüber jedoch werde ich der hingebungsvolle Freund und Erzieher sein. Ich will zwischen ihm und jedem Schaden stehen, der ihm zustoßen könnte, genauso, wie er es für mich getan hat – und ihn unermüdlich in die Weisheit der Straße einführen.«

Nasenloch war also der zweite ungewöhnliche Lehrer, den ich in Baghdad bekam. Zwar wünschte ich von Herzen, es hätte jemand so hübsch und gesellig und begehrenswert sein können, wie Prinzessin Falter es gewesen war. Und ich war auch nicht sonderlich begeistert, der Schützling dieses grindigen Sklaven zu sein – und womöglich noch Gefahr zu laufen, daß einige seiner häßlichen Züge auf mich abfärbten. Aber ich wollte ihn nicht verlieren, indem ich diese Dinge laut sagte, und so setzte ich nur eine Miene auf, die duldsames Einverständnis erkennen ließ.

»Daß Ihr nicht glaubt, ich behauptete, ein guter Mensch zu sein«, sagte Nasenloch, als hätte er meine Gedanken gelesen. »Ich bin ein höchst weltlicher Mensch, und nicht alle meine Vorlieben und Gewohnheiten gelten in den Augen der gebildeten Gesellschaft als annehmbar. Ihr werdet zweifellos häufig Anlaß haben, mich zu schmähen oder mich zu schlagen. Aber ein guter Reisender bin ich wirklich. Und jetzt, wo ich wieder unterwegs sein darf, werdet Ihr meine Nützlichkeit bald zu schätzen wissen. Ihr werdet schon sehen!«

So gingen wir drei, uns endgültig und in aller Form vom Shah und von der Shahryar und ihrer alten Mutter sowie der Shahzrad Magas zu verabschieden. Alle waren sie aus diesem Grunde bereits früh aufgestanden – und verabschiedeten uns in der Tat, als wären wir gerngesehene Gäste und nicht nur Männer, die mit einem *ferman* des Khakhan ausgestattet waren und die man unterbringen mußte, ob man nun wollte oder nicht.

»Hier die Papiere, aus denen hervorgeht, daß Ihr Besitzer dieses Sklaven seid«, sagte Shah Zaman und reichte sie meinem Vater. »Ihr werdet von nun an auf Eurer Reise in den Osten viele Grenzen überschreiten, und es könnte sein, daß die Grenzwachen wissen wollen, wer alles zu dieser *karwan* gehört. Und jetzt, lebt wohl, gute Freunde! Möge der Schatten Allahs nie von Euch weichen!«

An uns alle gerichtet, doch mit einem besonderen Lächeln, das nur mir galt, sagte Prinzessin Falter: »Möget Ihr unterwegs nie einem *afriti* oder einem bösen *jinni* begegnen – nur den lieblichen und vollkommenen *peri*.«

Die Großmutter nickte uns nur stumm zu, während die Shahryar Zahd zum Abschied etwas sagte, das fast so lange dauerte wie eines ihrer Märchen, bis sie endlich mit einem übertriebenen: »Eure Abreise läßt uns alle untröstlich zurück« schloß.

Woraufhin ich mich erkühnte zu sagen: »Einen Menschen gibt es hier im Palast, dem ich gern persönlich Grüße ausrichten lassen möchte.« Ich gestehe, ich war immer noch ziemlich verwirrt von den Phantasien, die ich um Prinzessin Sonnenlicht gesponnen hatte – und von der irrigen Meinung, ein lange bewahrtes Geheimnis, das sich um sie rankte, gelüftet zu haben. Doch gleichviel: ob sie nun wirklich so unvergleichlich schön war, wie ich sie in meiner Phantasie sah, oder nicht, sie war eine nie erlahmende Liebhaberin gewesen, und so war es mehr als ein Gebot der Höflichkeit, daß ich mich besonders von ihr verabschiedete. »Würdet Ihr der Dame ausrichten, daß ich sie von Herzen grüßen lasse, Hoheit?« wandte ich mich an die Shahryar Zahd. »Ich glaube nicht, daß Prinzessin Shams Eure Tochter ist, doch...«

»Wirklich«, sagte die Shahryar kichernd. »Meine Tochter – was Ihr Euch so alles ausdenkt! Ihr scherzt, junger Mirza Marco, auf daß der Abschiedsschmerz uns nicht überwältigt und wir alle lachen und guter Dinge sind. Ich bin sicher, Ihr seid Euch darüber im klaren, daß die Shahrpiryar die einzige persische Prinzessin namens Shams ist.«

Unsicher sagte ich: »Ich habe diesen Titel nie zuvor gehört.« Was mich verwirrte, war, daß Prinzessin Falter sich in die äußerste Ecke des Raums zurückgezogen hatte und ihr Gesicht in den Falten des *qali* barg; nur ihre grünen Augen waren zu sehen, und die leuchteten boshaft, während sie versuchte, ihr Lachen zu unterdrücken, welches so stark war, daß sie sich fast krümmte.

»Der Titel Shahrpiryar«, erklärte ihre Mutter, »bedeutet soviel wie Prinzessinnen-Mutter Shams, die altehrwürdige Stammutter von uns Prinzessinnen.« Sie vollführte eine weitausholende Geste. »Meine Mutter hier.«

Vor Ekel und Entsetzen mit Stummheit geschlagen, starrte ich die Shahrpiryar Shams an, die verrunte und verhutzelte, braunfleckige und hinfällige unsägliche alte Großmutter mit dem immer schütterer werdenden Haarwuchs. Und sie erwiderte mein Glotzen, daß mir die Augen förmlich aus dem Kopf fielen, mit einem wollüstigen, geilen Lächeln, bei dem sich ihre zahnlosen Kiefer entblößten. Gleichsam um sicherzustellen, daß ich auch wirklich erkannte, um wen es sich hier handelte, fuhr sie sich mit ihrer grauen Zungenspitze über die rissige Oberlippe.

Ich hätte auf der Stelle herumfahren und davonlaufen können, doch irgendwie drehte ich mich nur und folgte meinem Vater und meinem Onkel aus dem Raum hinaus, ohne daß mir die Sinne schwanden oder ich mich auf den alabasternen Boden erbrach. Unbestimmt nahm ich das lustige, lachende und spöttische Lebewohl wahr, das Falter hinter mir herrief, denn in meinem Inneren hörte ich andere spöttische Stimmen – hörte meine eigene alberne Frage: »Ist Eure Schwester viel jünger als Ihr?« sowie das eingebildete Gebot Allahs hinsichtlich der »göttlichen Schönheit der Prinzessin« und hörte die vom *fardarbab* aus dem von mir geschüttelten Sand gelesene Antwort: »Hütet Euch vor der Blutrünstigkeit der Schönheit!«

Nun, meine letzte Begegnung mit der Schönheit hatte mich kein Blut gekostet, und ich darf wohl behaupten, daß noch nie jemand an Ekel oder an Demütigung gestorben ist. Falls überhaupt, war die Erfahrung höchstens dazu angetan, daß mein Blut lange nicht zur Ruhe kam und ich auch hinterher immer noch einen roten Kopf hatte und mir der Schädel brummte. – Denn wann immer ich an jene Nächte im *anderun* des Palastes von Bahgdad zurückdachte, schoß mir das Blut zu Kopf, und ich errötete.

7 Der *wazir* hoch zu Roß begleitete unsere kleine Kamel-*karwan* jenen *isteq lbal* – also jene halbe Tagereise lang –, mit der die Perser der Sitte entsprechend scheidende Gäste ehren. Im Laufe dieses Vormittags äußerte Jamshid sich mehrere Male besorgt darüber, wie schlimm ich mit dem glasigen Blick und dem schlaff herabhängenden Kinn aussehe. Auch mein Vater und mein Onkel sowie der Sklave Nasenloch erkundigten sich mehr als einmal, ob der wogende Gang des Kamels mir nicht bekomme. Jeden fertigte ich mit einer ausweichenden Antwort ab. Schließlich konnte ich unmöglich zugeben, daß ich mich wie vor den Kopf geschlagen fühlte bei dem Bewußtsein, mich rund drei Wochen hindurch beseligt mit einer sabbernden Alten gepaart zu haben, die ohne weiteres meine Großmutter hätte sein können.

Aber ich *war* nun einmal jung, und folglich erholte ich mich bald wieder von dem Schlag. Nach einiger Zeit redete ich mir selbst ein, es sei weiter kein Schaden angerichtet – gelitten hätte höchstens mein Selbstbewußtsein –, und es stehe auch nicht zu erwarten, daß die Prinzessinnen plauderten und mich zum Gespött der Leute machten. Als Jamshid sich endgültig mit einem letzten *salaam aleikum* verabschiedete und sein Pferd wendete, um nach Baghdad zurückzukehren, hatte ich mich schon wieder soweit erholt, daß ich mich umsah und erkennen konnte, durch was für eine Landschaft wir hindurchritten. Wir befanden uns in einer Gegend und sollten das auch noch eine Weile bleiben, die aus angenehm begrünten Tälern bestand, welche sich zwischen blauen Bergen dahinzogen.

Das war gut, setzte es uns doch instand, uns an unsere Kamele zu gewöhnen, ehe wir den beschwerlichen Ritt durch die Wüste antreten mußten.

Ich möchte feststellen, daß es nicht schwerer ist, ein Kamel zu reiten als ein Pferd, jedenfalls, nachdem man sich erst einmal daran gewöhnt hat, daß man bei dem Wüstentier viel höher über dem Boden thront. Kamele haben einen kurzen, zockelnden Gang und einen überaus hochnäsigen Gesichtsausdruck, genauso wie eine bestimmte Art von Männern. An die abgehackte Gangart kann sich auch ein Anfänger ziemlich leicht gewöhnen; am leichtesten ist es, wenn man beide Beine zur selben Seite hinunterhängen läßt wie auf einem Damensattel und den Sattelknauf in die Kniekehle eines der Beine klemmt. Kamele tragen aber kein Zaumzeug mit Gebiß, wie Pferde, sondern einen Zügel, der mit einem Holzpflock verbunden ist, der lebenslang in der Nasenscheidewand des Tieres sitzt. Die gleichsam gerümpfte Nase verleiht dem Kamel das Aussehen eines hochmütig-intelligenten Wesens, doch dieser Anschein trügt vollkommen. Man muß sich ständig darüber im klaren sein, daß Kamele zu den beschränktesten aller Tiere gehören. Ein kluges Pferd spielt dem Reiter vielleicht gern einen Streich, um ihn abzuwerfen oder zu verwirren. Zu so etwas wäre ein Kamel nie in der Lage; es besitzt aber auch nicht den gesunden Instinkt aufzupassen, wo es hintritt, oder vermeidbaren Gefahren auszuweichen. Ein Kamelreiter muß stets auf der Hut sein und sein Reittier selbst um deutlich erkennbare Felsen oder Löcher im Boden herumführen, auf daß es nicht stürze und sich womöglich ein Bein breche.

Wie schon die ganze Strecke von Acre her, reisten wir immer noch durch Gebiete, die meinem Vater und meinem Onkel nicht minder neu waren als mir; denn auf ihren bisherigen Reisen durch Asien waren sie auf einer weit nördlicheren Route als dieser gen Osten gezogen und auch wieder auf dieser zurückgekehrt in den Westen. Deshalb überließen sie es, wenn auch widerwillig, dem Sklaven Nasenloch, die Richtung anzugeben, der behauptete, in seinem Wanderleben schon oft durch dieses Land gezogen zu sein. Und das muß stimmen, denn er führte uns durchaus zuversichtlich und hielt nicht zweifelnd inne an den vielen Weggabelungen, auf die wir stießen. Er schien immer ganz genau zu wissen, wie wir weiterzureiten hatten. So brachte er uns auch zum Sonnenuntergang dieses ersten Tages in eine passend gelegene *karwansarai.* Um Nasenloch für sein gutes Betragen zu belohnen, ließen wir ihn sein Lager nicht im Stall bei den Kamelen aufschlagen, sondern bezahlten dafür, daß er im Hauptgebäude essen und schlafen konnte.

Als wir an diesem Abend um das Speisetuch herum saßen, vertiefte mein Vater sich in die Papiere, die der Shah uns gegeben hatte, und sagte:

»Ich erinnere mich, daß du uns gesagt hast, du hättest schon viele andere Namen gehabt, Nasenloch. Jetzt geht aus diesen Dokumenten hervor, daß du einem jeden deiner bisherigen Herren unter einem anderen Namen gedient hast: Sindbad. Ali Baba, Ali-ad-Din. Alle diese Namen klingen hübscher als Nasenloch. Wie, möchtest du, daß wir dich rufen?«

»Mit keinem dieser Namen, wenn ich bitten darf, Herr. Sie alle gehören längst vergangenen Etappen meines bisherigen Lebens an. Der Name Sindbad zum Beispiel hat nur etwas mit dem Lande Sind zu tun, wo ich herstamme. Diesen Namen habe ich längst abgelegt.«

Ich sagte: »Die Shahryar Zahd hat uns die Abenteuer eines Mannes erzählt, der unter dem Namen Sindbad der Seefahrer durch die Welt gezogen ist. Ist es möglich, daß Ihr das gewesen seid?«

»Das muß jemand gewesen sein, der mir sehr ähnlich ist – denn der Mann war ganz offensichtlich ein Lügner.« Er gluckste vergnügt in sich hinein, als er so über sich selbst herzog. »Ihr Herren stammt aus der Seefahrer-Republik Venedig, müßt also wissen, daß kein Seemann sich selbst jemals als See*fahrer* bezeichnen würde. Er ist unwandelbar Seemann oder Matrose – Seefahrer ist ein Ausdruck der Landratten, die keine Ahnung von der Seefahrt haben. Und wenn dieser Sindbad es nicht einmal geschafft hat, seinen Beinamen glaubwürdig klingen zu lassen, muß einem auch alles, was er sonst erzählt, verdächtig vorkommen.«

Mein Vater jedoch ließ nicht ganz locker: »Ich muß in dies Papier einen Namen eintragen, unter dem Ihr jetzt unser Eigentum seid ...«

»Schreibt nur Nasenloch hin, gütiger Herr«, sagte er leichthin. »Diesen Namen führe ich nun bereits seit jenem unseligen Zwischenfall, der mir ihn eingetragen hat. Ob Ihr Herren es nun glaubt oder nicht, ich bin früher einmal ein ausnehmend hübsches und stattliches Mannsbild gewesen, ehe diese Verstümmelung mir mein ganzes Aussehen ruiniert hat.«

Dann erging er sich ausschweifend darüber, was für ein gutaussehender Mann er gewesen war, als er noch zwei Nasenlöcher gehabt hatte, und wie die in seine männliche Schönheit verliebten Frauen hinter ihm hergewesen seien. In seiner Jugend, als Sindbad, sagte er, habe er ein reizendes Mädchen dermaßen bestrickt, daß sie ihr Leben aufs Spiel gesetzt hatte, um ihn aus den Händen geflügelter und böser Inselbewohner zu retten. Später, als Ali Baba, sei er einer Diebesbande in die Hände gefallen, die ihn in einen Krug mit Sesamöl gesteckt habe; gewiß hätte man ihm den sprechenden Kopf vom mürbe gewordenen Hals gerissen, wäre ihm nicht ein anderes schönes Mädchen zu Hilfe geeilt, das gleichfalls seinem Zauber erlegen sei und ihn aus dem Krug und damit aus den Händen der Diebe befreit hätte. Als Ali-ad-Din habe er noch ein anderes reizendes Mädchen dazu gebracht, allen Mut zusammenzunehmen und ihn aus den Klauen eines *afriti* zu befreien, der unter dem Befehl eines bösen Zauberers gestanden habe . . .

Nun, diese Geschichten waren genauso unglaubwürdig wie all die Märchen, die Shahryar Zahd uns erzählt – aber auch nicht unglaubwürdiger als seine Beteuerung, einst ein gutaussehender Mann gewesen zu sein. Kein Mensch hätte ihm das geglaubt. Hätte er auch die üblichen zwei Nasenlöcher gehabt oder deren gar drei – das hätte seiner Ähnlichkeit mit einem großschnäbligen, kinnlosen, kugelbäuchigen *shuturmurq*-Kamelvogel keinerlei Abbruch getan, die durch den Stoppelbart unter *seinem* Schnabel nur noch komischer wirkte. Nasenloch ging jedoch noch weiter und behauptete – was noch unglaubwürdiger klingt –, nicht nur ein schöner Mann sei er gewesen, sondern auch einer, der viele überaus beherzte und Mut erfordernde Heldentaten vollbracht hätte. Höflich lauschten wir ihm, wußten jedoch, daß seine ganze Aufschneiderei nichts war als »Rebranken ohne Trauben«, wie mein Vater es später ausdrückte.

Einige Tage später, als mein Onkel unser weiteres Vordringen gen Osten mit den Landkarten im *Kitab* des al-Idrisi verglich, verkündete er, wir seien an eine wahrhaft historische Stätte gelangt. Seinen Berechnungen zufolge müßten wir nahe jener im *Alexanderbuch* erwähnten Stelle sein, wo die Amazonenkönigin Thalestris dem Eroberer mit ihrem Heer von Kriegerinnen gegenübergetreten war, ihn zu begrüßen und ihm zu huldigen. Wir mußten uns auf Onkel Mafios Wort verlassen, denn es war weit und breit kein Monument zu sehen, dieses Zusammentreffen zu feiern.

In späteren Jahren bin ich oft gefragt worden, ob ich auf meinen Reisen jemals dem Volk der Amazonen begegnet sei. Doch das ist weder in Persien noch sonstwo der Fall gewesen. Später, im unmittelbaren Herrschaftsbereich der Mongolen, traf ich zwar viele Kriegerinnen, doch die waren sämtlich ihren Männern untergeordnet. Übrigens hat man mich auch oft gefragt, ob ich in jenen fernen Landen jemals dem Priester Johannes begegnet sei, oder dem Priester John oder Prete Zuàne, wie er in anderen Sprachen heißt; bei diesem verehrten und mächtigen Mann handelt es sich offensichtlich um eine in den Nebeln von Mythos und Fabel, Rätsel und Legende eingehüllte Gestalt.

Seit mehr als hundert Jahren gehen im Abendland Gerüchte über ihn um: er sei ein direkter Nachkomme eines der Heiligen Drei Könige, die als erste das Christuskind angebetet hätten, und folglich selbst ein frommer Christ von königlichem Geblüt, darüber hinaus aber auch noch reich und mächtig und weise. Als christlicher Monarch eines dem Vernehmen nach immens großen christlichen Reiches hat er die Phantasie der Abendländer immer wieder beschäftigt. Wenn man aber bedenkt, wie zerrissen das Abendland ist, aus wie vielen kleinen Nationen es besteht, die von vergleichsweise kleinen Königen und Herzögen und dergleichen beherrscht werden, die unablässig Krieg gegeneinander führen – und überdies auch noch einem Christentum angehören, das ständig neue kirchenspalterische und einander feindselig gesonnene Sekten hervorbringt –, ist es nur allzu natürlich, daß wir unseren Blick mit sehnsüchtiger Bewunderung jenen unglaublich großen Völkergemeinschaften zuwenden, die alle friedlich unter einem Herrscher und einem allerhöchsten Hohenpriester, die wiederum beide in ein und derselben herrscherlichen Persönlichkeit vereint sind.

Außerdem hat das Abendland immer dann, wenn es von heidnischen Wilden, die aus dem Osten herangebrandet kamen, bedrängt wurde – also von Hunnen, Tataren, Mongolen und den muslimischen Sarazenen –, inbrünstig gehofft und dafür gebet, daß der Prete Zuàne mit seinen Legionen christlicher Krieger im noch ferneren Osten *hinter* den Linien der Invasoren auftauchen möge, damit die Heere dieser Heiden zwischen seinen und unseren Streitkräften aufgerieben würden. Doch der Prete Zuàne ist nie aus seinen geheimnisumwitterten fernen Ländern im Osten aufgetaucht, um den christlichen Abendländern in den immer wiederkehrenden Zeiten der Not beizustehen oder jedenfalls einem handfest zu beweisen, daß es ihn wirklich gab. Gibt es ihn also, und wenn ja, wer ist er? Gebietet er wirklich über ein fernes christliches Reich, und wenn ja, wo liegt dieses?

Ich habe bereits in den früher erschienenen Berichten über meine Reisen Spekulationen darüber angestellt, daß es den Prete Zuàne *in einem gewissen Sinne* gegeben hat und vielleicht immer noch gibt – daß es sich jedoch bei ihm nie und nimmer um einen *christlichen* Potentaten handelt.

Früher, in der Zeit, da die Mongolen nichts weiter waren als ein Haufen nebeneinanderherlebender und schlecht organisierter Stämme, nannten sie jeden Stammeshäuptling einen Khan. Als die vielen Stämme unter dem furchtgebietenden *Chinghiz* zusammengefaßt und vereinigt wurden, wurde er zu dem einzigen Alleinherrscher des Ostens, der über ein Reich gebot, das dem glich, über das – so man den Gerüchten Glauben schenkt – besagter Prete Zuàne oder Prester John oder Priester Johannes gebieten sollte. Seit der Zeit des Chinghiz ist dieses Mongolen-Khanat in Teilen oder im Ganzen von verschiedenen seiner Nachkommen beherrscht worden, ehe sein Enkel Kubilai Khakhan wurde, dieses Reich noch weiter vergrößerte und mit noch festerer Hand zusammenfügte. Alle diese Mongolenherrscher von Chinghiz' Zeiten an hatten verschiedene Namen, trugen aber alle ein und denselben Titel Khan oder Khakhan.

Nun fordere ich die Leser auf, einmal zu überlegen, wie leicht das gesprochene oder geschriebene Wort Khan oder Khakhan irrtümlich als Zuàne oder John oder Johannes verstanden oder gelesen werden könnte. Einmal angenommen, irgendein längst verstorbener christlicher Reisender im Osten hat den Namen irrtümlich so verstanden. Es wäre doch nur allzu natürlich, wenn er dabei an den heiligen Apostel eben dieses Namens erinnert wurde – und wäre ja wohl weiter kein Wunder, wenn er hinterher glaubte, von einem Priester oder Bischof, der den Namen des Apostels trug, gehört zu haben. Er brauchte ja nur das falsch Gehörte mit der Wirklichkeit zu vermischen – dem Ausmaß, der Macht und dem Reichtum des Mongolen-Khanats –, um später, als er zurückkehrte ins Abendland, eifrig von einem Prete Zuàne zu berichten, den es zwar nur in seiner Phantasie gab, der aber über ein imaginäres christliches Reich gebieten sollte.

Nun, wenn ich recht habe, waren die Khane wohl für die Legendenbildung verantwortlich, ohne dazu von sich aus beigetragen zu haben; nur sind sie selbstverständlich keine Christen. Auch haben sie nie jene legendenumwobenen Dinge besessen, deren Besitz dem Prete Zuàne zugeschrieben wurde: den Zauberspiegel, in dem er ferne Machenschaften seiner Feinde erblickt, die Zaubermittel, mit deren Hilfe er jedes menschliche Gebrechen heilen kann, sowie seine menschenverschlingenden Krieger, die unbesiegbar sind, weil sie nur von überwältigten Feinden leben – und all die anderen Wunderdinge, die so sehr an die Märchen der Shahryar Zahd gemahnen.

Was nicht heißt, im Osten gäbe es überhaupt keine Christen. Die gibt es nämlich, und zwar viele, Einzelindividuen und Gruppen, ja ganze Christengemeinden, die sich überall finden, von der mittelmeerischen Levante bis zu den fernsten Gestaden Kithais, und diese Christen findet man unter allen Hautfarben, von Weiß bis zu Rauchfarben, Braun und Schwarz. Unseligerweise handelt es sich durch die Bank um Angehörige der östlichen Kirche, das heißt, um Anhänger der Lehren des schismatischen Abtes Nestorius, sind also für uns Gläubige der römischen Kirche Ketzer. Denn die Nestorianer leugnen, daß die Jungfrau Maria den Titel Muttergottes trage, gestatten nicht, daß das Kruzifix in ihren Kirchen hängt, und verehren den von uns verabscheuten Nestorius als Heiligen. Außerdem geben sie sich zahllosen anderen Häresien hin. Ihre Priester leben nicht im Zölibat, viele von ihnen sind verheiratet, und alle hangen sie der Praxis der Simonie an, denn sie spenden die Sakramente nur gegen Bezahlung von Geld. Das einzige, was die Nestorianer mit uns echten Christen verbindet, ist die Tatsache, daß sie denselben Herrgott anbeten und Christus als Seinen Sohn anerkennen.

Das zumindest ließ sie mir, meinem Vater und meinem Onkel verwandter erscheinen als die zahlenmäßig weit überlegenen Verehrer Allahs oder Buddhas oder noch unbekannterer Gottheiten. Infolgedessen bemühten wir uns – auch wenn wir ihre Lehren nicht anerkannten –, keine übergroße Abscheu vor den Nestorianern zu nähren, die uns für gewöhnlich sehr gastfreundlich und hilfreich begegneten.

Sollte es den Prete Zuàne aber in Wirklichkeit doch geben und nicht nur in der Phantasie der Abendländer – und wäre er, wie das Gerücht es will, ein Abkömmling der Heiligen Drei Könige –, hätten wir ihm begegnen müssen, als wir Persien durchquerten, denn dort haben die Heiligen Drei Könige gelebt, und von Persien aus sind sie dem Stern von Bethlehem bis an die Krippe gefolgt. Allerdings würde das bedeuten, daß der Prete Zuàne Nestorianer gewesen wäre, denn nur solche gibt es in diesen Landen. Und tatsächlich haben wir unter den Persern auch einen Christen dieses Namens gefunden, doch der kann unmöglich der Prete Zuàne der Legende gewesen sein. Der Mann hieß Vizan, was die persische Lesart jenes Namens ist, der woanders Zuàne, Giovanni, Johannes oder John lautet. Vizan gehörte von Geburt der persischen Königsfamilie an – war also als Shahzadè oder Prinz zur Welt gekommen –, hatte aber in seiner Jugend den Glauben der östlichen Kirche angenommen, was bedeutete, daß er nicht nur dem Islam entsagte, sondern auch seines Titels und seines Erbes, des ihm zustehenden Reichtums und der Privilegien ebenso verlustig ging wie des Rechts, in der Thronfolge des Shahs zu stehen. All dem hatte er entsagt, um sich einem Stamm nestorianischer *bedawin* anzuschließen. Inzwischen ein uralter Mann, war er der Älteste und Anführer sowie anerkannter Priester dieses Stamms geworden. Wir stellten fest, daß es sich bei ihm um einen guten und weisen Mann handelte. Was das betrifft, entsprach er durchaus dem, was man sich unter dem legendären Prete Zuàne vorstellt. Nur über ein ausgedehntes, reiches und volkreiches Gebiet herrschte er nicht, sondern nur über einen ziemlich abgerissenen Stamm einiger zwanzig verarmter und landloser Schafhirtenfamilien.

Diesen Schafhirten begegneten wir eines Nachts, als wir keine *karwansarai* in der Nähe fanden. Die Leute luden uns ein, ihr Lager zu teilen, das sie in der Mitte ihrer Herde aufgeschlagen hatten, und so verbrachten wir den Abend in Gesellschaft ihres Priesters Vizan.

Während er und wir an einem kleinen Feuer lagerten und unser schlichtes Mahl einnahmen, verwickelten mein Vater und Onkel ihn in ein theologisches Streitgespräch und brachten es gekonnt fertig, viele der von dem alten *bedawin* am meisten geliebten ketzerischen Lehren als unhaltbar hinzustellen und zu erschüttern. Ihm jedoch schien das überhaupt nichts auszumachen, und er schien auch nicht willens, die Fetzen, die von seinem Glauben übriggeblieben waren, ganz von sich zu tun. Statt dessen wandte er sich in der Unterhaltung fröhlich dem Hof von Baghdad zu, an dem wir vor kurzem als Gast geweilt hatten, und fragte uns nach allen, die dort lebten und selbstverständlich seine königlichen Verwandten waren. Wir berichteten ihm, daß es ihnen gutgehe, daß sie blühten und gediehen, wiewohl sie verständlicherweise unter der Oberherrschaft des Khanats litten. Der alte Vizan schien erfreut über diese Neuigkeiten, und diese Freude schien auch nicht im geringsten beeinträchtigt durch irgendwelche nostalgischen Sehnsüchte nach dem Leben in höfischer Pracht, das er vor so langer Zeit aufgegeben hatte. Erst als Onkel Mafìo zufällig die Shahrpiryar Shams erwähnte – wobei ich innerlich zusammenzuckte –, stieß der alte Schafhirten-Bischof einen Seufzer aus, den man als Zeichen von Bedauern hätte auslegen können.

»Dann lebt die Prinzessinnen-Mutter immer noch?« sagte er. »Nun, dann muß sie fast achtzig Jahre alt sein, genauso wie ich.« Und ich zuckte abermals zusammen.

Er schwieg eine Weile, nahm dann einen Stecken zur Hand, stocherte im Feuer herum und starrte gedankenverloren in die Glut. Dann sagte er: »Zweifellos sieht man es der Shahrpiryar Shams heute nicht mehr an – doch auch wenn Ihr guten Brüder mir vielleicht nicht mehr glaubt, diese Prinzessin Sonnenlicht war in ihrer Jugend die schönste Frau von ganz Persien, vielleicht die allerschönste Frau aller Zeiten.«

Mein Vater und mein Onkel murmelten irgend etwas Unverbindliches, und ich mußte immer noch mit der lebhaften Erinnerung an die völlig verrunte und verlebte alte Vettel kämpfen.

»Ach, als sie und ich und die Welt noch jung waren«, sagte der alte Vizan verträumt. »Ich war damals noch Shahzadè von Täbris, und sie war die Shahzrad, älteste Tochter des Shahs von Kirman. Berichte über ihre Schönheit ließen mich von Täbris aus hineilen, genauso wie zahllose andere Prinzen selbst aus dem fernen Sabaea und Kashmir, und nicht einer war enttäuscht, wenn er sie sah.«

Leise stieß ich ein spöttisch-unhöfliches Geräusch aus, das Ungläubigkeit verriet, doch war es nicht laut genug, daß er es hätte hören können.

»Ich könnte Euch von den strahlenden Augen, den Rosenlippen und der biegsamen Anmut des Mädchens erzählen, doch damit könntet Ihr Euch immer noch keine Vorstellung von ihr machen. Denn ach, allein einen Blick auf sie zu werfen, konnte einen Mann entflammen lassen und ihn doch gleichzeitig erfrischen. Sie war wie – wie ein Kleeanger, der von der Sonne erwärmt war und über den dann ein sanfter Regen herniedergegangen ist. Jawohl. Denn das ist das Wohlduftendste, das Gott auf dieser Erde geschaffen hat, und jedesmal, wenn ich diesen Duft in die Nase bekomme, muß ich an die junge und wunderschöne Prinzessin Shams denken.«

Eine Frau mit Klee zu vergleichen! Typisch für den bäurischen und phantasielosen Schafhirten, dachte ich. Gewiß hatte das Denkvermögen des Alten darunter gelitten und war abgestumpft unter den vielen Jahrzehnten, da er mit nichts anderem denn fettigen Schafen und womöglich noch fettigeren Nestorianern Umgang gehabt hatte.

»Es gab keinen Mann in ganz Persien, der nicht riskiert hätte, mit einer Tracht Prügel von den Palastwachen in Kirman vertrieben zu werden, bloß um sich heranzuschleichen und einen flüchtigen Blick auf Prinzessin Sonnenlicht werfen zu können, die sich in den Palastgärten erging. Sein Leben hätte ein Mann gegeben, um sie ohne *chador*-Schleier sehen zu dürfen. Und in der unbestimmten Hoffnung, ein Lächeln von ihr geschenkt zu bekommen, hätte ein Mann gewiß seine unsterbliche Seele gegeben. Weitere Vertraulichkeiten – ach, unmöglich, daran auch nur zu denken! Selbst für die vielen, vielen Prinzen von königlichem Geblüt, die sich bereits unsterblich in sie verliebt hatten.«

Fassungslos und ungläubig starrte ich Vizan an. Das alte Weibsbild, mit dem ich so viele Nächte nackt verbracht – ein unerreichbarer Traum? Unmöglich! Lächerlich!

»Es gab so viele Freier, und alle verzehrten sie sich in Sehnsucht nach ihr, daß die zartbesaitete Shams es nicht fertigbrachte, einen aus ihrer Schar zu erwählen; sie konnte es einfach nicht, aber vielleicht wollte sie es auch nicht. Und auch der Shah, ihr Vater, wollte lange Zeit hindurch nicht die Wahl für sie treffen. Dabei wurde er von so vielen bedrängt, beschworen, und ein jeder überhäufte ihn mit noch kostbareren Geschenken als sein Vorgänger. Diese Werbung ging jahrelang weiter, und Shams war immer noch unvermählt. Dabei wurde sie immer rosenhaft schöner, in ihrer Anmut immer weidenhaft biegsamer und ihr Duft immer betörender wie der vom Klee, der in der Blüte steht.«

Ich saß immer noch da und starrte ihn an, doch jetzt wich meine Skepsis nachgerade Fassungslosigkeit. *All dies* war die Frau gewesen, die mich geliebt hatte? Für diesen Mann so überaus begehrenswert und für andere Männer in jener längstvergangenen Zeit desgleichen? Von so köstlicher Erinnerungswürdigkeit, daß sie immer noch unvergessen war, zumindest von diesem Mann, wenn dieser sich jetzt auch dem Ende seines Lebens näherte?

Onkel Mafìo wollte sprechen, hüstelte erst, räusperte sich dann und sagte: »Und was kam bei der Werbung der vielen Freier schließlich heraus?«

»Oh, die fand schließlich in der Tat ein Ende. Ihr Vater, der Shah, wählte schließlich – mit ihrer Billigung, wie ich annehme – den Shahzadè von Shiraz für sie aus. Er und Shams wurden vermählt, und das gesamte Persische Reich – bis auf die zurückgewiesenen Freier – feierten freudig. Nur – lange Zeit war der Verbindung keine Nachkommenschaft beschert. Ich habe den starken Verdacht, daß der Bräutigam von seinem Glück und der reinen Schönheit seiner Frau dermaßen überwältigt war, daß es ziemlich lange dauerte, ehe er imstande war, die Ehe überhaupt zu vollziehen. Erst nachdem sein Vater gestorben und er als Shah sein Nachfolger in Shiraz geworden war – und Shams dreißig oder gar noch mehr Jahre zählte –, kam ihr einziges Kind zur Welt, leider auch nur eine Tochter. Diese war gleichfalls wunderschön, hat man mir gesagt, doch mit ihrer Mutter konnte sie sich nicht vergleichen. Das war Zahd, die jetzt Shahryar von Baghdad ist; sie muß, wenn ich mich nicht irre, selbst schon eine fast erwachsene Tochter haben.«

»Ja, das hat sie«, wisperte ich ganz leise.

Vizan fuhr fort: »Hätte es diese Ereignisse, von denen ich erzählt habe, nicht gegeben – und hätte Prinzessin Shams eine andere Wahl getroffen –, wer weiß, vielleicht wäre ich dann immer noch . . .« Wieder stocherte er im Feuer herum, doch die Glut wurde immer fahler und erlosch. »Ach ja, mich packte es, in die Wildnis zu gehen und zu suchen. Ich suchte, und was ich fand, das war die wahre Religion und diese meine umherziehenden Brüder, und mit ihnen ein neues Leben. Irgendwo nähre ich die geringe Hoffnung, dermaleinst in den Himmel zu kommen . . . und im Himmel, wer weiß . . . ?«

Die Stimme schien ihm zu versagen. Er sagte nichts mehr, wünschte uns nicht einmal mehr eine gute Nacht, sondern stand einfach auf, ging fort – wirbelte den Geruch von Schafwolle und Schafsmist auf – und verschwand in seinem von den Unbilden der Witterung mitgenommenen und oft geflickten kleinen Zelt. Nein, ich habe ihn nie für den Prete Zuàne der Legenden gehalten.

Als auch mein Vater und Onkel sich in ihre Decken eingerollt hatten, saß ich noch lange gedankenverloren an der fast erloschenen Glut und versuchte im Geist, die alte Großmutter mit der unvergleichlich schönen Prinzessin Sonnenlicht in Einklang zu bringen. Ich war verwirrt. Wenn Vizan sie heute sähe – würde er dann die betagte und häßliche Alte in ihr sehen oder die herrliche Jungfrau, die er einst gekannt hatte? Und ich, würde ich weiterhin Abscheu empfinden, weil sie auch in ihrem hohen Alter, da man sie als Frau kaum noch anerkennen konnte, weiterhin von den Sehnsüchten einer Frau getrieben wurde? Oder sollte ich Mitleid mit ihr haben, weil sie gezwungen war, zu Täuschungen Zuflucht zu suchen, bloß um diese Sehnsüchte zu befriedigen, wo sie einst jeden Prinzen hätte haben können?

Oder noch anders: Sollte ich mich selbst beglückwünschen und mich darüber freuen, die Prinzessin Sonnenlicht genossen zu haben, nach der eine ganze Generation von Männern sich einst vergeblich verzehrt hatte? Da ich diesen Gedanken weiterverfolgte, merkte ich, daß ich Gegenwart und Vergangenheit mit Gewalt in eines zusammenzudrängen versuchte und mich plötzlich noch weniger greifbaren Fragen gegenübersah – denn ich fragte mich plötzlich: Beruht die Unsterblichkeit auf der Erinnerung? Doch mit so tiefer Metaphysik konnte mein Geist einfach nicht fertig werden.

Meinen Geist gibt es immer noch, wie die meisten Geister. Aber eines weiß ich heute, was ich damals nicht wußte. Ich weiß es aus eigener Erfahrung und aus Selbstkenntnis heraus. Der Mensch bleibt irgendwo tief in seinem Inneren immer im selben Alter. Nur sein Äußeres wird älter – seine körperliche Hülle sowie die wiederum *sie* umgebende Hülle, welche die ganze Welt ist. Im Inneren erreicht er ein gewisses Alter, und in diesem bleibt er für den Rest seines Lebens stehen. Dieses beständig gleichbleibende innere Alter mag von Mensch zu Mensch verschieden sein. Im allgemeinen, so nehme ich an, verfestigt es sich wohl im frühen reifen Erwachsenensein, da der Geist Erwachsenen-Bewußtsein und Erwachsenen-Schärfe erlangt hat, ohne daß Gewohnheit und Desillusion ihn hat erstarren lassen; wenn der Körper voll ausgewachsen, aber noch neu ist und das Feuer des Lebens spürt, nicht aber bis jetzt die Asche des Lebens. Kalender, Spiegel und Eifer von Jüngeren können einem Menschen sagen, daß er alt ist; er sieht auch von sich aus, daß die Welt und alles um ihn herum gealtert sind – insgeheim jedoch weiß er, daß *er* immer noch ein junger Mann von achtzehn oder zwanzig Jahren ist.

Und was ich vom Manne behauptet habe, habe ich behauptet, weil ich eben ein Mann bin. Dasselbe muß aber noch mehr auf eine Frau zutreffen, der noch viel mehr als einem Mann daran gelegen sein muß, Jugend, Schönheit und Lebenskraft zu schätzen und zu bewahren. Ich bin sicher, nirgends gibt es eine Frau vorgerückten Alters, die in sich nicht das junge Mädchen birgt. Ich glaube, daß die Prinzessin Shams – auch als ich sie kannte – in ihrem Spiegel immer noch die strahlenden Augen, die Rosenlippen und die Weidenbiegsamkeit ihrer Anmut sah, die ihr Freier Vizan auch über ein halbes Jahrhundert, nachdem er Abschied von ihr genommen, immer noch sehen konnte – genauso wie er den Duft des Klees nach dem Regen riechen konnte, den köstlichsten Duft, den Gott auf der Erde hat entstehen lassen.

DIE GROSSE SALZWÜSTE

1 Kashan war die letzte Stadt, in der wir im bewohnbaren grünen Teil Persiens Station machten; östlich davon erstreckte sich die leere Ödnis, die da *Dasht-e-Kavir* oder Große Salzwüste heißt. Einen Tag vor unserem Eintreffen in dieser Stadt sagte der Sklave Nasenloch:

»Seht, ihr Herren, das Lastkamel hinkt. Ich nehme an, es hat sich den Huf wundgescheuert. Wenn die Stelle nicht vorher ausheilt, könnte uns das in der Wüste böse Überraschungen bringen.«

»Kameltreiber bist du«, sagte mein Onkel. »Was rätst du uns als solcher?«

»Die Behandlung ist einfach, Herr. Ein paar Tage Ruhe für das Tier. Drei Tage sollten reichen.«

»Nun denn«, sagte mein Vater. »Dann werden wir in Kashan Station machen und werden diesen Aufenthalt nutzen. Fülle unseren Reiseproviant wieder auf. Laß unsere Kleider waschen und so weiter!«

Während der Reise von Baghdad bis hierher hatte Nasenloch sich so trefflich und so unterwürfig angestellt, daß wir seine Neigung zu grobem Unfug ganz vergessen hatten. Doch bald hatte zumindest ich Grund zu der Annahme, daß der Sklave dem Kamel die kleine Wunde absichtlich beigebracht hatte, bloß um zu ein paar freien Tagen zu kommen.

Wichtigstes Gewerbe in der Stadt (und auch der Ursprung des Namens Kashan) war seit Jahrhunderten die Herstellung von *kashi* oder Mosaiksteinen, wie wir sagen; jener kunstvoll glasierten Steinplättchen, die in der gesamten muslimischen Welt zur Verschönerung der *masjid*-Tempel, Paläste und anderer Prachtbauten Verwendung finden. Hergestellt werden diese *kashi* in geschlossenen Werkstätten, so daß man nichts davon sieht; weit augenfälliger bot sich uns jedoch Kashans zweitwichtigster Handelsartikel dar, als wir in die Stadt einritten: ihre schönen Knaben und jungen Männer.

Bei den Mädchen und Frauen, die wir auf den Straßen sahen, jedenfalls soweit wir das durch ihren *chador* hindurch erkennen konnten –, handelte es sich um das Gemisch, dem man im Orient überall begegnet: von nichtssagend bis hübsch und hier und da etwas wirklich bemerkenswert Schönem. Im Gegensatz dazu waren fast ausnahmslos *alle* jungen Männer von auffallend schönem Gesichtsschnitt und Körperbau und herrlicher Haltung. Wieso das so ist, kann ich nicht sagen. Das Kashaner Klima sowie Essen und Wasser dort unterschieden sich in nichts von dem, was wir auch sonst in Persien angetroffen hatten, und ich vermochte auch nichts Besonderes in und an jenen Einheimischen erkennen, die in dem Alter standen, Mütter und Väter besagter junger Männer zu sein. Ich habe daher nicht die geringste Ahnung, wieso ihre männlichen Sprößlinge den Knaben und jungen Männern anderswo so weit überlegen waren – aber das waren sie, daran ist nicht im geringsten zu zweifeln.

Selbstverständlich, da ich selbst ein junger Mann war, hätte ich es vorgezogen, in das Gegenstück von Kashan – Shiraz – einzureiten, wo es dem Vernehmen nach ebenso viele wunderschöne Frauen geben soll. Dennoch – selbst mein nicht sonderlich empfängliches Auge mußte bewundern, was es in Kashan zu sehen bekam. Die Knaben und Jünglinge waren weder schmutzig noch verpickelt oder grindig; sie besaßen eine makellos reine Haut, schimmerndes Haar, blitzende Augen und eine helle, nahezu durchscheinend wirkende Hautfarbe. Auch machten sie kein finsteres Gesicht oder standen mit hängenden Schultern und eingezogenem Kopf da; vielmehr reckten sie sich frei und stolz und hatten einen offenen Blick. Sie redeten auch nicht schlampig und undeutlich, sondern befleißigten sich einer klaren und verständlichen Sprache. Einer wie der andere, gleichgültig, welcher Schicht er angehörte, war so hübsch und reizvoll wie Mädchen – und zwar wie Mädchen von hoher Geburt, wohlerzogen und mit guten Umgangsformen. Die kleineren Jungen waren wie die köstlichen kleinen Cupidi, die wir aus den Bildern der alexandrinischen Künstler kennen. Die größeren hingegen wirkten wie die Engel auf den Tafelbildern von San Marco. Obwohl ehrlich beeindruckt und sogar ein wenig neidisch auf sie, gab ich das nach außen hin nicht zu erkennen. Schließlich schmeichelte ich mir, nicht gerade ein häßliches Beispiel meines Geschlechts und meines Alters zu sein. Meine drei Reisebegleiter jedoch konnten sich nicht genugtun, immer wieder Rufe des Erstaunens auszustoßen.

»*Non persiani, ma prezioni* – keine Perser, sondern Schmuckstücke sind das«, ließ mein Onkel sich bewundernd vernehmen.

»Ein köstlicher Anblick, ja«, sagte mein Vater.

»Wahre Juwelen«, erklärte Nasenloch und blickte sich lüstern um.

»Sind sie nun alle junge Eunuchen«, fragte mein Onkel, »oder dazu bestimmt, dazu gemacht zu werden?«

»Aber nein, Mirza Mafîo«, sagte Nasenloch. »Sie können genauso gut geben wie nehmen, falls Ihr versteht, was ich meine. Weit entfernt, in ihrem Geschlecht etwa verstümmelt zu sein, hat man sie in ihren unteren Regionen sogar noch *verbessert*. Das heißt, man hat sie zugänglicher und aufnahmewilliger gemacht, falls Ihr wißt, was ich meine. Begreift Ihr die Bedeutung der Wörter *fa'il* und *mafa'ul*? Nun, *al-fa'il* bedeutet, ›der, der tut‹, und *al-mafa'ul*, ›der, dem es getan wird‹. Die Kashaner Knaben werden herangezogen, um schön zu sein, und dazu erzogen, willfährig zu sein; außerdem werden sie körperlich – nun ja – sagen wir: angepaßt, so daß sie gleichermaßen köstlich sind als *al-fa'il* wie als *al-mafa'ul*.«

»Nach dem, was du sagst, sind sie also weniger engelhaft, als sie aussehen«, sagte mein Vater voller Abscheu. »Aber Shah Zaman hat gesagt, die jungfräulichen Knaben, die er als Geschenke an andere Herrscher weitergibt, beziehe er hier aus Kashan.«

»Ach, die jungfräulichen Knaben – das ist etwas anderes. Solche werdet Ihr auf der Straße nicht zu sehen bekommen, Mirza Nicolò. Die werden genauso streng in *pardah* gehalten, als wären sie jungfräuliche Prinzessinnen. Denn ihnen bleibt es vorbehalten, die Konkubinen jener Fürsten und anderer reicher Männer zu werden, die nicht nur einen *anderun* unterhalten, sondern deren zwei: einen für Frauen und einen für Knaben. Bis die jungfräulichen Knaben gleichsam geschenkreif sind, halten ihre Eltern sie in einem Zustand ständiger Trägheit. Die Jungen tun den ganzen Tag nichts weiter als sich auf *daiwan*-Kissen zu räkeln und werden zwangsweise mit gekochten Kastanien ernährt.«

»Gekochten Kastanien? Warum um alles in der Welt denn das?«

»Durch eine solche Ernährung werden sie unendlich pummelig und bekommen eine ganz blasse Haut; sie werden so weich, daß man mit dem Finger kleine Gruben in sie hineindrücken kann. Knaben von solch madenförmigem Aussehen werden von den Zulieferern für die *anderuns* ganz besonders hoch geschätzt. Über Geschmack läßt sich wahrhaftig nicht streiten. Ich persönlich ziehe einen sehnig-geschmeidigen und athletischen Jungen bei weitem vor und mache mir überhaupt nichts aus so einem trägen, wabbeligen...«

»Der Verruchtheit ist hier offensichtlich genug«, schnitt mein Vater ihm das Wort ab. »Erspar uns die deine.«

»Wie Ihr befehlt, Herr. Gestattet mir nur noch zu bemerken, daß jungfräuliche Knaben sehr, sehr teuer sind und nicht gedungen werden können. Doch andererseits – seht selbst! Selbst die Straßenrangen hier sind wunderschön! Man kann sie für wenig Geld kaufen, um sie zu behalten, oder für noch geringeres Entgelt für einen schnellen...«

»Schweig! habe ich gesagt«, versetzte mein Vater bissig. »Sag lieber, wo wir unterkommen können.«

»Gibt es nicht so etwas wie eine jüdische *karwansarai*?« mischte mein Onkel sich ein. »Ich würde zur Abwechslung gern wieder einmal richtig essen.«

Diese Bemerkung muß ich erklären. In den vergangenen Wochen hatten wir, wie nicht anders zu erwarten, festgestellt, daß die meisten Gasthäuser unterwegs Muslime gehörten; einige waren freilich auch von nestorianischen Christen betrieben worden. Die entartete Ostkirche beachtet jedoch soviel Fasten- und Festtage, daß praktisch *jeder* Tag entweder das eine oder das andere ist. Folglich hatten wir in diesen Stätten der Gastlichkeit entweder fromm hungern oder uns fromm überfressen müssen. Außerdem befanden wir uns in jenem Monat, den die persischen Muslime *ramazan* nennen. Das bedeutet eigentlich ›Heißer Monat‹, doch da der islamische Kalender dem Mond folgt, fällt der ›Heiße Monat‹ in jedem Jahr in eine andere Zeit; er kann genauso gut auf den Januar wie auf den August fallen oder irgendwo dazwischen liegen. Doch wann auch immer – kommt der *ramazan,* heißt es für die Muslime fasten. Ein Muslim darf an jedem einzelnen der dreißig Tage des *ramazan* von der Morgenstunde an, da man einen weißen Faden von einem schwarzen unterscheiden kann, bis zum Einbruch der Nacht weder essen noch trinken noch sich der Fleischeslust zwischen Mann und

Frau hingeben. Auch darf er in dieser Zeit keinem Gast, welcher Religion dieser auch sei, irgendwelchen Verzehr anbieten. So hatten wir Reisenden tagsüber in keinem muslimischen Gasthaus auch nur eine Kelle Brunnenwasser erhalten können; in der Nacht jedoch hatten wir uns in ebendiesen selben Stätten der Gastlichkeit bis zur Besinnungslosigkeit mit Essen vollstopfen können. Aus diesem Grunde hatten wir schon seit geraumer Zeit mit Verdauungsbeschwerden zu tun, und so entsprang Onkel Mafìos Vorschlag keineswegs irgendeiner Grille oder Laune des Augenblicks.

Ich brauche wohl kaum darauf hinzuweisen, daß die Juden im Orient selten darauf verfallen, vorüberziehenden Fremden gegen Entgelt eine Lagerstatt und Essen zur Verfügung zu stellen – was sie ja im Abendland auch nur selten tun –, und das auch zweifellos schon allein deshalb, weil das weit weniger profitbringend und mit mehr Arbeit verbunden ist als das Verleihen von Geld und andere Formen des Wuchers. Doch wie dem auch sei, unser Sklave Nasenloch war ein überaus findiger Bursche. Es bedurfte bei ihm nur weniger Erkundigungen bei Vorübergehenden, da erfuhr er von einer älteren jüdischen Witwe, deren Haus neben einem schon seit längerer Zeit nicht mehr benutzten Stall gelegen war. Dorthin führte Nasenloch uns und schaffte es, bei der Witwe vorgelassen zu werden, und erwies sich offenbar als ein überaus beredter und überzeugender Abgesandter. Als er wieder aus ihrem Haus herauskam, berichtete er, sie gestatte, daß wir unsere Kamele in ihren Stallungen unterbrächten und wir selbst in dem darübergelegenen Heuboden nächtigten.

»Außerdem«, erklärte er, als wir unsere Reittiere hineinführten und uns anschickten, sie von ihren Traglasten zu befreien, »hat die Almauna Esther eingewilligt, uns – da all ihre Diener Kashaner Perser sind, die sich den Vorschriften des *ramazan* zu beugen haben – eigenhändig zu bekochen und zu beköstigen. Ihr werdet also wieder zur gewohnten Zeit essen können, und sie hat mir versichert, sie sei eine gute Köchin. Und die Bezahlung, die sie verlangt, ist auch nicht übertrieben.«

Mein Onkel starrte den Sklaven fassungslos an und sagte dann geradezu ehrfürchtig: »Du bist ein Muslim, also das, was ein Jude am meisten verachtet, und wir sind Christen, also das, was sie gleich danach am meisten verachten. Wenn das nicht schon ausreiche, Witwe Esther zu veranlassen, uns davonzujagen, mußt du doch das ekelerregendste und abstoßendste Geschöpf sein, das sie jemals erblickt. Wie in Gottes Namen hast du all dies zuwege gebracht?«

»Ich mag zwar nur ein Sindi und Sklave sein, Herr, aber dumm und einfallslos bin ich nicht. Außerdem kann ich lesen und habe schließlich Augen im Kopf.«

»Dazu gratuliere ich dir. Trotzdem beantwortet das weder meine Frage, noch wirst du deshalb weniger häßlich.«

Nachdenklich kratzte Nasenloch sich den schütteren Bart. »Mirza Mafìo, Ihr werdet in den heiligen Büchern Eurer und meiner Religion und auch in dem der Almauna Esther das Wort Schönheit zwar oft erwähnt finden, niemals jedoch das Wort Häßlichkeit, jedenfalls nicht in besagten Schriften. Vielleicht fühlen sich unsere verschiedenen Götter durch das häßliche Aussehen von so etwas Geringem wie einem Sterblichen nicht beleidigt, und vielleicht ist die Almauna Esther eine gottesfürchtige Frau. Gleichviel – denn noch ehe diese heiligen Bücher geschrieben wurden, gehörten wir ein und derselben Religion an – meine Ahnen, die der Almauna und vielleicht auch die Euren –, der alten babylonischen Religion nämlich, die jetzt als heidnisch verteufelt wird.«

»Unverschämter Emporkömmling! Wie kannst du es wagen, so etwas Ungeheuerliches zu behaupten?« herrschte mein Vater ihn an.

»Der Name der Almauna lautet Esther«, fuhr Nasenloch ungerührt fort, »und es gibt auch christliche Damen, die diesen Namen tragen. Selbiger leitet sich von der furchtbaren Göttin Ishtar her. Der verstorbene Gatte der Almauna, so hat sie mir gesagt, hieß Mordecai, und dieser Name wiederum leitet sich von dem furchtbaren Gott Marduk her. Aber längst ehe es diese Götter in Babylon gab, gab es Noah und seinen Sohn Sem, und die Almauna und ich sind Abkömmlinge ebendieses Sem. Nur die späteren Unterschiede unseres Glaubens trennen uns Semiten; allzu trennend kann dieser Unterschied jedoch nicht sein. Denn Muslime und Juden meiden gewisse Speisen, beide besiegeln wir durch die Beschneidung unserer Söhne unseren Glauben, beide glauben wir an die himmlischen Engel und verabscheuen denselben Feind, ob dieser nun Satan genannt wird oder Shaitan. Beide halten wir die heilige Stadt Jerusalem hoch in Ehren. Vielleicht wißt Ihr nicht, daß der Prophet (Der Friede und der Segen seien mit Ihm!) uns Muslime ursprünglich angehalten hat, uns beim Verrichten unserer Andacht in Richtung Jerusalem zu verneigen und nicht nach Mekka. Die ursprünglich von den Juden wie von dem Propheten (Aller Segen und Friede ruhe auf Ihm!) gesprochenen Sprachen unterschieden sich kaum voneinander, und ...«

»... und Muslime wie Juden«, fiel mein Vater ihm trocken in die Rede, »haben Zungen, die in der Mitte an Scharnieren hängen, um nach beiden Seiten hin zungenfertig zu sein. – Kommt, Mafìo und Marco. Gehen wir und machen wir unserer Gastgeberin selbst die Aufwartung. Nasenloch, du lädst weiter ab und schaffst dann Futter für die Kamele herbei.«

Die Witwe Esther war eine weißhaarige kleine Frau mit einem liebenswerten Gesicht und begrüßte uns mit einer Freundlichkeit, als wären wir keine Christen. Sie ließ es sich nicht nehmen, uns zum Platznehmen zu nötigen und das zu trinken, was sie ihren »Aufmunterer für Reisende« nannte und was sich als heiße, mit Kardamom gewürzte Milch erwies. Die Dame bereitete dies Getränk höchst eigenhändig, denn noch war die Sonne nicht untergegangen, und noch wäre es keinem ihrer muslimischen Diener eingefallen, die Milch zu erhitzen oder das Gewürz im Mörser zu zerstoßen.

Es machte in der Tat ganz den Eindruck, als ob diese jüdische Dame eine, wie mein Vater sich auszudrücken beliebt hatte, in der Mitte an

Scharnieren aufgehängte Zunge hätte, denn sie plauderte unausgesetzt und hielt uns damit eine ganze Weile fest. Oder vielmehr war es so, daß mein Vater und mein Onkel mit ihr plauderten; ich für mein Teil sah mich um. Das Haus war früher offensichtlich einmal ein sehr vornehmes und üppig eingerichtetes Haus gewesen, das jedoch – nach des Hausherrn Mordecai Tod, wie ich vermutete – ziemlich heruntergekommen war, denn jetzt machte die Einrichtung einen eher schäbigen Eindruck. Es gab offensichtlich immer noch die gleiche Dienerschaft, doch konnte ich mich des Eindrucks nicht erwehren, daß die Dienstboten nicht des Lohnes wegen blieben, sondern aus Treue ihrer Herrin Esther gegenüber und – was diese freilich nicht ahnte – weil sie hier Gelegenheit hatten, an der Hintertür Wäsche zum Waschen entgegenzunehmen oder durch irgendeinen anderen frommen Betrug dieser Art ihren eigenen Lebensunterhalt als auch den ihrer Herrin zu verdienen.

Zwei oder drei von den Dienstboten waren so alt und so wenig bemerkenswert wie ihre Herrin, doch drei oder vier andere gehörten zu den übernatürlich hübschen Khasaner Knaben und jungen Männern. Bei einem Dienstboten handelte es sich, wie ich freudig bemerkte, um eine junge Frau, genauso hübsch wie die jungen Männer, ein Wesen mit kastanienrotem Haar und üppigem Leib. Um mir die Zeit zu vertreiben, während die Witwe daherredete, spielte ich dieser Dienerin gegenüber den *cascamorto,* warf ihr schmachtende Blicke zu und bedachte sie mit einem vielsagenden Augenzwinkern. Wenn ihre Herrin nicht gerade hinsah, ging sie darauf ein und erwiderte mein Lächeln.

Während das Kamel sich am nächsten Tag ausruhte und auch die vier anderen sich von den Anstrengungen erholten, gingen wir Reisende jeder für sich hinaus in die Stadt. Mein Vater wollte sich eine *kashi*-Werkstatt ansehen, um etwas über die Herstellung dieser kleinen Fliesenplättchen zu erfahren; er hielt dies für ein nützliches Gewerbe, das den Handwerkern in Kithai beizubringen sich später vielleicht einmal lohnte. Unser Kameltreiber Nasenloch ging, um irgendeine Salbe für den geschundenen Huf des Kamels zu kaufen, und Onkel·Mafìo ging, seinen Vorrat an dem Enthaarungsmittel *mumum* zu ergänzen. Wie es sich herausstellte, bekam keiner das, was er suchte, weil während des *ramazan* kein Mensch in Kashan arbeitete. Da ich selber nichts Bestimmtes vorhatte, ging ich einfach spazieren und machte meine Beobachtungen.

Wie ich das fortan in jeder noch weiter im Osten gelegenen Stadt erleben sollte, schwebten am Himmel über Kashan unablässig zahllose der großen, dunklen, schwalbenschwänzigen Aasgeier, drehten ihre Kreise und fuhren im Sturzflug herab. Und genauso wie in jeder anderen von hier an ostwärts gelegenen Stadt schien der zweithäufigste Vogel dortselbst ständig auf der Erde damit beschäftigt, Aas zu vertilgen. Bei letzterem handelt es sich um den Hirtenstar, der angriffslustig einherstolzierte und dabei den unteren Schnabel vorschob wie ein kleines Männchen, das streitsüchtig das Kinn reckt. Und was sonst an Bewohnern Kashans noch auffiel, waren selbstverständlich die vielen hübschen auf der Straße spielenden Knaben. Sie sangen ihre Lieder zum Prellballspiel, zum Versteckspiel und zum Ringelreihen genauso wie die venezianischen Kinder, nur daß die Lieder hier sich eher anhörten, als schrien irgendwelche Katzen. Nicht anders übrigens hörten sich die Instrumente an, die von Musikanten gespielt wurden, die nach *bakhshish* heischten. Sie schienen übrigens keine anderen Instrumente zu kennen als den *changal,* der nichts anderes ist als eine *guimbarde* oder Judenharfe, und die *chimta,* die nichts anderes ist als eine eiserne Küchenzange, so daß ihre Musik nichts anderes war als ein aus Schwirren und Klirren bestehender Ohrengraus. Ich glaube, die Vorübergehenden, die ihnen ein oder zwei kleine Münzen hinwarfen, taten das nicht, um für die Unterhaltung zu danken, sondern um diese zumindest für einen kurzen Augenblick zu unterbrechen.

Ich bin an diesem Morgen nicht weit gegangen, denn mein Spaziergang brachte mich wie im Kreis durch die Straßen zurück, und so stellte ich bald fest, daß ich mich dem Haus der Witwe wieder näherte. Aus dem Fenster winkte mir die hübsche Dienerin, gerade so, als hätte sie nur darauf gewartet, daß ich vorüberkäme. Sie ließ mich ins Haus eintreten und führte mich in einen Raum, der mit einigermaßen abgetretenen *qali* und *daiwan*-Kissen ausgestattet war, und sagte mir im Vertrauen, ihre Herrin sei anderweitig beschäftigt; im übrigen heiße sie Sitarè, was soviel heiße wie Stern.

Wir setzten uns auf einen Haufen Kissen. Da ich längst kein unerfahrener Grünschnabel mehr war, bedrängte ich sie nicht mit ungeschickter jugendlicher Gier. Ich begann vielmehr mit leisen Worten artig Komplimente zu drechseln und rückte ihr erst nach und nach etwas näher, bis mein Geflüster in ihren hübschen Ohren sie so kribbelig machte, daß sie hin- und herrutschte und kicherte; erst da hob ich den *chador*-Schleier in die Höhe, näherte meine Lippen den ihren und küßte sie ganz zart.

»Das ist nett, Mirza Marco«, sagte sie. »Aber Ihr braucht keine Zeit zu verschwenden.«

»Ich halte das keineswegs für Zeitverschwendung«, sagte ich. »Denn ich genieße das Vorspiel genauso wie die Erfüllung. Wir können uns den ganzen Tag Zeit dafür nehmen, wenn . . .«

»Ich meine, Ihr braucht Euch durchaus nicht mit mir abzugeben.«

»Du bist ein sehr verständiges Mädchen, Sitarè, und sehr freundlich. Nur muß ich dir sagen, daß ich kein Muslim bin. Ich brauche am *ramazan* nicht enthaltsam zu sein.«

»Ach, daß Ihr ein Ungläubiger seid, macht nichts.«

»Es erfreut mein Herz, das zu hören. Dann laß uns zur Tat schreiten.«

»Gern. Entlaßt mich nur aus Eurer Umarmung, und ich werde ihn holen.«

»Wie bitte?«

»Ich habe es Euch doch gesagt. Ihr braucht nicht fortzufahren, mit mir zu tun als ob. Er wartet bereits darauf hereinzukommen.«

»*Wer* wartet?«

»Mein Bruder Aziz.«

»Warum zum Teufel sollte dein Bruder den Wunsch haben, hier mit uns zusammenzusein?«

»Nicht mit uns. Mit *Euch*. Ich werde verschwinden.«

Ich lockerte meine Umarmung, setzte mich auf und sah sie an. »Entschuldige mich, Sitarè«, sagte ich ganz auf meiner Hut, und da ich einfach nicht wußte, wie sie anders fragen, fragte ich sie rundheraus: »Bist du vielleicht *divanè*?« *Divanè* aber heißt verrückt.

Ehrlich verblüfft sah sie mich an. »Ich bin natürlich davon ausgegangen, daß Ihr die Ähnlichkeit bemerkt habt, als Ihr gestern abend hier wart. Aziz ist der Junge, der so aussieht wie ich, auch rotes Haar hat wie ich – nur daß er noch viel hübscher ist als ich. Sein Name bedeutet soviel wie Geliebter. Gewiß habt Ihr mich deshalb doch angelächelt und mir zugezwinkert?«

Jetzt war es an mir, verblüfft zu sein. »Und wenn er so hübsch wäre wie eine *peri*, warum sollte ich *dir* dann schöne Augen machen – außer, du wärest diejenige, die ich . . .?«

»Und ich sage Euch, es bedarf keines Vorwands. Aziz hat Euch gleichfalls angesehen und war augenblicklich entzückt; und jetzt wartet er begierig draußen . . .«

»Und mir soll es gleich sein, ob Aziz für alle Ewigkeit im Fegefeuer schmort!« rief ich nun doch erzürnt. »Laß es mich so deutlich sagen, wie ich kann. Ich bin im Augenblick dabei, dich zu verführen, mir zu Willen zu sein.«

»*Mich*? Ihr möchtet mit mir *zina* begehen? Und nicht mit meinem Bruder Aziz?«

Für einen Moment hämmerte ich auf einem Kissen herum, das mir überhaupt nichts getan hatte, doch dann sagte ich: »Sag mir eines, Sitarè. Verausgabt jedes Mädchen in ganz Persien ihre Energie damit, die Kupplerin für jemand anders zu spielen?«

Darüber mußte sie nachdenken. »In ganz Persien? Das weiß ich nicht. Aber hier in Kashan, jawohl, hier ist das oft der Fall. Es ist die Folge eines feststehenden Brauchs. Ein Mann sieht einen anderen Mann, oder einen Knaben, und ist von ihm entflammt. Nur ihm rundheraus den Hof machen kann er nicht, denn das verstößt gegen das Gesetz des Propheten.«

»Friede und Segen seien mit Ihm!« brummelte ich.

»Jawohl. Und deshalb macht der betreffende Mann der nächsten Blutsverwandten des anderen Mannes den Hof. Notfalls heiratet er sie sogar. Denn dann hat er einen Vorwand, in der Nähe dessen zu sein, den sein Herz eigentlich begehrt – den Bruder der Frau vielleicht oder ihren Sohn, wenn es sich um eine Witwe handelt, oder gar ihren Vater – und hat dann jede Gelegenheit, *zina* mit ihm zu begehen. Auf diese Weise, versteht Ihr, wird der Anstand jedenfalls gewahrt.«

»Himmelherrgott!«

»Deshalb, meinte ich, machtet Ihr mir den Hof. Aber selbstverständlich, wenn Ihr meinen Bruder gar nicht wollt, könnt Ihr mich nicht haben.«

»Und warum das nicht? Du schienst erfreut, als du feststelltest, daß ich dich wollte und nicht ihn.«

»Ja, das bin ich auch. Erfreut und erstaunt zugleich. Wer hätte das gedacht – daß Ihr mich vorziehen würdet; eine christliche Schrulle, möchte ich meinen. Aber ich bin nun einmal noch Jungfrau und muß um meines Bruders willen auch Jungfrau bleiben. Ihr seid mittlerweile durch viele muslimische Länder gekommen, und so werdet Ihr dies eine begriffen haben. Das ist der Grund, warum eine Familie ihre unberührten Töchter und Schwestern in strenger *pardah* hält und eifersüchtig über ihre Tugend wacht. Nur wenn eine Jungfrau unberührt bleibt oder eine Witwe keusch, kann sie hoffen, eine gute Ehe einzugehen. Zumindest hier in Kashan ist das so.«

»Nun, das ist mehr oder minder auch dort so, wo ich herkomme...«, mußte ich zugeben.

»Nun, ich werde mich bemühen, mich mit einem guten Mann zu verheiraten, der gut für uns beide sorgt und ein guter Liebhaber für uns ist, denn Aziz ist der einzige aus meiner Familie, den ich noch habe.«

»Moment, Moment«, sagte ich entsetzt. »Die Keuschheit einer Venezianerin ist häufig ein hoher Einsatz beim Feilschen und wird auch oft eingesetzt, um sich einen reichen Ehemann zu angeln und eine vorteilhafte Ehe zu schließen, gewiß. Doch das nur zum wirtschaftlichen und gesellschaftlichen Aufstieg der gesamten Familie. Willst du mir jetzt weismachen, die Frauen seien damit einverstanden, daß ein Mann sich nach einem anderen verzehrt, und bereit, ein Auge darüber zuzudrükken? Du würdest absichtlich die Frau eines Mannes werden, damit du ihn mit deinem Bruder teilen könntest?«

»Oh, nicht mit jedem Mann, der daherkommt«, sagte sie hochmütig. »Ihr solltet Euch geschmeichelt fühlen, daß Ihr mir und Aziz zugleich gefallen habt.«

»*Gesù!*«

»Euch mit Aziz zu paaren, verpflichtet Euch zu gar nichts, versteht Ihr? Schließlich hat ein Mann kein *sangar*-Häutchen. Wollt Ihr jedoch das meine durchstoßen, müßt Ihr mich schon heiraten und uns beide nehmen.«

»*Gesù!*« Ich erhob mich von dem *daiwan*.

»Ihr geht? Dann wollt Ihr mich also nicht? Und was ist mit Aziz? Ihr wollt ihn nicht einmal, ein einziges Mal?«

»Ich glaube nicht, nein danke, Sitarè.« Ich schlich mich zur Tür. »Ich hatte einfach keine Ahnung von den Bräuchen hier in Kashan.«

»Er wird untröstlich sein, zumal, wenn ich ihm auch noch sagen muß, daß ich es war, die Ihr begehrt habt.«

»Dann tu's nicht«, murmelte ich. »Sag ihm einfach, ich hätte keine Ahnung gehabt von den Kashaner Bräuchen.« Damit ging ich zur Tür hinaus.

2 Zwischen Haus und Stallung eingeklemmt lag ein Kräuter- und Gemüsegärtlein, in dem Witwe Esther sich gerade aufhielt. Sie hatte nur einen Pantoffel an, der andere Fuß war nackt; den ausgezogenen Pantoffel hielt sie in der Hand und schlug damit auf den Boden ein. Neugierig näherte ich mich und sah, daß sie immer und immer wieder auf einen großen schwarzen Skorpion einhieb. Nachdem dieser bis zur Unkenntlichkeit zermalmt war, ging sie weiter und drehte einen Stein um; träge kroch ein zweiter Skorpion darunter hervor, und auch diesen erschlug sie.

»Anders wird man mit den häßlichen Viechern nicht fertig«, sagte sie zu mir. »Auf Beute gehen sie nachts aus, wenn man sie einfach nicht sehen kann. Deshalb muß man sie bei Tageslicht aufstöbern. Die Stadt ist völlig verseucht von ihnen. Warum, weiß ich nicht. Mein verstorbener guter Gatte Mordecai *(alav ha-sholom)* hat insgeheim immer gemurrt, der Herr habe sich schändlich geirrt, als er Ägypten bloß eine Heuschreckenplage schickte, wo er doch auch diese giftigen Kashaner Skorpione hätte können über die Ägypter herfallen lassen.«

»Euer Gatte muß ein mutiger Mann gewesen sein, Mirza Esther, wenn er es wagte, den Herrgott persönlich zu kritisieren!«

Sie lachte. »Lest nur Eure Heilige Schrift, junger Mann. Die Juden haben Gott von den Tagen Abrahams an immer Rügen wie Ratschläge erteilt. Ihr könnt schon im Ersten Buch Mosis nachlesen, wie Abraham sich seinerzeit mit dem Herrn angelegt und dann angefangen hat, mit Ihm zu feilschen. Mein Mordecai hat nicht minder Bedenken gehabt, Gottes Tun zu bekritteln.«

Ich sagte: »Ich habe mal einen Freund gehabt – der war Jude und hieß Mordecai.«

»Ein Jude und Euer Freund?« Das klang skeptisch, doch vermochte ich nicht zu sagen, ob sie bezweifelte, daß ein Christ mit einem Juden befreundet sein könne oder ein Jude mit einem Christen.

»Nun, jedenfalls war er Jude, als ich ihn kennenlernte und er selbst sich Mordecai nannte. Freilich scheine ich ihm unter anderem Namen und in anderer Gestalt immer wieder zu begegnen. Einmal habe ich ihn sogar im Traum gesehen.«

Dann berichtete ich von den verschiedenen Begegnungen und damit verbundenen Hinweisen, die offensichtlich alle darauf hinausgelaufen waren, mir unter die Nase zu reiben, wie »blutrünstig Schönheit« sei. Während ich erzählte, starrte die Witwe mich an, ihre Augen weiteten sich, und als ich fertig war, sagte sie:

»*Bar mazel!* Und dabei seid Ihr ein Goi. Was immer er Euch begreiflich zu machen versucht – ich kann Euch nur raten, es Euch zu Herzen zu nehmen. Wißt Ihr, wem Ihr da immer wieder begegnet? Das muß einer von den *Lamed-vav* sein. Einer von den sechsunddreißig.«

»Von den sechsunddreißig was?«

»Tzaddikim. Laßt sehen – Heiligen, glaube ich, würden Christen sie wohl nennen. Es ist ein alter jüdischer Glaube. Daß es immer nur sechsunddreißig wahrhaft Gerechte auf der Welt gibt. Kein Mensch weiß, wer sie sind, und wüßte einer von ihnen, daß er dazugehört, würde das seine Vollkommenheit beeinträchtigen. Gleichwohl ziehen sie ständig durch die Welt und tun Gutes, nicht für Lohn noch Anerkennung. Manche behaupten, die Tzaddikim stürben nie. Andere hinwieder sagen, wenn ein Tzaddik sterbe, werde ein anderer guter Mensch von Gott dazu berufen, ohne daß er eine Ahnung hätte, welche Ehre ihm zuteil geworden ist. Noch andere behaupten, in Wahrheit gäbe es überhaupt nur einen einzigen Tzaddik, der, wenn er will, an sechsunddreißig Orten zugleich sein könne. Alle jedoch, die an diese Legende glauben, stimmen darin überein, daß Gott die Welt untergehen ließe, sollten die *Lamed-vav* aufhören, ihre guten Werke zu verrichten. Eines freilich muß ich sagen – daß ich noch nie von einem gehört habe, der einem Goi Gutes angetan hätte.«

Ich sagte: »Derjenige, dem ich in Baghdad begegnet bin, war vielleicht noch nicht einmal Jude. Er war ein *fardarbab*-Zukunftsleser, und der hätte auch Araber sein können.«

Sie zuckte mit den Achseln. »Die Araber haben eine ähnliche Legende. Sie nennen den Gerechten einen *abdal*. Nur Allah allein weiß, wer ein solcher *abdal* ist, und nur ihretwegen läßt Allah die Welt weiter existieren. Ich weiß nicht, ob die Araber die Legende von unserem *Lamed-vav* entlehnt haben, oder ob es dabei um eine Geschichte geht, die ihnen und uns gemeinsam gehört hat seit der Zeit, da wir alle beide Kinder Sems gewesen sind. Aber wer immer es auch ist, der Euch begegnet, junger Mann – ein *abdal*, der einem Ungläubigen seine Gunst zuteil werden läßt, oder ein Tzaddik, der einem Goi wohlgesonnen ist –, Ihr gehört zweifellos zu den Bevorzugten und solltet Euch dessen bewußt sein.«

Ich sagte: »Sie scheinen nie von anderem denn von Schönheit und Blutrünstigkeit zu mir zu sprechen. Nun trachte ich bereits nach dem einen und versuche das andere zu meiden, soweit ich kann. Ich bedarf also kaum weiterer Ratschläge in bezug auf eines von beiden Dingen.«

»Mir scheinen diese Dinge die beiden Seiten ein und derselben Medaille zu sein«, sagte die Witwe und hieb wieder mit ihrem Pantoffel auf einen Skorpion ein. »Wenn Schönheit Gefahr birgt – birgt nicht auch Gefahr Schönheit? Oder aus was für einem Grunde sonst macht ein Mensch sich glücklich auf die Reise?«

»Ich? Ach, ich reise rein aus Neugier, Mirza Esther.«

»*Nur* aus Neugier? Hör sich das einer an! Junger Mann, nie solltet Ihr die Neugier genannte Leidenschaft geringachten. Wo blieb die Gefahr ohne sie und wo die Schönheit?«

Ich konnte nicht recht den Zusammenhang zwischen den drei Dingen erkennen, und abermals fragte ich mich, ob ich womöglich mit jemand redete, der leicht *divanè* war. Ich wußte, daß alte Leute manchmal wunderlich Unzusammenhängendes reden konnten, und genau so kam es mir vor, als sie jetzt fortfuhr:

»Soll ich Euch die traurigsten Worte sagen, die ich jemals gehört habe?«

Wie alte Leute nun einmal häufig sind, wartete sie mein Ja oder Nein gar nicht erst ab, sondern fuhr einfach fort:

»Es waren die letzten Worte, die mein Mann Mordecai *(alav ha-sholom)* zu mir sagte. Als er schon im Sterben lag. Der *darshan* war anwesend sowie andere Mitglieder unserer kleinen Gemeinde; und ich selbstverständlich, in Tränen aufgelöst und doch bemüht, meine Tränen still und würdevoll zu vergießen. Mordecai hatte von allen Abschied genommen, hatte sein *Shema Yisrael* gesprochen und sah dem Tod gefaßt entgegen. Die Augen hatte er geschlossen, die Hände gefaltet, und wir alle dachten, daß er friedlich entschlummerte. Doch dann – ohne die Augen aufzumachen oder sich an jemand Bestimmtes zu wenden – sprach er noch einmal ganz klar und deutlich. Und was er sagte, war folgendes...«

Die Witwe führte mir stumm die Situation auf dem Sterbelager vor. Sie schloß die Augen und kreuzte die Hände überm Busen, wobei eine von ihnen immer noch einen schmutzigen Pantoffel hielt; sie legte den Kopf ein wenig zurück und sagte mit Grabesstimme:

»Ich habe immer hingehen wollen... und es tun... und doch habe ich es nie getan.«

Die Witwe verharrte in dieser Pose; offensichtlich erwartete sie von mir, daß ich etwas sagte. Und so wiederholte ich die Worte des Sterbenden: »Ich habe immer hingehen wollen... und es tun...« Und dann fragte ich: »Aber was hat er gemeint? Wohin gehen? Und was tun?«

Die Witwe schlug die Augen auf und drohte mir mit dem Pantoffel. »Genau das hat auch der *darshan* gefragt, nachdem wir etwas gewartet hatten, ob er nicht noch mehr sagte. Er lehnte sich über das Bett und sagte: ›Wohin gehen, Mordecai? Und was tun?‹ Aber Mordecai gab keine Antwort. Er war tot.«

Ich sagte das einzige, was mir in diesem Augenblick in den Sinn kam. »Das tut mir leid, Mirza Esther.«

»Mir auch. Aber ihm auch. Da lag ein Mensch buchstäblich im allerletzten Moment seines Lebens und bedauerte etwas, was einst seine Neugier geweckt; er jedoch hatte es versäumt, hinzugehen und es zu sehen oder zu tun oder zu haben – und jetzt würde er es nie mehr können.«

»War Mordecai ein Reisender?«

»Nein. Er war ein Tuchhändler, und zwar ein sehr erfolgreicher. Er ist von hier aus nie weiter gereist als bis nach Baghdad oder Basra. Aber wer weiß, was er gern gewesen wäre oder getan hätte?«

»Ihr glaubt also, er sei unglücklich gestorben?«

»Zumindest, ohne Erfüllung gefunden zu haben. Ich weiß zwar nicht, wovon er sprach, aber ach! – wie sehr ich wünschte, er hätte es zu Lebzeiten getan und wäre hingegangen, wo immer es sein mochte und was immer es hat sein können.«

Taktvoll versuchte ich darauf hinzuweisen, daß ihn das jetzt nicht mehr kümmere.

Doch sie erklärte mit Entschiedenheit: »Aber es hat ihn gekümmert, als es wirklich wichtig war. In dem Augenblick nämlich, da er wußte, daß die Chance für immer vorbei war.«

In der Hoffnung, es ihr leichter zu machen, sagte ich: »Aber wenn er die Gelegenheit beim Schopfe ergriffen hätte – wer weiß, ob Ihr dann jetzt nicht unglücklicher wäret. Schließlich hätte etwas – nun ja, es hätte etwas sein können, das niemand hätte billigen können. Mir ist aufgefallen, daß es in diesem Land unendlich viele sündige Versuchungen gibt. In allen Ländern, vermutlich. Ich selber habe einst einem Priester beichten müssen, allzu hemmungslos meiner Neugier gefolgt zu sein und . . .«

»Beichtet das, wenn Ihr müßt, aber ihr abschwören oder sie einfach nicht beachten, das solltet Ihr nie. Genau das ist es, was ich Euch begreiflich zu machen versuche. Wenn ein Mann schon einen Fehler haben muß, dann sollte es zumindest ein leidenschaftlicher sein wie die unersättliche Neugier, die Besessenheit, neues zu erfahren. Ein Jammer, für etwas Armseligeres verdammt zu werden.«

»Ich hoffe, nicht verdammt zu werden, Mirza Esther«, erklärte ich fromm-ergeben, »und ich bin sicher, Mirza Mordecai ist der Verdammnis auch nicht anheimgefallen. Schließlich könnte er die Chance auch aus Tugendhaftigkeit haben verstreichen lassen – worin immer sie auch bestanden haben mag. Und da Ihr es nicht wißt, braucht Ihr auch nicht darum zu weinen . . .«

»Ich weine nicht. Ich bin nicht auf dieses Thema zu sprechen gekommen, um heiße Tränen darüber zu vergießen.«

Woraufhin ich mich fragte, aus welchem Grunde es ihr dann so wichtig gewesen war, es zur Sprache zu bringen. Und als antwortete sie mir auf meine stumme Frage, fuhr sie fort:

»Ich wollte, daß Ihr Euch darüber klar werdet. Es kann sein, daß, wenn es ans Sterben geht, Ihr dann frei seid von allen anderen drängenden Bedürfnissen, daß Ihr Eurer Sinne und Eurer Fähigkeiten beraubt seid – aber immer noch die Leidenschaft der Neugier kennt. Das ist etwas, wovon selbst Tuchhändler nicht frei sind, vielleicht sogar Schreiberlinge und derlei Kreaturen nicht. Ein Reisender kennt sie gewiß. Und diese Leidenschaft ist es, die Euch in Euren letzten Augenblicken wie Mordecai dazu bringt, nicht irgend etwas zu bedauern, was Ihr zu Lebzeiten getan habt, sondern die Dinge, die Ihr einfach nicht über Euch gebracht habt zu tun.«

»Mirza Esther«, verwahrte ich mich. »Der Mensch kann nicht ständig in der Angst leben, irgend etwas zu verpassen. So erwarte ich zum Beispiel nie, Papst zu werden oder Shah von Persien; trotzdem hoffe ich, daß dieser Mangel sich nicht wie Meltau über mein Leben legt. Auch nicht dann, wenn ich auf dem Sterbelager liege.«

»Unerreichbares meine ich nicht. Mordecai beklagte im Augenblick seines Todes etwas, das im Bereich seiner Möglichkeiten und Fähigkeiten lag, etwas, das greifbar nahe war und das er dann hat einfach vorüberziehen lassen. Stellt Euch vor, Ihr klagtet über die Anblicke und Köstlichkeiten und Erfahrungen, die hätten Euer sein können, die Ihr aber habt vorübergehen lassen – vielleicht aber auch nur um eine einzige kleine solche Erfahrung – und verginget vor Sehnsucht danach, wenn es zu spät ist, wenn diese bestimmte Sache für immer unerreichbar geworden ist.«

Folgsam bemühte ich mich, mir das vorzustellen. Und so jung ich auch war, und in wie entrückter Ferne diese Aussicht für mich auch lag – es überlief mich ein leiser Schauder.

»Stellt Euch vor, es ginge für Euch ans Sterben«, fuhr sie ungerührt fort, »ohne daß Ihr alles, was diese Welt zu bieten hat, gekostet hättet. Das Gute, das Schlechte und auch das Belanglose. Und dann in diesem letzten Augenblick zu wissen, daß es kein anderer war als Ihr selbst, der Euch darum gebracht, und zwar durch Eure eigene übergroße Vorsicht oder durch eine unbesonnene Wahl, oder durch Euer Versagen, dem Weg zu folgen, den Eure Neugier Euch wies. Sagt mir, junger Mann, könnte es auf der anderen Seite des Todes Schmerzlicheres geben als das? Ist das nicht sogar noch schmerzlicher als die ewige Verdammnis?«

Es kostete mich eine Weile, den Schauder abzuschütteln, der mich gepackt hatte, doch dann sagte ich so fröhlich, wie es ging: »Nun, vielleicht gelingt es mir mit Hilfe der Sechsunddreißig, von denen Ihr gesprochen habt, zu vermeiden, mir im Leben etwas zu versagen und im Tode der ewigen Verdammnis zu entgehen.«

»*Aleichem sholem*«, sagte sie. Doch da sie in diesem Augenblick mit ihrem Pantoffel gerade wieder auf einen Skorpion einhieb, wußte ich nicht, ob sie *mir* Frieden wünschte oder ihm.

Sie ging weiter den Garten hinunter, drehte Steine um, und ich schlenderte müßig zu den Stallungen hinüber, um nachzusehen, ob irgend jemand von unserer Reisegruppe schon wieder von seinem Stadtgang zurückgekehrt sei. Auf einen traf das in der Tat zu, doch war er nicht allein, und sein Anblick ließ mich innehalten und Luft holen.

Da stand unser Sklave Nasenloch zusammen mit einem Fremden, einer der hinreißenden jungen Kashaner Männer. Vielleicht hatte meine Unterhaltung mit der Dienerin Sitarè mich vorübergehend gegen jeden Ekel gefeit, denn weder stieß ich einen Schrei der Empörung aus, noch zog ich mich still zurück. Ich sah genauso unbeteiligt hin wie unsere Kamele, die nur mit den Hufen scharrten, schnaubten und kauten. Beide Männer waren nackt, und der Fremde hatte sich im Stroh auf Hände und Knie hinuntergelassen, und unser Sklave beugte sich über seinen Rücken und rammelte wie ein brünstiger Kamelhengst. Die sich dergestalt lüstern paarenden Sodomiten wandten bei meinem Eintritt den Kopf, grinsten mich jedoch nur an und fuhren in ihrem unanständigen Treiben fort.

Der junge Mann war, was seinen Körper betraf, genauso ansprechend wie sein Gesicht. Nasenloch hingegen bot selbst in vollständig bekleidetem Zustand jenen abstoßenden Eindruck, wie ich ihn bereits beschrieben habe. Ich kann nur noch sagen, daß er in gänzlich unbekleidetem Zustand mit seinem aufgetriebenen Bauch, seinen verpickelten Gesäßbacken und spindeldürren Gliedmaßen die meisten Zuschauer wohl dazu gebracht hätte, ihre letzte Mahlzeit zu erbrechen. Es war mir unfaßlich, daß ein derart widerwärtiges Geschöpf es geschafft hatte, jemand, der ein auch nur um ein geringes weniger abstoßend wirkender Mensch war als er selbst, zu überreden, seinem *al-fa'il* dem *al-mafa'ul* zu spielen.

Nasenlochs *fa'il*-Gewerk konnte ich dort, wo er es hineingesteckt hatte, nicht erkennen, doch das Organ des jungen Mannes war unter seinem Bauch zu voller *candeloto*-Größe aufgerichtet und sichtbar versteift. Ich fand das ziemlich merkwürdig, da weder er noch Nasenloch es in irgendeiner Weise mit der Hand bearbeiteten. Noch merkwürdiger wollte es mir vorkommen, als Nasenloch schließlich stöhnte und sich verkrampfte und der *candeloto* des Fremden – immer noch ohne gestreichelt oder überhaupt berührt zu werden – seinen *spruzzo* ins Stroh schoß.

Nachdem sie sich keuchend eine Weile erholt hatten, hob Nasenloch seinen schweißschimmernden Körper vom Rücken des jungen Mannes herunter. Ohne sich aus der Kameltränke Wasser zum Waschen zu holen, ja, ohne sein bedauernswert kleines Gewerk auch nur mit einer Handvoll Stroh abzuwischen, zog er seine Kleider wieder an und summte dabei lustig vor sich hin. Der junge Mann hingegen stieg betont lässig und langsam in seine Kleider, als genieße er es offen, seinen nackten Leib selbst unter so schändlichen Umständen zur Schau zu stellen.

Gegen eine Stallwand gelehnt, sagte ich zu unserem Sklaven, als hätten wir die ganze Zeit über freundschaftlich miteinander geplaudert: »Weißt du was, Nasenloch? In Liedern und Geschichten hört man ja von allerlei Gaunern und Halunken – Burschen wie Encolpios und Reinecke Fuchs. Die führen ein lustiges Vagabundenleben, leben kraft ihrer füchsischen Verschlagenheit, aber irgendwie schaffen sie es stets, sich nie wirklich eines Verbrechens oder einer Sünde schuldig zu machen. Alles, was sie tun, sind bloß Possen und Schelmenstreiche. Sie bestehlen nie jemand anders als Diebe, ihre Liebesabenteuer haben nie etwas Schmutziges und Gemeines, sie trinken und zechen, ohne jemals wirklich trunken zu werden oder sich närrisch aufzuführen, und wenn sie mit dem Schwert herumfuhrwerken, fügen sie anderen nie etwas Schlimmeres als Fleischwunden bei. Sie haben eine gewinnende Art, lustig zwinkernde Augen, sind stets bereit zu lachen, selbst am Galgen noch, denn wirklich gehängt werden sie nie. Welche Abenteuer sie auch immer bestehen – diese abenteuerlustigen Galgenvögel sind stets bezaubernd und fesch, klug und amüsant. Solche Geschichten machen einem wirklich *Appetit*, endlich einmal einen solch beherzten, unerschrockenen und liebenswerten Gauner kennenzulernen.«

»Und jetzt habt Ihr einen solchen erlebt«, sagte Nasenloch. Er zwinkerte mit seinen Schweinsäuglein, ließ lächelnd seine Zahnstummel sehen und nahm eine Haltung ein, von der er wohl annahm, daß sie fesch wäre.

»Ja, das habe ich«, erklärte ich. »Und es ist nichts Liebenswertes noch Bewundernswertes an dir. Du bist der Gauner, wie er im Buche steht, denn all diese Geschichten sind nichts als Lügen, und ein Schuft ist ein Schwein. Du strotzt in deiner Person und in deinen Gewohnheiten vor Dreck, dein Äußeres wie dein Inneres widern mich an, und in deinen Neigungen steigst du hinab in einen Morast. Du hast tausendmal verdient, in das Faß mit siedendem Öl gesteckt zu werden, vor dem ich dich viel zu nachsichtig gerettet habe.«

Der hübsche Fremde stieß bei diesen Worten ein heiseres Lachen aus. Nasenloch schniefte und brummelte: »Mirza Marco, als frommer Muslim muß ich mich dagegen verwahren, mit einem Schwein verglichen zu werden.«

»Ich kann nur hoffen, daß du dich auch dagegen verwahrst, dich mit einer Sau zu paaren«, sagte ich. »Das allerdings bezweifle ich.«

»Bitte, junger Herr, ich halte fromm die Gebote des *ramazan,* die verbieten, daß Muslim-Männer während dieser Zeit Muslim-Frauen beiwohnen. Freilich muß ich zugeben, daß es mir selbst in den erlaubten Monaten manchmal schwerfällt, zu einer Frau zu kommen – und das, seit mein hübsches Gesicht durch das Unglück verunstaltet wurde, das meiner Nase widerfuhr.«

»Nun übertreibe mal nicht«, sagte ich. »Irgendwo gibt es immer eine Frau, die verzweifelt alles nimmt, was sie bekommen kann. Ich selbst habe in meinem jungen Leben bereits eine Slawin sich mit einem Schwarzen paaren sehen und eine Araberin mit einem leibhaftigen Affen.«

Hochmütig erklärte Nasenloch: »Ihr wollt mir doch hoffentlich nicht unterstellen, ich würde mich dazu herablassen, einer Frau beizuwohnen, die genauso häßlich ist wie ich. Ah, aber dieser Jafar hier – Jafar kann es wahrhaftig mit der hübschesten der Frauen aufnehmen.«

Daraufhin fuhr ich ihn an: »Sag deinem erbärmlichen hübschen Freund, sich mit dem Ankleiden zu beeilen und zu machen, daß er hier rauskommt, sonst werfe ich ihn den Kamelen vor.«

Der erbärmliche hübsche Bursche funkelte mich an, bedachte Nasenloch dann mit einem schmelzend-flehentlichen Blick, der mich augenblicklich mit einer unverschämten Frage beleidigte: »Warum probiert Ihr ihn nicht mal selbst aus, Mirza Marco? Die Erfahrung könnte dazu beitragen, Euren Horizont zu erweitern.«

»Und ich werde dir dein eines Nasenloch erweitern, Schuft«, knurrte ich und zog den Dolch aus dem Gürtel. »Ich werde es rings um deinen ganzen häßlichen Kopf herum aufschneiden! Wie kannst du es wagen, deinem Herrn gegenüber so zu sprechen! Für wen hältst du mich?«

»Für einen jungen Mann, der noch viel zu lernen hat«, sagte er. »Jetzt seid Ihr ein Reisender, Mirza Marco, und ehe Ihr wieder heimkehrt nach Hause, werdet Ihr noch viel weiter gereist sein und viel, viel mehr gesehen und erfahren haben. Kommt Ihr endlich wieder heim, werdet Ihr mit Recht bitterböse auf Menschen sein, die Berge hoch und

Sümpfe tief nennen, ohne jemals einen Berg bestiegen oder einen Sumpf ausgelotet zu haben. Auf Menschen, die sich nie aus ihren engen Gassen und ihren alltäglichen Gewohnheiten, ihren vorsichtigen Vergnügungen und ihrem engen kleinen Leben hinausgewagt haben.«

»Das mag schon so sein. Aber was hat das mit deiner *galineta*-Hure zu tun?«

»Es gibt Reisen, die tragen einen Menschen aus dem Bereich des Gewöhnlichen hinaus, Mirza Marco – nicht in bezug auf die Entfernungen, die zurückgelegt werden müssen, sondern in der Tiefe des Verständnisses. Bedenkt! Ihr habt diesen jungen Mann hier als Hure verunglimpft, wo er doch nur das ist, wozu er erzogen, gemacht und trainiert wurde und was zu sein man von ihm erwartet.«

»Ein Sodomit dann, wenn wir das lieber ist. So einer zu sein, ist für einen Christen Sünde – er ist dann Sünder und begeht eine Sünde, die jeden Abscheu erregen muß.«

»Ich fordere Euch auf, Mirza Marco, nur eine kurze Reise in die Welt dieses jungen Mannes zu machen.« Ehe ich dem Einhalt gebieten konnte, sagte er: »Jafar, erzähle dem Fremden, wie du behandelt worden bist.«

Immer noch seine Beinkleider festhaltend und mich unsicher ansehend, begann Jafar: »Ach, junger Mirza, du Spiegelung des Lichtes Allahs...«

»Das laß jetzt mal beiseite«, fiel Nasenloch ihm ins Wort. »Erzähle nur, wie du körperlich für den Geschlechtsverkehr hergerichtet wurdest.«

»Ach, Segnung der Welt«, hob Jafar von neuem an. »Von frühester Kindheit an, soweit ich mich zurückerinnern kann, hat man mir, während ich schlief, immer ein *golulè* in meine hintere Öffnung geschoben, einen aus *kashi*-Keramik gefertigten Pfropfen, eine Art spitz zulaufender Zapfen. Jedesmal, wenn ich mich zum Zubettgehen fertiggemacht hatte, wurde der *golulè* in mich hineingesteckt, nicht ohne zuvor mit irgendeiner Droge eingefettet worden zu sein, welche die Entwicklung meines *badàm* anregen sollte. Von Zeit zu Zeit pflegte meine Mutter oder die Kinderfrau ihn ein Stück tiefer hineinzustecken, und als ich imstande war, ihn ganz in mich aufzunehmen, wurde er durch einen größeren *golulè* ersetzt. So wurde mein Hinterausgang nach und nach geweitet, ohne den Muskel zu beschädigen, der ihn ringförmig abschließt.«

»Ich danke dir für die Geschichte«, sagte ich, freilich betont kühl, und zu Nasenloch gewandt: »So geboren oder dazu gemacht – ein Sodomit ist in jedem Fall ein Greuel.«

»Ich glaube, er ist mit seiner Geschichte noch nicht fertig«, sagte Nasenloch. »Setzt die Reise nur noch ein kleines bißchen weiter fort.«

»Als ich fünf oder sechs Jahre alt war«, fuhr Jafar fort, »brauchte ich den *golulè* glücklicherweise nicht mehr zu tragen. Statt dessen wurde mein nächstälterer Bruder ermutigt, sich meiner zu bedienen, sooft ihn der Drang überkam und er ein erigiertes Glied hatte.«

»*Adriò de vu!*« entfuhr es mir, und Mitleid verdrängte nachgerade meinen Abscheu. »Welch grauenhafte Kindheit!«

»Sie hätte schlimmer sein können«, erklärte Nasenloch. »Wenn ein Junge Banditen oder Sklavenjägern in die Hände fällt und dieser Junge nicht sorgfältig auf so etwas vorbereitet worden ist, pfählt der Sieger ihn brutal mit einem Zeltpflock, um die Öffnung für den späteren Gebrauch zuzurichten. Dabei aber wird der Ringmuskel zerrissen, der Junge kann hinterher seinen Stuhl nie mehr halten und sondert ständig Kot ab. Auch kann er diesen Muskel später nicht mehr nutzen, um beim Akt angenehme Kontraktionen zustande zu bringen. Fahre fort, Jafar.«

»Als ich mich daran gewöhnt hatte, von meinem Bruder benutzt zu werden, trug mein nächstälterer und besser ausgestatteter Bruder zu meiner weiteren Entwicklung bei. Und als mein *badàm* reif genug war, daß ich anfing, den Akt *zu genießen,* hat mein Vater ...«

»*Adriò de vu!*« entfuhr es mir nochmals. Doch mittlerweile hatte meine Neugier den Sieg über den Abscheu und das Mitleid bei mir davongetragen. »Was meinst du mit dem *badàm*?«

Worum es dabei ging, hatte ich nicht begriffen, denn das Wort *badàm* bedeutet Mandel.

»Das habt Ihr nicht gewußt?« sagte Nasenloch verwundert. »Aber Ihr habt doch selbst einen. Jeder Mann hat das. Wir nennen es deshalb Mandel, weil es in Form und Größe eben einer Mandel gleicht; Ärzte nennen es freilich bisweilen den dritten Hoden. Er sitzt hinter den beiden anderen, nicht im Sack, sondern hoch oben verborgen in der Leiste. Steckt man einen Finger oder – hm – irgend etwas anderes weit genug in den After, streift es diese Mandel und reizt sie auf die angenehmste Art und Weise.«

»Ah«, sagte ich, dem ein Licht aufgegangen war. »Daran also liegt es, daß Jafar gerade eben seinen *spruzzo* abgeschossen hat, ohne – soweit ich sehen konnte – gestreichelt worden oder in irgendeiner anderen Weise gereizt worden zu sein.«

»Diesen Spritzer nennen wir Mandelmilch«, erklärte Nasenloch geziert. »Manche begabte und erfahrene Frauen wissen von dieser unsichtbaren männlichen Drüse und kitzeln sie auf diese oder jene Weise, wenn sie mit einem Mann zusammen sind, und wenn er die Mandelmilch ausstößt, stellt das den Gipfel seiner Lust dar.«

Ziemlich fassungslos schüttelte ich den Kopf und sagte: »Du hast recht, Nasenloch. Wer reist, lernt immer dazu.« Mit diesen Worten stieß ich den Dolch wieder in die Scheide. »Aber merk dir: Dies ist das letztemal, daß ich es dir durchgehen lasse, so unverfroren mir gegenüber zu reden.«

Selbstgefällig sagte er: »Ein guter Sklave stellt die Nützlichkeit vor die Unterwürfigkeit. Mirza Marco, hättet Ihr nicht vielleicht Lust, Eure andere Waffe in etwas anderes einfahren zu lassen? Seht nur Jafars prächtige Scheide ...«

»*Scagaròn!*« fauchte ich. »Daß ich derlei Gepflogenheiten dulde, solange ich in diesen Landen bin, bedeutet noch lange nicht, daß ich mich ihnen anschließe. Selbst wenn Sodomie keine widerwärtige Sünde wäre – die Liebe der Frauen wäre mir immer noch lieber.«

»Liebe, Herr?« rief Nasenloch, und Jafar lachte auf seine rauhe Art, und eines der Kamele rülpste. »Von Liebe hat niemand gesprochen. Die Liebe zwischen Mann und Mann ist etwas ganz anderes, und ich glaube, nur wir warmherzigen Muslimkrieger kennen dieses erhabendste aller Gefühle. Daß ein kaltblütiger und friedenpredigender Christ sich zu dieser Liebe aufschwingen kann, wage ich zu bezweifeln. Nein, Herr, ich schlug nur etwas vor, Euch bequem Erleichterung und Befriedigung zu verschaffen. Und was macht es da schon aus, welchen Geschlechts der andere ist?«

Ich schnaubte wie ein hochmütiges Kamel. »Du hast leicht reden, Sklave, denn dir macht es ja nicht einmal was aus, ob es sich um Mensch oder *Tier* handelt. Ich für meine Person muß sagen, solange es Frauen auf dieser Welt gibt, habe ich kein Verlangen, mich mit Männern zu paaren. Mann bin ich selbst, und so bin ich viel zu sehr mit meinem eigenen Körper vertraut, als daß ich an dem eines anderen Mannes Interesse nehmen könnte. Frauen jedoch – ach, Frauen! Die sind so herrlich anders als ich, und eine jede wieder so wunderbar anders als die andere – ich kann sie einfach nicht hoch genug einschätzen!«

»Sie einschätzen, Herr?« Das klang belustigt.

»Ja.« Ich hielt inne und erklärte dann mit gebührender Feierlichkeit: »Ich habe einmal einen Mann umgebracht, Nasenloch – aber ich könnte es nie über mich bringen, eine Frau zu töten.«

»Ihr seid noch jung.«

»Und jetzt, Jafar«, wandte ich mich an den jungen Mann, »zieh den Rest deiner Kleider an und verschwinde, ehe mein Vater und mein Onkel zurückkehren.«

»Ich habe sie beide gerade eben kommen sehen, Mirza Marco«, sagte Nasenloch. »Sie sind mit der Almauna Esther in ihr Haus hineingegangen.«

Daraufhin ging auch ich dorthin, und wieder wurde ich von der Dienstmagd Sitarè aufgehalten, als sie mir öffnete. Ich wäre einfach an ihr vorbeigegangen, doch sie packte mich am Ärmel und flüsterte: »Nicht laut sprechen, bitte.«

Ohne mich daran zu halten, sagte ich mit normaler Stimme: »Ich habe nichts mit dir zu bereden.«

»Psst! Die Herrin ist drinnen, und Euer Vater und Euer Onkel sind bei ihr. Laßt sie also nichts hören, sondern antwortet mir. Mein Bruder Aziz und ich haben über die Angelegenheit gesprochen, die Euch und ...«

»Ich bin keine Angelegenheit«, sagte ich eigensinnig. »Und ich habe es nicht gern, wenn über mich geredet wird.«

»Ach, redet doch bitte leise, bitte! Seid Ihr Euch darüber im klaren, daß übermorgen *eid-alt'al-fitr* ist?«

»Nein. Ich weiß nicht einmal, *was* das ist.«

»Morgen bei Sonnenuntergang endet der *ramazan.* In diesem Augenblick beginnt der Monat *Shawal,* und der erste Tag dieses Monats ist das Fest des Fastenbrechens, was bedeutet, daß wir Muslime nicht mehr enthaltsam sein und fasten müssen. Folglich können wir – Ihr und ich – jederzeit nach Sonnenuntergang morgen *zina* machen.«

»Nur, daß du noch Jungfrau bist«, erinnerte ich sie, »und es um deines Bruders willen auch bleiben mußt.«

»Darüber haben Aziz und ich ja gerade geredet. Wir möchten Euch um einen kleinen Gefallen bitten, Mirza Marco. Und wenn Ihr einwilligt, willige auch ich ein – mit Einwilligung meines Bruders –, mit Euch *zina* zu machen. Selbstverständlich könntet Ihr auch ihn haben, wenn Ihr wollt.«

Argwöhnisch sagte ich: »Dein Angebot erscheint mir übergroß als Belohnung für einen kleinen Gefallen. Und was dein geliebter Bruder sagt, klingt in der Tat brüderlich. Ich kann es kaum erwarten, dieses kupplerische und affektierte Bürschchen kennenzulernen.«

»Aber Ihr kennt ihn! Es ist der Küchenjunge, der mit dem kastanienroten Haar, so wie ich . . .«

»Nicht, daß ich wüßte!« sagte ich; trotzdem konnte ich ihn mir vorstellen: wie einen Zwilling von Nasenlochs Jafar im Stall, einen stattlichen, muskulösen, hübschen jungen Mann mit der Öffnung einer Frau, dem Witz eines Kamels und den moralischen Grundsätzen eines windigen Wiesels.

»Als ich sagte, ›einen kleinen Gefallen‹«, fuhr Sitarè fort, »meinte ich einen, der klein ist für mich und Aziz. Für Euch wird es ein großer Gefallen sein, denn Ihr werdet etwas davon haben, ja, sogar Geld damit verdienen.«

Da stand ein wunderschönes Mädchen mit kastanienrotem Haar und bot mir ihr Jungfernhäutchen und Geld dafür obendrein – plus, wenn ich wollte, ihren dem Vernehmen nach noch schöneren Bruder. Das selbstverständlich ließ mich wieder an den Satz denken, den ich nun schon mehr als einmal gesagt bekommen hatte, den Satz von der »Blutrünstigkeit der Schönheit«. Was selbstverständlich zur Folge hatte, daß ich augenblicklich auf der Hut war – nicht jedoch übervorsichtig, das Angebot rundheraus auszuschlagen, ohne mir wenigstens anzuhören, worum es überhaupt ging.

»Erzähle mir mehr«, sagte ich.

»Nicht jetzt. Da kommt Euer Onkel. Pssst!«

»Nun, ja!« dröhnte mein Onkel, als er sich aus dem dunkleren Inneren des Hauses näherte. »*Fiame* sammeln, was?« Und sein schwarzer Bart barst in einem strahlenden weißen Lächeln, als er sich an uns vorüberzwängte und durch die Tür hinausging zum Stall.

Was er gesagt hatte, lief auf ein Wortspiel hinaus, denn im Venezianischen bedeutet ›fiame‹ nicht nur einfach ›Flamme‹, sondern ist auch eine Bezeichnung für Rothaarige oder ein heimliches Liebespaar. Ich nahm daher an, daß mein Onkel sich scherzhaft über das lustig machte, was für ihn offensichtlich eine Liebelei zwischen einem Jungen und einem Mädchen war.

Sobald er außer Hörweite war, sagte Sitarè zu mir: »Morgen. An der Küchentür, wo ich Euch schon einmal eingelassen habe. Zur gleichen Stunde.« Gleich darauf war sie irgendwo im hinteren Teil des Hauses verschwunden.

Ich schlenderte den vorderen Gang entlang und betrat den Raum, aus dem ich die Stimmen meines Vaters und der Witwe Esther hörte. Als ich eintrat, sagte er gerade mit gedämpfter, sehr ernst klingender Stimme: »Ich weiß, nur Euer gutes Herz hat Euch dazu gebracht, das vorzuschlagen. Ich wünschte nur, Ihr hättet mich zuerst gefragt und keinen anderen.«

»Ich wäre nie darauf gekommen«, sagte sie gleichfalls in gedämpftem Ton. »Und wenn er, wie Ihr sagt, sich edelmütig bereit erklärt hat, sich bessern zu wollen, würde ich nicht gern den Anlaß für einen Rückfall geben.«

»Nein, nein«, sagte mein Vater. »Euch trifft überhaupt keine Schuld, selbst dann, wenn die gute Absicht sich als etwas erweist, was das Gegenteil zur Folge hat. Wir werden darüber reden, und ich werde ihn freimütig fragen, ob dies eine unwiderstehliche Versuchung wäre. Auf der Basis werden wir dann entscheiden.«

Dann bemerkten sie meine Anwesenheit und ließen augenblicklich das Thema fallen, über das sie gerade geredet hatten. Mein Vater sagte: »Ja, es hat gutgetan, daß wir die paar Tage hiergeblieben sind. Es gibt mehrere Dinge, die wir brauchen und die während des *ramazan* im *bazàr* einfach nicht zu bekommen sind. Wenn der Fastenmonat morgen zu Ende geht, wird man sie wieder kaufen können; auch das lahmende Kamel wird dann wieder auf den Beinen sein, und wir werden zusehen, daß wir am nächsten Tag weiterreisen können. Wir können Euch nicht genug für die Gastfreundschaft danken, die Ihr uns während unseres Aufenthaltes hier bewiesen habt.«

»Was mich übrigens daran erinnert«, sagte sie, »daß Euer Abendessen fast fertig ist. Ich werde es Euch so bald wie möglich in Euer Quartier bringen.«

Mein Vater und ich kletterten beide zum Heuboden hinauf, wo wir Onkel Mafìo dabei vorfanden, wie er die Karten unseres *Kitab* studierte. Er sah von der Landkarte auf, in die er gerade vertieft war, und sagte: »Unser nächstes Ziel ist Mashhad, und es ist keine Kleinigkeit, dorthin zu gelangen. Wir müssen uns darauf gefaßt machen, daß zwischen Kashan und Mashhad sich nur Wüste dehnt – es ist die breiteste Stelle des *Dasht-e-Kavir* überhaupt. Hinterher sind wir bestimmt ausgedörrt und verschrumpelt wie ein *bacalà* – wie ein Stockfisch.« Er hielt inne, um sich kräftig am linken Ellbogen zu kratzen. »Irgendein verdammter Käfer hat mich gebissen, und jetzt juckt es.«

Ich sagte: »Die Witwe meint, in dieser Stadt wimmelt es von Skorpionen.«

Mein Onkel bedachte mich mit einem verächtlichen Blick. »Solltest du jemals von einem gestochen werden, *asenazzo*, wirst du die Erfahrung machen, daß Skorpione nicht *beißen*. Nein, was mich gebissen hat, war eine winzige kleine Fliege, die ein vollkommenes gleichschenkliges Dreieck bildete. Und so klein war, daß ich es einfach nicht fasse, was für einen quälenden Juckreiz ihr Biß ausgelöst hat.«

Witwe Esther überquerte mehrere Male den Hof, um das Geschirr zu bringen, von dem wir essen sollten; und während wir aßen, beugten wir drei uns gemeinsam über den *Kitab*. Nasenloch aß für sich unten im Stall bei den Kamelen, aber fast genauso laut wie ein kauendes Kamel. Ich versuchte, das Geräusch einfach zu überhören und mich auf die Karten zu konzentrieren.

»Du hast recht, Mafìo«, sagte mein Vater. »An dieser Stelle ist die Wüste am breitesten. Gott steh uns bei!«

»Dabei aber eine Route, der man leicht folgen kann, denn Mashhad liegt nur ein wenig nordöstlich von hier. Um diese Jahreszeit brauchen wir daher unser Ziel nur einmal am Tag, bei Sonnenaufgang, anzuvisieren.«

»Und ich«, ließ ich mich vernehmen, »werde die Richtung häufig mit unserem *kamàl* kontrollieren.«

»Mir fällt auf«, sagte mein Vater, »daß al-Idrisi in der ganzen Wüste keinen einzigen Brunnen und nicht eine *karwansarai* eingezeichnet hat.«

»Trotzdem muß es so was geben. Schließlich ist es eine vielbenutzte Handelsstraße. Mashhad bildet genauso wie Baghdad eine wichtige Station auf der Seidenstraße.«

»Und ist genauso groß wie Kashan, wie die Witwe mir gesagt hat. Und außerdem liegt die Stadt Gott sei Dank in den Bergen.«

»Aber nach Mashhad kommen wir in wirklich kalte Bergregionen. Wahrscheinlich müssen wir dort irgendwo überwintern.«

»Nun, wir brauchen uns nicht einzubilden, daß wir immer mit achterlichem Wind durch die Welt kommen.«

»Und werden auch nicht durch Landstriche kommen, die wir kennen, Nico – das fängt erst wieder an, wenn wir in Kashgar sind, also in Kithai selbst.«

»Aus den Augen, aus dem Sinn, Mafìo. Was der Tag an Bösem bringt, reicht und so weiter. Im Moment reicht es, wenn wir uns Gedanken machen darüber, wie wir Mashhad erreichen.«

3 Den nächsten Tag – den letzten Tag des *ramazan* – verbrachten wir größtenteils damit, daß wir müßig im Haus der Witwe herumsaßen. Ich glaube, ich habe unterlassen zu sagen, daß der Tagesbeginn in muslimischen Ländern nicht vom Morgengrauen an gerechnet wird, wie man eigentlich erwarten sollte, und auch nicht von der Mitternachtsstunde an, wie sonst in zivilisierten Ländern, sondern vom Sonnenuntergang an. Gleichviel, es hatte, wie mein Vater erklärt hatte, keinen Sinn, den *bazàr* von Kashan aufzusuchen, ehe die Lager nicht alle wieder aufgefüllt wären. Wir hatten auch weiter keine Aufgaben, als unsere Tiere zu füttern und sie zu tränken und den Mist zur Stalltür hinauszuschaufeln. Damit jedoch gab sich Nasenloch ab – und auf Bitten der Witwe verstreute er den Kamelmist im Gemüsegarten. Dann und wann begaben ich, mein Vater oder mein Onkel uns hinaus, um einen Spaziergang auf den Gassen der Stadt zu machen, und wenn seine Verpflichtungen es erlaubten, tat auch Nasenloch das und brachte es, woran ich nicht zweifle, fertig, zwischendurch seinen verwerflichen Neigungen zu frönen.

Als ich am Spätnachmittag in die Stadt ging, stieß ich auf eine große Menschenmenge, die sich an einer Straßenkreuzung versammelt hatte. Die meisten von ihnen waren jung – gutaussehende Männer und nichtssagende Frauen. Nun hätte ich angenommen, daß sie der Lieblingsbeschäftigung der Menschen im Osten nachgingen und nur dastünden und gafften – oder, wenn es um orientalische Männer ging, dastünden, gafften und sich im Schritt kratzten –, wäre da nicht eine dröhnende Stimme gewesen, die sich aus der Mitte der Menge vernehmen ließ. Ich blieb daher stehen, gesellte mich zu den Zuhörern und schob mich nach und nach durch sie hindurch, bis ich den Gegenstand ihrer Aufmerksamkeit erblickte.

Es handelte sich um einen im Schneidersitz am Boden hockenden alten Mann, um einen *sha'ir* oder Dichter, der dabei war, die Leute mit einer Geschichte zu unterhalten. Von Zeit zu Zeit und offensichtlich immer dann, wenn er besonders blumig sprach oder eine ungewöhnlich glückliche Wendung fand, ließ einer der Umstehenden eine Münze in die neben dem Erzähler stehende Bettelschale fallen. Mein Farsi war nicht gut genug, mir zu gestatten, alles wirklich zu würdigen, reichte aber immerhin, dem Faden der Erzählung zu folgen. Und da es sich um eine interessante Geschichte handelte, blieb ich stehen und lauschte. Der *sha'ir* berichtete, wie Träume entstehen.

Zu Anbeginn, sagte er, habe es unter all den vielen Geistern, die es gibt – den *jinn* und *afarit*, den *peri* und so fort –, auch einen Schlaf genannten Geist gegeben. Damals wie jetzt sei er verantwortlich gewesen für den nichtwachen Zustand alles Lebendigen. Nun besaß Schlaf einen ganzen Schwarm Kinder, die Träume hießen, doch in jenen ach so fernen Zeiten hatte weder der Schlaf noch seine Kinder jemals gedacht, daß die Träume in den Kopf der Leute hineingelangen könnten. Doch eines Tages – eines wunder*schönen* Tages –, da Schlaf tagsüber nicht viel zu tun hatte, beschloß dieser gute Geist, mit all seinen Jungen und Mädchen ans Meer zu gehen und sich einen freien Tag zu machen. Dort ließ er sie ein kleines Boot besteigen, das sie dort vorfanden, und sah ihnen liebevoll nach, wie sie ein kurzes Stück aufs Wasser hinausruderten.

Unseligerweise, berichtete der alte Dichter, habe der Geist Schlaf jedoch zuvor etwas getan, was den mächtigen, Sturm genannten Geist erzürnt hätte; Sturm aber hatte nur auf eine günstige Gelegenheit gewartet, sich zu rächen. Als also die kleinen Träume des Schlafs sich aufs offene Meer hinauswagten, peitschte der böse Sturm die See zu einer brodelnden Raserei hoch, ließ einen wütenden Wind blasen und trieb das schwache Boot weit hinaus aufs Meer und ließ es an den Felsriffen einer verlassenen Insel namens Langeweile zerschellen.

Und seit jener Zeit, sagte der *sha'ir,* säßen all die Traumjungen und -mädchen auf dieser öden Insel fest. (Und ihr wißt ja, sagte er, wie unruhig Kinder werden, wenn sie nichts zu tun haben und sich langweilen.) Tagsüber müssen die armen Träume es nun erdulden, von der Welt der übrigen Lebenden verbannt zu sein. Nachts aber – *al-hamdo-lillah!* – muß der Geist Sturm von seiner Macht abgeben, denn nachts herrscht der gütigere Geist Mond. Um diese Zeit können daher die Traumkinder am leichtesten für eine Zeitlang ihrer Langeweile entkommen. Das nutzen sie auch weidlich aus. Denn nächtens verlassen sie die Insel, streifen durch die Welt und beschäftigen sich damit, in die Köpfe der schlafenden Männer und Frauen einzudringen. Das ist der Grund, sagte der *sha'ir,* warum man nachts zu jeder Stunde von einem Traum unterhalten, belehrt, gewarnt oder in Angst und Schrecken versetzt werden kann, je nachdem, ob der betreffende Traum in dieser bestimmten Nacht ein wohlwollender Kleine-Mädchen-Traum oder ein boshaftbösartiger Kleiner-Jungen-Traum ist und in welcher Stimmung der Schläfer oder die Schläferin sich gerade befinden.

Als der Dichter schloß, gaben die Zuhörer ihre Dankbarkeit durch das eine oder andere Geräusch zu verstehen, und die Bettelschale klirrte von den vielen Münzen, die hineingeworfen wurden. Ich selbst gab einen Kupfer-*shahi,* denn ich fand die Geschichte lustig – und nicht unglaubwürdig, wie so viele andere orientalische Mythen der eher närrischen Art. Mir schien die Vorstellung des Dichters von den zahllosen Traumkindern beiderlei Geschlechts, die von munterem, vorwitzigem Wesen waren, recht einleuchtend. Jedenfalls könnte sie sogar ein paar Phänomene erklären, wie sie im Abendland häufig auftreten, von denen man weiß und für die man noch nie eine richtige Erklärung gefunden hat. Ich meine die gefürchteten nächtlichen Heimsuchungen durch jene Buhlteufelchen, die sonst keusche Frauen und sonst doch wohl keusche Priester verführen.

Als mit dem Sonnenuntergang auch das Ende des *ramazan* nahte, klopfte ich wieder an Witwe Esthers Haus, und Sitarè ließ mich durch die Küche ein. Sie und ich waren die einzigen Menschen darin, und sie schien in einem Zustand kaum verhohlener Erregung, denn ihre Augen leuchteten und ihre Hände flogen. Sie war offensichtlich in ihr schönstes Feiertagsgewand gekleidet, hatte die Lidschatten mit *al-kohl* vertieft und die Lippen mit Beerensaft gerötet, doch daß ihre Wangen lieblich erblühten, hatte mit irgendwelchen Hilfsmitteln nichts zu tun.

»Du bist für den Festtag gekleidet«, sagte ich.

»Richtig, aber auch, um Euch zu gefallen. Ich will nichts vortäuschen, Mirza Marco. Ich habe gesagt, daß ich froh wäre, Gegenstand Eurer Glut zu sein, und das bin ich wirklich. Seht, ich habe uns dort drüben ein Lager bereitet. Und habe dafür gesorgt, daß die Herren und die anderen Diener alle anderweitig beschäftigt sind. Es wird also keine unliebsamen Unterbrechungen geben. Offen gestanden, zittere ich vor Vorfreude auf unsere ...«

»Moment«, sagte ich, wenn auch nicht sehr nachdrücklich, »ich habe mich einverstanden erklärt, nicht zu feilschen. Ihr seid eine Schönheit, bei deren Anblick einem Mann das Wasser im Mund zusammenläuft, was bei mir gerade jetzt der Fall ist, aber zuerst muß ich ganz sicher sein. Um welchen Gefallen geht es, für den du bereit bist, dich zu verkaufen.«

»Habt nur noch ein kleines bißchen Nachsicht, dann werde ich es Euch sagen. Zuvor möchte ich Euch jedoch ein Rätsel aufgeben.«

»Handelt es sich dabei wieder um einen hiesigen Brauch?«

»Nehmt nur auf der Bank dort drüben Platz. Legt die Hände an die Seite – nein, haltet Euch an der Bank fest –, damit Ihr nicht in Versuchung geratet, mich anzufassen. Und jetzt schließt die Augen. Fest. Und haltet sie fest geschlossen, bis ich es Euch sage.«

Achselzuckend tat ich, wie geheißen, und hörte sie kurz hin und her gehen. Dann küßte sie mich auf die Lippen, auf eine scheue, unerfahrene und jungfräuliche, gleichwohl jedoch überaus köstliche Weise und ausgiebig lange. Dieser Kuß reizte mich dermaßen, daß mir ganz schwindlig wurde. Hätte ich mich nicht an der Bank festgehalten, würde ich mich vermutlich in der Tat hin- und hergewiegt haben. Ich wartete, daß sie etwas sagte, statt dessen küßte sie mich noch einmal, und zwar diesmal so, als ob die Übung sie nur dazu brächte, den Kuß noch mehr zu genießen und noch mehr in die Länge zu ziehen. Wieder gab es eine Pause, und ich wartete auf den dritten Kuß, doch hörte ich sie sagen: »Und jetzt könnt Ihr die Augen aufmachen.«

Ich tat es und lächelte sie an. Sie stand unmittelbar vor mir, und der rosige Hauch auf den Wangen hatte sich über ihr ganzes Gesicht ausgebreitet. Ihre Augen leuchteten, ihre Rosenknospenlippen verrieten Lustigkeit, und sie fragte: »Nun, könnt Ihr die Küsse voneinander unterscheiden?«

»Unterscheiden? Nein, wieso?« sagte ich galant – und fügte dann noch im Stil persischer Dichter, wie ich meinte, hinzu: »Wie soll ein Mann von gleich süßen Düften oder gleich trunken machendem Geschmack sagen, daß der eine besser sei als der andere? Er begehrt einfach nur mehr. Und das tue ich auch, tue ich auch.«

»Und mehr sollt Ihr auch haben. Aber von mir? Ich war es, die Euch zuerst küßte. Oder von Aziz, der Euch als nächster küßte?«

Diesmal wiegte ich mich nicht so sehr hin und her, als daß ich vielmehr auf meiner Bank wankte. Sie griff um sich herum und zog ihn vor, daß ich ihn vor mir sah – und ich wankte womöglich noch mehr wie von einem Schlag getroffen.

»Aber er ist ja noch ein Kind!«

»Er ist mein kleiner Bruder Aziz.«

Kein Wunder, daß ich ihn unter den Dienstboten des Hauses nicht bemerkt hatte. Er kann unmöglich älter gewesen sein als acht oder neun und war selbst für sein Alter klein. Doch hatte man ihn erst einmal wirklich wahrgenommen, hielt es in Zukunft wohl schwer, ihn zu übersehen. Wie alle Kashaner Knaben, die ich gesehen hatte, war auch er ein alexandrinischer Cupido, nur womöglich noch schöner als die Kashaner Knaben sonst, genauso, wie seine Schwester schöner war als die Kashaner Mädchen, die ich sonst gesehen hatte. Buhlteufelchen in Mädchen- und in Knabengestalt, dachte ich völlig verwirrt.

Da ich immer noch auf der niedrigen Bank saß, befanden meine und seine Augen sich auf gleicher Höhe. Und diese seine blauen Augen waren klar und ernst und wirkten in seinem kleinen Gesicht womöglich noch größer und schimmernder als die seiner Schwester. Er hatte den gleichen rosenknospenroten Mund wie sie. Sein Körper war vollkommen gebildet bis hinunter zu den winzigen schlanken Fingern. Er hatte die gleichen glutvoll-kastanienfarbenen Haare wie seine Schwester, und seine Haut war genauso elfenbeinfarben wie die ihre. Unterstrichen wurde die Schönheit des Jungen noch dadurch, daß man auch ihm die Lidschatten durch *al-kohl* vertieft und mittels Beerensaft die Lippen gerötet hatte. Mir schien beides für überflüssig, doch ehe ich etwas sagen konnte, hob Sitarè an:

»Jedesmal, wenn ich in meiner Freizeit Schönheitsmittel auftragen und auflegen darf« – sie sprach raschzüngig, als gelte es, mögliche Einwände von meiner Seite von vornherein abzuwehren –, »bemühe ich mich, das auch bei Aziz zu tun.« Abermals einem erwarteten Einwand von mir zuvorkommend, sagte sie: »Ach, laßt mich Euch etwas zeigen, Mirza Marco.« Mit flinken Fingern nestelte sie die Bluse auf, die ihr Bruder trug. »Da er ein Junge ist, hat er selbstverständlich keinen Busen, aber seht nur, welch zarte und schön vorstehende Brustwarzen er hat!« Ich starrte sie an, denn sie waren mit *hinna* leuchtendrot gefärbt. Sitarè sagte: »Sind sie nicht genau wie meine?« Jetzt riß ich die Augen erst richtig auf, denn inzwischen hatte sie ihrerseits ihre Bluse ausgezogen und präsentierte mir ihre gleichfalls *hinna*-gefärbten Brustwarzen, damit ich beide miteinander vergliche. »Seht Ihr? Seine richten sich genauso auf wie meine.«

Sie plauderte unbekümmert weiter, ich jedoch war inzwischen außerstande, überhaupt irgend etwas einzuwenden. »Und als Junge hat Aziz selbstverständlich etwas, das ich nicht habe.« Sie knotete eine Schnur auf, die seinen *pai-jamah* zusammenhielt, ließ die Hose zu Boden fallen und kniete neben ihm nieder. »Hat er nicht einen vollkommenen *zab en miniature*? Und schaut, was geschieht, wenn ich ihn streichle. Wie bei einem kleinen Mann. Und jetzt seht dies hier.« Sie drehte den Jungen herum und zog mit den Händen seine grübchenbesetzten, rosigen Hinterbacken auseinander. »Unsere Mutter war sehr gewissenhaft in der Anwendung des *golulè,* und nach ihrem Tod habe auch ich mich darum bemüht – seht Ihr, wie wundervoll das Ergebnis ist?« Noch eine rasche Bewegung, und sie streifte selbst ihren *pai-jamah* ab. Dann drehte sie sich um, drückte den Leib durch und ließ mich ihre unteren Regionen betrachten, die nicht von dunkelrotem Flaum beschattet waren. »Meines liegt zwei oder drei Fingerbreit weiter vorn, aber seht Ihr wirklich einen Unterschied zwischen meinem *mihrab* und seinem ...?«

»Hör auf!« gelang es mir endlich hervorzustoßen. »Du versuchst mich zur Sünde mit dem Knaben zu verleiten, der noch ein Kind ist.« Was sie nicht leugnete, wohl aber der Knabe, der noch ein Kind war. Aziz drehte sich um, so daß wir einander wieder Aug' in Auge gegenüberstanden, und ergriff zum ersten Mal selbst das Wort. Seine Stimme klang sehr melodisch, wie die eines Singvögelchens, aber es mangelte ihr nicht an Festigkeit. »Nein, Mirza Marco. Meine Schwester will Euch nicht verleiten. Und ich auch nicht. Meint Ihr wirklich, ich würde das jemals nötig haben?«

Betroffen von dieser direkten Frage, mußte ich mit »Nein« antworten. Doch dann rief ich alle meine christlichen Überzeugungen zur Hilfe auf und sagte vorwurfsvoll: »Damit zu prahlen, ist genauso abzulehnen, wie jemand rundheraus zu verführen. Als ich so alt war wie du, mein Kind, kannte ich kaum den *normalen* Zweck, dem diese Körperteile dienten. Gott bewahre, daß ich sie jemals so bewußt und verrucht und – verletzlich – hergezeigt hätte! Allein so dazustehen, wie du es tust, ist schon Sünde.«

Aziz sah verletzt aus, als hätte er eine Maulschelle bekommen; entsprechend verblüfft runzelte er die weichen Brauen und die Stirn. »Ich bin noch sehr jung, Mirza Marco, und vielleicht unwissend, denn niemand hat mich gelehrt, eine Sünde zu sein. Nur entweder *al-fa'il* oder *al-mafa'ul* – je nachdem, was gewünscht wird.«

Ich stieß einen Stoßseufzer aus. »Ach, da habe ich doch schon wieder die hiesigen Gebräuche vergessen!« Ich ließ also vorübergehend meine Grundsätze zugunsten meiner Ehrlichkeit fahren und sagte: »Als der, der tut, oder der, dem getan wird, würdest du einen Mann wahrscheinlich vergessen lassen, daß es Sünde *ist*. Und wenn es das für dich nicht ist, bitte ich um Verzeihung, dich ungerecht getadelt zu haben.«

Er schenkte mir ein strahlendes Lächeln, und sein ganzer nackter kleiner Leib schien im dunkler werdenden Raum zu glühen.

Ich setzte noch hinzu: »Ich bitte dich gleichfalls um Verzeihung, daß ich andere unzutreffende und unberechtigte Dinge von dir gedacht habe, ohne dich überhaupt gekannt zu haben. Du bist ganz ohne jeden Zweifel das bezauberndste und schönste Kind, das ich je gesehen habe, sei es Mädchen oder Junge – und verführerischer als so manche erwachsene Frau. Du bist wie eines der Traumkinder, von denen ich kürzlich gehört habe. Wäre deine Schwester nicht da – du könntest selbst einen Christen in Versuchung bringen. Doch da sie so überaus begehrenswert ist, mußt du an die zweite Stelle treten – und ich bin überzeugt, das wirst du verstehen.«

»Das verstehe ich«, sagte der Knabe immer noch lächelnd. »Ich kann Euch nur beipflichten.«

Sitarè, im Dämmerlicht gleichfalls eine von innen heraus glühende Alabastergestalt, sah mich nicht wenig erstaunt an. Fassungslos fast hauchte sie: »Ihr wollt *mich* immer noch?«

»Sehr. Jawohl, so sehr sogar, daß ich jetzt bete, es liegt in meiner Kraft, dir den Gefallen zu tun, den du von mir erbittest.«

»O ja, das könnt Ihr.« Sie hob ihre Kleider vom Boden auf und hielt sie zusammengeknüllt vor sich hin, auf daß ich von ihrer Nacktheit nicht abgelenkt würde. »Wir bitten nur darum, daß Ihr Aziz in Eurer *karwan* mitnehmt – und zwar nicht weiter als bis Mashhad.«

Ich blinzelte. »Warum?«

»Ihr habt selbst gesagt, Ihr hättet nie ein schöneres und einnehmenderes Kind gesehen. Und in Mashhad treffen viele Handelsstraßen aufeinander. In dieser Stadt ergeben sich viele Gelegenheiten.«

»Ich selbst habe keine große Lust hinzugehen«, sagte Aziz. Auch seine Nacktheit lenkte ab, und so hob ich seine Kleider auf und reichte sie ihm. »Eigentlich möchte ich meine Schwester nicht verlassen, denn sie ist die einzige Verwandte, die ich habe. Aber sie hat mich überzeugt, daß es so zum besten wäre.«

»Hier in Kashan«, fuhr Sitarè fort, »ist Aziz nur einer von unzähligen hübschen Jungen, die alle darin wetteifern, einem der durchreisenden *anderun*-Beschaffer aufzufallen. Hier kann Aziz bestenfalls hoffen, einem solchen aufzufallen und Konkubine irgendeines Edelmanns zu werden, von dem sich nicht vorhersagen läßt, ob er ein guter oder ein böser, ein lasterhafter Mensch ist. In Mashhad hingegen könnte er einem der reichen durchziehenden Kaufleute vorgestellt werden; vielleicht mag der ihn und kauft ihn. Möglich, daß er sein Leben als Konkubine dieses Mannes beginnt, aber er hat dann zumindest Gelegenheit zu reisen, erlernt möglicherweise den Beruf seines Herrn und kann etwas Besseres aus sich machen, als nur ein *anderun*-Spielzeug zu sein.«

Herumzuspielen war dasjenige, wonach auch mir im Augenblick der Sinn am meisten stand. Es wäre mir ein Vergnügen gewesen, mit dem Reden Schluß zu machen und anzufangen, anderes zu tun. Gleichwohl ging mir in diesem Augenblick eine Wahrheit auf, die, wie ich meine, nicht vielen Reisenden jemals dämmert.

Wir, die wir durch die Welt ziehen, verweilen flüchtig in dieser oder jener Stadt; eine jede stellt nur ein Bündel flüchtiger Eindrücke unter einer ganzen Reihe solcher Bündel dar. Menschen sind für sie nur nebelhafte Gestalten, die für einen Augenblick aus den Staubwolken auftauchen, die unseren Pfad begleiten. Wir Reisende haben für gewöhnlich ein Ziel und verbinden einen Zweck damit, dieses zu erreichen; jeder Schritt auf dieses Ziel zu ist nur ein Meilenstein auf dem Weg dorthin. In Wirklichkeit ist es jedoch so, daß die Menschen, die dort leben, auch schon gelebt haben, ehe wir dorthin kamen, und weiterleben werden, nachdem wir längst fort sind. Sie haben ihre eigenen Sorgen – Hoffnungen, Ehrgeiz und Pläne –, die für sie selbst von so großer Bedeutung sind, daß sie gelegentlich sogar zu uns Vorüberziehenden davon reden. Folglich dachte ich wohlwollend über die ernsten Worte sowie die glühenden Gesichter von Sitarè und Aziz nach, da sie von ihren Hoffnungen und Plänen und ihrem Ehrgeiz sprachen. Und von diesem Augenblick an habe ich mich auf all meinen Reisen bemüht, auch noch den unbedeutendsten Ort in seiner Gesamtheit zu sehen und die niedrigsten Bewohner darin ausführlich zu betrachten.

»Wir bitten Euch daher nur, Aziz mit nach Mashhad zu nehmen«, sagte Sitarè, »und dort einen reichen *karwan*-Händler von freundlichem Wesen und anderen guten Eigenschaften auszusuchen . . .«

»Jemand wie Ihr selbst einer seid, Mirza Marco«, sagte der Junge.

». . . und Aziz an ihn zu verkaufen.«

»Deinen Bruder verkaufen?« entfuhr es mir.

»Ihr könnt ihn schließlich nicht einfach mit dorthin nehmen und dann sich selbst überlassen – einen kleinen Jungen in einer fremden Stadt. Unser Wunsch ginge dorthin, daß Ihr ihn bei dem bestmöglichen Herrn und Gebieter unterbringt. Und, wie ich schon gesagt habe, werdet Ihr aus diesem Geschäft einen hübschen Gewinn schlagen. Für die Mühe, die es Euch bereitet hat, ihn mitzunehmen, und die Mühe, genau den richtigen Käufer für ihn zu finden, könnt Ihr den ganzen Betrag behalten, den Ihr für ihn erzielt. Für einen solchen hübschen Jungen sollte das ein erkleckliches Sümmchen sein. Das ist doch mehr als recht und billig, oder?«

»Ja, durchaus«, sagte ich. »Vielleicht ließen mein Vater und mein Onkel sich durch diese Aussicht bewegen einzuwilligen, aber versprechen kann ich das nicht. Schließlich bin ich nur einer von dreien. Ich muß ihnen den Vorschlag unterbreiten.«

»Das erübrigt sich«, sagte Sitarè. »Unsere Herrin hat bereits mit ihnen gesprochen. Denn Mirza Esther ist gleichfalls viel daran gelegen, daß Aziz auf einen Weg gebracht wird, der in ein besseres Leben für ihn führt. Soweit ich weiß, denken Euer Vater und Euer Onkel über den Vorschlag nach. Solltet also Ihr nichts dagegen haben, Aziz mitzunehmen, würde Eure Stimme den Ausschlag geben.«

Wahrheitsgemäß sagte ich: »Die Stimme der Witwe hat vermutlich mehr Gewicht als die meine. Und da dem so ist, Sitarè, warum warst du dann bereit« – mit einer entsprechenden Handbewegung deutete ich ihren unbekleideten Zustand an –, »zu solchen Mitteln zu greifen, um mich zu bewegen, zu tun, was du möchtest?«

»Nun«, sagte sie lächelnd und nahm die Kleider, die sie in der Hand hielt, beiseite, um mir noch einen ungehinderten Blick auf sie zu gewähren. »Ich hatte gehofft, Ihr würdet *ganz besonders gefällig* sein . . .«

Immer noch wahrheitsgemäß sagte ich: »Das würde ich so und so sein. Nur gibt es noch ein paar andere Dinge, die man berücksichtigen sollte. Zunächst einmal geht es darum, daß wir eine gefährliche und im höchsten Maße *unangenehme* Wüstendurchquerung vor uns haben. Die Wüste ist nichts für Männer – von einem kleinen Jungen ganz zu schweigen. Wie allseits bekannt, treibt der Satansteufel in der Ödnis der Wüstenstriche ganz besonders sein Unwesen und ist dort besonders mächtig. In die Wüste gehen mit Vorliebe heiligmäßige Christen, bloß um ihre Glaubensstärke auf die Probe zu stellen – ich meine, *über die Maßen fromme Christen* wie der heilige Antonius. Und unheilige Sterbliche wagen sich nur unter großen Gefahren da hinein . . .«

»Das mag schon sein, aber sie gehen hinein«, sagte Aziz, dem Klang seiner Stimme nach offenbar völlig ungerührt von den Aussichten, die sich ihm boten. »Und da ich kein Christ bin, bin ich vielleicht auch weniger in Gefahr. Möglich sogar, daß ich für euch andere einen gewissen Schutz darstelle.«

»Wir haben noch einen anderen Nichtchristen, der mit uns zieht«, sagte ich säuerlich. »Und das ist etwas, worüber du auch nachdenken solltest. Unser Kameltreiber ist ein Tier, das gewohnheitsmäßig mit den niedrigsten Tieren verkehrt und sich mit ihnen paart. Nun, seine tierische Natur mit einem begehrenswerten und zugänglichen kleinen Jungen in Versuchung zu bringen . . .«

»Ah«, ließ Sitarè sich vernehmen. »Das muß der Einwand sein, den Euer Vater erhoben hat. Ich wußte, daß die Herrin sich wegen irgend etwas Sorgen machte. Dann muß Aziz eben versprechen, dem Tier aus dem Wege zu gehen, und Ihr, Mirza Marco, müßt versprechen, über Aziz zu wachen.«

»Ich werde nie von Eurer Seite weichen, Mirza Marco«, beteuerte der Junge, »weder bei Tag noch bei Nacht.«

»Aziz mag Euren Vorstellungen entsprechend nicht keusch sein«, fuhr seine Schwester fort, »aber er treibt es auch nicht mit jedem. Solange er bei Euch ist, wird er nur Euch gehören und weder seinen *zab* noch seine Hinterbacken, ja, nicht einmal seine Augen zu irgendeinem anderen Mann erheben.«

»Ich werde nur Euch gehören, Mirza Marco«, bestätigte er mit einer vielleicht bezaubernden Unschuld, nur, daß er die Kleider in seiner Hand beiseite hielt, genauso wie Sitarè es getan, damit ich mich an ihm satt sähe.

»Nein, nein und nochmals nein«, erklärte ich einigermaßen erregt. »Aziz, du mußt versprechen, keinen *einzigen* von uns in Versuchung zu bringen. Unser Sklave ist nur ein Tier, aber wir anderen drei sind Christenmenschen. Du wirst *völlig* enthaltsam bleiben müssen, von hier bis Mashhad.«

»Wenn Ihr unbedingt wollt«, sagte er, schien jedoch ein wenig enttäuscht. »Dann schwöre ich es. Beim Barte des Propheten (Segen und Frieden seien mit Ihm).«

Skeptisch fragte ich Sitarè: »Gilt ein solcher Schwur von einem Kind, das noch keinen Bart hat?«

»Das tut er sehr wohl«, sagte sie und sah mich von der Seite an. »Eure trostlose Wüstendurchquerung wird durch nichts gestört werden. Ihr Christen müßt irgendein krankhaftes Vergnügen daran finden, Euch jedes Vergnügen zu versagen. Aber sei's drum! Aziz, du kannst dich wieder anziehen.«

»Und du auch, Sitarè«, sagte ich, und wenn Aziz enttäuscht ausgesehen hatte – sie sah aus wie vom Donner gerührt. »Ich versichere dir, liebes Mädchen, daß ich das höchst ungern, aber mit den besten Vorsätzen sage.«

»Das verstehe ich nicht. Wenn Ihr die Verantwortung für meinen

Bruder übernehmt, wiegt meine Jungfräulichkeit nichts dagegen, daß er vorankommt. Deshalb schenke ich sie Euch, und zwar aus dankbarem Herzen.«

»Und ich danke dafür, Sitarè. Und zwar aus einem Grunde, dessen du dir gewiß bewußt bist. Denn – wenn dein Bruder mit fortzieht – was soll dann aus dir werden?«

»Was spielt das für eine Rolle? Ich bin ja nur eine Frau.«

»Eine wirklich *wunderschöne* Frau! Folglich kannst du deinen Körper, sobald Aziz versorgt ist, für dein eigenes Fortkommen einsetzen. Für eine gute Ehe oder ein vorteilhaftes Konkubinat oder was sonst für dich erreichbar ist. Nur weiß ich, daß Frauen soviel nur erreichen können, wenn ihre Jungfräulichkeit unangetastet ist. Und aus diesem Grunde will ich sie dir lassen.«

Beide starrten sie mich an, und der Junge murmelte: »Wahrhaftig, Christen sind *divanè*!«

»Manche zweifellos. Aber manche bemühen sich auch, sich zu verhalten, wie es Christen geziemt.«

In Sitarès Augen und Blick kam etwas Weiches, und mit sanfter Stimme sagte sie: »Und vielleicht gibt es einige, denen das gelingt.« Doch wieder hielt sie herausfordernd die Kleider von ihrem schönen Körper fort. »Seid Ihr ganz sicher, dies zurückweisen zu wollen? Bleibt Ihr fest in Eurer gütigen Entschlossenheit?«

Ein wenig unsicher lachte ich auf. »Ich bin alles andere als standfest. Und deshalb laßt mich rasch fort von hier. Ich will mit meinem Vater und meinem Onkel über Aziz und sein Mitkommen reden.«

Die Besprechung dauerte nicht lange, denn als ich in den Stallungen zu ihnen trat, redeten sie just darüber.

»Also«, sagte Onkel Mafìo zu meinem Vater, »Marco ist auch dafür, den Jungen mitkommen zu lassen. Damit steht es zwei gegen einen, der im übrigen auch noch schwankt.«

Stirnrunzelnd fuhr mein Vater sich durch den Bart.

»Wir werden ein gutes Werk tun«, sagte ich.

»Wie könnten wir es von uns weisen, ein gutes Werk zu tun?« wollte mein Onkel wissen.

Woraufhin mein Vater widerwillig knurrend eine alte Weisheit von sich gab: »Die heilige Caritas ist tot, und ihre Tochter Clementia, die Nachsichtige, siecht dahin.«

Doch mein Onkel hielt dem eine andere Weisheit entgegen: »Höre auf, an die Heiligen zu glauben, und sie hören auf, Wunder zu vollbringen.«

Dann sahen sie einander verlegen schweigend an, bis ich das Schweigen zwischen ihnen brach und sagte:

»Ich habe den Jungen schon gewarnt, daß die Wahrscheinlichkeit, belästigt zu werden, für ihn groß ist.« Beide ließen daraufhin den Kopf herumfahren und sahen erstaunt mich an. »Ihr wißt doch«, murmelte ich voller Unbehagen, »wie groß Nasenlochs Neigung ist, hm, Dummheiten zu machen.«

»Ach das«, sagte mein Vater. »Ja, auch das muß bedacht werden.«

Ich war froh, daß er darüber nicht sonderlich besorgt schien. Ich hatte nämlich keine Lust, derjenige zu sein, der von Nasenlochs jüngster Ungeheuerlichkeit berichtete, was dem Sklaven nur eine verspätete Tracht Prügel eingetragen hätte.

»Ich habe Aziz eingeschärft«, erklärte ich, »allen verdächtigen Annäherungen gegenüber auf der Hut zu sein. Und ich habe versprochen, auf ihn aufzupassen. Was seinen Transport betrifft, so meine ich, das Lastkamel ist keineswegs überladen, und der Junge wiegt kaum etwas. Seine Schwester hat sich erboten, uns alles zu überlassen, was wir bei einem Verkauf für ihn erzielen, und das sollte eine ganze Menge sein. Ich jedoch meine, wir sollten davon nur abziehen, was er uns an Unterhalt gekostet hat, um dem Jungen dann den Rest auszuhändigen. Als eine Art Schenkung für ihn, ein neues Leben damit zu beginnen.«

»Also, was gibt's da noch zu überlegen«, sagte Onkel Mafìo und kratzte sich am Ellbogen. »Der Junge hat bereits ein Reittier und einen Wächter, der auf ihn achtgibt. Er bezahlt seine eigene Überführung nach Mashhad und verdient noch die eigene Mitgift. Was könnte es da noch für Einwände geben?«

Ernst, ja, geradezu feierlich sagte mein Vater: »Wenn wir ihn mitnehmen, bist du für ihn verantwortlich, Marco. Du garantierst, den Jungen vor jedem Schaden zu bewahren?«

»Ja, Vater«, sagte ich und legte die Hand bedeutsam an meinen Dolch. »Jedes Ungemach muß mich nehmen, ehe es ihn nimmt.«

»Du hörst, Mafìo.«

Ich spürte wohl, daß das, was ich schwor, ein sehr ernster Schwur war, denn mein Vater forderte meinen Onkel ausdrücklich auf, Zeuge dieses Schwurs zu sein.

»Ich höre, Nico.«

Mein Vater seufzte auf, sah erst ihn an und dann mich, kratzte sich nochmals eine Weile den Bart und sagte schließlich: »Dann kommt er mit. Geh hin, Marco, und sage ihm das. Und sage der Schwester und der Witwe Esther, sie sollen zusammenpacken, was Aziz mitnehmen soll.«

So nahmen Sitarè und ich die Gelegenheit wahr, viele, viele verstohlene Küsse und Liebkosungen zu tauschen, und das letzte, was sie mir sagte, war: »Ich werde Euch nie vergessen, Mirza Marco. Nie werde ich die Güte und Freundlichkeit vergessen, die Ihr uns beiden bewiesen habt, und die Rücksicht, die Ihr auf meine Zukunft genommen habt. Wie gern würde ich Euch belohnen – und zwar mit dem, was Ihr ausgeschlagen habt. Solltet Ihr jemals wieder hier hindurchkommen ...«

4 Man hatte uns gesagt, zum Durchqueren des Dasht-e-Kavir sei dies die beste Jahreszeit. Wie furchtbar muß es sein, sie zur schlechtesten bewältigen zu müssen. Bei uns war es Spätherbst, da die Sonne nicht höllisch heiß war, doch selbst ohne Zwischenfälle wäre es alles andere als eine angenehme Reise gewesen. Bis jetzt hatte ich immer angenommen, Seereisen wären die am wenigsten abwechslungsreiche, langweiligste, endloseste und eintönigste Art von Reise, die man sich vorstellen kann – zumindest, solange sie nicht durch einen Sturm unerträglich wurde. Aber eine Wüstendurchquerung ist all dies, und außerdem quält einen Durst, Jucken, Kratzen, werden die Schleimhäute gereizt, scheuert man sich das Gesäß auf und wird die Haut wie Pergament – und so könnte ich endlos fortfahren. Es ist wie eine Flut von Flüchen, die sich endlos durch den grämlich-verdrossenen Geist des Wüstenreisenden ergießt, da er endlos von einem gesichtslosen Horizont über eine gesichtslose Gegend zum nächsten gesichtslosen Horizont zieht, den er nie zu erreichen scheint.

Als wir Kashan verließen, waren wir wieder für entbehrungsreiches Reisen gekleidet. Das heißt, wir trugen nicht mehr den fein um den Kopf geschlungenen persischen *tulband* und hatten auch nicht mehr die hinreißend bestickten Obergewänder an. Wir trugen vielmehr wieder die arabischen *kaffiyah*-Kopftücher und die locker hängenden *aba*-Umhänge, jene praktischen Kleidungsstücke, die nie an der Haut festkleben, sondern gestatten, daß Körperhitze und Schweiß sich verflüchtigen, und die nie Falten werfen, in denen sich der Treibsand festsetzen kann. Unsere Kamele waren schwer beladen mit prall mit Wasser gefüllten Lederschläuchen aus Kashan sowie Säcken mit gedörrtem Hammelfleisch, Trockenfrüchten und dem bröseligen arabischen Brot. (Um diese Vorräte aufzufüllen, mußten wir abwarten, bis der *bazàr* nach dem *ramazan* wieder geöffnet war.) Außerdem hatten wir in Kashan einige neue Ausrüstungsgegenstände erstanden, die wir von nun an mitschleppen mußten: glatte runde Stecken und Längen von leichtem Tuch, deren Enden zum Saum umgenäht waren, so daß man die Stecken hindurchführen konnte. Indem wir das taten, konnten wir die Tuchlängen rasch in eine Art Zelt verwandeln, von denen ein jedes gerade groß genug war, einen Mann bequem oder – notfalls – zwei Mann mehr schlecht als recht zu beherbergen.

Noch ehe wir losritten, warnte ich Aziz, sich nie von unserem Sklaven verleiten zu lassen, in sein Zelt hineinzukommen oder sich überhaupt außer Sichtweite von uns anderen zu begeben, und mir im übrigen von jedem Annäherungsversuch des Kameltreibers unverzüglich zu berichten. Denn Nasenloch hatte, als er den Jungen zum ersten Mal bei uns sah, die Schweinsäuglein weit aufgerissen, so daß sie fast menschlich waren, und das einzelne Nasenloch so weit gebläht, als witterte er Beute. Auch war Aziz an jenem ersten Tag in unserer Gesellschaft für einen kurzen Augenblick nackt gewesen – und Nasenloch hatte wieder Stielaugen gemacht –, als ich dem Jungen nämlich geholfen hatte, jenes persische Gewand auszuziehen, das seine Schwester ihm gegeben hatte, und die arabischen *kaffiyah* und *aba* anzulegen. Ich verwarnte Nasenloch daher streng und spielte vielsagend mit meinem Dolch dabei, und er versprach scheinheilig, zu gehorchen und sich gut zu benehmen.

Ich hätte Nasenlochs Beteuerungen wohl kaum geglaubt, doch wie es sich herausstellte, belästigte er den kleinen Jungen nie, ja, er versuchte es nicht einmal. Wir waren kaum ein paar Tage in der Wüste unterwegs, da fing Nasenloch an, sichtbarlich unter irgendeiner schmerzhaften Erkrankung seines Gemächts zu leiden. Wenn der Sklave, wie ich argwöhnte, absichtlich eines der Kamele zum Lahmen gebracht hatte, damit wir in Kashan Zwischenstation machten, nahm jetzt eines der anderen Kamele Rache an ihm. Jedesmal, wenn Nasenlochs Reittier einen falschen Schritt machte und ihn tüchtig durchrüttelte, schrie er laut auf. Bald hatte er seinen Sattel mit allem ausgepolstert, was er an Weichem unter unseren Sachen finden konnte. Doch jedesmal, wenn er sich vom Lagerfeuer entfernte, um Wasser zu lassen, konnten wir ihn stöhnen und von einem Fuß auf den anderen treten und unflätig fluchen hören.

»Einer von den Kashaner Knaben muß ihm das *scolamento* angehängt haben«, erklärte Onkel Mafio höhnisch lachend. »Recht geschieht ihm das – warum ist er so verdorben und wenig wählerisch.«

Ich selbst hatte und habe mich auch seither nie ähnlich irgendwo angesteckt, was ich wohl mehr meinem Glück als meiner Tugendhaftigkeit oder der Tatsache zuzuschreiben habe, daß ich immer sehr wählerisch gewesen wäre. Doch gleichviel, ich hätte Nasenloch mehr kameradschaftliches Mitgefühl zeigen und weniger über sein Unglück lachen können, wäre ich nicht dankbar dafür gewesen, daß sein *zab* ihm andere Sorgen machte und er nicht versuchen konnte, ihn in meinen jungen Schützling hineinzustecken. Das Leiden des Sklaven legte sich nach und nach und ging schließlich ganz fort, ohne ihn in seinen Neigungen zu beeinträchtigen, doch hatten wir inzwischen andere Dinge erlebt, die bewirkten, daß Aziz seiner Lüsternheit entzogen wurde.

Ein Zelt oder ein zeltähnlicher Schutz ist im Dasht-e-Kavir unbedingt nötig, denn dort kann man sich nicht einfach in seine Decken einrollen und zum Schlafen niederlegen; er wäre nämlich beim Erwachen längst unter einer Sandschicht begraben. Den größten Teil dieser Wüste kann man dem immensen Tablett eines *fardarbab* oder Wahrsagers vergleichen. Der Sand, der ihn bedeckt, ist so unendlich fein und glatt, daß noch das unscheinbarste Insekt – ein Tausendfüßler, ein Grashüpfer oder ein Skorpion – seine Spur darauf hinterläßt, die schon von weitem zu erkennen ist. Jemand, den die Eintönigkeit eines Wüstenritts zu Tode gelangweilt hat, könnte Ablenkung und Abwechslung darin finden, der Meanderfährte einer einzelnen Ameise zu folgen.

Tagsüber gab es selten Augenblicke, da kein Wind wehte, den Sand hochwirbelte, in die Höhe riß und weit forttrug. Da die Winde im Dasht-e-Kavir immer aus derselben Richtung – dem Südwesten – kommen, errät man leicht, aus welcher Richtung ein Fremder kommt – selbst dann, wenn man ihn in seinem Lager und völlig bewegungslos auffindet; man braucht nur hinzusehen, welche Seite seines Reittiers am meisten von einer Sandschicht bedeckt ist. Nachts legt sich der Wind in der Wüste, was zur Folge hat, daß die schwereren Sandkörner vom Himmel herunterrieseln. Die feineren Partikel jedoch halten sich in der Luft wie Staub, und zwar in einer solchen Verdichtung, daß man gleichsam in einem trockenen Nebel einhergeht. Vor lauter Staub sieht man keinen einzigen Stern am Himmel, und manchmal verschwindet selbst der Mond dem Blick. Staubnebel und Dunkelheit zusammen bewirken, daß man nur ein paar Armlängen weit sehen kann. Nasenloch erzählte uns, es gebe Karauna genannte Wesen, die sich diesen undurchdringlichen Staubnebel zunutze machten – nach der persischen Legende schufen die Karauna ihn sogar durch irgendeine Zauberei –, um ihre schlimmen Taten zu verüben. Weit häufiger ist die Gefahr, daß der Staub im Laufe der Nacht unmerklich zu Boden sinkt, so daß ein Reisender, der nicht unter einem Zelt Schutz gesucht hat, leise und ohne, daß er es merkt, davon zugedeckt wird und im Schlaf darunter ersticken kann.

Wir hatten immer noch den größeren Teil Persiens vor uns, aber hier in diesem gottverlassenen Landstrich – dem vielleicht menschenleersten Teil der ganzen Erde – begegneten wir keinem einzigen Perser oder irgendeinem anderen Lebewesen, noch sahen wir im Sand die Spuren von irgendwelchen Wesen, die größer gewesen wären als Insekten. In anderen Regionen Persiens, die ähnlich menschenleer und von Menschenhand unberührt sind, hätten wir Reisenden vielleicht auf der Hut vor beutegierigen Löwen oder aasfressenden *shaqàl*-Rudeln oder auch Herden der großen, flügeltragenden, aber flugunfähigen *shuturmurq*-Kamelvögeln sein müssen, die, wie man uns gesagt hatte, einen Menschen mit einem Auskeilen ihrer mächtigen Beine töten konnten. Doch derlei Gefahren brauchten wir in dieser Wüste nicht zu befürchten, denn es gibt darin keine solchen Lebewesen. Wir sahen zwar gelegentlich einen Geier oder Aasgeier, doch die hielten sich hoch auf den Windströmungen im Himmel und verweilten keinen Augenblick. Selbst eßbare Pflanzen schien es in dieser Wüste nicht zu geben. Das einzig Grüne, das ich darin jemals wachsen sah, war ein niedriger Busch mit dicken und fleischig aussehenden Blättern.

»Eine Euphorbie«, sagte Nasenloch, sei das. »Und auch die wächst hier nur, weil Allah sie hierhergestellt hat, damit sie dem Reisenden hilft. In der heißen Jahreszeit reifen die Samenkapseln der Euphorbie, platzen und verstreuen den darin enthaltenen Samen. Und zwar fangen sie genau dann an zu platzen, wenn die Wüstenluft genauso heiß wird wie das menschliche Blut. Und diese Samenkapseln platzen immer häufiger, je heißer es wird. Infolgedessen kann ein Wüstenwanderer allein aufgrund der Tatsache, wie laut die Samenkapseln der Euphorbien platzen, erkennen, wann die Luft so gefährlich heiß wird, daß er innehalten und Schatten aufsuchen muß, weil er sonst stirbt.«

Dieser Sklave war trotz seines schmutzigen Äußeren, seiner krankhaften sexuellen Überreizung und seines verachtenswerten Charakters ein erfahrener Reisender, der uns auf viel Unbekanntes und Interessantes aufmerksam machte. So sprang er zum Beispiel an dem allerersten Abend, den wir in dieser Wüstenei verbrachten, von seinem Kamel herunter, steckte seinen Stachelstock in den Sand und zeigte in die Richtung, in die wir uns bewegten.

»Könnte sein, daß uns das morgen früh von Nutzen ist«, erklärte er. »Wir haben beschlossen, immer auf jenen Punkt zuzugehen, wo die Sonne aufgeht. Wenn jedoch um diese Morgenstunde der Wind bläst, haben wir sonst vielleicht keine Möglichkeit, diese Richtung zu erkennen.«

Der tückische Sand des Dasht-e-Kavir stellt nicht die einzige Bedrohung für den Menschen dar. Der Name bedeutet, wie ich bereits gesagt habe, Große Salzwüste, und das aus gutem Grund. Weite Strecken dieser Wüste bestehen nämlich durchaus nicht aus Sand, sondern aus riesigen Flächen eines salzigen Breis, der nicht feucht genug ist, daß man ihn Schlamm oder Moorboden nennen könnte; außerdem haben Wind und Sonne diesen Brei an der Oberfläche derartig austrocknen lassen, daß sie aus einer tragfähigen Salzschicht besteht. Häufig müssen Reisende über diese glitzernden, knirschenden, schwankenden und blendend weißen Salzkrusten hinüber, und sie tun gut daran, dabei auf der Hut zu sein. Die Salzkristalle sind gefährlicher als Sand, man scheuert sich leicht wund auf ihnen, und selbst die hornhautüberzogenen Kamelhufe sind nicht immer gegen sie gefeit. Laufen sie sich wund, muß der Reiter absteigen und zerschleißt erst seine Stiefel, und wenn die durchgelaufen sind, seine Füße. Außerdem ist die Salzkruste von unterschiedlicher Dicke, so daß streckenweise das entstand, was Nasenloch »das schwankende Land« nannte. Manchmal kommt es vor, daß Kamel oder Mensch durch diese Kruste durchbrechen. Geschieht das, versinkt Mensch oder Tier in dem zähflüssigen Brei darunter und kann sich ohne Hilfe unmöglich wieder daraus befreien, ja, er schafft es nicht einmal, auf demselben Fleck auszuharren, ohne ständig weiter einzusinken. Langsam, aber unerbittlich zieht der Brei alles in die Tiefe, was hineinfällt, saugt das betreffende unglückliche Wesen in die Tiefe, und die Kruste darüber schließt sich wieder. Ist kein Retter in der Nähe und steht dieser nicht zumindest auf festerem Grund, ist das Schicksal des unglücklichen Gefallenen besiegelt. Nach Nasenloch sind auf diese Weise ganze *karwans* und Tierherden spurlos verschwunden.

Als wir daher das erste Mal auf eine solche Salzfläche stießen, hielten wir inne und betrachteten sie voller Hochachtung. Zunächst sah sie nicht anders aus als Rauhreif, der zu völlig unpassender Jahreszeit den Boden bedeckte. Die weiße Fläche dehnte sich schimmernd vor uns bis zum Horizont und auch links und rechts vor uns, so weit das Auge reichte.

»Warum nicht versuchen, drum herumzugehen«, sagte mein Vater.

»Solche Einzelheiten sind auf dem *Kitab* nicht verzeichnet«, sagte mein Onkel und kratzte sich nachdenklich am Ellbogen. »Wir wissen einfach nicht, wie weit sie sich erstreckt; und woher sollen wir erraten, ob der Umweg in südlicher oder nördlicher Richtung kürzer wäre.«

»Und wenn wir versuchten, eine jede von diesen Salzpfannen zu umgehen«, sagte Nasenloch, »bleiben wir für alle Ewigkeit in dieser Wüste.«

Da ich selbst keine Ahnung von Wüstenreisen hatte, schämte ich mich auch nicht, die Entscheidung den Erfahreneren zu überlassen. Da saßen wir vier auf unseren Kamelen und ließen den Blick über die schimmernde weiße Fläche schweifen. Doch der Knabe Aziz, der zuletzt kam, trieb sein Lastkamel mit dem Leitstecken voran und ließ es niederknien. Dann stieg er ab. Wir anderen merkten das erst, als er zwischen uns hindurchging und die Salzkruste betrat. Dort drehte er sich um, blickte zu uns herauf, setzte ein bezauberndes Lächeln auf und sagte mit seiner Zwitscherstimme:

»Jetzt kann ich Euch die Güte vergelten, die Ihr bewiesen habt, indem Ihr mich mitnahmt. Ich werde vorangehen, und je nachdem, wie stark der Boden unter mir zittert, kann ich erkennen, ob er trägt oder nicht. Ich werde mich stets an den festesten Boden halten. Ihr braucht mir nur zu folgen.«

»Du wirst dir die Füße aufschneiden!« wandte ich ein.

»Nein, Mirza Marco, denn ich wiege nicht viel. Auch habe ich mir die Freiheit genommen, diese Teller aus den Sachen herauszunehmen.« Damit hielt er zwei der goldenen Teller in die Höhe, die Shah Zaman mitschickte. »Die werde ich mir unter die Füße binden, das gibt zusätzlichen Schutz.«

»Gefährlich ist es trotzdem«, sagte mein Onkel. »Es ist mutig von dir, dich freiwillig dafür zu melden, Bursche, aber wir haben geschworen, daß dir nichts zustößt. Es ist besser, einer von uns . . .«

»Nein, Mirza Mafìo«, erklärte Aziz noch immer entschlossen. »Sollte ich zufällig doch einbrechen, wäre es für Euch leichter, mich herauszuziehen als jemand, der schwerer wäre als ich.«

»Er hat recht, Herr«, sagte Nasenloch. »Das Kind ist sehr vernünftig. Und besitzt, wie Ihr gesagt habt, außerdem Mut und Phantasie.«

So ließen wir Aziz vor uns hergehen, und wir folgten ihm in sicherer Entfernung. Es ging nur langsam weiter, zumal er selbst nur schlurfend vorankam, doch auf diese Weise war es für die Kamele weniger schmerzhaft. So brachten wir dies schwankende Land unbeschadet hinter uns und gelangten noch vor Einbruch der Nacht in ein Gebiet, in dem es vertrauenswürdig festen Sandboden gab, auf dem wir unser Lager aufschlagen konnten.

Nur einmal schätzte Aziz an diesem Tag die Salzkruste falsch ein. Mit einem lauten Krachen brach er hindurch wie durch eine Glasscheibe und versackte bis zur Hüfte in dem zähflüssigen Brei darunter. Er stieß, als das geschah, keinen Schreckensruf aus, noch ließ er das geringste Wimmern vernehmen in der Zeit, die es brauchte, bis Onkel Mafìo abgesessen war und aus seinem Sattelgurt eine Schlinge geschlungen und diese dem Jungen hingeworfen hatte, um ihn sanft und sicher auf festen Boden zu befördern. Dabei war Aziz sich durchaus darüber im klaren, daß er eine Zeitlang gefährlich über einem bodenlosen Abgrund hing; denn sein Gesicht war kalkweiß und seine blauen

Augen sehr groß, während wir in einiger Entfernung herumstanden und ihm gut zuredeten. Onkel Mafìo schloß den Knaben in die Arme und redete ihm gut zu, während mein Vater und ich ihm das rasch trocknende Salz aus den Kleidern klopften. Als wir damit fertig waren, faßte der Junge wieder Mut und ließ es sich nicht nehmen, zur Bewunderung von uns allen weiter voranzugehen.

Jedesmal, wenn wir in den Tagen, die nun folgten, wieder auf eine Salzpfanne stießen, versuchten wir erst gar nicht, Mutmaßungen darüber anzustellen oder darüber abzustimmen, ob wir uns gleich hinaufwagen sollten oder nicht oder hier am Rande das Lager aufschlagen, um am nächsten Morgen früh weiterzuziehen. Stets befürchteten wir, wir könnten uns bei Einbruch der Nacht immer noch mitten auf dem schwankenden Land befinden, was bedeutete, daß wir eines von zwei Dingen tun konnten, die beide gleichermaßen abschreckend waren: versuchen weiterzugehen und der Dunkelheit der Nacht und dem damit verbundenen Staubnebel zu trotzen, was noch viel nervenzermürbender sein konnte als eine Überquerung tagsüber; oder draußen auf der Salzpfanne zu lagern und nicht einmal ein Feuer entzünden zu können. Wir fürchteten nämlich, ein Feuer könnte die Salzkruste auftauen und wir mit Mann und Maus im Salzbrei versinken. Selbstverständlich lag es nur an dem Glück, das wir hatten – oder an Allahs Segen, wie unsere beiden Muslime es ausgedrückt hätten –, jedenfalls nicht an irgendwelchen Berechnungen oder Mutmaßungen; zumindest vermuteten wir immer richtig und hatten die Salzfläche jedesmal bei Anbruch der Nacht hinter uns.

Infolgedessen brauchten wir nie ein feuerloses Lager auf dem gefürchteten schwankenden Land aufzuschlagen, sondern irgendwo in der Wüste, selbst wenn das Lagern auf dem Sand, von dem wir meinten, daß er sich nicht unter uns auflösen würde, nicht gerade ein Vergnügen war. Sieht man sich Sand einmal genauer an, stellt sich heraus, daß er nichts weiter ist als eine unendliche Menge winziger Felssteine. Felsgestein aber hält keine Wärme und Sand auch nicht. Die Tage in der Wüste waren ganz angenehm, ja sogar warm, aber sobald die Sonne unterging, setzte die Kälte der Nacht ein und fühlte sich der Sand unter uns womöglich noch kälter an. Wir waren stets darauf angewiesen, ein Feuer brennen zu lassen, uns zu wärmen, bis wir uns in unseren Zelten in unsere Decken wickelten. Manche Nächte jedoch waren so kalt, daß wir das große Lagerfeuer in fünf kleine Feuer aufteilten, diese eine Zeitlang brennen ließen, bis der Boden erwärmt war, um erst dann die Wolldecken auszubreiten und die Zelte über diesen warmen Stellen aufzuschlagen. Doch auch hier hielt die Wärme sich nicht lange, und so waren wir morgens häufig steifgefroren; in diesem wenig erfreulichen Zustand mußten wir uns dann erheben und uns wieder einem Tag in der freudlosen Wüste stellen.

Das nächtliche Lagerfeuer wärmte und schuf inmitten der leeren, einsamen, schweigenden und dunklen Wüstenei die Illusion von Geborgenheit; kochen jedoch ließ sich auf einem solchen Feuer nicht sonderlich gut. Da es Holz im Dasht-e-Kavir nicht gab, benutzten wir getrockneten Kamelmist als Brennmaterial. Die Tiere ungezählter Generationen von Wüstendurchquerern vor uns hatten diesen fallen lassen; er war leicht zu finden, und unsere eigenen Kamele sorgten mit ihren Ausscheidungen für künftige Reisende. Unsere Nahrung bestand jedoch aus allerlei Dörrfleisch und getrockneten Früchten. Ein großes Stück gedörrtes Hammelfleisch läßt sich genießbarer machen, wenn man es in Wasser einweicht und später kocht – doch das geht nicht über einem Feuer aus Kamelmist. Wenn wir selbst schon nach dem Rauch dieser vielen Lagerfeuer rochen, wir brachten es nicht fertig, auch noch etwas zu verzehren, was ähnlich roch wie wir selbst. Glaubten wir, das Wasser entbehren zu können, erhitzten wir es gelegentlich und ließen es darin ziehen, doch auch das ergab nicht gerade ein sehr wohlschmeckendes Gericht. Trägt man Wasser über eine lange Zeit in einem Schlauch mit sich herum, sieht es bald so aus und schmeckt und riecht auch so wie das Wasser, das der Mensch in seiner Blase mit sich herumträgt. Wir mußten es trinken, um zu überleben, doch verging uns mehr und mehr die Lust, auch noch unser Essen darin zu kochen; wir zogen es vor, daran herumzuknabbern, wenn es trocken und kalt war.

Abends fütterten wir auch die Kamele – ein jedes Tier bekam eine doppelte Handvoll getrockneter Erbsen und dann einen guten Schluck Wasser, das dafür sorgte, daß die Erbsen in ihrem Bauch anschwollen und ihnen das Gefühl vermittelten, gut gefüttert zu sein. Ich will nicht behaupten, daß die Tiere diese kargen Rationen genossen hätten, aber was genießen Kamele schon! Sie hätten auch nicht weniger geknurrt und gemurt, hätten wir ihnen Leckerbissen die Fülle geboten; und sie hätten am nächsten Tag auch nicht aus lauter Dankbarkeit besser gearbeitet.

Wenn sich dies alles anhört, als hätte ich kein Herz für die Kamele, dann stimmt das. Ich habe wirklich nicht viel für sie übrig. Ich habe in meinem Leben vermutlich schon auf jedem Reittier gesessen, das es in der Welt gibt – jedes würde ich dem Kamel vorziehen. Ich will einräumen, daß das zweihöckerige Kamel der kälteren Länder des Ostens ein wenig intelligenter und leichter zu lenken ist als das einhöckerige Kamel oder Dromedar der wärmeren Länder – was zu der Überzeugung einiger Menschen, daß der Sitz der Intelligenz beim Kamel der Höcker ist, einige Glaubwürdigkeit verleiht; falls es denn überhaupt so etwas wie Intelligenz besitzt. Ist der Höcker eines Kamels unter dem Einfluß von Hunger und Durst geschrumpft, zeigt es sich womöglich noch mißmutiger, reizbarer und weniger lenkbar als ein wohlgenährtes Kamel, aber wesentlich besser ist man auch mit einem solchen nicht dran.

Die Kamele mußten wie jedes andere *karwan*-Tier jeden Abend entladen werden, doch bei keinem einzigen Tier wäre das Beladen am nächsten Morgen so schwierig gewesen, daß es einen oft zum Wahnsinn trieb. Die Kamele bockten und blökten, röhrten und sprangen umher, und wenn diese Dinge nicht halfen, sondern uns nur wütend machten, spuckten sie uns an. Ist man dann endlich unterwegs, gibt es kein anderes Tier, das so bar jeden Orientierungssinns oder Selbsterhaltungstriebs wäre wie das Kamel. Gleichmütig wären unsere Kamele eines hinter dem anderen hergetrottet und in jedes Loch in jenen Salzpfannen hineingetreten, hätten wir Reiter oder Treiber uns nicht bemüht, sie drum herum zu lenken. Außerdem mangelt es dem Kamel im Gegensatz zu anderen Tieren am Gleichgewichtssinn. Darin dem Menschen ähnlich, vermag ein Kamel einen ganzen Tag lang und über eine beträchtliche Entfernung hinweg etwa ein Drittel seines eigenen Gewichts erst in die Höhe zu heben und dann zu tragen. Trotzdem schwankt ein Mensch auf seinen zwei Beinen nicht so unberechenbar hin und her wie das Kamel auf seinen vieren. Das eine oder das andere unserer Tiere rutschte im Sand und womöglich noch häufiger auf dem Salz aus, fiel grotesk auf die Seite und war außerstande, sich wieder zu erheben, bis es vollständig entladen und mit vereinten Kräften unterstützt und ermutigt worden war. Woraufhin es sich dann bei uns bedankte, indem es uns anspuckte.

Ich habe das Wort ›spucken‹ benutzt, weil ich schon daheim in Venedig von Reisenden gehört hatte, Kamele spuckten, doch eigentlich stimmt das nicht. Täten sie es doch nur! In Wirklichkeit würgen sie hustend aus der Tiefe ihrer Eingeweide irgendein halbverdautes Futter hoch und speien diesen Auswurf aus. In unserem Falle handelte es sich um einen Brei, der sich aus Erbsen zusammensetzte, die erst getrocknet, dann gefressen, mit Wasser angereichert, aufgequollen und schließlich gasförmig geworden waren, dann halbverdaut und halb zum Gären gebracht und zuletzt – in dem Augenblick, da diese Substanz den Gipfel des Ekelerregenden erreicht hatte – mit den Magensäften vermengt, hochgewürgt, im Maul des Kamels gesammelt, das nun mit geschürzten Lippen genau zielte und es mit aller Kraft auf einen von uns, möglichst in sein Auge, abschoß.

Selbstverständlich gibt es im Dasht-e-Kavir nirgends so etwas wie eine *karwansarai*, doch zweimal hatten wir in den vier Wochen oder noch längerer Zeit, die es brauchte, ihn zu durchqueren, das wunderbare Glück, auf eine Oase zu stoßen. Dabei handelt es sich um eine Quelle, die aus großer Tiefe heraufsteigt – wieso, wissen nur Gott oder Allah. Dieses Quellwasser ist frisch und nicht salzig, und um die Quelle herum hat sich mehrere *zonte* im Umkreis Vegetation ausgebreitet. Ich habe dort nie etwas Eßbares entdecken können, doch war das Grün eines jeden verkümmerten Busches oder spärlich wachsenden Grases ein Labsal, nicht minder willkommen als frisches Obst oder Gemüse. Beide Male machten wir uns ein Vergnügen daraus, unsere Reise eine Zeitlang zu unterbrechen, ehe wir weiterzogen. In diesen Tagen schöpften wir Wasser, unseren staubbedeckten, salzverkrusteten und nach dem Rauch brennenden Kamelmists stinkenden Körper darin zu baden, die im Körper der Kamele verborgenen Wasserbehälter aufzufüllen und Wasser zu kochen – und schließlich unsere Wasserschläuche auszuspülen und neu zu füllen. War all das getan, lagen wir nur herum und genossen das ungewohnte Vergnügen, in grünem Schatten zu ruhen.

Bei der ersten Rast in einer Oase fiel mir auf, daß wir alle uns möglichst bald trennten und jeder für sich einen schattenspendenden Baum suchte, sich darunter zu räkeln, und später jeder sein eigenes Zelt in ziemlicher Entfernung von den anderen aufschlug. Es hatte in letzter Zeit keinerlei Streit unter uns gegeben und es gab auch keinen Grund, den wir hätten beim Namen nennen können, einander aus dem Weg zu gehen – außer, daß wir eben ständig in der Gesellschaft der anderen gewesen waren und es jetzt als angenehm empfanden, zur Abwechslung auch einmal allein sein zu können. Ich hätte darauf bedacht sein können, Aziz aus Gründen der Vorsicht in meiner Nähe zu behalten, doch hatte der Sklave Nasenloch um diese Zeit vollauf damit zu tun, die Krankheit loszuwerden, die er sich schändlicherweise geholt hatte, daß er mir unfähig schien, den kleinen Jungen zu belästigen. Deshalb ließ ich zu, daß auch Aziz für sich allein blieb.

Daß er das tat, glaubte ich zumindest. Doch nachdem wir es einen Tag und eine Nacht hindurch in der Oase genossen hatten, kam es mir am nächsten Abend in den Sinn, einen kleinen Spaziergang durch das uns umgebende Gehölz zu machen. Ich redete mir selbst ein, mich in einem weit weniger beschränkten Garten zu ergehen, vielleicht in der Umgebung des Baghdader Palasts, in der ich so manche Stunde mit der Prinzessin Falter verbracht hatte. Mir das einzureden, war nicht schwer, denn in dieser Nacht zog der trockene Nebel auf und machte es mir unmöglich, mehr zu sehen als die nächststehenden Bäume um mich herum. Selbst die Geräusche drangen nur gedämpft durch diesen Nebel, und so wäre ich fast über Aziz gestolpert, als ich ihn sein glockenhelles Lachen ausstoßen und sagen hörte:

»Mir *schaden*? Wieso sollte mir das schaden? Oder irgendeinem Menschen sonst? Laßt es uns tun.«

Eine tiefere Stimme antwortete, doch war es für mein Ohr nur ein Gemurmel, und ich verstand die einzelnen Worte nicht. Ich war bereits im Begriff, wütend loszuschreien, Nasenloch zu packen und den Verruchten von dem Knaben runterzuziehen, doch war es wieder Aziz, der redete, und zwar im Ton großer Verwunderung.

»So einen habe ich noch nie gesehen! Von einer Hauthülle umgeben...« – Wie vom Donner gerührt erstarrte ich.

».... die sich, wenn man will, auch zurückschieben läßt!« Das klang immer noch nach ehrfürchtiger Scheu. »Aber das ist ja, als hättet Ihr Euren eigenen *mihrab*, der Euren *zab* immer zart umschließt!«

Nasenloch besaß keine Vorhaut. Er war Muslim und beschnitten, genauso wie Aziz. Rückwärtsgehend entfernte ich mich, ganz darauf bedacht, kein Geräusch zu machen.

»Das muß ja eine himmlische Empfindung hervorrufen, auch wenn man keinen Partner hat«, fuhr die helle Zwitscherstimme fort, »wenn Ihr die Haut auf diese Weise vor- und wieder zurückschiebt. Darf ich es für Euch tun...?«

Weiter weg erstickte der Nebel seine Stimme vollends. Doch wach und ganz auf meiner Hut wartete ich draußen vor seinem Zelt, zu dem er schließlich zurückkehrte. Wie ein verirrter Strahl Mondlicht trat er aus dem Dunkel hervor. Er selbst strahlte, denn er war splitterfasernackt und trug seine Kleidung in der Hand.

»Nun sieh dir das an!« sagte ich streng, aber leise. »Da habe ich einen heiligen Eid geschworen, daß dir kein Schaden widerfährt...«

»Aber das ist es doch auch nicht, Mirza Marco«, sagte er blinzelnd und völlig arglos.

»Und du hast beim Barte des Propheten geschworen, keinen von uns in Versuchung zu führen...«

»Das habe ich doch auch nicht, Mirza Marco«, sagte er und machte ein gekränktes Gesicht. »Ich war vollständig bekleidet, als er und ich uns in dem Gehölz dort drüben trafen.«

»Und absolut keusch zu bleiben.«

»Bin ich ja gewesen, Mirza Marco, die ganze Reise über, von Kashan an. Keiner ist in mich eingedrungen und ich in niemand. Wir haben uns doch nur geküßt.« Damit trat er ganz nahe an mich heran und küßte auch mich. »Und dies...« Er machte es mir mit Gebärden vor, legte schließlich sein kleines Selbst in meine Hand und hauchte: »Das haben wir einer für den anderen getan...«

»Genug!« sagte ich heiser, ließ ihn fahren und schob seine Hand von mir fort. »Leg dich jetzt schlafen. Bei Sonnenaufgang reiten wir los.«

Ich selbst drückte diese Nacht kein Auge zu, bis ich mir die Erregung eingestand, die Aziz in mir erweckt hatte, und ich mich mit eigener Hand davon befreite. Zum Teil rührte meine Schlaflosigkeit auch daher, daß mein Onkel sich mir in einem ganz neuen Licht darstellte – von der Enttäuschung, die das bedeutete, und von dem Abscheu, die meine Gefühle ihm gegenüber von nun an beeinträchtigten. Es bedeutete keine gelinde Enttäuschung, dahintergekommen zu sein, daß Onkel Mafìos Unerschrockenheit, sein schwarzbärtiges und rauhes Äußere nur eine Maske waren, hinter der er nichts weiter war als ein affektierter, heimlicher und verabscheuungswürdiger Sodomit.

Daß ich selbst kein Heiliger war, wußte ich; und ich bemühte mich auch, kein Heuchler zu sein. Ich konnte ohne weiteres zugeben, daß auch ich für die Reize des Knaben Aziz empfänglich war. Doch das lag daran, daß er eben da war und eine Frau nicht; dabei war er genauso hübsch und verführerisch wie eine Frau und überdies ohne weiteres geneigt, als Ersatz für eine Frau zu dienen. Onkel Mafìo jedoch – das ging mir jetzt auf – mußte ihn ganz anders sehen; für ihn mußte Aziz ein wunderschöner *Knabe* sein, dessen man sich nur zu bedienen brauchte.

Mir fielen andere Erlebnisse ein, bei denen es gleichfalls um Männer gegangen war: die *hamman*-Reiber zum Beispiel – und die Worte, die gefallen waren: etwa jener heimlich mitangehörte Wortwechsel zwischen meinem Vater und der Witwe Esther. Was aus dem hervorging, konnte ich nicht mehr verdrängen: Onkel Mafìo liebte Menschen seines eigenen Geschlechts. Hier in muslimischen Landen war ein Mann mit diesen Neigungen nichts Besonderes, denn hier schien nahezu jeder Mann ähnlich geartet. Aber ich wußte sehr wohl, daß man sich in unserem zivilisierten Abendland über seinesgleichen lustig machte, daß man sie mit Hohn und Spott übergoß und sie verfluchte. Unter den unzivilisierten Völkern weiter im Osten, so vermutete ich, war das wohl genauso. Auf jeden Fall kam es mir so vor, daß die Verworfenheit meines Onkels in der Vergangenheit irgendwo Probleme aufgeworfen haben mußte. Ich nahm an, daß mein Vater bereits Grund gesehen hatte, dem Bruder die verhängnisvolle Neigung austreiben zu wollen, und Onkel Mafìo offenbar immer wieder versucht hatte, seinen Trieb zu unterdrücken. Wenn das stimmte, so überlegte ich, war er nicht ganz und gar zu verachten; vielleicht gab es sogar noch Hoffnung für ihn.

Wie dem auch sei – ich würde mich bemühen, ihn bei seinen Bemühungen zu unterstützen. Wenn wir weiterzogen, das nahm ich mir vor, wollte ich nicht vorwurfsvoll weit von ihm entfernt reiten, seinem Blick ausweichen oder mich weigern, mit ihm zu sprechen. Ich wollte kein Wort über das Vorgefallene verlieren und durch kein Wort verraten, daß ich um sein schändliches Geheimnis wußte. Was ich mir jedoch sehr wohl vornahm, war, ein besonders wachsames Auge auf Aziz zu haben und den Jungen im Schutze der Nacht nicht wieder allein umherlaufen zu lassen. Besonders väterlicher Fürsorge wollte ich mich befleißigen, wenn wir wieder einmal eine grüne Oase erreichten. An solchen Orten herrschte immer die Neigung, Zucht und Selbstüberwindung ein wenig schleifenzulassen, wie man auch seinen Muskeln die Entspannung gönnte. Befanden wir uns wieder in einer solchen Umgebung, in der es einem vergleichsweise gutging und man sich gern gehenließ, konnte mein Onkel der Versuchung vielleicht nicht widerstehen, mehr von Aziz kennenzulernen, als er bisher zu kosten bekommen hatte.

Tags darauf ritten wir in nordöstlicher Richtung weiter in die jeden Pflanzenwuchses bare Wüstenei hinein, und gab ich mich allen gegenüber, Onkel Mafìo eingeschlossen, so liebenswürdig wie sonst auch. Ich nehme an, daß kein Mensch mir die Gefühle anmerkte, die mich bewegten. Trotzdem war ich froh, daß die Bürde der Unterhaltung an diesem Tag von dem Sklaven Nasenloch übernommen wurde. Vielleicht, um nicht immer mit seinen eigenen Problemen beschäftigt zu sein, erging er sich weitschweifig erst über ein Thema und wandte sich dann vielen anderen zu; ich zumindest war es zufrieden, schweigsam dahinzureiten, zuzuhören und ihn erzählen zu lassen.

Was ihn aufgeschreckt hatte, war, daß er beim Beladen der Kamele eine kleine Schlange aufgerollt in einem unserer Körbe gefunden hatte. Im ersten Augenblick hatte er einen Schreckensschrei ausgestoßen, doch dann gesagt: »Wir müssen das arme Ding ganz von Kashan her mitgebracht haben«, und statt es zu töten, hatte er es in den Sand hinausbefördert und dort davongleiten lassen. Beim Weiterreiten sagte er uns, warum.

»Wir Muslime haben keinen solchen Schrecken und Abscheu vor

Schlangen wie ihr Christen. Ach, besonders gern mögen wir sie auch nicht, aber wir fürchten und hassen sie nicht so wie ihr. Eurer heiligen Bibel zufolge ist die Schlange die Verkörperung des Satansteufels. In Euren Märchen und Legenden habt Ihr die Schlange zu einem Ungeheuer aufgebläht, das Ihr Drache nennt. Unsere muslimischen Ungeheuer nehmen unweigerlich menschliche Gestalt an – es sind die *jinn* und *afarit* – oder aber es sind Vögel, wie im Fall des Riesenvogels Rock, ein Zwitter wie das *mardkhora*. Das ist ein Ungeheuer mit dem Kopf eines Menschen, dem Leib eines Löwen, den Stacheln eines Stachelschweins und dem Schwanz eines Skorpions. Bitte bemerkt, daß die Schlange nicht dazugehört.«

Nachsichtig sagte mein Vater: »Die Schlange ist verflucht seit jenem unseligen Geschehnis im Garten Eden. Es ist doch verständlich, daß Christen sie fürchten und sich berechtigt fühlen, sie zu hassen und sie zu erschlagen, wo immer sie auf eine solche stoßen.«

»Wir Muslime«, sagte Nasenloch, »geben Ehre dem, dem Ehre gebührt. Schließlich war es die Schlange des Gartens Eden, welche den Arabern die arabische Sprache schenkte, denn sie erfand die Sprache, in der sie Eva anredete und mit der sie sie verführte. Wie jeder weiß, ist das Arabische die edelste und beredteste Sprache, die es gibt. Selbstverständlich unterhielten Adam und Eva sich auf *farsi*, wenn sie allein waren, denn das persische *Farsi* ist die bezauberndste aller Sprachen. Und der Racheengel Gabriel spricht immer nur *turki*, denn das ist die einschüchterndste aller Sprachen. Das jedoch nur nebenbei. Ich sprach von Schlangen, und es liegt auf der Hand, daß es das Gleitende und die Geschmeidigkeit der Schlange sind, die zur Erfindung der arabischen Schriftzeichen angeregt haben, mit denen man auch *farsi, turki, sindi* und alle anderen zivilisierten Sprachen schreibt.«

Wieder ergriff mein Vater das Wort. »Wir Abendländer haben sie immer die Wurmschrift genannt und keine Ahnung gehabt, wie nahe wir damit der Wahrheit kommen.«

»Die Schlange hat uns aber noch mehr geschenkt als nur das, Mirza Nicolò. Ihre Fortbewegungsweise auf dem Boden durch Sichwinden und Sichstrecken – diese Bewegungsbilder haben irgendeinen hellen Kopf unter unseren Vorfahren auf den Gedanken gebracht, Pfeil und Bogen zu erfinden. Der Bogen ist dünn und gewunden wie eine Schlange. Der Pfeil ist dünn und gerade wie eine Schlange und hat einen Kopf oder eine Spitze, die tötet. Wir haben gute Gründe, die Schlange zu ehren, und so tun wir das auch. So nennen wir den Regenbogen zum Beispiel auch ›Himmlische Schlange‹, und das ist ein Kompliment beiden gegenüber.«

»Interessant«, murmelte mein Vater und lächelte nachsichtig.

»Im Gegensatz dazu vergleicht ihr Christen die Schlange mit eurem eigenen *zab*«, fuhr Nasenloch fort, »und behauptet, daß die Schlange die Lust in die Welt gebracht habe und die Lust daher etwas Falsches, Häßliches und ganz Abscheuliches ist. Wir Muslime geben Schuld dem, der auch wirklich schuld hat, also nicht der harmlosen Schlange, sondern Eva und all ihren weiblichen Nachkommen. Wie es im *Quran* in der vierten Sure heißt: ›Das Weib ist der Quell allen Übels auf Erden; Allah hat dies Ungeheuer nur geschaffen, um den Mann abzustoßen und sich abzuwenden von irdischer ...‹«

»*Ciacche-ciacche!*« sagte mein Onkel.

»Wie bitte, Herr?«

»*Unsinn,* habe ich gesagt. *Sciocchezze! Sottise! Bifam ishtibah!*«

Entsetzt dreinschauend, rief Nasenloch: »Mirza Mafìo, Ihr nennt die Heilige Schrift ein *bifam ishtibah*?«

»Euer *Quran* ist von einem Menschen geschrieben worden, das könnt ihr nicht leugnen. Und genauso stammen der Talmud und die Bibel von Menschenhand.«

»Hör schon auf, Mafìo«, fiel mein frommer Vater ihm ins Wort. »Sie haben nichts anderes getan, als die Worte Gottes aufzuschreiben. Und die des Erlösers.«

»Aber sie waren Menschen, ganz unzweifelhaft Menschen, ausgestattet mit dem Geist von Menschen. Alle Propheten und Apostel und Weisen sind Menschen gewesen. Und was für eine Art Menschen hat die heiligen Bücher geschrieben? Beschnittene!«

»Erlaubt, darauf hinzuweisen, daß sie diese Bücher nicht mit ihrem ...«

»Doch – in gewisser Weise haben sie genau das getan. All diese Männer wurden aus religiösen Gründen in ihren kindlichen Organen verstümmelt. Als sie zu Männern heranwuchsen, stellten sie fest, daß sie in ihrer Lust beeinträchtigt waren, und zwar genau in dem Maße, wie sie in ihrem Gemächt beeinträchtigt waren. Das ist der Grund, warum sie in ihren heiligen Büchern das Gebot aufstellten, die Geschlechtlichkeit habe nicht lustvoll zu sein, sondern ausschließlich der Fortpflanzung zu dienen; in jeder anderen Hinsicht sei sie schändlich und bringe Schuld über die Menschen.«

»Guter Herr!« Nasenloch ließ sich nicht abbringen. »Wir, die wir unserer Vorhaut verlustig gingen, sind deshalb noch lange keine Eunuchen.«

»Jede Verstümmelung ist gleichbedeutend mit Beeinträchtigung«, hielt Onkel Mafìo ihm entgegen. Er ließ den Zügel seines Kamels sinken, um sich am Ellbogen zu kratzen. »Als die Weisen des Altertums erkannten, daß die Beschneidung ihrer Glieder sie in ihren Empfindungen und damit in ihrer Lust einschränkte, mißgönnten sie den Unbeschnittenen daher, daß sie in der Geschlechtlichkeit mehr Lust empfanden. Gleich und gleich gesellt sich gern. Deshalb verfaßten sie ihre heiligen Bücher so, daß sichergestellt wurde, daß sie in ihrem elenden Zustand Gesellschaft hatten. Erst die Juden, dann die Christen – denn die Evangelisten und andere frühen Christen waren allesamt bekehrte Juden – und danach Muhammad und nach ihm die muslimischen Weisen. Alle sind sie durch die Bank Beschnittene gewesen; ihre Unterweisungen im Bereich des Geschlechtslebens klingen daher wie Gesang, der vor tauben Ohren gesungen wird.«

Mein Vater machte ein genauso entsetztes Gesicht wie Nasenloch. »Mafìo«, versuchte er ihn zu ermahnen, »hier in der Wüste könnte uns leicht der Donnerschlag treffen. Deine Kritik ist für meine Begriffe etwas ganz Neues, vielleicht sogar etwas Originales und Einzigartiges; trotzdem meine ich, du solltest dich vorsehen, wo du sie vorbringst.«

Ohne seiner Worte zu achten, fuhr mein Onkel fort: »Als sie der menschlichen Geschlechtlichkeit Fesseln anlegten, war das, als ob Krüppel die Regeln für sportliche Wettkämpfe festlegten.«

»Krüppel, Herr?« wollte Nasenloch wissen. »Woher sollen sie gewußt haben, daß sie Krüppel waren? Ihr behauptet, ich wäre in meinen Empfindungen beeinträchtigt. Da ich selbst keinen äußeren Maßstab kenne, meine eigene Lust daran zu messen, frage ich mich, wie jemand anders dazu imstande sein sollte. Ich kann mir nur einen einzigen Menschen vorstellen, von dem man annehmen könnte, daß er imstande wäre, sich selbst zu beurteilen. Das wäre jemand, der sozusagen über die Erfahrung vorher und nachher verfügte. Verzeiht meine Vermessenheit, Mirza Mafìo, aber seid Ihr vielleicht mitten in Eurem Erwachsenenleben beschnitten worden?«

»Unverfrorener Ungläubiger! Nein, das ist nie geschehen.«

»Ah. Dann, scheint mir, könnte – bis auf einen solchen Mann – einzig eine *Frau* so etwas beurteilen. Eine Frau, die beiden Arten von Männern Lust geschenkt hat, Beschnittenen ebenso wie Unbeschnittenen, und die gut aufgepaßt hat, wie groß die Lust bei beiden war.«

Ich zuckte innerlich zusammen. Entweder Nasenloch sprach aus reiner Bosheit oder aber aus absoluter Arglosigkeit heraus, denn seine Worte trafen Onkel Mafìos wahre Natur und seine wahrscheinliche Erfahrung ziemlich genau. Ich sah meinen Onkel von der Seite an und fürchtete, daß er einen roten Kopf bekam, aus der Haut fuhr oder aber Nasenloch zu Boden schlug und dadurch eingestand, womit er bis dahin hintangehalten hatte. Er jedoch ließ diese Anspielung über sich ergehe, als hätte er sie nicht bemerkt, und fuhr nur fort, laut zu sinnieren: »Hätte ich die Wahl, würde ich mir eine Religion aussuchen, deren heilige Schriften nicht von Menschen stammten, die bereits in ihrem Mannestum verstümmelt waren.«

»Dort, wo wir hinziehen«, ließ mein Vater sich vernehmen, »gibt es eine ganze Reihe solcher Religionen.«

»Wie ich sehr wohl weiß«, sagte mein Onkel. »Was mich im übrigen dazu bringt, mich zu fragen, wieso Christen und Juden und Muslime es wagen, von den Völkern des Ostens als Barbaren zu sprechen.«

Mein Vater sagte: »Der weitgereiste Mann kann nur mitleidig lächeln über die rohen Kiesel, die von denen daheim so hochgehalten werden; jawohl, denn er hat in der Ferne echte Rubine und Perlen zu sehen bekommen. Ob das auch auf die dort praktizierten Religionen zutrifft, vermag ich nicht zu sagen, denn ich bin kein Theologe.« Äußerst spitz, wie mir schien, setzte er für ihn noch hinzu: »Soviel aber ich weiß: Uns zu Häupten haben wir immer noch den Himmel jener Religionen, die du so offen herabsetzt, und folglich sind wir für himmlischen Tadel immer noch erreichbar. Wenn deine Gotteslästerungen einen Wirbelwind hervorrufen, kommen wir vielleicht nicht weiter, und deshalb rate ich dringlich, von etwas anderem zu sprechen.«

Nasenloch tat ihm den Gefallen. Er kehrte zu einem früheren Thema zurück und erzählte uns mit ermüdender Ausführlichkeit, daß jedes Schriftzeichen der arabischen Wurmschrift von einer gewissen speziellen Emanation Allahs durchdrungen ist, was zur Folge hat, daß, da die Schriftzeichen den Sinn von Wörtern annehmen und die Wörter sich zu reptilienhaften Sätzen zusammenfügen, jedem Bißchen arabischer Schrift – selbst so etwas Weltlichem wie ein Straßenschild oder die Rechnung eines Herbergswirts – eine wohlwollende Kraft innewohnt, die größer ist als die Summe der einzelnen Buchstaben, und daher wirksam ist als Talisman gegen das Böse, gegen *jinn* und *afarit* und den Satansteufel ... und so weiter und so fort. Woraufhin nur einer unserer Kamelhengste etwas zu erwidern hatte. Er fuhr im Gehen seinen Unterbau aus und entließ einen mächtigen Strahl Wasser.

5 Nun, uns traf kein Donnerschlag, und es fiel auch kein Wirbelwind über uns her. Ich kann mich überhaupt nicht erinnern, daß irgend etwas von Bedeutung auf dieser Reise geschah, bis wir, wie schon gesagt, die zweite grüne Oase in dieser wasserlosen Ödnis erreichten und dort wieder unser Lager aufschlugen in der Absicht, es uns zwei oder gar drei Tage wohl sein zu lassen. Meinem Vorsatz getreu, ließ ich Aziz diesmal nicht außer Reichweite, während wir uns am frischen süßen Wasser satt tranken, die Kamele tränkten, unsere Wasserschläuche neu füllten und – besonders – während wir badeten und unsere Kleider wuschen, denn in dieser Zeit war er selbstverständlich genauso nackt wie wir anderen auch. Als wir dann darangingen, unsere Zelte wieder weit auseinandergelegen aufzuschlagen, sorgte ich dafür, daß das seine und das meine nebeneinander lagen.

Beim Abendessen hockten wir jedoch wieder alle rund um das Feuer, und ich erinnere mich an jede banale Einzelheit an diesem Abend, als wäre es gestern gewesen. Aziz nahm mir und Nasenloch gegenüber auf der anderen Seite des Feuers Platz; als erster ließ sich dann mein Onkel gesellig neben ihm nieder, und dann ließ auch mein Vater sich auf der anderen Seite von ihm auf den Boden fallen. Während wir auf dem faserigen Hammelfleisch herumkauten, verschimmelten Käse mümmelten und verschrumpelte Jujubebeeren in die Wasserbecher tunkten, um sie aufzuweichen, bedachte mein Onkel den Knaben mit koketten Seitenblicken, während mein Vater und ich wiederum die beiden voller Unbehagen ansahen. Nasenloch spürte offenbar nichts von irgendwelchen Spannungen in unserer Gruppe und meinte beiläufig zu mir gewandt:

»Ihr fangt an, wie ein richtiger Reisender auszusehen.«

Das galt meinem Bart, den ich mir hatte stehen lassen. In der Wüste ist kein Mensch so töricht, Wasser fürs Rasieren zu opfern, und auch nicht so eitel, sich einzuseifen, denn der Schaum enthält notwendigerweise Sandkörnchen und Salz, die sich höchst unangenehm auf der Haut bemerkbar machen können. Mein eigener Bart wuchs inzwischen männlich dicht, und ich hatte sogar aufgehört, mich der *mumum*-Enthaarungssalbe zu bedienen. Vielmehr ließ ich den Bart auch wachsen, weil er der Gesichtshaut einen gewissen Schutz bot. Es kostete mich nur wenig Mühe, ihn fein säuberlich kurz gestutzt zu halten, und so habe ich ihn seither mein Leben lang getragen.

»Jetzt könnt Ihr ermessen«, plapperte Nasenloch weiter, »wie gnädig es von Allah war, nur die Männer mit Bart auszustatten und nicht die Frauen.«

Darüber dachte ich nach. »Es ist offensichtlich gut, daß Männer einen Bart haben, denn es könnte sein, daß sie einen prasselnden Sandsturm aushalten müssen. Doch warum ist es eine Wohltat, daß Frauen keinen haben?«

Der Kameltreiber reckte die Hände in die Höhe und schlug die Augen gen Himmel, als verzweifelte er ob meiner Unwissenheit. Doch noch ehe er etwas erwidern konnte, lachte der kleine Aziz auf und sagte: »Ach, laß mich es ihm sagen! Überlegt doch nur, Mirza Marco! War das nicht höchst rücksichtsvoll vom Erschaffer aller Dinge? Er hat jenes Geschöpf nicht mit einem Bart ausgestattet, das ihn nie sauber rasiert oder zumindest fein gestutzt halten könnte, *weil es ständig das Kinn bewegt.*«

Da mußte auch ich lachen und desgleichen mein Vater und mein Onkel, und ich sagte: »Wenn das der Grund ist, bin ich froh. Eine bärtige Frau würde mich abstoßen. Aber wäre es vom Schöpfer nicht klüger gewesen, Frauen zu erschaffen, die weniger das Kinn bewegen?«

»Ah«, meinte mein Vater, der soviel für Sprichwörter übrig hatte, »wo Töpfe sind, wird geklappert.«

»Mirza Marco, ich weiß noch ein Rätsel für Euch, Mirza Marco!« ließ Aziz sich mit Zwitscherstimme vernehmen und hüpfte freudig auf dem Platz auf und ab, auf dem er saß. Der Junge war zugegebenermaßen ein nicht ganz reiner Engel und in vieler Hinsicht weltkluger als manch ein erwachsener Christ, aber er war noch ein Kind. Seine Worte überstürzten sich nahezu, so sehr drängte es ihn, sie hervorzusprudeln. »Es gibt nur wenige Tiere in dieser Wüste. Eines jedoch gibt es hier, das das Wesen *von sieben verschiedenen Tieren* in sich vereint. Was ist das wohl, Marco?«

Stirnrunzelnd tat ich so, als dächte ich angestrengt nach, doch dann sagte ich: ›Ich geb's auf.‹

Aziz krähte und lachte vor Vergnügen und schickte sich an zu reden. Doch dann riß er Mund und Augen noch weiter auf. Nicht anders erging es den Augen und dem Mund meines Vaters und meines Onkels. Nasenloch und ich mußten herumfahren, um zu sehen, was sie so erschreckte.

Drei zottige braune Männer waren aus dem Trockennebel der Nacht aufgetaucht und starrten uns schlitzäugig aus ausdruckslosen Gesichtern heraus an. Sie waren mit Fellen und Lederzeug bekleidet und trugen nicht die arabische Tracht; auch mußten sie von weit her schnell geritten kommen, denn sie waren staub- und schweißbedeckt und stanken selbst aus der Entfernung, in der sie standen.

»*Sain bina*«, grüßte mein Onkel, der sich als erster von der Überraschung erholte und sich langsam erhob.

»*Mendu, sain bina*«, erwiderte einer der Fremden und machte ein leicht erstauntes Gesicht.

Auch mein Vater stand auf, und er und Onkel Mafìo vollführten Gesten des Willkommens und fuhren fort, in einer Sprache mit den Eindringlingen zu reden, die ich nicht verstand. Die zottigen Männer zogen drei Pferde aus dem Nebel hinter sich und führten die Tiere an den Quell. Erst nachdem sie sie getränkt hatten, nahmen auch die Männer einen Schluck.

Nasenloch, Aziz und ich erhoben uns vom Feuer und ließen die Fremden unseren Platz einnehmen. Mein Vater und Onkel setzten sich zu ihnen und holten zu essen aus unseren Vorräten und boten ihnen davon an. Sie blieben auch weiterhin sitzen und redeten, während die Besucher heißhungrig zulangten. Während ich mich bei der Unterhaltung diskret im Hintergrund hielt, sah ich mir die drei Neuankömmlinge genau an. Sie waren nicht groß und von untersetzter Statur. Ihre Gesichtsfarbe war gebräunt wie Ziegenleder, zwei von ihnen hatten einen langen schütteren Lippenbart; einen richtigen Vollbart hatte keiner von ihnen. Das kräftige schwarze Haar trugen sie lang und zu verschiedenen Zöpfen geflochten wie eine Frau. Die Augen, möchte ich wiederholen, waren nur Schlitze, so daß ich mich fragte, wie sie damit überhaupt sehen konnten. Jeder von ihnen trug einen kurzen, stark geschwungenen und nochmals geschwungenen Bogen auf dem Rücken und die Bogensehne über der Brust, dazu einen Köcher mit kurzen Pfeilen darin und an der Seite entweder ein kurzes Schwert oder ein langes Messer.

Ich erkannte jetzt, daß die Männer Mongolen waren, denn inzwischen war ich hin und wieder einem solchen begegnet, und dies Land war, wenn es auch nominell noch Persien war, eine Provinz des Mongolenkhanats. Warum jedoch schlichen drei Mongolen durch die Wildnis? Es schien sich nicht um Banditen zu handeln, und offensichtlich wollten sie uns auch nichts zuleide tun – zumindest hatten mein Vater und mein Onkel sie rasch davon abgebracht, falls sie es überhaupt vorgehabt hatten. Und warum hatten sie es so eilig? In der grenzenlosen Wüste hat kein Mensch es eilig.

Doch diese Männer blieben nur lange genug in der Oase, um zu essen und ihre Vorräte zu ergänzen. Möglicherweise wären sie nicht einmal so lange geblieben, wäre ihnen nicht unsere Verpflegung, mochte sie für uns auch noch so reizlos sein, als etwas Köstliches erschienen; denn diese Männer führten keinen Proviant mit sich bis auf in Streifen geschnittenes und getrocknetes Pferdefleisch, das aussah wie lederne Schnürsenkel. Mein Vater und mein Onkel waren ihren Gesten nach zu urteilen dabei, die Neuankömmlinge herzlich und beinahe keinen Widerspruch duldend aufzufordern, sich eine Weile auszuruhen, doch die Mongolen schüttelten nur den Kopf mit dem strähnigen Haar und verzehrten grunzend Hammelfleisch, Käse und Dörrobst. Dann standen sie auf, rülpsten anerkennend, nahmen die Zügel ihrer Pferde und saßen wieder auf.

In gewisser Hinsicht ähnelten die Pferde ihren Herren, denn sie waren außergewöhnlich zottig und machten einen ungezähmten Eindruck; dabei waren sie fast so klein wie die *hinna*gefärbten Pferde in Baghdad. Sie waren mit getrocknetem Schaum und Staub bedeckt, denn sie waren scharf geritten worden, trotzdem reagierten sie so willig wie ihre Reiter, als es galt weiterzureiten. Einer der Mongolen richtete vom Sattel aus eine lange Ansprache an meinen Vater, die offensichtlich etwas Mahnendes hatte. Nachdem sie alle den Kopf ihrer Reittiere herumgedreht hatten, trabten sie in südlicher Richtung davon und waren fast gleich darauf vom nebligen Dunkel genauso verschluckt wie das Knarren und Klirren ihrer Waffen und ihres Zaumzeugs.

»Das war eine Kriegspatrouille«, beeilte sich mein Vater, uns zu berichten, als er sah, daß Nasenloch und Aziz ziemlich verängstigt dreinblickten. »Offenbar sind in letzter Zeit Banditen hier in der Wüste – nun ja – aktiv gewesen, und der Ilkhan Abagha wünscht, daß sie schnellstens der Gerechtigkeit überantwortet werden. Mafìo und ich, die wir selbstverständlich um unsere eigene Sicherheit besorgt waren, haben versucht, sie zum Verweilen zu bewegen, uns zu beschützen oder zumindest eine Zeitlang mit uns zusammen zu reiten. Aber sie wollten unbedingt die Spur der Banditen weiter verfolgen und ihnen dicht auf den Fersen bleiben in der Hoffnung, sie mit Hilfe von Hunger und Durst zur Strecke zu bringen.«

Nasenloch räusperte sich und sagte: »Verzeiht, Mirza Nicolò, selbstverständlich würde es mir im Traum nicht einfallen, einen Herrn von mir zu belauschen, aber einem Teil der Unterhaltung habe ich folgen können. Turki ist eine der mir bekannten Sprachen, und die Mongolen sprechen eine Abart der Turkisprache. Darf ich fragen – als diese Mongolen die Banditen erwähnten – haben sie da wirklich von *Banditen* gesprochen?«

»Nein, sie benutzten einen Namen. Einen Stammesnamen offenbar. Karauna. Aber ich halte das für ...«

»Ach je, genau das glaubte ich auch gehört zu haben!« wehklagte Nasenloch. »Und genau das hatte ich auch befürchtet zu hören. Möge Allah uns beschützen! *Die Karauna!*«

An dieser Stelle möchte ich einflechten, daß fast alle Sprachen, die ich von der Levante an ostwärts zu hören bekam, und ungeachtet der Tatsache, wie verschieden sie in anderer Hinsicht sein mögen, ein Wort oder ein Wortelement enthielten, das in allen diesen Sprachen gleich klingt und das da *kara* lautet. Es wurde unterschiedlich ausgesprochen: *kara, khara, gara* oder *k'ra* und in manchen Sprachen sogar *kala*; dieses Wort hat sehr verschiedene Bedeutungen. *Kara* kann schwarz bedeuten oder kalt, Eisen oder das Böse oder sogar den Tod – *kara* konnte aber auch alle diese Dinge zugleich bedeuten. Es kann in bewunderndem oder verächtlichem oder sogar in schmähendem Tonfall ausgesprochen werden, so wie zum Beispiel die Mongolen ihre einstige Hauptstadt mit Freuden Karakoren nannten, was soviel heißt wie Schwarze Palisaden, oder wie sie eine bestimmte große und giftige Spinnenart *karakurt* nennen, was soviel heißt wie böses oder todbringendes Insekt.

»*Karauna*!« wiederholte Nasenloch und schien an dem Wort fast zu ersticken. »Die Schwarzen, die Kaltherzigen, die Eisenmänner, die Erzbösen und Todbringer! Das ist nicht der Name eines Stammes, Mirza Nicolò. Er wurde ihnen vielmehr als Fluch angehängt. Die *Karauna* sind die Ausgestoßenen anderer Stämme – der Turki und Kipchak im Norden, der Baluchi im Süden. Und diese Völker sind die geborenen Banditen, also stellt Euch vor, wie furchtgebietend jemand sein muß, der von einem solchen Stamm ausgestoßen wird. Manche *Karauna* sind sogar ehemalige Mongolen; Ihr könnt Euch also vorstellen, wie abscheulich sie sein müssen, von den Mongolen ausgestoßen zu sein. Bei den *Karauna* handelt es sich um seelenlose Männer, die grausamsten und blutrünstigsten und gefürchtetsten aller Räuber in diesen Landen. Ach, meine Herren und Meister, wir befinden uns in schrecklicher Gefahr.«

»Dann laßt uns das Feuer ausmachen!« sagte Onkel Mafìo. »Offen gestanden sind wir mit sträflicher Unbekümmertheit durch diese Wüste gezogen. Ich werde Schwerter aus dem Gepäck herausholen und schlage vor, daß wir von heute an abwechselnd Wache halten.«

Ich erbot mich freiwillig, die erste Wache zu übernehmen, und bat Nasenloch, mir zu sagen, woran ich die Karauna erkennen könne, wenn sie kämen.

Etwas sarkastisch sagte er: »Vielleicht habt Ihr mitbekommen, daß die Mongolen ihre Umhänge an der rechten Seite befestigen. Die Turki, Baluchi und dergleichen raffen sie links.« Dann löste sich sein Sarkasmus in Angst auf, und er rief: »Ach, Mirza Marco, wenn Ihr eine Chance habt, sie zu sehen, ehe sie zuschlagen, werdet Ihr keinerlei Zweifel mehr haben. Ach je, *bismillah, kheli zahmat dadam* . . .«, um dann aus Leibeskräften eine ganz erstaunlich große Anzahl von tiefen *salaam*-Verneigungen zu vollführen, ehe er sich in sein Zelt verkroch.

Als alle meine Gefährten sich schlafen gelegt hatten, schritt ich mit dem *shimshir*-Schwert in der Hand zwei- oder dreimal den ganzen Umkreis der Oase ab und spähte, so weit ich konnte, hinaus in die umgebende, undurchdringlich schwarze Nacht. Da man in dieser Dunkelheit ohnehin nichts sehen und ich schließlich nicht auf allen Wegen, die zu unserem Lager führten, Wache stehen konnte, beschloß ich, in meinem eigenen, neben dem von Aziz gelegenen Zelt weiterzuwachen. Da es in dieser Nacht besonders kalt war, streckte ich mich bäuchlings unter den Decken aus und ließ nur den Kopf zum Eingang hinausschauen. Entweder konnte Aziz keinen Schlaf finden, oder ich hatte ihn durch die Geräusche, die ich gemacht hatte, geweckt, denn auch er steckte den Kopf zum Zelt hinaus und flüsterte: »Ich habe Angst, Marco, und außerdem ist mir kalt. Darf ich neben Euch schlafen?«

»Ja, es ist kalt«, stimmte ich zu. »Ich zittere, obwohl ich vollständig angekleidet bin. Ich würde ja hingehen und noch ein paar Decken holen, aber ich möchte die Kamele nicht wecken. Bring du doch deine Decken mit, dann baue ich dein Zelt ab, und wir können auch das zum Zudecken benutzen. Wenn du dich neben mich legst und wir all dies über uns decken, müßte es angenehm warm sein.«

Genau das taten wir denn auch. Aziz wand sich wie ein kleiner nackter Molch aus seinem Zelt heraus und glitt in meines herein. Mich in der Kälte beeilend, schüttelte ich die tragenden Stecken aus den Säumen seiner Zeltbahn und legte diese auf die Decken, unter denen der Junge lag. Sodann kuschelte ich mich neben ihn und ließ nur den Kopf, die Arme und den *shimshir* im Freien. Bald hörte ich auf, mit den Zähnen zu klappern, doch innerlich zitterte ich auf andere Weise, nicht vor Kälte, sondern der Wärme, Nähe und Weichheit des kleinen Knabenkörpers wegen. Dieser schmiegte sich innig an mich, und ich argwöhnte, daß er das mit Absicht tat. Gleich darauf war ich mir dessen sicher, denn er nestelte die Schnur meines *pai-jamah* auf, kuschelte sich mit seinem nackten Leib an mein nacktes Hinterteil und tat dann noch etwas viel Intimeres. Ich mußte schlucken und hörte ihn flüstern: »Wärmt Euch das nicht noch mehr?«

Wärmen war nicht das richtige Wort dafür. Seine Schwester Sitarè hatte damit großgetan, daß er sich vorzüglich auf seine Kunst verstehe, und in der Tat verstand er sich offensichtlich darauf, jene Drüse zu reizen, die Nasenloch »die Mandel im Inneren« genannt hatte, denn mein Glied reckte sich und wurde so steif wie ein Zeltstecken, den man in seinen Saum hineinstecken will. Was dann geschehen wäre, weiß ich nicht. Man könnte sagen, daß ich meine Wache sträflich vernachlässigte, aber ich glaube, die Karauna hätten sich trotzdem ungesehen herangeschlichen und zugeschlagen, selbst wenn ich aufmerksamer gewesen wäre. Irgend etwas traf mich am Hinterkopf, und zwar so hart, daß die schwarze Nacht um mich herum noch schwärzer wurde, und als ich wieder zu Bewußtsein kam, spürte ich, daß ich unter Schmerzen an den Haaren über Gras und Sand geschleift wurde.

Man zerrte mich dorthin, wo das Lagerfeuer neu entfacht wurde – aber es war keiner von uns, der mich an den Haaren zog. Die Eindringlinge waren Männer, verglichen mit denen die Mongolen, die uns zuvor besucht hatten, wie elegante Höflinge von verfeinerter Lebensart wirkten. Es waren ihrer sieben verdreckte und zerlumpte, häßliche Burschen, die es irgendwie fertigbrachten, obwohl sie nie lächelten, ständig die vorstehenden Zähne gebleckt zu halten. Jeder von ihnen hatte ein Pferd, auch dieses wieder klein wie die Mongolenpferde, aber abgemagert, daß man die Rippen bei ihnen zählen konnte, und überdies beulenübersät und voller Schwären. Und noch etwas fiel mir trotz meines benebelten Zustands an diesen Pferden auf: sie hatten keine Ohren.

Einer der Marodeure schichtete das Feuer auf, andere schleiften meine Gefährten herbei, und alle redeten sie mit hoher Fistelstimme in einer Sprache, die ich noch nie gehört hatte. Einzig Nasenloch schien sie zu verstehen, denn wenngleich sie ihn aus dem Schlaf gerissen und herumgestoßen hatten und der Schrecken ihm in den Gliedern saß, bemühte er sich ausdrücklich, genau zu übersetzen und uns zuzuschreien:

»Es sind Karauna! Sie sind halb verhungert. Sie sagen, sie bringen uns nicht um, wenn wir ihnen zu essen geben! Bitte, gütige Herren, im Namen Allahs, beeilt euch und zeigt ihnen den Proviant.«

Die Karauna ließen uns alle neben dem Feuer liegen und schöpften dann hastig mit den Händen Wasser aus dem Quell und ließen es sich gierig den Schlund herunterlaufen. Gehorsam beeilten mein Vater und mein Onkel sich, unsere Vorräte herbeizuholen. Ich lag immer noch am Boden und schüttelte den Kopf in dem Bemühen, den Schmerz und das Dröhnen und den Nebel daraus zu verscheuchen. Nasenloch bemühte sich, unterwürfig und geschäftig zu wirken und war wohl halb von Sinnen vor Angst; gleichwohl rief er immer wieder:

»Sie sagen, sie wollen *uns vier* weder ausrauben noch töten. Selbstverständlich lügen sie und werden das doch tun, aber erst, nachdem *wir vier* sie satt gemacht haben. Deshalb laßt uns ihnen Essen geben, solange noch etwas zu essen da ist. *Wir alle vier!*«

Vornehmlich mit dem Durcheinander in meinem Kopf beschäftigt, spürte ich unbestimmt, daß er auch mich drängte, etwas Leben und Beweglichkeit zu zeigen. Infolgedessen raffte ich mich hoch und schickte mich an, ein paar getrocknete Aprikosen in einen mit Wasser gefüllten Topf zu schütten, um sie einzuweichen. Nun hörte ich auch Onkel Mafìo laut rufen: »Wir müssen tun, was sie verlangen, *wir vier*! Aber während sie sich den Wanst vollschlagen, ergibt sich *für uns vier* vielleicht die Möglichkeit, an unsere Schwerter heranzukommen und zu kämpfen.«

Endlich begriff ich, was gemeint war und was Nasenloch und er versuchten, uns klarzumachen. Aziz war nicht unter uns. Als die Karauna über uns hergefallen waren, hatten sie vier Zelte gesehen und vier Männer herausgezogen, und jetzt hatten sie vier Gefangene, die versuchten, ihnen aufs Wort zu gehorchen. Das lag nur daran, daß ich Aziz' Zelt abgebaut hatte. Als sie mich aus dem meinen herauszogen, hätte der Junge, da er sich an mich klammerte, mit herauskommen können, doch war das nicht geschehen. Immerhin mußte er begriffen haben, was geschah, und sich weiter versteckt halten, sonst ... Der Junge hatte Mut. Vielleicht versuchte er es mit einer Verzweiflungstat ...

Einer der Karauna fauchte uns an. Nachdem sein Durst gestillt war, schien es ihm ein inniges Vergnügen zu bereiten, wie wir uns für ihn abmühten. Ganz der siegreiche Eroberer, schlug er sich mit der Faust auf die Brust und blökte eine ziemlich lange Rede heraus, die Nasenloch mit zitternder Stimme übersetzte:

»Die Verfolger sind ihnen dicht auf den Fersen gewesen, und sie sind vor Hunger und Durst fast umgekommen. Sie haben mehrere Male die Venen ihrer Pferde geöffnet, um ihr Blut zu trinken. Aber dann waren die Pferde so geschwächt, daß sie Abstand davon nahmen, den Pferden aber zuletzt die Ohren abschnitten. *Ayee, mashallah, che arz konam?...*« Womit er sich einem wahren Wortschwall von Gebet überließ.

Noch mehr legte sich das Durcheinander, nachdem die sieben Karauna aufhörten, um den Quell herumzuwirbeln und ihre mißhandelten Pferde heranließen und schließlich an die Stelle kamen, wo wir ums Feuer herum Eßbares bereitgelegt hatten. Mit gebleckten Zähnen und kehligen Lauten gaben sie uns zu verstehen, wir sollten ein Stück zurücktreten und sie nicht stören. Wir vier machten ein paar Schritte zurück, und die Karauna fielen über die Vorräte her. Gleich darauf herrschte wieder ein Heidendurcheinander. Plötzlich kamen noch drei Pferde aus dem Dunkel herangesprengt, auf denen drei schwertschwingende Reiter saßen.

Die Patrouille der Mongolen war zurückgekehrt! Wahrscheinlich war es so, daß die Mongolen den Karauna die ganze Zeit irgendwo in der Nähe aufgelauert hatten, was nicht einmal ich als Lagerwache gemerkt hatte. Sie hatten gewußt, daß wir für die Karauna einen unwiderstehlichen Köder bildeten, und brauchten nur abzuwarten, bis die Banditen in die Falle tappten.

Doch obwohl die Karauna überrumpelt worden waren, abgesessen und sich ganz auf das vor ihnen stehende Essen konzentriert hatten, ergaben sie sich nicht sofort und fielen auch nicht sogleich unter den blitzenden Schwerthieben. Zwei oder drei von den schmutzigbraunen Männern wurden unversehens vor unseren Augen leuchtend rot – Blut schoß ihnen aus den Wunden, die ihnen von den Mongolen beigebracht worden waren. Trotzdem rissen sie ebenso wie ihre nicht verwundeten Kameraden ihre Waffen aus der Scheide.

Da die Mongolen zu Pferde herangesprengt waren, konnten sie nur diesen einen wirbelnden Hieb heruntersausen lassen, dann hatten ihre Reittiere sie ein kleines Stück aus dem Kampfgetümmel hinausgetragen. Ohne die Pferde zu wenden, sprangen sie aus dem Sattel und führten den Kampf zu Fuß weiter. Die Karauna jedoch hatten in ihrer Eßgier versäumt, ihre eigenen Pferde anzubinden, ihnen die Vorderbeine zu schäkeln oder sie auch nur abzusatteln. Sie mußten in großer Versuchung gewesen sein, stehenzubleiben und – da es auch noch sieben gegen drei stand – um das vor ihnen ausgebreitete Essen zu kämpfen. Vermutlich liegt es daran, daß sie vom Hunger sehr geschwächt waren und wußten, gegen drei wohlgenährte Mongolen auch zu siebt nichts ausrichten zu können – jedenfalls sprangen sie stehenden Fußes auf ihre beklagenswert geschundenen Gäule, ließen die Schwerter jetzt auf die Waffen der zu Fuß kämpfenden Mongolen herniederblitzen, gaben ihren Pferden die Sporen und schossen aus dem Lichtkreis des Feuers hinaus dorthin, woher sie gekommen waren.

Rücksichtsvoll verweilten die Mongolen lange genug, um erst uns in

Augenschein zu nehmen und festzustellen, daß wir offensichtlich unverletzt waren, ehe sie die eigenen Pferde einfingen, mit einem einzigen Sprung aufsaßen und hinter den Karauna herhetzten. All dies spielte sich mit einer solchen Geschwindigkeit und in einem solchen Wirbel ab – und zwar von dem Augenblick, da ich niedergeschlagen war, bis zu dem Augenblick, da sich plötzlich Stille über die Oase legte –, daß es genausogut der *simùm*-Wüstensturm hätte sein können, der über uns hergefallen und hinweggezogen war.

»*Gesù!*« Dieser Stoßseufzer kam von meinem Vater.

»Wo ist der Knabe Aziz?« fragte Onkel Mafìo mich.

»In Sicherheit«, sagte ich laut, um gehört zu werden, denn in meinem Kopf dröhnte es immer noch. »Er liegt in meinem Zelt.« Ich deutete in die Richtung, wo der Staub nach dem Verschwinden der Reiter immer noch in der Luft hing.

Sobald er ein paar Kleidungsstücke übergeworfen hatte, lief mein Onkel eben dorthin. Mein Vater sah, wie ich mir den Kopf rieb, und trat herzu, um ihn abzutasten. Er sagte, ich hätte eine dicke Beule, und hieß Nasenloch, etwas Wasser zum Kochen aufzusetzen.

Dann kam mein Onkel zurückgelaufen und rief noch aus dem Dunkel heraus: »Aziz ist nicht da! Seine Kleider wohl, aber er nicht.«

Mich der Obhut Nasenlochs überlassend, der mir eine Kompresse auf die Beule legte, gingen mein Vater und mein Onkel auf die Suche nach dem Jungen. Sie fanden ihn nicht. Das erging auch Nasenloch und mir so, als wir uns ihnen anschlossen und die ganze Oase methodisch absuchten. Als wir uns dann zusammenhockten, um zu besprechen, was zu tun sei, versuchten wir, das Geschehene noch einmal an uns vorüberziehen zu lassen.

»Er hat das Zelt bestimmt verlassen. Selbst unbekleidet und in dieser Kälte.«

»Bestimmt. Er hat sich denken müssen, daß sie früher oder später alles nach Beute durchsuchen würden.«

»Folglich muß er sich ein sichereres Versteck gesucht haben.«

»Mir scheint wahrscheinlicher, daß er versucht hat, sich näherzuschleichen, um zu sehen, ob er uns helfen könnte.«

»Jedenfalls muß er draußen im Freien gewesen sein, als die Karauna plötzlich flohen.«

»Die müssen ihn gesehen, ihn gepackt und mit sich genommen haben.«

»Sie werden ihn bei erster Gelegenheit umbringen.« Es war Onkel Mafìo, der das sagte – und zwar mit einer Stimme, die Schmerz und Trauer verriet. »Sie werden ihn auf irgendeine bestialische Weise umbringen, denn sie müssen außer sich sein vor Wut in der Annahme, wir hätten den Hinterhalt vorher abgesprochen.«

»Vielleicht haben sie keine Gelegenheit dazu. Die Mongolen sind ihnen dicht auf den Fersen.«

»Nicht umbringen werden die Karauna den Jungen, sondern als Geisel behalten – als Schild, um die Mongolen abzuwehren.«

»Und *wenn* die Mongolen sich abhalten lassen, was noch keinesfalls sicher ist, *überleg* doch mal, was die Karauna dem kleinen Jungen antun werden!«

»Weinen wir nicht, solange niemand ein Leids geschehen ist«, sagte mein Vater. »Aber wie die Sache auch ausgehen mag, wir müssen dabeisein. Nasenloch, du bleibst. Mafìo, Marco, aufsitzen!«

Wir ließen die Kamele unsere Stecken spüren. Da wir sie nie zuvor wirklich zur Eile angetrieben hatten, waren die Tiere dermaßen erschrocken, daß es ihnen gar nicht erst in den Sinn kam, sich zu beschweren oder störrisch zu werden, sondern in gestrecktem Galopp losschossen und diesen auch beibehielten. Das Rucken meines Kopfes schien mit wahnsinnig machender Geschwindigkeit auf die Nackenwirbel meines Rückgrats zu hämmern, aber ich sagte nichts.

Auf Sandboden sind Kamele schneller als Pferde, und so holten wir die Mongolen lange vor Morgengrauen ein. Irgendwann hätten wir sie ohnehin wiedergesehen, denn sie waren bereits gemächlich auf dem Ritt zurück zur Oase begriffen. Der Staubnebel war inzwischen als Sandnieseln auf die Erde herniedergegangen, als wir sie in einiger Entfernung im Sternenlicht auf uns zukommen sahen. Zwei von ihnen gingen zu Fuß und führten die Pferde, den dritten stützten sie im Sattel, wo er in sich zusammengesunken hin und her wankte. Offensichtlich war er schwer verwundet. Die beiden riefen uns im Näherkommen irgend etwas zu und zeigten mit den Armen, um anzudeuten, woher sie kamen.

»Ein Wunder! Der Junge lebt!« sagte mein Vater und trieb sein Kamel zu noch größerer Eile an.

Wir hielten nicht an, um mit den Mongolen zu reden, sondern ritten weiter, bis wir in der Ferne verschiedene regungslos durcheinander liegende Gestalten im Sand erblickten. Es handelte sich um die sieben Karauna und ihre Pferde, alle tot, von Säbelhieben und Pfeilen getroffen. Einige der Männer lagen ein Stück entfernt von ihren schwertführenden Händen. Doch wir achteten ihrer nicht. Aziz saß auf dem Sand inmitten einer großen Blutlache, die von einem der gestürzten Pferde stammte. Seinen nackten Leib hüllte er in eine Decke, die er aus einem der Sattelkörbe herausgezogen haben mußte; die Decke starrte von Blut. Unsere Kamele waren noch nicht niedergekniet, da sprangen wir bereits zu Boden und liefen zu ihm hin. Mit tränenüberströmtem Gesicht fuhr Onkel Mafìo dem Jungen durch das Haar, mein Vater klopfte ihm auf die Schulter, und wir alle konnten uns nicht fassen vor Verwunderung und Erleichterung.

»Es ist alles in Ordnung mit dir!«

»Gelobt sei der gütige San Zudo vom Unmöglichen!«

»Was ist geschehen, lieber Aziz?«

Die Zwitscherstimme womöglich noch leiser als sonst, sagte er: »Sie haben mich unterwegs vom einen zum anderen weitergereicht, damit jeder an die Reihe käme und sie nicht verlangsamen mußten.«

»Und du bist unversehrt?«

»Mich friert«, sagte Aziz teilnahmslos, und in der Tat, er zitterte heftig unter der fadenscheinigen alten Decke.

Onkel Mafìo jedoch ließ nicht ab. »Und hier – haben sie sich nicht an dir vergangen? Hier?« Er legte die Hand auf die Decke – zwischen den Schenkeln des Jungen.

»Nein, das haben sie nicht getan. Dazu war keine Zeit mehr. Und außerdem, meine ich, waren sie zu hungrig. Und dann haben die Mongolen uns eingeholt.« Er verzog das blasse Gesichtchen, als wollte er weinen. »Mir ist so kalt.«

»Ja, mein Junge«, sagte mein Vater. »Es wird schon alles wieder gut werden. Marco, du bleibst bei ihm und tröstest ihn. Mafìo, hilf mir Kamelmist suchen und ein Feuer machen.«

Ich nahm meine *aba* ab und breitete sie über den Knaben, damit er es wärmer habe; daß das Gewebe sich mit Blut vollsaugte, kümmerte mich nicht. Doch er zog sich die *aba* nicht um die Schultern. Er blieb einfach sitzen, wo er war, gegen den Sattel gelehnt, die kleinen Beine von sich gestreckt und die Hände schlaff daneben. In der Hoffnung, ihn aufzumuntern, sagte ich:

»Ach, Aziz, die ganze Zeit über habe ich mir den Kopf über das merkwürdige Tier zerbrochen, daß du mich raten ließest.«

Ein flüchtiges Lächeln malte sich auf seinen Lippen. »Ich habe Euch mit dem Rätsel verwirrt, nicht wahr, Marco?«

»Ja, das hast du. Wie geht es doch noch?«

»Ein Wüstentier ... das in sich ... das Wesen von sieben verschiedenen Tieren ... vereinigt.« Seine Stimme erlosch gleichsam. »Könnt Ihr es immer noch nicht erraten?«

»Nein«, sagte ich, runzelte wie zuvor die Stirn und tat so, als tauchte ich tief in mein Denken hinab. »Nein, ich gestehe, ich kann es nicht.«

»Es hat den Kopf eines Pferdes ...«, sagte er langsam, als habe er Schwierigkeiten, sich zu erinnern oder überhaupt zu sprechen. »Und den Hals eines Stiers ... die Flügel des Vogels Rock ... Leib eines Skorpions ... Füße eines Kamels ... ein Gehörn wie eine *qazèl* ... und ... und das ... Hinterteil einer Schlange ...«

Die ungewohnt schleppende Sprechweise beunruhigte mich, doch konnte ich keinen Grund dafür erkennen. Seine Stimme erstarb ... die Lider fielen ihm über die Augen. Aufmunternd drückte ich ihm die Schultern und sagte:

»Das muß ein überaus merkwürdiges Tier sein. Welches aber? Aziz, sag mir die Lösung des Rätsels. Was ist es?«

Er schlug die wunderschönen Augen auf, sah mich an, lächelte und sagte: »Nur ein gewöhnlicher Grashüpfer.« Dann kippte er unversehens nach vorn um und schlug mit dem Gesicht zwischen den Knien auf, als wäre er in der Hüfte nur locker zusammengehalten worden. Ganz plötzlich nahm der Blutgeruch zu, hinzu kamen Körperausdünstungen und Pferdedung und der Geruch menschlicher Exkremente. Entsetzt sprang ich auf und rief nach meinem Vater und meinem Onkel, die augenblicklich herbeigelaufen kamen und fassungslos auf den Jungen herniederstarrten.

»Kein Mensch hat jemals so flach gelegen«, rief mein Onkel von Entsetzen gepackt.

Mein Vater kniete sich hin, ergriff eines der Handgelenke des Jungen und hielt es einen Augenblick fest; dann blickte er zu uns auf und schüttelte düster den Kopf.

»Das Kind ist tot! Aber woran ist es gestorben? Hast du nicht gesagt, ihm sei kein Leids geschehen? Daß sie ihn im Reiten nur zwischen sich hin und her reichten?«

Hilflos hob ich die Hände empor. »Wir haben eine Weile miteinander geredet. Dann kippte er nach vorn – einfach so. Wie eine Puppe, aus der alles Sägemehl herausgelaufen ist.«

Mein Onkel wandte sich ab und schluchzte und hustete. Sanft nahm mein Vater den Jungen bei den Schultern, richtete ihn auf und legte den haltlos hängenden Kopf gegen den Sattel. Mit der einen Hand hielt er ihn dann fest, während er mit der anderen die blutverklebten Decken fortnahm. Dann machte mein Vater ein Geräusch, als müsse er sich übergeben, wiederholte, was der Junge uns gesagt hatte, und murmelte: »Die Karauna hatten Hunger« – trat von Ekel gepackt einen Schritt zurück und ließ den Oberkörper wieder nach vorn fallen – allerdings nicht, ehe nicht auch ich gesehen hatte. Was Aziz widerfahren war – ich konnte es mit nichts anderem vergleichen als mit einer alten griechischen Sage, die man mir einst in der Schule erzählt hatte und die von einem tapferen Spartanerjungen und einem gefräßigen Jungfuchs handelte, den dieser unter seinem Gewand verborgen hatte.

6

Wir ließen die toten Karauna liegen, wo sie gefallen waren – mochten sie den Aasgeiern zum Fraß dienen. Den bereits angenagten, ausgeweideten und zum Teil verzehrten kleinen Leichnam von Aziz hingegen führten wir auf dem Weg zurück zur Oase mit. Wir wollten ihn nicht auf dem Sand liegen lassen, ja, ihn auch nicht darin begraben, denn nichts läßt sich in der Wüste so tief vergraben, daß der Wind es nicht freilegt und so gleichmütig wie den Dung der Kamele wieder unter Sand begräbt.

Auf dem Weg von der Oase hierher waren wir am weißen Rand einer kleineren Salzpfanne entlanggekommen, an dem wir jetzt bei unserer Rückkehr haltmachten. Wir trugen Aziz in meine *aba* gehüllt, die als Leichentuch diente, hinaus auf das ›Schwankende Land‹ und fanden eine Stelle, wo wir die glitzernde Kruste durchbrechen konnten. Dort legten wir Aziz auf den darunter befindlichen morastigen Salzbrei und nahmen mit ein paar Gebeten von dem kleinen Bündel Abschied, das langsam versank und unseren Blicken entschwand.

»Die Salzkruste über ihm wird sich neu bilden«, sann mein Vater. »Darunter wird er ungestört ruhen. Nicht einmal verwesen wird er, denn das Salz wird seinen Leib durchdringen und ihn konservieren.«

Sich wie abwesend am Ellbogen kratzend, sagte mein Onkel resigniert: »Es könnte sogar sein, daß dieses Land genauso wie andere Länder, die ich erlebt habe, sich verwirft, auseinanderbricht und seine Oberfläche neu gestaltet. Vielleicht findet ihn irgendein künftiger Reisender in späteren Jahrhunderten, betrachtet sein süßes Gesicht und fragt sich, wie es gekommen sein mag, daß ein Engel vom Himmel stürzte, um hier begraben zu werden.«

Eine schönere Abschiedsrede konnte man sich kaum denken, und so verließen wir Aziz, saßen auf und ritten weiter. Bei unserem Eintreffen in der Oase war Nasenloch ganz Besorgnis und brach dann in Wehklagen aus, als er erkannte, daß nur wir drei es waren. In möglichst knappen Worten berichteten wir, wie das kleinste Mitglied unserer Gruppe aus unserer Mitte herausgerissen worden war. Ein trauervolles Gesicht aufsetzend, murmelte er ein paar muslimische Gebete und sprach dann eine typisch fatalistische muslimische Beileidsformel:

»Möge Eure eigene Lebensspanne um die Tage verlängert werden, die der Knabe verloren hat, meine Herren. *Inshallah*!«

Es war inzwischen Mittag geworden, wir waren ohnehin müde, und es kam mir vor, als wollte mir der Schädel vor Schmerz platzen. Deshalb konnten wir es nicht über uns bringen, unsere Reise sofort fortzusetzen, und so richteten wir uns darauf ein, noch eine Nacht in der Oase zu verbringen, obwohl dies kein glücklicher Ort für uns war. Die drei Mongolen waren schon vor uns dort eingetroffen, und Nasenloch fuhr fort zu tun, was er getan hatte, seit wir wieder da waren: Den Männern helfen, ihre Wunden zu reinigen, sie zu salben und zu verbinden.

Dieser Wunden waren viele, aber es waren keine ernsthaften dabei. Der Mann, von dem wir gemeint hatten, daß es ihn am schlimmsten getroffen hatte, hatte nur das Bewußtsein verloren, als er im letzten Handgemenge mit den Karauna von einem Pferd getreten worden war; er hatte sich inzwischen merklich erholt. Trotzdem litten alle drei Männer an einer ganzen Reihe von Schnittwunden, hatten viel Blut verloren und mußten ziemlich geschwächt sein; wir hätten angenommen, daß sie noch ein paar Tage in der Oase bleiben würden, um sich ganz zu erholen. Doch nein, sagten sie, sie seien Mongolen, unverwüstliche Mongolen, die nichts aufhielt; sie würden weiterreiten.

Mein Vater erkundigte sich, wohin sie wollten. Sie antworteten, ihnen sei kein bestimmtes Ziel genannt worden, sie hätten nur den Auftrag, hinzureiten und zu versuchen, die Karauna im Dasht-e-Kavir zu jagen und zu vernichten, und diesen Auftrag gedächten sie auszuführen. Daraufhin zeigte mein Vater ihnen unseren von dem Khakhan Kubilai unterzeichneten Passierschein. Gewiß, keiner von diesen Männern konnte lesen, doch erkannten sie ohne weiteres das ausgeprägte Siegel des Khans aller Khane und waren höchlichst verwundert, daß wir ein solches mitführten – genauso, wie es sie zuvor beeindruckt hatte, meinen Vater und Onkel in ihrer Sprache mit sich reden zu hören. Jetzt erkundigten sie sich, ob wir ihnen im Namen des Khan irgendeinen Befehl zu erteilen hätten. Mein Vater schlug vor, da wir reiche Geschenke für ihre Oberherren mitführten, könnten die Männer helfen, diese sicher bei ihm abzuliefern, indem sie als unsere Eskorte bis Mashhad mitritten, wozu sie offensichtlich gern bereit waren.

So brachen wir am nächsten Morgen zu siebt in nordöstlicher Richtung auf. Da es unter der Würde der Mongolen war, sich mit so etwas Niedrigstehendem wie einem Kameltreiber zu unterhalten, und da Onkel Mafìo nicht in der Stimmung schien, mit irgend jemand zu reden, und da mir immer noch der Kopf brummte, wenn ich ihn durch Reden bewegte, sprachen nur unsere drei Begleiter und mein Vater, während ich mich damit begnügte, nahebei zu reiten und zuzuhören und auf diese Weise anzufangen, noch eine neue Sprache zu erlernen.

Das erste, was ich erfuhr, war, daß die Bezeichnung Mongole nichts mit einer Rasse oder einem Volk zu tun hat – sie leitet sich vielmehr von dem Wort *mong* her, das soviel heißt wie ›tapfer‹ – und wenn die drei uns begleitenden Mongolen für mein ungeübtes Auge auch ähnlich aussahen, waren sie in Wirklichkeit doch so verschieden voneinander wie ein Venezianer, ein Genuese und ein Pisaner. Einer war vom Khalkas-Stamm, einer von dem der Merkit und einer von dem der Buriat – Stämme, die, wie ich erfuhr, ursprünglich in ganz verschiedenen Gegenden jener Länder zu Hause waren, die der mächtige Chinghiz (der selbst ein Khalkas war) vor langer Zeit als erster einte und damit begann, das mongolische Khanat aufzubauen. Auch gehörte einer der Männer dem buddhistischen Glauben an, ein anderer war Taoist – Religionen, von denen ich damals keine Ahnung hatte –, und beim dritten handelte es sich ausgerechnet um einen nestorianischen Christen. Gleichzeitig erfuhr ich jedoch, daß ein Mongole, gleichgültig, welchem Stamm, welcher Religion oder welchem Kriegerstand er angehörte, nie als Khalkas oder Christ oder gar als Bogenschütze oder Waffenschmied oder ähnliches bezeichnet wird. Er nennt sich selbst immer nur *Mongole,* und es darf von ihm auch nur als Mongole gesprochen werden, denn daß er Mongole ist, ist wichtiger als alles andere, was er auch sein mag, und die Bezeichnung Mongole hat Vorrang vor allem anderen.

Doch lange, bevor ich imstande war, mich auch nur ansatzweise mit unseren drei Begleitern zu unterhalten, hatte ich aus ihrem Benehmen einige der wunderlichen Sitten und Gepflogenheiten der Mongolen erkannt – oder, wie ich vielleicht besser sagen sollte, etwas von ihrem barbarischen Aberglauben. Solange wir noch in der Oase weilten, hatte Nasenloch ihnen vorgeschlagen, sie könnten doch das Blut, den Schweiß und den alten Schmutz an ihren Kleidern waschen, um sich dann am nächsten Morgen frisch und sauber auf die Reise machen zu können. Das lehnten die Männer jedoch ab und erklärten, es sei unklug, irgend etwas, was man am Leibe trage, zu waschen, solange man fern vom Heimatlager weile, denn das könne ein Gewitter hervorrufen. *Wie* das geschehen sollte, vermochten sie nicht zu sagen und wollten sie auch nicht vorführen. Nun würde jeder andere vernünftige Mensch mitten in einer wasserlosen und sonnenversengten Wüste kaum Einwände gegen ein regenbringendes Gewitter erheben, gleichgültig, auf wie mysteriöse Weise es hervorgerufen sein mag. Aber die Mongolen, die sonst nichts auf der Welt fürchten, haben entsetzliche Angst vor Donner und Blitz, als wären sie furchtsame Kinder und Frauen.

Auch leisteten die drei Mongolen sich, während wir uns noch in der reichlich bewässerten Oase aufhielten, kein ausgiebiges und erfrischendes Bad, obwohl sie das weiß Gott nötig gehabt hätten. Sie waren von einer Schmutzkruste bedeckt, daß es fast knirschte, und der Geruch, den sie verströmten, hätte selbst einen *shaqàl* in die Flucht geschlagen. Doch sie wuschen sich nur Haupt und Hände, und auch das nur auf höchst klägliche Weise. Einer von ihnen tauchte eine Kürbishälfte ins Quellwasser, verwendete aber nicht einmal dies ganz. Er saugte geräuschvoll nur einen Mundvoll in sich hinein, behielt dies Wasser im Mund und spie dann immer nur ein wenig davon in die schalenförmig zusammengehaltenen Hände, feuchtete mit einem weiteren Spritzer sein Haar an, netzte mit dem nächsten seine Ohren und so weiter. Das mochte zugegebenerweise nichts mit Aberglauben zu tun haben, sondern mit Sparsamkeit, ein Gewohnheit, von einem Volk entwickelt, das soviel Zeit in wasserarmen Gebieten gelebt hat. Ich meine allerdings, daß sie gesellschaftlich annehmbarer wären, wenn sie dieses Gebot dort, wo es nicht nötig war, etwas gelockert hätten.

Und noch etwas. Die drei Männer waren von weit her aus dem Nordosten gekommen, als sie auf uns gestoßen waren. Jetzt reisten wir, und damit auch sie, in eben dieser Richtung weiter, doch bestanden sie darauf, daß wir zunächst etwa einen *farsakh* von ihrer bisherigen Route abwichen, weil es, wie sie uns versicherten, Unglück bringe, genau auf derselben Strecke zurückzukehren, auf der man gekommen sei.

Auch ziehe man das Unglück geradezu an, erklärten sie uns während unseres ersten gemeinsamen Lagers unterwegs, wenn irgendein Angehöriger der Gruppe wie in Trauer den Kopf hängenlasse oder Wange oder Kinn in die Hand stütze, als helfe das beim Nachdenken. Das, so sagten sie, könne Niedergeschlagenheit über die gesamte Reisegesellschaft bringen. Und während sie uns dies auseinandersetzten, blickten sie voller Unbehagen immer wieder Onkel Mafìo an, der auf ebendiese Weise dasaß und wirklich höchst traurig aussah. Mein Vater und ich schafften es vielleicht vorübergehend, ihn aufzumuntern und zu bewegen, an der allgemeinen Geselligkeit teilzunehmen, doch versank er immer wieder bald in gedrückter Stimmung.

Sehr lange nach dem Tod von Aziz sprach mein Onkel kaum ein Wort, seufzte oft und machte den Eindruck eines trauernden Hinterbliebenen. Hatte ich zuvor versucht, eine duldsamere Einstellung seinem unmännlichen Wesen gegenüber zu gewinnen, neigte ich jetzt mehr zu belustigter, aber auch ärgerlicher Verachtung. Ohne Zweifel ist ein Mann, der nur mit Angehörigen seines eigenen Geschlechts sinnliches Vergnügen finden kann, auch imstande, eine tiefe und bleibende Liebe zu ihm zu fassen, und solch echte Leidenschaft kann man – genauso wie die konventionelleren Beispiele wahrer Liebe – hoch schätzen, bewundern und loben. Doch zwischen Onkel Mafìo und Aziz war es nur zu einer einzigen unbedeutenden sexuellen Begegnung gekommen; sonst hatte er dem Knaben nicht nähergestanden als jeder andere von uns auch. Wir alle trauerten um Aziz und waren traurig, ihn verloren zu haben. Doch die Art und Weise, wie Onkel Mafio sich benahm – ganz so wie ein Mann, der nach langen Jahren einer glücklichen Ehe seine Frau verloren hat –, das hatte etwas Erbärmliches, Unehrliches und Unwürdiges. Er war immer noch mein Onkel, und ich war entschlossen, ihm auch künftig mit dem gebührenden Respekt zu begegnen, aber im Inneren war ich zu dem Schluß gekommen, daß hinter seinem großen, vierschrötigen und kraftvollen Äußeren nicht viel steckte.

Niemand hätte der Tod von Aziz mehr leid tun können als mir, doch machte ich mir klar, daß die Gründe dafür hauptsächlich selbstsüchtiger Natur waren und mir kein Recht gaben, laut zu wehklagen. Einer der Gründe war, daß ich sowohl Sitarè als auch meinem Vater geschworen hatte aufzupassen, daß dem Jungen kein Leids geschah, und diesen Schwur gebrochen hatte. Deshalb war ich mir nicht sicher, ob ich nun trauriger darüber war, daß er gestorben war, oder weil ich als sein Beschützer versagt hatte. Ein weiterer Grund für meinen Kummer war darin zu suchen, daß jemand, den zu behalten sich gelohnt hätte, aus meiner Welt herausgerissen worden war. Ach, ich weiß, daß alle Menschen sich so grämen, wenn der Tod zuschlägt, doch deshalb ist dieser Gram nicht weniger selbstsüchtig. Wir Überlebende haben den Verlust eben dieses gerade Gestorbenen zu tragen. Ihm oder ihr jedoch ist alles genommen worden – alle Menschen, die ihnen nahestanden, alles, was sie gern behalten hätten, die gesamte Welt und alle Dinge darin, und das alles in einem einzigen Augenblick – und ein solcher Verlust verdient es, laut und ausgiebig und für immer beklagt zu werden, wie wir, die zurückbleiben, es nie und nimmer fertigbringen.

Und noch einen Grund, den Tod von Aziz zu beklagen, hatte ich. Ich mußte immer an Witwe Esthers Ermahnung denken, daß der Mensch sich alles gönnen sollte, was das Leben bietet, weil er sonst auf dem Totenbett noch über die Gelegenheiten murrt, die er nicht wahrgenommen hat. Es mochte tugendhaft und lobenswert sein, zurückgewiesen zu haben, was Aziz mir geboten und damit Aziz' Keuschheit unbesudelt gelassen zu haben. Vielleicht wäre es von mir aus gesehen sündig und verwerflich gewesen, seine Keuschheit zu brechen und damit zunichte zu machen. Aber, fragte ich mich jetzt, da Aziz in jedem Falle so früh hatte ins Grab steigen müssen – welchen Unterschied hätte es da gemacht? Hätten wir uns geliebt – es hätte für ihn ein letztes – und für mich einzigartiges – Vergnügen bedeuten können: dasjenige, was Nasenloch eine »Reise über das Gewöhnliche hinaus« genannt hatte – und ob es nun harmlos oder schändlich gewesen wäre, im alles zudeckenden Salzbrei hätte es keinerlei Spur hinterlassen. Trotzdem hatte ich es abgelehnt, und wenn sich irgendwann in meinem Leben vielleicht wieder eine solche Chance bot – bestimmt nie von dem schönen Aziz. Der war dahin und die Gelegenheit vertan, und daß ich das bedauerte, geschah *jetzt* und nicht auf einem vermeintlichen Sterbelager.

Aber ich war am Leben. Und ich und mein Onkel und mein Vater und unsere Gefährten setzten die Reise fort, und das ist alles, was die Lebenden tun können, um den Tod zu vergessen oder ihm zu trotzen.

Wir wurden nicht mehr von irgendwelchen Karauna angegriffen und von irgendwelchen anderen Wegelagerern auch nicht; wir begegneten aber auf dem Rest unserer Wüstendurchquerung auch keinen anderen friedlichen Reisenden. Entweder unsere mongolische Eskorte war unnötig gewesen, oder aber ihre Anwesenheit hatte genügt, von irgendwelchen Belästigungen abzuschrecken. Bei den Binalud-Bergen kamen wir endlich aus den Sandniederungen heraus und klommen diese Bergkette hinauf bis nach Mashhad. Mashhad war eine schöne und angenehme Stadt, nur etwas größer als Kashan, und ihre Straßen waren von Zedrach- und Maulbeerbäumen gesäumt.

Mashhad ist eine der heiligen Städte des persischen Islam, denn hier liegt in einer reichverzierten *masjid* ein hochverehrter Märtyrer aus frühislamischer Zeit, der Imam Riza, begraben. Die fromme Pilgerfahrt eines Muslim nach Mashhad berechtigt diesen, seinem Namen den Ehrentitel Meshadi voranzustellen, genauso wie er nach einer Pilgerreise nach Mekka das Recht hat, sich Hajji zu nennen. Infolgedessen bestand die Mehrzahl der in der Stadt weilenden Menschen aus durchziehenden Pilgern, was zur Folge hatte, daß Mashhad mit sehr guten, sauberen und bequemen *karwansarai*-Gasthäusern aufwarten konnte. Unsere drei Mongolen führten uns zu einem der besten, wo auch sie die Nacht verbrachten, ehe sie am nächsten Tag kehrtmachten, um ihren Patrouillenritt durch den Dasht-e-Kavir wieder aufzunehmen.

Hier in der *karwansarai* gewährten die Mongolen uns nochmals einen Einblick in ihre Sitten und Gebräuche. Während mein Vater, mein Onkel und ich dankbar im Gasthaus Wohnung nahmen und unser Kameltreiber Nasenloch sich im Stall bei seinen Tieren einquartierte, ließen die Mongolen es sich nicht nehmen, ihre Schlafmatten draußen mitten im Hof zu entrollen und ihre Pferde in unmittelbarer Nähe von ihnen anzuhalftern. Der Mashhader Wirt sah ihnen dieses ausgefallene Benehmen nach; andere hingegen tun das nicht. Wie ich später entdeckte, leistet eine Gruppe von Mongolen, wenn der Wirt sie auffordert, wie zivilisierte Menschen im Hausinneren zu schlafen, dieser Anordnung zwar murrend Folge, aber von der Küche der *karwansarai* wollen sie trotzdem nichts wissen. Sie entzünden mitten auf dem Zimmerboden ein Feuer, stellen einen Dreifuß darüber und kochen selbst. Bei Einbruch der Nacht legen sie sich jedoch nicht in die zur Verfügung stehenden Betten, sondern entrollen ihre eigenen Matten und Decken und schlafen auf dem blanken Fußboden.

Ich selbst brachte jetzt immerhin einiges Verständnis für das Widerstreben der Mongolen auf, unter einem festen Dach zu wohnen. Auch ich hatte, genauso wie mein Vater und mein Onkel, nach dem grenzenlosen Schweigen und der frischen Luft im Freien eine gewisse Vorliebe für unbegrenzten Raum und Ellbogenfreiheit entwickelt. Obwohl wir zuerst jubelten über die Erfrischung eines *hammam*-Bades und das anschließende Durchgeknetet-Werden und es genossen, daß uns unsere Mahlzeiten von Dienern bereitet und vorgesetzt wurden, stellten wir bald fest, daß uns der Lärm und die Aufregung und das Durcheinander des Lebens in einem festen Haus ziemlich irritierten. Die Luft kam uns dick vor und die Wände allzu nahe, und die anderen Gäste in der *karwansarai* fanden wir schrecklich geschwätzig. Außerdem quälte uns der allgegenwärtige Rauch in den Räumen, besonders Onkel Mafìo, der ständig unter Hustenreiz litt. Aus diesem Grund blieben wir, obwohl das Gasthaus wohl geführt wurde und Mashhad eine wirklich schöne Stadt war, nur so lange, wie es brauchte, um unsere Kamele wieder gegen Pferde einzutauschen und Gerät und Reiseproviant zu ergänzen – dann setzten wir unsere Reise fort.

BALKH

1 Wir bewegten uns nunmehr in leicht südöstlicher Richtung, um am Rande des Karakum oder ›Schwarzer Kies‹, einer weiteren, geradenwegs östlich von Mashhad gelegenen Wüste, entlangzuziehen. Wir entschieden uns für eine Route, die über das Karabil oder ›Kalte Plateau‹ hinwegführte, ein langgezogener Sims von besserem und begrüntem Land, der sich zwischen dem fahlen, wasserlosen Ozean des Schwarzen Kies' im Norden und der öden abschüssigen Böschung der baumlosen Paropamisus-Berge im Süden hinzog.

Kürzer wäre der Weg mitten durch die Karakum-Wüste gewesen, aber die Wüste waren wir gründlich leid. Und noch leichteres Vorwärtskommen wäre es gewesen, hätten wir uns noch weiter nach Süden gehalten, durch die Täler des Paropamisus, denn dort hätten wir in einer ständigen Abfolge von Dörfern und Weilern, ja sogar Städten von beachtlicher Größe wie etwa Herat oder Maimana leicht Unterkunft gefunden, doch zogen wir es vor, die mittlere Route einzuschlagen. Immerhin waren wir das Lagern im Freien inzwischen gewöhnt, und das hochliegende Karabil-Plateau muß seinen Namen aufgrund von Vergleichen mit tiefer gelegenen und wärmeren Ländern erhalten haben, denn es herrschte selbst zu Beginn des Winters keine besonders große Kälte dort. Wir zogen einfach mehrere Hemden und *pai-jamahs* und *abas* übereinander, wie wir es brauchten, und fanden das Wetter einigermaßen erträglich.

Das Karabil bestand zum größten Teil aus eintönigem Grasland, doch fanden sich hier auch Baumgruppen – Pistazien, Zizafun, Weiden und Nadelbäume. Wir kannten zwar viele grünere und schönere Lande und sollten noch viel mehr davon kennenlernen, doch nachdem wir die Große Salzwüste durchgestanden hatten, empfanden wir sogar das mattgraue Gras und das spärliche Laubholz des Karabil als Labsal für die Augen, und unsere Pferde hatten an Futtermangel nicht zu leiden. Nach der unbelebten Wüste kam es uns vor, als wimmelte das Plateau von Wild. Da flogen ganze Völker von Wachteln und Ketten von rotbeinigen Rebhühnern auf, überall schauten Murmeltiere aus ihrem Bau hervor und pfiffen verdrossen, da wir sie durch unser Vorüberreiten störten. Es gab Zugvögel wie Gänse und Enten, die hier überwinterten oder zumindest durchkamen: eine Gänseart mit Schopfbefiederung und eine Ente mit wundervoll rotgoldenem Federkleid. Und es gab massenhaft braune Eidechsen, einige so groß – länger als mein Bein –, daß sie nicht selten unsere Pferde zum Scheuen brachten.

Wir sichteten Herden von allerlei *qazèl*-Arten und hübsche Wildesel, die dortzulande *kulan* genannt werden. Als wir ihrer das erste Mal ansichtig wurden, erklärte mein Vater, am liebsten würde er haltmachen, ein paar *kulan* einfangen und zähmen und mit zurücknehmen in den

Westen, um sie dort zu verkaufen; gewiß würden sie bei weitem bessere Preise erzielen als die Maulesel, welche die Edelleute und ihre Damen als Reittiere kaufen. So ein *kulan* ist in der Tat so groß wie ein Maulesel, hat eine ähnlich kompakte Kopfform und den gleichen kurzen Schwanz, weist aber ein auffallend dunkelbraunes Fell mit lohfarbener Bauchbehaarung auf und ist wunderschön anzusehen. Man wird es einfach nicht müde, die Herden zu beobachten, wie sie rasch dahinsprengen und -springen und alle miteinander wie auf Kommando herumfahren. Von den Bewohnern des Karabil hörten wir jedoch, daß der *kulan* sich weder zähmen noch reiten läßt; sie schätzten ihn nur des eßbaren Fleisches wegen.

Wir selbst, besonders Onkel Mafìo, gingen auf dieser Etappe unserer Reise viel auf die Jagd, um unseren Reiseproviant zu ergänzen. In Mashhad hatten wir uns jeder einen der gedrungenen mongolischen Bogen nebst den dazugehörigen kurzen Pfeilen besorgt, und mein Onkel hatte damit geübt, bis er ein vortrefflicher Bogenschütze war. In der Regel waren wir bemüht, Herden von *qazèl* und *kulan* in Ruhe zu lassen, weil wir fürchteten, daß andere Jäger wie Wölfe oder Löwen, von denen es in der Karabil auch viele gibt, ihnen folgen könnten. Gelegentlich jedoch riskierten wir es auch, uns an eine Herde heranzupirschen, und brachten ein paarmal eine *qazèl* und einmal sogar einen *kulan* zur Strecke. Fast täglich konnten wir damit rechnen, eine Gans oder Ente, eine Wachtel oder ein Rebhuhn zu erlegen. Deren frisches Fleisch hätte köstlich sein können – wäre eines nicht gewesen.

Ich weiß nicht mehr, welches unsere erste Beute war, die wir mit einem Pfeil vom Himmel herunterholten, und wer von uns es war, der sie traf. Doch als wir anfingen, sie zu zerlegen, um sie am Spieß überm Feuer zu braten, entdeckten wir, daß sie von einer Art kleiner blinder Insekten förmlich durchsiebt war, Dutzenden von madenähnlichen, sich windenden Wesen, die sich zwischen Haut und Fleisch eingenistet hatten. Voller Abscheu warfen wir den Vogel beiseite und begnügten uns an diesem Abend mit einer Mahlzeit aus Dörrfleisch, wie wir sie aus der Wüste zur Genüge kannten. Am nächsten Tag erlegten wir ein anderes Tier und stellten fest, daß es ähnlich von Schmarotzern befallen war. Ich weiß nicht, welcher Dämon jedes Lebewesen auf dem Karabil heimsucht. Die Eingeborenen, die wir fragten, konnten es uns nicht sagen, schienen sich aber auch nichts weiter daraus zu machen und brachten sogar eine gewisse Verachtung für unsere Mäkelei zum Ausdruck. Da wir in der Folge feststellten, daß jedes andere erlegte Tier ähnlich von Würmern wimmelte, zwangen wir uns, diese herauszusuchen und das Fleisch trotzdem zu essen, was uns auch nicht schadete; zuletzt verschwendeten wir keinen Gedanken mehr an diese Sache.

Noch etwas, das wir als unangenehm empfanden – uns nach der Wüste jedoch eher erheiterte –, war, daß wir dreimal während unserer Durchquerung des Karabil über einen Fluß übersetzen mußten. Wenn ich mich recht erinnere, hießen diese Flüsse Tedzhen, Kushka und Takhta. Es waren keine besonders breiten Wasserläufe, aber sie waren kalt und tief und wiesen eine reißende Strömung auf, da sie von den Höhen des Paropamisus bis zu den Ebenen des Karakum herunterstürzten, wo sie schließlich im Schwarzen Kies versickern und verschwinden sollten. Auf jedem der beiden Ufer fand sich jeweils eine *karwansarai*, und diese versahen den Fährdienst auf eine Art und Weise, die mich erheiterte. Unsere Pferde wurden einfach entsattelt und entladen und mußten dann den Fluß schwimmend überqueren, was sie fabelhaft machten. Wir Reisenden jedoch wurden zusammen mit unserem Gepäck einzeln von einem Fährmann hinübergebracht, der eine besondere Art von Floß steuerte, das *masak* genannt wurde. Jedes dieser Flöße war nicht größer als ein Badezuber und bestand aus einem leichten Lattenwerk, das von einem runden Dutzend aufgeblasener Ziegenfelle getragen wurde.

So ein *masak* mit den überall hervorschauenden Ziegenbeinen im Lattengestell sah schon lächerlich aus, doch sollte ich merken, daß das seinen Grund hatte. Diese Flüsse waren reißende Fluten, und Ruderer hätten darin wenig Kontrolle über so etwas Ungefüges wie einen *masak*, so wild bockte und rüttelte und schwankte und drehte sich dieses, während es in schräger Linie von einem Ufer zum anderen getragen wurde. Eine jede Überquerung dauerte ziemlich lange, und in dieser Zeit schlugen die Ziegenhäute leck und ließen blubbernd und pfeifend Luft heraus. Sobald der *masak* besorgniserregend tief im Wasser lag, hörte der Fährmann auf zu rudern, band ein Ziegenbein auf und blies einen der Luftsäcke nach dem anderen tüchtig wieder auf, bis alle wieder auf den Fluten tanzten, und band sie danach wieder zu. Ich sollte meine Bemerkung, daß ich diese Art des Übersetzens erheiternd fand, dahingehend ergänzen, daß ich das jeweils erst dann tat, nachdem man mich auf der anderen Seite sicher an Land gesetzt hatte. Während der stürmischen Überfahrt war mir durchaus anders zumute – mir war schwindlig, der Schweiß brach mir aus, es überlief mich eiskalt, Übelkeit befiel mich wie auf einer Seereise, und ich fürchtete, im nächsten Augenblick zu ertrinken.

An der Kushka-Fähre, so erinnere ich mich, bereitete sich eine andere *karwan* auf das Übersetzen vor. Wir sahen zu und fragten uns, wie sie das schaffen wollten, denn sie waren mit einer Anzahl pferdegezogener Fuhrwerke unterwegs. Dadurch jedoch ließen sich die Fährleute nicht von ihrem Vorhaben abbringen. Sie spannten die Pferde aus und schickten sie schwimmend ans andere Ufer; dann machten sie mehrere Fahrten, um die Reisenden sowie den Inhalt der Wagen hinüberzuschaffen. Nachdem sie diese geleert hatten, ließen sie sie vorsichtig das Ufer hinunterrollen, bis jedes der vier Räder einzeln in einem zuberähnlichen kleinen *masak* stand, und zu viert wurden diese dann über den Fluß hinübergerudert. War das ein Anblick! Jedes Gefährt schaukelte und dümpelte, tanzte und drehte sich den Fluß hinunter, während die vier Flößer, ein jeder an einer Ecke, abwechselnd ruderten wie Charon, um voranzukommen, und pusteten wie Aeolus, um die Ziegenhäute prall mit Luft gefüllt zu halten.

Ich möchte darauf hinweisen, daß die Gasthäuser am Fluß im Karabil den Gästen in bezug auf das Übersetzen bessere Dienste boten als in bezug auf die Küche. Nur in einer einzigen *karwansarai* haben wir einmal ein anständiges Essen bekommen, allerdings war das etwas Außergewöhnliches, was wir bis jetzt noch nicht gekostet hatten: riesige und sehr schmackhafte Filets von einem Fisch, der in dem draußen vorüberfließenden Fluß gefangen wurde. Diese Filets waren so riesig, daß wir uns wunderten und um Erlaubnis baten, uns in der Küche den Fisch anzusehen, von dem sie stammten. Dieser nun wurde *ashyotr* genannt und war größer als ein großer Mann, jedenfalls größer als Onkel Mafìo, und statt der Schuppen besaß er eine Rüstung aus knochigen Plättchen; unter seiner langgezogenen Schnauze hatte er Zotteln, die wie ein Bart wirkten. Neben dem eßbaren Fleisch, das der *ashyotr* bot, lieferte er auch noch einen schwarzen Rogen, von dem jedes einzelne Ei so groß war wie eine Perle; auch davon kosteten wir; gesalzen und gepreßt ergibt dieser Rogen eine appetitanregende Vorspeise, die *khavyah* heißt.

In den anderen Herbergen war die Verpflegung allerdings abscheulich; da es in dem Land soviel Wild gibt, liegt dafür eigentlich kein Grund vor. Aber jeder Wirt einer *karwansarai* schien sich einzubilden, seinen Gästen etwas vorsetzen zu müssen, was sie schon länger nicht mehr gegessen hatten. Da wir letzthin von solchen Delikatessen wie Wildgeflügel und *qazèl*-Braten gelebt hatten, setzten uns die Herbergswirte jetzt Hammel vor. Nur – im Karabil kann man keine Schafe halten, was bedeutet, daß das Fleisch wahrscheinlich genauso lange unterwegs gewesen war wie wir, um von dort, wo es gewachsen war, bis zu dieser betreffenden *karwansarai* gebracht zu werden. Hammelfleisch konnte ich ohnehin nichts mehr abgewinnen, und dieses hier war auch noch getrocknet, gesalzen und zäh; außerdem fehlte es sowohl an Öl als auch an Essig, um es einigermaßen zu würzen, dafür jedoch gab es brennendscharfen *meleghèta*-Pfeffer, und als Beilage wurden unweigerlich in Zuckerwasser gekochte Bohnen dazu gereicht. Nachdem wir genug von diesem Blähungen verursachenden Gericht zu uns genommen hatten, hätten wir wahrscheinlich anstelle der Ziegenhäute als Schwimmer für die *masak*-Flöße dienen können. Um aber auch etwas Gutes über die Gasthäuser im Karabil zu sagen: bezahlen mußten nur die menschlichen Gäste, nicht jedoch die *karwan*-Tiere – was wahrscheinlich daran lag, daß man hier nur schwer an Holz herankam und die Pferde und Kamele ihren kostbaren Mist zurückließen und damit für ihren Aufenthalt hier bezahlten.

Die nächste nennenswerte Stadt, in die wir kamen, war Balkh, und in der Vergangenheit war das wirklich eine große und bedeutende Stadt gewesen: der Sitz eines der Heerlager Alaxanders, ein Haupthaltepunkt für *karwan*-Händler, die über die Seidenstraße zogen, eine Stadt überfüllter *bazàre,* mächtiger Tempel und üppig einladender *karwansarais*. Leider hatte es der ersten Mongolenwoge im Wege gestanden, die aus dem Fernen Osten herangebrandet gekommen war, also der ersten, vom unbesiegbaren Chinghiz Khan befehligten Mongolenhorde, und im Jahr 1220 hatte die Horde Balkh zermalmt, wie ein Stiefel ein Insekt zertreten kann.

Über ein halbes Jahrhundert später trafen ich, mein Vater, mein Onkel und unser Sklave in Balkh ein, doch hatte die Stadt sich noch nicht von der Katastrophe erholt. Balkh war ein riesiger edler Trümmerhaufen, aber immerhin noch ein Trümmerhaufen. Vielleicht ging es darin genauso emsig zu und wurden genausoviel Geschäfte getätigt wie früher, aber die Herbergen, Kornspeicher und Lagerhäuser waren nur notdürftig aus zerbrochenen Ziegeln und noch von damals stammenden Balken und Brettern zusammengefügte Gebäude, die sich um so schäbiger und erbärmlicher ausnahmen, als sie zwischen den Stümpfen einst hochragender Säulen standen, angelehnt an die Überreste einst mächtiger, inzwischen geschleifter Wälle und neben den zackigen Resten einst vollkommener Kuppeln.

Selbstverständlich waren nur wenige Bewohner Balkhs alt genug, um miterlebt zu haben, wie Chinghiz Khan die Stadt plünderte – oder gar jenes Balkh noch gekannt zu haben, das als *Umn-al-Bulud,* als ›Mutter der Städte‹, weithin berühmt gewesen war. Aber ihre Söhne und Enkel, die jetzt Besitzer der Herbergen und Kontore und anderer Einrichtungen einer Handelsstadt waren, machten einen so benommenen und unglücklichen Eindruck, als wäre das Unglück erst gestern vor ihren Augen geschehen. Wenn sie von den Mongolen sprachen, ließen sie eine Litanei vernehmen, die sich dem Gedächtnis eines jeden Bewohners von Balkh eingegraben haben mußte: »*Amdand u khandand u sokhtand u kushtand u burdand u raftand*«, was soviel bedeutete wie: »Sie kamen und erschlugen und brannten nieder und plünderten, nahmen ihre Beute und zogen weiter.«

Gewiß, sie waren weitergezogen – trotzdem war dies ganze Land wie so viele andere immer noch dem Mongolen-Khanat untertan und tributpflichtig. Das freudlose Aussehen und Gebaren der Bewohner von Balkh war verständlich, denn in der Nähe gab es immer noch eine mongolische Garnison. Bewaffnete Mongolenkrieger stolzierten durch den *bazàr* und erinnerten die Leute daran, daß der Großsohn des Chinghiz, der Khakhan Kubilai, immer noch seinen schweren Stiefel über der Stadt erhoben hatte und jeden Moment bereit war, ihn herniederfahren zu lassen. Seine ernannten Magistrate und Steuereintreiber schauten den Balkhiten in den Marktständen und an den Tischen der Geldwechsler immer noch wachsam über die Schulter.

Ich kann nur wiederholen, was ich schon einmal – wahrheitsgetreu – gesagt habe: Wir Reisenden hatten uns östlich des Furat-Fluß-Beckens in Ländern bewegt, die zum Mongolen-Khanat gehörten. Wären wir bei den Eintragungen in unsere Landkarten so sträflich vereinfachend vorgegangen und würden wir über die ganze Länge dieses Teils der Welt ›Mongolen-Khanat‹ geschrieben haben – wir hätten uns die ganze Mühe des Karten-Vervollständigens ersparen können. Denn dann wären die Karten weder für uns noch für sonst jemand von größerem Nutzen gewesen. Wir hofften schließlich, unsere Reise eines Tages in entgegengesetzter Richtung zu wiederholen und nach Hause zurückzukehren, und außerdem hofften wir, daß diese Landkarten selbst danach noch für ganze Ströme von Handelsgütern zwischen Venedig und Kithai richtungsweisend sein würden. Aus diesem Grund holten mein Vater und mein Onkel unsere Kopie des Kitab alle paar Tage hervor und trugen nach gründlicher Überlegung, Beratung und schließlicher Übereinkunft die Zeichen für Berge und Flüsse, Städte und Wüsten und andere Landmarken dieser Art darin ein.

Diese Aufgabe war inzwischen wichtiger geworden denn je. Von der Küste der Levante bis nach Asien – bis in die Gegend von Balkh – hatte der arabische Kartograph al-Idrisi sich als verläßlicher Führer für uns erwiesen. Wie mein Vater schon vor langer Zeit einmal gesagt hatte, muß al-Idrisi irgendwann einmal persönlich durch all diese Gebiete gekommen und sie mit eigenen Augen gesehen haben. Aber von Balkh an ostwärts schien al-Idrisi sich auf Hörensagen und Informationen anderer verlassen zu haben – und zwar auf die Aussagen nicht sonderlich zuverlässiger Beobachter. Die östlicheren Landkarten des Kitab zeichneten sich vornehmlich dadurch aus, daß sie relativ spärlich Angaben über Landmarken enthielten und noch dazu die Dinge, die eingezeichnet waren – Flüsse etwa und Gebirgszüge –, sich häufig als an falscher Stelle eingetragen erwiesen.

»Außerdem kommen mir die Landkarten von hier an erstaunlich *klein* vor«, sagte mein Vater, als er stirnrunzelnd diese Seiten betrachtete.

»Ja, bei Gott«, sagte mein Onkel, kratzte sich und hustete. »Es gibt hier wahrhaftig unendlich viel mehr Land, als aus diesen Blättern hervorzugehen scheint – zwischen hier und dem östlichen Ozean.«

»Nun«, sagte mein Vater, »dann müssen wir beim Zeichnen unserer eigenen Karten um so gründlicher und beharrlicher vorgehen.«

Im allgemeinen einigten sich er und Onkel Mafìo ohne langes Hin und Her darüber, wo Berge, Wasserzüge, Städte und Wüsten eingetragen werden sollten, denn das waren Dinge, die wir sehen und größenmäßig auch einordnen konnten. Worüber jedoch nachgedacht und lange geredet werden mußte – und was bisweilen doch nur auf reinen Mutmaßungen beruhte –, war das Markieren von unsichtbaren Dingen, das heißt, der Grenzen zwischen den einzelnen Völkerstämmen. Das war unglaublich schwierig, und das nur zum Teil deswegen, weil das Mongolen-Khanat so viele einst unabhängige Staaten und Völker, ja ganze Rassen von Menschen in sich vereint hatte, daß bestimmte Fragen von niemand gestellt wurden – nur eben von einem Kartographen; die Frage etwa, wo sie gesessen hatten, wohin sie zogen und wo die Grenze zwischen dem einen und dem anderen Volk verlaufen war. Das hätte sich selbst dann als schwierig erwiesen, wenn ein Angehöriger eines jeden Volkes uns begleitet hätte, um gemeinsam mit uns die Grenzen seines Landes abzuschreiten. Freilich muß ich einräumen, daß ein solches Unterfangen selbst auf unserer italienischen Halbinsel alles andere als leicht gewesen wäre, wo keine zwei Stadtstaaten sich darauf einigen können, wo der Besitz des einen aufhört und der des anderen beginnt und wer entsprechend wo zu befehlen hat. In Innerasien jedoch war die Ausbreitung der einzelnen Völker, ihre Grenzen, ja, sogar die Frage nach ihrem Namen, fließend gewesen, längst ehe derlei Probleme durch die Mongolen aufgeworfen worden waren.

Ich möchte das verdeutlichen. Irgendwann und irgendwo haben wir auf unserer langen Reise von Mashhad nach Balkh jene unsichtbare Linie überschritten, die in Alexanders Zeiten die Grenze zwischen den beiden Reichen der Arier und der Baktrier gewesen war. Jetzt stellt sie – oder stellte zumindest bis zum Eintreffen der Mongolen – die Grenze zwischen dem Großpersischen und dem Großindischen Reich dar. Aber tun wir einmal so, als gäbe es das Mongolen-Khanat nicht, und versuchen wir, einmal deutlich zu machen, welche Verwirrung diese ungenaue Grenze im Laufe der Geschichte verursacht hat.

Indien mag einst in seiner ganzen Ausdehnung von den kleinen dunkelhäutigen Menschen bewohnt gewesen sein, die wir heute als Inder kennen. Doch vor langer, langer Zeit drängten die Einfälle von zupackenderen und kühneren Völkern diese ursprünglichen Inder auf immer kleinerem Raum zusammen, so daß Hindu-Indien heutzutage weit im Süden und Osten von hier liegt. Das nördliche Indien – India Aryana – wird heute von den Nachkommen jener Eindringlinge von damals bewohnt, die nicht der Hindu-Religion anhangen, sondern dem Islam. Auch noch der kleinste Stamm nennt sich Volk, gibt sich einen eigenen Namen und behauptet, sein Volk lebe in feststehenden Grenzen, die kartographisch aufzunehmen seien. Die meisten Völkernamen hierzulande enden auf die Silbe *-stan,* die soviel bedeutet wie ›Land von‹ – so daß Khalijstan ›Land der Khalji‹ heißt und es entsprechend Pakhtunistan und Kohistan und Afghanistan und Nuristan und was weiß ich noch wie viele andere *-stans* gibt.

In alter Zeit muß es irgendwo hier gewesen sein – entweder in der damaligen India Aryana oder im damaligen Baktrien –, daß Alexander der Große auf seinem Eroberungszug in den Osten die Prinzessin Roxana kennenlernte, sich in sie verliebte und sie zur Frau nahm. Kein Mensch kann genau sagen, wo das geschah oder zur ›Königsfamilie‹ eines welchen Stammes Roxana gehörte. Doch heutzutage behauptet jeder hier ansässige Stamm – Pakhtuner, Khalji, Afghanen, Kirgisen und alle anderen –, zunächst einmal jener königlichen Familie zu entstammen, die Roxana hervorgebracht hat, und auch noch Nachkommen jener Mazedonier zu sein, die Alexanders Armee bildeten. Vielleicht ist diese Behauptung oft gar nicht mal so unbegründet. Wiewohl die überwiegende Mehrzahl der Menschen, die man in Balkh und Umgebung sieht, dunkles Haar und Haut und Augen haben, wie Roxana sie auch gehabt haben soll, begegnet man bisweilen Menschen mit heller Hautfarbe, blauen oder grauen Augen und rötlichem, manchmal sogar gelblichem Haar.

Nur behauptet jeder Stamm, die *einzig* echten Nachkommen zu sein und daher die alleinige Oberherrschaft über all diese Länder beanspruchen zu können, die heute die India Aryana bilden. Für meine Begriffe ist eine solche Behauptung recht abwegig, denn Alexander selbst war hier bereits einer, der nicht nur sehr spät kam, sondern überdies auch noch als unwillkommener Marodeur galt; demzufolge müßten alle hier Geborenen – vielleicht mit Ausnahme der Prinzessin Roxana – den Mazedoniern ähnliche Gefühle entgegengebracht haben, wie sie sie heute den Mongolen gegenüber haben.

Das einzige, was die Völker in diesen Weltgegenden nach unserem Dafürhalten gemeinsam hatten, war die noch später gekommene Religion des Islam. Infolgedessen hatten wir entsprechend den muslimischen Gepflogenheiten nie das Vergnügen, uns mit anderen denn *männlichen* Personen zu unterhalten, was Onkel Mafìo in bezug auf das, was sie über ihre Abstammung behaupteten, sehr skeptisch machte. Er zitierte ein altes venezianisches Couplet:

*La mare xe segura
E'l pare de ventura.*

Was soviel heißt wie: Der Vater mag zwar behaupten, er wisse es, doch nur eine Mutter weiß bei allen ihren Kindern genau, wer der Vater ist.

Ich habe diese verworrene und ein wenig zusammenhanglose Geschichte nur erzählt, um deutlich zu machen, daß sie unter anderen Mißlichkeiten dazu beitrug, uns Möchtegern-Kartographen zur Verzweiflung zu treiben. Jedesmal, wenn mein Vater und mein Onkel sich zusammensetzten, um darüber zu entscheiden, was fein säuberlich auf unserer Karte eingetragen werden sollte und was nicht, ging das Gespräch alles andere als fein säuberlich etwa folgendermaßen:

»Zunächst einmal, lieber Mafìo, gehört dies Land hier zu jenem Teilreich des Khanats, das vom Ilkhan Kaidu beherrscht wird. Aber wir müssen genauer sein.«

»Wie genau denn, Nico? Wir haben keine Ahnung, wie Kaidu oder Kubilai oder irgendein anderer mongolischer Staatsbeamter dies Gebiet offiziell nennt. Sämtliche abendländischen Kartographen nennen es einfach India Aryana oder Großindien.«

»Sie sind aber nie hier gewesen. Der Abendländer Alexander vielleicht, aber der nannte es Baktrien.«

»Dabei nennen die meisten hier Ansässigen es Pakhtunistan.«

»Laut al-Idrisi heißt es aber Mazar-i-Sharif.«

»*Gesù*! Dabei bedeckt es nur einen Daumenbreit Karte. Lohnt sich da die ganze Aufregung und der ganze Streit?«

»Der Ilkhan Kaidu würde niemals eine Garnison hier unterhalten, wenn das Land wertlos wäre. Und der Khakhan Kubilai wird sehen wollen, wie genau wir unsere Karten gezeichnet haben.«

»Na schön.« Stoßseufzer. »Überlegen wir noch einmal ganz genau . . .«

2 Eine Zeitlang trieben wir uns müßig in Balkh herum, nicht, weil es eine besonders reizvolle Stadt gewesen wäre, sondern weil im Osten – dort, wo wir hinmußten – hohe Berge drohten. Inzwischen lag aber selbst hier in den niedriger gelegenen Tälern eine dicke Schneedecke, und so wußten wir, daß die Berge vor dem späten nächsten Frühjahr unpassierbar sein würden. Da es den Winter irgendwo abzuwarten galt, meinten wir, die *karwansarai* in Balkh sei immerhin angenehm genug, daß wir zumindest einen Teil desselben dort zubringen konnten.

Die Verpflegung war gut und reichlich und auch einigermaßen abwechslungsreich, wie sie es an einem solchen Handelsknotenpunkt sein sollte. Es gab vorzügliches Brot und etliche Sorten Fisch, und das Fleisch – wiewohl Hammel – wurde auf wohlschmeckende, *shashlik* genannte Art gesotten. Es gab vorzügliche Wintermelonen und langgelagerte Granatäpfel, sonst nur das gewohnte Dörrobst. *Qahwah* war hier zwar unbekannt, doch dafür gab es ein *cha* genanntes Getränk aus überbrühten Pflanzenblättern, das fast genauso belebend wirkte wie *qahwah* und nicht minder, wenngleich auf andere Weise wohl duftete und viel dünnflüssiger war. Grundnahrungsmittel waren nach wie vor Bohnen; sonst gab es zu den Mahlzeiten ewig nur Reis, doch stifteten wir ein wenig *zafràn* für die Küche, machten auf diese Weise den Reis genießbar und sorgten gleichzeitig dafür, daß die Köche dieser *karwansarai* von allen anderen Gästen hochgelobt wurden.

Da der *zafràn* in Balkh etwas genauso Unvergleichliches und Köstliches war wie in anderen Städten, hatten wir reichlich Geld und konnten uns alles leisten, was wir brauchten oder haben wollten. Mein Vater tauschte einen kleinen Teil des Ziegels sowie etliches an Heu-*zafràn* gegen die hier gültigen Münzen ein, und wenn ein Händler nur lange genug bat, ließ er sich sogar herab, ihm ein paar Brutknöllchen zu verkaufen, damit der Betreffende selbst anfangen konnte, Krokus anzubauen. Für jedes Knöllchen forderte und erhielt mein Vater eine Anzahl Beryllsteine oder *Lapis lazura,* denn dieses Land ist die Hauptquelle dieser Steine in der ganzen Welt, und sie wiederum waren eine Menge Geld wert. Infolgedessen waren wir durchaus wohlhabend zu nennen, ohne bisher unsere Moschusbeutel geöffnet zu haben.

Für uns selbst kauften wir schwere Winterkleidung aus Wolle und Pelz, wie sie hier getragen wurde. Hauptkleidungsstück war der *chapon,* welcher – je nachdem, was benötigt wurde – als Mantel, Decke oder Zeltbahn diente. Als Mantel getragen, ging er rundum bis auf den Boden; die weiten Ärmel hingen immer einen Fuß lang über die Fingerspitzen hinaus. Das sah zwar wenig vorteilhaft und komisch aus, aber worauf die Leute achteten, das war weniger der Schnitt, als vielmehr die Farbe des *chapon,* den man hatte, denn die verriet, wie reich oder arm man war. Je heller die Farbe des *chapon,* desto schwieriger war es, ihn sauberzuhalten, und je häufiger er gereinigt werden mußte, desto mehr mußte man dafür aufwenden, was bedeutete, daß es demjenigen, der ihn trug, nichts ausmachte, dafür zu zahlen; trug jemand einen reinweißen *chapon*, wurde man zu jemand abgestempelt, der wahrhaft verschwenderisch mit seinem Geld umgehen konnte. Mein Vater, mein Onkel und ich entschieden uns zu einem *chapon* von hellbrauner Farbe, womit wir andeuteten, daß wir uns maßvoll in der Mitte zwischen großer Opulenz und dem Dunkelbraun jenes *chapon* hielten, den wir für unseren Sklaven Nasenloch erstanden. Desgleichen kauften wir uns die landesüblichen, *chamus* genannten Stiefel, die eine zähe, aber biegsame Ledersohle aufwiesen, welche mit schmiegsamem, bis zum Knie reichenden und an der Wade mittels Schnüren befestigten Oberleder verbunden war. Außerdem tauschten wir unsere Flachlandsättel ein und zahlten noch ein hübsches Sümmchen drauf, um neue Sättel mit hohem Sattelknopf und Hinterzwiesel zu erstehen, auf denen man beim Aufstieg im Gebirge sicherer sitzt.

Sofern wir uns nicht im *bazàr* aufhielten und Handel trieben, nutzten wir die Zeit auf andere Weise. Der Sklave Nasenloch fütterte und striegelte unsere Pferde, daß sie besser in Form nicht sein konnten, und wir Polos tauschten mit anderen Reisenden Erfahrungen aus. Wir berichteten ihnen von unseren Beobachtungen auf den nach Westen führenden Straßen, und diejenigen, die aus dem Osten kamen, erzählten von den Straßen und Verhältnissen dort. Mein Vater schrieb gewissenhaft einen mehrseitigen Brief an Dona Fiordelisa, berichtete von unseren Reisen und wie weit wir bisher gekommen waren, versicherte sie unseres Wohlergehens und vertraute diesen Brief dann dem Führer einer nach Westen ziehenden *karwan* an, um ihn auf diese Weise auf seinen langen Weg nach Venedig zu bringen. Ich meinte, größere Aussicht, überhaupt in Venedig anzukommen, hätte ein Brief von einem Punkt jenseits der Großen Salzwüste gehabt.

»Dort habe ich auch geschrieben«, sagte er. »Ich habe ihn einer von Kashan abgehenden *karwan* mitgegeben.«

Des weiteren erklärte ich ohne Groll, er hätte auch meiner Mutter auf dieselbe Weise einmal eine Nachricht zukommen lassen können.

»Auch das habe ich getan«, sagte er. »Ich habe ihr jedes Jahr geschrieben – entweder ihr oder Isidoro. Woher sollte ich wissen, daß die Briefe nie angekommen sind? Allerdings waren die Mongolen damals immer noch dabei, neue Gebiete zu erobern und sie nicht nur besetzt zu halten, und damals war die Seidenstraße eine womöglich noch unzuverlässigere Route, als sie es heute ist.«

Abends wandten er und mein Onkel viel Zeit und Geduld auf, um, wie ich bereits berichtet habe, unsere Karten auf den neuesten Stand zu bringen, und ich tat das gleiche mit den Notizen, die ich gemacht hatte. Dabei stieß ich auf die Namen der Prinzessinnen Falter und Sonnenlicht im fernen Baghdad, was mir bewußt machte, daß ich seit nunmehr ziemlich langer Zeit nicht mehr mit einer Frau zusammengewesen war. Des einzigen Ersatzes – eine Nacht um die andere den Krieg der Priester zu führen – war ich längst überdrüssig geworden. Aber ich habe auch erwähnt, daß die Mongolen, da sie selbst keiner streng organisierten Religion anhangen, in die Religionen der ihnen tributpflichtigen

Völker ebensowenig eingreifen wie in die Gesetze dieser Menschen. Folglich war Balkh immer noch muslimisch und unterlag immer noch der *sharaiyah,* dem islamischen Gesetz. Infolgedessen blieben alle Frauen entweder daheim in strenger *pardah,* oder sie bewegten sich in *chador*-verhangener Unsichtbarkeit auf den Gassen. Sich unerschrocken an eine solche Frau heranzumachen, hätte zunächst einmal bedeutet, möglicherweise an eine alte Vettel wie Sonnenlicht zu geraten, oder – schlimmer noch – sich vielleicht auch dem Zorn ihrer männlichen Verwandten oder der Imams und Muftis des islamischen Gesetzes auszusetzen.

Nasenloch hingegen hatte eine wie immer abartige (aber gesetzlich nicht verwerfliche) Betätigungsmöglichkeit seiner tierischen Instinkte gefunden. In jeder *karwan,* die in Balkh haltmachte, hatte ein jeder Muslim, den keine Frau oder Konkubine (oder zwei oder drei von beidem) begleiteten, seine *kuch-i-safari* dabei. Dieser Ausdruck bedeutet ›Reisefrauen‹, die freilich in Wirklichkeit Jungen waren, die man mitnahm und die als Frauen dienten; auch kennt die *sharaiyah* kein Verbot dagegen, daß Fremde für einen Anteil an ihrer Gunst bezahlen. Ich wußte, daß Nasenloch genau das eiligst getan hatte, denn das dazu nötige Geld hatte er mir abgeschmeichelt. Nur reizte es mich nicht, es ihm gleichzutun. Ich hatte die *kuch-i-safari* gesehen, und kein einziger von ihnen konnte sich auch nur im entferntesten mit dem armen Aziz vergleichen.

Folglich sehnte und wünschte und verzehrte ich mich auch weiterhin, ohne indes etwas zu finden, *wonach* ich mich sehnen konnte. Mir blieb nichts anderes übrig, als jedem wandelnden Kleiderhaufen nachzustarren, an dem ich auf der Straße vorüberkam, und vergeblich zu versuchen dahinterzukommen, welche Art Frau sich hinter diesen Stoffbergen verbergen mochte. Schon dadurch, daß ich nur das tat, riskierte ich den Zorn der Balkhiten. Sie nennen dieses müßige Äugeln ›Eva-Ködern‹ und verdammen es als höchst lasterhaft.

Auch Onkel Mafio lebte in dieser Zeit enthaltsam, und zwar auf geradezu auffallende Weise. Eine Zeitlang nahm ich an, das sei so, weil er sich immer noch wegen Aziz grämte. Dann jedoch wurde nur allzu deutlich, daß er einfach körperlich immer schwächer wurde und an so etwas wie Liebelei gar nicht zu denken war. Sein ständiger Husten war unerträglich geworden. Jetzt überfiel er ihn bisweilen mit einer solchen Heftigkeit, daß er hinterher ganz schwach war und das Bett hüten mußte, um sich wieder zu erholen. Er sah allerdings immer noch kerngesund aus und hatte eine gute Farbe. Jetzt jedoch fand er es unerträglich ermüdend, auch nur den Weg von unserer *karwansarai* bis zum *bazàr* und zurück zu machen, und so setzte mein Vater sich über seine Einwände hinweg und holte einen *hakim.*

Das Wort *hakim* bedeutet nichts weiter als ›weise‹, nicht notwendigerweise medizinisch ausgebildet oder beruflich erfahren; jedem, der es verdient, kann dieser Titel verliehen werden – zum Beispiel der Heilkundige an irgendeinem Hof –, desgleichen aber auch jedem, der ihn vielleicht nicht verdient, wie etwa ein Wahrsager im *bazàr* oder ein alter Bettler, der Kräuter sammelt und sie verkauft.

Wir waren also ein wenig besorgt, ob es uns gelingen würde, in dieser Stadt jemand zu finden, der als *mèdego* etwas taugte. Schließlich hatten wir viele Balkhiten mit offenkundigen Gebresten behaftet gesehen – wobei die meisten unter einem Kropf litten, der ihnen wie ein Hodensack oder eine schlaffe Melone unter dem Kinn hervorquoll –, was auf uns in bezug auf die Ausbildung der medizinischen Kunst in Balkh nicht gerade vertrauenerweckend wirkte. Doch der Besitzer der *karwansarai* ließ einen gewissen Hakim Khosro für uns holen, und wir legten Onkel Mafìos Schicksal in seine Hand.

Immerhin sah es so aus, als wisse er genau, was er tat. Er brauchte Onkel Mafìo nur kurz zu untersuchen, und schon konnte er meinem Vater sagen: »Euer Bruder leidet am *hasht nafri*. Das bedeutet: einer-von-acht. Wir nennen das so, weil einer von acht daran stirbt. Doch selbst die damit Geschlagenen können noch ziemlich lange auf den Tod warten. Die *jinni* dieser Krankheit haben es nicht besonders eilig. Euer Bruder hat mir erklärt, er leide schon seit geraumer Zeit daran, und es sei allmählich schlimmer geworden.«

»Die *tisichezza* also, nicht wahr?« sagte mein Vater und nickte ernst. »Dort, wo wir herkommen, wird sie manchmal die schleichende Krankheit genannt. Ist sie heilbar?«

»Bei sieben von acht, ja«, erklärte Hakim Khosro durchaus nicht niedergeschlagen. »Um mit der Heilung zu beginnen, brauche ich gewisse Dinge aus der Küche.«

Er hieß den Wirt, ihm Eier, Hirsesamen und Gerstenmehl bringen. Dann schrieb er ein paar Wörter auf ein paar Zettel – »höchst wirksame *Quran*-Verse«, wie er sagte – und heftete diese Zettel mit Hilfe des Eigelbs, das er mit dem Hirsesamen vermischt hatte, Onkel Mafìo auf die nackte Brust –, »die *jinni* dieser Krankheit scheinen eine gewisse Affinität zu Hirsesamen zu haben.« Dann ließ er sich vom Herbergswirt helfen, meinen Onkel über und über mit Mehl zu bestreuen und einzureiben und ihn dann fest in ein paar Ziegenhäute zu hüllen und zu erklären, dies diene dazu, »das Ausschwitzen des *jinni*-Gifts zu unterstützen«.

»*Malevolenza!*« stöhnte mein Onkel. »Ich kann mich nicht mal an meinem juckenden Ellbogen kratzen.«

Dann fing er an zu husten. Entweder der Mehlstaub oder die große Hitze innerhalb der Ziegenhäute sorgten für einen Hustenanfall, der schlimmer war als alles bisher Erlebte. Da ihm die Arme durch die Hüllen an den Leib gepreßt wurden, konnte er sich nicht einmal Erleichterung heischend auf die Brust klopfen oder die Hand vor den Mund halten, und so hustete er und hustete, bis es den Eindruck machte, er würde ersticken, sein roter Kopf puterrot anlief und er kleine Blutflecken auf den weißen *aba* des *hakim* sprühte. Nach einiger Zeit erbleichte er und lag bewußtlos da wie ein totes Tier, und ich glaubte, er wäre wirklich erstickt.

»Nur keine Angst, junger Mann«, sagte Hakim Khosro. »Es handelt sich um ein Heilmittel, das die Natur selbst liefert. Die *jinni* dieser Krankheit geben sich nicht mit Opfern ab, die sich nicht darüber klar sind, daß sie gepeinigt werden. Seht Ihr? Solange Euer Onkel bewußtlos ist, hustet er nicht.«

»Dann braucht er nur zu sterben«, sagte ich mißtrauisch, »und er ist seinen Husten für immer los.«

Der *hakim* lachte und nahm mir diese Worte nicht übel. Er sagte: »Auch Ihr solltet nicht mißtrauisch sein. Das *hasht nafri* läßt sich nur dann aufhalten, wenn die Natur soweit ist. Ich kann nichts weiter tun, als der Natur Hilfestellung leisten. Seht, jetzt wacht er wieder auf, und der Anfall ist vorüber.«

»*Gèsu*«, murmelte Onkel Mafìo kraftlos.

»Vorläufig«, fuhr der *hakim* fort, »sind Ruhe und Schwitzen die beste Arznei. Er sollte nur zum auf den *mustarah*-Gehen aufstehen, und das wird er häufig tun, denn ich werde ihm jetzt ein starkes Abführmittel geben. Im Darm halten sich immer *jinni* versteckt, und es kann nicht schaden, sie loszuwerden. Deshalb solltet Ihr den Patienten jedesmal, wenn er vom *mustarah* zurückkehrt ins Bett – ich kann schließlich nicht immer hier bleiben –, mit Gerstenmehl einstäuben und ihn wieder in die Ziegenhäute einrollen. Ich werde von Zeit zu Zeit vorbeischauen und neue Verse aufschreiben, die ihm auf die Brust geheftet werden können.«

So wechselten mein Vater, ich und unser Sklave Nasenloch uns gegenseitig in der Pflege Onkel Mafìos ab. Das jedoch war keine lästige Pflicht – höchstens, daß man sich sein ständiges Murren dagegen anhören mußte, immer auf dem Rücken liegen zu sollen –, und so kam mein Vater nach einer Weile zu dem Schluß, er könne unseren Aufenthalt hier in Balkh genausogut noch auf eine andere Weise nutzen. Er überließ Onkel Mafìo meiner Obhut und reiste zusammen mit Nasenloch in die Hauptstadt dieses Gebiets, um dem dort residierenden Herrscher (dessen Titel Sultan lautete) einen Besuch abzustatten und uns als Sendboten des Khakhan Kubilai zu erkennen zu geben. Selbstverständlich war diese Stadt nur dem Namen nach eine Hauptstadt, und der herrschende Sultan dort war genauso wie der Shah von Persien nur dem Namen nach ein wirklicher Herrscher, im übrigen aber dem Mongolen-Khanat untertan. Doch der Abstecher dorthin sollte meinen Vater instand setzen, unsere Karte mit weiteren Einzelheiten und neueren Bezeichnungen zu verschönern. So gab unser Kitab den Namen dieser Stadt zum Beispiel als Kophes an (zu Alexanders Zeit hieß sie Nikaia), doch wurde sie hier und jetzt überall Kabul genannt. Mein Vater und Nasenloch sattelten also zwei von unseren Pferden und schickten sich an hinzureiten.

Am Abend vor ihrem Abritt schob sich Nasenloch an mich heran. Offenbar war ihm mein verlorenes und abgehärmtes Aussehen aufgefallen, und vielleicht wollte er, daß ich nicht in irgendwelchen Schlamassel hineingeriet, solange ich in Balkh mir selbst überlassen blieb.

Er sagte:

»Mirza Marco, es gibt da ein gewisses Haus in dieser Stadt. Es ist das Haus eines Gebr, und ich möchte gern, daß Ihr es Euch anseht.«

»Eines Gebr?« sagte ich. »Soll das ein seltenes wildes Tier sein?«

»Selten keineswegs, aber tierisch schon. Ein Gebr ist einer von den verderbten Persern, welche sich nie der Erleuchtung des Propheten (Segen und Friede seien mit Ihm!) geöffnet haben. Diese Leute verehren immer noch Ormuzd, den heute verrufenen Gott des Feuers, und befleißigen sich vieler böser Praktiken.«

»Ach«, sagte ich und verlor das Interesse. »Warum sollte ich mir das Haus einer weiteren schändlichen heidnischen Religion ansehen?«

»Weil dieser Gebr, da er ja nicht an das muslimische Gesetz gebunden ist, wie nicht anders zu erwarten gegen jeden Anstand verstößt. Vorn ist sein Haus ein Laden, in dem Dinge aus Asbest verkauft werden, nach hinten hinaus jedoch ist es ein Freudenhaus, das der Gebr frevlerisch Liebenden für ihr heimliches Stelldichein zur Verfügung stellt. Beim Barte des Propheten, schändlich!«

»Was habe ich damit zu schaffen? Geh doch selbst hin und zeig es bei einem Mufti an.«

»Als frommer Muslim wäre das eigentlich meine Pflicht, doch will ich es noch nicht tun. Jedenfalls nicht, bevor Ihr Euch nicht von der Schändlichkeit des Gebr überzeugt habt, Mirza Marco.«

»Ich? Was zum Teufel soll ich dort?«

»Seid Ihr Christen in bezug auf das Schamgefühl anderer Leute nicht noch bedenkenloser?«

»Ich sehe in Liebenden nichts Schändliches!« erklärte ich vor Selbstmitleid triefend. »Im Gegenteil, ich beneide sie. Hätte ich doch selbst jemand, mit dem ich an der Hintertür des Gebr anklopfen könnte.«

»Nun, er verstößt auch noch auf andere Weise gegen die Moral. Für diejenigen, die gerade keine Geliebte haben, die ihnen zu Willen sein könnte, hat der Gebr zwei oder drei junge Mädchen bei sich wohnen, die für Geld zu haben sind.«

»Hm. Das hört sich schon anders an. Es war recht von dir, mich darauf hinzuweisen, Nasenloch. Wenn du mir das Haus nun auch noch zeigtest, könnte ich mich geneigt sehen, dich für deine geradezu christliche Wachsamkeit zu belohnen . . .«

Und so begab ich mich denn am nächsten Tag bei Schneetreiben, nachdem er und mein Vater in südöstlicher Richtung davongeritten waren und ich mich davon überzeugt hatte, daß Onkel Mafìo gut in seine Ziegenhäute eingewickelt war, in den Laden hinein, den Nasenloch mir gezeigt hatte. Darin befand sich ein Verkaufstisch mit Stapeln und Rollen irgendeines schweren grauen Tuchs und dazwischen eine mit Petroleum gefüllte Steinschale samt Docht, der mit heller gelber Flamme brannte; und hinter dem Verkaufstisch stand ein bereits älterer Perser mit *hinna*rot gefärbtem Bart.

»Zeigt mir Eure sanftesten Waren«, sagte ich, wie Nasenloch mich angewiesen hatte.

»Hinten links«, sagte der Gebr und ruckte mit dem Bart in Richtung auf einen Perlenvorhang im Hintergrund des Ladens. »Ein Dirham.«

»Ich hätte«, verdeutlichte ich, »gern etwas besonders Schönes.«

Spöttisch verzog er den Mund. »Zeigt Ihr mir was Hübsches unter diesen Landpomeranzen, und ich bin bereit, *Euch* zu bezahlen. Seid froh, daß die Ware sauber ist. Ein Dirham.«

»Was soll's – Hauptsache, es ist Wasser, das Feuer zu löschen«, sagte ich. Der Mann funkelte mich an, als hätte ich ihn angespuckt, und ich erkannte, daß dies vermutlich nicht gerade die taktvollste Bemerkung einem Feueranbeter gegenüber war. Hastig legte ich daher die Münze auf den Verkaufstisch und stieß durch den leise klirrenden Perlenvorhang.

Überall im Raum hingen des süßlichen Geruchs wegen Robinienzweige; sonst war er nur mit einem Holzkohlenbecken sowie einem *charpai* ausgestattet, einem rohen, aus einem Holzrahmen mit Schnurgeflecht bestehenden Bett. Das Mädchen war auch nicht hübscher als das einzige andere weibliche Wesen, für dessen Dienste ich einmal bezahlt hatte – das Hafenmädchen Malgarita in Venedig. Diese hier stammte offensichtlich aus einem der Stämme, die hier zu Hause waren, denn sie sprach das hier geläufige Pashtun und verfügte über ein beklagenswert beschränktes Vokabular von Handels-Farsi. Sollte sie mir ihren Namen genannt haben, habe ich ihn nicht verstanden, denn jeder, der pashtun spricht, klingt, als räuspere er sich, speie und schniefe in rascher Folge.

Immerhin war das Mädchen, wie der Gebr versprochen hatte, sauberer, als Malgarita es gewesen war. Ja, es war sogar so, daß sie sich unmißverständlich – und mit einigem Grund – beschwerte, daß ich *nicht* besonders sauber war. Als ich hierherkam, hatte ich nicht meine neugekauften Kleider angezogen; die waren mir viel zu weit, und es schien mir umständlich, sich aus ihnen herauszuschälen. Infolgedessen trug ich die Kleider, die ich bei der Durchquerung der Großen Salzwüste und des Karabil angehabt hatte, und ich muß zugeben, daß sie ziemlich stanken. Auf jeden Fall waren sie dermaßen von Staub und Schmutz und Salz verklebt, daß sie fast stehenblieben, wenn man aus ihnen herausstieg.

Mit den Fingerspitzen hielt das Mädchen sie auf Armeslänge vor sich hin und sagte: »Schmutzig-schmutzig!« und *»Dahb!«* und *»Bohut purana!«* und verlieh ihrem Abscheu noch durch eine Reihe anderer hervorgegurgelter Pashtunwörter Ausdruck. »Ich schicke meine, Eure, zusammen, reinigen.«

Geschwind zog sie die eigenen Kleider aus, machte zusammen mit den meinen ein Bündel daraus und blökte offensichtlich nach einer Dienerin, der sie das Bündel dann durch die Tür hinausreichte. Ich gestehe, daß ich zunächst ganz Auge für den ersten weiblichen Körper war, den ich seit Kashan zu sehen bekam; trotzdem entging mir nicht, daß die Kleidung des Mädchens aus einem so rauhen und dicken Material bestand, daß es genauso wie die meine fast von selbst hätte stehen können.

Ihr Leib war schon verlockender als ihr Gesicht. Sie war schlank, wies aber gerade für ein so schlankes Mädchen überwältigend große, runde und feste Brüste auf. Ich nahm an, daß sie ein Grund dafür waren, daß das Mädchen sich einem Gewerbe zugewandt hatte, in dem sie es hauptsächlich mit vorüberziehenden Ungläubigen zu tun hatte. Muslimische Männer reizt mehr ein ausladendes Hinterteil und weniger die Brüste einer Frau; die sind für sie nichts weiter als Milchquellen. Doch wie dem auch sei, ich hoffte, das Mädchen machte ihr Glück, solange sie noch jung und wohlgestalt war. Denn alle Frauen dieser ›alexandrinischen‹ Stämme werden, noch ehe sie mittlere Jahre erreichen, am Rest ihres Körpers dermaßen ausladend, daß ihr einst prachtvoller Busen zu nichts anderem denn einem Fleischwulst unter anderen wird, die sich von ihrem Doppelkinn bis zu etlichen Bauchfalten hinunter erstrecken.

Noch einen Grund, der mich hoffen ließ, sie werde ihr Glück machen, sah ich in der Tatsache, daß ihr Gewerbe ihr offensichtlich keinen Spaß machte. Als ich versuchte, sie an der Lust, welche die körperliche Vereinigung bietet, teilnehmen zu lassen, indem ich ihren *zambur* streichelte, stellte ich fest, daß sie keinen besaß. Im Spitzbogen ihres *mihrab*, wo der kleine Drehschlüssel hätte sitzen sollen, fand sich nicht im geringsten etwas Vorstehendes. Im ersten Moment glaubte ich, sie sei bedauerlich deformiert, doch dann begriff ich, daß sie *tabzir* war, wie der Islam es gebietet. Sie besaß dort nichts als eine Fleischfalte aus weichem Narbengewebe. Das Fehlen dieses Organs kann dazu beigetragen haben, daß es mein eigenes Entzücken über die verschiedenen Ejakulationen verminderte, denn jedesmal, wenn ich mich dem Höhepunkt näherte, rief sie: »*Ghi, ghi, ghi!*«, also »Ja, ja, ja!«, und ich merkte, daß sie mir ihre eigene Ekstase nur vorspielte. Doch wer bin ich, die religiösen Vorschriften anderer Völker frevelhaft zu nennen? Außerdem ging mir bald auf, daß auch mir etwas fehlte, was mich mit einiger Sorge erfüllte.

Der Gebr kam, hämmerte von draußen gegen die Tür und rief: »Was verlangt Ihr für einen einzigen Dirham, eh?«

Ich mußte einräumen, daß ich bekommen hatte, was ich für mein Geld verlangen konnte, und so ließ ich das Mädchen aufstehen. Noch nackt ging sie zur Tür hinaus, um eine Schüssel Wasser und ein Handtuch zu holen und dabei den Gang hinunter nach unseren gewaschenen Kleidern zu rufen. Sie stellte die Schüssel mit dem nach Tamarinden duftenden Wasser darin auf das Holzkohlebecken, um es zu erwärmen, und war gerade dabei, mir mein Glied zu waschen, als wieder an die Tür geklopft wurde. Das jedoch war nur die Dienerin, die die Kleider des Mädchens brachte und einen Schwall Pashtun ausstieß, der eine Erklärung enthalten mußte. Mit unergründlichem Gesichtsausdruck kam das Mädchen zu mir zurück und sagte zögernd, gleichsam als stellte sie eine Frage: »Eure Kleider brennen?«

»Ja, das würden sie wohl. Wo sind sie.«

»Nicht bekommen«, sagte sie und zeigte mir, daß sie nur ihre eigenen in Händen hielt.

»Ah, du meinst nicht, verbrennen. Du meinst: trocken. Ist es das? Meine sind noch nicht trocken?«

»Nein. Fort. Eure Kleider alle verbrennen.«

»Was soll das heißen. Du hast gesagt, sie würden gewaschen werden.«

»Nicht waschen. Reinigen. Nicht in Wasser. In Feuer.«

»Ihr habt meine Kleider in ein *Feuer* gehalten? Sie sind *verbrannt*?«

»*Ghi.*«

»Bist auch du eine Feueranbeterin, oder bist du bloß *divanè*? Du hast sie in Feuer statt in Wasser waschen lassen? Olà, Gebr! Perserhund! Olà, Hurenmeister!«

»Nicht Schwierigkeiten machen!« bat das Mädchen mit ängstlichen Augen. »Ich geben Dirham zurück.«

»Aber ich kann doch keinen Dirham anziehen, um durch die Stadt zurückzukehren in die *karwansarai*. Warum hast du meine Kleider verbrannt?«

»Warten! Sehen!« Sie holte ein Stück nicht verbrannter Holzkohle aus dem Becken und fuhr damit über den Ärmel ihres eigenen Gewandes, so daß sie einen schwarzen Streifen hinterließ. Dann hielt sie den Ärmel über die brennenden Kohlen.

»Du bist *divanè*!« rief ich. Doch der Stoff fing nicht an zu brennen. Es flammte nur einmal kurz auf, als der schwarze Strich wegbrannte. Das Mädchen nahm den Ärmel vom Feuer, um mir zu zeigen, daß er plötzlich wieder makellos sauber war, und redete in einer Mischung aus Pashtun und Farsi an mich hin, bis ich plötzlich begriff, worauf sie hinauswollte. Das schwere und geheimnisvolle Gewebe wurde stets auf diese Weise gereinigt, und meine Kleider waren dermaßen verdreckt und verkrustet gewesen, daß sie gemeint hatte, sie bestünden aus demselben Material.

»Schön«, sagte ich. »Dann verzeihe ich dir. Das war gut gemeint und ist nur Pech gewesen. Damit habe ich aber immer noch nichts anzuziehen. Was machen wir jetzt?«

Sie gab mir zu verstehen, daß ich zweierlei tun könne. Entweder konnte ich mich bei ihrem Meister, dem Gebr, beschweren und verlangen, daß er mir ein neues Gewand zur Verfügung stelle, was das Mädchen die gesamten Tageseinnahmen kosten und ihr vermutlich obendrein noch eine Tracht Prügel einbringen würde. Oder ich konnte die Kleider anziehen, die zur Verfügung stünden – damit meinte sie ein paar der ihren – und als Frau verkleidet durch die Straßen der Stadt Balkh gehen. Nun, da blieb mir keine Wahl; schließlich mußte ich ritterlich sein; folglich mußte ich die Dame spielen.

So schnell ich konnte, trippelte ich durch den Laden, war aber immer noch dabei, meinen *chador* zurechtzurücken, und der alte Gebr hinter dem Ladentisch schob die Brauen in die Höhe und rief: »Ihr habt mich beim Wort genommen! Ihr zeigt mir wirklich eine Schönheit unter den Landpomeranzen!«

Knurrend warf ich ihm einen der wenigen Pashtunausdrücke an den Kopf, die ich kannte: »*Bahi chut!*« – eine Empfehlung, der eigenen Schwester eine gewisse Sache anzutun.

Er verzog das Gesicht zu einer Grimasse und rief hinter mir her: »Das würde ich ja tun, wenn sie so hübsch wäre wie Ihr!«, während ich hinauslief in den immer noch fallenden Schnee.

Bis auf den Umstand, daß ich ab und zu stolperte, weil ich den Boden durch den verdunkelnden Schnee und meinen *chador* nicht recht sehen konnte, und auch, weil ich häufig auf die eigenen Säume trat, gelang es mir, die *karwansarai* heil zu erreichen. Das enttäuschte mich ein wenig, denn ich war die ganze Zeit über mit zusammengebissenen Zähnen und geballten Fäusten dahingeeilt, immer in der Hoffnung, irgendein Eva-ködernder Trottel möge mir zuzwinkern oder mich ansprechen; denn dann hätte ich ihn umbringen können. Durch die Hintertür schlüpfte ich unbeobachtet in die Herberge und beeilte mich, meine eigenen Kleider anzuziehen; schon wollte ich die des Mädchens fortwerfen, doch besann ich mich eines Besseren und schnitt ein viereckiges Tuch aus dem Gewand, um es als Kuriosum aufzubewahren. Seither habe ich viele Menschen damit in Erstaunen versetzt, die mir nicht glauben wollten, daß es so etwas wie feuerfesten Stoff überhaupt gebe.

Ich jedoch hatte von einem solchen Material gehört, längst ehe ich aus Venedig fortgesegelt war. Ich hatte Priester davon reden hören, daß der Papst in Rom unter den geschätzten Reliquien der Kirche ein Schweißtuch aufbewahrt, das benutzt worden war, Jesus Christus die Stirn damit zu wischen. Dadurch sei das Tuch geheiligt worden, sagten sie, und jetzt könne es nie mehr vernichtet werden. Man könne es ins Feuer werfen und lange Zeit darin lassen, und es dann wunderbarerweise unversehrt und unversengt wieder herausholen. Auch hatte ich von einem berühmten Arzt gehört, welcher der Behauptung der Priester widersprach, der Schweiß des Herrn sei es, der das Schweißtuch gegen jede Vernichtung gefeit mache. Er behauptete, dies Tuch müsse aus der Wolle des Salamanders gewebt worden sein, jenes Tieres also, von dem Aristoteles behauptet, sein natürlicher Lebensraum sei das Feuer.

Bei aller Hochachtung möchte ich beiden widersprechen, sowohl den frommen Gläubigen als auch den pragmatischen Aristotelikern. Denn ich machte mir die Mühe, mich nach dem feuerfesten Material zu erkundigen, das von den Gebr-Feueranbetern gewebt wird. Schließlich zeigte man mir, wie es gemacht wird, und in Wahrheit beruht die ganze Sache auf folgendem: In den Bergen in der Umgebung von Balkh findet sich ein erstaunlich weiches Gestein. Zerschlägt man es, fällt es nicht in kleinen Brocken oder wie Sand auseinander, sondern in Fasern wie roher Flachs. Und diese Fasern werden nach wiederholtem Einweichen und Gestampftwerden, nach Auswaschen und Trocknen, Kämmen und

Ausziehen zu einem Faden gesponnen. Daß sich aus jedem Faden ein Stoff weben läßt, versteht sich von selbst, und nicht minder klar ist es, daß ein aus Felsgestein hergestelltes Tuch nicht brennt. Das eigentümliche Felsgestein, die rauhe Faser und der daraus gewebte Zauberstoff – all das gilt den Gebr genauso heilig wie das Feuer ihres Gottes Ahura Mazda, und sie belegen die Substanz mit einem Wort, das soviel bedeutet wie ›durch nichts zu besudelnder Stein‹ – und was ich mit dem Wort einer zivilisierteren Sprache als Amiant oder Asbest bezeichne.

3 Mein Vater und Nasenloch blieben fünf, sechs Wochen fort, und da Onkel Mafìo nur gelegentlich auf meine Anwesenheit Wert legte, verfügte ich über viel freie Zeit. Infolgedessen suchte ich noch mehrmals das Haus des alten Gebr-Persers auf – wobei ich jedesmal darauf achtete, Kleider anzuziehen, die keiner ›Reinigung‹ bedurften. Und jedesmal, wenn ich die Losung gab: »Zeigt mir Eure sanfteste Ware«, wollte der alte Mann sich ausschütten vor Lachen und schnaufte: »Aber *Ihr* seid doch das sanfteste und ansprechendste Wesen gewesen, das jemals seinen Fuß in diesen Laden gesetzt hat!«, und ich mußte dastehen und das Gefeixe über mich ergehen lassen, bis er schließlich nur mehr kicherte, meinen Dirham entgegennahm und mir sagte, welcher Raum gerade frei sei.

Irgendwann einmal bestellte ich mir alle drei ›Waren‹, doch waren alle Mädchen Pakhtuni-Muslime und *tabzir,* was bedeutete, daß ich nur Entspannung bei ihnen fand, aber keine nennenswerte Befriedigung. Das hätte ich – weit billiger – auch bei den *kuch-i-safari* haben können. Ich lernte auch kaum ein paar Worte Pashtun von den Mädchen dazu und fand, es sei eine zu reizlose Sprache, als daß es sich lohnte, sie zu erlernen. Nur um ein Beispiel zu geben: Das Wort *gau* bedeutet, sofern beim Ausatmen gesprochen, ›Kuh‹, sofern jedoch beim *Ein*atmen ausgesprochen, ›Kalb‹. Man stelle sich vor, wie so ein einfacher Satz wie »Die Kuh hat ein Kalb« sich auf pashtun anhört, und dann male man sich aus, wie es sein müßte, eine etwas schwierigere Unterhaltung in dieser Sprache zu führen.

Beim Hinausgehen durch den Asbestladen hingegen pflegte ich immer ein wenig zu verweilen, um mit dem Besitzer, dem Gebr, ein paar Worte auf farsi zu wechseln. Dieser pflegte zunächst immer ein paar spöttische Bemerkungen über den Tag zu machen, da ich mich als Frau hatte verkleiden müssen, doch ließ er sich auch herab, mir ein paar Fragen über seine eigentümliche Religion zu beantworten. Ich fragte ihn deshalb danach, weil er der einzige Anhänger dieser altpersischen Religion war, dem ich je begegnet war. Er gab auch zu, daß es heutzutage nur noch sehr wenige seiner Glaubensbrüder gebe, behauptete jedoch, seine Religion habe einst über allen anderen gestanden, und zwar nicht nur in Persien, sondern im Westen und Osten desgleichen, von Armenien bis Baktrien. Das erste, was er mir sagte, war, ich solle einen Gebr nicht einen Gebr nennen.

»Das Wort bedeutet nichts als ›Nicht-Muslim‹ und wird von den Muslimen nur im verächtlichen Sinne gebraucht. Wir selbst ziehen es vor, Zarduchi genannt zu werden, denn wir sind Anhänger des Propheten Zaratushtra, dem Goldenen Kamel. Er war es, der uns gelehrt hat, den Gott Ahura Mazda zu verehren, dessen Name heute zu Ormuzd verschliffen wird.«

»Und das bedeutet Feuer«, machte ich mich wichtig, denn soviel immerhin hatte ich von Nasenloch erfahren. Mit einer Kopfbewegung deutete ich auf die helle Lampe, die ständig im Laden brannte.

»*Nicht* Feuer«, sagte er, und das klang verärgert. »Es ist ein auf Nichtwissen beruhendes Vorurteil, daß wir das Feuer anbeteten. Ahura Mazda ist der Gott des Lichts, und wir lassen nur deshalb eine Flamme brennen, um an Sein wohltätiges Licht zu gemahnen, welches die Finsternis Seines Widersachers Ahriman vertreibt.«

»Ah«, sagte ich. »Also gar nicht so unähnlich unserem Herrgott, der gegen Satan, gegen das Erzböse kämpft.«

»Richtig, alles andere als unähnlich. Euren Christengott und den Satan habt ihr von den Juden, so wie die Muslime ihren Allah und Shaitan von ihnen haben. Und Gott und Teufel der Juden wurden offen gestanden nach dem Muster unserer Ahura Mazda und Ahriman gebildet. Desgleichen sind die Engel Gottes und die Dämonen Satans unseren himmlischen *malakhim*-Boten und ihrem Gegenstück, den *daeva,* nachempfunden. Auch entstammen Euer Himmel und Eure Hölle den Lehren Zaratushtras über das Leben nach dem Tode.«

»Nun hört schon auf!« verwahrte ich mich. »Für Juden oder Muslime kann ich nicht sprechen, aber der wahre Glaube kann nicht nur der Religion von anderen nachgemacht worden sein ...«

Er fiel mir ins Wort: »Seht Euch doch einmal die Bilder christlicher Gottheiten oder Engel oder Heiliger an. Er oder sie werden mit einem schimmernden Heiligenschein dargestellt, habe ich nicht recht? Das ist ein hübscher Einfall, aber wir haben ihn zuerst gehabt. Dieser Heiligenschein imitiert das Licht unserer ewig brennenden Flamme, die wiederum das Licht des Ahura Mazda bedeutet, das Seinen Boten und Heiligen immerdar leuchtet.«

Das klang recht einleuchtend, und ich wußte nicht, wie es bestreiten; doch zugeben wollte ich es selbstverständlich auch nicht, und er fuhr fort:

»Das ist der Grund, warum wir Zardushi jahrhundertelang verfolgt wurden, und warum man sich über uns lustig gemacht hat, warum man uns zerstreute und ins Exil trieb. Und zwar Muslime, Juden und Christen gleichermaßen. Ein Volk, das stolz behauptet, im Besitz der einzig wahren Religion zu sein, muß doch vorgeben, diese sei ihr durch irgendeine nur ihm allein beschiedene Offenbarung zuteil geworden. Solche Völker möchten nicht daran erinnert werden, daß sie sich nur von der ursprünglichen Religion eines anderen Volkes herleitet.«

Als ich an diesem Tag in die *karwansarai* zurückkehrte, dachte ich: Vielleicht ist es weise von der Kirche, von den Christen Glauben zu verlangen und ihnen die Vernunft zu verbieten. Je mehr Fragen ich stelle und je mehr Antworten ich erhalte, desto weniger weiß ich mit Gewißheit. Im Dahingehen schob ich ein wenig Schnee zusammen und formte einen Schneeball daraus. Er war rund und fest wie eine Gewißheit. Betrachtete ich ihn jedoch eingehend und genau, war sein Rundsein nichts anderes als eine dichte Fülle und Vielfalt von Punkten und Ecken. Hielt ich ihn lange genug in der Hand, würde die Festigkeit dahinschmelzen und zu Wasser werden. Solches sind die Gefahren der Neugier, dachte ich: Alle Gewißheiten zerfallen und lösen sich auf. Jemand, der neugierig und hartnäckig genug ist, stellt vielleicht fest, daß nicht einmal die runde und feste Erdkugel wirklich rund und fest ist. Vielleicht ist er gar nicht mehr so stolz auf seine Fähigkeit zu vernünftigem Denken, wenn er hinterher gewissermaßen mit leeren Händen dasteht. Und doch – stellte die Wahrheit keinen festeren Boden dar, darauf zu stehen, als die Illusion?

Ich weiß nicht mehr, ob es an diesem oder am nächsten Abend war, daß ich in die *karwansarai* zurückkehrte und dort meinen Vater und Nasenloch von ihrer Reise heimgekehrt vorfand. Auch Hakim Khosro war da, und alle drei hatten sie sich um das Krankenlager von Onkel Mafìo versammelt und redeten alle auf einmal.

». . . nicht in der Stadt Kabul. Der Sultan Kutb-ud-Din hat jetzt weit im Süden eine eigene Hauptstadt, eine Stadt namens Delhi . . .«

»Kein Wunder, daß ihr so lange fort wart«, sagte mein Onkel.

». . . Mußten doch ausgedehntes Gebirge hindurch und durch einen Paß, der Khaibar heißt . . .«

». . . und dann quer durch ein Panjab genanntes Land . . .«

»Richtiger Panch Ab genannt«, flocht der *hakim* ein, »und das bedeutet Fünf Flüsse.«

». . . hat sich aber gelohnt. Der Sultan war, wie der Shah von Persien, eifrig darauf bedacht, dem Khakhan Geschenke zu schicken, um ihn seiner Treue und Ergebenheit zu versichern . . .«

». . . Und jetzt haben wir noch ein Extrapferd, beladen mit Kleinodien aus Gold, Kashmirstoffen, Rubinen und . . .«

»Weit wichtiger«, sagte mein Vater, »ist aber, wie es unserem Patienten Mafìo geht.«

»Völlig entleert«, murrte mein Onkel und kratzte sich am Ellbogen. »Am einen Ende habe ich gehustet, bis ich allen Schleim rausgehustet hatte, und am anderen Ende habe ich auch noch das letzte Bißchen an Kot und Gas ausgestoßen und zwischendurch sogar noch den letzten Tropfen Schweiß ausgeschwitzt. Ich bin es daher höllisch leid, am ganzen Leib mit Zaubersprüchen gespickt und wie eine *bignè*-Semmel mit Mehl bestäubt zu sein.«

»Ansonsten ist sein Zustand unverändert«, sagte Hakim Khosro nüchtern. »Meine Bemühungen, den Heilkräften der Natur auf die Sprünge zu helfen, haben nicht viel gefruchtet. Ich freue mich, daß ihr jetzt alle wieder zusammen seid, denn ich möchte, daß ihr diese Stadt verlaßt und den Patienten noch näher an die Natur heranbringt. Hoch hinauf in die Berge im Osten, wo die Luft klarer und reiner ist als hier.«

»Aber auch kalt«, wandte mein Vater ein. »So kalt wie die Mildtätigkeit. Meint Ihr, das tut ihm gut?«

»Kalte Luft ist die sauberste Luft, die es gibt«, sagte der *hakim*. »Zu diesem Schluß bin ich durch genaue Beobachtung und berufliches Studium gekommen. Beweis: Menschen, die ständig in kaltem Klima leben wie die Russniaken, haben eine rein weiße Hautfarbe; in heißen Klimazonen wie Hindu-Indien sind die Menschen schmutzigbraun oder schwarz. Wir Pakhtuni, die wir zwischen beiden Zonen angesiedelt sind, haben eine bräunliche Hautfarbe. Ich kann Euch nur raten, den Patienten hinzubringen, und zwar bald – hinauf in die kalten, klaren, weißen Bergeshöhen.«

Als der *hakim* und wir Onkel Mafìo halfen, sich aufzusetzen, sich aus den Ziegenhäuten herauszuwickeln und zum erstenmal seit Wochen richtig anzuziehen, waren wir erschrocken, wie dünn er geworden war. In den plötzlich viel zu großen Kleidern sah er womöglich größer aus als zuvor, da er in seiner Vierschrötigkeit die Säume seiner Kleider fast zum Platzen gebracht hatte. Auch war seine gesunde rote Gesichtsfarbe einem fahlen, bleichen Ton gewichen, und die Hände zitterten ihm, da er sie solange nicht gebraucht hatte. Dennoch behauptete er, heilfroh zu sein, endlich wieder aufrecht zu stehen und sich zu bewegen. Später, in der Halle der *karwansarai*, als wir an diesem Abend beim Essen saßen, fragte er mit lauter Stentorstimme wie eh und je nach den letzten Neuigkeiten hinsichtlich der Wege, die nach Osten in die Berge hineinführten.

Reisende von mancherlei anderen *karwans* gingen darauf ein, berichteten uns von den augenblicklich herrschenden Verhältnissen und gaben uns so manchen guten Rat hinsichtlich des Reisens im Gebirge. Zumindest hofften wir, diesen guten Rat auch gebrauchen zu können, doch waren wir dessen nicht sicher, da keine zwei von denen, die sprachen, sich auch nur auf einen der Namen der östlich von hier ragenden Berge einigen konnten.

Einer sagte: »Das ist der Himalaya, die Wohnung des Schnees. Ehe ihr hinaufzieht, kauft ein Fläschchen Mohnsaft und tragt es immer bei euch. Werdet ihr dann mit Schneeblindheit geschlagen, genügt ein Tropfen in die Augen, die Schmerzen zu vertreiben.«

Ein anderer sagte: »Das sind die Karakoram, die Schwarzen Berge, die Kalten Berge. Und die Schmelzwasser dort oben sind das ganze Jahr hindurch eiskalt. Laßt eure Pferde nicht davon saufen, nur aus einem Eimer, den ihr zuvor erwärmt habt; sonst bekommen sie eine Kolik.«

Noch ein anderer sagte: »Diese Berge nennt man Hindu-Kush, Hindu-Töter. In diesem unwirtlichen Gelände wird so manches Pferd rebellisch und unlenkbar. Sollte das geschehen, schlingt einfach ein Haar vom Schweif des Tieres um seine Zunge; es wird sofort lammfromm sein.«

Und noch ein anderer sagte: »Diese Berge heißen Pai-Mir, was soviel bedeutet wie Weg zu den Gipfeln. Das einzige Futter, das eure Pferde dort oben finden werden, ist der schiefergraue, starkriechende kleine Burtsa-Strauch. Aber eure Pferde werden ihn immer für euch finden; er ist wichtig und dient auch als Brennmaterial, das von Natur aus mit Öl gesättigt ist. So merkwürdig es ist, aber je grüner es aussieht, desto besser brennt das Burtsa-Holz.«

Und noch einer sagte: »Diese Berge sind die Khwaja, die ›Herren‹. Und in so großer Höhe machen die Herren es euch unmöglich, die Richtung zu verlieren, selbst im dicksten Sturm nicht. Denkt immer nur daran, daß jeder Berg an seiner Südseite kahl ist. Seht ihr Bäume oder Büsche an den Hängen wachsen, habt ihr die Nordwand des Berges vor euch.«

Und noch einer sagte: »Diese Berge sind die Muztagh, die ›Hüter‹. Seid bemüht, sie vollständig hinter euch zu lassen, wenn aus dem Frühling Sommer wird, denn dann setzt der Bad-i-sad-o-bist ein, der schreckliche Wind der hundertzwanzig Tage.«

Und noch einer sagte: »Diese Berge sind der Salomons-Thron, der Takht-i-Sulaiman. Solltet ihr dort oben von einem Wirbelwind überrascht werden, könnt ihr sicher sein, daß er aus einer nahe gelegenen Höhle kommt, dem Zufluchtsort eines der vom guten König Salomon verbannten Dämons. Findet diese Höhle, wälzt Felsen vor den Eingang, und er wird aufhören zu wehen.«

Also packten wir, zahlten für unseren Unterhalt und verabschiedeten uns von denen, mit denen wir bekannt geworden waren. Dann zogen wir weiter, mein Vater und Onkel und Nasenloch und ich auf unseren vier Reitpferden voran und ein Packpferd sowie zwei Ersatz-Packpferde, die mit fürstlichen Reichtümern beladen waren, hinterher. Von Balkh aus ritten wir geradenwegs nach Osten und kamen durch Ortschaften namens Kholm und Qonduz und Talogan, die ausschließlich als Marktplätze für die Pferdezüchter zu dienen schienen, die in diesen mit Weideplätzen gesegneten Landstrichen lebten. Jedermann dort züchtet Pferde und verkauft ständig Zuchthengste und -stuten an die Nachbarn. Es handelt sich um sehr schöne Pferde. Jeder Züchter behauptet, seine Herde stamme von Alexanders Streitroß Bucephalos ab. Und ein jeder behauptet, das gelte nur für seine Herde, was geradezu lachhaft ist, wenn man den schwunghaften Handel bedenkt, der hier mit Pferden getrieben wird. Auf jeden Fall habe ich dort nirgends Pferde mit dem Pfauenschweif gesehen, wie ihn der Bucephalos aus meinem *Alexanderbuch* schmückte, in das ich mich in meiner Kindheit so oft vertieft hatte.

Um diese Jahreszeit waren die Weiden mit Schnee bedeckt, weshalb wir nicht verfolgen konnten, wie das Grün immer spärlicher wurde, je weiter wir nach Osten kamen. Allerdings wußten wir, daß dies geschah, denn der Boden unter dem Schnee wurde erst steinig und dann felsig, es gab keine Dörfer mehr, und nur ganz gelegentlich tauchte eine *karwansarai* am Wege auf. Nachdem wir in den Vorbergen vor den eigentlichen Bergen das letzte Dorf hinter uns gelassen hatten – einen Haufen von Hütten aus übereinandergetürmten Steinen, der sich Keshem nannte, mußten wir drei von vier Malen unter freiem Himmel übernachten. Das war kein gerade idyllisches Dasein, in Eis und Kälte im Zelt unter unseren *chapons* liegend zu schlafen und von mehr oder weniger getrocknetem oder eingesalzenem Reiseproviant zu leben.

Wir hatten Angst gehabt, daß dieses Leben im Freien besonders Onkel Mafìo schwerfallen würde. Doch der beschwerte sich nicht einmal, wenn wir Gesunden es taten. Er behauptete, in der scharfen, kalten Luft gehe es ihm einfach besser, so wie Hakim Khosro es vorausgesehen hatte. Auch hatte sein Husten sich gelegt, und in letzter Zeit spuckte er auch kein Blut mehr. Er überließ es uns anderen, die schwere Arbeit zu verrichten, die nun mal getan werden mußte, ließ aber nicht zu, daß wir die Tagesmärsche seinetwegen abkürzten. Tag für Tag saß er im Sattel oder ging auf unwegsamerem Gelände genauso unermüdlich neben seinem Reittier her. Aber wir beeilten uns auch nicht sonderlich, denn wir wußten ja, daß wir den Rest des Winters über ohnehin stilliegen mußten, sobald wir dem Wall des Hochgebirges selbst gegenüberstanden. Nachdem wir eine Zeitlang auf dieser harten Route dahingezogen waren und von den kärglichen Rationen des Reiseproviants gelebt hatten, waren wir genauso ausgemergelt wie Onkel Mafìo und nicht besonders darauf erpicht, uns zu überanstrengen. Einzig Nasenloch behielt seinen Kugelwanst, nur sah der neuerlich mehr so aus, als gehörte er nicht recht zu ihm, gleichsam als trüge er unter seinen Kleidern eine Melone mit sich herum.

Als wir an den Ab-e-Panj-Fluß kamen, folgten wir seinem Lauf stromauf und in östlicher Richtung durch sein breites Tal und danach in womöglich noch größere Höhe über dem Rest der Erde. Spricht man von einem Tal, denkt man für gewöhnlich an eine Falte oder Furche in der Erde, doch dieses ist viele *farsakhs* breit und tiefer gelegen nur im Verhältnis zu den Bergen, die in der Ferne ringsumher aufragen. Läge es irgendwo sonst auf der Welt, würde das Tal nicht *auf* der Erde liegen, sondern hoch oben zwischen den Wolken, so daß menschliche Augen es nicht mehr sehen könnten und für sie unerreichbar wäre wie der Himmel. Nicht, daß das Tal dem Himmel in irgendeiner Weise ähnelte, wie ich mich beeilen möchte hinzuzusetzen, denn es ist kalt und unwirtlich und keineswegs balsamisch, milde und willkommen heißend.

Die Landschaft blieb sich immer gleich: das breite Tal, übersät mit heruntergebrochenen Felsen und strichweise mit Buschwerk bewachsen und all das unter einer Schneedecke verborgen; der Weiß-Wasser-Fluß, der hindurchfließt; und in der Ferne zu beiden Seiten die zahnweißen und zahnscharfen Berge. Nichts veränderte sich dort außer dem Licht, das vom goldgelben bis pfirsichfarbenen Sonnenaufgang bis zu rosenrot glühenden Sonnenuntergängen reichte – dazwischen Himmel von einer Bläue, daß sie schon fast violett zu nennen war, es sei denn, das Tal war von naßgrauen Wolken überspannt, die Hagel oder Sonne herniederregnen ließen.

Eben war der Boden nirgends: er bestand vielmehr aus einem Gewirr von großen und kleinen Felsen und Geröllflächen, zwischen denen wir uns den Weg suchen mußten. Aber abgesehen von dem ständigen Hin und Her und Auf und Ab, ging der eigentliche Aufstieg für unsere Augen unmerklich vonstatten; man hätte fast meinen können, daß wir uns immer noch unten auf der Ebene befänden. Denn jeden Abend, wenn wir haltmachten, um das Lager aufzuschlagen, schienen die Berge am Horizont genauso hoch wie den Abend zuvor. Doch das lag nur daran, daß die Berge immer höher wurden, je weiter wir das Tal hinaufstiegen. Es war, als stiege man eine Treppe hinauf, deren Geländer immer Schritt mit einem hielte, und wenn man nicht hinuntersähe, würde man nicht erkennen, daß alles dahinter weit in der Tiefe unter einem zurückbleibt.

Aber selbstverständlich gab es mehrere Möglichkeiten für uns festzustellen, daß wir die ganze Zeit über an Höhe gewannen. Da war zunächst einmal das Verhalten unserer Pferde. Wenn wir Zweibeiner gelegentlich absaßen, um eine Zeitlang zu Fuß zu gehen, nahmen wir körperlich vermutlich nicht wahr, daß jeder Schritt um ein weniges höher führte als der vorhergehende, doch die Tiere mit ihren zwei Vorder- und zwei Hinterbeinen wußten sehr wohl, daß sie sich die ganze Zeit über auf einer leicht geneigten Fläche bewegten. Und da Pferde sehr vernünftige Tiere sind, übertrieben sie schelmisch ihren schleppenden Gang, um ihn nach mühevoller Arbeit aussehen zu lassen und damit wir sie nicht antrieben, schneller zu gehen.

Ein weiteres Zeichen für das Ansteigen des Geländes war der Fluß, der uns das ganze Tal hindurch begleitete. Der Ab-e-Panj, hatte man uns gesagt, war einer der Quellflüsse des Oxus, des großen Stroms, den Alexander immer wieder überqueren mußte und der in seinem *Buch* als unendlich breit und träge fließend und ruhig beschrieben wird. Der jedoch fließt weit im Westen und von uns aus gesehen tief unter uns. Der Ab-e-Panj neben unserer Route war weder breit noch tief, dafür rauschte er wie die endlose Jagd weißer Pferde mit wehenden Mähnen und Schweifen durchs Tal. Das Geräusch, das er machte, hörte sich in der Tat bisweilen mehr nach einer galoppierenden Pferdeherde an denn nach einem Fluß, denn das Brodeln des Wassers geht oft im Krachen und Knirschen und Grollen der kleineren Felsbrocken unter, die er in seinem Bett zu Tal rollen läßt und schiebt. Ein Blinder könnte sagen, daß der Ab-e-Panj sich zu Tal stürzte, und erkennen, daß der Quell dieses Flusses, der Gewalt der Wassermassen nach zu urteilen, irgendwo in noch sehr viel größerer Höhe liegen mußte. Da es Winter war, hätte der Fluß seinen Lauf auch für keinen Augenblick verlangsamen können, sonst wäre er festgefroren und es hätte weiter unten im Tal vielleicht keinen Oxus gegeben. Das konnte man daran erkennen, daß jeder Spritzer und jedes bißchen hochgeschleudertes Wasser auf den Felsufern augenblicklich zu blauweißem Eis erstarrte. Da dieses das Gehen in Flußnähe noch gefährlicher machte, als es auf dem schneebedeckten Boden ohnehin schon war – und da auch noch jeder Spritzer, der uns erreichte, an den Beinen und Flanken der Tiere oder an uns gefror –, hielten wir uns, wo immer das möglich war, ein ganzes Stück davon entfernt.

Ein weiterer Hinweis auf unseren stetigen Aufstieg war das merkliche Dünnerwerden der Luft. Man hat mir das oft nicht glauben wollen, ja, sich bisweilen darüber lustig gemacht, wenn ich Reiseunkundigen davon berichtete. Ich weiß genauso gut wie sie, daß Luft immer gewichtslos ist und man sie nur dann spürt, wenn sie sich als Wind bewegt. Wenn Ungläubige wissen wollten, wieso ein gewichtsloses Element dennoch noch schwereloser werden kann, kann ich ihnen nicht sagen, wieso oder warum das so ist. Ich weiß nur, daß dem tatsächlich so ist. Die Luft in diesen Bergeshöhen wird immer mehr entstofflicht, und das läßt sich nachweisen.

Zunächst einmal muß der Mensch dort oben tiefer atmen, um die Lungen zu füllen. Das hat nichts mit dem Keuchen zu tun, wie es durch schnelle Bewegung oder große körperliche Anstrengung hervorgerufen wird; auch wer mucksmäuschenstill steht, muß das tun. Strengte ich mich besonders an – beim Beladen der Pferde oder beim Hinwegklettern über einen Felsen, der uns den Weg versperrte –, mußte ich so hechelnd, hart und tief atmen, daß ich das Gefühl hatte, einfach nicht genug Luft in mich hereinzubekommen, wie ich sie brauchte, um am Leben zu bleiben. Das haben manche Zweifler als eine durch Überanstrengung und Strapazen hervorgerufene Einbildung abgetan, und damit mußten wir ja weiß Gott genug kämpfen; gleichwohl behaupte ich, daß die dünne Luft etwas höchst Wirkliches war. Zusätzlich möchte ich anführen, daß Onkel Mafìo, der gleich uns tief zu atmen gezwungen war, nicht mehr so häufig und schmerzlich von Hustenanfällen heimgesucht wurde wie zuvor. Ganz offensichtlich lag ihm die dünne Luft des Hochgebirges nicht so schwer auf der Lunge und mußte daher auch nicht so oft gewaltsam ausgestoßen werden.

Aber ich kann auch noch andere Beweise anführen. Feuer und Luft sind beide schwerelos und außerdem die nächsten Verwandten unter den vier Elementen, das wird jeder zugeben. Aber wo im Hochgebirge die Luft schwächer ist, ist auch das Feuer schwächer. Es brennt mit bläulicherer, weniger heller, gelblicher Flamme. Das lag nicht nur daran, daß wir den heimischen Burtsa-Strauch als Brennmaterial benutzen mußten; ich experimentierte auch mit anderen, vertrauteren Dingen wie etwa Papier; die Flamme, mit der dies brennt, ist gleichfalls viel schwächer und kraftloser als unten im Tal. Selbst wenn wir ein gut unterhaltenes und gut angelegtes Lagerfeuer brennen hatten, dauerte es länger, ein Stück Fleisch zu versengen oder einen Topf Wasser zum Kochen zu bringen, als dies im Tiefland der Fall gewesen wäre. Nicht nur das, es dauerte auch länger, etwas in diesem siedenden Wasser zu garen.

In dieser Winterzeit gab es keine großen *karwans,* die hier durchkamen; trotzdem begegneten wir gelegentlich Gruppen von Reisenden. Die meisten dieser Reisenden waren Jäger oder Fallensteller, die es auf

Pelztiere abgesehen hatten und die von einem Ort in den Bergen zum anderen zogen. Der Winter war ihre Arbeitszeit; im milderen Frühling brachten sie dann ihre angesammelten Vorräte an Pelzen und Fellen hinunter auf den Markt in einer der Tieflandstädte. Ihre zotteligen kleinen Packpferde waren hochbeladen mit Ballen von Pelzen von Fuchs, Wolf, Pardel und Urial – einem wilden Schaf – und Goral, einem Mittelding zwischen Ziege und *qazèl*. Diese Fallensteller und Jäger sagten uns, dies Tal, das wir hinaufstiegen, werde Wakhàn oder manchmal Wakhàn-Korridor genannt, weil nach allen Seiten eine Menge Bergpässe davon abgingen wie Türen von einem Korridor; außerdem stelle das Tal sowohl die Grenze als auch die Zugangsstraße zu all den dahinterliegenden Ländern dar. Gen Süden, so sagten sie, führten Pässe aus dem Korridor hinaus in Länder hinein, die Chitral, Hunza und Kashmir hießen, im Osten in ein Land namens To-Bhot und im Norden in das Land Tazhikistan.

»Dann liegt Tazhikistan also jenseits dieser Berge?« sagte mein Vater und wandte den Kopf, um nach Norden zu blicken. »Dann können wir jetzt nicht allzu weit von der Route entfernt sein, die wir auf dem Heimweg eingeschlagen haben, Mafìo.«

»Das ist wahr«, sagte mein Onkel, und das klang müde und erleichtert zugleich. »Wir brauchen ja bloß durch Tazhikistan zu ziehen und dann ein kurzes Stück nach Osten zur Stadt Kashgar, und wir befinden uns wieder in Kubilais Kithai.«

Auf ihren Packpferden führten die Pelztierjäger auch viele Hörner mit sich, die sie einer *artak* genannten Wildschafart abgenommen hatten. Da ich bis jetzt nur die Geweihe solcher Tiere wie der *qazèl* sowie von Kühen und Hausschafen gesehen hatte, war ich tief beeindruckt von diesen mächtigen Hörnern. An der Wurzel waren sie so stark wie mein Schenkel, und von dort aus wand sich das Horn spiralförmig bis zur schmalen Spitze: wäre es jedoch möglich, die Spiralen ganz in die Länge zu ziehen, müßte *jedes* Horn so lang sein wie ein ausgewachsener Mensch. Sie waren so prachtvoll, daß ich annahm, die Jäger nähmen sie mit und verkauften sie als Schmuckgegenstände. Aber nein, sagten sie lachend; diese großen Hörner würden auseinandergesägt und zu allen möglichen nützlichen Dingen verarbeitet: Bechern, Steigbügeln und sogar zu Huf-›Eisen‹ für Pferde. Sie verbürgten sich dafür, daß Pferde, die mit solchem Horn beschlagen würden, selbst auf der schlüpfrigsten Straße nicht mehr ausrutschten.

(Viele Monate später, in noch höheren Lagen des Hochgebirges, als ich zum erstenmal *artak*-Schafe auf freier Wildbahn erlebte, fand ich sie so überwältigend schön, daß es mich dauerte zu sehen, wie sie nur der daraus zu gewinnenden nützlichen Gegenstände wegen erlegt wurden. Mein Vater und mein Onkel, für die Nützlichkeit gleichbedeutend war mit Handel und denen der Handel alles bedeutete, lachten, wie die Jäger es getan hatten, und warfen mir meine Gefühlsseligkeit vor; von Stund an sprachen sie von den *artak*-Schafen nur per ›Marcos Schafe‹.)

Während wir weiter an Höhe gewannen, blieben die Berge zu beiden Seiten genauso ehrfurchtgebietend hoch wie immer, nur daß sie jedesmal, wenn es aufhörte zu schneien, so daß wir die Augen zu der Erhabenheit der Berge erheben konnten, merklich näher bei uns waren. Und die Eisufer zu beiden Seiten des Ab-e-Panj wurden dicker und dicker, nahmen eine zunehmend blauere Farbe an und zwangen das zwischen ihnen dahinrauschende Wasser in immer engere Bahnen, gleichsam als wollten sie deutlich machen, daß der Winter das Land immer fester in seinen Würgegriff bekam.

Die Berge rückten von Tag zu Tag näher an uns heran, bis plötzlich auch andere vor uns aufragten, wir rings von diesen Titanen umstanden waren und nur den Rücken noch frei hatten. Wir waren ans oberste Ende dieses Hochtals gelangt, der Schneefall hörte für kurze Zeit auf, die Wolken rissen auf, und wir konnten sehen, wie die weißen Berggipfel und der kalte blaue Himmel sich wunderbar in dem gewaltigen zugefrorenen Chaqmaqtin-See spiegelten. Unter seinem Eis am Westende sprudelte der Ab-e-Panj hervor, dessen Lauf wir bis hierher gefolgt waren; wir hielten den See daher für die Quelle dieses Flusses und damit letztlich auch für den Ursprung des legendären Oxus. Mein Vater und mein Onkel zeichneten dies entsprechend ihren Gepflogenheiten in die sonst ungenaue Karte des Kitab ein. Ich selbst konnte zur Bestimmung unserer Position nichts beitragen, da der Horizont viel zu hoch gelegen und auch viel zu gezackt war, als daß ich das *kamâl* hätte nutzen können. Doch als der Himmel nachts aufklarte, konnte ich zumindest an der Höhe des Polarsterns erkennen, daß wir uns jetzt weit nördlich von unserem Ausgangspunkt Suvediye an der Levanteküste befanden.

Am Nordostende des Chaqmaqtin-Sees lag ein Ort, der sich Stadt nannte und Buzai Gumbad hieß, in Wirklichkeit jedoch nur eine einzige riesige, aus vielerlei Gebäuden bestehende *karwansarai* war, um die herum sich eine Zeltstadt samt Pferchen für die im Winter dort lagernden Tiere der *karwans* dehnte. Man konnte sich gut vorstellen, daß nach Einsetzen besseren Wetters fast die gesamte Einwohnerschaft von Buzai Gumbad sich aufmachen würde, über die verschiedenen Pässe den Wakhàn-Korridor zu verlassen. Der Wirt der *karwansarai* war ein lustiger, überschwenglicher Mann namens Iqbal, was soviel heißt wie Glück und recht passend war für jemand, der dadurch reich wurde, daß ihm an diesem Abschnitt der Seidenstraße die einzige Herberge gehörte. Iqbal stamme aus Wakhani, sagte er, und sei hier in der *karwansarai* geboren. Doch als Sohn und Enkel und Urenkel von Generationen von Herbergswirten in Buzai Gumbad sprach er selbstverständlich die Handelssprache Farsi und kannte zumindest vom Hörensagen die Welt hinter den Bergen.

Die Arme weit ausgebreitet, hieß Iqbal uns überaus herzlich willkommen im »hochgelegenen Pai-Mir, dem Weg zu den Gipfeln, auf dem Dach der Welt«, um uns dann vertraulich zu verstehen zu geben, daß seine ungewöhnlichen Worte keine Übertreibung seien. Hier, sagte er, befänden wir uns genau einen *farsakh* hoch über dem Meeresspiegel und lägen damit zweieinhalb Meilen über Seehäfen wie Venedig, Acre und Basra. Wirt Iqbal erklärte nicht, wieso er die Höhe des Ortes so *genau* angeben könne. Doch in der Annahme, daß er die Wahrheit sprach – und weil die Berggipfel rings um uns her sichtbarlich noch einmal so hoch in die Höhe ragten –, wollte ich seiner Behauptung, daß wir nunmehr das Dach der Welt erreicht hätten, nicht widersprechen.

AUF DEM DACH DER WELT

1 Wir nahmen für uns – Nasenloch eingeschlossen – einen Raum im Hauptgebäude der Herberge, mieteten für unsere Pferde einen Pferch draußen und stellten uns darauf ein, solange in Buzai Gumbad zu bleiben, bis der Winter dem Frühling wich. Die *karwansarai* war nicht gerade ein elegantes Unternehmen, und da sämtliches Material und die meisten Vorräte von weit her jenseits der Berge hergeschafft werden mußten, knöpfte Iqbal seinen Gästen für ihren Unterhalt eine Menge Geld ab. Trotz allem war es hier jedoch behaglicher als nötig, denn schließlich gab es gar nichts anderes, und weder Iqbal noch seine Vorfahren hatten sich jemals die Mühe machen müssen, mehr als bloße Unterkünfte und einfaches Essen zur Verfügung zu stellen.

Das Hauptgebäude war zweistöckig gebaut – was ich bisher noch bei keiner *karwansarai* erlebt hatte –, wobei das Erdgeschoß Stallungen für Iqbals eigene Rinder und Schafe enthielt, die für ihn sowohl Ersparnis als auch Speisekammer bedeuteten. Der Oberstock war für die Menschen da und wurde von einem offenen Gang umgeben, der vor jeder Schlafkammer ein Kotloch enthielt, so daß die Ausscheidungen der Gäste zum Wohle einer mageren Hühnerschar hinunterfielen auf den Hof. Da die Wohnräume über den Stallungen gelegen waren, kamen wir in den Genuß der von den Tieren heraufsteigenden Wärme; der damit verbundene Gestank war weniger erfreulich, aber immer noch nicht so schlimm wie unser eigener und der anderer Gäste, die seit langer Zeit weder sich noch ihre Kleider hatten waschen können. Der Wirt verschwendete das aus getrocknetem Mist bestehende Brennmaterial ungern für etwas so Überflüssiges wie einen *hammam* oder heißes Wasser für die Wäsche.

Da ziehe er es vor, wie er sagte und auch wir Gäste es taten, unsere Schlafstätten nachts warm zu halten. Iqbals sämtliche Lagerstätten waren nach der überall im Osten *kang* genannten Art eingerichtet, stellten also eine hohle Plattform aus übereinandergelegten Steinen dar, auf die Bretter mit vielen Lagen Kamelhaardecken gelegt worden waren. Ehe man sich schlafen legte, hob man die Bretter hoch, streute etwas getrockneten Mist in den *kang* und verteilte diesen auf den wenigen verbliebenen Glutstücken. Ein Neuling machte dabei anfangs Fehler und fror danach entweder die ganze Nacht hindurch oder setzte die Bretter unter ihm in Brand. Doch mit einiger Übung lernte er, das Feuer so anzulegen, daß es die ganze Nacht hindurch schwelte und eine gleichmäßige Wärme verströmte, aber auch nicht soviel Rauch entwickelte, daß alle im Raum Befindlichen erstickten. Außerdem wies ein jeder Gastraum noch eine Lampe auf, die Iqbal eigenhändig hergestellt und wie ich sie nirgendwo sonst gesehen hatte. Um eine solche Lampe zu fertigen, nahm er eine Kamelblase, blies sie kugelförmig auf, bemalte sie dann mit einem Lack, der dafür sorgte, daß sie die Form behielt und nicht wieder schrumpfte, und überzog sie außerdem mit einem vielfarbenen Muster. Schnitt man ein Loch hinein, konnte man sie über eine Kerze oder eine Öllampe stülpen, was ein hübsches, sanft schimmerndes Licht ergab.

Die täglichen Mahlzeiten in der Herberge zeichneten sich durch muslimische Eintönigkeit aus: Hammel und Reis, Reis und Hammel, gekochte Bohnen, große Scheiben eines dünn ausgerollten, nur durch viel Kauen zu zerkleinerndes, *nan* genannten Brotes und als Getränk einen grünlichen *cha,* der unerklärlicherweise immer leicht nach Fisch schmeckte. Allerdings war Wirt Iqbal immer bemüht, wann immer er einen Vorwand hatte, etwas Abwechslung in diese Monotonie zu bringen: an jedem muslimischen Sabbath-Freitag sowie an den verschiedenen muslimischen Festen, die es diesen Winter gab. Ich habe keine Ahnung, was an diesen Tagen gefeiert wurde – sie hießen etwa Zu-l-Heggeh oder Yom Ashura –, doch bekamen wir an solchen Tagen Rindfleisch statt Hammel sowie einen Reis vorgesetzt, der *pilaf* hieß und rot oder gelb oder blau gefärbt war. Manchmal gab es auch kleine, *samosa* genannte Fleischpasteten und eine Art Sorbet aus Schnee mit Pistazien- oder Sandelholzgeschmack, und einmal – aber auch wirklich nur dies eine Mal, doch habe ich den Geschmack heute noch auf der Zunge – gab es zum Nachtisch einen aus zerstoßenem Ingwer und Knoblauch bereiteten Pudding.

Nichts konnte uns davon abhalten, die verschiedenen Gerichte anderer Völker und Religionen zu essen, was wir sogar sehr oft taten. In den kleineren Außengebäuden der *karwansarai* und in den Zelten ringsum lebten Menschen aller möglichen Länder, Sitten und Gebräuche und Sprachen. Da gab es persische und arabische Kaufleute sowie Pakhtuni-Pferdehändler, die gleich uns aus dem Westen kamen, große blonde Russniaken aus dem hohen Norden und gelblichbraune, vierschrötige Tazhiken aus dem Land nicht ganz so hoch im Norden, plattnasige Bho aus dem weiter östlich gelegenen Land, das Hoher Hort der Bho oder in ihrer Sprache To-Bhot hieß, dunkelhäutige kleine Hindus und tamilische Cholas aus dem Süden Indiens, sodann grauäugige und hellhaarige Hunzukut und Kalash genannte Menschen nicht weit im Süden von hier, etliche Juden unbestimmter Herkunft und viele andere. Das war die bunt zusammengewürfelte Einwohnerschaft, die Buzai Gumbad – zumindest im Winter – zu einem Ort von der Größe einer Stadt machte und die sich alle darum bemühten, sie zu einem gut funktionierenden Gemeinwesen zu machen, in dem man gern lebte. Ja, man muß wirklich sagen, daß hier ein wesentlich angenehmeres und freundschaftlicheres Nachbarschaftsverhältnis herrschte als in vielen ständigen Siedlungen, die ich kennengelernt habe.

Zu den Mahlzeiten konnte ein jeder am Kochfeuer einer jeden Familie Platz nehmen und wurde willkommen geheißen – selbst wenn man außerstande war, eine für beide Seiten verständliche Sprache zu sprechen –, wobei man davon ausging, daß jeder auch am Kochfeuer des nächsten Nachbarn willkommen geheißen würde. Als der Winter zu Ende ging, hatten wir Polos vermutlich jede Art von Essen gekostet, das in Buzai Gumbad gekocht wurde, und, da wir selbst nicht kochten, viele Menschen in Iqbals Speisehalle zu Gast gehabt. Abgesehen von den vielen Essenserfahrungen – von denen einige so köstlich waren, daß sie es wert waren, sich daran zu erinnern, andere hingegen nicht, da sie einfach furchtbar waren –, hatte das Gemeinwesen aber auch noch andere Abwechslungen zu bieten. Fast jeder Tag war für irgendeine Volksgruppe Festtag, und man freute sich, wenn alle anderen im Lager kamen, um zuzusehen, sich ihnen beim Musikmachen zuzugesellen, zu singen und zu tanzen und an ihren sportlichen Wettkämpfen teilzunehmen. Selbstverständlich hatte nicht alles in Buzai Gumbad Feiertagscharakter, doch gelang es, die unterschiedlichsten Leute auch noch bei ernsteren Anlässen zusammenzubringen. Da alle den unterschiedlichsten Gesetzesweisen anhingen, hatten sie einen Mann von jeder Hautfarbe, Zunge und Religion, die dort zusammengekomen waren, ausgewählt, gleichsam einen Gerichtshof zu bilden und Beschwerden über Betrügereien, Unruhestiftung und andere Vergehen anzuhören.

Ich habe Gerichtshof und Feste in einem Atemzug genannt, weil sie beide bei einem Zwischenfall eine Rolle spielten, der mich amüsierte. Die Kalash genannten, recht schönen Menschen waren schon ein streitsüchtiger Haufe – allerdings stritten sie ausschließlich untereinander und nie blindwütig; für gewöhnlich endeten ihre Auseinandersetzungen im allgemeinen Gelächter. Sie waren aber auch lustig und musikbegeistert und von anmutigem Wesen; sie kannten eine ganze Reihe von verschiedenen Kalash-Tänzen, die zum Beispiel *kikli* und *dhamal* hießen und die sie fast jeden Tag tanzten. Einer ihrer Tänze jedoch – *luddi* genannt – bleibt nach meinen Erfahrungen mit Tänzen einzigartig.

Als ich ihn das erste Mal erlebte, wurde er von einem Kalash-Mann getanzt, der vor den bunt zusammengewürfelten Gerichtshof von Buzai Gumbad gerufen und beschuldigt worden war, einem seiner Nachbarn – gleichfalls ein Kalash – ein paar Kamelglocken gestohlen zu haben. Als das Gericht ihn mangels Beweises freisprach, hoben sämtliche anwesenden Kalash – der Kläger eingeschlossen – ein ohrenbetäubendes Konzert aus quietschenden und klirrenden Flöten und *chimta*-Mundorgeln und Handtrommeln an, der Mann fing mit wirbelnden Armen springend den *luddi*-Tanz an zu tanzen, und schließlich schloß sich die gesamte Familie diesem Tanz an. Als nächstes sah ich den Mann den *luddi*-Tanz beginnen, dem die Kamelglocken gestohlen worden waren. Als es dem Gericht nicht möglich war, die Glocken wiederzubeschaffen, noch den Schuldigen zu finden, den man bestrafen konnte, gebot es, eine Sammlung bei allen Haushaltsvorständen im gesamten Lager zu veranstalten, um dem Bestohlenen den Verlust zu ersetzen. Das bedeutete zwar nur wenige Kupferlinge von jedem, doch war die Summe, die dabei zusammenkam, wahrscheinlich mehr wert als die gestohlenen Glocken. Als dem Bestohlenen das bei der Sammlung zusammengekommene Geld übergeben wurde, hob die gesamte

Kalash-Gemeinde – der Beschuldigte eingeschlossen – wiederum ein ohrenbetäubendes Konzert von Flöten, Mundorgeln und Trommeln an, und *dieser* Mann tanzte den wirbelnden, springenden *luddi*-Tanz, dem sich gleich darauf die ganze Familie anschloß. Der *luddi*-Tanz, so erfuhr ich, ist ein Kalash-Tanz, den die glücklich streitenden Kalash ausschließlich und nur in der Absicht tanzen, einen Sieg bei einem Streit zu feiern. Ich wünschte, ich könnte für das streitsüchtige Venedig etwas Ähnliches einführen.

Ich fand, daß der bunt zusammengewürfelte Gerichtshof in diesem Falle sehr weise geurteilt hatte, wie er es meiner Meinung nach in den meisten Fällen tat, die immerhin häufig recht heikel waren. Von allen in Buzai Gumbad versammelten Menschen waren vermutlich keine zwei gewohnt, sich nach denselben Gesetzen zu richten (oder gegen sie zu verstoßen). Trunkenheit und Vergewaltigung schien unter den nestorianischen Russniaken genauso an der Tagesordnung zu sein wie die Sodomie unter den muslimischen Arabern; beides galt den heidnischen und religionslosen Kalash als Gipfel der Verworfenheit. Kleinere Diebereien gehörten für die Hindus zum täglichen Leben, was die Bho wiederum nachsichtig verziehen, die alles, was nicht ausdrücklich angebunden war, als niemandem gehörig und vogelfrei betrachteten. Den ebenso verdreckten wie aufrechten Tazhiken hingegen galt Diebstahl als großer Frevel. Infolgedessen mußten die Mitglieder des Gerichtshofs sich schon auf einem äußerst schmalen Pfad bewegen, um auf annehmbare Weise Gerechtigkeit walten zu lassen, ohne gegen die anerkannten Sitten und Gebräuche einer jeden Gruppe zu verstoßen. Dabei war nicht jedes vor Gericht gebrachte Vergehen so trivial wie die Sache mit den gestohlenen Kamelglocken.

Einer der Fälle, die vor dem Eintreffen von uns Polos in Buzai Gumbad vor diesem Gericht verhandelt wurden, wurde immer wieder leidenschaftlich diskutiert. Ein älterer arabischer Händler hatte der jüngsten und hübschesten seiner vier Frauen vorgeworfen, ihn verlassen zu haben und in das Zelt eines jungen und gutaussehenden Russniaken gezogen zu sein. Der Gatte war außer sich, wollte sie aber nicht zurückhaben; vielmehr wollte er, daß sie und ihr Liebhaber zum Tode verurteilt würden. Der Russniake machte geltend, daß nach den Gesetzen seiner Heimat eine Frau Freiwild sei und dem gehöre, der sie sich genommen habe. Außerdem, behauptete er, liebe er sie aufrichtig. Bei der Frau handelte es sich um eine Kirgisin, die erklärte, sie finde ihren rechtmäßigen Gatten abstoßend, da er nie anders als auf die unanständige arabische Weise in sie eindringe – nämlich in den Hintereingang –, und sie meine, ein Recht darauf zu haben, sich einen anderen Partner zu suchen, und sei es nur, um endlich einmal eine andere Position einnehmen zu können. Doch abgesehen davon, sagte sie, liebe sie den Russniaken aufrichtig. Ich fragte unseren Wirt Iqbal, was denn bei der Verhandlung herausgekommen sei. (Iqbal als einer der wenigen ständigen Bewohner Buzai Gumbads und führender Bürger wurde selbstverständlich in das neue Gericht eines jeden Winters gewählt.)

Achselzuckend meinte er: »Eine Ehe ist in jedem Land eine Ehe, und die Ehefrau ist der Besitz des Ehemanns. Das mußten wir dem gehörnten Ehemann in diesem Falle zugute halten. Infolgedessen erhielt er die Erlaubnis, die ungetreue Gattin zu töten. Nur versagten wir ihm jede Teilnahme, als es darum ging, das Schicksal des Liebhabers zu bestimmen.«

»Und wie wurde der bestraft?«

»Er wurde nur dazu gebracht aufzuhören, sie zu lieben.«

»Aber wo sie doch tot war ... Welchen Sinn hatte es da ...?«

»Wir beschlossen, auch seine Liebe zu ihr müsse sterben.«

»Ich ... ich verstehe nicht ganz. Wie wollte man das anstellen?«

»Der nackte Leib der Toten wurde auf einem Berghang hingelegt. Der überführte Ehebrecher wurde vor ihr angekettet, aber so, daß er sie nicht berühren konnte. So überließ man sie sich selbst.«

»Damit er neben ihr verhungerte?«

»Aber nein. Ihm wurde zu essen und zu trinken gereicht, und überhaupt hatte er es ganz bequem, bis man ihn freiließ. Jetzt ist er frei und auch noch am Leben, aber lieben tut er sie nicht mehr.«

Ich schüttelte den Kopf. »Verzeiht, Mirza Iqbal, aber das verstehe ich wirklich nicht.«

»Ein unbestatteter Leichnam bleibt nicht einfach so liegen. Er verändert sich von Tag zu Tag. Am ersten Tag kommt es nur zu einer kaum merklichen Verfärbung an jenen Stellen, an denen zuletzt Druck ausgeübt wurde. Im Falle dieser Frau handelte es sich um eine gewisse Marmorierung dort, wo die Hände des Gatten sie gewürgt hatten. Der Liebhaber mußte dasitzen und zusehen, wie die Flecken auf ihrem Fleisch erschienen. Vielleicht war das noch nicht allzu schlimm. Aber einen Tag später oder so beginnt der Leib einer Leiche aufgedunsen zu werden, und noch später fängt er an zu rülpsen und auch sonst dem in ihm entstandenen Druck auf höchst unziemliche Weise nachzugeben. Später kommen dann die Fliegen ...«

»Danke, ich fange an zu verstehen.«

»Ja, und all das mußte er mitansehen. In der Kälte dort oben verlangsamt sich der Prozeß ein wenig, aber im Grunde ist die Verwesung nicht aufzuhalten. Und während die Leiche verwest, lassen die Aasgeier sich nieder, wagen sich die *shaqàl*-Hunde mutig näher heran und ...«

»Ja, ja.«

»Innerhalb von zehn Tagen oder so, als die sterblichen Überreste sich auflösten und verflüssigten, war dem jungen Mann alle Liebe zu ihr vergangen. Jedenfalls nehmen wir das an. Er war inzwischen wahnsinnig geworden. Er ist mit einer *karwan* von Russniaken abgezogen, allerdings an einem Seil hinter ihrem letzten Wagen. Er lebt zwar immer noch, doch wenn Allah gnädig ist, lebt er vielleicht nicht mehr lange.«

Die *karwans,* die auf dem Dach der Welt überwinterten, führten alle möglichen Waren mit sich; viele davon – Seide und Gewürze, Edelsteine, Felle und Pelze – bewunderte ich, doch die meisten waren völlig neu für mich. Von einigen Handelsartikeln hatte ich bis dato noch nicht einmal gehört. Eine Samojeden-*karwan* zum Beispiel brachte aus dem hohen Norden in Ballen verpackte Scheiben dessen, was die Moskowiter Glas nannten. In der Tat sah es aus wie zu Rechtecken und Quadraten zurechtgeschnittenes Glas; eine jede Scheibe war armlang im Quadrat groß; nur war die Durchsichtigkeit der Scheiben durch Sprünge und andere Fehler beeinträchtigt. Ich erfuhr, daß es sich in der Tat nicht um richtiges Glas handelte, sondern um ein Produkt von noch einem weiteren merkwürdigen Gestein. Im Gegensatz zum Amiant oder Asbest, der ja zerfasert, lassen sich die Scheiben dieses Felsgesteins auseinandernehmen wie die Seiten eines Buches, nur daß diese Seiten dünn, spröde und von trüber Durchsichtigkeit waren. Dem echten Glas, wie es in Murano hergestellt wird, war es weit unterlegen, doch ist die Kunst der Glasherstellung ohnehin fast überall im Osten unbekannt, so daß das Moskowiter Glas einen annehmbaren Ersatz bot und den Samojeden, wie sie behaupteten, einen guten Preis eintrug.

Vom anderen Ende der Welt, also aus dem fernen Süden, brachte eine *karwan* von tamilischen Chola aus Indien schwere Säcke nach Balkh, die nichts weiter enthielten als Salz. Ich lachte über die dunkelhäutigen kleinen Männer. In Balkh hatte ich keinerlei Salzmangel bemerkt und hielt es infolgedessen für wenig ertragreich, etwas so allgemein Bekanntes wie Salz durch einen ganzen Kontinent zu schleppen. Die kleinen schüchternen Chola baten mich um Nachsicht in bezug auf ihre unterwürfige Erklärung: Es handele sich nämlich, wie sie sagten, um »Meersalz«. Ich kostete es und fand, daß es nicht anders schmeckte als anderes Salz auch. Wieder lachte ich. Da gingen sie mit ihrer Erklärung noch weiter: Meersalz besitze eine bestimmte Eigenschaft, die anderen Salzarten abgehe. Dieses Meersalz zum Würzen zu benutzen, verhindere, daß die Leute einen Kropf bekämen, und aus diesem Grund gingen sie davon aus, für ihr Meersalz einen Preis zu erzielen, der die Mühe des Transports lohne. »Zaubersalz?« spottete ich, denn ich hatte eine Menge von diesen schrecklichen Kröpfen zu sehen bekommen und wußte, daß es mehr als eines bißchen Salzes bedurfte, um sie loszuwerden. Wieder lachte ich über die Leichtgläubigkeit und Torheit der Chola, und sie machten einen entsprechend gedemütigten Eindruck, woraufhin ich meiner Wege ging.

Die Reit- und Packtiere, die am Saum des Sees in Pferchen beisammenstanden, waren nahezu ebenso unterschiedlich und grundverschieden wie ihre Besitzer. Es gab selbstverständlich ganze Pferde*herden* und auch ein paar sehr anständige Maultiere. Doch die vielen Kamele, die ich hier sah, waren von anderer Art als diejenigen, die ich zuvor gesehen hatte und wie man sie in den Tiefland-Wüsten benutzt. Diese waren nicht so groß und hatten nicht so lange Beine, sondern waren überhaupt massiger gebaut und sahen mit dem langen dicken Fell womöglich noch schwerfälliger aus. Auch hatten sie eine Mähne wie ein Pferd, nur, daß diese von der Wamme ihres langen Halses herunterhing und nicht von der Kruppe. Das Besondere an ihnen war jedoch, daß sie zwei

Höcker aufwiesen statt nur einen; das machte es leichter, sie zu reiten, denn sie wiesen ja eine natürliche Sitzfläche zwischen den beiden Höckern auf. Man sagte mir, diese baktrischen Kamele seien am besten für winterliche Verhältnisse und bergiges Terrain geeignet, die einhöckerigen arabischen Kamel hingegen für Hitze, Durst und Wüstensand.

Noch ein Tier, das ich nicht kannte, war das Lasttier der Bho, von ihnen *yyag* und von den meisten anderen Menschen *yak* genannt. Bei diesem Tier handelte es sich um ein kräftig und gedrungen gewachsenes Geschöpf mit dem Kopf eines Rinds und dem Schweif eines Pferdes – vorn und hinten an einem Körper, der dem Umriß und der Größe nach an einen Heuhaufen erinnerte. Der *yak* mag am Widerrist mannshoch sein, doch den Kopf trägt er tief unten, etwa in der Höhe des menschlichen Knies. Das Tier ist zottig, hat rauhes Haar – schwarz oder grau oder hell und dunkel gefleckt –, und dieses Fell hängt bis auf den Boden herunter und verbirgt die Hufe dem Blick, die für den massigen Körper eigentlich zu zierlich aussehen. Dabei sind diese Hufe erstaunlich trittsicher und besonders für den Marsch über schmale Bergpfade geeignet. So ein *yak* grunzt und brummt wie ein Schwein und bewegt im Gehen unentwegt mahlend die Kiefer.

Später erfuhr ich, daß das *yak*-Fleisch ebenso gut schmeckt wie das beste Rindfleisch, doch während unseres Aufenthaltes dort hatte kein *yak*-Besitzer in Buzai Gumbad Gelegenheit, eines seiner Tiere zu schlachten. Allerdings molken die Bho die *yak*-Kühe ihrer Herden, ein Unterfangen, das angesichts der gewaltigen Größe und der Unberechenbarkeit dieser Tiere nicht wenig Mut erfordert. Diese Milch, von der die Bho soviel hatten, daß sie freigebig anderen davon abgaben, wäre lobenswert köstlich gewesen, hätte sie nicht so viele *yak*-Haare enthalten. Das *yak* liefert auch noch andere brauchbare Ding: aus dem rauhen Haar lassen sich Zelte herstellen, die so widerstandsfähig sind, daß sie selbst heftigen Gebirgsstürmen standhalten, und sehr viel feinere Schweifhaare, aus denen sich ausgezeichnete Fliegenwedel herstellen lassen.

Unter den kleineren Tieren in Buzai Gumbad sah ich viele von den rotbeinigen Rebhühnern, die ich andernorts in freier Wildbahn erlebt hatte; diesen hier waren die Flügel beschnitten worden, damit sie nicht davonflogen. Ich nahm an, daß sie entweder als Spieltiere oder als Insektenvertilger dienten – denn jedes Zelt und jedes Gebäude wimmelte von Ungeziefer. Bald jedoch erfuhr ich, daß diese Rebhühner für die Frauen der Kalash und Hunzukut einen ganz anderen und besonderen Zweck erfüllten.

Sie hackten diesen Vögeln die Beine ab, steckten das Vogelfleisch in den Topf und verbrannten die Beine zu einer feinen Asche, die in Form eines violetten Pulvers aus dem Feuer herauskam. Dieses Pulver benutzten sie so, wie andere Frauen im Orient *al-kohl* benutzen – als Schönheitsmittel, die Lider und Schatten unter den Augen zu vertiefen und die Augen damit vorteilhafter zur Geltung zu bringen. Die Kalash-

Frauen bestrichen darüber hinaus ihr Gesicht über und über mit einer Salbe, die aus dem gelben Samen der *bechu* genannten Blumen hergestellt wurde, und ich kann bezeugen, daß Frauen mit einem vollständig leuchtend gelb geschminkten Gesicht, aus denen nur die violett umrandeten Augen hervorstachen, schon einen ganz besonderen Anblick bieten. Zweifellos meinten diese Frauen, die Bemalung mache sie sexuell attraktiver, denn ihr sonstiger Lieblingsschmuck bestand aus einer Kappe oder Haube und einem knappen Umhang aus unzähligen kleinen, *kauri* genannten Muscheln, und die *kauri*-Muschel ist, wie jedermann leicht erkennt, ein vollkommenes Abbild der weiblichen Geschlechtsorgane, nur winzig klein.

Übrigens: voller Freude hörte ich, daß Buzai Gumbad einen Ausweg aus sexueller Bedrängnis bot, der nichts mit Vergewaltigung bei Trunkenheit, Sodomie und besonders sträflichem Ehebruch zu tun hatte. Wieder war es Nasenloch, der das herausbekommen hatte, kaum daß wir einen oder zwei Tage hier gewesen waren; wieder schob er sich seitlich an mich heran wie zuvor in Balkh und tat so, als sei er entsetzt über seine Entdeckung.

»Ein schändlicher Jude, diesmal, Mirza Marco. Er hat das hinterste kleine Gebäude der *karwansarai* gemietet, welches am weitesten vom See entfernt ist. Nach außenhin ist es ein Laden, in dem Messer und Schwerter und Werkzeuge geschliffen und geschärft werden. Hinten im Haus hält er jedoch eine Schar von Frauen aller Rassen und Hautfarben. Als guter Muslim sollte ich diesen Aasgeier, der sich hier auf dem Dach der Welt niedergelassen hat, anzeigen, doch werde ich das nicht tun, es sei denn, Ihr verlangt es von mir, nachdem Ihr ein christliches Auge auf diese Einrichtung geworfen habt.«

Ich sagte ihm, das werde ich tun, und so tat ich es denn auch ein paar Tage später, nachdem wir ausgepackt und uns eingerichtet hatten. Vorn im Laden hockte zusammengekauert ein Mann und hielt ein Sichelblatt an einen Schleifstein, den er mit Hilfe eines Tretmechanismus in Gang gesetzt hatte. Hätte er kein Scheitelkäppchen getragen, man hätte ihn für einen *khers*-Bären halten können, denn er war im Gesicht stark behaart, und diese Locken und Barthaare schienen überzugehen in einen ebenso bauschigen wie flauschigen Pelzüberwurf. Mir fiel gleich auf, daß es sich bei dem Pelz um kostbaren Karakul handelte – ein überaus elegantes Kleidungsstück, wenn man so tat, als wäre man nichts weiter als ein Scherenschleifer. Ich wartete auf eine Unterbrechung im knirschenden Surren des Schleifsteins und des Funkenregens, den er versprühte.

Dann sagte ich, so wie Nasenloch es mir eingeschärft hatte: »Ich habe ein besonderes Werkzeug, das ich gern geschärft und eingeölt hätte.«

Der Mann hob den Kopf, und ich blinzelte. Haar, Bart und Augenbrauen sahen nach krusseligem rotem Pilzwuchs aus, der anfing, grau zu werden, seine Augen waren wie Brombeeren und seine Nase wie die Klinge eines *shimshir*-Säbels.

»Ein Dirham«, sagte er, »oder zwanzig *shahi* oder hundert *kauri*-Muscheln. Wer als Fremder zum ersten Mal hierherkommt, bezahlt im voraus.«

»Ich bin aber kein Fremder«, sagte ich gefühlvoll. »Kennt Ihr mich denn nicht?«

»Ich kenne niemand. Auf diese Weise bleibe ich im Geschäft an einem Ort, in dem es höchst widersprüchliche Gesetze gibt.«

»Aber ich bin Marco.«

»Hier legt Ihr Euren Namen ab, sowie Ihr das Untergewand ablegt. Werde ich von irgendeinem naseweisen Mufti ins Verhör genommen, kann ich wahrheitsgemäß sagen, daß ich keine Namen kenne außer meinem eigenen, und der lautet Shimon.«

»Der Tzaddik Shimon?« fragte ich frech. »Einer von den *Lamed-vav*? Oder alle sechsunddreißig zusammen?«

Er schien weder erschrocken noch mißtrauisch. »Ihr sprecht Iwrith? Jude seid Ihr nicht! Was wißt Ihr von den *Lamed-vav*?«

»Nichts weiter, als daß ich ihnen offenbar immer wieder begegne.« Ich seufzte. »Eine Frau namens Esther hat mir gesagt, wie sie genannt werden und was sie tun.«

Voller Abscheu sagte er: »Genau kann sie es Euch nicht erzählt haben, wenn Ihr einen Bordellbesitzer für einen Tzaddik haltet.«

»Sie sagte, die Tzaddikim täten Gutes für die Menschen. Das tut ein Bordell meiner Meinung nach auch. – Aber wollt Ihr mich denn nicht warnen, wie sonst auch immer?«

»Das habe ich gerade getan. Die *karwan*-Muftis können höchst unangenehm werden. Posaunt Euren Namen hier also nicht so heraus.«

»Ich sprach von der Blutrünstigkeit der Schönheit.«

Er stieß die Luft durch die Nase. »Wenn Ihr in Eurem Alter die Gefahren der Schönheit noch nicht kennengelernt habt, Fremder, will ich es nicht unternehmen, einen Narren aufzuklären. Jetzt einen Dirham oder den Gegenwert davon, oder verschwindet.«

Ich ließ die Münze in seine schwielige Hand fallen und sagte: »Ich möchte gern eine Frau, die keine Muslim ist. Zumindest nicht *tabzir*. Und falls möglich, hätte ich zur Abwechslung gern mal eine, mit der ich auch reden kann.«

»Dann nehmt das Domm-Mädchen«, grunzte er. »Die hört nie auf zu reden. Durch die Tür da, zweiter Raum rechterhand.« Er beugte sich wieder über die Sichel, und das schabende Geräusch und das Funkensprühen setzten wieder ein.

Wie das Bordell in Balkh bestand auch dieses aus einer Anzahl von Räumen, die man besser Zellen genannt hätte und die vom Korridor abgingen. Die Zelle des Domm-Mädchens war kärglich eingerichtet: das Kohlenbecken mit getrocknetem Mist lieferte Wärme und Licht – und Rauch und Gestank – und fürs Gewerbliche gab es eine *hindora* genannte Art Bett. Dabei handelt es sich um ein Lager, das nicht auf Füßen steht, sondern an vier Seilen vom Deckenbalken herunterhängt und von sich aus Bewegungen denen hinzufügt, die auf ihm gemacht werden.

Da ich das Wort Domm nie zuvor gehört hatte, wußte ich nicht, was für eine Art Mädchen mich erwartete. Diejenige, die müßig auf der *hindora* hockte und hin und her schwenkte, entpuppte sich als eine neue Erfahrung für mich: ein Mädchen von so dunkler Hautfarbe, daß sie fast schwarz genannt werden könnte. Doch abgesehen davon war sie durchaus annehmbar und von angenehmer Gestalt und hübschem Gesicht. Sie hatte feingeschnittene, keineswegs äthiopisch-grobe Züge, und ihr Leib war zwar klein und schlank, aber wohlgeformt. Sie sprach mehrere Sprachen, unter anderem Farsi, und so konnten wir uns unterhalten. Ihr Name, sagte sie, sei Chiv, was in der Romm-Sprache, ihrer Muttersprache also, Klinge bedeute.

»Romm? Der Jude hat gesagt, du wärest eine Domm.«

»Nichts da von Domm!« begehrte sie wütend auf. »Ich bin eine Romni! Ich bin eine *Romm-juvel*!«

Da ich keine Ahnung hatte, weder was ein Domm noch was ein Romm sei, ging ich einem Streit aus dem Wege, indem ich zur Tat dessen schritt, weswegen ich hergekommen war. Deshalb entdeckte ich bald, daß, was immer das Juwel Chiv sonst sein mochte – und sie behauptete, der muslimischen Religion anzugehören –, sie in jedem Fall ein *vollständiges* Juwel war, jedenfalls kein auf Muslim-Art versehrtes. Ihre weiblichen Geschlechtsteile waren – nachdem ich durch den dunkelbraunen Zugang eingetreten war – ebenso hübsch rosig wie die jeder anderen Frau. Auch erkannte ich, daß Chiv ihr Entzücken keineswegs nur spielte, sondern das Ganze genauso sehr genoß wie ich auch. Als ich mich hinterher träge danach erkundigte, wie sie denn zu dieser Bordelltätigkeit gekommen sei, erzählte sie mir keine tränenreiche Geschichte, wie sie so tief hatte fallen können, sondern sagte munter:

»Ich würde sowieso *zina* machen, das, was wir *surata* nennen, denn es macht mir Spaß. Wenn man dann für das *surata*-Machen auch noch bezahlt wird, um so besser. Würdet Ihr denn einen Lohn dafür zurückweisen, falls Euch angeboten würde, Ihr bekämet welchen für jedesmal, da Ihr das Vergnügen habt, Wasser zu lassen?«

Nun, dachte ich, Chiv war vielleicht kein Mädchen blumiger Gefühle, aber sie war ehrlich. Ich gab ihr sogar einen Dirham, den sie nicht mit dem Juden zu teilen brauchte. Und beim Verlassen der Scherenschleiferwerkstatt bereitete es mir ein diebisches Vergnügen, diesem gegenüber eine bissige Bemerkung zu machen.

»Ihr hattet unrecht, alter Shimon. Wie ich das schon des öfteren bei Euch erlebt habe. Das Mädchen ist eine Romm.«

»Romm. Domm. Diese Unseligen legen sich jeden Namen zu, nach dem ihnen der Sinn steht«, sagte er gleichmütig. Doch gleich danach zeigte er sich ein wenig gesprächiger, als er es bei meinem Kommen gewesen war. »Ursprünglich hießen sie Dhoma und stellten eine der tiefststehenden Klassen der Dschat dar, eines Hindu-Volkes in Indien. Die Dhoma gehörten zu den Unberührbaren, den Verabscheuten und Verachteten. Deshalb verlassen sie in kleinen Gruppen Indien, um woanders bessere Lebensbedingungen zu suchen. Mag der Himmel wissen, wie sie das anstellen wollen, denn außer Tanzen und Huren, Kesselflicken und Stehlen können sie nichts. Und Sichverstellen. Wenn sie sich Romm nennen, tun sie das nur, um damit anzudeuten, sie stammten von den Caesaren des Abendlands ab. Nennen sie sich jedoch Atzigàn, tun sie das, um durchblicken zu lassen, sie stammten von dem Eroberer Alexander ab. Und nennen sie sich Egypsies, wollen sie, daß man sie für Abkömmlinge der Pharaonen hält.« Er lachte. »Dabei stammen sie nur von den schweinischen Dhoma ab; dafür sind sie bemüht, alle Länder der Erde mit ihrer Anwesenheit zu beglücken.«

Ich sagte: »Ihr Juden lebt doch auch über die ganze Welt verstreut. Wie kommt Ihr dazu, auf sie herabzublicken, bloß weil sie das gleiche tun?«

Er schaute mir in die Augen, antwortete dann jedoch wohlüberlegt, so als hätte ich diese bissige Bemerkung nicht gemacht. »Gewiß, wir Juden passen uns den Umständen an, die wir vorfinden, wenn wir irgendwohin kommen. Aber die Domm tun etwas, das wir nie tun würden: Anerkennung dadurch suchen, daß wir die Religion der Völker annehmen, unter denen wir lebten.« Und wieder lachte er. »Seht Ihr? Ein verachtetes Volk findet immer noch ein unter ihm stehendes, auf das es herabblicken und das es verachten kann.«

Die Nase rümpfend sagte ich: »Daraus folgert ja wohl, daß auch die Domm noch jemand haben, auf den sie herabblicken können.«

»O, ja. Auf jeden anderen in der Welt. In ihren Augen seid Ihr und bin ich und sind alle anderen Menschen Gazhi, was nichts anderes heißt als ›Gimpel, Opfer‹, diejenigen, die man belügen und betrügen darf.«

»Nun, ein hübsches Mädchen wie Eure Chiv da hinten braucht doch nicht zu betrügen...«

Unwirsch schüttelte er den Kopf. »Als Ihr hier hereinkamt, habt Ihr was von Schönheit gesagt, und daß man ihr gegenüber Mißtrauen bewahren sollte. Habt Ihr irgend etwas von Wert bei Euch getragen, als Ihr kamt?«

»Meint Ihr, ich sei ein Esel, daß ich irgendwas von Wert in ein Hurenhaus mitbrächte? Nur ein paar Münzen und meinen Dolch. Wo *ist* mein Dolch?«

Shimon setzte ein mitleidiges Lächeln auf. An ihm vorüber stürmte ich in den Hinterraum und ertappte Chiv dabei, wie sie glücklich eine Handvoll Kupferlinge zählte.

»Euren Dolch? Schon verkauft – habe ich nicht rasch gehandelt?« sagte sie, als ich schäumend über ihr stand. »Ich habe nicht erwartet, daß Ihr ihn so rasch vermissen würdet. Ich habe ihn eben an einen tazhikischen Hirten verkauft, der gerade an der Hintertür vorbeikam, und so ist er jetzt fort. Nur seid nicht böse auf mich. Ich werde jemand anders eine bessere Klinge stehlen und sie aufbewahren, bis Ihr wiederkommt; dann werde ich sie Euch geben. Ja, das werde ich tun – als Zeichen meiner Hochachtung vor Eurem guten Aussehen, Eurer Großmut und Eurem ungewöhnlichen Können beim *surata*.«

So über die Maßen gelobt zu werden, half selbstverständlich, meinen Zorn zu beschwichtigen, und so erklärte ich, ich würde sie bald wieder besuchen. Gleichwohl, als ich mich das zweite Mal auf den Heimweg machte, schlich ich mich genauso heimlich an Shimon an seinem Schleifstein vorüber, wie ich bei anderer Gelegenheit in Frauenkleidern ein anderes Bordell verlassen hatte.

2 Wenn wir es von ihm verlangt hätten, Nasenloch wäre imstande gewesen, einen Fisch in der Wüste aufzutreiben. Als mein Vater ihn beauftragte, einen Arzt zu suchen, daß er uns seine Meinung darüber sage, ob Onkel Mafìos *tisichezza* sich wirklich gebessert habe, hatte Nasenloch keine Schwierigkeiten, einen solchen aufzutreiben, selbst auf dem Dach der Welt. Und zwar einen sehr tüchtigen Arzt, der etwas von seiner Kunst verstand, denn diesen Eindruck machte der bereits etwas betagte und kahlköpfige Hakim Mimdad. Er war Perser, was allein ihn schon als gebildeten Mann auswies. Als Gesundheitsbewahrer begleitete er eine *karwan* persischer *qali*-Händler. Schon während der ganz allgemeinen Unterhaltung zu Beginn unserer Bekanntschaft bewies er mehr als reines Routinewissen in der Heilkunst. Ich erinnere mich noch, daß er sagte:

»Mir persönlich liegt mehr daran, Krankheiten zu verhüten, als sie heilen zu müssen, auch wenn sich durch reine Verhütung meine Börse nicht füllt. So lege ich zum Beispiel allen Müttern hier im Lager ans Herz, ihren Kindern nur abgekochte Milch zu geben. Ob es sich nun um *yak*-Milch, Kamelmilch oder sonst welche Milch handelt – ich rate ihnen dringend, sie zunächst in einem eisernen Topf zum Kochen zu bringen. Wie alle Welt weiß, fühlen die bösartigeren *jinni* und andere Dämonen sich von Eisen abgestoßen. Durch Experimente bin ich dahintergekommen, daß durch das Abkochen die Eisensäfte des Topfes an die Milch abgegeben werden, sich mit ihr vermischen und auf diese Weise alle *jinni* abwehren, die nur darauf lauern, die Kleinen mit irgendwelchen Kinderkrankheiten heimzusuchen.«

»Das klingt einleuchtend«, sagte mein Vater.

»Ich trete nachdrücklich für Experimente ein«, fuhr der alte *hakim* fort. »Es ist alles schön und gut mit den anerkannten Regeln und Vorschriften in der Heilkunst, nur habe ich durch eigene Versuche eine ganze Reihe von neuen Heilkuren gefunden, die durchaus im Widerspruch zu den herkömmlichen Regeln stehen. Nehmen wir nur das Meersalz. Nicht einmal der größte aller Heilkundigen, der Weise Ibn Sina, scheint je bemerkt zu haben, daß es irgendeinen feinen Unterschied gibt zwischen Meersalz und solchem, das aus Salzlagerstätten im Inland gewonnen wird. Keinem der altehrwürdigen Traktate kann ich entnehmen, welch ein Grund für einen solchen Unterschied besteht. Aber *irgend etwas* am Meersalz verhindert die Entstehung des Kropfes und anderer Schwellungen dieser Art im Körper, und es heilt sie auch. Das habe ich durch Experimente bewiesen.«

Insgeheim tat ich den kleinen Chola-Salzhändlern, über die ich mich so lustig gemacht hatte, Abbitte.

»Nun, dann kommt, Dotòr Balanzòn!« rief mein Onkel dröhnend, wobei er ihn boshaft mit dem Namen einer komischen Gestalt des venezianischen Theaters belegte. »Bringen wir dies hinter uns, damit Ihr Euch schlüssig werdet, was Ihr mir für meine verdammte *tisichezza* verschreiben wollt – Meersalz oder gekochte Milch.«

Der *hakim* machte sich also an die Untersuchung, drückte Onkel Mafìo hier und klopfte ihn dort ab und stellte ihm Fragen. Nach einiger Zeit sagte er:

»Selbstverständlich weiß ich nicht, wie schlimm der Husten vorher war. Aber wie Ihr selbst sagtet, im Augenblick ist er nicht besonders schlimm, und ich höre auch kaum Rasseln in seiner Brust. Habt Ihr hier Schmerzen?«

»Nur hin und wieder«, sagte mein Onkel. »Aber das, meine ich, ist verständlich nach dem vielen Gehuste, unter dem ich gelitten habe.«

»Nun gestattet, daß ich mutmaße«, sagte Hakim Mimdad. »Ihr fühlt diesen Schmerz nur an einer Stelle. Unter Eurem linken Schlüsselbein.«

»Hm, ja. Ja, das stimmt.«

»Auch fühlt sich Eure Haut ziemlich heiß an. Habt Ihr dies Fieber ständig?«

»Es kommt und geht. Es kommt, ich schwitze, es geht vorüber.«

»Öffnet den Mund, bitte.« Er spähte hinein, hob dann die Lippen in die Höhe, um sich das Zahnfleisch anzusehen. »Und jetzt haltet die Hände vor Euch hin.« Er betrachtete sie, vorn und hinten. »Und gestattet jetzt, daß ich Euch ein Haar vom Kopf rupfe?« Er tat es, und Onkel Mafìo zuckte nicht zusammen. Der Arzt betrachtete es genau und bog es hin und her. Dann fragte er: »Verspürt Ihr häufig das Bedürfnis, *kut* zu machen?«

Mein Onkel lachte und rollte vielsagend mit den Augen. »Ich verspüre vielerlei Bedürfnisse, und das häufig. Wie macht man *kut*?«

Nachsichtig, als hätte er es mit einem Kind zu tun, klopfte der *hakim* sich bedeutsam auf das Hinterteil.

»Ach, dann ist *kut merda*«, röhrte mein Onkel immer noch lachend. »Ja, das stimmt, ich muß es oft machen. Und zwar seit der Zeit, da der *hakim* in Balkh mir dies Abführmittel gegeben hat. Ich leide am *cagasangue*, deshalb muß ich häufig den Abort aufsuchen. Aber was hat all das mit einer Lungenkrankheit zu tun?«

»Ich meine, Ihr habt gar kein *hasht nafri*.«

»Was, keine *tisichezza*!« ließ mein Vater sich verwundert vernehmen. »Aber er hat die ganze Zeit über Blut gehustet.«

»Aber das stammt nicht aus der Lunge«, sagte Hakim Mimdad. »Es ist das Zahnfleisch, das Blut absondert.«

»Nun«, sagte Onkel Mafìo, »wer wird schon böse darüber sein zu hören, daß an seinen Lungen nichts ist. Allerdings vermute ich, daß Ihr an eine andere Krankheit denkt.«

»Ich werde Euch bitten, Wasser in diesen kleinen Krug zu lassen. Und nachdem ich den Urin auf Krankheitszeichen untersucht habe, kann ich Euch mehr sagen.«

»Experimente«, murmelte mein Onkel.

»Richtig. Und in der Zwischenzeit, wenn Wirt Iqbal so freundlich ist, mir ein paar Eidotter zu bringen, möchte ich, daß Ihr noch ein paar von den *Quran*-Zitaten aufgeklebt bekommt.«

»Helfen die denn?«

»Zumindest schaden sie nicht. Viel von der Heilkunst besteht eben darin: nicht zu schaden.«

Als der *hakim*, den kleinen Krug Urin mit der Hand zuhaltend, damit er nicht verunreinigt werde, ging, verließ auch ich die *karwansarai*. Zuerst begab ich mich zu den Zelten der tamilischen Cholas, entschuldigte mich bei ihnen und wünschte ihnen großen Gewinn – was sie offenbar noch nervöser machte, als sie ohnehin immer waren – und suchte danach das Haus des Juden Shimon auf.

Wieder bat ich, mein Werkzeug einfetten zu lassen, und bat auch, daß wieder Chiv es tue. Wie versprochen, schenkte sie mir einen guten neuen Dolch, und um meine Dankbarkeit zu erkennen zu geben, bemühte ich mich, mich beim *surata*-Machen selbst zu übertreffen. Hinterher, beim Nachhausegehen, hielt ich abermals inne, um den alten Shimon zu verspotten.

»Ihr und Eure niederträchtige Denkungsweise. Da habt Ihr all dies Abträgliche von den Romm von Euch gegeben, aber seht, was für ein wunderbares Geschenk die Frau mir im Austausch für meine alte Klinge gemacht hat.«

Gleichmütig schnaubte er und sagte: »Seid froh, daß sie ihn Euch nicht zwischen die Rippen gestoßen hat.«

Ich zeigte ihm den Dolch. »So einen habe ich noch nie gesehen. Aussehen tut er wie ein gewöhnlicher Dolch, ja? Mit einer einzigen breiten Klinge. Aber schaut! Wenn ich ihn in eine Beute hineingejagt habe, drückte ich auf den Griff: so. Und die breite Klinge teilt sich, es werden zwei daraus, und hervor schießt diese dritte, verborgene innere und durchbohrt das Opfer noch tiefer. Ist das nicht eine herrliche Erfindung?«

»Jawohl. Jetzt erkenne ich ihn wieder. Ich habe ihn vor noch gar nicht langer Zeit ausgiebig geschliffen. Und würde vorschlagen, daß – falls Ihr ihn behalten wollt – Ihr ihn immer griffbereit habt. Der frühere Besitzer ist ein sehr großer Hunzuk aus den Bergen, der gelegentlich hereinschaut. Wie er heißt, weiß ich nicht, doch nennt alle Welt ihn den Drücker-Dolch-Mann – weil er so trefflich damit umgehen kann und blitzschnell damit bei der Hand ist, wenn die Wut mit ihm durchgeht ... Müßt Ihr so plötzlich fort?«

»Mein Onkel ist krank«, sagte ich beim Hinausgehen. »Ich sollte ihn wirklich nicht so lange allein lassen.«

Ich weiß nicht, ob der Jude bloß einen groben Scherz gemacht hat, jedoch wurde ich zwischen dem Haus von Shimon und der *karwansarai* nicht von einem großen wutschnaubenden Hunzuk gestellt. Um ein solches Zusammentreffen zu vermeiden, hielt ich mich die nächsten paar Tage vorsichtshalber immer in der Nähe des Hauptgebäudes auf und lauschte zusammen mit meinem Vater oder Onkel den verschiedenen Ratschlägen, die Wirt Iqbal verteilte.

Als wir laut die gute Milch der *yak*-Kühe priesen und uns nicht minder laut über den Mut der Bho ausließen, die es wagten, diese Ungeheuer zu melken, sagte Iqbal uns: »Es gibt einen einfachen Trick, eine *yak*-Kuh zu melken, ohne dabei eine böse Überraschung zu erleben. Man braucht ihr nur ein Kalb zum Ablecken und Beschnüffeln zu geben. Dann hält sie beim Melken ganz still.«

Doch nicht jeder uns erteilte Rat war uns willkommen. Der Hakim Mimdad kam wieder, um sich mit Onkel Mafìo zu besprechen, und zwar, wie er ernst erklärte, unter vier Augen mit ihm. Mein Vater, Nasenloch und ich standen dabei und erhoben uns, um die Kammer zu verlassen, doch mit einer herrischen Handbewegung hieß mein Onkel uns bleiben.

»Was meine *karwan*-Partner betrifft, habe ich keine Geheimnisse. Was immer Ihr mir zu sagen habt, Ihr könnt es uns allen sagen.«

Der *hakim* zuckte die Achseln. »Wenn Ihr dann Euren *pai-jamah* fallen ließet...«

Mein Onkel tat, wie ihm geheißen, und der *hakim* betrachtete den unbehaarten Schritt und seinen großen *zab*. »Die Unbehaartheit, ist die natürliche, oder rasiert Ihr Euch da unten?«

»Ich entferne das Haar mit einer Enthaarungscreme namens *mumum*. Warum?«

»Ohne Behaarung ist die Verfärbung gut zu erkennen«, sagte der *hakim* und zeigte darauf. »Schaut Euch Euren Unterleib an. Seht Ihr den metallisch-grauen Schimmer der Haut?«

Mein Onkel sah hin. Wir alle sahen hin. Er fragte: »Kommt das vom *mumum*?«

»Nein«, sagte Hakim Mimdad. »Diese Verfärbung ist mir auch auf der Haut Eurer Hände aufgefallen. Wenn Ihr jetzt Eure *chamus*-Stiefel auszieht, werdet Ihr sie auch an den Füßen feststellen. All diese Dinge bestätigen mir meinen Verdacht, der mir bei der ersten Untersuchung gekommen ist und der auch auf der Urinprobe beruht, die ich genommen habe. Hier, ich habe sie in einen weißen Krug gegossen, damit Ihr es selbst sehen könnt. Die Rauchfarbe des Urins.«

»So?« sagte Onkel Mafìo, als er sich wieder ankleidete. »Vielleicht habe ich an dem Tag graugefärbten *pilaf* gegessen. Ich weiß es nicht mehr.«

Langsam, aber unbeirrbar schüttelte der *hakim* den Kopf. »Ich habe zu viele andere Zeichen gesehen, wie ich schon gesagt habe. Eure Fingernägel sind glanzlos. Das Haar ist spröde und bricht leicht. Es fehlt nur eine Bestätigung, doch die müßt Ihr irgendwo am Körper haben. Eine schwärende Geschwulst, die nicht heilen will.«

Onkel Mafìo sah ihn an, als wäre der *hakim* ein Zauberer, und sagte erschrocken: »Ein Insektenstich, den ich mir schon in Kashan geholt habe. Nichts als ein Insektenstich.«

»Zeigt ihn mir!«

Mein Onkel rollte den linken Ärmel hoch. Nahe dem Ellbogen hatte er eine rotleuchtende kleine Stelle. Der *hakim* faßte sie fest ins Auge und sagte: »Wenn ich mich irre, sagt es mir. Zuerst ist der Insektenstich geheilt; dann hat sich eine kleine Narbe gebildet, ganz natürlich. Doch dann brach die Schwäre wieder auf, und zwar *neben* der Narbe, heilte wieder, brach erneut auf, immer *neben* der alten Narbe ...«

»Ihr irrt Euch nicht«, sagte mein Onkel leise. »Und was folgert daraus?«

»Es bestätigt nur meine Diagnose – daß Ihr am *kala-azar* erkrankt seid. Der Schwarzen Krankheit, der Bösen Krankheit. Die in der Tat von einem Insektenstich ausgeht. Nur ist dieses Insekt selbstverständlich die Verkörperung eines bösen *jinni*. Eines *jinni*, der so hinterhältig ist, daß er die Form eines winzigen Insekts annimmt, daß man nie auf den Gedanken käme, es könnte soviel Unglück anrichten.«

»Ach, so groß, daß ich es nicht ertragen könnte, ist er auch wieder nicht. Etwas marmorierte Haut, ein wenig Husten, ein bißchen Fieber, eine kleine Schwäre ...«

»Nur, daß es leider nicht dabei bleiben wird. Die Anzeichen werden sich vervielfältigen und immer schlimmer werden. Euer sprödes Haar wird brechen und Ihr werdet am ganzen Körper die Haare verlieren. Das Fieber bringt Auszehrung, Mattigkeit und Schwäche mit sich; zuletzt werdet Ihr keine Lust mehr haben, Euch überhaupt noch zu bewegen. Der Schmerz unterm Schlüsselbein breitet sich von einem Milz genannten Organ im ganzen Körper aus. Er wird sich verschlimmern und die Milz wird sich ausbeulen, sich verhärten und wird aufhören zu funktionieren. Die Verfärbung wird sich über die ganze Haut ausbreiten, aus Grau wird Schwarz werden, überall werden sich Geschwulste und Furunkel, Pusteln und Schuppen bilden, bis Ihr am ganzen Körper – auch im Gesicht – aussehen werdet wie über und über mit schwarzen Rosinen bedeckt. Inzwischen werdet Ihr keinen sehnlicheren Wunsch haben als den zu sterben. Und das werdet Ihr auch, sobald die Milz ihre Funktion ganz einstellt. Wenn Ihr nicht augenblicklich und fortlaufend behandelt werdet, sterbt Ihr mit Sicherheit.«

»Aber gibt es denn eine Behandlung?«

»Doch. Mit diesem hier.« Hakim Mimdad zog ein kleines Stoffbeutelchen hervor. »Diese Arznei setzt sich zur Hauptsache aus dem Antimon genannten Metall zusammen, und zwar in Pulverform. Damit wird der böse *jinni* mit Sicherheit vertrieben; deshalb ist es ein zuverlässig wirkendes Heilmittel für die *kala-azar*. Wenn Ihr jetzt damit beginnt, es einzunehmen, und zwar in winzig kleinen Dosen, und es weiterhin nach Vorschrift einnehmt, wird es Euch bald bessergehen. Ihr werdet das Gewicht zurückgewinnen, das Ihr verloren habt. Eure Kraft wird sich wieder einstellen. Ein anderes Heilmittel jedoch als dieses Antimon gibt es nicht.«

»Ja und? Mehr als einmal will ich ja gar nicht geheilt werden. Deshalb bin ich mit diesem vollauf zufrieden.«

»Leider muß ich Euch aber darauf hinweisen, daß das Antimon einerseits das *kala-azar* zwar zum Stillstand bringt, andererseits jedoch schadet.« Er legte eine Pause ein. »Seid Ihr sicher, daß Ihr dies Gespräch nicht doch lieber unter vier Augen führen möchtet?«

Onkel Mafìo sah zaudernd von einem zum anderen, straffte dann jedoch die Schultern und sagte: »Was immer es ist – sagt es frei heraus!«

»Das Antimon ist ein Schwermetall. Nimmt der Körper es auf, sinkt es vom Magen aus in den Verdauungstrakt hinunter, übt unterwegs seine wohltätige Wirkung aus und unterdrückt den *jinni* des *kala-azar*. Da es jedoch schwer ist, sinkt es weiter in den unteren Körperbereich, das heißt, in jenen Sack, der die Kräfte der Männlichkeit birgt.«

»Dann wird mein Gemächt eben schwerer herabhängen. Ich bin kräftig genug, es zu tragen.«

»Ich nehme an, Ihr seid ein Mann, der diese Manneskraft – hm – gern unter Beweis stellt. Wo die Schwarze Krankheit Euch befallen hat, ist keine Zeit zu verlieren. Solltet Ihr noch keine Freundin in diesem Lager gefunden haben, empfehle ich, daß Ihr Euch beeilt, Euch in das von dem Juden Shimon betriebene Bordell zu begeben.«

Onkel Mafìo ließ ein mißtönendes Lachen ertönen, das mein Vater vielleicht besser zu deuten wußte als Hakim Mimdad. »Ich sehe den Zusammenhang nicht. Warum sollte ich das tun?«

»Um Eure Manneskraft zu genießen, solange Ihr noch dazu in der Lage seid. Ich an Eurer Stelle, Mirza Mafìo, würde mich beeilen, soviel *zina* zu bekommen, wie ich könnte. Es gibt für Euch nur zwei Möglichkeiten: vom *kala-azar* furchtbar entstellt zu werden und schließlich daran zu sterben, oder aber – wenn Ihr geheilt werden und am Leben bleiben wollt – ungesäumt damit anzufangen, das Antimon zu nehmen.«

»Was soll das heißen – *wenn*? Selbstverständlich möchte ich geheilt werden.«

»Überlegt es Euch gut. Manche würden lieber an der Schwarzen Krankheit sterben.«

»In Gottes Namen – warum? Sprecht unverblümt und klar, Mann!«

»Weil das Antimon, sobald es sich in Eurem Hodensack sammelt, beginnt, seine andere und verderbliche Wirkung zu zeigen, die darin besteht, Eure Hoden zu Stein werden zu lassen. Bald werdet Ihr vollständig impotent sein – und zwar für den Rest Eures Lebens.«

»*Gèsu!*«

Niemand sagte einen Ton. Ein schreckliches Schweigen erfüllte den Raum, und offensichtlich traute sich niemand, es zu brechen. Schließlich ergriff Onkel Mafìo selbst das Wort wieder und sagte kläglich: »Ich habe Euch Dotòr Balanzòn genannt, ohne zu ahnen, wie nahe ich der Wahrheit damit gekommen bin. Daß Ihr mir wirklich einen üblen Streich spielen würdet. Mich vor eine so lachhafte Wahl zu stellen: entweder elendiglich zugrunde zu gehen oder entmannt weiterzuleben.«

»Aber das *ist* die Entscheidung, vor der Ihr steht. Lange könnt Ihr sie nicht mehr hinausschieben.«

»Ich werde zum Eunuchen?«

»Was die Wirkung betrifft – ja.«

»Keinerlei Fähigkeit mehr in der Beziehung?«

»Keine.«

»Aber ... vielleicht ... *dar mafa'ul be-vasilè al-badàm*?«

»*Nakher*. Das *badàm,* der sogenannte dritte Hoden, versteinert gleichfalls.«

»Dann gibt es also keinen Ausweg. *Capòn mal caponà.* Und wie ... steht es mit dem Verlangen?«

»*Nakher!* Nicht einmal das.«

»Ach was!« Onkel Mafìo erstaunte uns alle, als das so heiter kam wie eh und je. »Warum habt Ihr das nicht gleich gesagt? Warum sich deswegen Sorgen machen, wenn ich doch nicht mehr den Wunsch haben werde, es zu tun? Überlegt doch nur! Kein Begehren – infolgedessen auch keine Notwendigkeit mehr, infolgedessen keine Plage mehr, infolgedessen keine komplizierten Folgen. Jeder Priester, der je von einer Frau, einem Chorknaben oder einem *sùccubo* in Versuchung geführt worden ist, sollte mich beneiden.« Für mich kam ich zu dem Schluß, daß Onkel Mafìo keineswegs so heiter gestimmt war, wie er es gern hingestellt hätte. »Außerdem sind längst nicht alle meine Wünsche in Erfüllung gegangen. Der jüngste Gegenstand meines Verlangens ist in der Salzwüste versunken und verschwunden. Man kann daher von Glück sagen, daß dieser *jinni* der Entmannung sich nicht auf jemand gestürzt hat, den würdigere Sehnsüchte beherrschen.« Er ließ noch ein blökendes Lachen vernehmen, das schrecklich aufgesetzte Heiterkeit verriet. »Aber hört mich an – der ich hier wüte und dummes Zeug schwätze. Wenn ich mich nicht vorsehe, entwickle ich mich womöglich noch zu einem Moralphilosophen – der letzten Zuflucht des Eunuchentums. Da sei Gott vor! Einem Moralisten sollte man noch mehr aus dem Weg gehen als einem Sensualisten, *no xe vero*? Aber wirklich, guter *hakim,* ich entscheide mich fürs Leben. Beginnen wir damit, das Heilmittel einzunehmen – aber morgen reicht auch noch, nicht wahr?« Mit diesen Worten hob er seinen weitgeschnittenen *chapon*-Mantel auf und zog ihn über. »Wie Ihr mir gleichfalls verschrieben habt – solange es mich noch gelüstet, sollte ich dieser Lust nachgehen. Solange noch Säfte in mir sind, sie verschwenden, ja? Deshalb entschuldigt mich, meine Herren. *Ciao.*« Mit diesen Worten verschwand er und schlug mit Macht die Tür hinter sich zu.

»Der Patient macht gute Miene zum bösen Spiel«, murmelte der *hakim.*

»Vielleicht ist es aber auch ehrlich von ihm gemeint«, sagte mein Vater, ohne sich festzulegen. »Der unerschrockenste Seemann kann, nachdem viele Schiffe unter ihm versunken sind, dankbar sein, wenn er zuletzt an einen heiteren Strand geworfen wird.«

»Das hoffe ich nicht!« entfuhr es Nasenloch – um hastig hinzuzufügen: »Nur meine persönliche Meinung, gute Herren. Aber kein Seemann kann glücklich sein, wenn ihm plötzlich der Mast fehlt. Zumal, wenn er noch in den besten Jahren steht, wie Mirza Mafìo – er dürfte ungefähr so alt sein wie ich. Verzeiht, Hakim Mimdad, ist dieses schauerliche *kala-azar* womöglich ... ansteckend?«

»O, nein. Es sei denn, auch du wärest zufällig von dem *jinni*-Insekt gestochen.«

»Und trotzdem«, sagte Nasenloch voller Unbehagen, »man ... man möchte es gern genau wissen. Wenn die Herren daher keine Befehle mehr für mich haben, bitte auch ich um Entschuldigung.«

Fort war er, und kurz darauf auch ich. Wahrscheinlich hatte der ängstliche und abergläubische Sklave der Versicherung des Arztes nicht geglaubt. Ich glaubte ihm zwar, aber dennoch ...

Wie schon gesagt, wer einem Sterbenden beisteht, betrauert hinterher selbstverständlich den Verlust, doch mehr noch – und wenn auch nur insgeheim, ja, wenn vielleicht auch nur unbewußt –, noch mehr freut er sich darüber, noch am Leben zu sein. Da ich gerade Zeuge von etwas gewesen war, das man vielleicht als teilweises Sterben bezeichnen könnte, freute ich mich innerlich, eben die Teile, um die es hier ging, noch zu besitzen; und wie Nasenloch war mir daran gelegen, mich zu vergewissern, daß ich sie wirklich noch besaß. So begab ich mich schnurstracks zum Hause von Shimon.

Dort begegnete ich weder Nasenloch noch meinem Onkel; höchstwahrscheinlich war der Sklave unterwegs auf der Suche nach einem zugänglichen Knaben der *kuch-i-safari*, und vielleicht tat das auch Onkel Mafìo. Ich selbst fragte den Juden wieder nach dem dunkelbraunen Mädchen Chiv und bekam sie – und nahm sie mit einem Schwung, daß sie freudig überrascht Romm-Worte ausstieß – »*yilo!*« und »*friska!*« und »*alo! alo! alo!*« –, bei denen mich Trauer und Mitleid mit allen Eunuchen und Sodomiten und *castròni* und jedem anderen Krüppel erfüllte, der nie das köstliche Vergnügen kennenlernte, eine Frau den süßen Sang singen zu lassen.

3 Bei einem jeden meiner folgenden Besuche in Shimons Haus – zu denen es ziemlich oft kam, ein- oder zweimal die Woche –, fragte ich nach Chiv. Ich war es höchlichst zufrieden, wie sie *surata* machte, nahm die qahwah-Farbe ihrer Haut kaum noch wahr und hatte keine Lust, die Frauen anderer Hautfarbe und Rasse auszuprobieren, die der Jude in seinem Stall hielt, denn diese konnten – was Gesicht und Farbe betraf – Chiv einfach nicht das Wasser reichen. Doch das *surata*-Machen war in diesem Winter nicht die einzige Abwechslung. In Buzai Gumbad geschah immer etwas, das für mich neu und von Interesse war. Wann immer ich einen Ausbruch von Geräusch vernahm, der entweder daher rührte, daß jemand einer Katze auf den Schwanz trat, oder aber anfing, die hier übliche Musik zu spielen, nahm ich an, es sei letzteres und ging hin, um nachzusehen, was für eine Art der Unterhaltung mir winkte. Es konnte sein, daß ich auf einen *mirasi* oder *najhaya malang* stieß, doch sehr häufig war es etwas, das anzusehen schon mehr lohnte.

Ein *mirasi* ist nichts weiter als ein Sänger, allerdings ein Sänger besonderer Art: er trug mit seinem Gesang nichts anderes als Familiengeschichten vor. Auf Anforderung nebst zugehöriger Bezahlung hin hockte er sich vor sein *sarangi* – ein *viella*-ähnliches Streichinstrument, das allerdings flach auf den Boden gelegt wurde – und kratzte über seine Saiten; zu dieser wimmernden Begleitung sagte er im Bibbergesang die Namen sämtlicher Vorfahren des Propheten Muhammad oder Alexander des Großen oder irgendwelcher anderer historischen Persönlichkeiten auf. Doch nach dieser Art von Vorführung verlangte es nur wenige; offenbar kannte jeder den Stammbaum der allgemein anerkannten Größen bereits auswendig. Weit häufiger wurde so ein *mirasi* von einer Familie in Dienst genommen, damit er die Geschichte eben dieser Familie vortrage. Manchmal, nehme ich an, leisteten sie sich diese Ausgabe nur, um die Freude zu erleben, ihren Stammbaum in Töne umgesetzt zu hören, und bisweilen auch nur, um sämtliche Nachbarn in Hörweite zu beeindrucken. Doch für gewöhnlich versicherte man sich der Künste eines *mirasi,* wenn man überlegte, ob man sich durch Heirat nicht mit einer anderen Familie verbinden solle – und alles daransetzte, das ehrwürdige Erbe des jungen Mannes oder des jungen Mädchens hinauszuposaunen, der oder die verlobt werden sollte. In einem solchen Fall schrieb das Familienoberhaupt die gesamte Ahnenliste für den *mirasi* auf oder diktierte sie ihm, und diesem oblag es dann, die Namen in Reim und Rhythmus zu bringen – zumindest hat man mir das so gesagt; ich selbst konnte nie etwas anderes als einen ziemlich eintönigen Lärm in dem stundenlangen Gesang und *sarangi*-Gekratze erkennen. Ich nehme an, das erfordert eine ganze Menge Können, doch nachdem ich einmal zugehört hatte, wie »Reza Feruz zeugte Lotf Ali und Lotf Ali zeugte Rahim Yadollah« und so weiter von Adam bis zum heutigen Tag, machte ich mir nicht noch einmal die Mühe, einer solchen Darbietung zu folgen.

Was ein *najhaya malang* zu bieten hat, verblaßte nicht ganz so schnell. Ein *malang* ist das gleiche wie ein *darwish,* ein heiliger Bettler, und selbst auf dem Dach der Welt gab es Bettler, einheimische wie durchziehende. Einige von ihnen boten immerhin etwas, ehe sie *bakhshish* heischten. Ein *malang* hockt sich im Schneidersitz vor einen geflochtenen Korb und dudelt auf einer einfachen Rohr- oder Tonflöte. Dann hebt die *najhaya*-Schlange den Kopf aus dem Korb, spreizt hutförmig die Nackenrippen und bewegt sich anmutig hin und her, daß es aussieht, als wiege und tanze sie sich im Takt des heiseren Gedudels. Bei der *najhaya* handelt es sich um eine tückische Giftschlange, und jeder *malang* behauptet, niemand außer ihm besitze eine solche Macht über die Schlange – eine durch okkulte Mittel erworbene Macht. So handele es sich zum Beispiel bei dem Korb um eine besondere, *khajur* genannte Art, die ausschließlich ein Mann flechten dürfe; die einfache Flöte müsse mystisch geweiht sein, und bei der Musik handele es sich um eine nur Eingeweihten bekannte Melodie. Ich jedoch bekam bald heraus, daß den Schlangen die Giftzähne ausgebrochen und sie daher harmlos waren. Und da Schlangen keine Ohren haben, merkte man, daß die *najhaya* nur hin- und herschwankte, um – ohnmächtig, wie sie war – ihr Ziel – die sich hin- und herbewegende Flöte – nicht aus den Augen zu verlieren. Der *malang* hätte genausogut eine wohlklingendmelodische venezianische *furlàna* aufspielen können.

Manchmal ertönte plötzlich irgendwo Musik, ich ging dem Klang nach und stieß auf eine Gruppe stattlicher Kalash-Männer, die im Bariton »*Dhama dham mast qalandar...*« sangen und ihre *utzar* genannten roten Schuhe anzogen, die sie nur trugen, wenn sie loslegen wollten, ihren *dhama* genannten Stampf- und Hüpftanz zu tanzen. Oder ich vernahm das dumpfe Getrommel und wilde Gepfeife, das einen noch aufregenderen hinreißenden Wirbeltanz begleitete, den sie *attan* nannten und an dem das gesamte Lager, Männer wie Frauen, teilnehmen konnten.

Als ich einmal mitten in der Dunkelheit der Nacht Musik anschwellen hörte, folgte ich dem Klang bis zu einem kreisrund aus Wagen angelegten Sindi-Lager, wo ausschließlich Frauen tanzten und dabei sangen: »*Sammi meri warra, ma'in wa'ir...*« Unter den Zuschauern entdeckte ich auch Nasenloch, der lächelnd mit den Fingern den Takt auf seinen Bauch klopfte, denn das hier waren Frauen seiner Heimat. Für meinen Geschmack waren sie zu füllig und neigten auch dazu, einen Oberlippenbart zu bekommen, doch der Tanz im Mondenschein war hübsch anzusehen. Ich setzte mich neben Nasenloch, der sich gegen das Rad eines der Planwagen lehnte, und er übersetzte und deutete mir den Tanz. Die Frauen erzählten eine tragische Liebesgeschichte, sagte er – die Geschichte der Prinzessin Sammi, die sterblich in den jungen Prinzen Dhola verliebt war. Als die beiden herangewachsen waren, ging er fort und vergaß sie und kehrte nie zurück. Eine traurige Geschichte, doch konnte ich einiges an Verständnis für Prinz Dhola aufbringen, denn bestimmt hatte Prinzessin Sammi beim Erwachsenwerden einen Schnurrbart bekommen und war dick geworden.

Jede Sindi-Frau muß an diesem Tanz teilgenommen haben, denn in dem Wagen, gegen den Nasenloch und ich uns lehnten, greinte und schrie ein kleines unruhiges Kind so laut, daß es selbst die volltönende Sindi-Musik übertönte. Ich ertrug das eine Zeitlang, immer in der Hoffnung, daß das Kind schließlich einschlafen – oder ersticken – würde, was, war mir ziemlich gleichgültig. Als jedoch nach langer Zeit weder das eine noch das andere eintraf, machte ich meiner Wut knurrend Luft.

»Erlaubt, daß ich es zur Ruhe bringe, Herr«, sagte Nasenloch, stand auf und kletterte in den Wagen.

Die Schreie des Kindes gingen erst in ein Gurgeln über, um dann ganz zu verstummen. Dankbar richtete ich meine ganze Aufmerksamkeit auf den Tanz. Das Kind blieb Gott sei Dank still, doch Nasenloch blieb eine Weile drinnen. Als er schließlich wieder herauskletterte und sich wieder neben mir niederließ, dankte ich ihm und sagte aus Spaß: »Was hast du gemacht? Es umgebracht und verscharrt?«

Selbstgefällig entgegnete er: »Nein, Herr, mir ist da von einem Augenblick auf den anderen ein Einfall gekommen. Ich habe das Kind mit einem schönen neuen Schnuller und einer Milch, die sahniger ist als die seiner Mutter, zur Ruhe gebracht.«

Mir dämmerte erst langsam, was er gemeint hatte. Doch als ich begriffen hatte, fuhr ich entsetzt zurück und rief: »Himmelherrgott – das hast du nicht getan!« Er machte nicht im geringsten den Eindruck, als ob er sich schämte, sondern schien nur gelinde verwundert über meinen Ausbruch. »*Gèsu*! Dein kümmerliches kleines Dingdong hat eine eklige Erkrankung hinter sich, ist in Tiere und Kehrseiten hineingesteckt worden und – und jetzt in ein kleines Kind! Noch dazu deines eigenen Volkes!«

Achselzuckend meinte er: »Ihr wünschtet, daß es Ruhe gäbe, Mirza Marco. Und seht, es schläft immer noch den Schlaf der Befriedigten. Und mir selbst könnte es gar nicht bessergehen.«

Er hätte es verdient, bis aufs Blut durchgeprügelt zu werden, und es wäre ihm wohl Schlimmeres von den Eltern des Kindes widerfahren. Doch da ich ihn in gewisser Weise angestiftet hatte, schlug ich den Sklaven nicht. Ich beschimpfte ihn nur, überhäufte ihn mit Schmähungen und hielt ihm sogar die Worte Unseres Herrn Jesus – oder Nasenlochs Prophet Isa – vor, daß wir uns Kindern gegenüber immer zartfühlend verhalten sollten, »denn ihrer ist das Himmelreich«.

»Aber ich bin sogar *sehr* zartfühlend vorgegangen, Herr. Und Ihr könnt jetzt den Rest des Tanzes ungestört genießen.«

»Mitnichten werde ich das! Jedenfalls nicht in deiner Gesellschaft, elende Kreatur! Ich könnte den tanzenden Frauen nicht gerade in die Augen blicken in dem Bewußtsein, daß eine von ihnen die Mutter des armen, unschuldigen Wesens ist!« Und so entfernte ich mich, ehe der Tanz zu Ende war.

Doch glücklicherweise kam es nicht oft vor, daß solche Erlebnisse durch unangenehme Zwischenfälle wie diesen gestört wurden. Bisweilen führten mich die Klänge der Musik jedoch nicht zu einem Tanz, sondern zu einem Spiel. Es gab zwei Arten von Sport im Freien, die in Buzai Gumbad getrieben wurden, und beide hätten nicht auf wesentlich engerem Raum gespielt werden können, denn bei beiden spielten eine ganze Menge Menschen zu Pferde mit, und es ging nicht gerade sanft dabei zu.

Das eine Spiel spielten die Hunzukut-Männer, denn ursprünglich war es in ihrem Heimattal Hunza irgendwo südlich von diesen Bergen aufgekommen. Die Berittenen schwangen bei diesem Spiel langstielige, hammerartige Schläger und schlugen damit nach etwas, das sie *pulu* nannten, ein abgerundetes Stück Weidenholz, das ballgleich über den Boden rollte. Zu jeder Mannschaft gehörten sechs berittene Hunzukut, die versuchten, den *pulu* mit ihren Schlägern zu treffen – dabei jedoch häufig ihre Gegner, ihre Pferde oder ihre eigenen Mannschaftskameraden trafen –, um den *pulu* an der Verteidigung der sechs schlägerschwingenden Gegner vorbeizutreiben, bis er über die am hintersten Ende des Spielfeldes gezogene Siegerlinie rollte oder hinüberflog.

Mir fiel es häufig schwer, dem Spielverlauf zu folgen, da es mir nicht so ohne weiteres gelang, die beiden gegnerischen Mannschaften auseinanderzuhalten. Alle trugen sie eine schwere Ausrüstung aus Leder und Pelzen nebst dem typischen Hunzuk-Hut, der bewirkt, daß es aussieht, als ob der Träger zwei dicke Pasteten auf dem Kopf balancierte. Dieser Hut besteht aus einer langen Röhre aus rauhem Tuch, das von beiden Enden aus aufgerollt wird, bis die beiden Rollen aufeinandertreffen und man sich das Ganze auf den Kopf stülpt. Beim *pulu*-Spiel trug die eine Mannschaft rote Pastetenhüte und andere blaue. Doch nach kurzer Zeit des Spiels konnte man die beiden Farben kaum noch unterscheiden.

Meistens verlor ich auch den hölzernen *pulu* selbst unter den achtundvierzig donnernden Pferdehufen, dem aufspritzenden Schnee und Schlamm und Schweiß sowie den zusammenprallenden Schlägern aus den Augen; und nicht selten kam es vor, daß irgendwelche abgeworfenen Spieler gleichfalls getroffen und hin- und hergestoßen wurden. Doch die erfahreneren Zuschauer, und das waren praktisch alle anderen in Buzai Gumbad, besaßen schärfere Augen. Jedesmal, wenn sie den *pulu* über die Siegerlinie hinwegfliegen sahen, erscholl es von der ganzen Menge: »*Go! Go-o-o!*« – ein Hunzuk-Wort, das besagte, daß eine Mannschaft einen Punkt gewonnen hatte –, und gleichzeitig setzte eine Gruppe von Musikanten mit einem schrilltönenden Durcheinander von Trommelwirbeln und Flötentrillern ein.

Zu Ende war ein Spiel erst dann, wenn es einer der beiden Mannschaften gelungen war, den *pulu* neunmal über die Siegerlinie hinwegzutreiben. Infolgedessen konnte es passieren, daß die aus zwölf Pferden bestehende Herde einen ganzen Tag über den immer weicher und tückischer werdenden Boden des Spielfelds dahindonnerte, wobei die Spieler schrien und fluchten und die Zuschauer aufmunternd brüllten, die Schläger aufeinanderprallten und nicht selten dabei zersplitterten und im aufgeweichten Gelände Spieler und Pferde und Zuschauer und Musikanten mit Schlamm bespritzt wurden, Reiter aus dem Sattel fielen, sich in Sicherheit zu bringen versuchten und fröhlich von ihren Kameraden über den Haufen geritten wurden, und gegen Ende des Tages, wenn das Feld nur mehr ein zähflüssiger Morast war, rutschten auch die Pferde aus und gingen zu Boden. Es war jedesmal ein herrliches Ereignis, und ich versäumte keine Gelegenheit, es zu verfolgen.

Das andere Spiel ging ähnlich; auch dieses wurde von vielen Reitern gespielt, doch spielte es hierbei keine Rolle, wie viele es waren, denn es gab keine Mannschaften. Jeder Reiter spielte für sich selbst gegen alle anderen. Das Spiel hieß *bous-kashia*, was, wie ich meine, ein tazhikisches Wort ist; dabei ist dieses Spiel keine Besonderheit irgendeines Volkes oder Stammes; irgendwann einmal spielte jeder mit. Statt um einen *pulu* ging es beim *bous-kashia* um den Kadaver einer Ziege, der man gerade den Kopf abgehackt hatte.

Das frisch getötete Tier wurde einfach zwischen die Pferdehufe auf den Boden geworfen, woraufhin viele Reiter ihren Pferden die Sporen gaben und darauf zudrängten, sich gegenseitig wegstießen und beiseite drängten, schoben und schubsten und versuchten, hinunterzulangen und die Ziege vom Boden hochzureißen. Wem das gelang, der mußte den Ziegenkadaver im Galopp quer durchs Feld über die Linie am anderen Ende des Feldes tragen. Aber selbstverständlich wurde er von allen anderen dabei verfolgt, die versuchten, ihm seine Trophäe zu entreißen, oder sein Pferd abzudrängen oder gar zum Straucheln zu bringen oder ihn aus dem Sattel zu stoßen. Wer immer es schaffte, das tote Tier an sich zu bringen, wurde daraufhin zum Opfer aller anderen Reiter. Infolgedessen geriet das ganze Spiel schließlich zu einer Rauferei zu Pferde, aus der nur wenige heil herauskamen; auch viele Zuschauer bekamen einen Tritt von der dahinstiebenden Pferdeherde ab, wurden umgeritten und verloren das Bewußtsein, wenn die durch die Luft fliegende Ziege oder auch nur eine ihr herausgerissene Keule sie traf.

In diesen langen Wintermonaten auf dem Dach der Welt, wenn ich nicht gerade diesen Spielen oder Tänzen zusah oder mich mit Chiv auf dem *hindorah*-Bett vergnügte oder anderem Zeitvertreib nachging, verbrachte ich auch manch eine ernstere Stunde im Gespräch mit Hakim Mimdad.

Onkel Mafìo legte es nicht darauf an, daß man irgend etwas zu seiner Krankheit oder zu den damit verbundenen anderen Mißlichkeiten sagte. Er nahm das zerstoßene Antimon nach Vorschrift ein, und wir sahen, daß er wieder zunahm, was er zuvor abgenommen hatte, und überhaupt von Tag zu Tag kräftiger wurde; doch wir versagten es uns, neugierig nachzufragen, wann genau diese Arznei ihn zu einem Eunuchen machte, und er selbst rückte von sich aus auch nicht damit heraus. Da ich ihm während unseres Aufenthaltes in Buzai Gumbad nie in Begleitung eines Knaben oder irgendeines anderen Partners antraf, vermag ich auch nicht zu sagen, wann er schließlich davon Abstand nahm, derlei Beziehungen zu suchen. Trotzdem suchte der *hakim* uns in regelmäßigen Abständen auf, um sich routinemäßig von Onkel Mafìos Fortschritten zu überzeugen und die Dosis des Antimons, die er zu sich nahm, entweder zu verringern oder zu vergrößern. Nach der Untersuchung seines Patienten saßen er und ich oft zusammen und unterhielten uns, denn ich fand, daß er ein ausnehmend interessanter Bursche sei. Wie jeder andere *mèdego,* den ich erlebt habe, betrachtete Mimdad seine tägliche Arbeit als Arzt nur als notwendiges Übel, dem er sich unterziehen mußte, um sich seinen Lebensunterhalt zu verdienen, und zog es vor, den größten Teil seiner Energie und seines Strebens seinen privaten Studien zu widmen. Wie jeder andere *mèdego* träumte er davon, etwas Neues und medizinisch Wunderbares zu entdecken, die Welt damit zu erstaunen und seinen Namen für immer neben den Göttern der Heilkunst leuchten zu lassen wie Asklepios, Hippokrates und

Ibn Sina, den das Abendland unter dem Namen Avicenna kennt. Gleichwohl widmen sich die meisten Ärzte meiner Bekanntschaft – zumindest in Venedig – nur solchen Studien, wie die heilige Mutter, die Kirche, sie gutheißt oder zumindest duldet, das heißt Studien, die geeignet sind, neue Wege zu finden, um die Dämonen der Krankheit zu vertreiben oder zu vernichten. Mimdads Studien und Experimente, so erfuhr ich, bewegten sich weniger im Bereich der Heilkunst als vielmehr in dem des Hermes Trismegistus, dessen Künste an Zauberei grenzten.

Da die hermetischen Künste ursprünglich und sehr lange hindurch von Heiden wie Griechen, Arabern und Alexandrinern ausgeübt wurden, ist es den Christen selbstverständlich verboten, in sie einzutauchen. Gleichwohl hat jeder Christ schon von ihnen gehört. Ich selbst zum Beispiel wußte, daß die Hermetiker des Altertums wie der neuen Zeit – die Adepten, wie sie sich gern nennen – fast immer und alle miteinander danach getrachtet haben, ein oder zwei der ganz großen Geheimnisse zu enthüllen: das Elixier der Unsterblichkeit und den Stein der Weisen zu finden, durch dessen Berührung gewöhnliche Metalle in Gold verwandelt werden. Deshalb war ich nicht wenig erstaunt, als Hakim Mimdad nur Hohn und Spott für diese beiden Ziele übrig hatte, die er »unrealistische Aussichten« nannte.

Gewiß, auch er sei ein Adept der uralten Geheimwissenschaft, gab er zu. Er nannte sie *al-kimia* und behauptete, Allah habe sie als erster den Propheten Musa und Haroun offenbart, womit er Moses und Aaron meinte, von denen sie über die Jahre auf andere berühmte Experimentatoren wie den großen arabischen Weisen Jabir übergegangen seien. Desgleichen gab Mimdad zu, jawohl, wie jeder andere Adept auch, jage er einem äußerst flüchtigen Wild nach, allerdings einem weniger grandiosen denn Unsterblichkeit oder unermeßlichen Reichtums. Was er zu entdecken – oder vielmehr *wieder*zuentdecken – hoffte, war das, was er den »Liebestrank von Majnun und Laila« nannte. Eines Tages, als der Winter im Hochland anfing, seinen Griff zu lockern, und die *karwan*-Führer begannen, nach dem Himmel aufzuschauen, um sich schlüssig zu werden, wann sie es wagen konnten, vom Dach der Welt hinabzusteigen, erzählte Mimdad mir die Geschichte dieses bemerkenswerten Liebestranks.

»Majnun war ein Dichter und Laila eine Dichterin, und sie lebten vor langer, langer Zeit in einem fernen Land. Kein Mensch weiß wo oder wann. Bis auf die Gedichte, die sie überlebt haben, weiß man nur dieses von Majnun und Laila: Sie besaßen die Fähigkeit, ihre Gestalt nach Belieben zu ändern. Sie konnten jünger oder älter werden, schöner oder häßlicher, und sich auch aussuchen, welchen Geschlechts sie sein wollten. Oder aber sie konnten jemand ganz anderes werden, riesige Vögel Rock zum Beispiel oder gewaltige Löwen und schreckliche *mardkhora*. Oder, in verspielterer Stimmung, etwa ein sanftes Reh, ein edles Pferd oder ein bezaubernder Schmetterling . . .«

»Eine nützliche Gabe«, sagte ich. »Dann müßte ihre Dichtung imstande sein, diese fremden Lebensweisen genauer wiederzugeben, als jeder andre Dichter es zuvor getan hatte.«

»Ohne Zweifel«, meinte Mimdad. »Aber sie waren nie bemüht, Kapital aus ihrer besonderen Gabe zu schlagen oder dadurch berühmt zu werden. Sie nutzten sie nur zum Spiel, und ihr Lieblingsspiel war die Liebe. Der körperliche Akt des Liebens.«

»*Dio me varda*! Es hat ihnen Spaß gemacht, Pferde und so zu lieben? Ach, dann muß unser Sklave Dichterblut in den Adern haben!«

»Nein, nein, nein! Majnun und Laila haben immer nur einander geliebt. Überlegt doch, Marco – was brauchten sie denn einen anderen oder anderes?«

»Hm . . . ja«, sagte ich sinnend.

»Überlegt die unendliche Vielfalt der ihnen offenstehenden Erfahrungen! Sie konnte der Mann werden und er die Frau. Oder sie konnte Laila sein und er konnte sie als Löwe besteigen. Er konnte Majnun sein und sie eine zarte *qazèl*. Oder sie konnten beide jemand völlig anderes sein. Oder sie konnten beide taufrische Kinder sein, oder beide Männer oder beide Frauen, oder der eine erwachsen und der andere ein Kind. Oder beide Mißgeburten, die ein groteskes Paar abgaben.«

»*Gèsu* . . .«

»Wurden sie der menschlichen Liebe – mochte sie noch so vielfältig und launisch sein – überdrüssig, konnten sie sich an den wiederum ganz anderen Lüsten ergötzen, wie sie Tieren und Schlangen, den dämonischen *jinn* und den lieblichen *peri* gegeben sind. Sie konnten zwei Vögel sein, die es mitten in der Luft im Fluge triebe, oder zwei Schmetterlinge, die es im Kelch einer duftenden Blüte taten.«

»Welch bezaubernde Vorstellung!«

»Oder aber sie konnten auch die Gestalt von zwei Hermaphroditen annehmen, so daß Majnun und Laila gleichzeitig *ak-fa'il* und *al-mafa'ul* füreinander waren. Die Möglichkeiten müssen unendlich gewesen sein, und sie müssen eine jede ausprobiert haben, denn das war es, was sie ihr Leben lang taten – bis auf die Zeit, da sie vorübergehend gesättigt waren und innehielten, um ein oder zwei Gedichte zu schreiben.«

»Und Ihr hofft es ihnen gleichzutun?«

»Ich? O, nein, ich bin alt und längst über jedes fleischliche Begehren hinaus. Außerdem sollte ein Adept sich nie um des eigenen Vorteils willen mit der *al-kimia* beschäftigen. Mir ist daran gelegen, den Liebestrank und seine Kraft allen Männern und Frauen zugänglich zu machen.«

»Woher wollt Ihr wissen, daß es wirklich ein Liebestrank war, der sie zu allem instand setzte? Angenommen, es war ein Zauberspruch oder ein Gedicht, das sie vor jeder Verwandlung sprachen?«

»In dem Fall bin ich geschlagen. Ich bin außerstande, ein Gedicht zu schreiben oder auch nur eines beredt vorzutragen. Bitte, kommt mir jetzt nicht mit entmutigenden Vorschlägen, Marco. Einen Liebestrank hingegen *kann* ich unter Beschwörungen aus Essenzen und Pulvern zusammenbrauen.«

Für meine Begriffe war die Hoffnung, das zu schaffen, nur gering. Trotzdem fragte ich: »Nun? Habt Ihr denn schon irgendwelchen Erfolg gehabt?«

»Einigen, ja. Daheim in Mosul. Eine meiner Frauen starb, nachdem sie einen meiner Tränke genossen hatte – aber sie starb mit einem beseligten Lächeln auf den Lippen. Eine Variante dieses Tranks schenkte einer anderen meiner Frauen einen ungemein lebendigen Traum. Sie fing im Schlaf an, ihre *mihrab* zu liebkosen und zu streicheln, ja, an ihr förmlich herumzureißen, und das war vor einer ganzen Reihe von Jahren, und sie hat bis jetzt nicht mehr aufgehört, das zu tun, denn sie ist nie aus ihrem Traum erwacht. Jetzt lebt sie im Mosuler Haus der Enttäuschung in einem Raum, dessen Wände mit weichem Stoff bespannt sind, und jedesmal, wenn ich dorthin reise, um mich nach ihrem Befinden zu erkundigen, sagt mir mein dort zuständiger *hakim*-Kollege, sie sei immer noch in ihrer unendlichen Selbsterregung befunden. Ich wünsche, ich wüßte, wovon sie träumt.«

»*Gèsu*! Und das nennt Ihr einen *Erfolg*?«

»Jedes Experiment, aus dem man etwas lernt, ist ein Erfolg. So habe ich seither die Schwermetallsalze aus meinem Rezept herausgelassen, denn ich bin zu dem Schluß gekommen, daß sie es sind, die das tiefe Koma oder auch den Tod hervorrufen. Heute neige ich den Forderungen des Anaxagoras zu und verwende nur organische und homöopathische Ingredienzien. Yohimbin, Kanthariden, Stinkmorcheln und dergleichen. Austern pulv., Nuß v. Onosm., Pip. nig., Heuschreckenkrebse ... Daß der Behandelte nicht mehr erwacht, steht heute nicht mehr zu befürchten.«

»Ich bin überglücklich, das zu hören. Und jetzt?«

»Nun, da war ein kinderloses Paar, das alle Hoffnung aufgegeben hatte, je eine Familie zu gründen. Sie haben jetzt vier oder fünf stramme Jungen, und die Zahl ihrer weiblichen Nachkommen haben sie meines Wissens nie gezählt.«

»Da kann man wohl in gewisser Weise wirklich von Erfolg sprechen.«

»In gewisser Weise schon. Aber alle ihre Kinder sind Menschen. Und normal. Sie müssen auf die übliche Weise empfangen und gezeugt worden sein.«

»Ich verstehe, was Ihr meint.«

»Und das waren die letzten, die sich freiwillig erboten haben, meinen Liebestrank auszuprobieren. Ich argwöhne, daß jener *hakim* vom Haus der Enttäuschung in Mosul dort in der Gegend Gerüchte in Umlauf gesetzt hat, obwohl das gegen den Eid der Ärzte verstößt. Deshalb besteht meine Hauptschwierigkeit nicht im Herstellen neuer Varianten des Liebestranks, sondern darin, Personen zu finden, die sich dem Versuch unterziehen, ihn auszuprobieren. Ich selbst bin dafür zu alt, und meine mir noch verbliebenen beiden Frauen würden es ohnehin ablehnen, sich an den Experimenten zu beteiligten. Ihr werdet einsehen, daß es am besten ist, wenn Mann und Frau den Trank gleichzeitig zu sich nehmen. Insbesondere ein junger, kräftiger Mann und eine ebensolche Frau.«

»Ja, das liegt auf der Hand. Gewissermaßen ein Majnun und eine Laila.«

Auf meine Feststellung folgte ein langes Schweigen.

Dann sagte er leise, scheu und hoffnungsvoll tastend: »Marco, habt *Ihr* vielleicht Zugang zu einer willfährigen Laila?«

Schönheit der Gefahr.

4 Die Gefahr der Schönheit.
»Ich schlage vor, daß ihr den Dolch hierlaßt«, sagte Shimon, als ich durch seinen Laden ging. »Das Domm-Weib ist in einer bösen Stimmung. Aber vielleicht wollt Ihr ja heute auch mal eine von den anderen? Jetzt, wo das Lager im Begriff steht, sich aufzulösen, werdet wohl auch Ihr Euch bald mit Eurer *karwan* auf den Weg machen. Vielleicht wollt Ihr am Schluß doch noch etwas Neues ausprobieren. Eine andere Frau und nicht die Domm?«

Nein, ich wollte, daß Chiv die Laila für meinen Majnun spielte. Doch in Anbetracht der Tatsache, daß man bei diesem Spiel nicht wußte, wie es ausging, hielt ich mich an den Rat des Juden und ließ mein Drückmesser auf dem Ladentisch liegen. Desgleichen legte ich einen kleinen Stapel Dirhams hin, um für die ganze Zeit bezahlt zu haben, die ich möglicherweise dort blieb – und damit seine Unterbrechungen zu vermeiden, die sich ergaben, wenn er anklopfte, um zu sagen, meine Zeit sei um. Dann begab ich mich in Chivs Raum und sagte beim Eintreten:

»Ich hab' was für dich, mein Mädchen.«

»Ich hab' auch was für dich«, sagte sie. Sie saß nackt auf der *hindora* und ließ das Lager leise an den Seilen schwingen, während sie die runden, dunkelbraunen Brüste und den flachen Bauch einölte, damit er schön glänzte. »Oder werde doch bald etwas haben.«

»Noch einen Dolch?« fragte ich müßig und fing an, mich zu entkleiden.

»Nein. Hast du deinen schon verloren? Offenbar hast du das. Nein, diesmal handelt es sich um etwas, von dem du nicht so ohne weiteres sagen kannst, es sei nicht deins. Ich bekomme nämlich ein Kind.«

Ich hörte auf, mich zu bewegen, stand stocksteif da und machte vermutlich einen lächerlichen Eindruck, denn ich war halb aus meinem *pai-jamah* und stand storchengleich auf einem Bein da. »Was soll das heißen, *ich* könnte nicht so ohne weiteres sagen, es sei nicht meins? Warum sagst du mir das?«

»Wem sollte ich es sonst sagen?«

»Warum nicht dem Hunzuk aus den Bergen? Um nur einen anderen zu nennen?«

»Das würde ich schon tun, wenn es von einem anderen wäre. Aber das ist es nicht.«

Das erste Erstaunen hatte ich inzwischen verdaut und war wieder Herr meiner fünf Sinne. Also zog ich mich weiter aus, allerdings nicht ganz so eifrig wie zuvor, und sagte vernünftig: »Ich komme jetzt seit etwa drei Monaten hierher. Woher willst du es da so genau wissen?«

»Ich weiß es eben. Ich bin eine Romni *juvel*. Wir von den Romm wissen solche Dinge.«

»Dann solltest du auch wissen, wie man so etwas verhütet.«

»Weiß ich auch. Für gewöhnlich stecke ich vorher immer einen mit Walnußöl befeuchteten Salzpfropf hinein. Und wenn ich diese Vorsichtsmaßnahme unterlassen habe, dann nur deshalb, weil dein *vyadhi*, dein ungestümes Begehren, mich überwältigt hat.«

»Gib mir jetzt keine Schuld und schmeichle mir auch nicht – womit immer du versuchen willst, mich zu gewinnen. Ich will keine dunkelbraunen Sprößlinge.«

»Oh?« war alles, was sie darauf sagte; allerdings verengte sie die Augen, als sie mich ansah.

»Aber wie auch immer, ich kann dir nicht glauben, Chiv. Ich kann nicht die geringste Veränderung an deinem Körper wahrnehmen. Er ist immer noch sehr hübsch und straff.«

»Das stimmt wohl; und mein beruflicher Erfolg hängt davon ab, daß ich ihn auch so behalte. Nicht von einer Schwangerschaft verunstaltet und unnütz für die *surata*. Also, warum glaubst du mir nicht?«

»Ich glaube, du tust nur so. Um mich für dich zu behalten. Oder um mich dazu zu bringen, dich mitzunehmen, wenn ich Buzai Gumbad verlasse.«

Leise: »Du bist so begehrenswert.«

»Jedenfalls bin ich kein Einfaltspinsel. Es überrascht mich, daß du meinst, auf einen so alten, gewöhnlichen Frauentrick würde ich reinfallen.«

Leise: »Gewöhnlichen Frauen...«

»Und wenn du wirklich schwanger wärest, würde eine erfahrene, eine kluge Romni *juvel* Mittel und Wege finden, das Kind loszuwerden.«

»O, ja. Da gibt es verschiedene Möglichkeiten. Ich dachte nur, du solltest ein Wörtchen dabei mitzureden haben.«

»Worüber streiten wir dann? Dann sind wir uns doch völlig einig. Aber jetzt paß auf, ich habe was für dich. Für uns beide.«

Ich ließ mein letztes Kleidungstück fallen und warf ihr ein in Papier eingewickeltes Päckchen sowie ein kleines Tonfläschchen hin.

Sie wickelte das Päckchen aus und sagte: »Das ist nur gewöhnlicher *bhang*. Und was ist in dem Fläschchen?«

»Chiv, hast du jemals von Majnun, dem Dichter, und Laila, der Dichterin, gehört?«

Ich setzte mich neben sie und berichtete ihr, daß der Hakim Mimdad mir von diesem Liebespaar aus alter Zeit und ihrer Möglichkeit erzählt hatte, so viele verschiedene Arten von Liebe zu genießen. Nicht allerdings band ich ihr auf die Nase, was der *hakim* mir gesagt hatte, als ich mich erbot, gemeinsam mit Chiv seine letzte Variante des Liebestranks auszuprobieren. Er hatte nämlich ein zweifelndes Gesicht gemacht und gebrummt: »Eine Romm? Dieses Volk behauptet, selbst über Zauberkünste zu verfügen. Und die könnten mit der *al-kimia* in Widerstreit liegen.« Ich schloß meinen Bericht mit den Instruktionen, die er mir gegeben hatte. »Wir trinken gemeinsam aus dem Fläschchen. Und während wir darauf warten, daß es anfängt zu wirken, verbrennen wir den Haschisch. Den *bhang*, wie du ihn nennst. Wir atmen den Rauch ein, und das erheitert uns und schaltet unseren Willen aus, macht uns also den Kräften des Liebestranks noch zugänglicher.«

Sie lächelte, als wäre sie sanft belustigt. »Du willst eine *Gazho*-Magie an einer Romni ausprobieren? Es gibt ein Sprichwort, Marco. Das handelt von einem Toren, der sich eigens Mühe gibt, das Feuer des Teufels zu entfachen.«

»Aber es ist kein törichter Zauber. Es handelt sich um *al-kimia*, um einen sorgsam von einem weisen und gelehrten Arzt gebrauten Trank.«

Das Lächeln wich nicht aus ihrem Gesicht, nur belustigt sah es nicht mehr aus. »Du hast gesagt, du hättest keine Veränderung an meinem Körper bemerkt, aber jetzt bist du bereit, unser beider Körper zu verändern. Du hast mir Vorwürfe gemacht, ich täte nur so als ob, und jetzt sollen wir, wenn es nach dir geht, beide so tun als ob.«

»Das hier ist keine Verstellung, sondern ein *Experiment*. Schau, ich erwarte von einer einfachen . . . ich erwarte nicht von dir, daß du hermetische Philosophie verstehst. Verlaß dich auf mein Wort, daß es sich hier um etwas unendlich Erhabeneres und Edleres handelt als um irgendeinen barbarischen Aberglauben.«

Sie zog den Pfropfen aus dem Fläschchen und schnupperte daran. »Das riecht aber widerlich.«

»Der *hakim* sagt, die Haschischdämpfe vertreiben die Übelkeit. Und er hat mir sämtliche Ingredienzien des Tranks genannt: Farnsamen, Blätter der Seide, die Wurzel des *chob-i-kot*, zerstoßenes Hirschhorn, Ziegenwein . . . und andere harmlose Dinge, von denen keines schädlich ist. Ich würde doch das Zeug nicht selber schlucken oder dich darum bitten, wenn dem nicht so wäre.«

»Nun denn«, sagte sie, und jetzt bekam ihr Lächeln etwas Verschmitztes, sie hob das Fläschchen und nahm einen Schluck. »Jetzt werde ich den *bhang* auf das Kohlenbecken streuen.«

Das meiste vom Inhalt des Fläschchens überließ sie mir – »Dein Körper ist größer als meiner, vielleicht ist es schwerer, ihn zu verwandeln« – und ich trank ihn aus. Es dauerte nicht lange, und der Raum füllte sich mit dickem blauem, unangenehm süßem Haschischrauch; denn Chiv streute den Haschisch auf die Glut und murmelte dabei Unverständliches – in ihrer Muttersprache, wie ich annahm. Ich selbst streckte mich in voller Länge auf der *hindora* aus und schloß die Augen, um die Überraschung auszukosten, die es bedeuten würde, wenn ich sie wieder aufschlug, um nachzusehen, in was ich nun verwandelt worden sei.

Vielleicht fiel ich in einen vom Haschisch hervorgerufenen Dämmerzustand, doch glaubte ich das nicht. Als ich das das letzte Mal getan, waren die Geschehnisse im Traum verworren und verschwommen gewesen. Diesmal kamen mir die aufeinanderfolgenden Geschehnisse klar umrissen und *wirklich* vor.

Mit geschlossenen Augen lag ich da und spürte überall auf dem nackten Körper die Hitze, die von dem Kohlenbecken ausging, in dem Chiv gestochert hatte. Kraftvoll atmete ich den süßen Rauch ein und wartete auf irgendwelche Veränderungen an mir. Was ich erwartete, weiß ich nicht: Vielleicht, daß mir aus den Schulterblättern Vogelschwingen, Schmetterlings- oder *peri*-Flügel erwüchsen; vielleicht aber auch, daß mein Glied, das sich bereits erwartungsvoll reckte, zur machtvollen Größe eines Stierglieds auswuchs. Doch das einzige, was ich wahrnahm, war, daß Hitze und Rauch im Raum sich auf unangenehme Weise immer mehr verstärkten, und dann das nicht zu übersehende Bedürfnis, meine Blase zu leeren. Das hatte etwas von der üblichen Morgenerfahrung, da man mit dem *candeloto*-steif gerecktem Glied erwacht, obwohl es nur prall mit gewöhnlichem Urin gefüllt ist, was in der Erfüllung beider natürlicher Funktionen peinlich ist. Man hat keine Lust, es sexuell zu betätigen, hat aber auch etwas dagegen, es durch Wasserlassen erschlaffen zu lassen, weil der Strahl während dieser Erektion für gewöhnlich steil in die Höhe geht und man fast immer irgendeine Schweinerei anrichtet.

Das war alles andere als ein vielversprechender Beginn, und so blieb ich weiter mit geschlossenen Augen liegen und hoffte, diese Empfindungen würden vergehen. Das taten sie nicht. Sie verstärkten sich vielmehr, genauso wie die Hitze im Raum, bis es regelrecht unangenehm wurde und ich mich darüber ärgerte. Dann schoß mir plötzlich ein heftiger Schmerz durch die Lenden, wie man ihn manchmal erlebt, wenn man den Harndrang zu lange zurückhält, so unendlich schmerzlich, daß ich unwillentlich einen kleinen Spritzer Urin ausstieß. Wieder eine Weile lag ich einfach da, schämte mich und hoffte, daß Chiv nichts bemerkt hätte. Doch dann ging mir auf, daß ich keinerlei Feuchtigkeit auf dem bloßen Bauch gespürt hatte, wie ich es hätte tun müssen, wenn mein gerecktes Glied in die Luft hineingeschossen hätte. Statt dessen spürte ich es feucht die Innenseite meiner Schenkel hinunterlaufen. Ungewöhnlich. Kurze Verwirrung. Ich schlug die Augen auf. Rings um mich her war nichts zu erkennen als der blaue Rauch: Die Wände, das Kohlenbecken, das Mädchen – alles wurde davon verschluckt und war unsichtbar. Ich schickte den Blick nach unten, um nachzusehen, warum mein *candeloto* sich so sonderbar benommen hatte, doch wurde mir der Blick durch meine Brüste versperrt.

Brüste! Ich hatte die Brüste einer Frau, und zwar sehr schöne: wohlgeformt und hochstehend, die Haut elfenbeinfarben mit schönen, großen, rehfarbenen Höfen um die hochgereckten Brustwarzen herum, dazu das Ganze mit einer seidigen Schweißschicht bedeckt, während ein kleines Rinnsal durch das Tal dazwischen hinabrann. Der Liebestrank wirkte! Ich veränderte mich! Ich stand im Begriff, die aberwitzigste Entdeckungsreise anzutreten, die ich bisher unternommen hatte!

Ich hob den Kopf, um zu sehen, wie mein *candeloto* sich mit dieser Neuerwerbung vertrug, doch konnte ich ihn gar nicht sehen, denn plötzlich hatte ich auch einen gewaltigen runden Bauch, wie ein Berg, zu dem meine Brüste gleichsam das Vorgebirge bildeten. Jetzt brach mir ernstlich der Schweiß aus. Gewiß, es würde schon eine interessante Erfahrung bedeuten, für eine Weile eine Frau zu sein – aber ausgerechnet eine dickleibige, *fette* Frau? Vielleicht war ich sogar eine mißgebildete, denn mein Nabel, bisher nichts weiter als eine völlig bedeutungslose Delle, bildete jetzt im Gegenteil eine Ausbuchtung, saß gleichsam wie ein kleiner Leuchtturm auf meinem Berg von Bauch.

Außerstande, mein Glied zu sehen, griff ich mit der Hand danach. Doch das einzige, dem ich begegnete, war das Haar auf meiner Artischocke, das allerdings üppiger und drahtiger schien, als es sich sonst anfühlte. Als ich daran vorbeilangte, entdeckte ich – was jetzt kaum noch überraschend war –, daß der *candeloto* ebenso verschwunden war wie mein Hodensack. Statt dessen besaß ich die Organe einer Frau.

Ich sprang nicht schreiend auf. Schließlich hatte ich die Verwandlung selbst herbeigeführt und sie auch erwartet. Wäre ich zu einem Vogel Rock geworden, würde mich das vermutlich mehr erschreckt und entsetzt haben. Doch wie dem auch sei, ich war schließlich überzeugt, daß diese Verwandlung nicht ewig bleiben würde. Aber richtig glücklich war ich auch nicht. Das Organ einer Frau hätte meiner forschenden Hand vertraut vorkommen müssen – doch wies es nun einen beunruhigenden Unterschied auf. Für meine Finger fühlte es sich fest und hart und heiß an – und scheußlich feucht von dem unwillkürlichen Urinspritzer. Es fühlte sich bei der Berührung mitnichten nach der weichen, gehätschelten und aufnahmewilligen Börse an – nach dem *mihrab*, dem *kus*, der *pota* oder *mona* –, in die ich so oft Finger und anderes hineingesteckt.

Und ganz abgesehen davon, für *mich selber* fühlte es sich ... wie dies nur ausdrücken?

Man sollte doch erwartet haben, daß ich – wäre ich eine Frau, an deren Geschlechtsorgan herumgefingert wurde, und sei es von der eigenen Hand – irgendeine angenehme Empfindung verspürte, irgendein inneres Jucken oder zumindest irgend etwas Altvertrautes. Aber jetzt *war* ich eine Frau und verspürte nichts weiter als den Druck der Finger, wodurch ich mich höchstens belästigt fühlte, und das einzige, was sich dabei innerlich regte, eine Zorneswelle war. Langsam ließ ich einen Finger in mich hineingleiten, doch kam er nicht weit, und dann stieß die sanfte Hülle um ihn herum ihn zurück – *spie* ihn förmlich aus, könnte ich sagen. Da saß irgend etwas in mir. Vielleicht ein Meersalzpfropf, der vorsichtshalber hineingeschoben worden war? Doch das Herumtasten weckte mehr Ekel als Neugier in mir, und ich hatte keine Lust, den Finger nochmals hineinzuschieben. Selbst als ich absichtlich einen Finger leicht meinen *zambur*, meine *lumaghèta* streifen ließ – jenen zartesten

Teil meiner neuen Teile, der so empfindlich auf jede Berührung reagiert wie ein Augenlid –, verspürte ich nichts weiter als eine Verstärkung meines Grolls und den Wunsch, in Ruhe gelassen zu werden.

Ich fragte mich: erlebt eine Frau, wenn sie gestreichelt wird, nie mehr als dies? Das kann doch nicht sein, sagte ich mir. Aber vielleicht erlebt eine fette Frau nichts anderes. Zwar hatte ich bis jetzt noch nie eine wirklich fette Frau gestreichelt, doch bezweifelte ich das. Und überhaupt – in meiner neuen weiblichen Gestalt –, war ich da wirklich eine *fette* Frau? Ich setzte mich auf, um nachzusehen.

Nun, ich hatte immer noch diesen gewaltig geschwollenen Bauch, und jetzt erkannte ich, daß er durch eine Verfärbung der straff gespannten elfenbeinfarbenen Haut noch häßlicher wurde, als er ohnehin schon war – daß eine braune Linie sich von dem hochstehenden Nabel bis auf meine Artischocke hinunterzog. Doch schien der Bauch das einzig Fette an mir zu sein. Meine Beine waren annehmbar schlank und unbehaart und hätten hübsch genannt werden können, wären nicht die Adern darauf so geschwollen und sichtbar so gewunden, daß es aussah, als hätte ich unmittelbar unter der Haut ein ganzes Netz von Wurmlöchern sitzen. Auch die Hände und Arme sahen recht schlank aus und mädchenhaft weich. Doch als ich sie anfühlte, kamen sie mir nicht mehr so weich vor, sondern knotig und voller Schmerzen. Noch als ich sie betrachtete, sie zur Faust ballte und die Finger wieder streckte, verkrampften beide Hände sich, und ich stöhnte.

Ich stöhnte so laut auf, daß Chiv eigentlich irgendeine Reaktion hätte zeigen müssen, doch tauchte sie nicht aus dem blauen Rauch um mich herum auf, auch dann nicht, als ich mehrere Male ihren Namen rief. Was mochte der Liebestrank aus ihr gemacht haben? Einfach nach dem Grundsatz der Umkehrung hätte ich erwartet, daß Chiv sich in einen Mann verwandelt hätte. Nur hatte der *hakim* gesagt, Majnun und Laila hätten sich bisweilen auch als Angehörige ein und desselben Geschlechts miteinander vergnügt. Manchmal hätte der eine oder andere es auch vorgezogen, unsichtbar zu bleiben. Gleichviel – Hauptzweck des Liebestranks war es, die Kraft zu erhöhen, mit der der Partner einen liebte, und in dieser Beziehung schien er sich als Mißerfolg zu erweisen. Gewiß hatte kein Partner – gleich, ob männlich, weiblich oder unsichtbar – Lust, sich mit einem so grotesken Wesen zu paaren wie dem, in das ich mich verwandelt hatte. Und dennoch – was war aus Chiv geworden? Immer und immer wieder rief ich nach ihr ... und dann schrie ich.

Ich schrie, weil mein Körper von einem anderen Gefühl geschüttelt wurde – einem Gefühl weit schrecklicher als bloßer Schmerz. Irgend etwas hatte sich *bewegt* – etwas, das nicht ich war, sich gleichwohl *in mir* bewegt hatte, im Inneren dieses monströs gedunsenen Ballons, der mein Bauch war. Ich wußte, das kam nicht von irgend etwas, das mir im Magen lag, denn es geschah viel tiefer als nur im Bauch. Und es war auch nichts Schlechtverdautes, das in meinen Därmen zu Gas wurde, denn dieses Gefühl kannte ich schon von früher. Es kann durchaus unangenehm sein und bisweilen erschreckend, auch dann, wenn es nicht mit irgendwelchen Geräuschen oder anderen Peinlichkeiten verbunden ist. Diesmal handelte es sich um etwas anderes, etwas, das mir nie zuvor widerfahren war. Es fühlte sich an, als hätte ich irgendein kleines schlafendes Tier verschluckt, dies sei tief in meine Eingeweide hinabgezogen worden und dort plötzlich erwacht, hätte sich gestreckt und gegähnt. Mein Gott, dachte ich, was ist, wenn es versucht, sich seinen Weg freizukämpfen?

In diesem Augenblick bewegte es sich erneut, und wieder schrie ich auf, denn es schien drauf und dran, genau das zu tun – sich freizukämpfen. Doch tat es das nicht. Die Bewegung ließ nach, und ich schämte mich, geschrien zu haben. Vielleicht hatte das im Schlaf zusammengerollte Tier sich nur ein wenig anders hingelegt, vielleicht, um auszuprobieren, wie weit es sich überhaupt bewegen konnte! Wieder spürte ich es zwischen meinen Beinen feucht werden und meinte, mich in meiner Angst neuerlich naß gemacht zu haben. Doch als ich mit der Hand dort unten herumfühlte, spürte ich etwas Schlimmeres als Urin. Ich hob mir die Hand vor die Augen und sah, daß die Finger sich in einer scheußlichen Substanz verfangen hatten, die sich in Fäden zwischen Schritt und Hand zogen und feucht dahingen und träge auseinanderrissen. Diese Substanz war feucht, aber nicht flüssig; es handelte sich um einen grauen Schleim, wie Nasenschleim, und dazwischen Blutgerinnsel. Ich fing an, über den Hakim Mimdad und seinen unheiligen Liebestrank zu schimpfen. Nicht nur, daß ich durch ihn zu der Gestalt einer häßlichen Frau gekommen war, sondern auch noch zu der einer Frau, mit deren Geschlechtsteilen irgend etwas nicht stimmte, die in irgendeiner Weise krank war und da unten scheußliche Ausscheidungen absonderte.

Wenn ich in meiner neuen Hülle wirklich krank oder verletzt war, dachte ich, wagte ich es besser nicht, sie sich erheben und nach Chiv Ausschau halten zu lassen. Da blieb ich besser so liegen, wie ich lag. Daher rief ich noch ein paarmal nach ihr, allerdings ohne Erfolg. Ich fing sogar an, nach Shimon zu rufen, obwohl ich mir vorstellen konnte, wie der Jude feixen und in sich hineinkichern würde, wenn er mich in weiblicher Gestalt daliegen sah. Doch auch er kam nicht, und jetzt bedauerte ich, ihn im voraus für einen so langen Besuch bezahlt zu haben. Welche Geräusche und Rufe er auch von hier innen hörte – wahrscheinlich hielt er alles für den Ausdruck ausgelassenen Liebesspiels, in das er sich nicht einmischen wollte.

Lange lag ich auf dem Rücken, und es geschah nichts weiter, als daß der Raum immer heißer wurde, ich immer verschwitzter und zum Drang des Wasserlassens jetzt auch noch der kam, meine Notdurft zu verrichten. Möglich, daß das eingebildete kleine Tier in mir mit seinem ganzen Gewicht auf meine Blase und die Eingeweide drückte und sie über Gebühr belastete. Ich mußte mich bewußt anstrengen, nicht einfach alles laufen zu lassen, schaffte das allerdings, denn ich wollte mich nicht im Liegen entleeren und das ganze Lager beschmutzen. Dann, unversehens, so als wäre die Tür auf den tauenden Schnee draußen geöffnet worden, überfiel mich ein Kälteschauer. Die Schweißschicht auf meinem Leib wurde zu Eis, ich zitterte an allen Gliedern, ich mußte mit den Zähnen klappern, ich bekam am ganzen Körper eine Gänsehaut, und meine ohnehin schon hochstehenden Brustwarzen standen noch strammer. Ich hatte nichts, mich zuzudecken; wenn meine Kleider noch auf dem Boden lagen, so konnte ich sie weder sehen noch erreichen, und ich hatte Angst; aufzustehen und nachzusehen. Doch dann war das Frösteln plötzlich vorüber, der Raum so feuchtheiß wie zuvor, und wieder brach mir der Schweiß aus und rang ich nach Luft.

Da ich sonst nicht viel hatte, darüber nachzusinnen, versuchte ich eine Bestandsaufnahme meiner Gefühle vorzunehmen. Es waren ihrer viele und sehr unterschiedlicher Art. Ich verspürte ein bestimmtes Maß an Erregung: Der Liebestrank hatte gewirkt, zumindest teilweise. Auch so etwas wie Erwartung verspürte ich: der Liebestrank mußte noch mehr bewirken, vielleicht erwies sich das, was noch kam, als interessant. Doch die meisten Gefühle, die mich bewegten, waren alles andere als angenehm. Ich fühlte mich unbehaglich: meine Hände verkrampften sich immer wieder, und das Bedürfnis, den Darm zu entleeren, war übermächtig geworden. Ekel befiel mich: da floß immer noch dieser eiterähnliche Brei aus meiner *mihrab* heraus. Ärger durchlief mich: in diese Situation gebracht worden zu sein – und ich hatte Selbstmitleid: gezwungen worden zu sein, diese Situation ganz allein über mich ergehen lassen zu müssen. Da war nagendes Schuldgefühl: von Rechts wegen hätte ich in der *karwansarai* sein sollen, um meinen Gefährten beim Packen und den Vorbereitungen für die Weiterreise zu helfen und nicht einfach meiner Neugier zu folgen. Ich empfand Angst: nicht wirklich zu wissen, was der Liebestrank mir womöglich noch alles bringen würde – und Besorgnis: daß das, was mir jetzt noch widerfuhr, sich auch als nicht besser erwies denn das, was ich bereits erfahren hatte.

Dann, in einem lähmenden Augenblick, fielen alle Gefühle von mir ab, wurden hinweggewischt und ausgelöscht von dem einen, das Vorrang hat vor jedem anderen – Schmerz. Es war ein Schmerz, der wie ein Riß durch meine niederen Regionen ging, und ich hätte wohl glauben können, das Geräusch zu hören, den das machen mußte, als wenn ein kräftiger Stoff auseinandergerissen würde – nur, daß ich ausschließlich meinen eigenen Angstschrei hörte. Ich hätte meinen sollen, mit meinem Betrügerbauch bersten zu müssen, doch wurde dieser dermaßen von dem Schmerz geschüttelt, daß ich mich an den Seiten der sich wiegenden *hindora* halten mußte, um nicht hinausgeworfen zu werden.

Jedesmal, wenn Angst einen überfällt, versucht man sich instinktiv zu bewegen in der Hoffnung, Bewegung könne sie beschwichtigen; und die einzige Bewegung, die ich machen konnte, war, die Beine anzuziehen. Da das ganz jählings geschah, verlor ich die Beherrschung über andere, feinere Muskeln, und in plötzlicher feuchter Wärme schoß der Urin aus mir heraus, über mich hinweg und lief mir die Hinterbacken herunter. Statt nun rasch abzuklingen, nahm der Schmerz nur ganz langsam Abschied und ging auf in einem Wechselbad von Hitze und Kälte. Ich zuckte jedesmal zusammen, wenn ein Fieberanfall einem Kälteschauder wich und dieser wieder der Fieberhitze. Nachdem dies Geschütteltwerden allmählich verebbte und ich in Schweiß und Urin gebadet dalag, fühlte ich mich schlaff und schwach und keuchte, als wäre ich gegeißelt worden, und da ich nunmehr Worte von mir geben konnte, rief ich laut: *»Was geschieht mit mir?«*

Und plötzlich wußte ich es. Schau: auf diesem Lager liegt eine Frau flach auf dem Rücken, und zum größten Teil ist ihr Körper auch flach und nur dort gewölbt und gerundet, wo es ein Frauenkörper sein soll – bis auf den grauenhaft aufgetriebenen Bauch. Sie liegt mit angewinkelten und auseinanderklaffenden Beinen da und legt ihre *mihrab* bloß, die fest geschlossen und fühllos ist vor lauter Spannung. Irgend etwas ist dort oben in ihr. Das ist es, was den Bauch so dick macht, und es lebt, und sie hat gespürt, wie es sich regt, und sie hat die ersten Stiche verspürt, die kommen, wenn es dort herauswill, und wo sonst soll es herauskommen, wenn nicht durch den *mihrab*-Kanal zwischen ihren Beinen? Ganz offensichtlich handelt es sich um eine Frau in fortgeschrittener Schwangerschaft, eine Frau, die im Begriff steht zu gebären.

Alles schön und gut, diese unbeteiligte, kühle Betrachtungsweise. Nur war ich keine Zuschauerin; ich war *es*. Nämlich jenes bemitleidenswerte, langsam sich windende Wesen auf dem Lager, das in seiner absurden Haltung Ähnlichkeit aufwies mit einem auf dem Rücken liegenden Frosch – das war *ich*.

Gèsu, Marià, Isèpo, dachte ich – und ließ den Rahmen der *hindora* los, um mich zu bekreuzigen –, wie war es möglich, daß der Liebestrank zwei Wesen aus mir gemacht und dann noch ein drittes in mich hineingesteckt hatte? Was immer das in mir war, mußte ich jetzt den ganzen Geburtsvorgang durchstehen? Wie lange dauert so etwas? Was macht man, um ihn voranzubringen? Und außer diesen Dingen dachte ich noch manches von dem Hakim Mimdad, das sich nicht so ohne weiteres wiederholen läßt und womit ich ihn zur Hölle wünschte. Das war vielleicht unklug von mir, denn wenn ich jemals einen *hakim* brauchte, dann jetzt. Nie hatte ich näher etwas mit einer Geburt zu tun gehabt als bei dem einen oder anderen Mal, da ich erlebt hatte, wie ein blauviolettes, wie geschunden aussehendes Kind in Venedig aus dem Wasser gezogen worden war. Ich hatte noch nicht einmal eine Straßenkatze jungen sehen! Die venezianischen Hafenrangen, die in derlei Dingen mehr Erfahrung besaßen als ich, hatten gelegentlich über dieses Thema geredet, doch das einzige, woran ich mich erinnerte, war das Wort »Wehen«, das in diesem Zusammenhang gefallen war, und was die Wehen betraf, so brauchte ich jetzt keine Unterweisung. Selbstverständlich wußte ich auch, daß Frauen im Kindbett oft starben. Angenommen, ich starb in diesem fremden Körper! Es würde ja nicht einmal jemand wissen, wer ich war. Als namenlose, wahrscheinlich unverheiratete Dirne, die niemand haben wollte und die von ihrem eigenen Wechselbalg zu Tode gebracht worden war, würde ich verscharrt werden ...

Allerdings gab es über Dringenderes nachzudenken als darüber, was mit meinen unrühmlichen Überresten zu geschehen habe. Der schneidende Schmerz setzte wieder ein, genauso heftig wie zuvor, doch diesmal biß ich die Zähne zusammen, schrie nicht, sondern bemühte mich sogar, den Schmerz zu untersuchen. Er schien tief in meinem Bauch einzusetzen, irgendwo hinten, in der Nähe der Wirbelsäule, und von dort aus nach vorn durchzustoßen. Dann gab es eine Pause, in der ich wieder Atem schöpfen konnte, ehe der Schmerz mich wieder anfiel. Obwohl der Schmerz mit keiner der aufeinanderfolgenden Wellen abnahm, schien ich jedesmal ein wenig besser damit fertig zu werden als zuvor. Infolgedessen versuchte ich, die Wehen und die dazwischenliegenden Pausen abzumessen. Jeder Anfall dauerte so lange, daß ich langsam bis dreißig oder vierzig zählen konnte, doch als ich versuchte, die Pausen dazwischen abzuzählen, kam ich in so hohe Zahlen, daß ich durcheinandergeriet und nicht mehr mitkam.

Es gab noch anderes, das zu meiner Verwirrung beitrug. Entweder ich selbst oder aber der Raum wechselten ab zwischen Fieberglut und Eiseskälte; ich wurde entweder geröstet, daß ich völlig erschlaffte, oder aber mich fror, daß ich eine einzige Verkrampfung war. Irgendwie fand mein Bauch zwischen all seinen anderen Beschwerden auch noch Zeit, Brechreiz auszulösen. Ich stieß auf, rülpste verschiedentlich und mußte mehrere Male dagegen ankämpfen, mich zu übergeben. Meine Blase konnte ich immer noch nicht wieder kontrollieren, und so ließ ich bei jedem Schmerzanfall Wasser und konnte nur durch entschlossenes Zusammenziehen von Muskeln verhindern, daß sich auch noch mein Darm leerte. Der Urin mochte ätzend gewirkt haben, jedenfalls bewirkte er, daß Schenkel, Schritt und Gesäß sich roh und abgeschürft anfühlten. Rasender Durst quälte mich, was vermutlich daran lag, daß ich so sehr geschwitzt und Wasser gelassen und damit viel von meiner Körperflüssigkeit von mir gegeben hatte. Immer wieder verkrampften sich meine Hände, jetzt geschah das gleiche mit den Beinen, und das in der häßlichen Haltung, in der ich sie hochgezogen hatte. Daß ich die *hindora* unterm Rücken fühlte, war nicht angenehm. Eigentlich tat es mir überall weh, selbst im Mund; ich hielt ihn dermaßen verzerrt aufgerissen, daß mir selbst die Lippen weh taten. Ich konnte fast froh darüber sein, wenn die Wehen durch meine Eingeweide wühlten; denn die Wehen waren so unendlich viel schrecklicher als alles andere, daß ich die kleineren Schmerzen darüber vergaß.

Ich hatte mich mit der Erkenntnis abgefunden, daß der Liebestrank mir keinerlei Freude bringen würde. Jetzt, da die Stunden sich endlos in die Länge zogen, versuchte ich, mich damit abzufinden zu ertragen, was der Trank mir statt dessen beschert hatte – Durst und Ekel und Selbstbeschmutzung und allgemeines Elend und dazwischen immer wieder Schmerzanfälle – entweder, bis dies sich verflüchtigte und ich wieder zu dem wurde, der ich zuvor gewesen war, oder bis ich von irgendwelchem neuen und anderen Elend niedergedrückt wurde.

Und genau das geschah. Als die Schmerzen keine Spritzer Urin mehr aus mir herauspreßten, dachte ich, mein Körper wäre endlich aller Flüssigkeit entleert. Doch plötzlich fühlte ich mich in den unteren Regionen von noch mehr Feuchtigkeit förmlich hinweggeschwemmt, einer Flut, als hätte jemand einen Krug Wasser zwischen meinen Beinen ausgegossen. Wie warmer Urin war das Wasser, doch als ich den Kopf hob, um hinzusehen, sah ich, daß die Lache, die sich dort unten ausbreitete, farblos war. Auch begriff ich, daß das Wasser nicht aus meiner Blase stammte und nicht durch das kleine weibliche Harnloch herausgeströmt war, sondern aus dem *mihrab*-Kanal. Ich mußte annehmen, daß diese neue Überschwemmung nur eine neue Phase in dem wirklich alles andere als appetitlichen Geburtsvorgang ankündigte.

Die Unterleibsschmerzen folgten jetzt in immer kürzeren Abständen und ließen mir kaum Zeit, vom einen zum anderen Mal zu Atem zu kommen und darauf vorbereitet zu sein, wenn die nächsten einsetzten. Da dachte ich bei mir: Vielleicht liegt es daran, daß du dich gegen jeden Schmerz wehrst und versuchst, ihm auszuweichen – vielleicht ist es das, warum es so entsetzlich weh tut. Wer weiß, wenn du dich mutig jedem stelltest und dich auf ihn einließest... Folglich versuchte ich das, aber das »sich darauf einstellen« in dieser Situation war gleichbedeutend damit, denselben Muskeldruck auszuüben, wie er beim Notdurft-Verrichten gefordert wird, und hatte den gleichen Erfolg. Als dieser ganz besonders mahlende Schmerz einmal für einen kurzen Augenblick nachließ, entdeckte ich, daß ich zwischen meinen Beinen eine ganze Menge stinkender *merda* herausgedrückt hatte. Doch inzwischen machte mir das schon nichts mehr aus. Ich dachte nur bei mir: Daß das menschliche Leben in *merda* endet, hast du immer gewußt; jetzt weißt du, daß es auch in *merda* beginnt.

»Denn ihrer ist das Himmelreich.« Plötzlich fiel mir ein, dies vor noch gar nicht langer Zeit unserem Sklaven Nasenloch gepredigt zu haben. »Lasset die Kindlein zu mir kommen!« sprach ich und stieß ein klägliches Lachen aus.

Das Lachen währte nicht lange. Obwohl es kaum zu glauben ist, wurde plötzlich alles womöglich noch schlimmer. Die Wehen kamen jetzt nicht mehr in Wellen oder Schüben, sondern in rascher Folge, und eine jede dauerte länger als die vorhergehende, bis es zu einem ständigen Todesschmerz in meinem Bauch wurde, der unerbittlich weiterwütete und sich dermaßen steigerte, daß ich ohne jede Scham schluchzte und wimmerte und stöhnte und fürchtete, es nicht mehr aushalten zu können, mich danach sehnte, daß mir gnädig die Sinne schwänden. Hätte jemand sich in diesem Zustand über mich gebeugt und zu mir gesagt: »Das ist nichts. Es kann noch schlimmer weh tun und wird es auch tun« – ich hätte selbst in dieser unerträglichen Qual zwischen meinen Schluchzern noch aufgelacht. Und doch hätte dieser Jemand nur recht gehabt.

Ich spürte, wie meine *mihrab* sich öffnete und sich weitete wie ein gähnender Mund, und wie die Lippen sich immer weiter öffneten, bis sie die Öffnung zu einem Kreis ausgebildet hatten, der aussah wie ein schreiender Mund. Und als ob das noch nicht qualvoll genug gewesen wäre, schien das ganze Kreisrund plötzlich wie von flüssigem Feuer bestrichen. Ich langte mit der Hand hinunter, um verzweifelt das Feuer auszuschlagen, spürte jedoch nichts Brennendes, sondern nur etwas Bröckeliges. Wieder hielt ich die Hand vor die tränenüberströmten Augen und sah wie durch einen Schleier hindurch, daß meine Finger mit einer käsigen, hellgrünen Masse bestrichen waren. Wie konnte die nur dermaßen brennen?

Und selbst dann noch konnte ich neben dem rasenden Schmerz in meinem Bauch und dem sengenden Feuer unten andere schreckliche Dinge spüren. Ich schmeckte den Schweiß, der mir das Gesicht herunter in den Mund lief, schmeckte das Blut, das dort hervortrat, wo ich mir die Lippen zerbissen hatte. Ich konnte mich grunzen hören, stöhnen und verzweifelt nach Luft schnappen. Ich roch den Gestank des schändlich herausgedrückten Kots und Urins. Wieder spürte ich das Wesen in mir sich regen, ja, sich offensichtlich hin- und herwerfen, mit Armen und Beinen strampeln, während es sich nachdrücklich durch die Schmerzen im Leib bis zum Brennen unten vorschob. Während es sich bewegte, drückte es noch unerträglicher auf meine Blase und die Därme dort unten, und irgendwie fand sich noch etwas darin, das sich austreiben ließ. Und dann kam zusammen mit diesen letzten Kot- und Urinresten das Wesen heraus. Und ach, mein Gott, als der Herrgott gebot: »Unter Schmerzen sollst du deine Kinder gebären!« sorgte Gott auch dafür, daß dem tatsächlich so werde. Zuvor hatte ich belanglose Schmerzen kennengelernt, und jetzt, in diesen Stunden, hatte ich echte Schmerzen erlitten und seither andere Schmerzen kennengelernt, doch bin ich der Meinung, daß es in der ganzen Welt keinen Schmerz gab, wie ich ihn in diesem Augenblick durchmachte. Ich habe gesehen, wie Männer, die sich auf ihr grausiges Handwerk verstanden, andere Männer folterten, aber ich glaube, kein Mensch ist so grausam und erfinderisch und fähig auf dem Gebiet des Schmerzes wie Gott.

Jetzt setzte der Schmerz sich aus zwei Arten von Schmerz zusammen. Der eine rührte daher, daß das Fleisch meiner *mihrab* vorn und hinten riß. Man nehme ein Stück Haut und zerschneide es, langsam, aber unerbittlich, und versuche sich vorzustellen, wie das der Haut weh tut; und dann versuche man sich vorzustellen, daß es die Haut zwischen den Beinen ist, von der Artischocke bis zum After. Während mir das widerfuhr und mich schreien machte, zwängte der Kopf des Geschöpfes in mir sich durch die es umschließenden Knochen dort unten, und das ließ mich zwischen den Schreien aufbrüllen. Die Knochen dort unten sitzen dicht beieinander; sie müssen unter Mahlen und Knirschen auseinandergezwängt und beiseite geschoben werden wie von einem Felsen, der unerbittlich einen schmalen Felsgrat herunterkommt. So empfand ich es, und zwar die ganze Zeit über: die krank machende Bewegung und der Schmerz in mir, das Knirschen und Knacken sämtlicher Knochen zwischen meinen Beinen, das Auseinandergerissen-Werden und Brennen des Fleisches außen. Und Gott erlaubt selbst in dieser tiefsten Not nur Schreie und Gebrüll: er gewährt keine Ohnmacht, um sich vor unerträglichem Schmerz zu schützen.

Bewußtlos wurde ich erst, als das Geschöpf mit einem letzten brutalen Pressen und Anschwellen und einem Schmerzaufwallen wie einem hörbaren Schrei herauskam – der tiefbraune Kopf sich blutverschmiert und voller Schleim zwischen meinen Beinen erhob und boshaft mit Chivs Stimme sagte: »Etwas, wovon du nicht so ohne weiteres sagen kannst, es sei nicht deins ...« Da war mir, als stürbe ich.

5 Als ich wieder zu mir kam, war ich wieder ich selbst. Zwar lag ich immer noch rücklings auf der *hindora,* aber ich war wieder ein Mann, und der Körper, den ich hatte, schien wieder mein eigener zu sein. Getrockneter Schweiß lag mir leicht flockig auf der Haut, und meine Kehle war schrecklich ausgedörrt, ich hatte Durst und Kopfschmerzen, daß ich meinte, der Schädel müsse mir zerspringen. Sonst jedoch tat mir nirgend etwas weh. Ich lag auch nicht in meinem eigenen Kot; das Lager sah reinlich aus wie immer. Der Rauch aus dem Raum war fast abgezogen, und ich sah meine Kleider dort auf dem Boden liegen, wo ich sie achtlos hatte fallen lassen. Auch Chiv war da – vollständig bekleidet. Sie hatte sich hingekauert und wickelte etwas Hellblaues und Violettes in das Stück Papier, in dem ich den Haschisch mitgebracht hatte.

»Habe ich das alles nur geträumt, Chiv?« fragte ich. Sie gab mir keine Antwort und blickte auch nicht auf, fuhr jedoch fort mit dem, was sie tat. »Was ist mit dir denn inzwischen geschehen, Chiv?« Wieder keine Antwort. »Ich dachte, ich bekäme ein Baby«, sagte ich und tat das leichthin lachend ab. Keine Reaktion. Daraufhin setzte ich noch hinzu: »Du warst da. Du warst es.«

Woraufhin nun endlich sie den Kopf hob und ihr Gesicht ziemlich den gleichen Ausdruck hatte wie im Traum oder was immer es gewesen war. Sie fragte:

»War ich dunkelbraun?«

»Wieso, na.«

Sie schüttelte den Kopf. »Die Kinder der Romm werden aber erst später braun. Bei der Geburt sind sie von der gleichen Farbe wie die Kinder weißer Frauen.«

Damit stand sie auf und trug ihr kleines Päckchen hinaus. Als die Tür aufging, war ich verwundert über das helle Tageslicht. War ich denn die ganze Nacht und bis in den nächsten Tag hinein hier drin gewesen? Meine Gefährten waren bestimmt ungehalten, daß ich ihnen alle Arbeit überlassen hatte. Eilends fing ich an, mich anzuziehen. Als Chiv ohne das Bündel zurückkehrte, sagte ich wie im Plauderton:

»Ich kann mir um alles in der Welt nicht vorstellen, daß eine Frau den Wunsch haben sollte, diese Schrecken durchzumachen. Du etwa, Chiv?«

»Nein.«

»Dann habe ich recht gehabt? Du hast vorhin nur so getan, als ob? Du bist gar nicht schwanger?«

»Ich bin es nicht.« Für jemand, der für gewöhnlich eher redselig war, gab sie sich sehr wortkarg.

»Nur keine Angst. Ich bin ja nicht böse auf dich. Ich bin froh, schon um deinetwegen. Und jetzt muß ich zurück in die *karwansarai*. Ich gehe.«

»Ja, gehe!«

Das wiederum sagte sie in einem Tonfall, der durchblicken ließ: »Komm nur nicht zurück!« Ich sah keinen Grund dafür, daß sie sich so kratzbürstig zeigte. Ich war es schließlich gewesen, der all dies durchlitten hatte, und ich hatte den starken Verdacht, daß sie auf irgendwelche vertrackte Weise dazu beigetragen hatte, daß der Liebestrank so ganz anders als erwartet gewirkt hatte.

»Sie ist in schlechter Stimmung, wie Ihr gesagt habt, Shimon«, erklärte ich dem Juden beim Fortgehen. »Aber ich vermute, ich schulde Euch noch mehr Geld – so lange, wie ich hiergeblieben bin.«

»Aber nein«, sagte er. »Ihr seid ja nicht lange geblieben. Mein Gewissen treibt mich sogar, Euch einen Dirham zurückzugeben. Und hier habt Ihr auch Euer Drückmesser wieder. *Shalom!*«

Dann war es also immer noch derselbe Tag und noch nicht einmal spät am Nachmittag; offenbar war mir die ganze Qual nur unendlich lang vorgekommen. Ich kehrte zurück in die Herberge, wo mein Vater und mein Onkel und Nasenloch immer noch dabei waren, unsere Habseligkeiten zusammenzupacken, jedoch durchaus nicht auf meine sofortige Mithilfe angewiesen waren. So ging ich hinunter an den See, wo die Wäscherinnen von Buzai Gumbad immer eine Stelle eisfrei hielten. Das Wasser war so blaukalt, daß es sich ins Fleisch zu fressen schien, und so lief mein Bad recht oberflächlich ab. Ich wusch mir nur Hände und Gesicht und zog nur flüchtig das Obergewand aus, um mir ein paar Tropfen auf die Brust und unter die Arme zu spritzen. Es war das erste Mal in diesem Winter, daß ich das überhaupt tat; wahrscheinlich wäre ich vor meinem eigenen Gestank zurückgeschreckt, nur, daß alle anderen auch und noch schlimmer stanken. Zumindest hatte ich jetzt das Gefühl, um ein weniges sauberer und den Schweiß losgeworden zu sein, der in Chivs Raum auf meiner Haut getrocknet war. Und wie der Schweiß verdünnt wurde, verwässerten auch meine Erinnerungen. So ist das mit dem Schmerz; es ist eine Qual, ihn zu erdulden, doch leicht, ihn zu vergessen. Ich bin fest überzeugt, das ist der einzige Grund, warum eine Frau, nachdem sie die Schmerzen einer Geburt durchlitten hat, auch nur daran denken kann, womöglich noch ein Kind zu bekommen.

Am Vorabend unserer Abreise vom Dach der Welt suchte uns der Hakim Mimdad, dessen eigene *karwan* auch fortziehen wollte, allerdings in eine andere Richtung, in unserer *karwansarai* auf, um uns allen Lebewohl zu sagen und Okel Mafìo einen Vorrat seiner Medizin für unterwegs zu geben. Und dann, während mein Vater und mein Onkel ziemlich gespannt lauschten, berichtete ich dem *hakim,* wieso sein Liebestrank ein Fehlschlag – oder aber weit über das hinaus, was er beabsichtigt hatte, erfolgreich – gewesen sei. Ich beschrieb ihm eingehend, was geschehen war – freilich alles andere als begeistert, eher sogar ein wenig vorwurfsvoll.

»Dann hat das Mädchen die Finger im Spiel gehabt«, sagte er. »Davor hatte ich ja gleich Angst. Aber kein Experiment ist ein vollständiger Fehlschlag, wenn man etwas daraus lernt. Habt Ihr etwas daraus gelernt?«

»Nur, daß das Menschenleben nicht nur in *merda* oder *kut* endet, sondern auch darin beginnt. Nein, noch etwas anderes: in Zukunft werde ich bei der Liebe vorsichtig vorgehen. Ich will nie eine Frau, die ich liebe, dazu verdammen, ein so grauenhaftes Schicksal wie das Mutterwerden zu erdulden.«

»Nun, da habt Ihr es denn. Ihr habt etwas gelernt. Vielleicht möchtet Ihr es noch einmal ausprobieren? Ich habe hier noch ein Fläschchen, das eine weitere Variante des Rezeptes enthält. Nehmt es mit und probiert es mit irgendeiner Frau, die nicht gerade eine Romni-Zauberin ist.«

Kläglich brummte mein Onkel: »Wenn das kein Dotòr Balanzòn ist! Gibt mir ein Mittel ein, das alles auslöscht, und um es auszugleichen, gibt er jemand, der viel zu jung und spritzig ist, es zu gebrauchen, einen Liebesverstärker.«

Ich sagte: »Ich werde den Trank annehmen, Mimdad, als Andenken. Die Vorstellung ist reizvoll – die Liebe in allen Formen zu erleben. Nur liegt noch ein langer Weg vor mir, ehe ich alle Möglichkeiten dieses Körpers ausgeschöpft habe, den ich jetzt zu behalten gedenke. Doch sobald Ihr Euren Trank bis zur Vollkommenheit verfeinert habt, wird diese Nachricht überall in der Welt verbreitet werden – vielleicht, daß meine Möglichkeiten sich dann erschöpfen. Dann werde ich Euch aufsuchen und Euch bitten, den reinen Trank auszuprobieren. Bis dahin jedoch wünsche ich Euch Erfolg und sage *salaam* und lebt wohl.«

Nicht einmal auf diese Weise konnte ich mich von Chiv verabschieden, als ich sie noch am selben Abend in Shimons Haus aufsuchte.

»Schon am Nachmittag«, sagte er gleichmütig, »hat die Domm um ihren Anteil an den bisherigen Einnahmen gebeten, sich von hier verabschiedet und sich einer usbekischen *karwan* angeschlossen, die nach Balkh losgezogen ist. So etwas tun Domm. Sind sie nicht faul, treibt es sie umher. Ach, Ihr habt ja immer noch das Drückmesser, Euch an sie zu erinnern.«

»Jawohl. Und mich an ihren Namen zu erinnern. Denn Chiv heißt Klinge.«

»Was Ihr nicht sagt! Und dabei hat sie nie eine in Euch hineingestoßen.«

»Da bin ich mir nicht so ganz sicher.«

»Es gibt auch noch andere Frauen. Wollt Ihr eine haben, für diese letzte Nacht?«

»Ich glaube nicht, Shimon. Nach dem, was ich von ihnen gesehen habe, kommen sie mir ausgesprochen unschön vor.«

»Aber der Denkweise entsprechend, die Ihr einmal zum Ausdruck gebracht habt, sind sie angenehm ungefährlich.«

»Wißt Ihr was? Der alte Mordecai hat das zwar nie gesagt, aber das mag etwas sein, was *gegen* unschöne Menschen spricht – jedenfalls nicht *für* sie. Ich glaube, ich werde die schönen immer vorziehen und sehen, wie ich mit der Gefahr zurechtkomme. Jetzt danke ich Euch für Eure guten Dienste, Tzaddik Shimon, und sage Euch lebt wohl!«

»*Sakanà aleichem, nosèyah.*«

»Das klang aber anders als Euer übliches Friede-sei-mit-Euch.«

»Ich dachte, Ihr würdet es zu schätzen wissen.« Damit wiederholte er die Iwrith-Worte, um sie dann in Farsi zu übersetzen: »Die Gefahr sei mit Euch, Reisender!«

Wiewohl es in Buzai Gumbad immer noch reichlich Schnee gab, hatte sich die gesamte Oberfläche des Chaqmantin-Sees aus blauweißem Eis in eine bunte Decke aus Wasservögeln verwandelt – unzählige Scharen von Gänsen, Enten und Schwänen waren von Süden her heraufgeflogen und fielen immer noch weiter ein. Ihr zufriedenes Geschnatter wollte nicht aufhören, und es rauschte wie ein Sturm im Wald, sobald Tausende von ihnen sich plötzlich auf einmal aus dem Wasser emporschwangen, um fröhlich eine Runde um den See zu fliegen. Auch lieferten sie uns eine schöne Abwechslung unseres Speiseplans, und ihr Eintreffen hatte ganz allgemein als Signal für die *karwans* gegolten, die Sachen zu packen, die Tiere aufzuzäumen oder zusammenzutreiben, ihre Wagen hintereinander aufzustellen und einer nach dem anderen langsam in Richtung Horizont zu verschwinden.

Die ersten, die sich auf den Weg machten, waren diejenigen *karwans,* die nach Westen, nach Balkh oder noch weiter zogen, denn der langsam abfallende Wakhàn-Korridor stellte die leichteste Route vom Dach der Welt hinab dar und war deshalb auch die erste, die im Frühling zu bewältigen war. Diejenigen, die weiterziehen wollten nach Norden, Süden oder Osten, warteten klüglich noch eine Weile länger, denn wohin sie auch immer wollten, zunächst galt es, die Buzai Gumbad von drei Seiten einschließenden Bergzüge zu überwinden, ihre Hochpässe zu benutzen und weitere hinter ihnen liegende Bergzüge zu erklimmen. Und die Hochpässe, die nach Norden, Osten und Süden führten, so sagte man uns, waren selbst im Hochsommer nie ganz ohne Schnee.

Aus diesem Grunde warteten wir Polo, die wir nach Norden wollten und keinerlei Erfahrung mit Reisen in solchem Gelände und unter diesen Bedingungen hatten, auf die Klugen anderen. Wir hätten vielleicht sogar länger als nötig gewartet, wäre nicht eines Tages eine Abordnung der tamilischen Chola zu uns gekommen, über die ich mich einst lustig gemacht und bei denen ich mich später dafür entschuldigt hatte. In der Handelssprache Farsi, die sie nur schlecht beherrschten, setzten sie uns auseinander, sie hätten beschlossen, ihr Meersalz nicht nach Balkh zu bringen; sie hätten nämlich zuverlässige Kunde erhalten, daß sie in einer Stadt namens Murghab, einer an der Ost-West-Route zwischen Kithai und Samarkand gelegenen Handelsstadt in Tazhikistan, einen besseren Preis dafür erzielen würden.

»Samarkand liegt nordwestlich von hier«, meinte Onkel Mafio.

»Murghab aber direkt im Norden«, sagte einer der Chola, ein spindeldürres Männchen namens Talvar. »Es liegt auf Eurem Weg, oh, Zweimal-Geborener, und Ihr werdet die schlimmsten Bergzüge hinter Euch haben, wenn Ihr dorthin kommt. Die Reise durchs Gebirge bis nach Murghab wird leichter für Euch sein, wenn Ihr in unserer *karwan* mitzieht. Wir wollten Euch nur sagen, daß Ihr Euch uns gern anschließen könnt; wir würden das sogar gern sehen, denn wir sind tief beeindruckt von den guten Manieren dieses zweimal geborenen Saudara Marco. Wir meinen, Ihr könntet genau die richtigen Reisegefährten für uns sein.«

Mein Vater und mein Onkel, ja sogar Nasenloch machten ein ziemlich dummes Gesicht, als man sie zweimal geboren nannte und Fremde mich meiner guten Manieren wegen priesen. Wir alle stimmten darin überein, der Einladung der Chola zu folgen, und bedankten uns sehr. So kam es, daß wir in ihrer *karwan* aus Buzai Gumbad hinausritten und uns aufmachten, zu den abweisenden Bergen im Norden zu gelangen.

Unsere *karwan* war nur klein verglichen mit manchen, die wir im Lager gesehen hatten und zu denen Dutzende von Menschen und Hunderte von Tieren gehörten. Die Chola waren alles in allem nur ein Dutzend, dazu ausschließlich Männer, keine Frauen und Kinder; und sie hatten auch nur ein halbes Dutzend kleiner ausgemergelter Reitpferde, was sie veranlaßte, sich im Reiten und Zufußgehen abzuwechseln. Als Gefährt hatten sie nur drei klapprige, zweirädrige Karren, vor die sie je ein kleines Zugpferd gespannt hatten. In diesen Karren transportierten sie ihr Bettzeug, ihren Proviant, das Tierfutter, Schmiedewerkzeug und andere für die Reise notwendige Dinge. Bis Buzai Gumbad hatten sie ihr Salz auf zwanzig oder dreißig Packeseln geschafft, diese jedoch dort gegen ein Dutzend Yaks eingetauscht, die imstande waren, dieselbe Last zu tragen und dabei besser für das nördliche Gelände geeignet waren.

Die Yaks waren ausgezeichnete Wegbahner. Ihnen machten weder Schnee noch Kälte oder Unbequemlichkeiten etwas aus, und sie waren selbst schwerbeladen noch trittsicher. Da sie die Spitze unserer *karwan* bildeten, suchten sie nicht nur den besten Weg, sondern pflügten ihn auch noch frei von Schnee und trampelten ihn für uns, die wir ihnen folgten, fest. Schlugen wir abends das Lager auf und pflockten wir die Tiere rund um uns her an, zeigten die Yaks den Pferden, wie man im Schnee herumscharrt, um die unansehnlichen und zusammengeschrumpften, aber eßbaren *burtsa*-Sträucher zu finden, die von der letzten Wachstumsperiode noch übriggeblieben waren.

Ich nehme an, daß die Chola uns nur deshalb aufgefordert hatten, uns ihnen anzuschließen, weil wir große Männer waren – zumindest im Verhältnis zu ihnen; und sie müssen sich gedacht haben, daß wir wohl gute Kämpfer wären, sollten wir auf dem Weg nach Murghab Räubern begegnen. Wir stießen aber auf keine, und so wurde unsere Muskelkraft nicht in irgendeinem Notfall gebraucht. Allerdings kam sie gelegen bei den häufigen Gelegenheiten, da auf dem unebenen Gelände ein Wagen umkippte, ein Pferd in einen Felsspalt fiel oder ein Yak eine seiner Lasten abstreifte, wenn er sich an einem Felsen vorbeizwängte. Außerdem halfen wir abends beim Essenbereiten, doch taten wir das mehr aus Eigennutz denn aus Gefälligkeit.

Die Chola aßen ihr Fleisch, nachdem sie es sehr reichlich mit einer Sauce von grauer Farbe und schleimiger Beschaffenheit übergossen hatten, die sich aus zahlreichen unterschiedlichen Gewürzen zusammensetzte und von ihnen *kàri* genannt wurde. Das hatte zur Folge, daß – was immer man auch aß – alles gleich schmeckte, nämlich nur nach *kàri*. Das war zugegebenermaßen ein Segen, wenn das Gericht aus einem faden Stück getrockneten oder eingesalzenen Fleisches bestand oder dies auch bereits grünlich schillerte und halb verwest war. Wir, die wir keine Chola waren, wurden es bald überdrüssig, immer nur *kàri* zu schmecken und nie zu wissen, ob das, was darunter lag, Hammel oder Geflügel war oder – was genausogut hätte sein können – Heu. Zunächst baten wir um Erlaubnis, die Sauce zu verbessern, indem wir eine Prise von unserem *zafràn* dazugaben, einer Zutat, welche den Chola bisher unbekannt gewesen war. Sie waren hocherfreut über den neuen Geschmack und die goldene Färbung, die der *kàri* jetzt annahm, und mein Vater schenkte ihnen ein paar Brutknöllchen, die sie mitnehmen sollten nach Indien. Als selbst die verbesserte Sauce uns nicht mehr reizen konnte, erboten ich und Nasenloch sowie mein Vater uns, sich mit den Chola abends beim Essenkochen abzulösen, und Onkel Mafìo holte Pfeil und Bogen hervor und versorgte uns von nun an mit frisch erlegtem Wild. Für gewöhnlich handelte es sich nur um Niederwild wie Schneehasen und rotbeinige Rebhühner, doch ab und zu schoß er auch etwas Größeres wie einen *goral* oder eine Ziegenantilope oder einen *urial*. Waren wir an der Reihe mit dem Kochen, gab es einfache Gerichte aus gebratenem oder gesottenem Fleisch – und zwar Gott sei Dank *ohne* Sauce.

Abgesehen davon, daß die Chola *kàri* über die Maßen liebten, waren diese Männer gute Reisegefährten. Sie waren selbst dann schüchtern, mit einem zu sprechen, wenn sie zuvor angesprochen worden waren, hielten sich also dermaßen zurück, um nicht lästig zu fallen, daß wir anderen die ganze Reise bis Murghab hätten zurücklegen können, ohne viel von ihnen zu merken. Obwohl die Chola Tamil und nicht Hindi sprachen, gehörten sie doch der Hindu-Religion an und kamen auch aus Indien; infolgedessen mußten sie die ganze Verachtung und den Hohn ertragen, mit dem andere Völker die Hindus zu Recht betrachten. Unser Sklave Nasenloch war der einzige Nichthindu, von dem ich wußte, daß er sich die Mühe gemacht hatte, die tiefstehende Hindi-Sprache zu erlernen, und nicht einmal er hatte je Tamil gelernt. Infolgedessen konnte sich keiner von uns in ihrer Muttersprache mit diesen

Chola unterhalten, und ihre Beherrschung des Farsi ließ sehr zu wünschen übrig. Nachdem wir ihnen jedoch deutlich gemacht hatten, daß wir den Kontakt mit ihnen nicht scheuten und uns auch nicht offen über sie lustig machten oder über ihr schleppendes Farsi lachten, zeigten sie sich uns gegenüber geradezu schmeichlerisch zuvorkommend und überboten sich förmlich, uns Interessantes über diesen Teil der Welt zu berichten und uns klarzumachen, welche Vorteile es habe, gerade diese Route eingeschlagen zu haben.

Dies ist das Land, das die meisten Abendländer die Ferne Tatarei nennen und von dem sie meinen, es stelle den östlichsten Rand der Erde dar. Doch diese Bezeichnung ist doppelt mißverständlich. Die Welt dehnt sich auch im Osten noch weit über die Ferne Tatarei hin aus, und der Name Tatarei könnte nicht falscher gewählt sein. Ein Mongole heißt in dem in Persien gesprochenen Farsi *Tàtar;* unter dieser Bezeichnung haben die Abendländer daher zum ersten Mal vom Mongolenvolk gehört. Später, als dann die Mongolen genannten Tatàren wie ein Sturm über die Grenzen Europas dahinfegten und das gesamte Abendland vor Angst und Haß auf sie zitterte, war es vielleicht natürlich, daß viele Abendländer das Wort Tàtar mit dem alten klassischen Namen für die Unterwelt – Tartarus – verwechselten. So kam es, daß die Abendländer von den »Tataren aus der Tatarei« genauso sprachen wie von den »Teufeln aus der Hölle«.

Doch selbst Menschen aus dem Osten, die doch die richtigen Namen für diese Landstriche hätten kennen sollen, Männer, die schon mit so mancher *karwan* durch diese Lande gezogen waren, belegten Berge, durch die wir uns gerade hindurchquälten, mit allen möglichen Namen: Hindu-Kush, Himalaya, Karakorum und so weiter. Ich kann bezeugen, daß es dort in der Tat genug einzelne Berge und ganze Bergzüge, ja, ganze Völker von Bergen gab, um alle möglichen Bezeichnungen zu rechtfertigen. Doch um unseres Kartenzeichnens willen fragten wir unsere Chola-Gefährten, ob sie uns über die ganze Angelegenheit aufklären könnten. Sie hörten zu, als wir all die uns genannten Namen wiederholten, und dann höhnten sie keineswegs über die Menschen, die sie uns genannt hatten – denn kein Mensch, so bestätigten sie, könne genau sagen, wo eine Bergkette und ein Name dafür aufhörten und wo eine andere beginne.

Doch um möglichst genau zu bestimmen, wo wir uns befänden, sagten sie, im Augenblick zögen wir durch das *Pai-Mir* genannte Hochland gen Norden; die Kette des Hindu-Kush hätten wir im Südwesten hinter uns gelassen und den Himalaya irgendwo weit in der Ferne im Südosten. Bei den anderen Namen, die wir gehört hatten – die Bewahrer, die Herren, Salomons Thron –, sagten die Chola, handele es sich vermutlich um lokale Bezeichnungen aus der engeren Umgebung, gegeben und benutzt nur von den Menschen, die zwischen den verschiedenen Gebirgszügen lebten. Infolgedessen trugen mein Vater und mein Onkel die Namen entsprechend in den Karten des Kitab ein. Für mich sah ein Berg aus wie der andere: hochragende Klippen, schartige Felsen, schwindelerregende Abgründe und das heruntergebrochene Gestein der Geröllhalden. Alles Gestein wäre eintönig grau, braun oder schwarz gewesen, hätte es nicht unter einer dicken Schneedecke begraben dagelegen und wäre es nicht von Eiszapfen geschmückt gewesen. Meiner Meinung nach hätte der Name Himalaya – Wohnstatt des Schnees – genausogut auf jede andere Bergkette in der Fernen Tatarei gepaßt.

Doch trotz aller Ödnis und trotz des Fehlens lebhafterer Farben handelte es sich um die großartigste Landschaft, durch die ich auf meinen Reisen je gekommen bin. Unbekümmert ob uns wenigen Unruhegeistern, diesen winzigen Insekten, die sich da den Weg über ihre mächtigen Hänge suchten, ragten die Berge des Pai-Mir majestätisch und unerschütterlich fest in gewaltiger Höhe und bildeten eine Bergkette nach der anderen. Doch wie soll ich in ohnmächtigen Insektenworten die überwältigende Majestät dieser Berge wiedergeben? Man lasse mich folgendes sagen: wie hoch und großartig die Alpen in Europa sind, weiß jeder Reisende und jeder Gebildete im Abendland. Und ich möchte noch folgendes hinzufügen: gäbe es so etwas wie eine ausschließlich aus Alpen bestehende Welt, dann wären die Gipfel des Pai-Mir die Alpen dieser Welt.

Noch etwas anderes möchte ich zu diesen Pai-Mir-Bergen bemerken, etwas, das ich nie von einem anderen Reisenden gehört habe, der von dorther zurückgekommen ist. Die Männer, die schon ihr Leben lang mit den *karwans* zogen, hatten uns freigebig guten Rat über das erteilt, was wir erleben würden, wenn wir erst einmal dort wären. Keiner von ihnen hat jedoch von einer Seite der Berge gesprochen, die ich als besonders interessant und erinnerungswürdig empfinde. Sie redeten zwar von den schrecklichen Wegeverhältnissen im Pai-Mir und von dem Wetter, das eine Strafe sei, und sie hatten uns auch gesagt, wie ein Reisender am besten mit diesen Schwierigkeiten fertig wurde. Niemals jedoch haben die Männer von dem gesprochen, was mir am lebhaftesten in der Erinnerung steht: von dem unablässigen *Lärm*, den diese Berge machen.

Dabei meine ich nicht das Heulen von Winden, Schnee- und Sandstürmen, obgleich ich das weiß Gott oft genug gehört habe. Wir hatten häufig mit einem Wind zu kämpfen, in den man sich buchstäblich hineinfallen lassen konnte, ohne zu Boden zu gehen – man hing dann eben schräg in der Luft, vom starken Wind so gehalten. Und zum Heulen dieses Windes kam noch das Gebrodel des treibenden Schnees oder das Prasseln des dahinjagenden Sands oder Staubs, wie das in Höhen vorkam, in denen der Winter immer noch nicht ganz weichen wollte, oder in den tiefen Schluchten, in denen jetzt später Frühling war.

Nein, das Geräusch, an das ich mich so gut erinnere, waren die Laute, die vom Zerfall der Berge ausgingen. Ich hätte nie vermutet, daß Berge von so gewaltiger Größe ständig zerfallen, auseinanderbersten und zu Tal rutschen. Als ich dieses Geräusch das erste Mal hörte, dachte ich, es sei ein Donner, der zwischen den Schroffen hallte, und darüber wunderte ich mich, denn Wolken waren in dem tiefblauen Himmel keine zu sehen. Außerdem konnte ich mir auch nicht vorstellen, daß bei so kristallklarem und kaltem Wetter ein Gewitter aufziehen sollte. Ich ließ mein Reittier halten, saß still im Sattel und lauschte.

Das Geräusch begann als tiefes Grollen irgendwo weit vor uns, steigerte sich zu einem fernen Brüllen, und dann setzte sich dieses Geräusch aus den vielen Echos zusammen, die das ergab. Andere Berge hörten es und gaben es zurück wie ein Sängerchor, bei dem ein Sänger nach dem anderen das Thema eines einzeln singenden Baßsängers aufnahm. Die Stimmen wälzten das Thema aus und erweiterten es, fügten den Widerhall von Tenören und Baritonen hinzu, bis der Klang mal von da und dann wieder von dort, von hinter mir und von überallher um mich herum auf mich eindrang. Wie verzaubert von dem trommelnden Widerhall blieb ich stehen, bis aus dem Donner ein Summen und Brummen wurde und es schließlich vollends verstummte. Doch taten dies die Bergstimmen nur höchst zögernd, eine nach der anderen, so daß ein menschliches Ohr den Augenblick, da der Klang in Schweigen erstarb, nicht genau mitbekam.

Der Talvar genannte Chola ritt auf seinem struppigen kleinen Pferd neben mich, sah mich an und brach meine Verzauberung, indem er in seiner Muttersprache Tamil sagte: »Lawine.« Ich nickte, als hätte ich es die ganze Zeit über gewußt, dann ließ ich mein Pferd die Schenkel spüren und ritt weiter.

Das war nur das erste von ungezählten Malen, daß ich es erlebte: eigentlich konnte man das Geräusch fast jederzeit Tag und Nacht hören. Manchmal kam es aus so großer Nähe unseres Weges, daß wir es über dem Knarren und Klirren unseres Zaumzeugs und der Karrenräder und dem Mahlen und Zähneknirschen unserer Yakherde hören konnten. Hoben wir rasch den Blick, ehe die Echos es unmöglich machten, die Richtung zu erkennen, aus der es kam, sahen wir hinter irgendeiner Bergkette sich eine rauchartige Staubwolke zum Himmel emporwölken oder ein glitzerndes Luftgebilde aus Schneestaub, die über jener Stelle standen, wo die Lawine zu Tal gegangen war. Doch das Geräusch weiter entfernter Steinlawinen konnte ich eigentlich immer hören, wenn ich eigens danach horchte. Ich brauchte dann nur zu den anderen vorauszureiten oder hinterherzutrödeln und eine Weile zu warten. Dann hörte ich es, aus dieser oder jener Richtung, das Aufstöhnen eines Berges, der einen Teil von sich verlor, und dann die einander überschneidenden Echos aus allen Himmelsrichtungen: alle anderen Berge stimmten in den Klagegesang ein.

Wie das auch in den Alpen geschehen kann, bestanden die zu Tal rauschenden Lawinen oft auch aus Schnee und Eis. Häufiger jedoch kündeten sie von dem langsamen Verfall der Berge selbst, denn dieser Pai-Mir mag zwar unendlich viel größer sein als die Alpen, aber er besteht auch aus merklich weniger festem Gestein. Aus der Ferne machen diese Berge den Eindruck, als stünden sie fest und für die Ewigkeit gegründet da, aber ich habe sie auch von nahem gesehen. Sie bestehen aus einem von vielen Adern durchzogenen, rissigen und mit vielen Verunreinigungen behafteten Gestein, und die erhabene Höhe der Berge selbst trägt dazu bei, daß ständig an ihrer Festigkeit gerüttelt wird. Reißt der Wind in großer Höhe auch nur einen einzigen kleinen Stein heraus, bringt er durch seinen Fall andere Felsteile ins Rutschen, das wiederum lockert weiteres Gestein, bis sie alle gemeinsam immer schneller in die Tiefe stürzend gewaltige Felsblöcke umwerfen, die im Fallen den Rand eines Steilhangs zermalmen und herausbrechen, und das wiederum kann einen ganzen Berghang wegrutschen lassen. Und so weiter, bis eine riesige, aus Felsen, Steinen, Geröll, Erde, Staub und für gewöhnlich auch mit Schnee, Schneematsch und Eis untermischte Masse – welche die Größe von kleinen Alpen erreichen kann – in die engen Schluchten oder die womöglich noch engeren Spalten, die Berge voneinander trennen, hinunterrauscht.

Jedes Lebewesen, das einer Pai-Mir-Lawine im Wege steht, ist verloren. Wir trafen auf so manche Zeugen dieser Tatsache – die Gerippe und Schädel sowie die prachtvollen Gehörne von *goral-*, *urial-* und ›Marcos-Schafen‹, aber auch die Gebeine und Totenschädel und erschütternd zertrümmerten Habseligkeiten von Menschen – die Überreste zugrunde gegangener Wildherden und lange verschollener *karwans*. Diese Unglücklichen hatten die Berge ächzen hören, dann aufstöhnen, aufbrüllen – und dann haben sie nie wieder überhaupt etwas gehört. Nur der Zufall bewahrte uns vor dem gleichen Schicksal, denn es gibt keinen Weg, keinen Lagerplatz und keine Tageszeit, in der *keine* Lawinen niedergehen. Glücklicherweise begrub uns keine, doch hatten wir oft Gelegenheit festzustellen, daß der Weg völlig verschüttet war, was uns zwang, einen Weg um diese Unterbrechung herum zu suchen. Das war schon schlimm genug, wenn eine solche Lawine eine schier unbezwingliche Geröllbarriere vor uns errichtet hatte. Noch schlimmer freilich für uns war es, wenn der Pfad – und das war häufig der Fall – nichts mehr war als ein schmales Sims an einer glatten Felswand – und eine Lawine herniedergegangen war, die eine unüberbrückbare Lücke hinterlassen hatte. Dann blieb uns nichts anderes übrig, als kehrtzumachen und den manchmal viele *farsakhs* langen Rückweg anzutreten und hinterher eine noch längere Umgehung zu finden, ehe wir endlich wieder weiter nach Norden vorstoßen konnten.

Folglich fluchten mein Vater, mein Onkel und Nasenloch bitterlich, und die Chola wimmerten erbärmlich jedesmal, wenn sie das polternde Grollen von Steinschlag und Lawinen hörten, gleichgültig, aus welcher Richtung sie kamen. Ich hingegen war jedesmal tief von diesem Laut angerührt und kann einfach nicht verstehen, warum andere Reisende meinen, er sei es nicht wert, in ihren Erinnerungen Erwähnung zu finden; dieser Laut bedeutet schließlich, daß diese Berge nicht für alle Ewigkeit stehen bleiben werden. Selbstverständlich wird es Jahrhunderte dauern, ehe sie gänzlich zerborsten und zerbröckelt sind, und Jahrtausende und Äonen, ehe der Pai-Mir bis auf die Größe der immer noch erhaben hohen Alpen geschrumpft sein wird – aber es wird geschehen, und zuletzt wird nichts übrigbleiben als gesichtsloses flaches Land. Als mir das aufging, fragte ich mich, warum Gott, wenn er sie doch nur stürzen lassen will, sie ursprünglich so über die Maßen hoch aufgetürmt hat. Und fragte und frage mich heute noch, wie unermeßlich, alle Vorstellung übersteigend und unsäglich hoch diese Berge gewesen sein müssen, als Gott sie während der Schöpfung entstehen ließ.

Da alle diese Berge von denselben Farben waren, nahmen wir nur jene Veränderungen an ihnen wahr, die durch Wetter und Tageszeit hervorgerufen wurden. An klaren Tagen fingen die Gipfel den Glanz der Morgendämmerung auf, während wir noch von der Nacht gefangen waren; genauso bewahrten sie die Glut des Sonnenuntergangs noch lange nachdem wir das Lager aufgeschlagen, zu Abend gegessen und uns im Dunkel zum Schlafen niedergelegt hatten. An Tagen, da Wolken am Himmel standen, konnte es geschehen, daß eine weiße Wolke über einen nackten braunen Felsen dahinsegelte und ihn verbarg. War die Wolke vorübergezogen, tauchte die Spitze wieder auf, doch nunmehr weiß verschneit, gleichsam, als hätte sie der Wolke Fetzen herausgerissen, sich darin einzuhüllen.

Befanden wir selbst uns in großer Höhe und ging es einen aufwärtsführenden Pfad hinan, narrte das Höhenlicht dort oben unsere Augen. In fast allen Bergländern herrscht fast immer ein leichter Dunst vor, der jeden weiter entfernten Gegenstand dem Auge etwas weniger klar, verschwommener erscheinen läßt, so daß man schwer abschätzen kann, was nun näher und was weiter entfernt liegt. Im Pai-Mir jedoch sucht man Dunst vergebens, und es ist unmöglich, die Entfernung oder auch nur die Größe der gewöhnlichsten und vertrautesten Gegenstände abzuschätzen. Oft heftete ich den Blick auf einen Berggipfel am fernen Horizont und schrak dann zusammen, als ich sah, daß unsere Pack-Yaks bereits darüber hinwegkletterten – und es war nichts weiter als ein Hügel aus Felsgestein, wenige hundert Schritt von mir entfernt. Oder ich erhaschte einen Blick von einem massig-plumpen *surragoy* – einem der wildlebenden Gebirgs-Yaks, die sich ausnahmen, als wären sie selbst ein Stück Berg –, der dicht neben unserem Pfad lauerte, woraufhin ich mir Sorgen machte, er könnte unsere zahmen Yaks verlocken fortzulaufen – um mir dann darüber klarzuwerden, daß er in Wirklichkeit einen ganzen *farsakh* von uns entfernt stand und ein ganzes Tal zwischen ihm und uns lag.

Die Höhenluft war nicht minder trügerisch als das Licht. Wie bereits im Wakhàn (den wir bereits als Tiefland ansahen), weigerte die Luft sich, die Flammen unserer Kochfeuer mehr als matt brennen zu lassen, sie flackerten nur bläulich und lau, und unsere Töpfe brauchten eine Ewigkeit, ehe das Wasser darin zum Sieden kam. In dieser Höhe wirkte die dünne Luft sich sogar auf die Sonnenhitze aus. Die Sonnenseite eines Felsens konnte so heiß werden, daß es nicht ratsam war, sich dagegen zu lehnen; die im Schatten liegende Seite konnte unbehaglich kalt sein. Manchmal mußten wir unsere schweren *chapon*-Mäntel ablegen, weil uns in der Sonne unerträglich heiß darin wurde, und doch wollte kein einziges Eiskristall von dem vielen Schnee um uns herum schmelzen. Die Sonne brachte Eiszapfen blendend grell und in schillernden Regenbogen zum Aufblitzen, doch Tropfen bildeten sich an ihren Spitzen nie.

Das jedoch war nur bei klarem und sonnigem Wetter im Hochgebirge so, wenn der Winter für kurze Zeit schlief. Ich glaube, diese Höhen sind es, in die der alte Winter sich zurückzieht, um sich zu mopsen und zu schmollen, wenn der Rest der Welt nichts mehr von ihm wissen will und wärmere Jahreszeiten willkommen heißt. Und hierher – vielleicht in die eine oder andere Berghöhle – zieht der alte Winter sich zurück, um dort von Zeit zu Zeit ein Nickerchen zu machen. Aber sein Schlaf hat etwas Unruhiges, er wacht dauernd wieder auf, gähnt, so daß Windstöße dahinfahren, wirbelt mit den Armen wie mit Windmühlenflügeln und schüttelt ganze Kaskaden Schnee aus dem Bart. Wie oft habe ich nicht die beschneiten Bergspitzen sich mit frischem Schneefall verschmelzen und restlos im blendenden Weiß verschwinden sehen; es dauerte nicht lange, da verschwanden auch die näher gelegenen Gipfel, dann die Yaks, die unseren Zug anführten, danach alles andere, und am Schluß verschwand alles im Weiß, was jenseits der flatternden Mähne meines Pferdes lag. Bei manchem dieser Stürme waren die Flocken so dick und wehte der Wind mit einer Heftigkeit, daß wir Reiter am besten damit vorankamen, wenn wir uns umdrehten und rückwärts auf dem Sattel saßen und die Reittiere selbst den Weg suchen ließen, indem sie wie Segelboote quer zum Wind vorwärtsstapften.

Da es ständig bergauf und bergab ging, kamen wir alle paar Tage aus den strengen Klimabereichen in mildere Zonen – immer dann nämlich, wenn wir in warme, trockene und stauberfüllte Schluchten hinabstiegen, in denen schon die junge Dame Frühling ihren Einzug gehalten hatte –, um bald darauf wieder in Höhen hinaufzusteigen, die immer noch der alte Winter in seiner Gewalt hatte. So mühten wir uns abwechselnd durch den Schnee oben und patschten unten durch den Schlamm; halb vom Hagelsturm oben erfroren, halb von einem wirbelnden Staubteufel unten erstickt. Doch je weiter wir nach Norden vorankamen, desto häufiger sahen wir auf den schmalen Talgründen kleine Flecken lebendigen Grüns – zerspellte Sträucher und spärliches Gras, dann kleine und schüchterne Weideflächen, gelegentlich sogar einen ausschlagenden Baum, dann ganze Haine davon. Die bruchstückhaft grünen Bereiche nahmen sich neu und fremd aus, wie sie unter dem Schneeweiß, dem Tiefschwarz und Rehbraun der Höhen auftauchten; man hätte meinen können, sie seien mit Scheren aus anderen fernen Ländern ausgeschnitten und auf unerklärliche Weise in dieser Ödnis verstreut worden.

Noch weiter im Norden rückten die Berge weiter auseinander, gab es entsprechend breitere und grünere Täler, und das Gelände war um seiner Gegensätze willen nur um so bemerkenswerter. Vor dem kaltweißen Hintergrund der Berge schimmerten Hunderte von verschiedenen

Grüntönen, die sämtlich sonnenwarm wirkten – ausladende dunkelgrüne Zedrachbäume, blaßsilbergrüne Robinien oder Scheinakazien, hohe schlanke Pappeln, die wie grüngefiedert wirkten, Espen, die zitternd ihr Laub von der grünen auf die perlgraue Seite wendeten. Und unter und zwischen den Bäumen glühten hundert verschiedene andere Farben – die leuchtendgelben Blütenkelche einer *tulband* genannten Blumenart, das leuchtende Rot und Rosa wilder Rosen, das strahlende Lila eines Strauches, der *lilac* genannt wurde. Hochwachsende Sträucher sind das, und die lila Blütentrauben nahmen sich um so lebhafter aus, als wir sie zumeist von unten vorm kräftigweißen Schneehintergrund sahen. Und der Duft dieser Blütendolden – einer der köstlichsten Düfte überhaupt – roch um so süßer, als er von dem absolut geruchlosen und sterilen Wind von den Schneefeldern herangetragen wurde.

In einem dieser Täler stießen wir seit Verlassen des Ab-e-Panj auf den ersten Fluß, und der hieß Murghab. Die Stadt gleichen Namens lag an seinem Ufer. Wir nahmen die Gelegenheit wahr, zwei Nächte in einer *karwansarai* dort zu verbringen, zu baden und unsere Kleider im Fluß zu waschen. Dann sagten wir den Chola Lebewohl und zogen weiter gen Norden. Ich hoffte, daß Talvar und seine Gefährten viele Münzen für ihr Meersalz bekamen, denn wesentlich anderes hatte Murghab nicht zu bieten. Es war eine ärmliche Stadt, und ihre tazhikischen Einwohner zeichneten sich eigentlich nur durch die ungewöhnliche Ähnlichkeit mit ihren Mitbewohnern, den Yaks, aus; Männer wie Frauen waren gleichermaßen stark behaart, rochen, hatten breite Gesichter und mächtige Brustkästen und waren in ihrer Trägheit und ihrer mangelnden Neugier wirklich wie die Kühe. In Murghab gab es nichts, was uns zum Verweilen eingeladen hätte; so sollten auch die Chola die Stadt bald wieder verlassen, denn es gab hier nichts, worauf sie sich hätten freuen können, nur die scheußliche Rückreise durch das Hochland von Pai-Mir und dann noch durch ganz Indien.

Unsere eigene Weiterreise von Murghab aus war nicht allzu anstrengend, denn mittlerweile waren wir die Mühsal des Hochgebirges ja gewohnt. Außerdem erwiesen sich die Bergzüge weiter im Norden als nicht ganz so hoch und winterlich wie die bisher bewältigten, ihre Hänge als nicht ganz so steil und der Aufstieg bis zu den jeweiligen Pässen nicht so lang, die dazwischenliegenden Täler waren breit, Blumen blühten im Grün, und sie waren höchst angenehm. Den Berechnungen mit unserem *kamàl* zufolge waren wir längst weiter in den Norden Zentralasiens vorgestoßen, als Alexander jemals gekommen war, und unserem Kitab zufolge befanden wir uns ziemlich genau in der Mitte der größten Landmasse der Erde. Wer beschreibt daher unser Erstaunen und unsere Verblüffung, als wir eines Tages an das Ufer eines *Meeres* gelangten. Vom Ufer, wo die kleinen Wellen die Fesseln unserer Pferde umspülten, erstreckte sich das Wasser so weit das Auge reichte nach Westen. Selbstverständlich wußten wir, daß es in Innerasien ein gewaltiges Binnenmeer gibt, das *Ghelan* oder Kaspisches Meer genannt wurde, doch mußten wir uns weit, weit östlich davon befinden. Momentanes Mitleid mit unseren bisherigen Reisegefährten, den Chola, befiel mich, als ich darüber nachdachte, daß sie ihr ganzes Meersalz so weit in ein Land geschafft hatten, das selbst über ein riesiges Salzmeer verfügte.

Doch wir kosteten das Wasser, und es war frisch und süß und kristallklar. Also handelte es sich um einen *See,* doch das war nicht wesentlich weniger erstaunlich – vor einem solchen riesigen und tiefen See zu stehen, der sich gleichsam alpenhoch *über* der Hauptmasse der Erde erstreckte! Bei unserem Weg in den Norden zogen wir am Ostufer entlang, und es dauerte viele Tage, ehe wir ihn hinter uns lassen konnten. An jedem dieser Tage fanden wir einen Vorwand, warum wir gerade heute so früh das Lager aufschlagen mußten – um zu baden, hinauszuwaten und in diesem balsamischen, blitzenden Wasser herumzutollen. Wir stießen auf keine Stadt an diesen Gestaden, sondern nur auf die Lehmziegel- und Bretterhütten tazhikischer Schäfer, Holzfäller und Köhler. Diese verrieten uns, daß der See Karakul genannt wurde, was soviel bedeutet wie Schwarzes Vlies – und gleichzeitig auch der Name jener Schafe ist, die von allen Schäfern dieser Gegend gezüchtet wurden.

Das war noch etwas Merkwürdiges an diesem See: daß er den Namen eines Tieres trug; wenngleich es sich, wie man zugeben muß, nicht gerade um ein gewöhnliches Tier handelt. Sieht man sich eine Herde dieser Schafe genau an, fragt man sich, warum sie eigentlich *kara* – schwarz – genannt werden, denn alle ausgewachsenen Böcke und Mutterschafe tragen überwiegend ein graues bis grauweißes Wollkleid; nur wenige von ihnen sind ganz schwarz. Die Erklärung liegt in dem kostbaren Pelz, um dessentwillen die Karakulschafe berühmt sind; denn dieser aus äußerst dichten und filzigen tiefschwarzen Locken bestehende Pelz ist nicht nur das Endergebnis einer Schafschur dicht über der Haut. Es handelt sich vielmehr um das Fell des Lammes. Alle Karakullämmer kommen schwarz auf die Welt, und den Pelz gewinnt man dadurch, daß die Lämmer geschlachtet und ihnen das Fell abgezogen wird, ehe sie drei Tage alt sind. Wartet man auch nur einen Tag länger, verliert die reinschwarze Farbe einiges von ihrer Intensität, und kein Pelzhändler akzeptiert es als Karakul.

Eine Wochenreise nördlich des Sees stießen wir auf einen von Westen nach Osten fließenden Fluß. Die einheimischen Tazhiken nannten ihn *Kek-Su* oder Passagenfluß, ein höchst zutreffender Name, denn das breite Strombett stellte in der Tat eine klare Passage durch das Gebirge dar, der wir auch mit Freuden nach Osten folgten. Selbst unsere Pferde waren froh über das leichtere Weiterkommen; das felsige Hochgebirge hatte ihre Bäuche und ihre Hufe arg mitgenommen; hier unten gab es reichlich Gras zum Fressen, und sie trabten über weichen Boden. Sonderbarerweise fragten mein Vater oder mein Onkel in jedem einzelnen Dorf, ja sogar bei jeder allein stehenden Hütte erneut nach, wie der Fluß denn nun heiße, und jedesmal lautete die Antwort *Kek-Su.* Nasenloch und ich wunderten uns, warum sie sich immer aufs neue erkundigten, doch sie lachten nur über unsere Verwirrung und wollten nicht erklären, warum sie so vieler Versicherungen bedurften, als wir dem Passagenfluß folgten. Dann, eines Tages, stießen wir auf das sechste oder siebte Dorf im Tal, und als mein Vater einen Mann dort fragte: »Wie nennt Ihr den Fluß?« erwiderte der Mann höflich: »Ko-tzu.«

Der Fluß aber war derselbe wie gestern auch, auch das Gelände unterschied sich in nichts von dem gestern, und der Mann sah genauso yakähnlich aus wie jeder andere Tazhike; trotzdem hatte er den Namen anders ausgesprochen. Mein Vater drehte sich im Sattel um und rief meinem Onkel, der ein wenig hinter ihm ritt, mit triumphierender Stimme zu: »Wir sind da!« Dann saß er ab, hob eine Handvoll gelblicher Ackerkrume in die Höhe und betrachtete sie geradezu liebevoll.

»Wo sind wir angekommen?« fragte ich. »Ich verstehe nicht.«

»Der Name des Flusses ist derselbe: die Passage«, erklärte mein Vater. »Aber dieser Bursche hat ihn in der Han-Sprache genannt. Wir haben die Grenze Tazhikistans hinter uns. Dies hier ist eine Strecke der Seidenstraße, über die dein Onkel und ich in den Westen heimgekehrt sind. Die Stadt Kashgar kann nur noch zwei Tagereisen weit vor uns liegen.«

»Wir befinden uns also jetzt in der Provinz Sin-kiang«, sagte Onkel Mafìo, der inzwischen herangeritten war. »Früher war das eine Provinz des Chin-Reiches, doch jetzt gehört Sin-kiang und alles östlich von hier zum Mongolenreich. Neffe Marco, endlich befindest du dich im Herzland des Khanats.«

»Du stehst auf der gelben Erde Kithais«, sagte mein Vater, »das sich von hier bis an den großen Ozean im Osten erstreckt. Marco, mein Sohn – endlich hast du den eigentlichen Herrschaftsbereich des Khakhan Kubilai betreten.«